Imperio en ruinas

Imperio en ruinas

Lucía Cerezo

Papel certificado por el Forest Stewardship Council®

MIXTO
Papel | Apoyando la silvicultura responsable
FSC® C117695

Penguin Random House Grupo Editorial

Primera edición: enero de 2026

Travessera de Gràcia, 47-49. 08021 Barcelona

Printed in Spain – Impreso en España

ISBN: 978-84-666-8361-6
Depósito legal: B-19.644-2025

Compuesto en Llibresimes

Impreso en Liberdúplex
Sant Llorenç d'Hortons (Barcelona)

BS 8 3 6 1 6

A veces, la guerra no se gana con espadas.

A veces se gana con una mano extendida, una sombra compartida, una verdad susurrada al oído: no hay tormentas eternas, solo almas lo bastante fuertes como para atravesarlas.

NOVADIA
ARCADIA
AURIK
VALLE ESPEJO
PRAMVERA
IMPERIO DE FUEGO AZUL
TIERRA DE BANKAI
VALDEMAR
BOSQUE LAVENDER

PRIMERA PARTE

La portadora

Prólogo
Skylar O'Hara

Siete mil años atrás

Hubo un tiempo en que el mundo de los vivos fue visto como un paraíso. Así lo creían quienes lo observaban desde la distancia, bajo la luz de un sol que aún bañaba la tierra y un cielo que parecía no tener fin. Pero para quienes lo habitaban, para los que respiraban su aire cargado de veneno y sentían la podredumbre bajo sus pies, la verdad era muy distinta.

El mundo de los vivos no era un paraíso.

Era un campo de batalla.

El imperio nunca fue un hogar para mortales, solo un coto de caza para depredadores. La magia no fluía libre, no pertenecía a todos. Se arrebataba, se poseía, se drenaba hasta dejar tras de sí ruinas y cuerpos vacíos. Fue la sangre derramada en incontables guerras lo que la alimentó, y fue esa misma ansia lo que la obligó a huir. Porque cuando algo se convierte en presa, aprende a esconderse.

La magia escapó.

No ascendió a los cielos, no se elevó hacia los dioses, sino que se escabulló hacia abajo. Se filtró por las grietas, se deslizó entre las fisuras de la tierra, escapó de la superficie hasta desvanecerse de la vista de aquellos que la devoraban sin piedad. Se hundió más allá de las raíces de los bosques y del lecho de los ríos, más allá de lo que cualquier mortal pudiera alcanzar. Y allí, en su exilio, la magia dejó de ser un simple poder al alcance de los humanos.

Decían que la magia había creado una ciudad enterrada.

Los mortales la llamaban «la maravilla del imperio», el tesoro oculto bajo sus pies, el último vestigio de un poder que ya no les obedecía. Pero lo que ignoraban era que, bajo las montañas y la roca, más allá de la ceniza de civilizaciones olvidadas, la magia no solo había huido, se había transformado y, en su exilio, había construido lo imposible: templos esculpidos en diamante, catedrales que ardían con un fulgor espectral en la penumbra de las profundidades. Solo los inmortales —los verdaderos dueños de la magia— habían sobrevivido allí, alejados de la avidez de la superficie, de la codicia de los humanos.

Un imperio sin tiempo.

Un imperio sin límites.

Un imperio sin piedad.

Pero lo que nadie entendió era que la magia no había buscado refugio; había construido una prisión. Porque en el corazón de esa ciudad enterrada, en lo más profundo de la tierra... algo más había nacido. Algo que la magia misma temió y encadenó.

Skylar conocía bien la codicia del mundo de los vivos. No solo la había presenciado en los rostros de los emperadores, en la sangre derramada por ambición y en la miseria de los inocentes, también la había sentido devorarlo todo a su paso. La codicia era una enfermedad que se disfrazaba de gloria, una sed insaciable de poder, una obsesión por poseer lo que jamás debió pertenecerles. Y ese fue el error cuando el universo forjó las dos mitades. Porque una de ellas —su otra mitad, el yang— nació como un reflejo del mundo en su estado más desesperado. Un intento del equilibrio por corregir el sufrimiento, por sanar las fisuras de la existencia.

Pero el yang falló. Absorbió más de lo que podía compensar, más de lo que debía. En lugar de proporcionar equilibrio, comenzó a devorar la destrucción con la misma ansia con la que el mundo la generaba. Dejó de ser el contrapeso y se convirtió en reflejo; un eco de la ambición desmedida que pretendía contener.

Eso era justo lo que la tercera llama deseaba, y eso fue lo que logró.

Kaiserin, la primera llama, ardió en su propio fuego, consumida por el mismo poder que había jurado proteger. Se retorció hasta quedar irreconocible, hasta que su nombre dejó de tener peso, hasta que ya no significó nada.

El portador de la llama idealis murió con sus promesas aún suspendidas en sus labios. Y la llama valirio... simplemente desapareció. No quedó rastro de ella. Como si alguien la hubiese arrancado del tejido mismo del universo.

Tal vez destruida.

Tal vez muerta.

Como todos.

La Gran Guerra no solo destruyó imperios y aniquiló tierras. No fue el mero caos que quebró los cielos y partió la tierra en dos. Fue la fuerza que arrancó la magia de la superficie del mundo, la despojó de los dedos que la moldeaban y la pervirtió hasta ser venerada o temida.

Skylar caminaba entre los restos de la ciudad enterrada —o lo que quedaba de ella— con una extraña tensión recorriéndole la espalda. Nunca había descendido hasta allí, pues jamás había sentido la necesidad. Pero esa vez había sido diferente. Algo lo había empujado. Como si una parte de él supiera exactamente a dónde ir.

Encontró una entrada que no recordaba haber visto, una grieta oculta tras capas de raíces y tierra que parecía haber estado esperándolo, y descendió por ella.

Los templos —gigantes de piedra y diamante— yacían derrumbados, como colosos vencidos que aun en ruinas conservaban una presencia imponente. Sus muros agrietados destellaban con fragmentos de magia atrapada entre las fisuras, chispazos persistentes de un poder que se resistía a morir, como cicatrices encendidas en una piel ya marchita. Todo en aquel lugar parecía aferrarse a un equilibrio que hacía tiempo que se había perdido.

Los diamantes que emergían del suelo no eran joyas, sino magia cristalizada, comprimida hasta el límite. Los árboles, convertidos en esqueletos retorcidos, eran sombras de lo que alguna vez fue vida: troncos petrificados que aún alzaban sus ramas afiladas en un intento inútil de tocar un cielo que jamás había existido en aquel abismo. Las raíces, gruesas y nudosas, invadían la roca como venas expuestas, aferradas a una tierra que ya no ofrecía nada.

A lo lejos, en el corazón de aquella ciudad muerta, Skylar divisó el último templo aún en pie. Se alzaba entre la devastación como un espectro, una huella obstinada del pasado. En el centro del santuario destacaba el monolito: un pilar esmeralda que se elevaba como una torre maldita.

Arrodillada frente a él, una figura recorría la superficie con las manos, deslizando los dedos por cada fisura brillante.

—¿Dónde estás...? —murmuró la mujer—. Tienes que estar por aquí.

Skylar pasó entre los escombros sin emitir un solo sonido, moviéndose como lo que era: una sombra con voluntad propia. No sabía qué demonios lo había arrastrado hasta aquel lugar, ni por qué sus pasos lo habían guiado hasta ese templo olvidado, pero sí tenía una certeza grabada en el pecho.

Esa mujer no debía estar ahí.

—¿Dónde, dónde, dónde...? ¡Muéstrate! —insistía casi suplicando al monolito, los dedos temblorosos sobre la superficie esmeralda.

Y entonces giró la cabeza hacia él.

Skylar se quedó inmóvil. La mujer no aparentaba más de dieciocho años y tenía la piel pálida, impecable, sin una sola cicatriz que delatara historia o dolor. Su cabello negro caía en ondas suaves, casi demasiado perfectas, como si ningún viento se atreviera a tocarlo. Pero no fue eso lo que lo detuvo.

Fueron sus ojos.

Verdes, cristalinos, antiguos. No reflejaban miedo, ni sorpresa, ni siquiera curiosidad. Eran los ojos de algo que ya lo conocía, que lo había visto mucho antes de que él tomara forma, que había recorrido siglos aguardando ese momento. No necesitaba palabras para decírselo: lo había estado esperando.

—Ven, acércate —le dijo con una voz suave y serena que no tenía derecho a resonar tan hondo en su interior.

Skylar ladeó la cabeza y se mantuvo a distancia.

—¿Quién eres?

La mujer sonrió.

—Solo alguien que intenta salvar lo poco que queda.

No confió en ella, pero, por alguna razón, sus piernas no se movieron en la dirección contraria.

—Solo necesito que me ayudes a buscar una cosa —continuó ella con esa voz envolvente—. No hay muchas personas que puedan hacerlo, pero tú... —Su mirada bajó a su cuello y sus labios se curvaron—. Tú sí puedes.

Skylar sintió el roce de su colgante contra la piel.

El yin y el yang. La única reliquia que había logrado conservar. Aquella que Kaiserin le había arrojado de vuelta como quien escupe un recuerdo demasiado doloroso.

—Puedo sentirlo. —Los ojos de la mujer destellaron con un conocimiento que no debería tener—. El equilibrio.

Skylar entornó los ojos.

—¿Qué sabes del equilibrio?

La mujer alzó una mano.

—Sé que está roto y que este mundo no podrá soportarlo mucho más tiempo. —Levantó la vista hacia el monolito—. Aquí abajo, la magia está sellada, encerrada, pero esta piedra... esta piedra es la cerradura.

—Eso no es una cerradura.

La mujer no apartó las manos, que seguían recorriendo las grietas brillantes con una devoción enfermiza.

—Lo era... —susurró—. Hasta que la guerra la hizo pedazos, hasta que el mundo se desmoronó. La ciudad enterrada..., el último aliento de la magia antigua, encerrada por miedo, por... por ignorancia. Sellada para siempre porque... —sus dedos temblaron— porque temieron lo que había dentro.

Las sombras de Skylar se replegaron. No por decisión propia, ni por una orden directa, sino por algo más primitivo, más profundo, un instinto que no reconocía, una obediencia que no nacía del miedo, sino de algo anterior a todo eso. Aquella voz —esas palabras— no solo hablaban, hurgaban dentro de él, removían un rincón intacto, uno que nadie había tocado jamás..., ni siquiera él mismo.

—¿Qué estás haciendo? —gruñó él.

La mujer alzó la cabeza.

—Dime, Iron Shadow... —Su voz goteaba dulzura—. ¿Y si lo que quedó atrapado aquí no fue la oscuridad, sino la salvación? Si queremos cerrar la grieta, si queremos restaurar lo que se ha perdido, si queremos que el imperio no se hunda en su propia miseria... —Dio un paso hacia él, su mano derecha todavía contra la piedra—. Necesito tu mitad.

Skylar bajó la vista a su colgante, su mitad, la parte blanca, la que Kaiserin había rechazado, la que dejó atrás como si fuera un lastre, como si no significara nada, y si ella pudo hacerlo, si ella no la quiso, ¿por qué él habría de aferrarse? ¿Qué más daba si la entregaba?

—Solo una parte —le rogó—. No es mucho lo que pido...

Skylar podía matarla. En ese preciso instante, sin esfuerzo. Pero no lo hizo. Porque por primera vez en su jodida existencia no hablaba, no juzgaba, no sentenciaba. Solo escuchaba.

Alzó una mano despacio y se arrancó el colgante del cuello. El metal cayó en su palma con un golpe seco, pesado, como un recuerdo que no quería cargar pero no podía soltar. Sentía el frío clavarse en la piel, justo sobre la cicatriz de lo que alguna vez fue fe. Por primera vez en milenios, su pecho se sintió hueco, porque no le dio la mitad de Kaiserin. Le dio la suya.

La mujer apartó la mano de la piedra y la tomó con la misma devoción con la que se sostiene algo sagrado, algo por lo que alguien estaría dispuesto a morir.

—Gracias, Iron Shadow.

Cuando sus dedos rozaron el colgante, la magia se crispó y vibró como una cuerda tensada al límite. En lo más profundo de la ciudad enterrada, algo despertó.

Skylar sintió un tirón seco en el pecho. No era dolor, ni miedo, era instinto. El mismo que le había salvado mil veces, el que le había gritado siempre justo antes del desastre. Y esta vez... rugía.

Algo iba mal. Algo estaba jodidamente mal.

Pero ya era demasiado tarde.

El monolito gimió, pero no fue un sonido, sino magia: una vibración grave que atravesó la piedra, el aire y los huesos.

Una luz oscura estalló desde el centro de la esmeralda. Las grietas se agrandaron, rajando el pilar como si algo dentro de él intentara abrirse paso.

La mujer jadeó con fuerza. Todo su cuerpo se arqueó, los dedos clavados en la piedra como garras, aferrados a algo que no quería soltar. Pero no era el temblor del miedo ni el desfallecimiento del cansancio.

Era éxtasis.

—Ah... Por fin.

Skylar intentó retroceder, alejarse, pero la magia no se lo permitió. No era una cadena, ni un muro, ni una atadura visible. Era peor.

La mujer se giró con lentitud, como si estuviera probando un nuevo cuerpo, como si la piel que llevaba puesta no le perteneciera, y fue cuando vio el fuego valirio en sus ojos.

—El Ojo de Nyxar... —susurró, y su voz ya no era la de una mujer joven—. Es mío.

Skylar lo entendió demasiado tarde.

El rostro de porcelana. La voz dulce y letal. El poder que vibraba al mismo ritmo que el mundo... Skylar tendría que haberlo sabido. Tendría que haber sentido la marca de la tercera llama en su presencia, en cada palabra, en cada mirada. Tendría que haberla reconocido desde el primer segundo.

Pero no lo hizo, no hasta que todo estuvo perdido.

El templo se partió con un crujido áspero, como carne y cartílago desgarrados de un solo tajo. Del monolito emergió un humo verde, espeso y pegajoso que reptó por el aire. En cuanto lo tocó, lo atravesó un tirón seco en el pecho, un desgarro interno que le abrió el alma. Su poder, su equilibrio, su existencia entera se deshacía, despedazada mientras el mundo a su alrededor se iba a la mierda.

—¿Qué coño has hecho? —rugió, y las montañas temblaron como si su furia pudiera partirlas y, en algún rincón del mundo, el mar alzó su voz en respuesta, levantando olas dispuestas a tragarse la costa.

Skylar se moría.

No con el fin del cuerpo ni con la pérdida de la carne.

Moría de una forma que jamás creyó posible.

—He tomado lo que siempre me ha pertenecido. —La mujer sonrió, y en esa sonrisa no había compasión, no había emoción, solo certeza.

Skylar cayó de rodillas.

El mundo se dobló sobre sí mismo.

El templo estalló y, en un maldito parpadeo, todo desapareció.

1
Eda

Ya no recordaba cómo se sentía dormir de verdad. Descansar sin sobresaltos, sin que cada crujido me arrancara del sueño, sin que las pesadillas vinieran a recordarme todo lo que había pasado en el último mes.

En esas pesadillas, las patas largas y las telarañas pegajosas de los kholdrath me mantenían atrapada, tratando de llevarse mi alma consigo. Veía los rostros vacíos de los humanos hechizados por la Dama, sus gritos aún vivos en mis oídos, ecos de un sufrimiento que parecía no tener fin. Sentía que los zarkass me arrastraban por la tierra, desgarrando mi ropa mientras sus voces envenenadas susurraban cosas que no quería entender. Y siempre, al final, aparecían los noctífagos..., esos espectros acompañados por aquella nube esmeralda. Pero esta vez no fueron las pesadillas las que me despertaron, sino el estruendo de un trueno que rasgó el cielo de Bankai, seguido por el sonido de vómitos provenientes del baño.

Me incorporé de golpe y a mi lado Elandra también se agitó entre las sábanas. Todo estaba oscuro, salvo por los destellos de la tormenta que rugía al otro lado del cristal, iluminando la habitación a ráfagas.

—Me toca a mí —le susurré a Elandra mientras me levantaba de la cama.

Antes de llegar al baño, vi a Liral incorporarse en la pequeña cama que habíamos hecho aparecer en mi habitación. No dijo nada, solo me sostuvo la mirada, sabiendo exactamente lo que iba a encontrarme al otro lado de la puerta.

Y allí estaba Adriel, encorvado junto a la bañera y vomitando lo poco que había conseguido comer. Llevaba cuatro días y tres noches así. El agotamiento que nos había dejado la magia nos pesaba a todos, pero Adriel era el que más lo sufría.

—No me queda nada en el puto estómago, no sé qué diablos es lo que estoy echando —lloriqueó somnoliento, y se limpió la boca con agua de la jarra que tenía a su lado—. Creo que lo que me quedaba de mortalidad.

En esos días había entendido algo que antes solo intuía: cuando empujas tu cuerpo más allá del límite, cuando usas demasiada magia, no solo caes en un sueño profundo, también puedes perderte en tu propia mente, como me había pasado a mí en la grieta de los Cristales Rojos. Además, podían presentarse otros síntomas como fiebre, temblores y vómitos, igual que les pasaba a los jinetes cuando se vinculaban por primera vez con su criatura.

—Fuiste el que más magia usó en aquella playa, Adriel. El que más aguantó, el que nos protegió cuando nadie más podía. Gracias a ti estamos aquí, vivas y enteras. —Apoyé la mano en su espalda y la acaricié de arriba abajo—. Este es el precio de haberlo dado todo.

Él se giró, tomó una toalla para limpiarse la boca y apoyó la espalda en el mármol de la bañera con las piernas extendidas en el suelo. Lo imité y me senté a su lado.

—Y lo volvería a hacer. Tengo que salvar a mis mujeres, cueste lo que cueste —dijo con una sonrisa cansada—. Además, así tengo algo que restregarle a Calen y a Nolan. Les dolerá el orgullo cuando se enteren.

Resoplé y nos quedamos en un silencio tranquilo.

Intenté buscar a Kali en mi mente, hallar aunque fuera un susurro de su presencia..., pero no hubo respuesta. Era como si estuviera dormida de manera tan profunda que ni siquiera mi pensamiento pudiera rozarla. Echaba de menos volar con ella, pero parecía imposible con esa tormenta incesante, como si el cielo se hubiera quebrado justo en el momento en que Skylar... se fue.

Me encogí sobre mí misma y dejé caer la cabeza hacia atrás, atrapada en los recuerdos.

»Sé mi emperatriz, Eda. Sé la emperatriz de un imperio que siempre te ha pertenecido. Cásate conmigo».

Todos los presentes de la sala habían parecido contener el aliento mientras Dalton Basilius me pedía de rodillas que me casara con él.

Todos lo habían escuchado.

Todos... excepto Skylar.

Miré ese hueco en el suelo sabiendo que ya no estaba, que se había ido lejos. Y fue justo entonces cuando la lluvia empezó a caer en un torrente de gotas que atravesaban el techo abierto y nos empapaban sin piedad. La sala entera quedó atrapada en ese diluvio irreal, como si el cielo de Bankai mismo llorara.

Esa fue la señal para mirar a Dalton a los ojos y decirle con la voz lo que mi corazón ya sabía.

«No puedes pedirme esto, Dalton. No puedes pedirme que sea la emperatriz de un lugar que apenas conozco, de un lugar cuya historia ignoro, a cuyas gentes no entiendo. No puedo ser la emperatriz de un imperio ajeno a mí, que no me pertenece. Y, sobre todo, no puedo ser la emperatriz de un hombre al que ya no reconozco, de alguien que no sé quién es realmente. —Negué con la cabeza, como si esas palabras fueran una forma de liberarme—. No puedo».

Él siguió allí, arrodillado, sin moverse, sin decir ni una sola palabra.

Para cuando me di cuenta, ya no quedaba nadie más en la sala. Todos se habían ido en silencio, dándonos la intimidad que no había pedido.

Abrió la boca, pero no le di la oportunidad de responderme.

«Tienes que entenderlo, Dalton. Esa vida que compartiste con ella... no era conmigo. Kaiserin no soy yo, y tú lo sabes mejor que nadie. Ella y yo no somos la misma persona, y ya es hora de que la dejes ir. De que la sueltes. Porque Kaiserin... Kaiserin murió hace mucho. Y yo no voy a cargar con su sombra».

«No la estoy confundiendo contigo», dijo al fin.

«Sí lo haces —repliqué—. Quizá no de la forma en la que todos creen, quizá ni siquiera te das cuenta, pero ahí está... Sigues esperando que encaje en el lugar que dejó vacío».

«No quiero que tomes su lugar —susurró, intentando tal vez convencerse a sí mismo—. Te amo, Eda. A ti».

Pero no le creí.

«No, Dalton. Amas mi recuerdo. Llevas amándolo doscientos treinta años».

Eché la cabeza hacia atrás y él dejó de estar de rodillas frente a mí para ponerse de pie con torpeza.

«Eso no es verdad», replicó.

«Lo es —dije, aunque cada palabra dolía más que la anterior—. Y por aferrarte a ese recuerdo, por tu miedo a perderme, he terminado perdiéndome a mí misma».

Él se quedó inmóvil, las gotas de lluvia resbalaban por su piel y se mezclaban con sus lágrimas.

«Es por él, ¿verdad? —Asintió para sí mismo, como si la respuesta estuviera escrita en cada uno de mis gestos—. No, Eda, no me hagas esto..., no me digas que te has enamorado de él».

Silencio.

«Necesito saber lo que quiero —respondí decidida—. Necesito saber quién soy, Dalton».

Él se limpió la lluvia del rostro con el dorso de la mano.

«En realidad, Eda, tú ya sabes la respuesta, pero te daré tiempo para que tengas el valor de admitirlo».

Apoyé la cabeza entre mis rodillas e intenté calmar la respiración, volviendo a ese presente que dolía menos que el recuerdo. Desde aquella última conversación no habíamos vuelto a hablar. No había habido más intentos de explicaciones ni súplicas.

Cuando Rai Raider —o, mejor dicho, Faelan, el regente de la Fortaleza de la Cumbre de Hielo— reapareció en la sala, la expresión de Dalton lo dijo todo. Ya había tomado una decisión. Sin titubeos, exigió que lo llevaran de vuelta a Novadia.

Rai Raider me miró esperando una respuesta y asentí.

Cuando la sala quedó vacía, me derrumbé. Caí de rodillas y lloré como nunca antes en mi vida había llorado. Era un llanto crudo, descontrolado. Solté todo lo que llevaba dentro, lo que había aguantado durante días, semanas, tal vez años.

Lloré por Dalton, por haber amado todo lo que era y ya no poder quererlo del mismo modo. Lloré por el amor que se transforma, por el que se desvanece sin dejar de doler. Pero, sobre todo, lloré por Skylar, por sentirlo tan lejos justo cuando más cerca lo necesitaba.

—Te preguntaría si estás bien... —dijo Adriel, que me hizo volver al presente apretando con suavidad mi rodilla en aquel cuarto de baño—, pero sería idiota preguntártelo.

—Me siento la peor persona del mundo. —Levanté la cabeza y allí estaba Elandra, en el umbral de la puerta, con el camisón arrugado y el cabello rojizo recogido en un moño deshecho.

—Las decisiones correctas también duelen. —Se sentó junto a nosotros—. Lo que nadie dice es cuánto.

—No he tomado ninguna decisión. —Dejé escapar un suspiro pesado—. No he hablado con Dalton, no de verdad. No le he dado una respuesta, no he tenido el valor de asumir lo que sé que tengo que decirle... y ya debería haberlo hecho.

Elandra tomó mis manos entre las suyas y dijo:

—¿Crees que lo que necesitas es hablar con él? Permíteme decirte, querida amiga, que la primera persona con quien deberías hablar es con el amo de este castillo. Con el dueño de este territorio.

Otro rayo cayó e iluminó la estancia.

—No ha vuelto, Elandra. —Hice una mueca de tristeza, apretando los ojos para no romper a llorar por décima vez en las últimas horas—. Y tengo... tengo miedo de que no lo haga.

Ella se movió para acurrucarse a mi izquierda, mientras Adriel hacía lo mismo a mi derecha. Aquel fue un abrazo de tres cuerpos agotados con la piel aún pegajosa por el sudor.

Liral apareció con ojeras profundas marcadas bajo los ojos y el cabello corto hecho un desastre. Se sentó frente a nosotros sin decir una sola palabra, extendió el brazo y, uno a uno, los cuatro nos tomamos de las manos en aquel baño. Durante unos minutos, sin necesidad de decirlo, nos sentimos lo más parecido a una familia.

La primera noche después de todo aquello, Elandra me había pedido dormir conmigo y yo había aceptado sin pensarlo. Al parecer, las dos necesitábamos estar aferradas a alguien cuando las pesadillas volvieran. Y, por lo visto, Adriel también lo necesitaba, porque cada noche Elandra extendía la mano hacia abajo y él la sostenía desde el colchón del que se había apropiado en el suelo. Luego llegó Liral, quien sin pedir permiso deseó una cama en la misma habitación. Y así fue como los cuatro terminamos durmiendo en esa estancia, asegurándonos de que ninguno se hundiera solo.

Durante cuatro días vagamos por el castillo sin rumbo fijo, aunque la mayor parte del tiempo lo pasábamos en la cama, agotados, víctimas de un cansancio que parecía inyectado en la sangre.

No había visto a Rai Raider ni a Savannah desde la desaparición de Skylar, y esa ausencia me inquietaba más de lo que estaba dispuesta a admitir. Sin embargo, sí nos encontrábamos con Syera cada vez que bajábamos a las cocinas. Se movía de un lado a otro con el ceño fruncido, danzando entre ollas y platos con ese mal humor que le colgaba como un delantal más, aunque, para variar, no soltaba prenda sobre nada.

Yo aprovechaba esas horas para explicarles cómo funcionaba la magia en ese lugar, cómo lo que deseabas podía materializarse frente a tus ojos si lo pedías con suficiente intención. No se trataba de palabras bonitas ni de fórmulas; era deseo puro, enfocado. Por supuesto, Adriel, siempre práctico, deseó cien monedas de oro, que aparecieron al instante sobre la encimera ennegrecida por el carbón, apiladas unas encima de otras.

Syera las observó sin inmutarse, y deslizó los dedos sobre una de ellas antes de alzar la vista hacia Adriel.

—Puedes desear todas las monedas de oro que quieras. Puedes pedir comida, ropa, lo que se te antoje, niño. Pero no te servirá de nada cuando salgas de Bankai y tal vez no quede nada. Solo la guerra.

Cuando se fue, supe que esas palabras no eran solo para Adriel. Eran para mí.

Esa era mi guerra. Y la diferencia entre la vida y la muerte de miles de inocentes dependía de mi decisión. No podía seguir huyendo, escondida tras dudas y sentimientos que no tenían cabida en esto. No había tenido el valor de enfrentarme a la Dama, de hacer lo que debía, y otros pagarían el precio de mi cobardía.

Salvarlos a ellos, ese era mi deber. Y solo cuando lo lograra, solo cuando cada vida que pudiera proteger estuviera a salvo, entonces —y solo entonces— podría pensar en salvarme a mí.

—Las personas siempre volvemos a donde sentimos paz en medio del desastre —me dijo Elandra acurrucándose todavía más—. Siempre volvemos a casa.

Me llevé la mano al colgante en mi pecho y acaricié con suavidad la mitad que descansaba cerca de mi corazón.

«No me digas que te has enamorado de él…», me había dicho el hombre que creí que tenía mi corazón en sus manos. Pero, al no encontrar respuesta a su pregunta, entendí que mi corazón ya no le pertenecía al emperador de Pramvera.

Pertenecía a otro hombre. Uno que ni siquiera estaba aquí. Uno que, sin darme cuenta, se había llevado mi alma con él, allá donde estuviera.

Dalton tenía razón.

Me había enamorado de Iron Shadow.

2

Eda

Habían pasado trece días desde que Dalton me había propuesto matrimonio. Trece días desde que Skylar se había ido sin decir adiós. Y, en todo ese tiempo, la lluvia no se había detenido ni un solo segundo.

Los jinetes y yo habíamos recuperado parte de la fuerza, y nos habíamos apropiado de una habitación que parecía hecha para entrenar. Acostumbrados al ritmo del reclutamiento, pasábamos la mayor parte del tiempo allí, volviendo a ser nosotros, entrenando, aprendiendo a imbuir nuestras armas con magia cada vez más rápido.

Elandra había mejorado con la espada, y pasaba mucho tiempo a solas con Liral, inmersas en un entrenamiento silencioso, como si se entendieran sin necesidad de palabras. Yo, por mi parte, enseñaba a Adriel a moverse mejor en cuerpo a cuerpo con las dagas, corrigiendo posturas, afinando reflejos.

No habíamos salido del castillo en casi dos semanas. Savannah y Rai Raider seguían desaparecidos y Syera tampoco había dado noticias sobre nuevos movimientos o ataques de la Dama. Y eso... eso era lo más preocupante, porque cuando el enemigo deja de moverse, cuando el silencio se impone durante tanto tiempo, no es por rendición.

Esa mañana me había levantado mucho antes que cualquiera. Dormir se había vuelto un lujo, uno que mi cuerpo ya no reconocía. Así que salí de la cama sin hacer ruido, dejé la habitación atrás y empecé a vagar por los pasillos oscuros y empedrados del castillo, errante como las almas de Bankai.

¿Insomnio?, me preguntó Kali a través del vínculo.

Estoy impaciente por desayunar, mentí.

Mi mano rozaba la pared y sentía la piedra fría y rugosa bajo los dedos. No sabía por qué lo hacía, solo... seguía, como si esa línea invisible que dejaba al andar me mantuviera entera.

¿Lo echas de menos?, susurró.

Cada segundo, Kali.

Yo también lo echo de menos, Eda.

No supe en qué momento mis pasos me llevaron hasta allí. No fue claro si llegué por inercia, arrastrada por la costumbre de vagar sin rumbo, o si, en el fondo, fue mi propio deseo el que me empujó hasta el lugar donde ahora me encontraba.

Frente a mí se alzaba una puerta negra, alta y ancha, con los bordes de roca oscura y un entramado de sombras que la cubrían por completo. Por un momento pensé que había tropezado con el umbral que conducía a otro mundo, quizá a uno aterrador. Pero no. Algo muy dentro de mí me susurraba que había llegado a la puerta de la habitación de Skylar.

Di un paso atrás cuando una de esas sombras avanzó hasta rozar la palma de mi mano. No atacaban, no eran agresivas. Solo me tocaban, reconociéndome.

Mis ojos recorrieron la superficie de la hoja en busca de un pomo, un picaporte, cualquier indicio de entrada. Pero no había nada más que sombras enredadas las unas con las otras, como si solo él tuviera derecho de cruzar esa puerta.

Tal vez deberías pedirles que te dejen entrar.

Ladeé la cabeza y volví a inspeccionarla.

Cuando le pedí a las sombras de Skylar que me dejaran entrar en su escudo, había sido porque había una necesidad real. Ahora solo estaba siendo...

Cotilla, terminó Kali por mí.

Me gusta más la palabra «curiosa», refunfuñé. *Además, seguramente puede que esté...*

¿Dentro?, añadió.

Deja de terminar mis frases.

Y tú deja de quedarte ahí parada. Entra ya, que me estoy muriendo de curiosidad.

Puse los ojos en blanco.

Ahora la cotilla eres tú, sentencié.

Aprendo de la mejor.

Cerré los ojos y deseé entrar. No hubo ningún crujido, ni una alteración en el ambiente, solo extendí la mano hacia las sombras y estas me recibieron. Fue como si la oscuridad me absorbiera, como si la puerta me engullera en silencio, dejándome atravesarla sin esfuerzo.

Por un segundo, me arrepentí. No sabía qué me esperaba al otro lado. Recordé la habitación de Dalton, las paredes cubiertas de dibujos, libros apilados en cada rincón, los retratos, nuestro cuadro. Su mundo reflejado en ese espacio. Pero... ¿qué habría en la habitación de Skylar? ¿Cadáveres? ¿Armas? ¿Wendigos encadenados? No sabía qué esperar. Pero cualquier imagen que hubiera formado en mi cabeza desapareció en el instante en que la estancia se reveló ante mí.

La sala que tenía frente a mí no debería existir en ese castillo ni en ningún otro. El techo se perdía a una altura que solo podía describirse como absurda, tal vez cincuenta metros o más, y la anchura parecía extenderse hacia el infinito, como si estuviera dentro de una dimensión completamente distinta.

Justo cuando di el primer paso, una hilera de llamas anaranjadas se encendió a ambos lados de la sala. Cientos de candelabros antiguos, incrustados en las paredes de piedra negra sin ventanas, prendieron al unísono. Y cuando mis ojos se acostumbraron a la luz, comprendí lo que estaba viendo.

No era una habitación..., era una guarida.

En los laterales se alzaban estanterías colosales, torcidas por el peso del tiempo, repletas hasta el límite de objetos imposibles. No eran solo reliquias o antigüedades, sino fragmentos de historias, piezas de mundos olvidados.

Pasé junto a un espejo flotante, su marco de plata bruñida reflejaba destellos que no correspondían con la luz del lugar. A su lado, una esfera de cristal giraba lentamente sobre un pedestal, mostrando imágenes fugaces de lugares que jamás había visto. Más adelante, una muñeca de porcelana descansaba sobre un cojín de terciopelo y parecía observarme. Junto a ella, una daga negra flotaba en el aire, su hoja cubierta de inscripciones en un idioma que no comprendía. El suelo, cubierto de tesoros abandonados, revelaba un abandono antiguo, el tipo de descuido que solo deja el paso de los siglos. Cofres de oro entreabiertos dejaban escapar monedas de distintos tamaños y formas, algunas aún brillantes, otras corroídas por el tiempo. Coronas antiguas, algunas intactas y otras destrozadas, yacían como si hubieran sido arrancadas de las cabezas de reyes caídos. Y más allá, en la penumbra, los libros encadenados descansaban sobre mesas y estanterías, mientras otros revoloteaban en el aire, escapando de manos invisibles que intentaban atraparlos.

Allí no solo se coleccionaban objetos, se coleccionaban secretos.

Avancé con cautela, esquivando montones de artefactos dispersos por el suelo. Skylar había acumulado cosas durante milenios, y su habitación era el reflejo de ello. Mientras me acercaba, mi mirada se fijó en el centro de la estancia.

La cama.

Estaba rodeada por altos barrotes de color cobre, con sábanas negras perfectamente estiradas e impecables, no mostraban señal alguna de que Skylar se hubiera tumbado en ellas. A cada lado, una mesita, intentando darle un orden a aquel caos. Era la habitación más extraña del mundo, todo a su alrededor era un desastre de objetos acumulados, pero la cama... la cama era un oasis en medio de todo aquello.

Me acerqué a ella e, incluso antes de tocarla, el aroma de Skylar me envolvió. Pasé los dedos por las sábanas y, sin pensarlo mucho, me deslicé sobre ella hasta sentarme. Recorrí la tela con las manos y, en un impulso, me tumbé bocarriba.

«Estoy en la cama de Skylar».

El pensamiento ardió en mi mente, y su olor... su maldito olor lo trajo todo de vuelta. La cúpula, su cuerpo contra el mío, sus manos arrastrándose por mis muslos, subiendo por mis pechos, enredándose en mi pelo, tirando justo como me gustaba..., tocándome de aquella forma que no dejaba espacio a dudas de que me deseaba.

Mis manos acariciaron las sábanas sin pensarlo, buscando respuestas en la tela. ¿Habría habido otra antes? ¿Otra que gimiera su nombre contra esas almohadas, que le abriera las piernas justo allí? ¿La devoró igual que a mí? ¿La ató a ella con las sombras mientras la rompía de placer? ¿Skylar y Kaiserin...?

Me incorporé de golpe, mi propio cuerpo rechazó la dirección que había tomado mi mente. «¿Qué demonios me pasa?». Por supuesto que Skylar había estado con otras mujeres, podía tener a quien quisiera, podía hacer lo que le diera la gana. No era asunto mío, nunca lo había sido.

Aun así, la idea se enredó en mi pecho con un nudo insoportable. No debía pensar en eso..., no después de que Dalton Basilius me hubiera pedido matrimonio.

Me tapé el rostro con las manos, dejando escapar un suspiro y, al separar un poco los dedos, un destello en la mesita de noche llamó mi atención, algo pequeño, discreto. Fruncí el ceño mientras recorría la habitación con la mirada, como si alguien pudiera aparecer en cualquier momento para reclamarlo, pero no había nadie, solo yo y ese pedazo de papel.

«¿Debo leerlo? ¿Y si es algo privado?».

Yo quiero saber qué dice. La voz de Kali irrumpió en mi cabeza y me empujó un poco más hacia la tentación. Me reí en voz baja sin apartar los ojos del sobre.

Somos tal para cual, pajarraca.

Alargué la mano y lo tomé, deslizando los dedos por el papel mientras lo giraba en busca de algún indicio de a quién iba dirigida la misiva. Pero la presión en mi pecho se intensificó cuando mis ojos se posaron en aquella caligrafía impecable, elegante hasta rozar lo intocable.

Para Eda.
Feliz cumpleaños.

¿Skylar me había escrito una carta?

Mis dedos se movieron por instinto para abrirla, pero antes de que pudiera siquiera rozar el sello desapareció.

Las paredes de esta habitación me han contado cosas sobre ti. Una de ellas, que puedes escucharme, y otra, que puedes forjar armas poderosas. La voz irrumpió en mi consciencia, masculina, desconocida.

De manera natural, deseé una daga en llamas entre mis manos. El pensamiento apenas había cruzado mi mente cuando el arma tomó forma, ardiente entre mis dedos, y me puse en guardia con la daga en alto tras saltar de la cama, buscando al dueño de aquella voz.

—¿Quién está hablando? —Mi mirada se movió por la enorme guarida, pero había demasiados artefactos, demasiados rincones oscuros—. Déjate ver.

Una risa baja vibró en mi consciencia, seguida de un sonido a mi izquierda.

Veo que lo que dicen es verdad... Déjame adivinar..., continuó con una diversión descarada. *Ahora mismo estás con la espalda tensa, los sentidos afilados, preguntándote qué soy, dónde estoy..., si se trata de un enemigo o algo mucho peor.*

No respondí.

¿Qué te parece si hacemos un trato?, ronroneó. *Te permitiré verme si me entregas una de esas dagas forjadas con tu esencia.*

Fruncí el ceño.

—No voy a armarte.

Oh, pero qué desconfiada eres, se quejó. *¿Crees que la muerte me dejaría estar en su guarida si supiera que puedo hacerte daño?*

Esa voz hablaba de Skylar.

No quiero luchar, ni provocarte, ni ponerme en tu contra. Solo quiero ver ese fuego azul otra vez, olerlo, sentirlo... Déjame saborearlo.

Miré la daga que tenía en la mano y me pregunté si de verdad estaba tan loca como para darle un arma. No creía que Skylar dejara a cualquiera rondar por su habitación, pero ¿eso significaba que debía fiarme de esa cosa? ¿O era justo la razón por la que no debería hacerlo?

—Muéstrate —le ordené.

Un crujido se alzó desde una montaña de artefactos apilados. Me giré justo a tiempo para verlo salir.

Era un zorro.

No, no un simple zorro.

Era enorme, su pelaje blanco resplandecía y sus ojos violetas me observaban con la aguda inteligencia de un ser que había vivido mucho más de lo que aparentaba. Se acercó a mí con pasos sigilosos, sus patas apenas rozaban el suelo de piedra. Y detrás de él... se alzaban nueve colas.

Nueve...

Vaya, vaya, llevas el aroma de la muerte y el fuego de algo que no debería existir. Qué combinación tan interesante...

Le lancé la daga de fuego azul, que se deslizó por el suelo sin apagar su brillo. El zorro ladeó la cabeza con interés, sus ojos violetas quedaron fijos en la hoja resplandeciente.

—Aquí tienes tu daga. Ahora dime, ¿qué eres exactamente?

Mmm... Se acercó a la daga y la olfateó con cuidado, como si intentara absorber mi esencia. *¿Puedo quedármela?*

—Respóndeme primero.

Te responderé cuando me confirmes que es mía.

Exhalé con frustración. Era un embaucador, se notaba en la forma en la que su voz serpenteaba en mi cabeza, deslizando sus condiciones en cada palabra.

—Tómala, ahora es tuya —cedí.

En el mismo instante en que lo dije, la daga desapareció, como si nunca hubiera existido. Igual que había ocurrido con la carta de Skylar...

Esa carta no es tuya, intervino su voz. *Y aquí no dejo que nadie toque objetos que no le pertenecen, así que me la he llevado.*

Fruncí el ceño y me planté frente al zorro, que me observaba con la misma actitud juguetona de antes. «¿Cuántas criaturas más me faltarán por conocer?».

—Bien —dije al fin cruzándome de brazos—. Responde a mis preguntas, zorro.

Sigurd, ese es mi nombre. Mientras hablaba, se movió con elegancia por la sala, llevando consigo un rastro de magia que hizo levitar algunos libros desperdigados. *Dime, ¿acaso la muerte nunca te ha hablado de mí?*

Negué con la cabeza y él chasqueó la lengua en una imitación casi humana de fastidio.

Curioso... Allí fuera, el mundo entero me ofrece su respeto sin que tenga que pedirlo. Pero aquí, en esta guarida, contigo, no me siento como la criatura que sé que soy. Me pregunto por qué al mirarte percibo más hilos enredados en ti de los que debería haber. Se tumbó en el suelo con un suspiro dramático, moviendo sus orejas con pereza antes de continuar: *Me encargo de custodiar cada objeto robado de cada alma que cruza las puertas de Bankai..., entre otras muchas tareas que no te interesarían. O que no deberías querer conocer.*

—¿Cómo que custodiar cada objeto de cada alma? —interrumpí

mientras echaba un vistazo a mi alrededor—. ¿Me estás diciendo que todo esto fue robado?

Sigurd entornó los ojos, sus colas moviéndose lentamente detrás de él.

La mayoría de las leyendas hablan de dragones como criaturas codiciosas, hambrientas de oro, guardianas de tesoros robados. Pero antes de la guerra de las Tres Llamas, cuando sus alas aún surcaban el cielo..., la gente decía otra cosa. Que no acumulaban oro ni joyas, sino algo mucho más valioso: recuerdos.

Hizo una pausa para observarme.

Pero yo creo que fueron los humanos quienes inventaron esas historias. Siempre ha sido más fácil culpar a un dragón que aceptar que el verdadero ladrón duerme bajo su propio techo; más cómodo pintar de monstruos a criaturas con alas que mirar la podredumbre que crece en sus propias manos.

—Entonces ¿por qué están aquí estos objetos? —pregunté—. ¿Acaso no deberían ser devueltos a sus dueños? ¿Por qué terminan en manos de...?

No terminé la frase. No quise pronunciar su nombre.

Sigurd sonrió mostrando los colmillos.

Si tienes tanta curiosidad, deberías preguntárselo a él. Se lamió una pata. *Aunque, ya que estás, también podrías preguntarle si puedes leer su carta.*

Respiré hondo. Estaba claro que el zorro no iba a devolverme lo que Skylar había escrito para mí.

Y dime, querida destructora..., ¿a qué has venido?

«Querida destructora...».

No tenía nada que perder, así que le dije la verdad:

—Mis pasos me llevaron hasta la puerta de su habitación. Pensé que tal vez tendría suerte y encontraría a Iron Shadow aquí, pero ya veo que no. Siento molestarte.

Me giré para irme por donde había venido, pero su voz me detuvo.

No necesitas que Iron Shadow te entregue las respuestas que buscas, ¿sabes? Él ya hizo lo que debía: mostrarte el camino... y señalar a quién debes escuchar. Lo demás depende de ti.

Lo miré y supe de inmediato a qué se refería.

—Gracias —murmuré caminando hacia la puerta de sombras.

Aunque, dime..., ¿quién querría a un jinete, pudiendo tener a un dragón?

Cuando miré por encima del hombro, el zorro de nueve colas ya había desaparecido.

3

Eda

—Hola, Silente —saludé a la biblioteca mientras me frotaba la muñeca con el pulgar.

Ceder una parte de mi esencia para entrar allí me dejaba una sensación extraña, como si algo dentro de mí se deslizara fuera de su lugar por un instante antes de encajar de nuevo. Pero era un precio justo, un intercambio inevitable.

Una gota de mi poder a cambio de respuestas.

Había volado como había podido, luchando contra la lluvia torrencial que azotaba Bankai sin tregua. Aquel era el único lugar donde podía obtener las respuestas que buscaba, la única fuente de conocimiento que me diría la verdad. Y, de alguna forma, el zorro de nueve colas lo sabía. Era consciente de que Skylar me lo había mostrado y que el deseo incontrolable de encontrarlo me guiaría hasta él.

Las runas de las paredes comenzaron a brillar con una luz tenue. En el centro de la sala, la esfera de oscuridad se agitó, respondiendo a mi presencia.

—Me alegra volver a tenerte aquí, portadora de la llama azul. Veo que esta vez vienes sola, ¿en qué puedo ayudarte?

Di un paso adelante tragando saliva.

—Como biblioteca de Bankai..., ¿estás al tanto de todo lo que sucede? Sobre los noctífagos, sobre las fisuras mágicas y sobre...

—¿Sobre la propuesta de matrimonio del emperador de Pramvera a la jinete de fénix? —interrumpió la biblioteca, con la misma neutralidad impasible de siempre—. Lo estoy. Estoy al tanto de cada suceso en Bankai, pues transcribo toda información posible en mis archivos.

Asentí despacio. Eso era bueno. No tendría que explicarle nada, solo preguntar lo que realmente quería saber.

—¿En este mismo momento hay algún ataque aquí? ¿Alguna fisura mágica abriéndose? —Tenía que preguntarlo primero, asegurarme de que las almas de Bankai no estuvieran sufriendo.

La biblioteca guardó silencio, como si escuchara algo más allá de lo que yo podía percibir. Entonces su voz resonó en la sala:

—No hay gritos rasgando el aire, no hay sangre derramada en la tierra, los olores siguen siendo los mismos. Pero Bankai llora, portadora. Sus cielos se abren sin descanso, su lamento se desliza en forma de lluvia, empapando la tierra más de lo necesario. Cuando el agua persiste, ahoga; cuando la tormenta no cesa, devora.

Las runas brillaron un poco más y reflejaron su luz sobre mi piel.

—Pero dime, ¿qué buscas?

Respiré hondo.

—Quiero actuar, no quedarme a la espera de que me digan qué hacer. No quiero que mi mundo se detenga solo porque alguien ha decidido pedirme matrimonio. Ya he tenido suficientes días para recomponerme, para pensar... y lo único que tengo claro es que necesito moverme.

La esfera negra titiló.

—Veo que con cada segundo tu poder forja algo nuevo, algo que ni siquiera tú comprendes del todo.

Mi cuerpo se tensó, ¿a qué se refería con eso?

—Trece días... —continuó la biblioteca—. Trece días han hecho falta para darte cuenta de que tú sola puedes moverte como un ejército en el campo de batalla.

—No estoy sola —repliqué de inmediato, recordando las palabras de Elandra y Liral en aquella playa.

Inspiré antes de continuar:

—Muéstrame la red de portales mágicos que pueden llevarme al imperio —pedí con determinación—. Enséñame la mejor ruta para viajar junto con tres criaturas feéricas del elemento tierra.

En cuanto pronuncié las palabras, la esfera vibró y un mapa de Bankai comenzó a desplegarse frente a mí. Sus líneas doradas se expandieron, dibujando caminos, senderos ocultos, rutas que aparecían y desaparecían. No me sorprendió. Bankai era un territorio en constante cambio, donde las distancias podían acortarse con solo desearlo. Pero aun así, dudaba que Skylar facilitara el acceso a los portales que conducían al imperio, incluso para mí.

Entre la maraña de caminos, una línea amarilla delgada se dibujó desde el castillo hasta un bosque, a unos cincuenta kilómetros de distancia.

Fruncí el ceño.

—Podría acortar la ruta, pero... ¿estás segura de que allí encontraré el portal?

—Los portales mágicos no se mueven —respondió—. Son los únicos puntos fijos en Bankai, conectados a otras tierras de forma inquebrantable. Ni siquiera el poder del creador puede alterarlos.

El creador... Se refería a Skylar.

Suspiré y memoricé el mapa, grabando en mi mente los puntos cardinales que debía seguir. Norte. Mi destino estaba al norte. Pero la ruta era difusa, y desconocía si estaba cerca de alguna ciudad fantasma.

Bankai era un misterio incluso para su propio dueño.

—¿Podría atravesar uno de esos portales sin su permiso? —pregunté con la vista fija en el mapa—. Y, si no es así..., ¿cómo podría hacerlo?

La esfera titiló, como si estuviera considerando su respuesta, como si decidiera cuánto debía decirme.

—Eres muy lista, Eda, pero haciendo estas preguntas empiezo a dudarlo —sentenció—. Como su yang, posees la mitad de su poder. Y eso es algo que el amo siempre te ha dicho.

Claro que me lo había dicho, pero nunca había querido pararme a pensarlo, nunca había querido enfrentarme a lo que realmente significaba.

Las palabras que me había dicho en la cúpula regresaron como un golpe directo al pecho.

«Te he visto crecer. Te he protegido como si fueras mi propio corazón. No solo porque eres la mitad de mi poder, sino porque eres la mitad de mi mundo».

Apreté los puños y sentí cómo mis uñas se clavaban en la piel, lo suficiente para doler y para recordarme que aquello era real. Me lo merecía.

No podía seguir huyendo.

No podía seguir negando quien era.

Si de verdad quería luchar, si quería decidir mi propio destino, entonces tenía que aceptar la verdad más simple y brutal de todas.

Yo era su igual.

Yo era la única capaz de desafiar a la muerte.

—Me quedan dos preguntas, Silente —dije con fijeza.

—Adelante.

—Sé que mis lágrimas pueden curarme, que cada vez que lloro mi cuerpo se regenera mucho más rápido que el de cualquier otro inmortal, pero ¿podría extender ese poder a otros? ¿Podría sanar a mis jinetes cuando están al borde del agotamiento?

Era una idea que había rondado mi mente desde que vi a Adriel desplomarse, vomitando por el desgaste de su magia, a Elandra sujetándose el vientre por el dolor, a Liral fingiendo estar ilesa cuando su cuerpo temblaba de puro agotamiento.

Si de verdad tenía este don..., quería usarlo.

—Interesante dilema —murmuró, su tono más pensativo que de

costumbre—. Pero los dones no son fórmulas exactas. El poder nunca es tan sencillo de comprender como nos gustaría, siempre tiene sus condiciones, sus exigencias. No es tan simple como dejar caer una lágrima sobre alguien y esperar que su cuerpo se repare, ni dar de beber tus lágrimas como si fueran un elixir divino. No..., la magia nunca da sin pedir algo a cambio.

El resplandor de las runas de las paredes se intensificó, como si la biblioteca enfatizara de ese modo lo que estaba a punto de decir.

—Tus lágrimas curan el poder. Tu sangre, el cuerpo inmortal.

Asentí. Skylar me lo había mencionado alguna vez, pero nunca había probado a curar los poderes.

—Sé que no hay consecuencias graves si curo con mi sangre —dije dudando—. Tal vez solo me agote un poco, ¿pero si curo con mis lágrimas?

—Si curas el poder de alguien, su dolor pasará a través de ti. No lo sanas arrancándolo, lo absorbes. Lo sientes.

Mi espalda se tensó.

—¿Qué significa eso exactamente?

—Que cada agotamiento que intentes aliviar tendrá un precio. Si sanas a un jinete exhausto, tú serás la que caiga de rodillas. La magia debe equilibrarse, Eda, y el dolor no desaparece, solo cambia de dueño.

—Y si decido hacerlo, ¿cómo lo transfiero?

La esfera titiló una vez más.

—Las lágrimas por sí solas no bastan, deben ser entregadas con intención..., con vínculo.

—¿Vínculo?

—A través del contacto —explicó—. Tu poder no se derrama en un charco, Eda, no se ofrece como un remedio fácil. Si deseas sanar a alguien, debes dar parte de ti misma. Tus lágrimas deben recibirse. No basta con que caigan sobre ellos, deben beberse, deben permitirlo.

El nudo en mi pecho se apretó.

—¿Y si no lo hacen?

—No puedes salvar a quien no quiere ser salvado.

—No necesitamos buscar armas —dije con firmeza, mientras mis manos se movían entre las cuatro bolsas abiertas sobre la cama—. Las forjaré yo misma.

Fui llenándolas con cantimploras, pan, queso curado y algo de embutido. Provisiones simples pero suficientes para el viaje. En un lugar como aquel, donde los días no existían y el tiempo se medía solo por el cansancio, era difícil saber en qué momento exacto del ciclo estábamos. Pero cuando volví de la biblioteca, los demás apenas despertaban. Eso quería decir que, si salíamos ahora, podríamos alcanzar los portales al anochecer... o incluso antes, si el terreno no se volvía en nuestra contra.

Los tres ya llevaban puestos sus uniformes, recién lavados, listos. No dudaron ni un segundo cuando les conté mis planes.

—Tengo mi arco, pero me hacen falta flechas —dijo Liral tras revisar su carcaj—. La última vez las imbuiste, pero no las forjaste tú.

—Puedo encargarme. Lo hago constantemente con las dagas y las espadas, así que practicar con tus flechas me vendrá bien para probar qué otros tipos de armas puedo forjar con mi esencia.

Guardé la última cantimplora y cerré las bolsas. No necesitábamos mucho más. Tal vez lo único que nos haría falta sería un poco de suerte.

—¿Te has aprendido la ruta hacia los portales? —preguntó Elandra, ajustándose las correas de su cinto—. ¿Crees que el terreno habrá cambiado demasiado?

—Es imposible saberlo —respondió Adriel cruzado de brazos—. Y más teniendo en cuenta que Iron Shadow nos desvaneció hasta aquí sin seguir ninguna ruta.

Me enderecé, observando las bolsas y después a los tres jinetes, mis ojos se detuvieron en cada uno con intención.

—No podemos depender siempre de la magia para desvanecernos. De todos modos, he volado hasta la biblioteca desde aquí y no he tardado ni una hora. Aunque avanzar por tierra será todo un reto.

—¿Y si el bosque ha cambiado? —insistió Elandra—. Sabes que los límites de Bankai no son fijos.

—Si cambia, improvisaremos —dije—. Pero la ruta que he visto en la biblioteca iba hacia el norte, así que seguiremos esa dirección hasta encontrar el punto donde se abre el portal.

—¿Y si hay noctífagos? —preguntó Adriel—. Si el portal lleva al imperio, podrían estar vigilando la zona.

—Por eso necesito que estéis preparados para combatir antes de llegar —respondí.

Se hizo el silencio.

—¿Y si llegamos y el portal está sellado? —preguntó Liral—. ¿Tienes forma de abrirlo?

—Lo intentaré —dije mientras ajustaba la correa de una de las bolsas sobre mi hombro—. Pero, si no puedo..., encontraremos otra forma de cruzar. —Los miré uno por uno, esperando que alguien objetara algo más—. ¿Alguna otra pregunta?

—Ninguna —dijo Elandra encogiéndose de hombros—. Obtendremos las respuestas por el camino.

Habíamos pasado cuatro horas caminando sin descanso y el camino no parecía acortarse. Más bien daba la impresión de que Bankai, con su naturaleza impredecible, alargaba el trayecto hacia los portales, poniéndonos a prueba.

La lluvia nos había empapado de arriba abajo, metiéndose bajo la ropa, colándose hasta los huesos. Y aunque la inmortalidad nos protegiera del frío y nuestros cuerpos no temblaran, cada gota que me cruzaba el rostro era un maldito recordatorio de que ese viaje no iba a tener compasión con nosotros.

Cabalgaba sobre Dargan, sintiendo la tensión de su cuerpo bajo mis piernas. El barro se pegaba a sus patas y el suelo era un desafío, pero no aminoraba por ello el paso. Delante de mí, Liral, con la mano cerca del carcaj, siempre lista para atacar. Detrás, Elandra y Adriel avanzaban sin decir una palabra. Kali volaba sobre nosotros haciendo círculos amplios, vigilando desde las alturas.

La Biblioteca Silente había asegurado que no existían amenazas en Bankai, pero yo no creía en promesas vacías. En aquel lugar, todo podía irse al infierno en un segundo. Y más con Skylar... desaparecido.

¿Dónde demonios estaba? ¿Cómo no se había dado cuenta de que me había largado del castillo? ¿Por qué no había vuelto?

Un relámpago blanquecino cayó a menos de un kilómetro de distancia, rajando el cielo con un estallido de luz. El trueno lo siguió un segundo después y, seco y brutal, sacudió la tierra bajo nuestros pies. Los árboles temblaron, despojándose de algunas hojas y ramas que llovieron sobre nosotros como esquirlas.

Xilon alzó un escudo sin que nadie se lo ordenara, una cúpula invisible que chispeó durante un instante antes de volverse transparente.

—Solo ha sido un rayo, Xilon —lo tranquilizó Adriel, acariciando el cuello de la criatura. Tras unos segundos, el escudo desapareció.

Poco a poco, el terreno empezó a transformarse. Los árboles luminosos quedaron atrás y la tierra blanda se volvió roca agrietada que crujía con cada paso de nuestras criaturas. A ambos lados del sendero, muros de piedra gris se alzaban torcidos, partidos, como las costillas de una bestia antigua ya descompuesta. Restos de algo que el tiempo había devorado sin piedad... para luego escupirlo.

—¿Alguien sabe dónde pueden encontrarse este tipo de ruinas, fuera de Bankai? —preguntó Elandra a nuestra derecha.

—No creo que en Valdemar haya algo así —respondí, echando un vistazo—. Quizá cerca de la ciudad de Pramvera, pero no sé quién podría haber deseado que este lugar existiera en Bankai.

Ahora ellos también sabían cómo funcionaba la magia allí, cómo las ciudades y los paisajes aparecían y desaparecían según la voluntad de quienes pisaban ese territorio.

—Tal vez estas ruinas existieron siglos atrás, o puede que hace milenios —intervino Liral—. Lo más seguro es que este lugar fuera deseado por almas que murieron hace mucho tiempo.

Al sobrevolar Bankai nunca había sido consciente de todo lo que se ocultaba bajo las alas de Kali y mis propios pasos.

—¿Ruinas de antes de la Gran Guerra de las Tres Llamas? —inquirí, mientras el aire húmedo se colaba en mis pulmones. Había algo más en él…, algo metálico y amargo que se pegaba a la garganta, dejando un regusto extraño.

—¿Creéis que era algún tipo de templo? Nunca he sido creyente, pero cerca de mi hogar había uno muy pequeño donde mi abuela solía ir a rezar —comentó Adriel, ladeando la cabeza para observar las columnas a lo lejos.

—¿Lo dices por los grabados? —pregunté.

—O por los nichos en las columnas —respondió Elandra—. ¿Veis esas cavidades? No son simples adornos. Por lo que sé, gracias a mi padre, en los templos antiguos de Valdemar esos nichos servían para colocar urnas sagradas o reliquias dedicadas a los dioses.

—¿Tu padre creía en los dioses? —intervino Liral, su voz sonaba más curiosa que escéptica.

—No, pero la arquitectura de Valdemar siempre le ha fascinado. Los templos, aunque fueran pequeños como los que tal vez Adriel tenía cerca de su hogar, le parecían especiales. —Contestó—. Le encantaría Pramvera. La ciudad, el palacio…

—Seguro que sí, Elandra —dijo Adriel con suavidad.

Me di cuenta de lo poco que sabía de sus vidas anteriores.

¿Ves algo desde arriba?, le pregunté a Kali.

Nada, Eda. Solo más ruinas y… La voz de Kali se cortó de golpe.

No hizo falta que terminara la frase. El nudo que se formó en mi pecho fue suficiente cuando me di cuenta de lo que teníamos delante de nuestras narices.

—¿Qué demonios…? —susurró Adriel.

Al principio solo vi uno. Colgaba bocabajo de un arco, la cuerda le cortaba los tobillos hasta el hueso. La piel gris ceniza parecía a punto de romperse, con venas negras retorciéndose bajo la carne.

Liral alzó el arco y la cuerda crujió cuando tensó las flechas de fuego azul, que chisporrotearon con ansias de volar. Yo salté de Dargan en un solo movimiento, con las dagas ya en mis manos y las llamas reptando por las hojas como serpientes listas para morder.

—No dejéis de caminar —ordené.

Sabía lo que estaba viendo. Lo había visto antes. Pero esa vez… algo era diferente.

—¿Son zarkass? —preguntó Elandra en voz baja.

—Sí —murmuré sin apartar los ojos del cadáver—. Pero estos no son hembras..., sino machos. Los perros de caza de la Dama. Dientes afilados, y solo una maldita orden grabada en la cabeza: atraparme viva y arrastrarme hasta ella.

Recordaba sus manos ásperas, los susurros en mi oído mientras me sujetaban... La furia trepó por mi garganta y se derramó en el fuego de mis dagas, que ardieron con más fuerza.

—¿Por qué demonios están colgados en medio del camino? —preguntó Elandra.

Nadie respondió.

Conforme avanzábamos los cuerpos no dejaban de aparecer. Colgados de los arcos caídos o de las columnas agrietadas, se balanceaban con la brisa como si todavía quedara algo vivo en ellos. Algunos tenían la boca congelada en un grito que nunca se terminó. Otros carecían de rostro, la carne arrancada en jirones hasta dejar solo músculo expuesto y ojos vacíos. Los peores... ni siquiera conservaban la cabeza. Solo el cuello abierto, apuntando al suelo.

Ese olor metálico que me venía arañando la garganta desde que cruzamos las ruinas era sangre, pero no cualquiera...

Las paredes a los lados del camino empezaron a cambiar. Las piedras ya no mostraban solo grietas, sino marcas oscuras que parecían dedos carbonizados deslizados por la roca. En algunos lugares, las venas negras que recorrían los cuerpos colgantes se extendían hasta tocar la piedra, como si sus cadáveres hubieran infectado el propio muro.

—O es una advertencia o es una trampa —dijo Elandra con la mandíbula apretada, pegada a mí—. Pero, joder..., ¿quién demonios los ha colgado aquí?

—Eda... —advirtió Adriel.

—Esto es una puta mala señal —gruñó Liral, adelantándose un paso sin bajar el arco—. Deberíamos dar media vuelta.

—No vais a ir a ningún puto lado, jinetes.

La voz femenina a mis espaldas hizo que mis pies rotaran en posición de lucha. Liral, a mi lado, levantó el arco con tres flechas de fuego azul listas para volar. Elandra se adelantó un paso, la espada en guardia baja, preparada para atacar al primer movimiento.

Entonces las vimos. Las figuras al final del camino no eran machos zarkass.

Eran algo mucho peor.

Eran las hembras.

4

Eda

Una decena de zarkass emergieron de entre las ruinas. Algunas permanecían inmóviles, mientras que otras se deslizaban entre los escombros con una fluidez que dejaba claro que no eran humanas.

Tenían la piel gris ceniza, tirante sobre los músculos y que brillaba bajo la luz opaca, como piedra pulida. El cabello negro les caía liso, rozándoles el pecho, apenas cubierto por tiras mínimas de tela y correas cruzadas. Las caderas, apenas veladas por cuero viejo, daban paso a unas piernas delgadas pero marcadas.

Eran hermosas, pero no delicadas. Su belleza era peligrosa, hecha para desarmarte con una mirada y abrirte el pecho con la siguiente.

No seducían.

Cazaban.

La que estaba en el centro avanzó un paso, sin prisa, como si supiera que nadie escaparía. La lluvia le pegaba el cabello negro a las mejillas afiladas, y en sus labios se dibujaba una sonrisa fría.

—Quietos —ordenó la que parecía la líder, con la voz tan cortante como la lanza que llevaba en la espalda—. Ni un puto paso más o acabaréis igual que nuestros machos: muertos, colgados y con las tripas al aire para que el resto aprenda.

No bajé las dagas.

—Serías una ilusa si creyeras que no puedo haceros polvo en un pestañeo. —Mi sonrisa se torció—. No quedaría ni una de vosotras en pie.

—Oh, lo sé. —Ladeó la cabeza con un movimiento felino. Su cabello se deslizó y dejó ver un poco más de su pecho desnudo. Me recorrió de arriba abajo, ignorando por completo al resto del grupo—. Conozco tu fuego, jinete de fénix y portadora de la llama azul. Pero ¿y tú? ¿Sabes de lo que somos capaces nosotras?

La rabia me subió a la garganta. ¿Conversaciones? ¿De verdad? ¿Creía que iba a perder el tiempo con un intercambio de amenazas?

Kali.

Lo sé, respondió ella. *Si se mueven, mueren.*

—Zarkass... —saboreé el nombre—. Cazadoras de almas, expertas en tortura mental. Herramientas para vuestros propios machos.

—¿Y qué hay de malo en ser un arma? —Sus labios se curvaron—. Los machos que nos usaron están muertos. Nosotras seguimos aquí. Y tú... —Dio un paso más y las cadenas de plata de sus tobillos tintinearon con el sonido metálico—. Tú podrías ser nuestra próxima presa.

—Podéis intentar matarnos si os sobra valor —espeté, ajustando el agarre de las dagas. El fuego azul estalló con más fuerza, arrancando destellos del suelo empapado y sombras retorcidas en los rostros de las estatuas rotas—. Pero si lo hacéis, no os prometo una muerte rápida. Hoy no estoy de humor.

—¿Muerte? —Inclinó la cabeza y su sonrisa se volvió más oscura—. No hablo de matarte, jinete. Eso sería demasiado simple.

Dio otro paso.

—Podría hacer polvo tu mente sin siquiera tocarte. Romperla. Moldearla hasta que no supieras quién eres. Robarte los recuerdos más dulces y dejarte solo con los más oscuros. Y lo haría tan lentamente... que acabarías rogando la muerte.

—Atrévete, hembra —gruñí, con el fuego crepitando entre nosotras—. Entra en mi cabeza si te crees capaz. Pero te lo advierto..., lo último que sentirás será tu propia mente quemándose desde dentro.

Ella parpadeó por primera vez.

—Y créeme, yo no lo haría despacio.

—Bueno, tal vez..., ¿y si no es tu mente lo que quiero? —La líder inclinó la cabeza apenas un poco, sus ojos recorriendo el fuego que goteaba de mis dagas. Después, sus pupilas se deslizaron hacia las flechas azules de Liral—. ¿Y si lo que busco... es tu fuego?

No respondí. No lo necesitaba, porque en ese instante el fuego azul se deslizó por mis brazos y trepó hasta más allá de los codos.

—Última advertencia —gruñí—. Apartaos o arderéis.

—Advertencia rechazada, portadora.

Los labios de la zarkass se curvaron mostrando los colmillos antes de que su cuerpo se tensara como el de un depredador a punto de lanzarse sobre su presa.

La tregua había terminado.

Mis ojos volaron hacia Liral y Elandra.

—La zarkass es mía. Que nadie la toque.

Sin esperar respuesta, el fuego azul brotó del suelo dibujando un círculo perfecto que nos aisló del resto. Un anillo de llamas vivas se alzó a nuestro alrededor, respirando conmigo, como si el fuego reconociera que esa pelea no se compartiría. A mis espaldas, sentí a Adriel y a Xilon alzar una barrera.

Kali, no te metas, murmuré a través del vínculo. Ella retrocedió, pero su sombra seguía acechando desde lo alto, lista... pero quieta.

Eda, no.

No la escuché.

La zarkass dio un paso al frente y, con los ojos clavados en los míos, levantó las manos, que parecían vacías a simple vista. Pero lo que me hizo tensar los músculos no fue su expresión arrogante, sino el leve destello que asomó en sus dedos: garras afiladas, largas y teñidas de un líquido negro que se movía como veneno.

Ella sonrió.

Un mensaje silencioso, como si dijera: «Puedo matarte sin una palabra. Sin un arma. Solo con una caricia».

Perfecto.

—¿Sin armas entonces? —ronroneó.

Solté las dagas fuera del círculo sin apartar la vista de ella.

—Sin armas.

La zarkass se movió primero, rápida como una maldita víbora. Esquivó mi primer golpe con un giro y metió el brazo bajo el mío, buscando bloquearme con esas garras envenenadas que no podía permitirme tocar. Retrocedí de golpe y ladeé el cuerpo justo a tiempo para que sus uñas rozaran el aire, no mi piel. Giré sobre los talones y solté un puñetazo envuelto en fuego directo a su rostro. Si iba a despedazarme, tendría que ganárselo.

Ella se agachó en el último segundo.

—Nada mal... para una humana. —Deslizó una pierna para intentar barrerme los pies. Salté hacia atrás justo a tiempo y le devolví la sonrisa.

—¿Y tú? Para ser una cazadora, esquivas mejor de lo que golpeas.

—Oh, no te preocupes, portadora, solo estoy calentando.

Volvió a lanzarse contra mí, las garras buscando carne. Su puño rozó mi mejilla cuando giré el rostro. Aproveché el impulso para meterle un puñetazo en las costillas. El impacto la hizo retroceder un paso, pero se recuperó al instante.

—¿Eso es todo? —Escupió sangre con una sonrisa divertida—. Esperaba más de la famosa portadora de la llama azul.

Avancé con una serie de golpes rápidos, cada uno acompañado de un estallido de fuego. La zarkass se deslizaba como si sus pies no tocaran el suelo, esquivando con la fluidez de algo que nació para cazar. Las garras seguían ahí, siempre presentes, girando en cada ataque, buscando un descuido.

Entonces lo sentí.

Un cosquilleo frío en la base del cráneo, un susurro apenas perceptible que rozó los bordes de mi mente.

—¿Intentando meterte en mi cabeza? —gruñí, y apreté los dientes mientras la presión aumentaba.

—¿Por qué luchar cuando puedo destrozarte desde dentro? Solo un empujoncito y serás mía.

Cerré los ojos al sentir sus dedos invisibles intentando abrirse paso, buscando las grietas en mi consciencia. Pero no encontrarían ninguna. No después de los entrenamientos con Dalton.

Me concentré en el muro de hielo que había construido en mi mente, esa barrera impenetrable que dividía mis dos anclas mentales y mantenía a salvo mis pensamientos. Sentí la presión de la zarkass golpeando contra él, como garras que arañaban un muro indestructible.

Pero este resistió.

La embestida se estrelló contra su superficie helada y se deslizó sin encontrar una sola grieta por la que colarse.

La zarkass retrocedió un paso, sus ojos brillaron con frustración y sus labios se curvaron en un gruñido al notar la resistencia.

—¿Quién te ha enseñado eso?

Cargué contra ella un puñetazo directo a su rostro. Estaba a punto de impactar cuando...

—¡Dejad de intentar mataros!

Mi puño se detuvo a centímetros de su mejilla. La zarkass también se quedó quieta, su respiración agitada chocando contra la mía.

No supe exactamente por qué, hasta que de entre los pilares emergió una figura distinta al resto. Cicatrices profundas cruzaban la piel gris de sus brazos y su rostro, huellas del tiempo. El cabello blanco caía en trenzas finas adornadas con cuentas de obsidiana y anillos de plata.

La anciana zarkass avanzó despacio, apoyándose en un bastón de madera negra, grueso y desgastado, cuya parte superior terminaba en una garra metálica que sostenía una esfera de cristal oscuro. Dentro, filamentos de luz rojiza se retorcían como venas vivas, latiendo con el ritmo lento y profundo de un corazón atrapado tras el vidrio. Sus ojos hundidos se posaron primero en la zarkass y luego en mí, y en ese instante, supe que las reglas de la pelea acababan de cambiar.

—Valeska, hembra mía, aléjate de la jinete de fénix. Ahora —ordenó la anciana—. Y tú —añadió girándose hacia mí—, apaga ese fuego. Lo necesitarás más adelante.

Apreté los dientes, pero poco a poco la ira se hundió en lo más profundo de mí. Las llamas se deslizaron lentamente por mi piel y retrocedieron hasta desaparecer. Aflojé el agarre y me aparté del cuerpo de la zarkass, que hizo lo mismo sin dejar de observarme.

Por el rabillo del ojo, noté que los demás seguían dentro de la barrera de Xilon, alerta pero inmóviles; ninguna otra hembra se movía.

—Disculpa esta bienvenida —dijo la anciana mientras se acercaba—. Valeska puede ser... impulsiva.

—O puedes decir que no me fío de nadie —gruñó Valeska, cruzada de brazos, con los colmillos asomando.

La anciana ladeó la cabeza y continuó, sin prestarle demasiada atención:

—Pero lo que intenta decirte, portadora, es que necesitamos tu fuego.

—¿Necesitáis mi fuego? —pregunté sin moverme—. ¿Para qué?

La anciana inclinó un poco la cabeza y, como si entendiera sus pensamientos, la esfera del bastón parpadeó con un destello rojizo.

—Porque vosotros, jinetes, y nosotras, las hembras zarkass, luchamos por lo mismo: queremos acabar con la Dama.

Parpadeé, sin creerme ni una sola palabra de lo que decía.

—Mientes.

Silencio.

Mis ojos recorrieron a las zarkass, que seguían sin haberse movido un centímetro desde que aparecieron. Luego miré a Valeska, aún tumbada frente a mí, con el labio sangrando y la piel del rostro enrojecida por el fuego. Pero algo había cambiado, ya no intentaba colarse en mi mente. No quedaba rastro de su presencia rozando mis pensamientos.

Nada.

—Pregúntale a tu fénix —dijo Valeska, limpiándose la sangre negra del labio con el dorso de la mano—. Pregúntale si realmente siente peligro con nosotras. Si de verdad somos una amenaza para ti y tus jinetes.

No hizo falta preguntar, el silencio de Kali me bastó.

—Has intentado meterte en mi consciencia, zarkass —escupí.

—Si de verdad eres tan letal como dicen, es lo mínimo que debes saber hacer para protegerte. Solo... —Se lamió la sangre negra del labio roto—. Solo te estaba poniendo a prueba, portadora.

Aparté la mirada y me puse en pie de un salto para encarar a la anciana con el pulso aún golpeándome en las sienes.

—¿Y por qué no uniros al otro bando? ¿Por qué no uniros a la Dama? Vuestros machos son sus lacayos, ella tiene poder, podría daros más de lo que yo podría ofrecer.

La anciana levantó el bastón y señaló a los cuerpos colgados sobre las ruinas.

—Que seamos herramientas para nuestros machos no significa que aceptemos lo que nos han hecho. Que compartamos la misma sangre y pertenezcamos a la misma especie no nos obliga a soportar sus torturas.

—No, no deberíais —intervino Liral, que se había acercado en silencio, con Elandra a su espalda—. Nadie debería ser cazado por su propia sangre.

Los ojos de la anciana la recorrieron de arriba abajo.

—La jinete de la bestia desplazadora... —susurró. Luego miró a Elandra y después a Adriel—. Hacía mucho tiempo que no veía a un nightmare, ni a un zeng. —Sus labios se curvaron en una leve sonrisa antes de volver a mirarme—. Buena elección de equipo, portadora. Muy buena elección.

—Que tengáis un problema patriarcal en vuestra especie no es razón suficiente para elegir un bando en esta guerra —espeté—. Así que decidme la verdad. ¿Por qué, entonces?

—¿Y cómo sabemos que no nos entregaréis a la Dama? —preguntó Adriel.

Fui yo quien respondió antes de que la anciana pudiera abrir la boca.

—No te preocupes por eso, Adriel. Ellas saben cuál sería su destino si deciden traicionarnos.

Valeska se incorporó lentamente.

—Las zarkass hemos jurado no volver a doblar la rodilla ante nadie. No ser herramientas. No ser putas esclavas de nadie. —Valeska escupió la sangre negra al suelo—. Pero me gustan las hembras con un buen par de pelotas, y más si esa hembra puede convertir al enemigo en cenizas.

Otra zarkass dio un paso al frente, sus ojos brillaban con el mismo destello hambriento que los de Valeska.

—Sabemos lo que hicisteis en aquella playa. Cómo arrasasteis la horda de noctífagos, cómo destruisteis la nube. No se habla de otra cosa en Bankai. Y aunque nosotras no somos almas, estamos en cada rincón de estas tierras.

—Sois cazadoras de almas —les recordé.

—No teníamos opción —intervino la anciana clavando el bastón en el suelo—. Pero ahora que nos hemos rebelado contra nuestros propios machos, la tenemos. Ahora podemos elegir cómo usar nuestra magia. Podemos elegir a quién servir.

—¿Servir? —repetí con una sonrisa fría—. ¿Y por qué debería fiarme de vosotras?

Valeska dio un paso más hasta quedar apenas a un palmo de distancia. Su aliento aún olía a sangre y a humo, pero sus ojos no mostraban miedo.

—Porque si quisiéramos matarte, ya lo habríamos intentado. Y si hubiéramos querido entregarte a la Dama, ya estarías en sus garras. Pero, en vez de eso, estamos aquí. Porque a diferencia de nuestros machos, nosotras sabemos lo que es luchar para sobrevivir.

No sabía qué pensar. No sabía si confiar. No sabía...

Confía, Eda. Confía en ellas, me aseguró Kali. *Lo siento. No son un peligro para ti. Y sí..., serían buenas aliadas. Son buenas cazadoras.*

Tragué saliva y asentí solo para mí. Sí, esa elección era mía. Mía y de los jinetes. No de Dalton. No de Skylar.

Ellas no habían venido por órdenes ni por promesas.

Habían venido por mí.

A buscar a la portadora del fuego. A la jinete de fénix.

—Entonces, si estamos en el mismo bando... —dije recorriendo con la mirada a las zarkass que nos rodeaban—. Si de verdad estáis en cada rincón de Bankai..., llevadnos hasta los portales.

5

Eda

Seguíamos a las zarkass, que se deslizaban por entre los escombros sin que la tierra se atreviera a crujir bajo sus pies. Avanzaban juntas y alineadas sin hablar, compartiendo dirección, fuerza y propósito. Eran un clan, uno hecho de cicatrices, de cuerpos que conocían el límite del dolor y que luchaban contra su propia especie para no ser cazadas.

Tal vez había sido demasiado confiada. Tal vez Skylar me habría dado un sermón por fiarme de cazadoras de almas, por no pensar con la cabeza fría. Pero si mi fénix me decía que confiara, yo lo hacía. Así de simple.

Sin planearlo, sin buscarlo, había terminado confiando en la muerte. Y, sin darme cuenta, también me había enamorado de ella.

—¿Por qué no estás sobre tu fénix, portadora? —preguntó Valeska, que caminaba a mi derecha.

Le había dicho que se mantuviera donde pudiera verla, y había obedecido, pero no nos quitaba los ojos de encima ni a mí ni a mis jinetes. Me observaba con la misma intensidad con la que Liral solía hacerlo, pero esta mirada no tenía calor, no tenía juicio abierto. No sabía si detrás había respeto, amenaza… o algo peor.

—No todo es estar sentada —respondí sin girarme—. Tengo que moverme, estirar las piernas. Y no pienso dejar a mis jinetes solos. No sería de buena educación cuando soy yo la que los ha traído hasta aquí. Si ellos van a pie, yo también.

Habíamos desmontado hacía un buen trecho ya. El nightmare seguía caminando detrás, con la cabeza en alto y el fuego pulsante en las crines, pero las zarkass no se acercaban. Nadie quería acabar con la piel quemada.

—Sabes que tu plan es una mierda, ¿verdad? —dijo Valeska, cambiando de tema con la sutileza de una piedra lanzada al río—. Primero, pongamos que logramos cruzar esos portales, lo cual ya es mucho suponer. Y segundo, si llegamos al imperio, nos matarán. Sin preguntar.

Su voz se alzó lo suficiente para que todos la escucharan, aunque no es que hiciera falta, pues con la inmortalidad venía el maldito don de escuchar hasta una gota caer sobre una hoja.

—Entonces, si crees que mi plan es una mierda, ¿por qué sigues aquí?

Mis ojos recorrieron al grupo en silencio. La mayoría eran jóvenes, de rostros tensos y miradas duras, aunque entre ellas algunas se movían con pasos más lentos, como si llevaran encima años que no estaban dispuestas a contar. Al fondo, una anciana caminaba con la ayuda de un bastón, flanqueada por una zarkass más joven que no se despegaba de su lado.

No había sonrisas, ni gestos de confianza, solo una tensión callada, de esa que se forma cuando has pasado demasiado tiempo obedeciendo, sobreviviendo, y ahora por fin puedes caminar sola.

Todas éramos hembras, excepto Adriel, que había caminado detrás de Valeska desde que salimos de las ruinas en un silencio absoluto. Esto era algo extraño en él, porque siempre tenía lista una broma, un comentario irónico. Pero ahora... nada.

—¿Dónde está la muerte, portadora? —preguntó Valeska limpiándose las garras—. ¿Acaso es un enemigo más en nuestra lista?

Me detuve en seco y me giré hacia ella.

—Ni lo nombres, zarkass. Ni siquiera pienses en él. ¿Entendido?

Sus ojos se clavaron en los míos, fieros, desafiantes, pero yo la fulminé con más fuerza. Su mandíbula se apretó y soltó un gruñido bajo antes de levantar las manos en un gesto de rendición.

Sí, Skylar era mi punto débil. Y me jodía que lo supieran.

—Yo que tú dejaría de hacer preguntas —intervino Elandra—. No estás en posición de exigir respuestas, y lo sabes. Así que más vale que empecemos a hablarnos con respeto, a usar un tono que no nos lleve a sacarnos los ojos. Porque si seguimos así, acabaremos matándonos entre nosotras. Y no tenemos tiempo para eso.

La sonrisa maliciosa que Liral le dedicó a Valeska me dejó claro que no era la única que disfrutaba con el roce de cuchillas entre palabras.

Valeska no dijo nada. Solo se giró y echó a andar.

Después de varias horas de marcha, nos internamos en otro bosque. Uno más. Pero daba igual cuántos cruzáramos, todos parecían hechos con la misma materia: oscuridad espesa, raíces retorcidas, almas errantes que se deslizaban entre los troncos y árboles que brillaban con una luz tenue.

—Ojos bien abiertos, hembras —anunció la anciana—. No estamos en la mejor zona de Bankai. No hay ciudades cerca y estos bosques...

Antes de que terminara la frase mis dagas ya estaban en mis manos. Liral alzó su arco sin mediar palabra, y yo, respirando hondo, me concentré en prender fuego a las puntas de sus flechas. El resplandor estalló al instante. Aún me resultaba más fácil con armas ligeras y rápidas, como proyectiles. Sin embargo, las espadas o las lanzas requerían más de mí.

A mi lado, Valeska soltó una risa baja.

—Sí que te han entrenado para matar, o puede que lo lleves en la sangre.

—¿Quieres comprobarlo? —respondí, mirando hacia arriba. Kali volaba alto, más lejos que de costumbre, pero seguía ahí. Su fuego, incluso a esa distancia, iluminaba el camino como una promesa encendida sobre nuestras cabezas.

¿Ves algo desde ahí?

No, pero soy demasiado grande. Si vuelo más bajo, delataría vuestra posición. Prefiero no ponerte en peligro.

Tenía razón. Kali era inmensa y cuando planeaba sus alas proyectaban más sombra que luz.

Come algo antes de llegar a los portales. Tal vez no volvamos a encontrar comida tan buena como la que hay aquí.

¿Los mortales no son sabrosos?

Casi me atraganté con mi propia saliva, pero disimulé. No quería que las zarkass supieran que me comunicaba con el fénix. Mejor guardarme ese as bajo la manga.

Ni se te ocurra pensar en eso, pajarraca.

Es broma, Eda. Hizo una pausa antes de añadir, con fingida reflexión: *Probaré con algo más grande... y que hable menos.*

Un crujido seco rompió el silencio a nuestra izquierda y todas nos giramos en esa dirección.

—Las almas no hacen crujir las ramas —murmuró Liral, su arco ya apuntaba hacia el sonido.

Otro crujido. Más cerca.

—¿Qué clase de criaturas habitan este bosque? —preguntó Elandra, su voz era apenas un susurro.

Nadie respondió.

—Valeska, Airi, id a mirar —ordenó la anciana.

Las dos zarkass se deslizaron entre la maleza sin hacer ruido. Yo di un paso para seguirlas, pero antes de que pudiera avanzar, sentí la mano de Liral en mi brazo.

—No, Eda. Mejor usar las sombras para atacar que hacer arder un bosque. Quédate con Elandra y Adriel. Voy yo.

La vi montarse en Dargan, y la bestia desplazadora, negra como la tinta fresca, se deslizó entre los árboles en completo silencio, con los tentáculos alzados, flotando como si olfatearan el aire en busca de algo.

Liral tiene razón, pensé a través del vínculo mientras la veía fundirse con el bosque. *Nada de fuego esta vez. Si hay peligro, lucharé con las dagas. Ni Skylar ni Dalton están aquí para apagar un incendio.*

Lo sé, lo practicaremos. Somos demasiado fuego. La respuesta de Kali vino acompañada de una risa baja que se cortó de golpe. *Movimiento a la derecha. Están en vuestra...*

—¡Derecha! —grité.

Me moví colocándome junto a Elandra y Adriel. Mis manos encontraron sus armas y, con un simple toque, las imbuí de fuego azul.

El sonido de las ramas al quebrarse nos rodeó por ambos flancos. Entre los árboles, unas figuras se deslizaban con movimientos rápidos pero erráticos.

No eran almas.

No eran sombras.

—Zarkass —murmuré cuando una silueta translúcida emergió tras un tronco.

Eran los machos.

—Como nos hayáis traicionado, estáis muertas —sentenció Elandra.

Las zarkass ya tenían las armas en las manos. No había engaño en sus ojos, solo terror...

—Nos han seguido —dije con un nudo de furia en la garganta.

Liral regresó de inmediato al escuchar mi grito, pero sus ojos estaban fijos a nuestra izquierda.

Nos estaban rodeando.

Lo supe en cuanto escuché los gruñidos filtrándose entre los árboles, bajos, ásperos, llenos de odio y hambre contenida. Las ramas crujieron bajo los pies desnudos, las figuras por fin emergieron de entre la maleza. Eran altos, más que nosotras, de piel ceniza y venas negras que reptaban bajo la carne. Tenían el cuerpo cubierto de cicatrices, algunas frescas, otras abiertas hasta el hueso.

Olfatearon el aire como bestias carroñeras.

—Mírala... —La sonrisa torcida de uno de ellos dejó ver sus colmillos ennegrecidos—. La zorra de fuego sigue corriendo.

—Te hemos estado siguiendo, jinete de fénix —gruñó otro, con la mirada clavada en mí, como si ya me viera atada de pies y manos—. No puedes esconderte de nosotros, ni aquí ni en ningún puto rincón de este mundo. ¿De verdad pensabas que podrías matarlos y largarte como si nada? Vas a pagar, zorra. Te vamos a hacer pagar lento, y con cada parte de tu cuerpo. Vamos a atarte, a cortarte, a dejar que sangres hasta que ni el fuego ese tuyo pueda salvarte.

Elandra se colocó a mi lado con la espada en guardia, su filo encendido con la esencia que yo le había otorgado.

—¿Cómo coño nos habéis encontrado? —escupió Valeska, lista para saltar a la yugular del primero que hiciera un movimiento en falso.

Uno de los machos se echó a reír, un sonido gutural que me provocó un escalofrío de puro asco.

—¿Nos tomáis por idiotas? Las zarkass no desaparecen sin más. Y menos cuando han decidido rebelarse.

Otro se inclinó hacia Valeska hasta que su rostro quedó a apenas medio metro del suyo, con esa sonrisa torcida y sucia que escondía una amenaza. Valeska dio un paso atrás, y en ese instante vi el leve temblor en sus manos.

—Apestáis a traidoras. Y lo peor... es que ni siquiera os da vergüenza. Vais a morir por lo que sois. Por lo que os creéis. Y os lo vamos a arrancar de dentro, a gritos.

La anciana, que hasta ese momento había guardado silencio, golpeó su bastón contra el suelo provocando un chasquido.

—No servimos a nadie.

Los machos se rieron de nuevo.

—Vaya, la vieja aún tiene agallas —comentó uno—. Lástima que nos importe una mierda.

El más grande de todos avanzó, apartando a los demás con un empujón brusco.

—La Dama os quiere muertas. —La sonrisa pintada en su rostro me revolvió las entrañas—. Pero a esta de aquí... —Alzó la mano y me señaló con un dedo sucio al tiempo que se relamía los labios como un maldito animal—. A esta la quiere viva.

Su mirada recorrió mi cuerpo sin vergüenza, de arriba abajo, con una lentitud repugnante.

—Ven con nosotros, jinete de fénix.

El fuego encendió mis dagas.

—Inténtalo, basura.

Los gruñidos cesaron de golpe y las sonrisas se borraron de sus rostros.

La pelea estalló.

Liral disparó la primera flecha. El proyectil azul surcó el espacio como un relámpago y atravesó el cráneo de un zarkass. El gruñido murió en su garganta y su cuerpo cayó pesado al suelo, sin vida.

Elandra se lanzó al frente con la espada envuelta en mi fuego, justo a tiempo para bloquear un golpe que habría abierto su cuello de lado a lado. El impacto le sacudió los brazos, pero no perdió el ritmo. Se giró, esquivó el segundo ataque y devolvió el golpe, hundiendo la hoja en el pecho del enemigo. El fuego devoró la carne, soltando un hedor espeso, a quemado y sangre.

Elandra no se detuvo. Lo empujó con una patada en el pecho y su cuerpo cayó al barro y no volvió a levantarse.

Entre el caos, mis ojos captaron algo más.

Liral, con el arco aún tenso, esbozó una sonrisa que no intentó disimular. Sabía exactamente quién estaba detrás del filo de la espada de Elandra, quién la había forjado como esa guerrera que peleaba sin titubeos.

Lo sabía, porque había sido ella.

—¡No os dejéis acorralar! —rugió la anciana, golpeando el suelo con su bastón.

Las zarkass se movieron como un solo ser. Valeska desgarró la garganta de uno de los suyos con un solo tajo, las garras hundiéndose hasta el hueso. La sangre negra le salpicó la cara, pero ni pestañeó.

—¡Hijos de puta! —escupió mientras esquivaba otro golpe—. ¡No volveréis a tocarnos! ¡No volveréis a tenernos!

Yo no me quedé atrás.

Un macho zarkass intentó atraparme por la cintura, pero me giré antes de que pudiera cerrar sus brazos a mi alrededor. Mi daga se deslizó entre sus costillas y se hundió hasta el fondo. Sus ojos se abrieron de golpe cuando el fuego azul se prendió dentro de él, retorciéndose en su interior.

Las criaturas también entraron en la batalla.

Dargan rugió y su cuerpo masivo embistió a los zarkass con la brutalidad de un depredador sin piedad. Uno de los machos intentó saltarle encima, pero la bestia desplazadora giró en el último segundo y le arrancó la cabeza. Luego, desplegó sus tentáculos, envolviendo a dos de ellos a la vez. Los elevó en el aire mientras estos forcejeaban y, con un latigazo feroz, los estrelló contra el suelo con tal fuerza que el impacto los dejó irreconocibles.

El nightmare lanzaba llamaradas hacia el flanco izquierdo, obligando a los zarkass a retroceder. Algunos se retorcían en el suelo, convertidos en antorchas vivas, sus alaridos perforando la noche. Pero aun así, otros tomaban su lugar, pisoteando los cuerpos carbonizados de sus propios compañeros sin una pizca de miedo.

Xilon hacía lo que podía; levantaba barreras con su poder para forzar a los enemigos a rodearnos en lugar de embestirnos de frente. Pero los muy cabrones aprendían rápido. Se adaptaban, encontraban los huecos, nos acorralaban.

Elandra giró a mi lado y su espada atravesó un cuello con un tajo limpio. Liral seguía disparando, cada flecha una muerte segura. Pero era solo cuestión de tiempo, no podíamos seguir así. Necesitábamos salir de allí.

Uno de los machos saltó sobre Elandra con un cuchillo dentado en la mano. Liral giró sobre sí misma y disparó una flecha a quemarropa, atravesándole la tráquea antes de que pudiera tocarla.

—¡Mierda, mierda! —gruñó Adriel, con Xilon a su espalda, que mantenía la barrera a duras penas—. ¡No vamos a aguantar así mucho más tiempo!

Sentí el miedo. Esa maldita sensación que se te mete en la garganta cuando sabes que, si no te mueves ya, estás jodida.

No iba a rendirme, no iba a caer ahí.

Mientras blandía la espada que yo misma había forjado, todo se redujo a lo básico: esquivar, golpear, hundir el filo. El fuego azul danzaba sobre el acero, encendiendo a cada zarkass que se cruzaba en mi camino. Y entonces, recordé la primera vez que vi a Skylar. El modo en que, con un simple gesto, había rasgado la realidad y creado un portal entre dos árboles, como si la magia respondiera a su voluntad.

Bankai respondía a su creador.

Pero yo... yo era su mitad.

Cerré los ojos y bloqueé el caos. Ignoré los gritos, el choque del acero contra la carne, el crujido de los huesos al romperse, el hedor metálico de la sangre impregnando el aire. Deseé, con cada fibra de mi ser, con cada respiración, encontrar una salida.

Una maldita salida.

La respuesta no fue un simple estallido. Fue una oleada imparable, una energía primitiva desatada que quemaba cada rincón de mi ser, envolviendo mis entrañas, rodeando mis huesos como espirales vivas.

Algo se rompió, se expandió, tomó forma sin que yo pudiera detenerlo. Porque, de alguna manera, siempre había estado ahí, esperando el momento de liberarse.

«Si puedo crear esto..., ¿qué más puedo hacer? ¿Qué más puedo destruir?».

El fuego rugió a mi alrededor, respondiendo a esa idea, alimentándola.

No, me advirtió Kali.

Sacudí la cabeza con fuerza para expulsar el pensamiento de mi mente antes de que pudiera arraigarse, antes de que tentara a algo dentro de mí que no quería despertar.

El suelo tembló bajo mis pies reclamando mi atención.

Un árbol cercano ardió en mis llamas, pero esta vez no se redujo a cenizas. Mi fuego azul lo transformó, deslizándose por su corteza, esculpiéndolo en lugar de destruirlo.

La madera crujió y se retorció, alargándose como si algo dentro de ella despertara. Las ramas se curvaron sobre sí mismas y se entrelazaron hasta formar un arco perfecto, un umbral imposible nacido del fuego.

Ni siquiera tuve tiempo de procesarlo.

Un dolor punzante me atravesó el brazo izquierdo. Unas garras afiladas rasgaron la tela de mi ropa y mi piel. Solté un gruñido y giré sobre mis talones, la daga en mi mano derecha se movió antes de que mi mente pudiera siquiera razonar el ataque. El zarkass que me había arañado retrocedió, pero no lo suficiente. Mi hoja encontró su garganta, y se la abrí de lado a lado. La sangre negra brotó en un chorro grueso y el bastardo cayó de rodillas mientras sus manos apretaban la herida, como si pudiera cerrarla con pura fuerza de voluntad.

No esperé a verlo morir, porque otro ya había aprovechado mi distracción. Unas manos ásperas me agarraron por la cintura y tiraron de mí hacia atrás con una fuerza brutal.

—¡Eda! —gritó Liral.

No me dejé atrapar. Clavé el codo en sus costillas y sentí el crujido seco de los huesos al romperse. El zarkass gruñó, aflojando el agarre lo justo para que me inclinara hacia delante y le hundiera la daga en el abdomen.

No esperé. Arranqué la hoja de su garganta y levanté la vista.

Todos estaban quietos.

Los jinetes con las armas a medio alzar.

Las criaturas.

Las zarkass.

Y hasta los pocos machos que seguían con vida... se quedaron inmóviles.

Porque ahí, en medio de la batalla, un árbol ardía en fuego azul, su corteza retorciéndose sin consumirse. En su centro, un líquido morado oscilaba como la superficie de un lago perturbado por el viento.

Había abierto un portal, y todos sabían lo que eso significaba.

—¡Todos al portal! —ordené para arrancarlos del trance.

La batalla estalló de nuevo, más brutal, más desesperada. Pero ya no era una lucha por vencer. Era por huir.

Los jinetes fueron los primeros en reaccionar. Uno a uno, giraron sus monturas hacia el resplandor morado que palpitaba al pie del árbol en llamas. Las zarkass vacilaron. El sudor y la sangre les cubrían el rostro, algunas jadeaban heridas y con la mirada aún prendida al caos. Pero entonces la anciana asintió. Y eso bastó.

Como un solo cuerpo, comenzaron a correr tras los jinetes.

Los gruñidos de los machos retumbaron como una última amenaza.

—¡No dejéis que estas zorras traidoras escapen vivas!

Uno de ellos se lanzó como una fiera desbocada y atrapó a la anciana justo cuando ayudaba a una de las suyas a acercarse al portal. Su mano se cerró alrededor de su cuello y la levantó del suelo.

—¡No! —gritó Valeska, echando a correr desesperada.

No llegó lejos. Un macho le salió al paso, la agarró por el brazo y la estrelló contra un árbol lejano. Pero Valeska no apartó la mirada. A pesar del dolor, a pesar del impacto, sus ojos seguían fijos en la anciana.

—Quédate con la portadora, Valeska —le pidió esta.

Valeska se revolvió en la tierra.

—¡Tyra!

—Recuerda, Valeska —dijo la anciana despacio—. La más fuerte entre las tuyas, la vida camina detrás de ti, la muerte reposa en tus manos. Descenderás a donde la magia se extingue, y solo en ti estará la llave. —El macho hundió sus garras en el pecho de la anciana y, en un solo movimiento, le arrancó el corazón.

Yo seguía corriendo, sin pensar, cuando vi a Valeska en el suelo. Otro macho rompió la línea de árboles y se abalanzó sobre ella. En un segundo, tomó su muñeca y la levantó para luego lanzarla contra el suelo. Pero no se detuvo ahí. Clavó las garras en su piel desgarrándola y la arrastró hacia él.

—¡No, cabrón! —bramé, y me lancé hacia él sintiendo el fuego estallar en mis venas.

Hundí la daga y la giré sin piedad.

Valeska jadeó en el suelo, sus garras trataban de aferrarse a algo y las piernas le fallaban.

—¡Cruza el puto portal, Eda! —gritó Liral detrás de mí, disparando flecha tras flecha.

—¡Todavía hay más! —respondió Elandra al tiempo que su espada cortaba la cabeza de un zarkass que había logrado alcanzarla.

El portal tembló.

«No aguantará mucho más», pensé.

Otro macho surgió de la nada, su mano se cerró con fuerza alrededor de mi brazo, sus garras perforaron mi piel y su aliento fétido me golpeó el oído.

—¡La puta jinete de fénix ya es nuestra! —Me retorció el brazo, pero yo no iba a dejar que me tocaran, no iba a dejar que me llevaran con ellos. Le escupí a la cara, le hundí la rodilla en la entrepierna y, cuando gruñó doblándose, le hundí la daga en la garganta.

El suelo volvió a temblar acompañado por un chillido desgarrador sobre nuestras cabezas.

Kali.

No quemes a los zarkass, todavía quedan algunas hembras por cruzar, le recordé.

Kali descendió como un relámpago y sus garras traseras desgarraron cuerpos al pasar, lanzando a los machos por los aires como muñecos rotos y estrellándolos contra los árboles con una fuerza despiadada. Algunos no tuvieron tiempo de gritar.

Aterrizó sobre varios y los aplastó con su peso, y sin pausa hundió el pico en la garganta de uno hasta arrancarle la cabeza de un solo golpe.

Los pocos machos que aún respiraban retrocedieron, y esta vez sus miradas no buscaban una víctima, sino una salida. Sus ojos iban del portal a la bestia que ahora se alzaba entre ellos y su destino.

Porque ya no eran cazadores.

Ahora eran la presa.

Kali me miró.

No necesito fuego para esto. Chasqueó el pico y escupió un fragmento de hueso. *Saben mejor de lo que pensaba. Crujientes en los extremos, un poco duros en el centro..., pero nada mal para un tentempié.*

—¡Cruza, Eda! —gritó Liral, y percibí la desesperación en su voz.

Mis ojos recorrieron la escena frenéticamente. Todas habían entrado. Todas menos...

—¡Valeska! —seguía en el suelo, a pocos metros, inmóvil.

No lo dudé. Corrí, saltando sobre los cuerpos. Esquivé un brazo que se alzó buscando atraparme, y me lancé hacia la zarkass. Me agaché sin detenerme, rodeé su cuerpo con los brazos, sintiendo la sangre en mis manos, y la apreté contra mí.

¡Entra en el portal, Kali!, le rogué jadeante.

No.

¡Kali!

Seré la última en cruzar. Su fuego ardió sobre sus plumas. *Quiero achicharrarlos cuando estéis a salvo. No voy a dejar que esta escoria salga de aquí viva.*

Mientras lo decía el portal se encogía cada vez más.

¡Kali, maldita sea!

Con Valeska en mis brazos, di un último impulso y me lancé hacia el vórtice morado justo cuando empezaba a cerrarse tras nosotras.

Sentí la explosión, las llamas consumiéndolo todo, el chillido feroz de Kali y el sonido de sus garras destrozando la carne. Los gritos desgarrados de los machos se mezclaban con el crujir de cuerpos reducidos a cenizas.

El portal se contraía, se desvanecía.

—¡KALI! —grité.

Pero entonces lo vi.

Un destello azul.

El fénix irrumpió a través del umbral en el último segundo, su cuerpo envuelto en fuego puro, en su esencia descomunal. Y en cuanto sus alas cruzaron, el portal se selló.

Nos precipitábamos en un vacío sin tiempo, sin dirección. La magia se deslizaba sobre mi piel en oleadas moradas que giraban a nuestro alrededor, distorsionando el espacio. Era como estar sumergida en agua densa, sin gravedad, sin resistencia, pero con la certeza de que algo nos empujaba, nos guiaba a través de aquel remolino de energía pura.

Valeska seguía inerte en mis brazos.

No iba a soltarla.

De golpe, la magia nos escupió contra algo blando que amortiguó la caída. Mis manos se hundieron en la superficie y los dedos se deslizaron por una textura suave, granulada, que se desmoronaba bajo mi peso. Luego se volvió líquida, como si se derritiera bajo mi piel.

Nieve... Nieve entre mis dedos.

No sentía el frío en mi piel, pero sentía otra cosa..., algo más peligroso.

Empecé a incorporarme aún aturdida y solté a Valeska con cuidado, tras asegurarme de que su cuerpo quedaba sobre la superficie blanda. Mis manos, aún hundidas en la nieve, temblaron levemente cuando alcé la vista y vi lo último que esperaba...

Un lobo.

Era tan grande como una bestia desplazadora, de pelaje negro como la noche más profunda. Pero no era solo oscuridad ... Su cuerpo destilaba sombras líquidas que se movían como raíces hambrientas, enredadas y aferradas a la realidad misma.

Unos zarcillos sombríos inmovilizaban las extremidades de las zarkass, oprimiéndolas en un abrazo letal.

Cuando el lobo enseñó los dientes, mi respiración no se aceleró ni mi pulso titubeó. No retrocedí. Porque sus ojos —dorados, como oro fundido, como el primer destello del amanecer rompiendo la noche— brillaban solo para mí.

Te dejo trece días sola y ya te has aliado con las zarkass. Y, por si fuera poco, has abierto un puto portal al imperio.

Dio un paso hacia mí.

Así que dime, Zafiro, ¿hay algo más que deba saber?

6

Skylar O'Hara

Skylar había pasado trece días y doce noches sin pisar Bankai, desde que se había alejado de su propia creación, de su territorio, de su dominio.

Se fue de allí para no verla aceptar una propuesta que nunca debió existir, para no presenciar cómo su Zafiro aceptaba la propuesta de Basilius, cómo su mitad elegía un destino en el que él no tenía cabida.

Se desvaneció en las sombras y huyó al imperio, fingiendo que así podría sacársela de la cabeza. Sabía que era imposible, pero lo intentó. Lo hizo con la misma voluntad que le había permitido gobernar durante milenios, con la frialdad con la que había arrasado reinos, con la determinación de quien entiende que pensar en ella —recordar su fuego, su mirada, su presencia— era entregarse al abismo, donde él no podía permitirse caer.

Pero eso cambió cuando vio a la mantícora abalanzarse, no contra un enemigo, sino contra un jinete de su propio escuadrón. Contra el hermano de Eda.

Skylar emergió de las sombras en vez de limitarse a observar.

Se dejó ver.

Se dejó sentir.

Su presencia se expandió por las cordilleras como un presagio de muerte y, en un parpadeo, su forma más humana se materializó en el campo de entrenamiento de Novadia y acabó con la criatura.

Lo hizo rápido, con la precisión despiadada de alguien que había arrebatado más vidas de las que podía recordar. No hubo un segundo ataque ni oportunidad de defensa.

Pero Skylar había llegado demasiado tarde.

Los colmillos de la mantícora ya habían hecho su trabajo. Habían desgarrado la carne, roto el hueso y seccionado las arterias. El brazo del hermano de Eda yacía a varios metros de su cuerpo, irreconocible. Skylar se arrodilló junto a él sin dudar. No podía salvar su brazo, pero podía evitar que muriera desangrado, así que le ofreció lo único que tenía: su propia sangre. Porque ser inmortal no significaba no sentir dolor. No te libraba del grito, ni impedía que el cuerpo se rompiera. Solo aseguraba que la muerte, por más que la suplicaras, nunca vendría a buscarte.

Sintió un nudo en la garganta cuando vio al comandante del imperio aferrarse a Nolan, sujetarlo con fuerza, hablarle al oído, intentar calmarlo mientras la sangre se mezclaba con la nieve. Y por primera vez en milenios —o tal vez en toda su vida— Skylar sintió empatía por alguien que no fuera uno de los suyos. Porque aunque ese hombre no fuera su hermano, aunque no fuera su responsabilidad, era importante para ella.

En ese momento, Skylar supo con una certeza brutal que protegería a todos aquellos a quienes su Zafiro amaba. Salvaría sus malditas vidas, aunque tuviera que arrancar el mundo de cuajo para conseguirlo.

Incluso al puto Basilius.

Skylar quería al emperador muerto. Joder, más que a nadie. Lo quería fuera de ese mundo, enterrado bajo ruinas, reducido a polvo. Pero si Basilius caía..., si el maldito prometido de Eda moría, su Zafiro...

Empujó el pensamiento al rincón más oscuro de su mente, donde la rabia no pudiera tocarlo, donde la furia no lo hiciera estallar.

Cuando Nolan estuvo estable, Skylar se puso en pie y clavó la mirada en el cuerpo destrozado de la mantícora. La sangre aún goteaba de sus colmillos, pero lo que lo paralizó fueron los ojos verde esmeralda.

La Dama estaba manipulando a las criaturas feéricas.

En un pensamiento Skylar desapareció de la vista humana, fundiéndose con las sombras, regresando a su forma más pura. Desde lo alto, transformado en águila, vigilaba. Con la mirada de quien reconocía los síntomas de un imperio a punto de convertirse en ruinas.

Vio a Basilius en Novadia horas después; llegó envuelto en una tormenta de sombras que desgarró la nieve a su paso y separó criaturas de jinetes.

En Novadia, se habían mantenido aisladas tras muros de hielo y piedra reforzados con la magia de los zengs. Aquella barrera luminosa no solo las contenía dentro, también impedía que alzaran el vuelo. A las criaturas terrestres —zengs, bestias desplazadoras, nightmares— las habían trasladado a Arcadia, al desierto, donde replicaron el mismo sistema de contención. Sin embargo, lo más inquietante era que estas no luchaban. No rugían. No embestían. Simplemente... aceptaban su destino.

Las habían separado por especies para evitar que se dañaran entre ellas si algo se descontrolaba. Habían cubierto el suelo con arenisca luminis, aquella sustancia antigua y escasa que anulaba por completo el acceso a la magia y que les arrebataba los dones a las criaturas, pero no a los jinetes. Estos últimos aún conservaban el vínculo. Estaban incompletos, sí..., pero todavía eran útiles.

Las criaturas que antes fueron aliadas —parte del alma de sus jinetes— ahora estaban apartadas, atadas como amenazas. Con las alas plegadas y la mirada vacía. Justo lo que la Dama quería. No le bastaba con atacar, con matar. Quería sembrar la duda, el miedo, hacer que todos se miraran como enemigos sin tener que mover un puto dedo. Porque la guerra no siempre empieza con espadas desenvainadas, a veces basta con plantar el miedo y dejar que los cimientos se resquebrajen por sí solos.

Skylar no solo vio a Basilius actuar, también pensó en lo que habría pasado después, en lo que ocurrió en esa sala de la que él salió solo. En lo que no vio. En lo que prefería no imaginar.

¿Por qué había acudido sin ella? Si Eda hubiera estado allí, él lo habría sabido, lo habría sentido. ¿Por qué demonios no estaba con su prometido? ¿Por qué no se hallaba a su lado? ¿Por qué no había corrido hacia él como se suponía que debía hacerlo después de aceptar su propuesta?

Cuando Basilius tomó el control, Skylar prefirió no quedarse. Se desvaneció, se hundió en las sombras e hizo lo único que sabía hacer.

Observar.

Espiar.

Esperar.

Skylar había vivido más milenios que cualquier ser que hubiera pisado esa tierra; tal vez era el corazón más viejo y más sangrante que aún latía en ese mundo. Había presenciado cientos de guerras, y aunque no había participado en todas, en muchas de ellas había matado, y en más de las que podía contar había sido quien había puesto el punto final. Para él la guerra era su idioma. La sangre, los gritos, las súplicas..., todo eso era rutina, algo que su alma entendía casi con la misma naturalidad con la que otros aprendían a amar. Pero nada de eso lo había roto tanto como aquella mujer.

No importaba cuántas veces se hubiera abierto el pecho en batalla, cuántas hubiera caminado entre cadáveres o presenciado imperios arder. Nada de eso lo había desarmado tanto como ese puto segundo en el que se dio cuenta de que, pese a todo, ella seguía dudando de sus sentimientos.

Skylar, que parecía haberse olvidado de sus títulos, de sus obligaciones, de todo lo que lo mantenía atado a Bankai o al imperio, voló en su forma de águila hacia un territorio que no había pisado desde que Eda había sido reclutada: Valdemar.

Podía mentirse y decirse a sí mismo que estaba allí para vigilar, para asegurarse de que todo seguía bajo control, para inspeccionar aquel bosque que, tarde o temprano, habría que explorar a fondo. Pero la realidad era que se encontraba en Valdemar porque no había forma más jodida de sentirla que volver a la tierra que la había visto crecer.

No importaba cuántos cielos surcara o qué ruta tomara, su instinto lo arrastraba siempre hacia un mismo lugar. Porque esa casa, esas montañas, esa brisa... todo olía a Eda. Y él necesitaba respirarla, aunque fuera en su ausencia.

Se posó sobre un árbol cercano a la granja, en completo silencio, sin ver movimiento alguno, sin percibir señales de vida. El padre de Eda no parecía estar allí y, por un instante, algo parecido a la inquietud se le enroscó en el estómago.

Descendió y tomó su forma humana frente a la puerta, que, como todo en esa maldita casa, le quedaba pequeña.

Antes de entrar, dejó ir una sombra fina que se coló bajo la madera y exploró el interior como un animal que husmea para detectar cualquier traza de calor o presencia. Cuando esta regresó, supo que no había nadie dentro. Apoyó la mano en la manilla y la puerta se abrió sin resistencia.

La casa parecía abandonada.

Caminó despacio, repasando cada rincón como si pudiera reconstruir lo ocurrido solo con mirar a su alrededor. El impulso de su visita obedecía una sola razón: asegurarse de que el padre de Eda seguía vivo.

Supo que lo estaba por el barro fresco que manchaba el suelo de piedra, por las huellas que entraban y salían, por el pan que alguien había dejado junto al horno, todavía tibio. Pero el resto... el resto era imposible de ignorar. Había mantas arrugadas sobre el sofá, el polvo se acumulaba en las estanterías, los papeles estaban esparcidos sin orden, como si alguien hubiera intentado hacer algo y hubiese desistido mil veces. El salón ya no parecía un hogar, sino una trinchera, un lugar donde se resistía al tiempo, no donde se vivía.

No era que el padre de Eda no estuviera vivo, sino que ya no sabía cómo estarlo. Había perdido a su mujer, había creído perder a sus dos hijos y lo que quedaba de él era eso: un cuerpo funcionando por inercia.

Skylar no lo juzgó, no pudo, porque ese vacío ya lo había visto antes, en los ojos de otros, en el reflejo de sí mismo, en todos los que alguna vez sobrevivieron... sin tener ni idea de por qué.

Skylar conocía esa casa mejor de lo que se atrevía a admitir. La había observado durante años, escondido entre los árboles, mirando por las ventanas entreabiertas cuando la noche era lo bastante densa para no delatarlo. Había visto ese salón lleno de vida, la chimenea siempre encendida, el olor a comida, la risa de Eda rebotando contra las paredes.

Nunca se había permitido cruzar la puerta, pero desde fuera se había asegurado de que a esa familia no le faltara nada. Ni comida, ni abrigo, ni paz. Incluso si ellos no lo sabían. Incluso si jamás fueron conscientes de que alguien, desde la oscuridad, velaba por ellos. Porque eso era lo que hacía, proteger sin ser visto. Y ahora, ver esa misma casa convertida en un cascarón vacío le dolía más de lo que estaba dispuesto a reconocer.

Mientras avanzaba por el pasillo, recordó la confesión que ella le había hecho aquella noche: «Mi sueño siempre ha sido formar una familia. Ser madre, vivir una vida tranquila y ver crecer a mis hijos». Y por un segundo deseó no ser lo que era.

Deseó dejar de ser la muerte.

Deseó dejar atrás las sombras y los siglos de sangre.

Deseó poder ser solo un hombre que construyera una casa con sus propias manos, una cabaña de madera en mitad del bosque, con un porche que crujiera cada vez que ella saliera descalza. Imaginó las ventanas empañadas por el calor del horno, el olor a pan recién hecho mezclado con el aroma del café. Un hogar repleto de montañas de libros, plantas enredadas, mantas desordenadas sobre una mecedora y su risa...

La risa de Eda.

Aquella que él solo había escuchado unas pocas veces, pero que había guardado como si fuera un secreto. Se la imaginó en la cocina, sentada con los pies sobre la mesa, un libro abierto en el regazo y una porción de tarta a medio terminar entre las manos. El cabello suelto, despeinado, le caía en ondas por los hombros e iría vestida con una de sus camisas, amplia y arrugada. El sol entraría por las ventanas, dorando todo a su paso. Y ella... ella no pensaría en nada más que en ese momento.

Una preciosa niña de pelo blanco y ojos idénticos a los de su madre corretearía descalza por el suelo de madera entre carcajadas. Skylar la imaginó tropezarse con sus propios pies, caer de culo y levantarse sin llorar, sacudiéndose las manos antes de llamar a su madre con esa voz dulce que todavía no existía, pero que ya escuchaba en su mente.

Y él... Él atravesaba la puerta, no cubierto de sangre ni cargado de poder, sino con otra niña, aún más pequeña, dormida contra su pecho y con los dedos enredados en su camisa, como si no quisiera soltarlo jamás. Eda lo esperaría de pie en la cocina, con esa calma en los ojos que él siempre había querido merecer. Él se acercaría por detrás, la rodearía con un brazo, apoyaría la frente en su hombro y le susurraría que todo estaba bien, que el mundo podía seguir ardiendo allá fuera, que la guerra podía devorar imperios si quería, pero que dentro de esas paredes... estaban a salvo.

Juntos. Vivos. Felices.

Fue entonces, justo entonces, cuando el dolor le desgarró el pecho, porque sabía que ese sueño no le pertenecía, que ese hogar no era para él, que sus manos —esas que solo sabían matar, decidir, arrastrar almas— jamás serían lo bastante suaves para sostener una vida así. Y, sin embargo..., si ella le pidiera ese futuro, si Eda se atreviera a soñarlo con él, aunque fuera por un segundo..., él sería capaz de romper el mundo entero solo para volver a construirlo.

Solo para dárselo.

—¿Qué me estás haciendo, Zafiro? —murmuró hablándole a las paredes, a los cuadros, a aquella casa vacía.

Skylar subió las pequeñas escaleras con dificultad, pues apenas cabía entre el marco estrecho por culpa de su altura y de esa presencia que parecía llenar cualquier espacio. Pero aun así se las arregló para llegar a donde, en el fondo, siempre había querido estar.

Su habitación.

Estaba cerrada, pero cuando giró la manilla y empujó la puerta el aroma de Eda lo caló hasta los huesos, como si su recuerdo —de su piel, de su voz, de su risa— se hubiese quedado atrapado en cada rincón de esa habitación. El impacto fue tan brutal que tuvo que apoyarse en el marco de la puerta, sintiendo cómo sus piernas se olvidaban de sostenerlo.

Escudriñó la habitación, ya que por mucho que él hubiese seguido los pasos de Eda antes de que fuera reclutada, nunca se había permitido entrar en ese lugar.

En aquellas noches en las que Skylar cerraba grietas o partía en dos a las criaturas que se colaban en sus tierras, siempre terminaba en el mismo lugar: frente a su ventana. Esa maldita ventana con la vela encendida cuando todo lo demás dormía. Y sabía que ella estaba ahí, aún despierta, con un libro entre las manos. Porque eso hacía Eda cuando no entrenaba a escondidas con espadas o dagas, sin que su padre ni su hermano lo supieran. Se perdía en las páginas, como si la tinta pudiera protegerla del mundo.

Había ido muchas veces a la Biblioteca Silente solo para saber qué libros leía. No porque necesitara la información, sino porque le fascinaba que la vida de ella —tan simple, tan mortal— girara en torno a eso.

Skylar la había observado lo suficiente como para entender que, aunque brillara como la luz, algo en ella siempre gravitaba hacia la oscuridad. La había visto salir de la granja envuelta en una manta, descalza, arrastrando los pies por el porche hasta sentarse en las escaleras. Se quedaba allí, mirando el cielo, la luna, las estrellas... o tal vez el bosque más allá. Había noches en las que Skylar, escondido entre los árboles, solo deseaba sentarse a su lado y mirar en la misma dirección. Pero nunca lo hizo. Nunca cruzó la línea. Solo se quedaba allí, invisible, observándola como quien cuida algo que no puede tocar.

En cuanto cruzó el umbral, notó lo estrecha que era la habitación. Libros apilados, un escritorio cubierto de papeles arrugados, una cama demasiado pequeña contra la pared. Ahí vivió toda su vida. Ella. La mujer que merecía el mundo entero.

Se acercó al armario y lo abrió. Recorrió con la mirada los jerséis viejos, los pantalones de tela, un par de vestidos colgando sin forma, ropa cómoda y limpia... Eda en esencia. Pero al abrir uno de los cajones, sus dedos tropezaron con algo que desentonaba. Allí, entre su ropa interior doblada con cuidado, había un maldito conjunto rojo de encaje fino y tirantes delgados. No tenía nada que ver con lo demás. No encajaba en ese cajón, ni en esa vida discreta, ni en esa habitación que olía a libros viejos y café. Y, sin embargo, ahí estaba.

—Joder, Eda... —susurró mientras los dedos apretaban la tela roja. Aquella maldita prenda entre sus manos lo estaba matando.

El calor le subió por el pecho, le abrasó la nuca y descendió como una descarga feroz por su cuerpo, haciendo que su erección rozara sus pantalones.

—Me vas a matar —se dejó caer sobre la cama, que crujió bajo su peso.

Volvió a imaginarla. A visualizar a esa mujer de ojos zafiro y boca hecha para arruinarle la vida. Desnuda, con solo ese cruel conjunto rojo puesto, encima de él, con las uñas clavadas en sus hombros, montándolo como si fuera suyo —porque lo era, joder, lo era—, gimiendo su nombre en aquella habitación.

Aunque el suelo se resquebrajara, aunque las paredes se vinieran abajo y el mundo se redujese a escombros a su alrededor, le daba igual. Mientras ella siguiera encima, mirándolo así, con esa mezcla de deseo, rabia y algo que rozaba el amor..., él no se movería. Porque bajo su cuerpo era el único lugar donde quería estar.

En su infierno.

Con su diosa.

Quería hundirse en ella con el mundo ardiendo alrededor, quería comérsela viva, grabarse su cuerpo en las manos, en la lengua, en la memoria. Quería follársela en cada maldito rincón del mundo, convertirla en su altar, su condena, su final.

Skylar la echaba tanto de menos que, si Eda aparecía en ese momento, él no diría una palabra, solo caería de rodillas y la adoraría.

Apretó la ropa interior en un puño con tanta fuerza que casi se deshizo entre sus dedos. Sabía que Eda no había estado con ningún otro hombre más allá de Basilius. La primera vez que Skylar y ella hablaron, de verdad, fue justo ese día..., el día en que se acostó por primera vez con alguien. Y él —por orgullo, por miedo o por esa manía de mentirse a sí mismo— se repitió que no le importaba, que no era asunto suyo, que no tenía derecho a sentir nada.

Aunque lo sentía todo.

Ese día se comportó como un imbécil, como el peor bastardo con ella, haciéndola temblar de miedo. Skylar no quería dañarla, joder, nunca había querido hacerlo, pero no sabía cómo contener lo que le corroía por dentro; esa imagen de Eda con moratones en los brazos, con marcas en la piel dejadas por las manos de otro..., lo había destrozado.

Basilius la había marcado por todos lados, y ella... ella seguía siendo mortal. No había sido consciente del peligro que había supuesto acostarse con Basilius, de lo que pudo haber pasado, del daño que pudo recibir. Por la muerte... Con solo un movimiento, con solo apretar un poco más, él podría haberle partido el cuello, podría haberle destrozado un hueso sin siquiera darse cuenta.

Ese día lo consumió la rabia, el enfado por la puta imprudencia del emperador.

Y sí, Skylar sintió celos. Porque, por una jodida vez en toda su existencia, deseaba que alguien como ella le confiara su cuerpo, su placer, su alma; sin retroceder al descubrir quién era. Como lo hizo luego en aquella cúpula...

El pensamiento se cortó de raíz al sentir el tirón. Un latigazo feroz recorrió no la piel, sino lo más profundo de su esencia; un desgarrón en su magia que lo obligó a girar la cabeza hacia el oeste del imperio.

Sabía lo que era.

Sabía quién era.

El tatuaje en su espalda ardió, le quemó como un hierro al rojo vivo sobre su carne, hundiéndose hasta los huesos, hasta arrancarle un rugido.

Eda...

La sangre se le heló y, al mismo tiempo, todo su cuerpo reaccionó como si le hubieran prendido fuego. El instinto lo empujó antes de que pudiera pensar. Una parte de él gritaba que se calmara, que no tenía derecho, que ella no le pertenecía. Pero ya era tarde. Ya se había desvanecido en humo y había atravesado kilómetros en un parpadeo, persiguiendo algo que no entendía, que no quería aceptar. Porque la razón era simple y jodidamente inevitable: ella.

Cuando llegó al punto exacto donde sentía aquella maldita energía, redujo la velocidad, dejó que su forma cambiara y sus patas cayeron sobre la nieve sin hacer ruido, y se transformó en un enorme lobo de sombras, moviéndose entre los árboles con sigilo, escudriñaron cada rincón de la tierra..., pero no había nada. Solo el crujido de la nieve bajo sus pezuñas. Pero aun así, sentía ese cosquilleo en la piel que le recorría la espalda como un aviso.

«¿Dónde estás, Zafiro?».

Su espalda ardió con mayor intensidad.

«¿Dónde estás?».

«¿Dónde estás?».

«¿Dónde estás?».

El suelo tembló como respuesta. Frente a sus ojos, un fuego azul estalló de la nada, expandiéndose con una ferocidad que reconocía demasiado bien.

«No».

«No puede ser».

El árbol ardió sin consumirse. Las llamas treparon por el tronco y, respondiendo a una fuerza mayor, comenzaron a retorcerse, a moldearse, a crecer hasta formar un arco perfecto. Y, en su interior, la magia cobró vida.

Un líquido morado se extendió en el centro, como una grieta entre dos mundos.

Un portal. Uno que él no había creado...

Sus sombras se desataron antes de que siquiera pudiera pensar, serpenteando por la nieve, trepando por los árboles, alzándose como espectros de muerte alrededor de la estructura maldita que acababa de abrirse ante sus ojos. Pero lo que salió de ahí fue aún peor.

Zarkass.

Mujeres de piel ceniza, de venas negras y garras afiladas cruzaron un portal que no deberían ser capaces de atravesar.

«No. Es imposible». Solo él podía permitir que los portales entre Bankai y el imperio se abrieran.

Las sombras salieron disparadas y apresaron cuellos, envolvieron extremidades, arrancaron gruñidos de dolor de las recién llegadas. Los zarcillos oscuros se aferraron a cada zarkass, apretaron amenazando con romper a sus presas, y Skylar estuvo a un segundo de cerrar el puño y romperles los cuellos a todas..., hasta que llegó el siguiente grupo.

Los jinetes. Y, por último, Eda y Kali.

Su Zafiro cruzó el portal con una zarkass en los brazos, el cuerpo empapado en sangre, el cabello pegado al rostro y los ojos desbocados, como si acabara de salir arrastrándose del mismo infierno.

Cuando alzó el rostro, cuando sus ojos se clavaron en los suyos a través de la niebla, supo que lo había reconocido.

Te dejo trece días sola y ya te has aliado con las zarkass. Y, por si fuera poco, has abierto un puto portal al imperio.

Dio un paso hacia ella.

Así que dime, Zafiro, ¿hay algo más que deba saber?

7

Skylar O'Hara

Eda no se encogió cuando él se alzó sobre ella.

Skylar podía adoptar la forma de un lobo, de un águila o incluso de un jodido dragón... y, aun así, ella seguía ahí, mirándolo con esos ojos que no conocían el miedo.

Ni un paso atrás.

Ni un parpadeo.

El pecho subía y bajaba con violencia. Tenía los labios partidos, las manos cubiertas de heridas y manchadas de negro. Estaba empapada, y el agua, mezclada con la sangre, le resbalaba por el cuello. Pero Skylar percibió algo más..., algo sutil que se deslizaba entre el olor a sangre y tierra, imperceptible para cualquiera, excepto para él.

Sus ojos dorados la recorrieron despacio, centímetro a centímetro, con la precisión letal de un depredador en busca de la herida, la grieta, la entrada de esa sustancia que ya sentía encenderle su instinto, quemarle los sentidos.

Skylar notó una rabia fría recorriéndole el cuerpo, pero fue ella quien se movió primero y alzó una mano.

—No. Que nadie se atreva a hacerle daño.

Giró su cabeza lobuna, los colmillos aún expuestos y entonces lo vio: Liral lo apuntaba directo al cráneo con una flecha envuelta en fuego azul, mientras Elandra sostenía la espada con ambas manos, en posición de ataque, lista para hundirla en la carne de cualquier enemigo.

Pero lo que más llamó su atención fueron las zarkass.

Su poder las mantenía atrapadas y elevadas sobre el suelo como si fueran meros despojos a la espera de su sentencia. Se agitaban en el aire, sus cuerpos crispados, sus garras luchando contra lo invisible.

Compórtate con mis aliadas, muerte. Las palabras de Eda fueron una orden, no una súplica ni una petición.

Una maldita orden.

Skylar, luchando contra todo lo que era, contra todo lo que llevaba milenios haciendo, la obedeció. Las sombras se retiraron, aflojaron su agarre y las zarkass se desplomaron en la nieve, jadeando, con los ojos desorbitados y los músculos temblando por el rastro sofocante del poder que las había inmovilizado.

¿Aliadas?, murmuró.

Eda inclinó la cabeza, con esa media sonrisa de alguien que estaba demasiado cansada para discutir pero que aún tenía fuerzas para desafiarlo.

Si me hubieras dejado una semana más sola, quién sabe, quizá habría reunido un ejército entero.

Y conquistado Bankai de paso, no lo dudo, le contestó él.

Lo digo en serio, muerte.

Yo también.

Skylar agradeció haber tomado la forma de un lobo, con ese hocico imponente y los colmillos al descubierto, porque, si hubieran podido verle el rostro, todos habrían notado lo impresionado que estaba.

—Eda, con solo una orden me cargo al lobo —dijo Liral sin bajar el arco, con los ojos entornados y el fuego azul chisporroteando en la punta de la flecha.

Eda no respondió de inmediato. En cambio, ladeó la cabeza.

Mmm..., me lo estoy pensando.

Skylar gruñó.

Al parecer tú eres la que manda ahora, Zafiro.

—Eda. —Esta vez fue Elandra quien habló.

Tú eliges, Skylar O'Hara. ¿Prefieres seguir escondiéndote detrás de ese lobo o mostrar quién eres?

No respondió. Su forma de lobo se deshizo en un susurro de sombras que se arrastraron por la nieve hasta desvanecerse. Y entonces quedó él. Alto y brutal, con la oscuridad pegada a la piel. La capa se acomodó sobre sus hombros, ocultando parte de su rostro, pero no lo suficiente para esconder el brillo feroz de sus ojos dorados.

Hubo un murmullo entre las zarkass.

—La muerte... —susurró una de ellas, mientras las otras retrocedían y dejaban caer sus lanzas.

Liral bajó su arco sin pensarlo y Elandra relajó su espada.

—¿Has imbuido sus armas con tu fuego? —preguntó Skylar en voz alta.

Eda parpadeó, como si acabara de salir de un trance. En lugar de responder, se colocó junto a la zarkass inconsciente que había traído en brazos y sus dedos empezaron a recorrer las lesiones de la hembra.

—Tiene heridas profundas en ambos brazos —informó—. Uno de los machos la arrastró por el suelo, pero antes la lanzó por los aires. Puede haberse desmayado por el impacto, pero sigue respirando. Está viva.

Eda se cortó la palma con la daga y dejó que su sangre caliente cayera sobre las heridas abiertas de la zarkass. Al tocar la piel desgarrada, la sangre reaccionó de inmediato y brilló con un leve resplandor azul. Después, inclinó el rostro y dejó caer unas gotas más en su boca. La reacción fue casi instantánea: el cuerpo tembló, las heridas comenzaron a cerrarse lentamente y el color volvió, aunque débil, a sus mejillas.

—Necesito a alguien aquí. Ahora —ordenó Eda, sin apartar la mirada de la zarkass tendida en la nieve. Pero nadie se movió.

—Iron, quédate a mi izquierda y apártate —le pidió ella.

Él, que todavía parecía luchar contra el magnetismo de su sangre, obedeció sin una palabra y retrocedió un paso.

Fue Adriel quien se movió primero, con tres zarkass detrás.

—¿Qué le estás haciendo? —preguntó una de las hembras desconfiada.

Eda ni siquiera la miró cuando respondió:

—Lo mismo que haré con todas vuestras heridas. —Luego se giró hacia Adriel—. ¿Puedes llevarla contigo?

Él tragó saliva y miró el cuerpo de la zarkass inconsciente.

—Lo intentaré —dijo al fin agachándose—, pero si se despierta y me arranca la garganta, solo quiero que conste que…

—Ni termines la frase, jinete —escupió otra zarkass—. Ya sabes lo que hacemos con los machos.

—Sí, sí —deslizó los brazos con cuidado bajo el cuerpo ensangrentado—. Les cortáis la cabeza y los colgáis bocabajo. Lo tengo clarísimo, gracias.

—Entonces deja de hablar y carga con ella —espetó la zarkass.

—Qué acogedoras sois —murmuró él. Acto seguido se irguió con el cuerpo entre los brazos y echó a andar, mientras dejaba caer por lo bajo—: El único hombre que tiene los cojones para hacer esto.

Eda se enderezó y su vista barrió al grupo. Todos miraban a Skylar, que se había apartado tal y como ella le había ordenado.

—¿Quién tiene las heridas más graves? —preguntó Eda.

Skylar entornó los ojos, la conocía lo suficiente para adivinar exactamente lo que planeaba.

—La necrotina no les afecta —intervino sin moverse—. No entre los de su propia especie. No como te afectaría a ti o a cualquier jinete.

—Eso ya lo suponía —respondió ella—. Pero no solo las han herido con las garras. Las han apuñalado y golpeado. Las han tratado como si no fueran nada. Si mi sangre puede aliviar aunque sea una parte mínima de ese dolor, lo haré.

Skylar la escuchó, y supo que se estaba culpando. Que en algún rincón de su cabeza, esa mujer increíble se creía responsable de lo que había pasado. Pero no lo era. Esos cabrones no habían ido por las hembras, no les importaban, solo eran daños colaterales.

La querían a ella.

Dejó que su mirada recorriera a las hembras. Eran criaturas salvajes, poderosas y se hallaban cubiertas de heridas, algunas apenas en pie, temblando de agotamiento, pero vivas. Él alzó una mano y dejó que una de sus sombras le abriera la piel sin vacilar. Eda lo miró sorprendida y con una ceja alzada.

—Entre los dos lo haremos más rápido —fue todo lo que dijo, sin buscar reconocimiento—. Acercaos.

Las zarkass se aproximaron decididas. Inclinaban la cabeza al llegar, no como gesto de sumisión, sino de respeto. Algunas susurraron algo en su idioma, palabras que se perdieron entre el viento y la nieve cuando las gotas de sangre tocaron sus lenguas.

Skylar no las miró. Ni cuando sus pechos subían con esfuerzo por el combate, ni cuando cerraban los ojos durante un segundo tras la primera gota de poder. No quería gratitud.

Entre él y Eda, diecisiete hembras recibieron suficiente sangre para mantenerse erguidas.

—Liral, ¿estás herida? —le preguntó Eda.

La arquera resopló.

—Nada grave.

Eda asintió y se giró hacia él. Alzó la barbilla señalando hacia la derecha y empezó a caminar. Skylar la siguió sin emitir sonido.

La forma en que su cuerpo se movía con cada paso, la manera en que el cuero se ceñía a sus curvas como si hubiera sido moldeado sobre su piel solo para joderle la cabeza, lo tenía al borde de la locura. La sangre y la suciedad, pegadas a su cabello blanco y manchándolo hasta oscurecerlo, no le restaban belleza; al contrario, la multiplicaban. Porque había algo malditamente atractivo en verla así, y su mente —traidora de mierda— le devolvía imágenes que no debía tener, recuerdos que no debía tocar.

Pero no era solo el deseo crudo de cogerla de la cintura y arrastrarla hacia él, de sentir su aliento caliente en el cuello. Era también la forma en que había liderado, sin buscar aprobación, sin pedir permiso. Y eso... eso era lo que más lo había desarmado.

Que no lo necesitara.

Que no lo buscara.

Que se bastara sola para partir el mundo en dos.

Skylar se preguntó cuánto podía cambiar una persona en solo trece días.

—Tienes muchas preguntas —Eda rompió el silencio sin volverse—. Yo también. Pero ahora lo único que importa es poner a salvo a estas hembras antes de que el imperio las descubra. Cuando eso pase, no quiero que sigan heridas ni que estén agotadas. Las quiero listas.

Skylar entornó los ojos.

—No creo que el imperio esté en condiciones de buscar a nadie en estos momentos.

Eda por fin lo miró por encima del hombro.

—¿A qué te refieres?

Skylar bajó la vista a su brazo, a la herida abierta, al hilo de sangre que resbalaba por su piel.

—Estás sangrando —dio un paso hacia ella levantando una mano—. Déjame ayudarte...

Pero ella retrocedió y Skylar se detuvo. No lo miró a los ojos cuando tragó saliva, pero lo supo, ella no podía permitir que otro hombre la tocara de esa manera, no cuando su prometido era el puto Basilius.

Apartó la mano y cerró los dedos en un puño.

—Traerlas conmigo hasta aquí fue una decisión de última hora —dijo Eda recomponiéndose con rapidez—. Ahora son mi responsabilidad. Me han demostrado su lealtad, y yo ya se la he demostrado a ellas, pero necesitan tiempo. Yo misma necesito tiempo para entender qué hacer, para decidir el siguiente paso sin joderlo todo.

Skylar no entendía por qué no actuaba como la emperatriz que era, por qué no imponía su voluntad con la misma certeza con la que Basilius lo hacía. Pero si ella quería verlo de esa forma, si necesitaba hacerlo así, él no le llevaría la contraria.

—¿Me estás pidiendo que os lleve a un lugar seguro?

—Sé que es difícil, pero...

—Algunas aldeas cercanas a las cordilleras de Novadia fueron desalojadas cuando se encontraron wendigos en la zona. Ahora los mortales están refugiados en Pramvera o en Arcadia, las casas han quedado vacías, hay suficientes para alojar a más de veinte personas y a las criaturas.

—¿Cómo sabes...? —empezó a preguntar ella, pero luego sacudió la cabeza y exhaló con resignación—. Tú lo sabes todo.

Skylar vio la sonrisa dibujarse en sus labios, pequeña, apenas un atisbo de la mujer que había conocido, de la que había sentido entre sus manos.

Tuvo que apartar la vista.

Debía arrancarse de la cabeza la idea de volver a besarla.

—En marcha.

8

Eda

Hacía semanas que no veía el sol, porque en Bankai no existía.

No recordaba la luz dorada entre las hojas, ni cómo el mundo se veía bajo un cielo limpio. La última vez que lo había contemplado había sido en aquella playa, rodeada de soldados, jinetes y bestias, con el ejército del imperio desplegado a mi alrededor.

Skylar nos desvaneció hasta una aldea olvidada, cubierta de una capa de nieve que nos llegaba hasta las rodillas. Las cabañas de madera, aunque vacías, seguían en pie, con los cristales empañados y los techos cubiertos por un manto espeso de escarcha. Algunas tenían juguetes medio enterrados bajo la nieve y ropa aún colgada en los tendederos, congelada en mitad del movimiento, como si quienes vivían allí hubieran desaparecido de un momento a otro.

No se oía nada más que el crujido de nuestros pasos.

—Valeska, Iridia, Selyne y Kalis son las que están en peor estado, portadora —me informó Norian, una de las pocas que apenas tenía heridas visibles—. Las llevaremos a la casa con más camas. Yo me quedaré con ellas esta noche. Nos organizaremos entre las más heridas y las que aún podemos movernos.

Miré a Adriel, que aún cargaba a Valeska inconsciente en brazos. La cabeza de la zarkass caía hacia un lado, con la boca entreabierta y los colmillos peligrosamente cerca de su pecho.

—Asegúrate de que estén cómodas y de que tengan suficiente agua.

Él asintió en silencio y siguió a Norian hacia la casa.

Me fijé en cómo las zarkass lo observaban, con la misma curiosidad con que lo habían estudiado durante todo el camino, por el simple hecho de ser un hombre.

No creo que estén acostumbradas a que un hombre las toque sin querer hacerles daño, o a que las mire sin pensar en dominarlas, dijo

Kali como respuesta a mi pensamiento. *Están tan hechas al dolor que el respeto les resulta extraño.*

Aquellas hembras debían de haber soportado cosas que nadie en este mundo debería vivir. Lo sabía por la forma en que los zarkass se me lanzaban encima, por cómo me hablaban con ese tono asqueroso.

Era muy consciente del infierno del que venían.

No volverán a entrar en él, sentenció Kali.

—Cada jinete debería quedarse con un grupo de zarkass esta noche —sugirió Elandra, haciendo que apartara la vista de Adriel—. Somos los únicos con poder de vinculación. Si algo ocurre, podríamos reaccionar antes que nadie.

—Tiene sentido —concordó Liral cruzándose de brazos—. Pero seamos realistas, acaban de perder a las suyas, las han cazado como animales. Lo último que quieren ahora es compartir espacio con un puñado de jinetes.

—Liral tiene razón —asentí al tiempo que sentía el cansancio instalarse en mis huesos—. Que esta noche estén entre las suyas. Necesitan su espacio. Nosotros nos quedaremos juntos, con los sentidos alerta y la mente preparada.

—Deberíamos pensar en la comida —sugirió Elandra.

—Tenemos agua y provisiones para nosotros —respondí, recorriendo con la mirada las casas abandonadas—, pero no tengo ni idea de qué comen ellas. No sé si cazan, si cocinan... o ni siquiera si tienen costumbre de hacerlo.

—Podemos preguntarles después —concluyó Elandra—, pero, de todas formas, sería inteligente revisar las casas. Tal vez queden conservas, algo útil en las despensas, lo que sea. Y sobre todo mantas. A nosotros el frío no nos afecta, pero a ellas sí... y están tiritando.

Liral se miró a sí misma, bajando la vista hacia su uniforme manchado.

—Necesitamos algo para lavarnos. No pienso pasar una noche más cubierta de esta mierda —gruñó—. Tenemos ropa limpia en nuestras bolsas, así que lo mínimo es quitarnos esta jodida sangre de encima antes de que se nos quede pegada como una segunda piel.

Dirigí mi atención al cielo.

Kali, sal a cazar, pero no te dejes ver. Habrá mantícoras e hipogrifos merodeando por la zona.

Trato hecho, me respondió.

—Kali no puede vigilar todo el tiempo, pero Iron está cubriendo los alrededores —dije, recordando lo que él se había comprometido a hacer—. Por ahora, nadie sabe que estamos aquí. Y quiero que siga siendo así.

—No son nuestro mayor problema —murmuró Liral, arrastrando la punta del pie en la nieve.

—Lo sé. —Resoplé y me pasé la mano por la cara para limpiar la sangre negra seca—. Justo por eso quiero que estemos listas. Un plan de huida. Una ruta clara. Sin improvisaciones. Si la Dama nos encuentra...

Elandra me interrumpió sin titubear:

—Te tenemos a ti, Eda. Y a Iron Shadow. Eso basta para aguantar.

«Ojalá yo pudiera compartir su confianza».

—Busquemos provisiones —dije al fin—. Descansemos mientras se nos permita.

La noche se instaló sobre la aldea y nos movimos en la oscuridad, repartiendo las provisiones en las cabañas que habíamos elegido, agrupadas unas junto a otras, un refugio improvisado en medio de un mundo que al parecer nos quería muertas.

Cuando llevé algunas conservas y unas pocas hortalizas que encontré en un huerto helado —puerros, col rizada, nabos enterrados bajo la escarcha, los únicos que parecían haber resistido el frío— pensé que tal vez las zarkass no comían como nosotros y, para confirmarlo, pregunté qué necesitaban.

Una de ellas me miró con gratitud antes de responder:

—Podemos pasar días sin alimentarnos. Con tu sangre y la de la muerte por ahora tenemos de sobra.

No pedí más explicaciones y les di su espacio.

Subí las escaleras de una de las cabañas, entré en un baño pequeño y cerré la puerta tras de mí. La bañera ya estaba llena. Había usado los cubos de agua que habían aparecido en la entrada de cada casa ocupada, sin que nadie preguntara ni diera instrucciones. Alguien había sabido exactamente lo que necesitábamos.

Me desvestí, entré en la bañera y agucé el oído. No escuché ni un solo lamento en la cabaña de al lado. Ni sollozos, ni suspiros rotos, ni maldiciones ahogadas entre dientes. Pero el dolor estaba ahí. Las zarkass habían perdido a las suyas, a demasiadas, pero eso no las debilitaría. Sabía que cuando se sacudieran el polvo y escupieran la sangre, volverían más feroces, más peligrosas. Y me alegraba de tenerlas de mi lado. Porque era consciente de lo que una mujer es capaz de hacer cuando la destrozan.

Nos volvemos el doble de despiadadas, el triple de mortales.

Había calentado el agua con mi poder hasta casi hacerla hervir, pero no sentí el calor, solo vi cómo mi piel se tornaba rojiza bajo el vapor.

Pasé un paño húmedo sobre mi cuerpo para limpiar la sangre seca, deslizando la tela sobre las heridas, y ahí sí lo sentí. El ardor. El escozor profundo.

Me maldije por no haberle pedido a Skylar que me curara, por ignorar la necrotina que se había deslizado dentro de mí.

Me hundí en el agua y cerré los ojos, pero ni siquiera eso logró disolver el peso en mi pecho. Sabía que era a mí a quien buscaban, que todo aquello había empezado por mi causa. Había arrastrado a todos hacia un enemigo que aún no había mostrado los dientes y ya estábamos sangrando.

—De cualquier modo ese habría sido su destino, Eda. —La voz de Elandra me hizo abrir los ojos; acababa de entrar al baño con un cubo de agua entre las manos—. Tal vez el futuro de las zarkass habría sido aún peor. Tal vez no habría quedado ni una viva si esa manada de machos asquerosos las hubiera encontrado antes que nosotros.

Me había leído el pensamiento, aunque no era difícil. Todo se reflejaba en mi rostro.

—Es imposible no sentirme así. No mientras todo lo que hacemos es pelear contra enemigos que intentan darme caza, contra los que ansían lo que llevo dentro. Y lo peor es que ella lo sabe, Elandra. Sabe dónde golpear. Sabe exactamente cuál es mi punto débil.

Apreté los puños debajo del agua.

—Vosotros.

Dejó el cubo en el suelo, se acercó a la bañera y se agachó a mi lado.

—Lo que hacemos aquí, Eda, no es solo luchar. Es resistir, y eso significa que seguimos en pie. Que por mucho que la Dama nos quiera rotas, seguimos aquí. No puedes cambiar lo que pasó ni lo que vendrá. Pero sí puedes decidir cómo vas a hacerle frente. Eso, a veces, es lo que marca la diferencia.

Suspiré.

—¿Crees que hice bien trayéndolas aquí?

—Creo que ellas estaban desesperadas por salir de ahí.

—Pero el imperio no las verá con buenos ojos, Elandra. Para ellos, solo son bestias. Como los wendigos... Tendremos que explicarles muchas cosas a los jinetes, empezando por el hecho de que Iron está con nosotras. Y que no piensa irse porque... —Me mordí la lengua, pero ya era tarde.

—Porque eres su mitad —remató ella.

Asentí. Elandra suspiró y apoyó un brazo en el borde de la bañera.

—Eda, ¿tengo que recordarte que tienes a los dos hombres más poderosos del mundo dispuestos a matarse y a matar por ti? Así que deja de joderte la cabeza con que si el emperador aceptará o no a las zarkass.

Porque si alguien se atreve a negarlas, no las está negando a ellas, sino a ti. Y nadie en su sano juicio lo haría.

Elandra sacó de su bolsillo una pastilla de jabón sólido.

—¿Lavanda? —pregunté con la intención de cambiar de tema.

—La encontré en uno de los baños —dijo restándole importancia con un leve encogimiento de hombros—. Vamos, acerca la cabeza. Te lavaré el cabello, te quitaré toda esa sangre de zarkass asqueroso.

Obedecí sin discutir y sus manos recorrieron mi cabeza, frotando con la paciencia de quien intenta limpiar algo más que solo suciedad.

—Mi madre solía hacerme esto —murmuré con los ojos cerrados—. Me lavaba el pelo, luego me lo peinaba y me lo secaba junto a la chimenea. Pero siempre he sido impaciente, así que muchas veces me iba a la cama con la cabeza empapada.

Elandra soltó una risa suave, casi nostálgica.

—Yo hacía lo mismo. Nunca me molestaba en secarlo.

—Y luego te despertabas estornudando...

—Exacto —rio—. Por eso mi madre nos lo cortaba al ras de las orejas cuando éramos niñas. A todas. Decía que así nos ahorrábamos problemas. Y francamente... tenía razón.

Sentí el agua deslizarse por mi cabeza mientras me enjuagaba el jabón.

—Solo espero que todos estén bien —dije en voz alta—. Que, aunque nuestra ausencia les duela, sigan con sus vidas. Que mi padre continúe trabajando, que, aunque no sea del todo feliz, al menos lo intente. Cada día.

Sentí el ardor en mis ojos antes de darme cuenta de que las lágrimas ya corrían por mis mejillas.

—Eres una llorona, portadora y jinete de fénix.

—Cállate —dije soltando una risa ahogada entre lágrimas.

Elandra se inclinó ligeramente hacia mí, su voz apenas era un susurro contra mi oído.

—Yo también pienso en mi familia. En mis hermanas. Pero nunca se hace menos duro.

—No..., nunca se hará menos duro —admití—. Pero estamos mejor aquí.

Elandra enjuagó el último rastro de jabón de mi cabello y me tendió una toalla.

—Vamos, fuera del agua antes de que te duermas ahí dentro. —Me dio un leve golpecito en el hombro—. No pienso arrastrarte inconsciente.

Me ayudó a salir de la bañera y me sostuvo cuando me tambaleé. Las heridas ardían con cada movimiento, me costaba caminar, pero al menos no era tan grave como la última vez.

Elandra frunció el ceño.

—No sé cómo funciona vuestra sangre, pero, si él puede ayudarte, pídeselo. Será mejor para todas que estés en condiciones mañana. No necesitamos más mártires. Te necesitamos en pie.

Me sequé el cuerpo, salí del baño y me puse ropa limpia, agradeciendo en silencio la magia de Bankai, que mantenía mi bolsa llena de uniformes limpios, como si supiera que nunca tendría tiempo para preocuparme por algo tan simple como la ropa.

—¿Y qué se supone que quieres que le diga, Elandra? —bufé mientras me abrochaba los pantalones con más fuerza de la necesaria.

—Eso tendrás que decidirlo tú.

Antes de que pudiera contestarle, escuché pasos fuera de la habitación y, segundos después, oímos la voz de Adriel:

—¿Estáis vestidas? ¿Puedo entrar? —preguntó desde la puerta; cuando avanzó pude ver que llevaba los ojos cubiertos por una mano—. Bueno..., igual si me dejáis mirar...

—Estamos completamente desnudas, Adriel. Adelante, disfruta del espectáculo —mintió Elandra con una sonrisa lenta y venenosa.

Adriel entreabrió los dedos, echó un vistazo rápido y se quitó la mano con una expresión ofendida.

—Pedazo de mentirosa.

—Pedazo de cerdo.

Adriel hizo un puchero tan exagerado que sus ojos almendrados casi se convirtieron en una línea.

—Solo quería ver a una mujer desnuda.

Yo solté una carcajada.

—¿Las cordilleras de Arcadia no te han tratado bien?

—Soy demasiado guapo para las jinetes de allí —dijo apoyado en el marco de la puerta con una mano en la barbilla, como si estuviera posando para una pintura—. Ahora busco cosas distintas, mucho más peligrosas.

Me quedé mirándolo y no tardé en atar cabos.

—Oh, no...

—Oh, sí.

Elandra frunció el ceño confundida.

—¿Qué está pasando aquí?

—Creo que Adriel —me crucé de brazos— se siente especialmente atraído por mujeres que podrían arrancarle la cara de un zarpazo. Cuantos más colmillos, más garras, más riesgo de muerte violenta..., más encantado está.

—¡¿Una zarkass, Adriel?! —soltó Elandra con sorpresa—. ¡No quiero ni imaginar lo que te harían si una de ellas te montara! Te dejarían hecho polvo. No habría más rondas, no habría más Adriel. Fin.

—Me gusta el sexo animal, ¿sabes?

Yo ya estaba doblada de tanto reírme. Elandra intentó recuperar la compostura, pero no pudo evitar seguir el juego.

—Además, no creo que estén interesadas en ti. No tienen pinta de ir detrás del tipo «desastre encantador», más bien lo esquivan.

—Soy un hombre que se deja mandar. —Levantó las manos detrás de la cabeza y sacó pecho, contoneándose como si estuviera en un malísimo espectáculo privado.

—Vale, vale, si te va el sexo que roza la muerte... —se burló Elandra.

—Ah, claro —exclamó Adriel, alzando la voz con toda la teatralidad del mundo mientras me señalaba—, a mí se me juzga por querer acostarme con una zarkass, pero a Eda nadie le dice nada, cuando literalmente quien le da orgasmos es la puta muerte. ¡Y también tiene colmillos!

Se volvió hacia mí, con una ceja levantada.

—Señorita Eda, empieza a hablar. Queremos detalles. Y por favor no escatimes.

Yo ya tenía el rostro enterrado entre las manos y lloraba de la risa.

—¡Eso es verdad! —saltó Elandra girándose hacia mí—. ¿Cómo te las arreglas para...?

—¡Por la muerte! —grité ahogada, sin poder respirar entre carcajadas.

Fue entonces cuando Adriel se acercó a mí, bajando el tono.

—Oye, tú deberías estar con él, ¿no? ¿Qué haces aquí en vez de estar dándole calor al hombre que te espera a dos casas de distancia?

Entonces, en mitad de la risa, me congelé. Porque lo dijo como quien lanza una broma, pero sabe dónde golpear.

Fruncí el ceño.

—No me está esperando.

Elandra se adelantó a responder.

—Por supuesto que te está esperando.

—Le he hecho daño. Vio... —Intenté hablar, pero la voz me salió rota—. Ya ni siquiera sé nada. No sé si le ha dolido. No sé si...

—¿Si le importas? —terminó Adriel por mí.

No respondí.

Elandra chasqueó la lengua con fastidio.

—Venga ya, Eda. ¿De verdad crees que la muerte deja que cualquiera beba su sangre? ¿Que se quedaría aquí, en medio de la nada, vigilando a un par de jinetes y a unas zarkass solo porque sí? —Me miró como si estuviera dejando pasar algo obvio—. Tú misma lo has dicho: eres su mitad, y no hay nada más fuerte que ese vínculo.

—¿Crees que me está esperando?

Elandra sonrió sin un atisbo de duda en su rostro.

—Lo sé con la misma certeza con la que sé que me están esperando a mí.

No pude evitar soltar otra carcajada.

—Buena esa, pelirroja —siseé su apodo, viendo cómo ponía los ojos en blanco con fingida molestia.

—Venga —me empujó Adriel hacia la puerta—, ve a que te cure esas heridas, y no te olvides de devolver el favor, ¿eh?

Ahora era yo quien había puesto los ojos en blanco, pero no pude evitar que se me escapara una sonrisa. Me incliné y les di un beso rápido en la mejilla a ambos.

—Sois insoportables.

—Y adorables —respondió Elandra.

Me giré, respiré hondo y salí de la habitación, directa hacia mi destino inevitable: la casa de al lado.

Donde Skylar me esperaba.

9

Eda

Me detuve ante la casa con los nudillos a punto de aporrear la madera. Las ventanas estaban cubiertas por cortinas gruesas y oscuras, pero en la planta baja la luz de una vela seguía titilando tras la tela. A mi alrededor, la aldea guardaba silencio.

Humedecí mis labios y respiré hondo, intentando calmar la sensación que se enredaba en mi pecho, una mezcla entre ansiedad y una anticipación que no terminaba de entender, absurda y persistente.

No es más que una puerta, Eda, solo es Skylar, me susurró Kali.

Lo que lo hace todo mil veces peor.

Cuando por fin me decidí a tocar a la puerta, esta se abrió con un leve chirrido. Me quedé quieta, con la mano aún en el aire, congelada en el gesto.

Ahí estaba él.

Se encontraba apoyado en el marco con la tranquilidad de quien no tiene prisa por nada, sujetaba una toalla en una mano, con la que se secaba el cabello mojado con movimientos lentos. La otra descansaba sobre la madera, relajada, como si me hubiera sentido llegar mucho antes de que diera ese último paso.

No llevaba camisa. Y no parecía tener intención de buscar una.

Mierda, Kali. Mierda.

No fue la forma en que la luz de la vela delineaba los contornos de su torso musculoso, ni la tinta dorada de sus tatuajes deslizándose desde su espalda hasta su pecho lo que me hizo contener el aliento. No. Fue el colgante que descansaba sobre su clavícula desnuda con un leve destello plateado. Y, por si todo eso no fuera suficiente, solo llevaba puestos esos malditos pantalones negros de guerrero, sueltos en las caderas y que dejaban entrever la línea marcada de su abdomen. Esa «V» tentadora que guiaba directamente a donde no debía mirar. Y, sin embargo, lo hice.

Aquello se me iba a hacer mucho más complicado de lo que había pensado.

Y que lo digas, sonó burlona la voz de Kali. Estuve a punto de dar media vuelta y largarme. Irme al río más cercano, meter la cabeza bajo el agua y quedarme ahí hasta que se me olvidara cómo pensar.

Sí, eso suena eficaz.

—¿Entras o solo has venido a mirarme?

Levanté la vista justo a tiempo para verlo sonreír, mostrando los colmillos, y joder..., tenía esa maldita expresión de satisfacción, esa que decía sin palabras que sabía con exactitud lo que se me pasaba por la cabeza.

«Imbécil. Imbécil. Imbécil».

—Yo... —Las palabras se me atoraron en la garganta—. Sé que has sido tú quien ha dejado los barreños de agua frente a las puertas, solo venía a agradecértelo.

Bajó la toalla de su cabeza y la pasó por su nuca.

—Adelante, Zafiro. Deja que te cure esas heridas. —Se apartó un poco, dejándome espacio para entrar.

Intenté caminar con naturalidad, con ese mismo aire indomable que él siempre mostraba, pero era imposible cuando cada paso me hacía más consciente de su presencia. Me obligué a desviar la vista y enfocarme en la estancia. Era pequeña, acogedora a su manera, incluso en medio del abandono. Quizá alguna vez fue el hogar de una familia, antes de que todo se fuera al infierno.

Los muebles seguían en su sitio, grandes, demasiado inútiles o sentimentales para que alguien se molestara en llevárselos. Olvidados, como todo lo demás.

—Tengo heridas en las piernas —informé volviéndome hacia él—. No son graves, pero... —Solté un suspiro. La tela del pantalón estaba pegada a la piel e hice un gesto para dar cuenta de ello—. Necesito quitármelos.

Antes de que pudiera terminar la frase, Skylar me lanzó una camisa que atrapé al vuelo.

—Eso servirá.

Pero mi garganta se secó.

Era suya, y olía a él. Me llegó ese olor que conocía demasiado bien, que se me había quedado grabado en la memoria, en la piel, en todo lo que intentaba no recordar.

Murmuré un «gracias» en voz baja antes de girarme, y escuché el leve crujido de la madera cuando Skylar hizo lo mismo y me dio la espalda.

Eché un vistazo por encima del hombro y pude ver el fénix dorado tatuado que la cubría por completo. Tragué saliva y me apresuré a cambiarme, quitándome los pantalones con cuidado de no arrancarme las costras de las heridas que habían comenzado a formarse por el veneno. Cuando terminé, lo avisé.

—¿Prefieres que lo hagamos en la cama o en la mesa? —me preguntó, y mi cerebro se apagó.

—¿Perdón?

Él ladeó la cabeza y una sonrisa fantasma le curvó los labios.

—¿Dónde quieres que te cure?

Oh, por la muerte.

Meter la cabeza en un río no creo que sea suficiente después de esto, se rio Kali.

Voy a asesinarte, pajarraca.

Después de escuchar lo que acabas de decir, me sacrificaré yo misma.

Sentí mi cara arder y cómo la vergüenza trepaba por mi cuello como fuego. Me aclaré la garganta y me dirigí a la mesa con la espalda recta, intentando no parecer una maldita idiota.

Difícil, canturreó Kali.

Me senté sobre la madera fingiendo firmeza. Skylar se acercó sin prisa, con la toalla colgando del hombro desnudo y la piel aún húmeda y brillante. Se agachó frente a mí, sin tocarme, y bajó la mirada a mis piernas, con el ceño levemente fruncido.

Respiré hondo.

No quería que me afectara. No quería desearlo...

—¿En serio pensabas irte a dormir con ese veneno perforándote la piel? —Su mano se cerró alrededor de mi muñeca, sin apretar, pero con la fuerza exacta para hacer que se me erizara el vello. Suficiente para que el recuerdo de aquella luna de sangre se colara en mi mente sin pedir permiso.

No respondí.

—Finges que no te duele —continuó—, pero son arañazos profundos, joder.

—La pelea podría haber acabado peor, y lo sabes.

Él soltó mi muñeca despacio.

—¿Te tocaron? —gruñó mientras se arrodillaba entre mis piernas. Su rostro quedó a la altura de mis muslos, y al instante me atrapó el recuerdo de su lengua saboreándome, de su boca recorriendo cada centímetro de mi piel, de esos ojos mirándome desde abajo con una devoción salvaje.

—¿Esos malditos machos se atrevieron a ponerte una mano encima, Eda? —El sonido de mi nombre en sus labios me hirió más que cualquier veneno.

—¿Cambiaría algo si lo hubieran hecho?

—Lo cambiaría todo. Porque si algo te pasara por mi culpa, aunque solo fuera por no llegar a tiempo, no me lo perdonaría ni en mil años. Mi única maldita misión es que estés a salvo y que, mientras me quede aliento, nadie te ponga un dedo encima.

Skylar tragó saliva después de decir aquello y, durante un segundo maldito, el mundo enmudeció. Las motas de polvo quedaron suspendidas en el aire, la luna se olvidó de brillar, la nieve dejó de caer, y tal vez —solo tal vez— en ese espacio sin tiempo, en ese hueco invisible entre un latido y el siguiente, no se creó ninguna vida, no se tejió ningún destino. Solo aquel momento.

Él seguía ahí, de rodillas frente a mí, con las manos apoyadas en mis piernas y los ojos fijos en los míos, y yo… yo tenía los dedos tensos por las ganas de hundirlos en su cabello, tirar de él, tocarlo, tener una maldita excusa para volver a sentirlo.

Aunque fuera peleando.

Aunque fuera gritando.

Aparté la mirada, porque, si lo seguía mirando, se me romperían los labios de tanto apretarlos para no suplicarle que me amara como yo lo amaba a él.

Me dolía saber que no había corrido a mi encuentro cuando se enteró de que había rechazado a Dalton. Pero ¿por qué habría de hacerlo? ¿Y si ser su mitad no significaba amor, sino solo un vínculo inevitable, creado para proteger y no para sentir? ¿Y si todo aquello no era más que un destino compartido, una conexión sin elección? ¿Y si él… nunca había sido capaz de amarme?

Pero aun así, ahí estaba, arrodillado entre mis piernas, sabiendo todo eso. Sabiendo que me rompí por él, que lo esperé, que —en el fondo— aún lo esperaba. Pese a todo ello había tenido el valor de decirme que no se lo perdonaría si algo me pasaba.

Skylar bajó la mirada a mis piernas y sus dedos rozaron las pequeñas heridas, casi insignificantes en comparación con otras a las que me había enfrentado y que él mismo había curado.

—¿Están todos muertos? —preguntó sin alzar la voz.

—Ahora sus almas son tuyas —sonreí.

Skylar trabajó mientras le contaba cómo nos habíamos encontrado con las hembras, lo que ellas me habían dicho, cómo querían unirse a un bando que ni siquiera sabían que existía, cómo nos habíamos enfrentado a los machos y habíamos logrado escapar, cómo había deseado crear el portal y cómo la magia me había respondido, cómo Bankai me había escuchado.

Sus manos se movían con cuidado sobre mi piel, limpiando y sanando, sin decir una sola palabra. No necesitaba hacerlo. Solo me escuchaba, con esa calma tan suya, como si el mundo pudiera detenerse solo por estar yo herida.

Hubo un momento en que sus ojos dorados se alzaron y encontraron los míos y, en ese instante, sin buscarlo, me vino el primer recuerdo de su mirada.

La calle oscura. El bullicio lejano.

Cuando vi aquellos ojos por primera vez, supe que no eran humanos. Había algo en él que no entendía, que me atraía y me asustaba al mismo tiempo. Pero ahora que conocía al portador de esa mirada, resultaba abrumador comprenderlo. Saber que él, dueño de la sombra y la oscuridad, llevaba en los ojos el reflejo más puro de la luz. Y yo haría lo que fuera por proteger ese brillo. Porque si sus ojos dejaban de encenderse así, si esa luz se apagaba..., yo me perdería con ella.

—¿Estás enfadado porque abrí un portal?

Skylar se limpió las manos manchadas de sangre en la toalla.

—¿Crees que debería enfadarme porque mi mitad sea capaz de hacer lo mismo que yo?

«Su mitad».

—Ni siquiera has soltado un gruñido cuando has entendido que las hembras ahora estaban conmigo —continué—, no has hecho ningún comentario irónico, no me has lanzado ninguna mirada de furia, ni hecho ningún maldito intento de provocarme. No es algo normal en ti..., en nosotros.

No respondió. Sus manos siguieron moviéndose con la facilidad de alguien que había hecho aquello incontables veces y mientras tanto yo intentaba ignorarlo.

Ignorar su cercanía.

Su olor.

La forma en que su simple toque me hacía desear más.

Apreté los labios y cambié de tema.

—¿Por qué antes has dicho que el imperio no está en condiciones en estos momentos?

Sus manos dejaron de moverse y supe lo que venía después.

—¿Te acuerdas de la grieta de Cristales Rojos?

—Aparece en mis pesadillas de vez en cuando.

Skylar no sonrió.

—En la sala, nos dijiste que mientras matabas a los kholdrath viste que sus ojos eran esmeralda. Como los de aquellos mortales poseídos por los noctífagos.

Mi cuerpo se endureció.

—¿Qué quieres decir?

Skylar dejó el paño a un lado.

—Hace siete días, sobrevolaba Novadia cuando vi a una mantícora volverse contra su jinete. No fue un error, no fue una reacción instintiva. Se giró hacia él y, de un solo mordisco, le arrancó la cabeza. Luego perdió el control y lanzó esferas de rayos en todas direcciones, destrozando todo a su paso. —Skylar hizo una pausa, pero no por dramatismo, sino porque lo que venía después era peor—. Tu hermano intentó detenerla, se lanzó sobre ella...

Mi estómago se hundió.

—No.

—Me desvanecí hasta allí, la maté —apretó la mandíbula—. Pero para cuando lo hice ya le había arrancado el brazo a tu hermano.

Todo se inclinó.

Un pitido agudo me estalló en los oídos y ahogó el resto. La sangre abandonó mi rostro, las piernas me fallaron cuando intenté ponerme en pie y, por un instante, el aire se volvió tan denso que no sabía cómo respirarlo.

Skylar reaccionó al momento y cerró sus manos sobre mis hombros.

—Eda, escúchame. —Su voz fue un ancla entre el vértigo—. Tu hermano está bien. Le di de mi sangre y el dolor desapareció.

Me aferré a su cintura.

—Mi hermano... —susurré llevándome una mano al pecho. Mi hermano había perdido un brazo.

Inspiré hondo, como si con cada aliento pudiera juntar las piezas, sostener el derrumbe, no dejar que la herida se abriera del todo. No podía romperme ahora, no con tanto por delante.

Tardé unos minutos en recuperar la compostura, pero, cuando lo hice, hablé con la voz más firme que pude reunir.

—¿Está bien?

—Tan bien como puede estar alguien que ha perdido un brazo. —Su tono fue crudo, sin adornos, sin mentiras—. Pero se encuentra con el comandante. Y te aseguro que... —Se quedó en silencio e hizo un gesto con la mano que no supe descifrar—. Bueno, que están juntos y que de alguna forma...

Eso era todo lo que necesitaba oír.

—¿Ha habido más criaturas manipuladas?

Skylar negó con la cabeza.

—En estos últimos días no. Pero tu presencia aquí se hará notar muy pronto, y no sé qué consecuencias traerá.

Cerré los ojos procesando la información. Había demasiadas cosas por resolver, demasiados cabos sueltos, y mi instinto me gritaba que no había tiempo.

—Lo sabremos pronto —dije al fin—. Pero primero quiero llegar a Novadia cuanto antes. Necesito ver a mi hermano. Necesito hablar con Dalton.

Skylar asintió una vez, después otra, pasó una mano por su cabello húmedo y soltó una risa seca, carente de humor.

—Bien.

Se alejó sin prisa hacia la pequeña cocina, cada paso calculado, casi indiferente. Tomó un barreño de agua sin mirar atrás, dejando la conversación suspendida con la misma frialdad con la que se suelta una hoja de acero.

Apreté los labios.

Sabía que Rai Raider le había contado todo a Skylar: cómo rechacé a Dalton, cómo fui incapaz de darle una respuesta. Y, aun así, Skylar no decía nada. No preguntaba, no lanzaba uno de sus comentarios afilados, no dejaba caer una de sus malditas sonrisas cargadas de veneno dulce.

Me había curado.

Me había seguido.

Había protegido a las zarkass por mí.

Pero no era el mismo. Ya no era el hombre que me sacaba de quicio con cada palabra, que se alimentaba de la tensión, que sabía exactamente dónde apretar para hacerme arder. Y esa distancia, esa jodida indiferencia muda, dolía más que cualquier herida abierta.

Se había acabado.

Me separé de la mesa, recogí mi ropa y pasé por su lado sin mirarlo. Skylar no se movió, no dijo nada, ni siquiera su respiración se aceleró. Yo solo quería vestirme y largarme antes de que mi actitud lo delatara todo.

—Espera. —No había escuchado pasos, ni visto su sombra moverse, pero ahí estaba, justo frente a mí, apareciendo con su magia a solo centímetros de distancia.

—¿Qué?

—Puedo… ¿puedo pedirte una cosa? —Aquel no era el tono seguro, frío y letal con el que se dirigía al mundo.

Me tambaleé un poco hacia atrás, pero asentí.

—Quédate a dormir.

Mi corazón golpeó con tanta fuerza contra mis costillas que pensé que él podría escucharlo.

—Skylar…

¿Por qué me hacía eso? ¿Por qué ese tira y afloja? ¿Por qué esas señales contradictorias, ese juego donde parecía querer acercarme y alejarme al mismo tiempo?

Sacudió la cabeza y apartó la mirada. Nunca lo había visto así, nunca lo había visto… nervioso.

—Lo siento. —Se pasó una mano por el cabello—. No debería haberte pedido eso.

—Me quedaré contigo.

Vi cómo sus ojos se abrían un poco, como si no hubiera esperado mi respuesta. Pero no se movió, no se apartó de mi camino. Solo se quedó allí, con su enorme cuerpo bloqueando la salida.

«Me quedaré contigo». Aquellas eran las mismas palabras que él me había dicho aquella noche en la posada, cuando mi cuerpo estaba al borde del colapso y mi orgullo hecho trizas. Cuando, a pesar del odio, del miedo y de la desconfianza, le supliqué que no me dejara sola. Y él se quedó.

—Sé que tú no duermes. Entonces… ¿por qué quieres que me quede aquí?

Skylar bajó la cabeza y exhaló.

—Porque paso mucho mejor mis noches cuando escucho tu respiración mientras duermes.

La confesión me golpeó más que cualquier otra cosa.

—La cama está preparada arriba para ti —añadió—. Yo me quedaré aquí abajo.

No tenía claro cuál de los dos estaba más nervioso, si él por atreverse a pedírmelo o yo por considerar decir que sí. Nunca lo había visto así, dudoso, con su seguridad habitual resquebrajada.

Estuve a punto de confesarle que no quería dormir sola, que necesitaba su respiración cerca, marcando el ritmo que me devolvía el aire. Como aquella vez en la cúpula, cuando mi cabeza descansaba sobre su pecho.

Quise decirle que esos tres días en los que no se movió de mi lado fueron los únicos en los que pude respirar sin sentir que el peso del mundo me aplastaba. Quise decirle que lo quería ahí otra vez. Que deseaba repetirlo, sentir su cuerpo pegado al mío, su aliento tibio recorriéndome la nuca, encendiéndome la piel con cada exhalación.

Quise decirle que soñaba con pasar cada noche de mi vida a su lado.

Pero no era justo. No cuando me había prometido no volver a hacerle daño. No cuando todavía no podía sostener mi propia indecisión sin temblar. Primero hablaría con Dalton y le aclararía el desorden que yo misma había provocado. Y después, tal vez tendría el valor de confesarle todo a ese hombre descamisado que me pedía que durmiera en la misma casa que él, solo para escucharme respirar.

—Buenas noches, Sky.

Me puse de puntillas y dejé un beso casto en su mejilla, sintiendo el leve roce de su piel contra la mía. No esperé a ver su reacción, ni a que dijera nada, solo me giré, subí las escaleras sin mirar atrás, me metí en la cama y cerré los ojos, dejando que el eco de ese momento persistiera en mis labios, porque aunque no lo dijera en voz alta, la verdad era que yo también descansaba mejor cuando escuchaba su respiración.

10
Eda

Todavía no había salido el sol, pero yo ya no podía dormir más.

Me incorporé en la cama, sintiendo el dolor de las heridas que no terminaban de cerrarse, y me pasé las manos por el rostro en un intento por despejar el agotamiento. Usar mi poder para abrir el portal me había dejado vacía, y Kali también había gastado lo suyo.

Me quité la camisa de Skylar a regañadientes, casi con rabia, solo porque debía hacerlo, no porque quisiera desprenderme de su olor. La doblé con cuidado y volví a ponerme mi uniforme de cuero.

Cuando bajé las escaleras, la cabaña estaba vacía. No me hizo falta buscarlo, simplemente sabía que no estaba. Desde el momento en que había abierto los ojos, su ausencia se había sentido como un hueco en la magia que nos unía.

¿Todo en orden, pajarraca?

No para los ciervos que nos encontramos anoche. El comentario de Kali me revolvió el estómago.

No quería saber esos detalles.

Sí, Eda, todo en orden.

Suspiré y me dirigí a la cocina para desvalijar los cajones en busca de algo útil. Encontré algunos cuchillos viejos y, sin perder tiempo, salí de la cabaña, cruzando la nieve aún virgen entre una casa y la otra. Revisé las demás en busca de herramientas: palas, rastrillos, incluso mangos de madera. Los apilé en mis brazos y me alejé en silencio, sin querer despertar a nadie.

El bosque cercano a la aldea me recibió con su quietud invernal. No había fulgor oculto en las hojas, ni energía vibrando en los troncos. Solo árboles altos, ramas desnudas y raíces enterradas en una tierra inerte.

Yo también me había acostumbrado a lo imposible, murmuró Kali en una voz baja arrastrada por el sueño. *A la magia bailando en cada hoja, al mundo colgado entre sombras y estrellas.*

Aquí todo se siente más simple. Miré a mi alrededor. *Más... muerto.*

Era una contradicción absurda que en Pramvera y en Valdemar, el territorio de los vivos, todo se sintiera más cruel, más desolador, que en aquel al que las almas iban cuando morían.

Distribuí las herramientas por la nieve, dejando algunas a la vista, otras escondidas entre los troncos y unas cuantas medio enterradas en la escarcha. Cuando terminé, me coloqué en el centro, observé cada punto con atención y respiré hondo.

El plan era simple: concentrarme en cada objeto, visualizar mi fuego envolviéndolos, dejar mi esencia en ellos. En Bankai ya lo había hecho. Había imbuido mi magia en las armas de mis aliados, les había dado mi fuego, mi voluntad, mi rabia.

Pero allí... nada.

Ninguna chispa. Ninguna vibración.

No estaba en Bankai. Mi magia seguía dentro de mí, ardía en mi sangre, latía con cada pulso..., pero ese territorio no la escuchaba.

No, no estás en Bankai. La voz de Skylar acarició mi consciencia, lo que significaba que no estaba en su forma humana.

Soy muy consciente de que la magia aquí no funciona igual. Lo sentí en cuanto cruzamos el portal, y supe que no era por agotamiento, respondí.

Que la magia no funcione igual que en Bankai no significa que no esté aquí, que no exista.

Miré a mi alrededor, entre los árboles, buscando su forma de lobo..., pero nada. Luego alcé la vista hacia las ramas desnudas, sin embargo, tampoco estaba allí.

Un humo negro emergió de entre la nieve y se deslizó como tinta derramada que parecía filtrarse desde las entrañas de la tierra. Esta se condensó, compactándose en algo tangible, letal. Antes de que pudiera moverme, la oscuridad se cerró alrededor de mis tobillos como un cepo y, en un parpadeo, me tiró al suelo y me hundió en la nieve.

El muy cabrón me había atado con sus sombras.

Sí. Su voz sonó divertida. *Ayer ya viste cómo creé un cuchillo con ellas. Puedes hacer lo mismo con tu fuego. La única que pone límites a tu poder eres tú. No el lugar. No la magia. Tú.*

Me levanté con un gruñido mientras me sacudía la nieve de los pantalones.

—Voy a empezar con lo básico, ¿vale? Imbuir los objetos con mi fuego —siseé—. Crear armas de la nada se me va a hacer complicado.

Límites.

Lo ignoré y volví a intentarlo. Me concentré en los objetos, en su forma, en la manera en que deberían arder bajo mi poder. Lo sentí agitarse dentro de mí, extendiéndose como una corriente latente por mis venas, pero cuando abrí los ojos... solo tres de los diez objetos habían respondido.

Resoplé frustrada.

—Aquí es diferente.

No. Eres tú la que lo hace diferente.

—Eres un maestro de mierda, ¿lo sabías?

Otra vez.

Extendí la mano hacia uno de los cuchillos y quise que se encendiera, que la llama lo reclamara.

—No funciona.

Otra vez.

Un cosquilleo recorrió mis dedos con el esfuerzo inútil.

—No puedo hacerlo, joder... —solté entre dientes—. Las armas son imprescindibles, Skylar. Los noctífagos solo pueden morir con mi llama, la de Dalton y con tus sombras. Los jinetes y las zarkass no pueden enfrentarse a ellos con armas comunes.

Lo sigues haciendo mal. Tu poder solo te responde cuando lo fuerzas a salir al límite. Te aferras a la desesperación, a la rabia, al miedo, pero eso no es poder. Eso es depender del caos. Y es un puto error. Su voz sonó enfadada. *No puedes necesitar que te destruyan para ser poderosa.*

Tenía razón. Las veces que había desatado todo lo que tenía dentro me había sentido al borde del abismo. Cuando, por miedo y amor, había protegido a Skylar en la playa. Cuando había arrasado a los kholdrath en aquella grieta. Cuando, por pura necesidad y desesperación, había creado un portal.

Siempre al límite.

Siempre al borde.

Sé que tengo razón, siempre la tengo. Escuché su risa, descarada, y supe que se había metido en mi cabeza. *¿Será por los veinte milenios de sabiduría que te llevo de ventaja?*

Escuché algo moverse entre las ramas cubiertas de nieve. ¿En qué forma se escondía esta vez?

—¿Quieres bajar de los malditos árboles, o de donde demonios estés, y decirme cómo se hace? —gruñí—. Tal vez te prenda fuego a ti y te use como antorcha. A ver si así sirves de algo.

Me encantaría ver cómo lo intentas, preciosa.

Casi caí de culo. Por la muerte..., había perdido la visión por un segundo.

—¡Sal! —espeté al aire girando sobre mí misma—. ¡Deja de esconderte como un cobarde!

Un águila de sombras descendió en picado, un borrón oscuro que me rozó y me hizo dar un respingo. Se posó sobre la nieve, sus garras hundiéndose en la superficie helada con un crujido sutil.

Frustrada conmigo misma, solté un suspiro y me dejé caer al suelo, esa vez de verdad.

Skylar no solo controlaba las sombras. Las moldeaba. Las volvía suyas. Las convertía en armas, en trampas, en escudos, en lo que se le antojara. Pero no era solo eso. También podía transformarse en lo que quisiera: en un águila, en un lobo, en un dragón..., en una maldita sombra con forma humana.

Lo que fuera, cuando fuera.

—No pasé por alto el detalle de que Rai Raider se hacía pasar por Faelan en la Fortaleza de la Cumbre de Hielo —le dije al águila, con los ojos fijos en sus alas extendidas.

No se hacía pasar por nadie. Era Faelan.

Ignoré la corrección, mordiendo el interior de mi mejilla, y seguí hablando:

—La cuestión es que, además de transformarte en lo que te da la gana y controlar las sombras, también puedes compartir ese don. Otorgarlo. Entregar parte de tu esencia a alguien más. ¿O me equivoco?

Soy consciente de mis poderes, gracias.

Puse los ojos en blanco, cogí un puñado de nieve y lo apreté entre los dedos hasta formar una bola compacta y se la lancé sin pensarlo dos veces, directa, con toda la frustración acumulada. Pero antes de que pudiera golpearlo, el águila se deshizo en humo, desvaneciéndose en el aire, y reapareció varios metros más allá, posada con toda la calma del mundo, burlándose de mí.

—Pues al parecer no eres del todo consciente de lo que podríamos hacer con eso. Otorgar es un poder... —me quedé a mitad de la frase. Mi mente iba a mil por hora, conectando ideas, posibilidades, peligros. Pensaba en todo lo que significaba, en el modo en que ese don podía cambiarlo todo.

Antes de que pudiera procesarlo, Skylar abandonó su forma animal y, en un suspiro de oscuridad, se alzó en su forma humana. Caminó hacia mí y se agachó a mi lado, la capa de sombras aún lo envolvía. Algunos mechones de su cabello blanco le caían sobre la frente, dándole ese aire peligroso y redentor que siempre parecía llevar consigo. Agradecí que se hubiera transformado, al menos ahora no podría leerme la mente como hacía en su forma animal.

Skylar habló:

—No quiero escuchar tus pensamientos, no quiero que me lo digas a mí. Quiero que lo digas delante de los tuyos.

Fruncí el ceño sin entender qué estaba diciendo, pero él no se detuvo.

—Tienes carta blanca para usar mi poder como te plazca, Zafiro.

Al principio no capté del todo lo que Skylar quería decir, pero ahora, con los jinetes y las zarkass reunidos en la misma cabaña, todo cobró sentido.

Skylar les explicó lo que estaba ocurriendo en el imperio: la manipulación de la mantícora, el miedo extendiéndose como una plaga, la desconfianza calando hondo entre los suyos. Yo añadí lo mío. Hablé de los kholdrath, de la grieta de Cristales Rojos y de aquellos ojos esmeralda que confirmaban que el peligro ya estaba entre nosotros.

Las zarkass se quedaron en silencio, apoyadas en las paredes, con sus joyas reflejando la luz del sol que entraba por las ventanas. No hacía falta ser inteligente para saber que nunca antes habían visto la luz o sentido su calor. En Bankai, el sol no salía, así que vivían bajo un cielo monótono, sin amaneceres. Por eso sus cuerpos, incluso en ese momento, buscaban de forma instintiva los rincones más oscuros de la cabaña.

Estas no miraban a Skylar y, cada vez que hablaba, bajaban la cabeza. A veces, al tenerlo tan cerca, se me olvidaba lo que él era para el resto del mundo, olvidaba que Skylar no era un aliado, no era un hombre..., sino un monstruo. Pero no para mí. No con mis ojos, no con lo que sabía de él, no con lo que sentía cada vez que lo tenía cerca.

Él era la oscuridad que me cuidaba.

—Así que nuestras propias criaturas podrían volverse contra nosotros —dijo Elandra despacio—. Maravilloso.

—Mmm..., no creo que esa zorra lo tenga tan fácil —murmuró Adriel encogiéndose de hombros—. Si pudiera controlarnos con tanta libertad, ya estaríamos todos muertos.

—El jinete de zeng tiene razón —intervino Valeska, que por lo visto ya había recuperado su instinto de cazadora. Estaba ahí, de brazos cruzados, con el cabello negro limpio de sangre y esa mirada afilada que dejaba claro que el próximo que intentara tocarla no viviría para contarlo.

Otra zarkass, Norian, alzó la voz desde un rincón:

—¿Creéis que hay algún tipo de conexión entre la Dama y lo que manipula?

—La hay —solté sin pensar, pero me detuve antes de decir más. No sabía si Skylar quería que lo mencionara, pero esa reunión había sido idea suya, y me había dado carta blanca para hablar.

Sentí su presencia a mi lado y, cuando giré la cabeza, lo vi dar un paso atrás y alzar una mano en un gesto que parecía decir «adelante».

Joder..., cómo me gustaba ese hombre.

A mí también me gusta tu hombre, añadió la voz de Kali.

Tosí como respuesta.

No es mi hombre, siseé.

Porque no quieres que lo sea.

—Eda. —Elandra pronunció mi nombre y me sacó de la conversación mental con Kali. Aparentemente, hablar en la mente me hacía parecer una completa idiota ante los demás.

Me enderecé.

—La llama valirio es la tercera, la que todos reconocen por su color esmeralda y por su portadora, la Dama. Las otras dos son la del emperador y la mía, y al parecer cada una está ligada a un territorio.

—Tres llamas, tres territorios. —Liral juntó las piezas—. Pramvera, la llama del emperador.

Asentí.

—La llama idealis.

—La llama valirio... ¿Valdemar? —intuyó Elandra.

Volví a asentir.

—Y la tuya... —La voz de Skylar llegó desde unos pasos detrás de mí—. Bankai.

Que él lo dijera en voz alta me revolvió el estómago más de lo que quise admitir, porque todos sabían lo que era: el creador de Bankai, el origen de la sombra. Pero carecer del poder de mi llama, del equilibrio entre lo que éramos —luz, fuego, renovación— y lo que él era —oscuridad, final, muerte—, sería la destrucción de todo lo que conocíamos.

Respiré hondo y hablé:

—La llama valirio gobernó Valdemar durante milenios, mucho antes de que la magia empezara a desvanecerse. Pero la magia no desaparece, nunca lo hace. —Miré a los presentes—. Si conectamos los hechos, la conclusión es clara: Valdemar es el origen. A todos los jinetes se nos recluta allí, sin excepción. Y todas nuestras criaturas nacen en ese mismo territorio. No es casualidad, es el punto de partida. El principio de todo.

—Por eso la Dama puede manipularlas —concluyó Liral.

Elandra apretó los labios.

—Está reclamando lo que ya le pertenece.

—Sí —afirmé—. Manipula a nuestras criaturas y, si puede con ellas..., también puede hacerlo con nosotros. —Dudé un segundo antes de continuar—: Ya lo hizo con Dalton —añadí, diciendo lo que todos sabíamos—. Si puede doblegar a un portador, entonces ya ha cruzado un límite que no deberíamos haberle dejado alcanzar.

Me callé lo que sabía: que ya había manipulado a Kaiserin, que fue ella quien la empujó al borde de la destrucción, quien sembró su ruina desde dentro. Y si fue capaz de hacerle eso a alguien con milenios de experiencia, con todo su poder y control, ¿cómo no iba a poder hacerlo conmigo, que aún dudaba y que no terminaba de entender lo que era?¿Cómo lo evitaría? ¿Cómo se detiene a alguien que quiere tenerlo todo?

Tenerme a mí.

Tener a Dalton.

Tener a Skylar.

Si lograba eso, sería el fin de todo.

—¿Cómo sabes que las criaturas nacen de Valdemar? —preguntó Adriel—. No es algo que nosotros supiéramos.

—Dalton Basilius me lo dijo —respondí—. Antes de que Iron también lo hiciera.

El suelo de madera crujió cuando Valeska se movió, dejando escapar una risa baja y condescendiente.

—Vaya, vaya... Así que es verdad lo que dicen del fénix, siempre termina volando en círculos alrededor de un dragón.

Apoyé las manos en la mesa, lista para soltarle algo igual de cortante, pero antes de que pudiera abrir la boca Skylar se adelantó y habló por mí.

—Será mejor que cierres la puta boca o empieces a pensar antes de hablar. Recuerda bien dónde estás. Recuerda quién te salvó la vida y a quién se la debes.

Su tono de voz no subió ni una sola nota, pero hizo que Valeska se encogiera en su sitio y su arrogancia se desmoronara al instante. Por un momento, pareció que intentaría atravesar la pared con tal de alejarse de él.

Dile a Iron Shadow que gracias por decir lo que yo también pensaba.

Suspiré.

Kali...

La verdad era que Valeska se lo había buscado..., pero no del todo. Estaba herida, y su forma de reaccionar no nacía de la maldad, sino del dolor. Y eso, en cierto modo, lo entendía. Skylar, en cambio, no tenía por qué ser tan implacable. Aquel juicio tan frío y esa dureza no eran necesarios. Esas hembras ya habían sufrido bastante, no necesitaban más brutalidad.

«Ojalá pudiera comunicarme con él en su forma humana».

—En realidad, eso me lleva justo al punto que quería abordar tras lo que ha dicho Valeska. —Carraspeé—. Hay dos cosas clave que debéis saber. La primera es sobre Long, el dragón de Dalton Basilius. Nació como Kali, como una extensión directa de su magia. Lo que significa que la criatura más poderosa del imperio no puede ser manipulada por la Dama. Los dos están fuera de su alcance.

—Si lo que dices sobre Long es cierto —intervino Liral—, entonces tenemos ventaja.

—Y no solo esa ventaja —añadí, y me giré hacia Skylar. Él ya me estaba mirando con su rostro imperturbable como siempre, pero alcancé a ver una leve sonrisa tirando de la comisura de sus labios. Sostuvo mi mirada un segundo más y luego asintió.

—Como visteis ayer —continué volviendo la mirada al resto—, Iron Shadow no tiene una forma fija. Puede transformarse en lo que quiera: un animal, una persona, una sombra...

—¡Un puto dragón! ¡Un jodido dragón! —exclamó Adriel, agitando las manos y con los ojos encendidos de emoción—. Joder, Iron, tú eres...

—Cállate, jinete —lo cortó Skylar—. Deja que ella termine.

Adriel obedeció de inmediato.

Casi se me escapó una sonrisa. No por la forma en que le hablaba a Adriel —eso pensaba discutírselo más tarde—, sino porque Skylar me estaba dejando hablar. Me estaba dejando tomar el control, exponer eso como lo que era: una estrategia, en lugar de una amenaza.

Lo he visto de peor humor, con menos paciencia, rio Kali.

Eso es bueno.

—Iron no solo puede adoptar la forma de un dragón —proseguí—. Puede otorgar ese poder. Transferirlo. Igual que yo imbuyo mi fuego en las armas, él puede compartir su esencia y su fuerza. En términos de estrategia, nos da algo que la Dama no tiene: adaptabilidad. Capacidad de multiplicar el poder sin depender de un solo cuerpo.

Elandra parpadeó.

—¿Qué?

Skylar avanzó un paso.

—Lo que Eda quiere decir es que tengo la capacidad de otorgaros una fracción de mi poder. Podéis aprender a transformaros, a sentir las sombras, a moldearlas a vuestra voluntad. —Un murmullo se extendió por la sala—. Y antes de que lo preguntes, jinete —clavó los ojos en Adriel—, no. No podéis convertiros en un dragón. Así que deja de hacerte ilusiones.

Adriel frunció los labios, pero no replicó.

No hizo falta preguntar por qué no podían elegir transformarse en un dragón. El poder no funcionaba así. Era de Skylar, y solo él decidía en quién depositarlo y hasta dónde.

Skylar se quedó a mi lado y, por un instante, mi mano rozó la suya. Fue un contacto mínimo, apenas un susurro de piel contra piel, tan breve que podría haber pasado desapercibido..., pero no para mí.

Si hacía unas semanas alguien me hubiera dicho que estaría allí, con el mismísimo Iron Shadow a mi lado, dispuesto a entregar una parte de su poder, no lo habría creído. Pero tal vez siempre lo había mirado desde el ángulo equivocado. Quizá él no era la sombra que amenazaba con devorarlo todo, sino la que se alzaba para proteger lo que aún quedaba en pie. Puede que, después de todo, siempre hubiera querido lo mejor para este mundo.

O tal vez no se imagina un mundo en el que tú no estés y hará lo que sea para evitarlo, susurró mi fénix, pero esa vez no le respondí. Solo me dio más fuerza para decir en voz alta:

—Ahora sabéis cuáles son nuestras cartas en esta guerra. Solo queda enseñarle al imperio cómo vamos a jugarlas. Así que preparaos, nos vamos a Novadia.

11

Skylar O'Hara

No tenía palabras para esa mujer.

Skylar, quien siempre había sentido repulsión por cualquier criatura que interfiriera en la muerte, que veía a los seres feéricos como aberraciones que distorsionaban el curso natural de las almas..., ahora estaba allí de pie, viendo cómo su mitad tomaba a las zarkass bajo su ala. Y lo aceptaba. Porque si él era el arma, ella era la única que sabía cómo usarla.

Joder, haría cualquier cosa por esa mujer. Por la misma que, en aquella playa, se interpuso entre él y los noctífagos sin pensarlo, la que habría ardido viva antes que dejarlo caer. La que salvó Bankai cuando él, con toda su sombra, no pudo.

Skylar no lo hacía por deuda ni por obligación, sino porque, por primera vez en su existencia, sabía lo que era tener un bando. Y ella estaba en él.

Siempre había estado solo. Nadie le habría creído si decía que quería acabar con esa zorra manipuladora. Nadie lo habría seguido en una guerra contra la Dama. Pero con Eda a su lado..., con ella al frente, todo era distinto. La escuchaban y confiaban en cada palabra que salía de su boca. Pero... ¿y cómo no hacerlo? Si hasta la misma muerte la seguía.

Eda no lo sabía, pero tenía algo que él jamás poseería: humanidad.

Skylar agradecía ese corazón suyo, terco e incorruptible, que ella llevaba como escudo incluso cuando todo se desmoronaba. Porque lo último que quería era verla perderse en la oscuridad, arrastrada por la misma sombra que una vez ya la reclamó.

«El equilibrio está intacto —se recordó—. Bankai sigue en pie». Pero su corazón, marcado con el nombre de Eda en cada maldito latido, era lo único que no podía salvar. El único castigo del que no podía escapar. Seguiría tragándose cada sentimiento, uno por uno, para enterrarlos en lo más profundo, fingiendo que no existían solo para no condicionarla.

Skylar estaba apoyado contra la pared de una cabaña apartada, con los brazos cruzados mientras observaba cómo la nieve caía. Las zarkass se habían reunido para hablar a solas, y los jinetes, respetando ese espacio, se habían quedado al otro lado del claro. Él no se unió a ningún grupo y se mantuvo al margen. Pero eso no significaba que no pudiera oírlos. La conversación de los jinetes le llegaba con claridad. Y, aunque parecía distante, no se perdía una sola palabra.

—Las zarkass están tiritando —murmuró Elandra—. Y no me extraña, con el frío que hace y con todo lo que se nos viene encima. Nada de esto pinta bien.

—Además no quieren ponerse las mantas —intervino Adriel—. ¿Está prohibido abrigarse o qué? Porque oye, yo a favor de la desnudez, pero esto ya parece un castigo.

—Son culturas diferentes, cateto —espetó Liral—. No son humanas, no son jinetes, son...

Eda la cortó.

—Lo entendemos, Liral, pero ¿podemos dejar de recordarlo? Cuando lleguemos a Novadia, intentad no tratarlas como diferentes. Somos todos iguales ante los ojos del mal. Y, si para la Dama no hay distinción, para nosotros tampoco debería haberla.

Skylar sintió una punzada al escucharla, no en el pecho, sino más abajo, donde el deseo se encendía de forma tan clara como jodidamente inoportuna.

—Me encantas, Eda, lo sabes ya, ¿no? —soltó Adriel con una sonrisa que Skylar no necesitaba ver para saber que estaba ahí—. Ahora eres mi favorita.

Cerró los puños y contuvo el impulso de cruzar el claro y estampar al jinete contra la roca más cercana. ¿Su favorita? Ese cabrón tenía demasiada cara. Y Skylar demasiadas ganas de borrársela a golpes.

«Pero si aún no he matado a Basilius, no tendría sentido matarlo a él», pensó con los dientes apretados.

—Sí, Eda, lo estás haciendo bien —Elandra pareció moverse, quizá para abrazarla.

Adriel, el muy imbécil volvió a abrir la boca.

—Habrías sido una buena emperatriz.

Skylar se quedó helado.

«Habrías sido...».

Antes de que pudiera procesarlo, las zarkass caminaron hacia ellos con la cabeza alta, pero a Skylar no le pasaron desapercibidos los temblores en sus cuerpos, cómo disimulaban el frío, la tensión en los músculos. Su piel, aunque distinta, era resistente. Aguantaban más que cualquier mortal, pero ni siquiera ellas podían enfrentarse a una tormenta de nieve sin pagar el precio. Se despegó de la cabaña, avanzó unos pasos hacia ellas y, sin decir una palabra, chasqueó los dedos. Su magia se extendió en un parpadeo y, cuando la brisa oscura se disipó, cada zarkass tenía sobre sus hombros un abrigo de piel ajustado a sus vestimentas, grueso y resistente.

—Problema resuelto —soltó sin más.

Eda y los jinetes se aproximaron, seguidos de cerca por las criaturas. Kali sobrevolaba el grupo en círculos a la espera de una orden.

—¿Cómo piensas hacerlo? —preguntó Eda—. Ahora, para el imperio, cualquiera es una amenaza. Debería entrar yo primero, hablar con Dalton y cuando todo estuviera claro...

—Creo que tengo una idea mejor —la interrumpió Skylar sonriendo. Y supo, sin necesidad de mirar, que todos habían notado esa sonrisa que extraña vez dejaba escapar.

Eda arqueó una ceja.

—¿Cuál?

—Solo sube a Kali, Zafiro. Yo me encargo del resto.

Verla montada sobre el fénix hizo que Skylar pensara en todo menos en cosas decentes. Maldita sea..., se la veía imponente desde ahí arriba, con el cabello blanco agitándose al viento y la nieve acumulándose sobre su piel. El azul encendido de Kali iluminaba el cielo gris, y ella, recortada contra la tormenta, era una llama viva que ardía en medio del hielo.

La tormenta arreciaba, pero a ella no parecía afectarle, y al fénix menos aún, que se elevaba con fuerza, batiendo las alas en el cielo gris y esquivando las ráfagas de viento como si no fueran más que leves corrientes de aire.

Él las seguía desde atrás, su cuerpo envuelto en la forma de un águila negra, sin apartar la vista de ellas ni un segundo.

Estamos cerca. ¿Preparada?

Skylar intentó no ir demasiado lejos, no adentrarse en sus pensamientos, no absorber sus emociones como solía pasar cada vez que adoptaba su forma animal. Quería mantenerse al margen, pero era imposible. En esa forma, el vínculo se hacía más fuerte de lo que le gustaba admitir.

No sé si lo estoy, Sky.

Y ahí lo sintió. No solo en su voz, sino en el pecho, en el estómago, en ese latigazo de nerviosismo que lo atravesó sin aviso.

¿Por qué estás nerviosa?

Ya sabes por qué.

No, Skylar no lo sabía. ¿Estaba nerviosa porque su prometido no aceptara a las zarkass? ¿Por su hermano? ¿O era por volver a ver a Basilius?

Kali descendió en cuanto la entrada de Novadia apareció ante ellos. Las enormes puertas, talladas en la propia montaña, se abrían como una boca de piedra, imponentes y silenciosas. Al fondo, la silueta de la Fortaleza de la Cumbre de Hielo se alzaba entre la ventisca, apenas visible.

La ciudad se extendía ante ellos, las cabañas de Novadia casi no se distinguían por la nevada. Aun así, Skylar divisó las siluetas de los soldados imperiales que, vestidos de negro, levantaron la mirada al verlos acercarse desde el cielo.

El fénix desplegó las alas, y un estallido de fuego azul cruzó el aire y chocó de frente contra la ventisca. La magia se enfrentó a la magia. El hielo y la nieve se evaporaron al instante y se alzó una niebla espesa que cubrió la entrada como un velo de vapor y marcó su llegada con un rugido de poder.

El impacto sacudió la ciudad, y luego, mientras el fénix terminaba de descender, el cuerpo de Skylar cambió en pleno vuelo. Dejó atrás la forma de águila y emergió en su verdadera piel.

Un dragón.

Un rugido grave estalló desde lo más hondo de su pecho mientras su forma titánica emergía por completo, oscureciendo la entrada de Novadia. Con un solo gesto, su poder se extendió como una oleada invisible, y las zarkass y los jinetes, que se encontraban a kilómetros de allí, se materializaron sobre la nieve, justo debajo de él.

El pánico se esparció como la pólvora. Algunos soldados se tambalearon, otros se cubrieron los ojos por el fulgor del fuego azul. Varios retrocedieron instintivamente al ver la sombra del dragón alzándose sobre ellos.

—Por todos los dioses… —llegaron a decir algunos.

—¿Es la muerte? ¿Es Iron Shadow? —susurraron otros, sin saber si debían correr o arrodillarse.

—Mierda, mierda, mierda…

El miedo ya no era una reacción. Era un idioma común.

Los gritos estallaron cuando el fénix aterrizó y derritió con su calor la nieve bajo sus garras con un silbido sordo.

Los jinetes y las zarkass quedaron cubiertos por el fuego del fénix al frente y por algo mucho más oscuro y letal a sus espaldas.

La cabeza de Skylar se izó por encima de los soldados, su cola se enroscó en la nieve dejando un surco profundo y su presencia cubrió la entrada de Novadia como un presagio de muerte inevitable. Pero no era el único dragón allí. A unos metros, la figura esbelta de Long —la criatura de Basilius— los observaba con ojos filosos, clavados en cada movimiento.

Long rugió. Pero Skylar le respondió con un sonido tan profundo y tan brutal que hizo temblar el suelo bajo los pies de todos. Un rugido que ensordeció al imperio entero... y dejó claro quién dominaba allí.

Podía desafiarlo todo lo que quisiera, mostrar los dientes y rugir todo el día, pero ambos sabían quién destrozaría a quién si la guerra estallaba. Y, si algún imbécil se atrevía a tocar a las zarkass —si siquiera pensaba en levantar un arma contra ellas—, tendría que pasar primero por la maldita bestia.

—¡Que nadie se mueva! —La voz del emperador surgió de detrás de su dragón.

Basilius apareció con el rostro pálido y la mirada tensa. Alzó una mano, y al momento los soldados bajaron las armas sin atreverse a dudar. Los jinetes también se detuvieron, preparados como estaban para desatar su poder.

Eda desmontó de Kali con la facilidad de quien ha nacido para dominar a una criatura como esa, y se quedó quieta, con la mirada fija en su prometido. Skylar, sin poder evitarlo, hundió las garras en la tierra, tan profundo que sintió la roca ceder bajo la presión.

Eda giró la cabeza y buscó los ojos de Skylar. Luego miró a las zarkass, protegidas bajo la sombra imponente del dragón, y, por último, a los jinetes.

Gracias por protegerlos.

Volvió a girarse y se enfrentó al maldito emperador, que se acercaba demasiado a ella. Eda se irguió con las manos a cada lado del cuerpo, haciendo que el cuero le marcara cada dichosa curva.

Skylar clavó los ojos en ella, en ese cuerpo que conocía demasiado bien, en ese culo perfecto que le había quitado el sueño más veces de las que estaba dispuesto a admitir. Kali se volvió hacia él, con esos ojos zafiro que lo miraban como si pudieran leerle cada pensamiento sucio.

Volvió la vista al puto Basilius. Parecía contener la respiración. «Mejor», pensó. Ojalá se desplomara ahí mismo. Ojalá pudiera arrancarle la cabeza sin pensarlo. Porque la forma en que la miraba —ese recorrido lento, descarado, bajando sin pudor— le hervía la sangre.

Skylar no se contuvo. La ira estalló en su pecho como un latigazo, y la montaña entera pareció responder a su furia. El suelo crujió, y un temblor sordo sacudió las entrañas de la tierra. Los soldados comenzaron a gritar, tambaleándose, al notar cómo el suelo bajo sus pies dejaba de sentirse seguro.

Estoy bien, estamos bien, Sky. Tranquilo, dijo Eda, y su voz dulce le rozó la mente como un abrazo.

Skylar respiró hondo, necesitaba robarle el oxígeno a toda la ciudad para no perder el control. Tenía que mantener con vida a ese malnacido porque ella lo había elegido. Porque, si lo tocaba, si lo destrozaba como quería, ella nunca se lo perdonaría. Ese era el castigo por las maldades que Skylar había cometido, por todo lo que le había hecho a Kaiserin. Así que lo aceptaría. Pagaría su condena viendo cómo ella amaba a otro hombre.

—Has vuelto a casa... —susurró Basilius.

—Novadia no es mi casa. Nunca lo fue. Y nunca lo será.

«Joder».

Skylar estuvo a punto de soltar un gruñido de satisfacción. No solo por lo que había dicho Eda, sino por la expresión que se había dibujado en el rostro de Basilius al escucharlo.

—Eda, querida.

Ella interpuso una mano entre ellos.

—Quiero que me escuches bien, Dalton. Tenemos muchas cosas de que hablar, sí, pero esto va primero. —Señaló detrás de ella—. Ellas vienen conmigo. Y nadie, absolutamente nadie en este imperio, va a tocarles un solo pelo.

Basilius miró a las hembras con algo muy parecido al horror. Skylar lo oyó tragar saliva antes de asentir rígido.

—Entendido. Les daremos cobijo.

—Segundo —dijo Eda, pausando apenas un instante—. Iron Shadow está conmigo en esto, y no vas a negarle la entrada.

Skylar notó cómo se tensaban los hombros del emperador.

—¿Por qué?

—Porque confío en él, y donde vaya él, voy yo.

El cabrón tragó saliva de nuevo, miró al dragón, luego a ella, y después volvió al dragón, como si en alguna parte de ese intercambio fuera a encontrar una jodida respuesta que le diera sentido a lo que estaba pasando.

—Eso es... —Inspiró hondo.

—¿Quieres ganar esta guerra? —le preguntó su Zafiro.

—Quiero ganarla.

—Entonces él es tu mejor aliado, Dalton.

Los dientes del emperador se apretaron, y Skylar escuchó el crujido seco, ese sonido que anunciaba que la mandíbula estaba al límite.

Supo que algo no iba bien. Sentía la rabia en el tono de Eda, esa ira contenida que le ardía bajo la piel, la furia escondida detrás de cada palabra afilada que le lanzaba a Basilius. Pero... ¿por qué?

Joder, algo se le estaba escapando. Intentó leerla, buscar algún pensamiento, algo que lo delatara, pero solo encontró una necesidad brutal de proteger a las zarkass, de mantenerlas a salvo. Ni rastro de la alegría que debería haber sentido por ver a su prometido. Ni una chispa. Ni una jodida emoción.

Dalton, al final, cedió.

—Está bien, haré todo lo que me pidas. Te daré todo lo que necesites.

—Entonces empieza por acoger a estas hembras. Y luego, me llevarás con mi hermano.

12
Eda

Durante el trayecto a una de las cabañas de madera de la ciudad las zarkass no dijeron una palabra. Ya tenían suficiente con las miradas que las seguían, cargadas de juicio, como si fueran bestias peligrosas y no supervivientes.

Hasta hacía unos días, yo también las había visto así, pero en esos momentos no me temblaba el orgullo al reconocer que había estado equivocada. Aprender, entender, cambiar..., todo eso también era parte de pelear en esa guerra.

Skylar nos desvaneció a mí y a los jinetes, transportándonos directamente hasta la fortaleza, encajada en lo alto de la montaña, a cientos de kilómetros del suelo. No pasó mucho tiempo antes de que Dalton aterrizara en el gran salón y desmontara de Long con esa maldita compostura suya, como si el mundo tuviera que adaptarse a su paso.

Suspiré y estuve a punto de darme una palmada en la mejilla. Tenía que soltar el rencor, dejar de usarlo como escudo. No era justo, Dalton no tenía la culpa de la rabia que seguía arrastrando.

Maldita sea.

Solo es miedo mal digerido. Heridas mal cerradas, contestó Kali, que me esperaba abajo.

—Nolan está en su habitación —informó Dalton, ajustándose la parte superior de su uniforme negro—. Se está recuperando bien, la vinculación con la mantícora ha acelerado su curación y... —Su mirada se desvió hacia Skylar, que estaba detrás de mí—. Lo que le diste hizo que el dolor desapareciera.

Su mirada volvió a posarse en mí y me recorrió de arriba abajo. Antes, ese simple gesto habría sido un anzuelo, algo que me atrapaba sin darme cuenta. Pero ahora... nada. Ni el más mínimo enganche. Ni un resquicio de lo que alguna vez existió.

Elandra, con los brazos cruzados, habló antes que nadie:

—¿Alguien más ha resultado herido, Su Alteza Imperial?

—No. Desde el ataque de la mantícora, hemos separado a los jinetes de sus criaturas. No podemos arriesgarnos a que la Dama vuelva a tomar el control. Ahora entrenan por separado, bajo vigilancia. Me temo que tendremos que hacer lo mismo con las vuestras.

Sentí la crispación a mi lado antes siquiera de girarme. Liral. Sus hombros se alzaron, la mandíbula se tensó y su lengua estaba a segundos de soltar algo que prendería fuego a la sala.

—Ya lo imaginábamos —me adelanté—. Sabíamos que venir a Novadia tendría un precio.

Dalton inclinó levemente la cabeza.

—Pero sé lo que busca, Dalton —continué—. Quiere dividirnos desde dentro. Quiere que el miedo se extienda, que los soldados empiecen a dudar, que los jinetes desconfíen de sus propias criaturas. Si permitimos que eso ocurra, si dejamos que el miedo eche raíces..., entonces esta guerra estará perdida antes de librarse.

—Nadie ha hablado de miedo —replicó Dalton—. Hablamos de estrategia. De prevenir otra desgracia.

—¿Y cuál es el siguiente paso, además de enjaularlas como si fueran monstruos? —dije—. Porque si tratas un arma como si fuera peligrosa, tarde o temprano, lo será.

Liral soltó un gruñido de aprobación a mi lado, y casi pude ver la sombra de una sonrisa en la comisura de sus labios.

—Haremos lo necesario para que todos estén a salvo —zanjó Dalton, con esa firmeza de líder que pretendía acabar con la discusión.

—Bien. Pero no toquéis al fénix —le advertí—. Sabes tan bien como yo que la Dama no puede controlarla.

Un destello cruzó sus ojos. Lo sabía.

—Igual que Long.

—Exacto. —Asentí.

Dalton giró la cabeza hacia Skylar. Hasta ese momento, él solo había estado ahí, más alto, más imponente que cualquiera en la sala, sacándole varios palmos a Dalton. Observaba la conversación como quien ve una obra cuyo final ya conoce. Pero no sonreía. Ni una mueca, ni un colmillo asomando.

—Gracias por lo que hiciste por Nolan —soltó Dalton, masticando cada palabra con los dientes apretados.

Skylar dio un paso. No fue dramático ni exagerado, pero todos parecieron sentirlo.

—Hice lo que debía para salvar a su hermano —dijo inclinando apenas la cabeza, con esa forma suya de medir el momento, de alargar la agonía—. Mientras tú estabas ocupado con otras cosas. Cosas que, por lo que vi, tenían poco que ver con ejercer como emperador.

En ese momento habría jurado que mi barbilla rozaba el suelo. Estaba sugiriendo que, mientras la mantícora arrasaba con jinetes, Dalton me estaba proponiendo matrimonio.

Vi los ojos verdes de Elandra abrirse de par en par, y a Adriel cerrarlos con fuerza.

Por la muerte, Kali, ojalá una grieta se abriera bajo mis pies y me tragara entera.

¿Acaso esperabas otra cosa? ¿Abrazos? ¿Besos? ¿Una canción de bienvenida, tal vez?

Iba a matar a esa pajarraca.

No entiendo por qué Skylar… Me quedé colgada a mitad de la frase.

Que sepas que lo he pillado mirándote el culo mientras discutías con Dalton.

Ahogué un grito. Y no solo por lo que acababa de decir Kali, sino porque, justo en ese momento, Dalton dio un paso hacia delante.

—¿Qué insinúas, muerte?

Skylar no se movió para contestar.

—No insinúo. Lo afirmo.

Dalton estaba al límite, y Skylar… Bueno, Skylar nunca había necesitado más de un comentario para hacer que alguien cruzara la línea.

—Recuerda dónde estás, Iron Shadow. En mi ciudad, en mi fortaleza. Si te he dado las gracias es porque ayudaste al hermano de mi…

Se calló cuando las sombras de Skylar se agitaron.

Vi el miedo en los rostros de los jinetes.

—Sin mí, no eres nada, Basilius.

—Cierra la boca.

La fortaleza tembló cuando Skylar dio un solo paso.

—¿Así hablas cuando no estás sobre una rodilla? —soltó con una sonrisa torcida.

Los ojos de Dalton se volvieron negros. Conocía esa mirada. La había visto antes, cuando se sentía acorralado. Y conocía aún mejor esa sonrisa de Skylar, ladeada, peligrosa, propia de alguien que ya había decidido cuánto iba a disfrutar del caos.

Aquello no acabaría en palabras.

—Ni se os ocurra —dije, y di un paso al frente para colocarme entre ambos, mi cuerpo interponiéndose antes de que destrozaran algo más que su orgullo—. Tregua por hoy. Nos reuniremos en la sala de reuniones. Esperadnos allí.

Cogí a Dalton del brazo y lo arrastré fuera del salón. Pero antes de dar un solo paso, un escalofrío me recorrió la espalda.

Miré de reojo.

Skylar tenía los ojos fijos en mi mano, esa que sujetaba a Dalton. Su mirada no ardía, no brillaba, no decía nada.

Me obligué a mirar al frente, a seguir caminando porque, si le sostenía la mirada, si me detenía un segundo, no podría dar un paso más.

Era la primera vez que lo tocaba desde aquella noche en que nos acostamos. Y ahora mi mente intentaba traicionarme con recuerdos que ya no tenía fuerzas —ni ganas— de enfrentar.

Cuando nos detuvimos frente a la puerta de la habitación de Nolan, solté su brazo con suavidad y me obligué a mirarlo.

—No quiero peleas, Dalton, no más divisiones, no más bandos, somos uno y buscamos lo mismo.

Él dejó escapar una risa baja, y sacudió la cabeza.

—No lo creo, Eda. Te has aliado con la maldita muerte, con el hombre que te raptó, con el mismo que… —Hizo una pausa y apartó la vista, como si solo pensarlo le revolviera el estómago—. Joder, Eda. Joder.

Se pasó una mano por el cabello negro, la nieve se desprendió de sus mechones y cayó en pequeños cristales sobre sus hombros. Su uniforme estaba impecable, su porte era el de siempre, la imagen del emperador que el imperio necesitaba, pero lo conocía lo suficiente para ver lo que nadie más veía, la delgadez en su rostro y el cansancio acumulado en sus ojos.

—La única que sabe lo que ha pasado este último mes soy yo y, antes de que lo digas, no, nadie me ha manipulado, nadie me ha metido nada en la cabeza, he hecho lo que he querido, he tomado mis decisiones y confío en él porque me ha demostrado que puedo hacerlo.

Dalton cerró los ojos un segundo, su expresión era la de un hombre que no sabía qué hacer con lo que sentía.

—No tienes ni idea de lo que significa para mí tenerlo aquí. No tienes ni idea de lo que siento, de la tortura que ha sido este último mes. —Su voz no fue un grito ni un reproche, pero me acertó de lleno.

Era una idiota, una que solo sabía hacer daño. Como si hubiera soltado un hilo y ahora estuviera enredada en el nudo sin saber cómo deshacerlo.

—Tenemos que aprender a separar lo que sentimos, por mucho que duela, por mucho que nos consuma, no podemos permitir que nuestras emociones nos dividan, no podemos hacerle esto al pueblo, a las personas que dependen de nosotros.

—Cuando te veo cerca de él, quiero morirme, Eda, quiero… —Se calló, pasó una mano por su rostro, apretando las cuencas de los ojos—. No sé qué quiero.

Sentí el ardor en mi garganta antes de que una lágrima cayera por mi mejilla.

—Lo siento mucho, Dalton. De verdad. Pero os necesito a los dos. Necesito vuestros poderes, que estéis juntos en esto, porque si no lo hacéis mucha gente morirá.

Él soltó una carcajada seca, sin alegría.

—¿De verdad lo dices en serio? ¿Necesitarlo a él? ¿Al que mata sin pestañear?

—No tienes ni idea.

Dalton bufó y sacudió la cabeza.

—¿Que no tengo ni idea? ¿De verdad me estás diciendo eso?

—Él no se ha opuesto a esto. No ha puesto barreras. Quiere ayudar. Y, por primera vez, tenemos una ventaja real en esta guerra. Con su poder de nuestro lado, podemos ganarla.

Dalton inhaló hondo, tal vez debatiéndose consigo mismo. Y yo solo podía rezar por que tomara la decisión correcta.

Miré la puerta de la habitación de mi hermano.

—Tengo que ver a Nolan primero, pero después nos reuniremos todos y luego... podemos hablar, si quieres.

Intenté dedicarle una media sonrisa, porque ¿qué más podía hacer?

—Cena conmigo mañana, Eda. Solo tú y yo.

Mi pecho se encogió, pero asentí. Después giré el pomo y entré.

La habitación de Nolan estaba igual que la última vez que estuve allí. Nada se había movido. Lo busqué con la mirada, pero no se encontraba en la cama.

Estaba sentado al borde del acantilado. El viento le revolvía el cabello rubio, la espalda levemente encorvada, las piernas colgando sobre el vacío... y era imposible no mirar su brazo, o lo que quedaba de él.

—Nolan.

Su nombre se me escapó en un susurro roto antes de que corriera hacia él. Se giró de golpe, con los ojos abiertos de par en par, pero no le di tiempo a reaccionar. Me arrodillé frente a él y lo abracé con toda la fuerza que tenía.

—Estás aquí. —Me apretó contra él—. Me dijeron que estabas bien, pero ahora lo sé..., es verdad..., estás aquí conmigo.

—Y tú. —Me separé lo justo para mirarlo y mi vista descendió a la manga vacía—. Siento que hayas tenido que pasar por esto, siento lo que te ha pasado..., siento no haber estado aquí, no haber podido hacer nada.

—No lo sientas, Eda. No lo hagas —dijo sacudiendo la cabeza—. De hecho, me alegro de que no estuvieras. Me alegro de que te fueras, de que no tuvieras que ver lo que pasó..., de que no te pasara a ti. No me habría gustado que lo vieras. Demasiada sangre, ¿sabes?

Intentó sonreír.

—Creo que la sangre ya no me afecta tanto —murmuré.

Pero mi mente fue directa al sabor de la sangre de Skylar. A cómo me robó el aliento... y me hizo desearlo todo.

Nolan entrelazó sus dedos con los míos.

—¿Dónde demonios has estado? —me preguntó sin rabia—. ¿Por qué desapareciste así en aquella playa? ¿Por qué te fuiste con él?

«Con él».

Muerte mía... Había tanto que decirle, tanto que explicar.

—Es complicado.

—Bueno —dijo, con un suspiro largo—. Tenemos tiempo.

Le conté todo. Desde el odio que sentí por Skylar hasta cómo se fue desmoronando. Le hablé de mi poder, de lo que realmente era, de la verdad sobre mi nacimiento, de cómo Kali se convirtió en parte de mí, de Kaiserin, de la guerra que se cernía sobre nosotros.

Le hablé de Dalton. De la sala del trono, de cómo se arrodilló, de cómo fui incapaz de darle una respuesta, de cómo me perdí en el vacío después de aquello, sin saber si estaba tomando la decisión correcta o si ya la había tomado hacía mucho.

Nolan me escuchó. Su rostro cambiaba con cada palabra. A veces fruncía el ceño con enfado, otras, una sonrisa apenas visible asomaba a sus labios. En algún momento pareció al borde de las lágrimas. Y supe que yo también lo estaba.

—Sé que estos meses apenas hemos hablado, que ya no pasamos tiempo juntos como antes, pero eres mi hermana y, a pesar de todas las mierdas que me acabas de soltar, sigo aquí.

Levanté una ceja.

—¿Mierdas? ¿De verdad, Nolan?

Él se encogió de hombros con una media sonrisa.

—Oh, venga ya. Yo pensaba que mi vida había dado un giro, pero lo tuyo... —me señaló con la cabeza— lo tuyo es un maldito espectáculo.

—¿Eso se supone que es un cumplido?

—Tómatelo como quieras. Aunque entre inmortalidad, fénix, guerras... —hizo un gesto vago con la mano— creo que me superas por mucho.

Puse los ojos en blanco.

—Nolan...

—No, en serio. ¿Reencarnación? ¿Mitades? ¿Llamas?

Me encogí de hombros.

—Noctífagos, wendigos, zarkass... —añadí con falsa inocencia.

—Por los dioses, Eda... Y encima un maldito triángulo amoroso que podría acabar con todos nosotros. Impresionante.

Suspiró y cruzó su único brazo sobre el pecho con la expresión de un hermano mayor a punto de darme una charla incómoda.

—A ver, sé que con el emperador ya habrás..., ya sabes.

—No, por favor —gemí mientras sentía la vergüenza subirme hasta las orejas.

—Bueno, mamá murió cuando eras muy pequeña, así que, te guste o no, me toca ser yo quien tenga esta conversación contigo. Aunque ahora tienes a Elandra y a Liral para hablar de estas cosas, pero sabes que tener bebés ahora...

Cuando escuché la palabra «bebés», el corazón me dio un vuelco. No iba a decirle la verdad, no rompería el momento con lo que ya sabía: que los jinetes no podíamos tener hijos. Que nuestros cuerpos, por más poder que contuvieran, jamás podrían crear vida. Que sería imposible que nacieran.

—Nolan, te lo ruego.

—Puede ser peligroso acostarte con dos personas a la vez.

Abrí los ojos como platos sofocada.

—¡No me he acostado con Iron! Solo con Dalton. Y una vez... Bueno, en realidad, tres veces en el mismo día.

—¡Por los dioses, Eda, cállate! —Se llevó la mano a una oreja, como si con eso pudiera borrar lo que acababa de escuchar—. Solo tengo una mano para taparme los oídos, ¿crees que quiero saber cuántas veces se ha revolcado mi hermana con el emperador? —Se estremeció—. Y ni hablemos de la muerte, un dragón, tú... ¡Joder, Eda! Es demasiado turbio. Mi hermana pequeña y... ¡puaj, basta, no quiero pensarlo!

Enterré el rostro entre mis manos en un intento por no morirme de vergüenza, pero cuando volví a alzar la vista al horizonte, los recuerdos volvieron. Nolan sabía que no me había acostado con Skylar, pero no sabía que lo había probado, que sabía de lo que era capaz, cómo me tocaba, cómo me besaba... y que me moría por más, por sentirlo entre mis piernas...

—Vale, dejemos este puto tema —gruñó Nolan—, porque aunque no pueda leer mentes, reconozco la mirada de alguien que está pensando en sexo.

—¡Has sido tú quien ha empezado!

—Bien, bien, lo pillo. —Levantó su única mano en un gesto de rendición—. Solo dame..., no sé, ¿un par de años para procesarlo? ¿Una vida entera?

Suspiró, su mirada perdida en la tormenta de nieve, y luego, se hizo el silencio.

—A pesar de todo, estoy orgulloso de la mujer en la que te has convertido —dijo al fin—. Y de la que has dejado atrás. La que vivía enterrada entre libros, rodeada de niños y ancianos, la que pasaba más tiempo cuidando de la casa que de sí misma. Estoy orgulloso de que esa versión de ti haya quedado atrás, porque... siempre has sido más que eso. Siempre has sido capaz de mucho más. Y ahora, al fin, lo estás demostrando.

Tragué saliva y traté de contener la emoción.

—Y yo estoy orgullosa de ti, Nolan. Y sobre todo de a quién pertenece tu corazón.

Me miró a los ojos con dolor.

—Al principio... —su voz salió baja, como si fuera un pensamiento dicho en alto— no entendía por qué no sentía lo mismo que los demás. Por qué las mujeres no despertaban en mí lo que se suponía que debían despertar. Por qué no podía escribir las respuestas que esperaban cuando me deslizaban cartas bajo la puerta. ¿Lo recuerdas?

—Lo recuerdo.

—Cuando me trasladaron a Novadia, todo cambió. Nadie me conocía, nadie esperaba nada de mí y, por primera vez, no me dio vergüenza sentir cosas nuevas.

Soltó un suspiro.

—Pasé mucho tiempo con Alexander. Me enseñó, igual que el emperador te enseñó a ti. Me habló del poder, de la inmortalidad... y, sin darme cuenta, fue él quien hizo que empezara a sentir algo que nunca había sentido por nadie.

Sus labios se curvaron en una leve sonrisa.

—Al principio lo mantuvimos en secreto. No por vergüenza ni por miedo, ni por su parte ni por la mía. Pero él es mi comandante y yo su soldado.

—Me alegro de que no fuera por vergüenza, Nolan. Nunca deberías avergonzarte de amar a quien te ama.

Él me miró y sonrió más, la emoción que brillaba en sus ojos lo decía todo.

—Lo amo, Eda. Lo amo tanto que habría muerto por él sin pensarlo. Y casi lo hice. Cuando la mantícora atacó, cuando saltó hacia él, mi primer instinto no fue huir, ni luchar, ni siquiera pensar. Solo moverme.

Le entendía. Yo también lo había sentido cuando Skylar cayó en la playa. Habría hecho cualquier cosa por él.

Nolan tomó aire antes de seguir:

—Cuando me arrancó el brazo, me olvidé de todo, incluso de que no podía morir. Creí que era el puto final. Y lo único en lo que pude pensar fue en él, en todo el tiempo que no habíamos tenido, en todo lo que no le había dicho, en que si ese era mi último segundo, quería que al menos supiera que lo quería. Joder, lo quiero.

Las lágrimas cayeron por mis mejillas sin poder evitarlo.

—Nolan, eso es...

Él sonrió con ternura.

—No llores por mí, Eda. Porque esta semana, estos días..., solo lo he necesitado a él. No has estado aquí, pero tú también has pasado por lo tuyo. Y yo no he estado. Y no pasa nada.

Se acercó y me besó la sien.

—Te entiendo tanto —dije sin necesidad de pensarlo, sin necesidad de fingir—. Porque yo también he querido estar solo cerca de él. Del hombre del que me he enamorado.

Nolan exhaló, como si la confesión no lo sorprendiera lo más mínimo.

—Eh, Eda. —Me tocó la mejilla húmeda.

—Lo sé. Estoy confundida, y no paro de repetírmelo, pero...

—Él me quitó el dolor. Cuando creí que iba a morir, cuando pensé que lo perdería todo... él me quitó el dolor.

Mis ojos brillaron.

—Lo sé. Sé lo que hizo.

—Dejé de odiarlo cuando vi a Alexander respirar de nuevo. Cuando no solo me quitó el maldito dolor a mí, sino que también se lo quitó a él.

Luego, sin previo aviso, me apretó el moflete.

—Skylar es complicado —suspiré.

—Pero es tu complicación. —Su pulgar se hundió un poco más en mi mejilla—. Y nadie más puede entender eso. Nadie más que tú.

Sus palabras me atravesaron como una daga.

—Quédate con quien te haga querer salvar el mundo, Eda. Con quien te haría saltar al vacío sin pensarlo. Con quien te quemarías viva si eso significara mantenerlo respirando. Pero no te quedes con alguien solo porque te duele no poder amarlo como él te ama.

13
Eda

La nieve y el viento eran lo último en lo que pensábamos. Aun así, el aire helado se colaba entre los arcos de piedra, arrastrando consigo copos que se deshacían al tocar la superficie pulida de la mesa de hielo.

Dalton presidía la reunión con su postura rígida, su expresión de piedra. Al otro extremo de la mesa, Skylar estaba hundido en su silla, con los dedos tamborileando sobre la superficie helada en un ritmo lento, desinteresado. Pero sus ojos... sus ojos no se apartaban del emperador. Ninguno de los dos decía nada, pero la tensión con la que se miraban podría haber resquebrajado aquella maldita fortaleza incrustada en la montaña.

Elegí el centro de la mesa. Alguien tenía que mantenerse en pie entre ambos bandos. A mi derecha, Liral. A mi izquierda, Elandra. Kaiden y Misso se mantenían cerca de Dalton rígidos, como soldados que aún no sabían si debían vernos como aliados o como una amenaza. Al otro lado, Calen, Adriel y Nolan permanecían en silencio.

Hablé. Les conté la verdad sobre el poder de Skylar, sobre su capacidad de ceder una fracción de su esencia a otros. No era simple magia. No era un don cualquiera. Aquello alteraba el equilibrio de quien lo recibía, lo transformaba. Lo habían presenciado. Habían visto cómo había entrado en Novadia convertido en un dragón colosal y cómo, en un solo parpadeo, se había deshecho en humo.

Nadie me interrumpió. Me escuchaban en silencio, atentos, cada mirada anclada en mí. Todas menos una: la de Dalton, que seguía perdida en la nieve más allá de los arcos.

—Dalton —lo llamó Misso cuando me hube callado. No «Su Alteza» ni «emperador». Solo Dalton.

—¿Qué implica eso exactamente? —Dalton giró su cabeza hacia Skylar—. ¿Qué quieres a cambio de... lo que sea que pretendas hacer con tu poder? ¿Cuál es el verdadero precio detrás de esto?

Skylar se acomodó en la silla con la calma de alguien que no tiene prisa, con la insolencia de quien sabe que la paciencia ajena es un recurso que se agota rápido.

—Vosotros no pagáis ningún precio. Lo hago yo. Soy yo quien entrega un fragmento de lo que soy, de lo que me sostiene. ¿Acaso eso no basta como pago?

Tragué saliva. Así que sí, había un precio. Prestar tanto poder a un ejército debía de agotarlo, de ponerlo al límite. Pero, aunque una parte de mí quisiera detenerlo, aunque todo en mí gritara que no lo hiciera..., parecía la única solución. Al menos hasta que resolviéramos lo de las criaturas feéricas.

Dalton apretó los labios tanto que formaron una línea recta.

—No sé qué cojones pretendes, Iron Shadow.

—Pretende lo mismo que todos aquí —lo interrumpí, adelantándome antes de que aquello se convirtiera en otro maldito juego de miradas asesinas.

Dalton giró la cabeza hacia mí con una lentitud peligrosa.

—Eso es lo que dice ahora, Eda. Pero, dime una cosa, ¿desde cuándo los ataques de su maldito ejército de wendigos forman parte de lo que «todos pretendemos»? Porque llevan meses sembrando el caos. Y no olvidemos que, además de eso, estaban buscándote a ti.

—Nadie envió a los wendigos —solté sin ocultar la rabia—. No fueron creados ni invocados. Estaban aquí enterrados desde hacía siglos. Y fui yo quien los despertó. Mi poder los trajo de vuelta, y lo sabes. Sabías que estaban ahí cuando jugabas conmigo, cuando me usabas como cebo.

Un destello de duda cruzó su rostro fugaz, apenas una grieta en su control. Pero lo borró de inmediato. Me daba igual. Defendería a Skylar, aunque eso significara enfrentarme a Dalton y a su maldita terquedad. No iba a dejar que su ira distorsionara la verdad.

—Los wendigos no solo la buscaban a ella, Alteza. —Liral irrumpió en la conversación—. También iban tras lo mismo que nosotros.

Dalton no reaccionó, pero Kaiden sí.

—¿Lo mismo que buscabais cuando os largasteis del imperio sin una jodida explicación? —preguntó el comandante—. Me gustaría obtener respuestas sobre por qué tres jinetes desobedecieron todas las órdenes posibles.

Elandra se adelantó.

—Unas sombras surgieron en mi muñeca y tiraban de mí. Parecía como si intentaran arrastrarme a algún lugar. Se lo conté a Liral y decidimos seguirlas, averiguar a dónde nos llevaban. Luego...

—Yo también decidí ir con ellas —intervino Adriel.

—¿Alguien más lo sabía? —Kaiden entornó los ojos—. ¿Aparte de Adriel, alguien más estaba al tanto?

Dejé que mis ojos recorrieran a los jinetes. Calen no había dicho una palabra, aunque sabía de la huida. Ellas me habían asegurado que él avisaría al imperio a la mañana siguiente..., pero no lo hizo.

Por poco sonreí, pero eso lo habría delatado.

—Nadie más —respondió Liral, pero Kaiden no pareció convencido.

—¿Y qué era tan importante como para que os llevarais a las criaturas con vosotras sin dar explicaciones al imperio al que le rendís lealtad?

Crucé los brazos sobre la mesa.

—No sabía que, además de reclutarnos en contra de nuestra voluntad, también se suponía que debíamos quedarnos aquí como perros encadenados.

Kaiden soltó el aire por la nariz, un gesto de paciencia forzada.

—Las criaturas son del imperio. No podéis desobedecer órdenes y mucho menos hacer lo que os dé la gana.

Lo fulminé con la mirada.

—Las criaturas no pertenecen al imperio —solté, mi voz sonó tan afilada que hizo que más de uno apretara los dientes—, y ha quedado más que claro bajo qué mando están, a quién obedecen y lo que eso significa para el imperio. Están bajo el control de la Dama —me giré hacia Dalton—, ¿o me equivoco, Alteza?

Solté la palabra sin titubeos. «Alteza». Él sabía exactamente lo que significaba. Porque desde el momento en que vi aquella visión —el instante en que lo vi asesinar a Kaiserin con sus propias manos—, su título había dejado de tener valor para mí. Ya no representaba respeto ni lealtad. Pronunciarlo en ese momento no era una muestra de sumisión. Era un recordatorio.

—Eda... —empezó.

—No, Dalton. —Apoyé ambas manos en la mesa y me incliné hacia él—. Las criaturas no pertenecen al imperio, sino a su jinete. Rinden lealtad a los jinetes, y quedó muy claro cuando Liral, Elandra y Adriel siguieron las sombras que tiraban de la muñeca de Elandra, buscando esto. —Me quité el colgante del cuello y lo dejé suspendido entre mis dedos—. Algo que los restos de los wendigos también buscaban. Y tal vez... lo que la Dama llevaba todo este tiempo persiguiendo.

—Así que los wendigos buscaban eso. —Nolan señaló el colgante con la barbilla—. ¿Qué demonios es?

Skylar, que había estado escuchando sin inmutarse, se movió entonces.

—Esa es la otra mitad de mi colgante. Un colgante que nos va a ayudar a ganar esta guerra.

—¿Un colgante? —dijo Misso, que había permanecido en silencio hasta ese momento. Su único ojo, el que no cubría el parche de cuero, me miraba con escepticismo—. No un arma, no un dragón…, ¿un simple colgante?

—No toda arma necesita tener una forma peligrosa —respondió Skylar, girando la cabeza hacia mí con una media sonrisa—. Pero te equivocas en algo, Eda. Los wendigos sí iban tras la mitad del colgante. La Dama, en cambio…, no. Al menos, no todavía.

Me incliné hacia él, los dedos aún apretados alrededor de la cadena.

—Por eso me dijiste que no sabía que lo teníamos… —murmuré—. Entonces ¿qué está buscando realmente?

—Además de a ti, claro está. —Dalton chasqueó la lengua, recostándose con desdén en su silla.

Skylar apartó la mirada de mí y la clavó en él. Fue solo un gesto, apenas un giro de cabeza, pero algo en ese movimiento me heló la sangre.

—Dime, Basilius, ¿qué pasó cuando la Dama se infiltró en tu imperio? Mejor aún —Skylar apoyó un codo en la mesa—, ¿qué pasó cuando estuvo a punto de meterse en tu cama?

—¿Qué? —Mi propia voz sonó lejana en mis oídos.

—¿Acaso su manipulación contigo no fue esa? —siguió—. ¿Acaso no intentó meterse en tu cabeza para asegurarse un trono junto a ti? ¿No se te acercó justo cuando más vulnerable estabas?

Dalton no se movió, y ese maldito silencio suyo me arrastró de vuelta a aquella playa, al momento exacto en que entendí que hay verdades que no necesitan decirse en voz alta para hacer que todo se tambalee.

—Esas son acusaciones muy serias —logré decir, y me giré hacia Skylar para buscar en su rostro alguna señal de que estaba exagerando. Pero no lo hacía, y Dalton no lo negaba.

—Sé lo que se siente, Basilius. —La voz de Skylar descendió—. Su manipulación no te golpea de frente, no te rompe de inmediato. Se desliza dentro de ti como un veneno insípido, como una idea que crees tuya, y cuando al fin te das cuenta ya es demasiado tarde.

»Tus pensamientos, tus deseos, todo lo que crees que nace de ti, en realidad ya lleva su marca. Porque cuando te percatas, ella ya ha estado ahí. Ya ha entrado, ya ha torcido los hilos antes de que siquiera sospeches que lo está haciendo.

Mi garganta estaba seca, y entonces lo vi, más allá de su expresión de piedra, más allá de la imagen del emperador imperturbable, una gota de sudor resbalaba por su sien lenta, traicionera, delatándolo sin que él pudiera hacer nada para evitarlo.

Me tapé la boca de golpe, y no fue por celos ni por rabia, sino por algo mucho peor. Porque justo en ese segundo lo entendí. Esa gota de sudor no era miedo. No era culpa. Era su cuerpo hablando por él. Porque si su piel recordaba..., si ese sudor no era simple nerviosismo, sino memoria física, entonces lo que ella le hizo fue algo más sucio, más cruel. Algo que su mente no se atrevía a nombrar, pero que su cuerpo sí. Porque hay heridas que el alma bloquea para poder seguir, pero el cuerpo no olvida jamás.

—Si te sirve de consuelo, Basilius, no serás el primero ni el último en caer bajo su influjo —remató Skylar.

—Si pudo hacerlo con el hombre más poderoso del imperio... —murmuró Nolan sin levantar la mirada—, puede hacerlo con cualquiera.

Dalton no apartó los ojos de Skylar. Cerró los puños con tanta fuerza que los nudillos se le pusieron blancos.

—Entonces ¿qué estaba buscando, Iron Shadow? —escupió—. ¿Por qué arriesgarse a meterse en mi cabeza? ¿Qué quería conseguir aquí si sabía perfectamente que Eda estaba contigo?

Dalton esquivó el tema, y algo en mi pecho se cerró de golpe. Sabía que no era un asunto que discutir en esa mesa, y él también se había dado cuenta. Pero eso no significaba que fuera a dejarlo pasar.

Skylar apenas parpadeó al responderle.

—Buscaba lo que me drenó aquel día. Lo que permitió que la Dama arrastrara mi mente hasta Novadia mientras mi cuerpo seguía en Bankai.

—¿A qué te refieres? —pregunté.

—Habla de la piedra esmeralda que la Dama llevaba colgada al cuello —aclaró Dalton.

Me tensé.

—¿Qué pasa con ella?

—Ese colgante no era solo un adorno. Fue lo que drenó la magia de Iron, lo que hizo que su mente apareciera justo donde ella quería.

Skylar asintió despacio.

—Se llama el Ojo de Nyxar. Y no, no es un simple artefacto. Ni un talismán de mierda. Es un monstruo disfrazado de joya. Un puto parásito —explicó—. Dicen que fue extraído del fondo de Valdemar, donde empezó todo con la maldita llama valirio. ¿Por qué lo hicieron? Ni idea. Nadie lo sabe. Ni los vivos, ni los muertos. Solo quedan cuentos viejos, versiones que se pisan entre sí.

»Pero hay una cosa clara: el Ojo no es una joya, es una condena. Anula tu magia, seas quien seas. No importa si llevas mil años de poder a tus espaldas.

Liral se inclinó hacia delante.

—Eso fue lo que te drenó aquel día, lo que te mantuvo... —no terminó la frase. Y supe que no se detuvo por él, sino por mí.

—Me arrancó la conexión con Bankai —confirmó Skylar—. Me redujo a una sombra de lo que soy. Pero esto no es solo una pérdida personal, no se trata solo de mí. Cuando yo caigo, Bankai cae conmigo. Porque el vínculo entre mi esencia y ese territorio es más que simbólico: es estructural. Yo no sostengo el poder de Bankai, soy el equilibrio que lo mantiene en pie. Si me anulan, si mi magia desaparece, las leyes que rigen este lugar se resquebrajan.

Apreté los labios. Todavía lo tenía grabado a fuego en los recuerdos: verlo así, apagado, sin sus rugidos, sin una chispa de resistencia, mientras sus tierras se desmoronaban a su alrededor.

—El Ojo de Nyxar no solo doblega voluntades —continuó—. Se alimenta de magia. La devora, y luego la escupe convertida en un arma. No contra su enemigo, sino contra quien lo lleva.

Dalton habló al fin, con el tono de quien intenta convencerse más a sí mismo que a los demás:

—Pero yo lo destruí, ese pequeño cristal quedó hecho cenizas.

—Lo que destruiste fue una fracción —respondió Skylar—. Apenas un fragmento. Una parte insignificante del Ojo de Nyxar.

Un murmullo contenido recorrió la sala.

—¿Hay más? —preguntó Adriel.

Skylar exhaló sin apuro.

—Sí.

—¿Dónde? —pregunté.

—Bajo el imperio.

Si ya estaba al límite, aquello fue como clavar una lanza en el corazón de un volcán dormido. El zumbido en los oídos era real, ensordecedor, y por un segundo sentí el suelo bajo mis pies con una nitidez brutal. Como si mi cuerpo, antes que mi mente, entendiera la verdad: que justo ahí abajo, bajo el peso de todo el maldito imperio, había algo que nos estaba esperando.

Algo capaz de arrasar con todo.

—Hace milenios, cuando el mundo todavía se creía dueño de la magia, el imperio se alzó como la cima del poder —empezó a contar Skylar—. Pero la magia no era libre, no era un don, ni mucho menos un derecho. Se arrancaba de la tierra, se exprimía de los cuerpos, se poseía a la fuerza. Y cuando algo se convierte en presa durante demasiado tiempo..., aprende a esconderse.

Me incliné atenta.

—La magia no ascendió a los cielos, no se elevó hacia los dioses, sino que se escabulló hacia abajo. Se filtró por las grietas, se deslizó entre las fisuras de la tierra, escapó de la superficie hasta desvanecerse de la vista de aquellos que la devoraban sin piedad. Se hundió más allá de las raíces de los bosques y del lecho de los ríos, más allá de lo que cualquier mortal pudiera alcanzar.

Skylar me miró.

—Los humanos la llamaron «la maravilla del imperio», sin entender jamás lo que realmente era. Porque la magia no buscó refugio allí..., no se ocultó. Lo que hizo fue construir una prisión. Una celda para sí misma, un encierro que nadie supo ver, porque a veces la única forma de sobrevivir es desaparecer del todo.

Misso soltó el aire por la nariz, como si intentara no creerlo.

—¿Crees que también construyó una prisión para ocultar el Ojo de Nyxar?

—Es lo más probable —respondió Skylar, carraspeando mientras desviaba la vista hacia los demás jinetes—. La Dama no se infiltró en el imperio por capricho. Buscaba una pista, algo que la guiara. Pero la ciudad... la ciudad enterrada no es su objetivo. Lo que de verdad quiere es el Ojo.

Cuando Skylar terminó de hablar, me giré hacia Dalton sin rodeos y le solté:

—Creo que ahora sí deberías pensar en aceptar la ayuda de Iron y su poder. Sabemos lo que puede hacer, podría darnos ventaja, puede que sea la única oportunidad real que tengamos contra ella.

Él levantó la cabeza de inmediato.

—Necesito pensarlo.

—¿De verdad me estás diciendo que, con todo lo que sabemos, con todo lo que se nos viene encima, vas a ser tú el único que decida?

—Soy el emperador.

La rabia me subió a las mejillas como un incendio desatado. Me puse en pie de golpe y la silla chilló contra la piedra al arrastrarse.

—Y yo soy una de las tres llamas. Eso nos pone al mismo maldito nivel. Aquí no importan ni tu corona ni tus títulos, porque, cuando todo esté ardiendo, no habrá trono que te salve. Tu imperio no es una excepción. Es solo otro castillo de piedra esperando caer.

Dalton se puso de pie con el mismo ímpetu que yo.

—Aquí las decisiones las tomo yo. Puede que en el último mes te hayas acostumbrado a actuar por tu cuenta allá en Bankai —escupió el nombre de esas tierras como si le pesaran en la lengua—. Puede que hayas sentido que tenías el control. Pero no te equivoques, este es mi imperio. Y mientras estés dentro de sus fronteras, las reglas las pongo yo.

—Tu imperio no valdrá nada si tomas la decisión equivocada, Dalton.

La furia me hervía por dentro, estaba lista para explotar, pero antes de que soltara una sola palabra más, Skylar se levantó y la fortaleza tembló, como si el lugar supiera quién acababa de ponerse de pie.

—Ella no necesita tomar decisiones. —Su voz me erizó la piel—. Ella gobierna en mis tierras. Bankai la reconoce, le da lo que es suyo por derecho. Y tú, con tu maldito imperio de mentiras, no mereces ni una fracción de lo que ella ha sacrificado por este mundo.

El pecho de Dalton subía y bajaba agitado.

—¿Ahora se lo das, Iron? ¿Ahora sí le das su lugar? Qué conveniente, ¿no? Porque hace siglos no lo hacías. Hace siglos la tenías encerrada.

Mi mirada saltó entre ambos. Skylar no se movió, pero su sombra sí lo hizo.

—La tenías encerrada —insistió Dalton, inclinado hacia delante. y con las manos apoyadas sobre la mesa—. Tenías su poder sellado. ¿O me equivoco?

Skylar no pestañeó al responder:

—Encerré a Kaiserin. Como habría encerrado a cualquiera que amenazara mis tierras, mi mundo. La temía. Temía que la primera llama volviera a arder como siete mil años atrás... y nos arrastrara a todos con ella. Pero me equivoqué, y juré que con Eda sería distinto. Porque yo sí sé distinguir a una mujer de otra. Porque sé que Eda no es Kaiserin. Pero eso... eso es algo que tu mente aún no ha sido capaz de comprender.

Esperé a que todo estallara. A que alguno se lanzara sobre el otro, que volaran sillas, que alguien acabara estampado contra la pared o arrojado por los arcos al vacío. Estaban a nada..., a un suspiro.

Pero entonces Dalton soltó el aire, se dejó caer en su silla como si el peso del mundo se le hubiera clavado entre los omóplatos y se pasó una mano por el rostro. Skylar lo imitó un segundo después, pero yo fui la única que no se movió. Seguí de pie con el cuerpo temblando.

—Tengo que pensarlo —dijo Dalton.

Skylar resopló.

—No tienes tiempo, emperador.

—Iron —dije entre dientes.

Dalton apoyó los codos en la mesa.

—Haremos esto a mi manera. Este es mi imperio. Si vamos a usar tu puto poder, será con control. Y también escarbaremos hasta el fondo: la ciudad enterrada, el Ojo de Nyxar, cualquier jodida pista que nos diga qué está buscando la Dama, y para qué.

Dalton me miró.

—Tus decisiones importan tanto como las mías. Lo que elijas lo tendré en cuenta. Pero, entiéndelo..., no es fácil ceder. Para ti, para todos aquí, esto es una guerra. Para mí es desmontar todo en lo que he creído. Es mirar a mis enemigos y ver en ellos a aquellos en los que tengo que confiar. Así que... —bajó un poco la voz— perdóname si me equivoco, estoy intentando no hacerlo.

Se levantó, y su mirada recorrió la sala con la dureza de una sentencia.

—Esta reunión ha terminado —dijo mientras se giraba hacia la puerta. Pero antes de cruzarla, se detuvo justo frente a mí—. Lo hablaremos mañana. Tú y yo. A solas.

Y tras ello se marchó.

Me instalé en la cabaña contigua a la de las zarkass. Era más pequeña, con una única habitación arriba y un comedor estrecho con cocina abajo. Sencilla, funcional y suficiente. Parecida a la que había compartido con Dalton, pero sin los recuerdos que guardaba aquella.

Antes de encerrarme allí —y en mí misma—, pasé por la taberna en busca de una jarra de cerveza bien fría o al menos lo bastante fuerte como para arrastrar el día con ella. Estaba vacía, y no me sorprendió. Nadie tenía ganas de beber cuando el mundo se desmoronaba. Les habían arrebatado a sus criaturas, lo único que les daba sentido.

Quizá nadie viene porque Dalton no quiere que bajen la guardia, ni siquiera por un trago, murmuró Kali.

A saber, pensé. *Pero a mí nadie me tiene que prohibir nada. Después del día de hoy, me lo he ganado, ¿no?*

Tranquila, yo te cubro.

Menos mal que tengo una voz interna con sentido común..., más o menos, me reí.

Me senté al fondo, con la jarra entre los dedos y la cabeza apoyada en una mano. Pensé en aquella reunión, agradeciendo que, por lo menos, ninguno de los dos hubiera terminado muerto.

«Bankai la reconoce, le da lo que es suyo por derecho», había dicho Skylar.

Maldita sea..., estaba haciendo las cosas tan bien, pero aun así... ¿por qué no me había dicho nada? ¿Por qué no me había preguntado sobre mi decisión? ¿Acaso...?

Levanté la cabeza de la jarra medio vacía justo cuando ese olor herbáceo, seco e inconfundible me golpeó.

Zarkass, me avisó Kali una fracción de segundo después.

Me habías dicho que me cubrías, pajarraca.

Valeska apareció primero, seguida por Airi y Norian. Las tres iban con sus abrigos blancos de piel y el cabello negro dividido en dos mechones gruesos que les caían por delante. Eran de la misma especie, sí, pero cada una tenía algo que las distinguía: la mirada, los pómulos, la forma de caminar...

—¿Cómo me has encontrado? —le pregunté a Valeska en cuanto la vi acercarse.

—Si puedo rastrear almas, ¿cómo no voy a poder seguir el rastro de la portadora de carne y hueso?

Se sentó frente a mí sin pedir permiso. Las demás se colocaron a ambos lados, ocupando los extremos de la pequeña mesa de madera pulida con resina.

—¿Y cuál es el motivo de esta visita? —pregunté sin rodeos.

Valeska me sostuvo la mirada con sus ojos negros, tan insondables como siempre.

—La hembra pelirroja nos ha contado lo que ha ocurrido en la reunión. —Sus garras, largas y curvadas, se arrastraron por la superficie de la mesa, dejando surcos en la madera—. Nos ha hablado del Ojo de Nyxar.

Elandra había cumplido su palabra. Yo misma le había dicho que las mantuviera informadas para darles confianza y ganarme la suya.

—¿Ya lo sabíais?

Airi, la más bajita y de aspecto engañosamente delicado, se adelantó con un movimiento de cabeza casi tímido.

—Lo del Ojo no. Pero lo de la ciudad..., habíamos oído algo.

Me giré hacia ella.

—¿Algo como qué? ¿Y cómo?

—Somos herramientas para extraer secretos, portadora —ronroneó Valeska, que clavó aún más las garras hasta arrancar las astillas como si fueran migas de pan—. Y no hay secreto más jugoso que una ciudad enterrada bajo los pies de un imperio. Una ciudad que, según dicen, es la semilla misma de la magia. De la magia más antigua que existe.

Aquello era lo que yo quería alcanzar, esa maldita confianza. Pero disimulé y me eché hacia atrás en la silla. Me bebí el último trago con calma y luego, al dejar la jarra sobre la mesa, pregunté:

—Entonces, si sabéis tanto, ¿por qué no os han susurrado nada sobre el Ojo de Nyxar?

Fue Norian quien respondió:

—Las almas que hemos cazado hablaban de leyendas, de una ciudad rota y enterrada, pero nada sobre un artefacto que se alimente de magia.

Me incliné hacia delante, estudiando a Norian con la atención que uno le da a una fiera enjaulada, y distinguí en sus ojos una rabia mal disimulada.

Ella continuó:

—Lo que ocurrió durante la luna de sangre se sintió en cada rincón de Bankai. Durante una hora, creímos que todo se derrumbaba. Que el territorio que jamás había sido conquistado, ni por traición ni por la fuerza, finalmente cedía.

—Y eso demuestra el poder que ese ojo puede desatar... —pensé en voz alta, casi sin darme cuenta—. Y está aquí. Aquí abajo. —Mi dedo señaló el suelo—. Ella busca lo que hay enterrado bajo este imperio. Y tal vez eso no provoque una masacre ahora..., pero cuando tenga lo que quiere podrá causarla sin mover un solo dedo.

Durante unos segundos permanecimos en silencio.

—Cuando Bankai se derrumbó, fue entonces cuando huimos —soltó Airi.

Me quedé mirándola, y luego a Valeska, que apretaba la mandíbula con tanta fuerza que por un segundo creí que sus colmillos se astillarían.

—¿Hace dos semanas aún seguíais sometidas a los machos?

—Iban a colgarnos esa misma noche —dijo Valeska sin emoción—. Éramos más de cien zarkass hembras, desnudas, golpeadas y marcadas. Ese maldito resplandor carmesí de la luna de sangre vuelve a los machos aún más bestias de lo que ya son.

Abrí los ojos de par en par.

«Cien».

Recordé aquella vez en la que encontré a los cuatro machos zarkass en el bosque, frente a una hoguera, con seis o siete cuerpos colgando bocabajo en los árboles.

—¿Por qué? —pregunté—. ¿Por qué os colgarían a todas?

Norian bajó la mirada, pero fue Valeska quien respondió de nuevo:

—Porque la Dama estaba furiosa.

Tragué saliva.

—Por no conseguir derrotarme en la grieta de los Cristales Rojos, tres noches antes... —me incorporé apretando la jarra entre los dedos.

Airi tomó la palabra.

—La Dama los amenazó. Les dijo que, si ellos no eran capaces de encontrarte, empezaría a usarnos a nosotras, que seríamos sus nuevas armas para darte caza.

—Y claro..., la maldita jerarquía patriarcal. Su puto orgullo —escupió Valeska—. Preferían vernos muertas antes que aceptar que las hembras pudiéramos ocupar su lugar. Preferían colgarnos antes que perder el control. Porque en su mundo retorcido, una mujer que manda es un error que hay que corregir matando.

Me quedé petrificada.

Esos monstruos son capaces de asesinar a las suyas antes que permitir que las cosas cambien, gruñó Kali.

—Solo huimos dieciocho —explicó Norian—. Aprovechamos el caos. El derrumbe de Bankai. —Hizo una pausa, el dolor en sus ojos era casi tangible—. Cuando volvimos a buscarlas, habían colgado a ochenta más. Ochenta. Madres, ancianas y niñas.

Me tapé la boca, sin saber si lo hacía para contener el llanto o para no soltar un grito. Porque por mucho que yo creyera haber tocado el infierno..., ellas ya lo habían cruzado.

Las mataron solo por ser mujeres, le susurré a Kali.

—Estábamos solas. Las dieciocho contra los machos de nuestra especie, que nos daban caza. Y mientras la Dama exigía que nos arrodilláramos —continuó Valeska.

Airi intervino:

—Tyra quería encontrarte. Queríamos hacerlo desde la voluntad, desde la elección. No como esclavas, sino como guerreras que han elegido a quién servir.

Aún me costaba asimilar que en ese territorio desear algo con la fuerza suficiente —si el instinto era claro, si la intención era limpia— hacía que Bankai te empujara hacia ello. No hacia lo que querías, sino hacia lo que realmente necesitabas, hacia quien necesitabas.

Bankai había puesto a las zarkass en mi camino, las había guiado hasta mí. Y si Skylar tenía razón —si ese territorio era mío, si me pertenecía de algún modo más profundo que el título o la sangre—, entonces había sido yo quien las había llamado.

—Ya no estáis solas. Nadie de los nuestros os tocará.

No era una promesa, sino una sentencia.

Norian se movió en su silla.

—Nos ven como enemigas.

—No —negué de inmediato—. No os ven así. Saben quién es el verdadero enemigo en esta guerra.

Valeska entornó los ojos.

—¿Y tú crees que confían en ti? Nadie confía en la muerte, portadora.

—Vosotras sí lo hacéis —respondí—. Confiáis en él. Y si confiáis en él, confiáis en mí.

Valeska soltó una risa seca.

—Nosotras confiamos en nuestras propias hembras. Solo en nosotras. Pero vimos lo que hiciste, cómo no permitiste que nos cazaran.

—Me buscaban a mí. Era lo mínimo.

—No. Nadie arriesga el cuello por un grupo de cazadoras de almas. Eso no se hace por inercia, portadora.

—¿Lo hiciste porque te convenía? —preguntó Norian.

Me costó contener la incredulidad. ¿De verdad tenían que preguntarlo?

—No —respondí—. Yo no salvo vidas por conveniencia ni por deudas. Lo hago porque aún me queda humanidad. Aunque muchas ya no recuerden lo que significa. Por mucho que ahora tenga fuego azul en las venas y sombras en los talones, mi corazón sigue siendo mortal.

Valeska me sostuvo la mirada y, aunque su rostro no se movió, algo en su forma de erguirse pareció un agradecimiento.

Cambié de tema.

—¿Por qué confiáis en Iron Shadow?

Valeska sonrió.

—Eso va más allá de la confianza. Él es el final. La última sombra antes de la muerte. No queremos acabar como un ejército de wendigos cuando caigamos, no queremos ser carne podrida, huesos retorcidos y esclavas sin voluntad.

—Así que le teméis...

—No. —Valeska negó con la cabeza—. No es miedo, es certeza. Si alguien tiene el poder de decidir cómo termina todo es él. Si alguien puede asegurarse de que nuestra muerte no se convierta en otra maldición es él. No lo seguimos por confianza, ni por fe. Lo seguimos porque es la única jodida garantía que tenemos de que, cuando caigamos, lo haremos como guerreras y no como despojos.

Había algo brutalmente honesto en aquellas palabras, algo que yo entendía demasiado bien.

Me levanté de la mesa, dejé unas monedas sobre la madera para pagar la jarra y, antes de salir, les dije:

—Si necesitáis algo esta noche, estaré en la casa de al lado. Nadie más puede entrar, solo Elandra o Liral. Si alguien lo intenta, matadlo.

Valeska gruñó.

—Llevamos siglos cuidándonos solas. No somos simples mortales.

—Lo sé. Y justo por eso estáis en peligro.

Salí de la taberna y caminé de regreso a la cabaña. Me di un baño lento, dejando que el agua arrastrara el cansancio, mientras hablaba con Kali a través del vínculo. Cuando por fin me metí en la cama, el cielo seguía teñido de un azul pálido, como si ni siquiera la noche se atreviera a caer del todo.

Me acosté de lado y miré la puerta como una idiota, esperando un ruido, una sombra, un suspiro. Por si Skylar aparecía, por si volvía, por si...

Pero no sucedió.

Aun así, cerré los ojos a la espera de escuchar su respiración. Aunque supiera que era algo que no iba a llegar.

14

Liral

El imperio era un caos, pero el verdadero desorden estaba dentro de ella.

Liral no se lo había contado a nadie, pero desde aquel día en la playa, algo en su interior había dejado de encajar. No sabía si era el miedo, la rabia o el puro agotamiento. Solo sabía que en el momento en que vio a Elandra escurrirse entre sus manos, medio tragada por esa grieta de mierda que lo devoraba todo, algo en ella cambió.

Desde entonces, todo había ido cuesta abajo. Apenas hablaba con Elandra o les dirigía una palabra a los demás jinetes. No quería gastar ni una gota más de energía en vínculos que ya no sabía si seguían valiendo la pena. Liral prefería ahorrar la poca fuerza que le quedaba para observar, para vigilar. Incluso dormida, seguía alerta y cualquier sonido bastaba para despertarla con la daga ya en la mano, sacada de debajo de la almohada como un acto reflejo.

Desde que Dargan —su criatura, su mitad— había sido encerrado con los suyos, ya no se sentía una jinete. Se sentía... incompleta. No importaba cuántas veces empuñara una espada, ni cuántas veces afilara sus cuchillos hasta dejarlos relucientes. Seguía siendo solo eso: un filo sin alma.

Un movimiento sin propósito.

Lo peor era que nadie lo notaba porque seguía caminando recta, sin titubeos. Porque no temblaba. Porque aún tenía esa maldita mirada afilada que advertía sin palabras: «No te acerques si quieres conservar los dientes».

Pero por dentro estaba hecha pedazos.

Era temprano y el sol apenas se despegaba del horizonte, tiñendo de cobre la nieve que cubría el mundo. Las calles estaban vacías, y Liral caminaba entre las cabañas con una risa muda en la garganta, una de esas que nacen del desprecio.

—En plena guerra, y aún hay quienes se permiten dormir —gruñó para sí misma.

Liral sabía a quién buscaba, aunque no tuviera ni idea de dónde encontrarlo.

Dejó atrás las cabañas y caminó entre colinas cubiertas de nieve y árboles torcidos, secos, congelados, como si el invierno los hubiera dejado atrapados en un grito mudo.

Algo la empujaba a seguir. No era un pensamiento, tampoco una orden, sino esa fuerza sorda que nacía en la boca del estómago, en lo más profundo de la magia. Con el arco en la mano y el cuerpo tenso, siguió. Porque aunque no viera el final, aunque no entendiera el motivo, sabía que estaba en el camino correcto.

Entonces oyó un borboteo constante.

Tardó unos minutos en entender lo que estaba viendo. El cauce se abría entre las montañas y descendía con violencia, pero no era un río de agua. Lo que fluía era lava plateada, líquida como mercurio caliente, tan luminosa que distorsionaba el aire. Y sobre ella, piedras suspendidas en el vacío que flotaban en fila, perfectamente alineadas, como si alguien —o algo— las hubiera colocado así a propósito.

De pie, con los brazos cruzados y la mirada fija en la corriente plateada, estaba él. Liral comprendió que aquella mañana, cada desvío, cada elección sin lógica aparente, no había sido un error. Todo la había llevado hasta allí.

Frente a Iron Shadow.

—Te preguntaría por qué me estás buscando —habló él sin girarse, con esa voz grave que parecía arrastrar siglos con cada palabra—. Pero no hace falta que lo digas. Sé a qué has venido.

Liral lo observó en silencio, con los dedos firmes sobre el arco. Pero no porque pensara usarlo, sino porque necesitaba sentir el arma entre las manos.

Con él, la tensión era distinta. No le suponía una amenaza, pero tampoco le otorgaba consuelo. Era reconocimiento. Sus sombras se entendían, hablaban el mismo idioma sin necesidad de palabras.

—Tu poder no es meterte en la cabeza de nadie y susurrar —dijo Liral—. Entonces explícame cómo lo hiciste. Cómo lograste que escuchara tu voz aquel día, cuando me pedías que ayudara a Eda y al fénix.

—Tú me haces una pregunta, yo la respondo y luego te haré la mía. ¿De acuerdo? —Se giró un poco por encima del hombro, lo justo para que ella alcanzara a ver el brillo oscuro en su mirada.

Liral dio un paso más para acercarse a la orilla, pero manteniendo la distancia. Iron asintió satisfecho por el acercamiento.

—No soy como Basilius —empezó—. Él puede usar esa voz celestial suya para colarse en la mente de quien quiera, como si los pensamientos ajenos fueran de su propiedad. —Se giró un poco más y cruzó los brazos—. Yo no hago eso. No invado. No impongo. Yo hablo con los que entienden, con los que han estado en la oscuridad y la han aceptado. Hablo de sombra a sombra. Porque para conectar conmigo, primero tienes que haber sobrevivido a la tuya.

Esta vez la miró de frente.

—No todos estarían dispuestos a dar su vida por ella, de ahí mi elección.

«Ella». Lo dijo como si fuera una palabra sagrada.

Liral tragó saliva sin querer porque, por alguna maldita razón, esa forma de hablar sobre Eda... le caló. La hizo entender lo que él sentía por ella.

—Elandra también tiene parte de ese poder —dijo, más como una acusación que como una pregunta—. ¿Por qué no a ella?

—Porque Elandra no está tan rota como tú.

Y entonces fue cuando Liral sintió que le había disparado una flecha de sombras directa al corazón.

—Te toca preguntar —le dijo ella.

Iron Shadow bajó la mirada hacia el arco entre sus manos.

—Sé bien que ninguna de las zarkass resultó herida por vosotros. A pesar de que eran una amenaza, no las mataste. ¿Por qué?

Liral apretó la mandíbula. Por alguna razón que no alcanzaba a entender, con él no le salía mentir. No valía la pena.

—Porque puede que vea una amenaza en todo lo que respira —respondió sin adornos—, pero también sé reconocer el miedo. Eda estuvo a punto de matar a la que parecía la líder, y mientras tanto yo las miraba. Las vi temblar. Aunque gruñeran. Aunque mostraran las garras estaban asustadas. Y yo... yo sé lo que es eso.

Iron asintió despacio, sin sorpresa.

—Las zarkass son expertas en torturas mentales —añadió él.

—Y tú puedes matar a cualquiera con solo un chasquido de dedos —contraatacó ella.

Se hizo el silencio mientras la lava seguía su curso detrás de ellos, deslizándose entre las montañas hasta desaparecer bajo tierra, donde según Iron dormía una ciudad olvidada.

—Sé que sabes dónde está la entrada —dijo Liral sin rodeos—. Y también sé por qué no lo dijiste delante de Dalton Basilius.

No pensaba usar la palabra «emperador» con él. Jamás.

Iron no respondió, y fue en ese silencio donde Liral lo sintió: una punzada extraña e incómoda que se clavaba en lo más hondo. Una intuición que no venía de la lógica, sino de algo más primitivo, de esa parte de ella que reconocía lo que dolía, lo que se ocultaba tras una coraza.

Al principio, no comprendía cómo alguien podía amar a una criatura como él. Cómo Eda, que lo tenía todo, que era luz y fuego, podía enamorarse de alguien como Iron Shadow. Pero con el tiempo, lo entendió. Porque detrás del poder, del terror y de las sombras había humanidad.

—Tú también sabes dónde puede estar esa entrada —añadió él con una media sonrisa que sacó a relucir sus colmillos—. ¿Por qué no se lo dijiste?

—No confío en el imperio.

Él alzó una ceja.

—¿Y por qué no se lo comentaste a Eda?

Liral le sostuvo la mirada sin parpadear.

—¿Y tú?

Puede que chocaran y que se negaran a verlo. Pero en el fondo, sabían que eran lo mismo: la misma furia con distinto rostro.

Iron se giró y echó a andar, alejándose de la orilla con la certeza de que ella iría detrás sin necesidad de volverse ni una sola vez.

—Deja el arco —le ordenó—. Estando conmigo no lo vas a necesitar.

Liral dudó apenas un segundo antes de quitarse el arco del hombro y arrojarlo a la nieve sin ningún cuidado.

Iron se detuvo.

—Ponte delante de mí. A tres metros exactos.

Liral alzó una ceja mientras caminaba hasta el punto que él marcaba.

—¿Va a doler? —preguntó sin miedo, solo por saber a lo que iba.

Iron la miró por encima del hombro, y la sombra de una sonrisa cruzó su rostro.

—¿Si te dijera que sí? ¿Lo harías igual?

—Sí.

—Entonces no voy a decirte si duele o no. —Dio un paso hacia ella—. Pongámoslo más interesante.

Liral respiró hondo. Tenía a Iron Shadow frente a ella, sin capa, sin máscaras. Y por primera vez no lo vio con miedo o como una amenaza, sino que le infundió respeto, y supo que haría lo que fuera por acercarse a eso. A lo que él era.

—Empieza, Iron Shadow.

Él extendió la mano y lo sintió: una gota, no de agua o de magia, sino de sombra pura, de humo, oscuridad y algo más que no tenía nombre. Avanzaba hacia ella despacio, como si el aire supiera a dónde debía llevarla, como si esa sombra nunca hubiera tenido otro destino que terminar en su pecho.

—Déjate convertir en una bestia, Liral.

Ella no retrocedió, porque una parte de ella... ya lo era.

Cuando la gota de sombra tocó su pecho, no hubo explosión ni dolor. Fue una apertura lenta, una grieta que se extendió desde dentro. No sangraba, porque lo que brotaba no era algo rojo, sino negro. Era su oscuridad, la que había mantenido oculta bajo la piel, la que nunca se había atrevido a mostrar. Y ahora, por fin, dejaba de estar encerrada.

Por primera vez, no quiso contenerse. Quiso abrirse, que su piel se diera la vuelta, que su sombra dejara de esconderse y se convirtiera en su verdadero cuerpo.

Liral se transformó.

Su cuerpo dejó de ser humano. La piel se volvió humo, las uñas se alargaron hasta curvarse en garras y sus piernas cedieron y cayeron a cuatro patas, hundiéndose en la nieve. Su silueta tembló una vez... y se duplicó, creando la ilusión perfecta de una bestia desplazadora.

Liral sintió el poder recorriéndola, el vértigo de no saber en qué se había convertido, el miedo agazapado justo bajo la euforia.

Sus patas fallaron. Dio un paso atrás, luego otro. Todo era extraño, desproporcionado, como si su cuerpo fuera demasiado grande, demasiado pesado para sí misma. No era su forma, pero de algún modo lo era. La bestia que siempre había llevado dentro por fin tenía un cuerpo... y ahora no sabía cómo sostenerlo.

Justo cuando pensó que se caería, Iron Shadow se materializó frente a ella y le apoyó una mano en su cuello cubierto de oscuridad.

—Sigues siendo tú —le dijo—. Sin máscaras, sin cadenas. Esta eres tú en bruto. Tu esencia. La parte más pura de ti, que solo necesitaba espacio para salir.

Su voz brotaba, grave, distorsionada, desde lo más profundo, como un eco atrapado entre rocas.

Liral gruñía. No porque quisiera, sino porque no podía respirar bien. Su pecho no sabía manejar todo ese poder que hervía bajo su piel.

Estaba asustada. Joder, estaba asustada...

—Tranquilízate.

«No puedo —pensó—. No puedo».

—Vuelve a transformarte.

«No puedo».

—Respira. Solo un pensamiento. Uno.

«No puedo».

—Hazlo.

Lo intentó y lo hizo a su manera. Pensó en sus manos, en sus dedos tensando el arco, en la cuerda mordiéndole los nudillos. En eso que la definía, que la anclaba, que la hacía ser ella.

Y entonces el cuerpo no aguantó más.

Cayó.

Se desplomó sobre la nieve como si la hubieran tirado desde lo alto de una montaña. No podía moverse. Los huesos le pesaban, el pecho le ardía, y el alma... el alma le dolía como si la hubieran arrancado y vuelto a meter a la fuerza.

Liral vomitó.

No tenía nada en el estómago, así que lo que salió fue bilis y sombra, una sustancia espesa que olía a miedo y a furia. No sabía si era suya o de la criatura en la que se había convertido..., solo sabía que necesitaba sacarla. Sacarlo todo.

Iron no se apartó, solo se agachó a su lado, le sujetó el cabello y le apoyó una mano en la espalda para acariciarla de arriba abajo.

—Es la primera vez —dijo en cuclillas a su lado—. Que tu cuerpo sea inmortal no significa que no sufra. Cambia por completo, Liral. Los huesos dejan de serlo, el corazón ya no late como el de un humano. Lo único que queda dentro de esa bestia es tu consciencia.

Liral, aún con la respiración desordenada, escupió a un lado, y se limpió la boca con el dorso de la mano.

—No soy una flor delicada, Iron. Me transformaré las veces que haga falta si eso me permite arrancarle la cabeza a quien lo merezca —dijo sin mirarlo—. Estoy bien.

Él le sonrió.

—El poder ya está dentro de ti. Es tuyo, ya lo has sentido. —Luego bajó la voz—. Y aunque el miedo te reviente por dentro, aunque termines en el suelo, acuérdate de esto: hasta los que ahora lo somos todo empezamos siendo nada.

Liral quería ese poder, que nadie más le arrancara nada.

Nunca más.

—Gracias —murmuró—. Pero si le cuentas esto a alguien, lo pagaré con Eda.

Él soltó una carcajada que hizo retumbar todo el valle.

—Sé que morirías por ella, Liral. Así que no me sirven tus putas amenazas vacías.

Iron se puso de pie, se sacudió la nieve de los pantalones y le tendió la mano. Liral la aceptó y se incorporó con esfuerzo. Fue entonces cuando notó cómo su mirada se fijaba a lo lejos, entre los árboles. Quieto, atento, con esa intensidad que parecía atravesarlo todo: la maleza, el bosque..., incluso el silencio.

¿Qué había allí que había captado su atención?

—Mañana, a la misma hora. —Iron giró el rostro hacia ella—. Algo me dice que no serás la única mujer que quiera entrenar para convertirse en una bestia.

15
Eda

No vi a Skylar en toda la mañana. Tampoco a Liral, a quien Elandra llevaba horas buscando sin éxito.

Pasé casi todo el día poniéndome al día con los demás jinetes, compartiendo historias con Calen y con mi hermano. Comimos juntos en el gran salón, entre risas, bromas mal lanzadas y una sensación extraña pero reconfortante de pertenencia. Aun así, mi cabeza no dejaba de girar, lenta pero constante. Sobre todo por esa especie de cita que le había prometido a Dalton para aquella tarde. Una conversación que nos debíamos, en privado.

No lo había visto en toda la mañana. Quizá me estaba dando espacio, o quizá era él quien lo necesitaba.

Sin embargo, Skylar... Miré al cielo mientras caminaba. No vi alas negras cruzando las nubes, ni una sombra planeando sobre mí. Tampoco supe de él entre los árboles, en forma de lobo. No había rastro de su presencia.

Antes de terminar mi supuesto día, pasé por la cabaña de las zarkass para alimentarlas con un poco de sangre. Era algo que tendría que hacer todos los días hasta que encontráramos una solución y aunque resultaba una rutina incómoda, era necesaria e inevitable.

Cuando terminé, me fui directa a darme un baño. Abrí la puerta, me envolví en una toalla y dejé que el vapor se disipara a mi alrededor mientras caminaba hacia la ventana. El sol ya se hundía en el horizonte, tiñendo el cielo de tonos anaranjados y lilas que poco a poco se disolvían en la tormenta.

Miré la bolsa sobre la cama: uniformes, ropa interior..., nada más. Nada que no oliera a batalla. Nada que pudiera usar esa noche sin seguir sintiéndome una soldado.

—Genial.

Lo dejé estar, bajé las escaleras y me acerqué a la chimenea del comedor, avivé el fuego azul con un simple movimiento de mi mano y me senté en una silla baja frente a él, observando danzar aquellas llamas que, aunque no me daban calor, al menos ayudarían a secar mi cabello. Pasé los dedos entre los mechones húmedos, enredados por la nieve y el viento. Había tomado el cepillo para comenzar a peinarme con paciencia, deshaciendo los nudos con cada pasada, cuando llamaron a la puerta.

Mi cuerpo se tensó al instante. Aún llevaba la toalla ajustada al cuerpo, la piel húmeda y el agua del cabello cayendo en gotas por la espalda.

Dime que no es Dalton, le rogué a Kali en mi cabeza. *Te lo suplico..., ahora no.*

Estoy a cinco minutos de la cabaña, no me da tiempo a ver quién es. Pero puedes abrir la puerta como una persona funcional y comprobarlo.

Suspiré, cerrando los ojos un segundo.

No estoy lista para Dalton. Ni vestida, ni mentalmente entera. No tengo fuerzas para miradas de reproche, sermones pasivo-agresivos ni silencios dramáticos.

Seguro que viene a regañarte por lo de la reunión, bufó con hastío. *Qué pesado. No me dan ganas ni de comérmelo.*

¡Pajarraca!, le espeté, apretando más la toalla.

Me acerqué a la puerta con los dedos temblando. Me quedé unos segundos con la mano en el pomo, deseando estar en Bankai. Que la magia hiciera lo suyo. Que al abrir la puerta me llevara a otro lugar, con otra persona.

Contuve un gruñido, respiré hondo y la entreabrí, solo lo justo para mirar sin mostrarme del todo.

Pero no era Dalton quien estaba detrás.

Era Skylar.

Vestía de negro, sin su capa de sombras. Llevaba la camisa entreabierta, la piel apenas visible bajo el cuello abierto, lo justo para que apartar la mirada fuera un reto.

¡Por todos los muertos...! *¡Qué injusto no poder estar ahí!,* protestó ella. *Esto es una tortura.*

Sal de mi cabeza inmediatamente.

—Hola. —La voz de Skylar me sacó de golpe de mi conversación con Kali.

Me puse igual de nerviosa que aquella vez en que mi madre nos encontró a Nolan y a mí robando galletas en mitad de la noche, atrapados con la boca llena y la culpa escrita en el rostro.

—No te esperaba —carraspeé.

«Mierda. Mierda. Mierda».

Eché un vistazo tras su enorme figura. Él siguió la dirección de mi mirada.

—¿Estabas esperando a alguien más?

—No quiero que ningún soldado me vea envuelta en una toalla —mentí sin mucha gracia, porque lo que de verdad me preocupaba era que Dalton lo viera allí—. No pensaba que fueras tú.

Lo cogí del brazo y lo metí dentro.

—Ah, ya veo qué está pasando —sonrió mientras se apoyaba en la puerta cerrada—. No quieres que nadie sepa que la muerte hace visitas privadas. Muy conveniente.

Puse los ojos en blanco.

—Con lo que pasó ayer en esa reunión o, mejor dicho, en esa casi matanza, prefiero evitar rumores cuando el mar está revuelto.

Él rio por lo bajo.

—¿Así que esto es una tormenta?

—Y contigo aquí dentro, más aún —dije encogiéndome de hombros, y luego lo miré con una sonrisita.

—Bueno, como dicen en Bankai, no hay tormentas eternas. Solo almas lo bastante fuertes como para atravesarlas.

Me quedé paralizada, con la garganta seca y el corazón en los talones.

—Lo esperabas a él, ¿verdad? —Su tono era demasiado neutro.

No recorrió con los ojos mi piel aún húmeda, ni la toalla floja que apenas me cubría, ni el cabello mojado pegado a mi cuello. Sus ojos se mantuvieron fijos en los míos, sin desviarse ni un segundo.

—Sí, me lo pidió antes de la reunión, y después de cómo ha acabado todo tengo aún más motivos para hablar con él. No para complacerlo, ni para suavizar nada. Es solo que alguien tiene que hacer que escuche, que entienda.

Giré sobre mis pies, caminé de vuelta al fuego y me senté en la silla, arrastrando otra vez el cepillo por mi cabello.

—¿Por qué te has quedado aquí en vez de dormir en la fortaleza? —preguntó, pero no me volví para mirarlo.

—Antes dormía allí porque temía ser un peligro para los mortales. No quería incendiar una habitación en mitad de una pesadilla.

Lo escuché dar otro paso.

—¿Y ahora ya no tienes miedo?

Giré un poco la cabeza, lo justo para verlo de reojo.

—Ahora sé controlarlo.

—Mmm.

—Además, siempre he sido más de cabañas de madera que de vivir en lo alto de una montaña. Prefiero pasar mis noches en un sitio acogedor antes que rodeada de los lujos fríos de fortalezas y palacios.

Intenté desenredar mi cabello con el cepillo, pero apenas avanzaba entre los nudos.

—Dame el cepillo —dijo detrás de mí.

—No hace falta...

No me dejó terminar. Sus manos rozaron las mías al coger el cepillo, un roce breve pero suficiente para hacerme estremecer.

Skylar empezó a cepillarme despacio. Cerré los ojos un segundo y, por un momento, me imaginé a los dos en otro lugar. Uno donde nadie nos buscaba, donde yo no tuviera que fingir que no le había entregado mi corazón. Un lugar donde simplemente... éramos felices.

—¿Por qué no duermes? —pregunté y el fuego chisporroteó.

—Yo no necesito energía como tú o como cualquier otro, no necesito alimentarme ni dormir ni todas esas necesidades básicas, solo algunas.

Moví los hombros hacia atrás mientras sentía el leve tirón del cepillo al quedarse atrapado en los mechones más tercos.

—¿Y cuáles sí necesitas?

—No sabía que las necesitaba —murmuró— hasta que las probé.

Sentí cómo sus dedos se aferraban a mi cabello un segundo más de lo necesario, y cuando abrí los ojos, cuando vi su reflejo en la ventana frente a mí, tuve que recordarme cómo respirar.

—Así que la muerte también necesita algo para vivir. —Dejé escapar una risa baja—. Al final, eres más humano de lo que pensaba.

—Tú me haces más humano.

Me giré con cuidado, evitando cualquier movimiento brusco que pudiera romper eso que se había formado entre nosotros. Y ahí estaba él, con la luz del fuego recortando cada línea de su rostro, tan perfecto que parecía irreal.

Me levanté, no porque quisiera alejarme, sino porque deseaba estar más cerca, encontrarme con su mirada sin tener que inclinar la cabeza, aunque la diferencia de altura hiciera que fuera imposible.

Sin decir una palabra, alzó una mano y tomó el colgante, la mitad del suyo, comprobando que aún estaba ahí.

—¿Vas a pasar la noche con él?

Negué despacio.

—Solo cenaré con él.

—Solo cenarás con él...

Su pecho subió y bajó con una respiración profunda, y entonces ocurrió. Las sombras emergieron de su piel como un veneno derramándose, como una tormenta que no hacía ruido pero lo consumía todo. Se deslizaron desde sus hombros y desde su espalda y envolvieron el suelo, trepando por las paredes de la cabaña, devorándolo todo a su paso.

En un parpadeo, la madera desapareció, las ventanas se cerraron y la habitación se transformó en un océano oscuro donde lo único que quedaba era el resplandor de mi fuego azul.

—Estoy haciendo un esfuerzo sobrehumano por no llevarte conmigo. Por no desaparecer contigo a un lugar donde nadie más te mire, donde solo exista tu cuerpo y el mío. Por no hundirme en ti hasta que no puedas decir otra palabra que no sea mi nombre, hasta que cada maldito gemido tuyo se quede tatuado en mi piel.

Sus dedos soltaron el colgante, pero no se apartaron. Subieron por mi cuello, hasta que su palma atrapó mi mejilla.

—Estoy haciendo lo imposible por no partirle el cuello por hablarte así, por tratarte como si no fueras lo más importante que hay en este mundo. Estoy aguantando cada maldito segundo para no dejar que la rabia que me carcome me gobierne, para no convertirme en algo que no mereces.

Su pulgar presionó mi labio inferior entreabierto, obligándome a abrir más la boca, lo que lo hizo rebotar.

—¿Solo sientes rabia? —Me acerqué más, sintiendo que la distancia era una ofensa—. ¿Seguro que es eso... y no algo peor? —dejé caer la pregunta, mientras su pulgar seguía deslizándose por mi labio.

Su mandíbula se tensó.

—¿Quieres oír que me muero de celos? ¿Que me mata ver cómo te mira, cómo respira cerca de ti? ¿Que me estoy volviendo loco con solo imaginar que vayas a...?

Sin apartar los ojos de los suyos, abrí la boca y dejé que su pulgar entrara. Lo atrapé entre mis labios y lo succioné lento, sin prisa, dejando que el roce húmedo se prolongara, que sintiera con cada segundo el calor de mi boca envolviéndolo.

—No me hagas esto, Zafiro...

Presionó su pulgar contra mi lengua para hundirlo un poco más, y se mordió el labio, tan fuerte que por un instante pensé que se haría daño. Sus pupilas estaban tan dilatadas que apenas quedaba rastro del dorado en sus ojos.

Saboreé su dedo con descaro antes de soltarlo con un leve chasquido. Él lo retiró, dejando que se deslizara por mis labios, y luego los recorrió con la yema, como si quisiera memorizar la forma exacta de mi boca.

—Besar unos labios no es lo único que sé hacer —susurré.

Skylar respiró hondo y apartó la mirada, su pecho se alzó con un aliento áspero, contenido, mientras su lengua recorría con lentitud sus labios hinchados.

Estaba luchando por no perder el control y eso me hizo sentir poderosa.

Deslicé las manos por detrás de su cuello y me aferré a él para ponerme de puntillas y acercarme hasta que nuestros alientos se mezclaran. Justo cuando nuestras bocas estaban a punto de tocarse, sus manos atraparon mis muslos con una brutalidad deliciosa y se colaron bajo la toalla, recorriéndome sin prisa hasta aferrarse a mi culo, y antes de que pudiera decir una palabra, me levantó, obligándome a enroscar mis piernas alrededor de su cintura, apretándome contra él.

Buscándolo.

Exigiéndolo.

—Quiero sentir todo lo que esa boca tuya es capaz de hacer, quiero enseñarte todo lo que aún no has probado.

Un escalofrío me sacudió de pies a cabeza al sentirlo duro, grueso, presionando justo donde mi cuerpo ya temblaba solo por tenerlo tan cerca. La maldita prueba de su deseo me hizo aún más consciente de su tamaño, de lo preparado que estaba para tomarme ahí mismo, contra la pared, sobre la mesa, donde le diera la gana.

Mi cuerpo reaccionó antes que mi mente y lo rozó con un leve balanceo de caderas que le hizo soltar un gruñido bajo.

—¿Sigues queriendo lamerme?

Su pregunta fue un latigazo directo.

—Si crees que puedes asustarme, estás muy equivocado. —Me acerqué hasta rozar la punta de mi nariz con la suya.

En un parpadeo, la mesa apareció bajo mi cuerpo encajado entre sus piernas, mis manos aferradas a sus hombros mientras el aire se me escapaba en un jadeo.

—Pues siento decirte —su nariz seguía rozando la mía— que hoy la única boca que va a tocar, lamer y besar... es la mía.

Me lancé contra sus labios y lo besé con todo lo que tenía, con la rabia de la espera, con la desesperación de las noches en vela, con el deseo de sentirlo otra vez devorándome.

Su lengua se deslizó dentro de mi boca, reclamándome, arrancándome un gemido que él atrapó entre sus labios.

Nos separamos solo lo justo para deshacernos de su camisa, para revelar esa maldita obra de arte esculpida que siempre lograba hacerme perder el juicio. Mis uñas se deslizaron por su abdomen y recorrieron cada línea, arañando lo justo para arrancarle un profundo gemido.

Sin titubeos y sin vergüenza, solté mi toalla y la dejé caer a un lado hasta quedar expuesta ante él.

—Eda, te lo suplico... —Su boca descendió hambrienta sobre mi piel, y cuando sus labios se cerraron alrededor de mi pecho, me incliné contra él, ofreciéndole mi cuerpo, mi cordura, mi alma si así lo quería.

El primer mordisco en mi pezón fue un chispazo, un calor repentino que me recorrió la columna y me hizo echar la cabeza hacia atrás, con los labios entreabiertos y la espalda arqueada sobre la mesa.

—No pares... No pares de besarme así, Sky..., por favor.

Había perdido la consciencia, el control, la razón. No sabía cómo habíamos llegado hasta allí, solo que quería que aquello no terminara nunca.

Justo cuando estaba a punto de perderme en él, en su boca, en sus manos, en la forma en que me sostenía contra la mesa, alguien llamó a la puerta.

—Eda, soy Dalton. ¿Estás lista?

Jadeé, pero su mano cubrió mi boca antes de que cualquier sonido escapara.

—Tu cita está fuera, Zafiro. —Su aliento rozó mi oreja—. ¿Qué haría tu emperador si supiera que te tengo aquí, desnuda sobre una mesa, con las piernas abiertas para mí, suplicándome que no pare?

Su otra mano descendió por mi muslo.

—¿Crees que se lo imagina? —susurró—. ¿Crees que sabe que, mientras espera ahí fuera, tú estás aquí, mojada por mí, a segundos de correrte en mi mano?

Me estremecí con la espalda arqueada contra su pecho, las caderas en busca de su tacto, de esa tortura deliciosa. No importaba que su mano cubriera mi boca..., mi cuerpo ya le estaba dando todas las respuestas que necesitaba.

—¿Quieres que siga, Eda? —murmuró con esa maldita certeza de que no podía negarme.

Sus dedos ascendían por el interior de mi muslo, lentos y seguros, explorando el límite entre la provocación y la rendición. Rozaban el borde de lo prohibido, jugando con lo inevitable, como si supieran exactamente cuánta presión aplicar, cuánto tardaría en suplicar por más.

Asentí, con la boca entreabierta y los ojos brillando de deseo.

—Por supuesto que quieres.

Me retorcí bajo él y enredé los dedos en su cabello, buscando una respuesta a su provocación, pero lo único que recibí fue una risa baja contra mi cuello.

Otro golpe, más fuerte, más insistente.

—Eda, ¿estás ahí?

El sonido de la realidad llamando desde el otro lado de la puerta no significó nada cuando Skylar hundió un dedo dentro de mí con el que me arrancó un jadeo ahogado que se perdió contra su mano. Mi espalda se dobló sobre la mesa, y una lágrima resbaló por mi mejilla mientras el placer me desgarraba desde dentro.

Otro golpe en la puerta.

—Eda, si no contestas, voy a entrar.

—Contéstale a tu emperador, preciosa.

Me destapó la boca, pero yo ni siquiera podía respirar, mucho menos hilar una frase coherente.

—Yo... —traté de responder, pero entonces giró su dedo dentro de mí—. Eh...

No podía pensar. Solo podía aferrarme a sus enormes hombros mientras su maldita sonrisa se dibujaba contra mi piel.

—¿Qué pasa? ¿No puedes ni hablar? —Deslizó entonces un segundo dedo dentro de mí y los retorció en un ángulo perfecto.

—¡Estoy desnuda, no entres! —le grité a Dalton entre jadeos.

La risa de Skylar fue un gruñido bajo.

—Joder... Ahora se estará imaginando cada jodido detalle, cada curva, cada centímetro de ti. —Su pulgar rozó mi clítoris en círculos perezosos—. Y eso significa que voy a tener que matarlo.

Fuera, Dalton carraspeó.

—Perdón, vuelvo en diez minutos si te parece bien.

Sus pasos se alejaron y al segundo los dedos de Iron me embistieron con crueldad.

—Aguanta. No te atrevas a correrte todavía.

Mis uñas se clavaron en su espalda, marcándolo. Su otra mano seguía sobre mi boca, ahogando los gemidos que ya no podía contener. Las lágrimas rodaban por mis mejillas y empapaban sus dedos, hasta que lo mordí.

—Me encanta tu agresividad —susurró con esa sonrisa torcida que me volvía loca—. Sigue. Muerde. Llora. Quiero cada pedazo de ti.

Sus dedos se volvieron más duros, más implacables. Cada movimiento era un golpe de placer crudo que me hacía retorcerme sobre la mesa, con las caderas buscándolo sin control.

—Dímelo —exigió, y sus labios besaron mis mejillas, lamieron las lágrimas mientras apartaba su mano de mi boca—. Quiero escucharte, Eda. Quiero que grites mi nombre como si fuera lo único que sabes decir.

—Skylar... Skylar... —le supliqué con las uñas enterradas en su piel—. Por favor...

—Eso es —murmuró contra mi boca—. Quiero que nunca olvides quién te tiene así. Quién te lleva al puto límite.

«Te amo, Skylar. Te amo a ti y solo a ti».

Casi se lo grité. Casi.

Mi espalda se arqueó con un espasmo violento. El placer me atravesó como un relámpago, desbordándome desde dentro, acumulándose en el centro de mi vientre hasta desgarrarme con una fuerza brutal.

—No..., no puedo más... —jadeé—. Me voy a desmayar...

El orgasmo me arrastró como una ola indomable, me sacudió sin piedad, dejándome sin aire, sin control, solo con el temblor salvaje de un cuerpo al límite.

—Desmáyate. —Me cubrió el rostro de besos lentos, dulces, en la frente, las mejillas, el cuello—. Yo te sostendré entre mis brazos y te despertaré a besos.

Tuve miedo de que mi fuego saliera sin control, que estallara como tantas veces antes. Pero no lo hizo, porque las sombras de Skylar ya me rodeaban esperándolo, tragándose el azul que brotó de mí. Y entonces entendí por qué había cubierto todo el salón con su oscuridad, no para escondernos, sino para protegerme, para contenerme, para dejarme arder sin miedo.

—Mírate... —gruñó contra mi oído—. Me encanta cuando te deshaces así, para mí y solo para mí.

Mi cuerpo se derrumbó contra él, vencido, la respiración desordenada y rota. Y él... él no me dejó caer. Me sostuvo entre sus brazos, haciéndome sentir pequeña, agotada pero segura. Porque entre los brazos de la muerte, me sentía a salvo.

Sus labios se posaron en mi frente, suaves, pero con un temblor que no me pasó desapercibido. Lo abracé con más fuerza, apretándolo contra mí.

No quería soltarlo. No quería que ese momento terminara.

—Me estás matando, Eda. Me estás matando de todas las formas posibles y me duele.

Su frente se apoyó contra la mía.

—Desde aquel día, algo dentro de mí se rompió, se jodió para siempre, como si me hubieran arrancado el aire de los pulmones y me hubiesen dejado vacío, y no sé si alguna vez volveré a sentir que respiro.

Abrí los ojos de golpe, comprendiendo que Skylar no lo sabía... No sabía que lo había elegido, que había dejado atrás a Dalton. No sabía que me había enamorado de él sin darme cuenta.

Skylar no sabía que ya no quedaba espacio para nadie más.

Quise hablar, darle las palabras que se ahogaban en mi garganta, pero antes de que siquiera encontrara el aliento para intentarlo, me acalló con un beso. Sentí sus lágrimas antes de que cayeran, antes de que se mezclaran con las mías.

Saladas.

Dolorosas.

Nos besábamos y, al separarnos apenas un palmo, lo miré. Sus ojos, rojos, brillaban por las lágrimas que ya no podía contener. Skylar estaba llorando con la frente pegada a la mía, con los labios aún sobre los míos, y el alma desbordándosele sin que pudiera esconderlo.

—Quiero que él te bese esta noche —me pidió—, quiero que cierres los ojos y trates de convencerte de que es lo mismo..., pero no lo será, nunca lo hará, porque nadie va a tocarte como yo, nadie va a besarte como si fuera lo único que le mantiene con vida. Porque eso es lo que eres para mí, Zafiro, mi maldición, mi única salvación, la herida que no quiero cerrar.

Otro beso, más lágrimas.

—Te amo, Eda, con todo lo que soy y con todo lo que duele, y no sé cómo vivir con eso.

Antes de que pudiera asimilar sus palabras, antes de que pudiera siquiera detenerlo, Sky ya no estaba.

16

Eda

«Te amo, Eda».

La frase seguía resonando en mi mente mientras me incorporaba sobre la mesa, aún aturdida, con los labios hinchados y las lágrimas deslizándose por mis mejillas.

«Te amo, Eda».

Skylar me amaba. Por la muerte..., el hombre al que nunca pensé poder alcanzar, hecho de sombra, de final, de todo lo que asusta y atrae al mismo tiempo, me amaba. No era un juego. No era un delirio. Era real. Y me correspondía...

Me bajé de la mesa sin sentir los pies, con el alma hecha un nudo. Fui al baño, abrí el grifo y volví a lavarme. Froté mi piel con el jabón hasta que ardió, hasta que se volvió roja..., intentando arrancar su tacto de mi cuerpo, su olor, sus labios grabados en mi pecho.

Pero no podía.

Porque aquel «te amo» ya no estaba solo en mis oídos. Estaba en mi piel, en mi aliento, en lo más profundo de mí.

«Te amo».

«Te amo».

«Te amo».

Me vestí con el uniforme, recogí el cabello con manos temblorosas, aseguré las dagas en los pantalones y respiré hondo. Puse la mano en el pomo de la puerta, deseando que Dalton no pudiera oler a Skylar en mi piel, que no escuchara mis pensamientos, que no notara mi corazón retumbar contra las costillas.

«Te amo, Eda».

Abrí la puerta y Dalton estaba allí, apoyado en la casa de enfrente. Tenía los brazos cruzados, la cabeza gacha y el cabello negro cubierto de nieve. Al oír la puerta, alzó la vista... y me sonrió.

Al menos no tenía ni idea de lo que había pasado dentro de la cabaña mientras él llamaba a la puerta.

—Hola.

—Hola —lo imité.

—He sido un idiota —dijo de inmediato—. No debería haberte hablado así. Tengo que dejar de aferrarme a la imagen de la niña que vi crecer y empezar a mirar a la mujer que eres ahora. La que ha demostrado que puede tomar decisiones sin que nadie hable por ella.

Me removí al oírlo, incómoda. Cuando mencionó su presencia durante mi infancia, estuve a un paso de soltarle que Skylar también había estado ahí desde el principio, y que jamás había usado eso como excusa para tratarme como si no supiera lo que hacía.

Pero en vez de eso, solo dije:

—No quiero tus disculpas, Dalton. Quiero ver lo que haces con ellas.

—Y lo haré —asintió—. Te lo demostraré con hechos. Lo de esa reunión no volverá a repetirse. Tengo que asumir que ya no estoy solo en esto... y actuar en consecuencia.

—No, no lo estás, y me alegra que empieces a entenderlo.

Dalton alzó la vista al cielo. El sol se deslizaba detrás de las montañas y teñía las nubes de rojo y oro.

—¿A dónde vamos esta noche? —hablé de nuevo.

—Hoy tenía pensado ir a Pramvera. —Se metió las manos en los bolsillos del pantalón—. Voy cada dos días. Aunque la presencia de soldados imperiales ha aumentado, necesito mantenerme al tanto de lo que ocurre en la ciudad..., en todas, en realidad.

—¿Pasaremos la noche allí?

—En palacio, sí. No quiero que volemos de noche. —Me lanzó una mirada más ligera—. Pero solo si tú quieres, claro.

Asentí sin decir nada. Tenía demasiadas cosas dándome vueltas en la cabeza, y la idea de dormir en el palacio de Pramvera —donde todo había empezado, donde tantas cosas habían cambiado— no ayudaba a aligerar el peso que sentía en el pecho.

—Quiero estar de vuelta por la mañana —le pedí—. No quiero alejarme demasiado de las zarkass ni de mi pelotón. Los dos sabemos que soy propensa a...

—Desaparecer —me interrumpió, alzando una ceja con esa expresión que usaba para molestarme.

Bufé y puse los ojos en blanco.

—A meterme en problemas —le corregí—. O, mejor dicho, a que los problemas me encuentren.

Dalton me estudió durante un segundo, pero aparté la mirada antes de que pudiera decir lo que fuera que estaba pensando. En lugar de eso, hice un leve gesto con la cabeza. Él lo entendió y empezamos a caminar.

La nieve se acumulaba en los techos de las cabañas y en los escalones de madera. Algunos soldados saludaron a Dalton con una reverencia y a mí con una leve inclinación de cabeza; unos pocos incluso esbozaron una sonrisa fugaz.

Llegamos a un claro, un vasto espacio abierto donde las pisadas quedaban atrapadas en la nieve virgen. Fue entonces cuando Long descendió y aterrizó como un depredador. Sus garras se hundieron en el hielo, levantando una ráfaga de escarcha a su alrededor, y por un momento me descubrí observándolo con extrañeza. No por su tamaño ni por la fuerza que emanaba en cada paso, sino porque, sin querer, mi mente lo comparó con otra criatura.

Otra silueta.

Otro rugido.

Otra sombra que había aprendido a reconocer con el corazón antes que con los ojos.

Después de tanto tiempo viendo a Skylar transformarse, de acostumbrarme a la forma en que su magia se le pegaba al cuerpo como una capa viva, densa y cambiante, ver escamas en lugar de oscuridad me resultó… ajeno.

¿Dónde estás, pajarraca?, le pregunté a Kali a través del vínculo.

Llegando.

La vi aparecer en el cielo, envuelta en un remolino de fuego azul. Sus alas rozaron la nieve y la evaporaron al instante.

—¿Seguirá creciendo? —le pregunté a Dalton sin apartar la vista de mi fénix.

—Sí, mucho más.

—¿Podría llegar a ser tan grande como un dragón?

Dalton esbozó una media sonrisa sin dejar de mirar a Kali, con esa mezcla de respeto y asombro que despertaba en todos.

—Cada vez que renace, se vuelve el doble de grande y el doble de poderosa que en su vida anterior. Así que sí…, puede llegar a igualarlos.

Me acerqué a Kali y deslicé la mano entre sus plumas. Ella inclinó la cabeza y frotó el pico contra mi palma. Me subí a su lomo y Dalton hizo lo mismo con Long.

Antes de despegar, Dalton me lanzó una advertencia:

—Ojos en todas partes, Eda. En el cielo es donde eres más vulnerable.

Lo miré de reojo, asintiendo despacio. Lo entendía…, pero él no tenía ni la menor idea de lo que yo ya había vivido allí arriba. No sabía lo que era volar a través de una nube de noctífagos, ni sentir cómo la grieta se abría detrás de ti como una boca hambrienta, tragándose todo. No sabía lo que era cruzar fuego y sombra sin saber si al otro lado quedaba algo.

O si tú seguirías siendo tú.

«Dalton Basilius tenía demasiado miedo de perderte porque nunca había visto de lo que eras capaz. Yo sí». Las palabras de Skylar se repitieron en mi cabeza.

Me incliné hacia Kali, mis dedos aferrados a su plumaje ardiente, y le susurré:

—Demuéstrale de qué estamos hechas.

Ya era de noche, pero no me afectaba. Había aprendido a moverme bajo las estrellas, a ver el mundo desde arriba con los ojos muy abiertos y la mente más despierta que nunca. Sin embargo, el cielo del imperio no era como el de Bankai. No había auroras que danzaran sobre tu cabeza, ni árboles que latieran con luz propia. Y eso… eso sí lo echaba de menos.

Dalton volaba debajo de nosotras, pero se sentía muy diferente a volar con Skylar, y estaba segura de que Kali también lo percibía.

No me gusta este dragón, me dijo enfadada. *Quiero al mío.*

Yo también quiero al mío.

Nos fuimos acercando a la ciudad. Vi las luces —miles, millones— brillando como si el suelo intentara imitar al cielo. Y gracias a mi oído inmortal alcancé a distinguir pequeñas melodías que subían desde las calles: risas sueltas, una campana lejana, un piano desafinado. Pero no llegamos a sobrevolarla. Antes de eso, descendimos. Aterrizamos justo sobre el valle Espejo, el lugar que aún me quemaba en la memoria.

Sentí un miedo real al ver esa hierba. No al combate, ni a un enemigo físico…, sino a lo que ese lugar podía volver a mostrarme. A lo que podía obligarme a recordar.

Cuando desmontamos, Dalton debió de notar mi nerviosismo, o al menos algo en mi forma de mirar el palacio porque, cuando me alcanzó, me dijo:

—Iremos por los jardines. No hace falta entrar todavía. El lugar donde cenaremos está cerca, a quince minutos caminando.

Cruzamos los jardines y, al pasar junto a aquella puerta, no pude evitar recordarlo. Esa noche. Ese vestido. Aquella cita que, pese a todo lo que vino después, seguía siendo uno de los recuerdos más cálidos que conservaba.

La llama negra en su espalda estaba apagada, y el murmullo de la música nos envolvía distante, nacida de algún rincón escondido de la ciudad, queriendo llegar hasta nosotros. Dalton caminaba a mi lado y saludaba con gestos tranquilos y medidas sonrisas, aunque sus ojos no descansaban; recorrían el entorno con una atención discreta, sin que se notara demasiado.

Esta vez no había flores adornando las calles, ni ofrendas dejadas en su nombre, pero, aun así, la gente salía a su encuentro. Algunos inclinaban la cabeza, otros alzaban la mano con respeto. Y yo… yo me sentía fuera de lugar. No por incomodidad, sino porque todo era tan diferente a aquello a lo que me había acostumbrado que por momentos parecía mentira.

No había almas errantes ni niños con cicatrices en el rostro. Nada que recordara el caos o el dolor. Pero, aun así, mientras caminaba, no podía dejar de pensar en Skylar. Incluso con su capa de sombras, con esa presencia que hacía que la gente apartara la vista o se hiciera a un lado, yo sabía lo que él era de verdad. Sabía que ese hombre, temido por todos, una vez se había puesto nervioso solo por bailar con una niña que se lo había pedido. Que lo hizo sin gracia, serio, con las manos rígidas y el corazón desbocado, solo porque quería hacerlo bien. Porque para él, hacerla sonreír era importante. Y eso… nadie más lo veía. Solo yo.

—El restaurante está justo al girar la esquina. —Dalton rompió nuestro silencio—. Así que, dime, ¿qué te apetece esta noche?

—¿Apetecerme? —repetí algo perdida.

—Sí. Carne, pescado, algo caliente…, ¿una sopa, quizá?

Tardé un segundo en entender que hablaba de comida.

—¿Podremos entrar con las armas? —pregunté seria—. No creo conveniente quitármelas.

No le dije que podía crear mis propias armas si era necesario…, porque la última vez que lo había intentado había fallado. Y aún no había olvidado esa sensación.

—No te preocupes, aquí no es extraño ver a alguien armado. Los soldados siempre las llevan. Mi gente está acostumbrada.

Ese «mi gente» me hizo asentir sin pensarlo.

—Entonces prefiero carne —dije al fin—. Algo contundente. Hace tiempo que no me paro a pensar en lo que como…, solo en sobrevivir.

Nuestros pasos nos guiaron hasta un restaurante encantador, escondido en una esquina tranquila. Las luces frostfire colgaban en guirnaldas suaves, brillando con un resplandor tenue y azulado. Enredaderas subían por los muros de piedra como parte del diseño, y las mesas de madera pulida estaban dispuestas con cuidado, cada una vestida con manteles de tela roja que danzaban al ritmo del viento.

—Oh, Su Alteza, es un honor tenerle por aquí —dijo un camarero al vernos, dedicándole una reverencia marcada a Dalton, y luego me dirigió una sonrisa amable—. ¿Mesa para dos?

—Sí. En un rincón tranquilo, a ser posible.

El camarero nos invitó a seguirlo con un gesto.

La verdad era que no quería estar ahí. No quería risas alrededor ni luces suaves que hacían parecer todo más fácil de lo que era. No quería cenas elegantes, ni manteles perfectamente doblados. No quería fingir que estaba bien cuando por dentro seguía sosteniéndome con hilos.

Entonces comencé a sentir esa ansiedad muda, la que sube desde el estómago y se instala en el pecho sin avisar, sin una razón clara. Todo estaba en calma, todo parecía perfecto, pero yo no encajaba.

Giré el rostro hacia él, aprovechando un momento en el que al parecer nos habíamos quedado solos.

—¿Tu gente sabe que estamos en guerra?

—Por supuesto que no lo saben —se limitó a decir—. Sí, hay más soldados, más movimiento, pero intentamos mantenerlo todo con perfil bajo. Que sigan creyendo que todo está en orden. Que salgan a la calle sin miedo, que sonrían sin preguntarse qué se esconde detrás de cada esquina. Si levantar sospechas significa arrancarles esa paz..., entonces no lo haré. Prefiero que vivan más tranquilos así, Eda.

—¿Así cómo? ¿Viviendo en una mentira? —resoplé—. Qué típico de ti, Dalton. No sé por qué sigo sorprendiéndome.

Apoyó los codos en la mesa y entrelazó los dedos.

—La primera bandera blanca que tenemos que levantar en esta guerra es la nuestra. Tú misma lo has dicho hoy.

Lo miré con fijeza.

—Y sigo creyéndolo, pero eso no cambia el hecho de que tu gente tenga que estar preparada para lo que viene. No puedes mantenerlos ciegos mientras la Dama podría prender fuego a esta ciudad en cualquier momento —bajé la voz, más por costumbre que por discreción—. Tú no sabes de lo que es capaz, Dalton, no la has visto de verdad.

Sus ojos verdes se encendieron, y su expresión cambió como un chispazo.

—¿Que no sé de lo que es capaz? —soltó con una risa hueca que no le alcanzó los ojos—. ¿De verdad me estás diciendo eso a mí? ¿Crees que en esa maldita reunión Iron Shadow no sabía perfectamente lo que ella me hizo? ¿Lo que fue capaz de hacer conmigo? Porque yo sí lo sé.

Me incorporé un poco cuando el camarero llegó, demasiado puntual, demasiado inoportuno. Nos interrumpió con un par de preguntas que ninguno escuchó. Cuando por fin se alejó, hablé:

—Siento lo que ese ser te hizo, Dalton, lo que te arrancó, cómo te usó. Siento que alguien tenga que pasar por algo así, y que ese alguien hayas sido tú.

Tomé la servilleta entre mis dedos y la acaricié, queriendo encontrar el equilibrio en aquel gesto.

—Pero también tengo que decirte algo —continué—. Nadie niega lo que ella te hizo, ni el vacío que dejó en ti. Pero no puedes seguir construyéndolo todo desde esa herida. Porque tú también cruzas líneas, Dalton. Entras en la mente de la gente, tomas pensamientos que no te pertenecen, los analizas, los usas. A veces como estrategia, otras como defensa, pero el resultado es el mismo: invades. Y, por mucho que tu causa sea justa, eso también deja cicatrices. No puedes señalar la oscuridad en otros sin aceptar la que proyectas tú.

Él me observó tenso.

—¿Estás comparando lo que yo hago con lo que hace ella?

—No lo comparo —dije, aún con los ojos en la servilleta—. Pero cuando te metes en la cabeza de todo un imperio para borrar cualquier rastro de que hubo una emperatriz a tu lado durante siglos, eso también es manipulación. Borrar a alguien del recuerdo colectivo no es diferente a lo que criticas.

Levanté la vista, y su piel, normalmente dorada por el sol, había perdido todo el color.

—No hubo una emperatriz —murmuró—. Tú eras la emperatriz, Eda. Tú.

—Yo no soy ella, Dalton. No soy esa mujer, y ese es justo el problema —dije, sintiendo cómo la voz se me quebraba—. Estás enamorado de alguien que murió hace siglos. De una mujer que ya no existe. Y tal vez... si hubieras aceptado eso desde el principio, si me hubieras visto por quien soy y no por quien fui, lo nuestro habría tenido una oportunidad, habría sido distinto.

Dalton bajó la mirada apretando los labios.

—Y me arrepiento. Todos los malditos días me odio por no habértelo contado antes.

—Tuviste dos meses. Dos meses enteros —espeté dolida, y crucé los brazos sobre el pecho como si eso pudiera protegerme—. Y me lo ocultaste igual.

Él cerró los ojos, negando con un leve movimiento de cabeza.

—Te equivocas en algo. Crees que si yo hubiera sido honesto desde el principio, si te lo hubiera contado todo, las cosas entre nosotros habrían sido diferentes. Que habríamos funcionado. Pero no. No iba a funcionar, Eda. Porque después de veros a ti y a Iron Shadow en la misma sala, de ver lo que pasa cuando estáis cerca, he entendido que esa parte tuya, esa que yo tanto quise, nunca fue mía. Nunca la tuve, y nunca la iba a tener.

Frunció aún más los labios.

—Joder, Eda, lo nuestro iba a acabar en el mismo lugar. Porque yo... yo no soy tu destino. Y tú lo sabes.

Algo dentro de mí se contrajo. La vista se me nubló y parpadear no sirvió de nada; el ardor en los ojos ya estaba ahí.

Que él lo dijera..., que le pusiera voz a eso que los dos sabíamos pero evitábamos confesar, fue lo que realmente me rompió.

Dalton continuó:

—No hace falta que me lo digas, Eda. Ya lo sé. Sé que no quieres casarte conmigo. Y debería haberlo entendido en el momento exacto en que lo miraste a él mientras yo seguía arrodillado frente a ti. Debería haber aceptado, entonces, que el amor de mi vida... ya tenía a quién amar. Y que no era a mí.

Quise decir algo, cualquier cosa, pero me limité a contener las lágrimas, a mirar hacia otro lado para que nadie viera lo que se me desbordaba por dentro.

—Lo siento —logré decir en apenas un susurro.

—He cometido mil errores contigo —siguió, sin necesidad de que lo impulsara—. Tendría que haber sido sincero desde el principio. Contártelo todo. No esconderme detrás de medias verdades. Tal vez también deba ser sincero con esta gente..., quizá sea hora. Pero mi mayor error, Eda, fue pensar que seguías siendo ella. La Kaiserin que conocí. La que me dio los cien años más felices de mi vida.

Se llevó una mano al rostro, intentando contenerse, pero era tarde. Las lágrimas le caían por las mejillas sin que pudiera detenerlas.

—Y lo más doloroso de todo es que cada día, cada vez que cierro los ojos, la recuerdo. Recuerdo cómo me miraba. Cómo me pedía que no lo hiciera...

«Que no la matara», pensé. Eso era lo que Dalton recordaba, lo que no lo dejaba dormir.

—Dalton... —Extendí mi mano hacia la suya y, cuando la alcancé, fue como tocar algo roto.

—Tú no sabes lo que es vivir con eso —dijo apretando mi mano con fuerza—. Con esa culpa que no se disipa, con ese vacío que no se llena con nada. Joder, Eda, cuando te vi por primera vez, por un segundo, todo desapareció: la tristeza, el peso, el dolor que arrastro desde entonces..., todo se apagó solo con mirarte. Creí que quizá, solo quizá, tenerte cerca bastaría. Que con eso sería suficiente para salvarme, aunque fuera solo un poco.

»Te busqué durante siglos sin saber que lo que se ha ido, no vuelve —susurró—. Y ahora... ahora lo veo con una claridad que me destruye. Me he enamorado de alguien que no me corresponde. Que camina con otro destino, que ama con otra piel, con otra promesa. Alguien que, por más que me mire con compasión, nunca va a elegirme. Porque su corazón ya no me pertenece.

Me levanté sin pensarlo. Rodeé la mesa y me arrodillé frente a él sin palabras. Apoyé la cabeza en su regazo, y ahí, al fin, el llanto me venció.

Él bajó la mano y empezó a acariciarme el cabello, con una ternura que dolía, con la delicadeza de quien sabe que cada segundo es prestado.

—Te quise, Dalton. —Alcé la mirada hasta encontrarme con su rostro, tan empapado como el mío—. Fuiste mi primer amor. Mis primeras veces. Me enseñaste a sentirlo todo con la piel abierta, sin reservas. Me hiciste reír hasta quedarme sin aire, me hiciste temblar, y también me rompiste..., pero no cambiaría ni una sola parte de lo que fuimos. Fui tuya, aunque fuera por un momento, y eso... eso siempre será mío.

—Lo siento, Eda. Lo siento tanto...

—Lo sé, Dalton, lo sé.

—Soy un hombre perdido, Eda, ni yo mismo me entiendo la mitad del tiempo. No debería haberte pedido matrimonio, y mucho menos así. No con toda esta culpa encima, con tanto pasado sin cerrar. Pensé..., no sé, pensé que esa promesa arreglaría algo. Que sería una tirita, un poco de esperanza donde solo había dolor. Pero una promesa no cura lo que no se ha sanado.

—Y no lo arregló —terminé por él.

—No. Y tú mereces más que eso, un amor sin fantasmas del pasado, sin comparaciones. Mereces que te miren y vean quién eres ahora, no quién fuiste. Mereces un presente que no compita con ningún ayer... y eso no puedo dártelo yo.

Nos quedamos ahí, en silencio, los dos sabíamos —sin necesidad de decirlo— que algo se estaba terminando. Que ya no hacían falta más palabras, porque el final llevaba tiempo escrito, solo que ninguno había querido leerlo.

Entonces él se levantó en silencio, me tomó con suavidad de los brazos y me ayudó a ponerme de pie. Me envolvió en un abrazo firme, sin reproches, apretándome contra su pecho.

—Estoy enamorada de él, Dalton —sollocé contra su hombro—. Y no quiero sentirme culpable por ello. No debería..., pero lo hago. Porque sé que te estoy hiriendo, y eso es lo último que quiero.

Él me apartó con suavidad, con esa delicadeza que solo duele más. Y entonces pensé con un nudo en el pecho: si supiera lo que pasaba dentro de aquella cabaña mientras él llamaba a la puerta..., si lo supiera, ¿seguiría mirándome así?

—Tú no me haces daño, Eda —dijo, con esa honestidad cruda que solo aparece cuando ya no queda nada que proteger—. Fui yo quien te empujó a quedarte, quien quiso que sintieras algo por mí, aunque fuera a la fuerza. Fui yo quien se aferró a un recuerdo y quiso convertirlo en futuro.

Negué con la cabeza de inmediato.

—No me obligaste a quererte. Pero la conexión con… —casi dije su nombre— con él es diferente. Es algo que va más allá de todo lo que creía posible.

—Entonces cuéntamelo, Eda. Tenemos toda la noche.

Y lo hice. Con la voz temblando, entre suspiros entrecortados y pausas en las que el dolor me cerraba la garganta. Le hablé de la oscuridad, del vínculo, del miedo con el que empezó todo, y de cómo, sin querer, se convirtió en refugio.

No oculté las lágrimas, no suavicé las partes afiladas de la historia. No intenté protegerlo del dolor, ni a mí del juicio.

Y él… él se quedó.

17

Elandra

—Iron Shadow está entrenando a la jinete del arco —le dijo Valeska cuando Elandra fue a visitarlas esa noche, aprovechando la ausencia de Eda.

Todas las zarkass estaban en el salón, reunidas en torno a la chimenea como un enjambre. Algunas afilaban cuchillos contra la piedra; otras, sentadas con las piernas cruzadas, trenzaban sus cabellos en formas intrincadas.

—¿Entrenando para qué? —preguntó Elandra, sin molestarse en disimular el tono.

Valeska levantó la mirada del cuchillo recién afilado y la deslizó con lentitud por la habitación hasta detenerla en Adriel, que estaba apoyado con desgana en la pared, con los brazos cruzados y esa sonrisa torcida que parecía tener siempre lista para los problemas.

—¿Qué hace el macho aquí? —espetó Valeska mientras lo apuntaba con su cuchillo reluciente—. Nadie lo ha invitado a esta casa.

Elandra abrió la boca para mediar, pero Adriel se le adelantó con una ceja en alto.

—¿Olvidas que fui yo quien te llevó en brazos cuando apenas podías mantenerte en pie? —ronroneó—. ¿O ya no te conviene recordar ese detalle? ¿Tan insoportable te resulta que un macho te ayudara?

—*Vokh'tar raa'mek* —escupió Valeska en su lengua.

Adriel ladeó la cabeza divertido, sin moverse de la pared en que estaba apoyado.

—Acepto tus disculpas, si eso es lo que me estás diciendo. Que seguro que sí. Yo también suelo gritar cuando me siento agradecido.

Valeska se levantó tan rápido que la silla crujió al volcarse detrás de ella. Dio una zancada, el cuchillo aún en la mano y los colmillos asomando entre los labios tensos.

Iba directa a él.

Pero antes de que pudiera dar otro paso, Airi —la más joven de las diecisiete— se plantó frente a ella.

—Valeska, no. El macho tiene buen corazón. Buenas intenciones.

—*¡Sha'ek mar tal, Airi! ¡Vokh'tar nu'ra merren!* —le gritó Valeska.

Airi alzó la mano con suavidad y le rozó el brazo.

—Intentémoslo, Valeska. Intentemos confiar en ellos, así como ellos han empezado a confiar en nosotras.

Valeska no bajó el cuchillo de inmediato. Mantuvo la mirada fija en Adriel, los colmillos aún al descubierto. Durante unos segundos, nada cambió. Pero luego su expresión se suavizó. Sus hombros se relajaron, el filo del arma perdió altura y los colmillos, poco a poco, se ocultaron de nuevo tras sus labios.

—¿Crees que me intimidan tus colmillos y tus garras? —soltó Adriel sin moverse—. Estás muy equivocada, hembra.

—Adriel —le advirtió Elandra.

Valeska no respondió con violencia. Solo le sonrió, con esa clase de sonrisa que no se sabe si augura una tregua o una sentencia.

Adriel le sostuvo la mirada con seriedad por primera vez. Sus ojos recorrieron la habitación, a cada una de las zarkass, y cuando volvió a mirarla, ya no había burla en su voz.

—No soy tu enemigo, Valeska. Y quiero que entiendas algo, con toda la claridad posible, daría la vida por mis amigas. Por las mujeres que pelean a mi lado, por las que han confiado en mí sin tener ninguna razón para hacerlo. Si eso no es suficiente para demostrarte de qué lado estoy, tal vez nada lo sea.

Elandra prestó atención a sus palabras. Por supuesto que era el único jinete que daría la vida por ellas. Ya lo había demostrado en la playa, vaciando su magia hasta casi colapsar para protegerlas. Y lo hizo también cuando eligió seguirlas, sin dudar, tras las sombras que tiraban de su muñeca.

—Veremos —murmuró Valeska dándose la vuelta—. Pero una sola palabra fuera de lugar y tus intestinos adornarán esta chimenea.

—Solo si te atreves a acercarte.

Valeska respiró hondo, dejó escapar una risa seca y le dedicó a Elandra una mirada lenta, de arriba abajo, antes de decirle:

—La jinete del arco ya tiene los poderes de la muerte en la sangre.

Elandra palideció, no solo por la sorpresa, sino por la rabia que le subió al pecho y el nudo espeso que se le quedó clavado en la garganta. Claro que sí, Liral no solo entrenaba sin haberle dicho ni una puta palabra.

Se estaba transformando.

—¿Cómo sabéis eso vosotras? —preguntó Adriel.

Valeska volvió a sonreír y sus colmillos asomaron sin rastro de amabilidad.

—La pregunta correcta sería ¿qué no sabemos nosotras?

—¿Dónde se está transformando? ¿Dónde entrenan? —Elandra no pudo evitar que la urgencia se colara en su voz.

Valeska no respondió de inmediato. En lugar de eso, clavó los ojos en Adriel y, sin apartar la vista, alzó el cuchillo y lo hundió en la mesa.

—Idos a dormir, jinetes —gruñó—. Saldremos antes de que el sol se atreva a mirarnos.

Elandra y Adriel compartían habitación. Dormían en camas separadas, pero ninguno parecía dispuesto a pasar la noche lejos del otro. Salieron sin hacer ruido, midiendo cada paso y evitando deliberadamente las habitaciones de Calen y Nolan. No era el momento de involucrarlos.

Descendieron por las escaleras que, tiempo atrás, habían recorrido las sombras de Elandra. Cruzaron pasillos interminables de piedra que parecían tragarse el aliento y el tiempo. Y, cuando al fin salieron al exterior, las zarkass ya los esperaban.

Estaban alineadas, con las armas colgando de las caderas. Los abrigos blancos les cubrían cada centímetro de piel, pero no lograban ocultar el aura peligrosa que irradiaban. El cabello negro, ahora trenzado, les caía en cortinas hasta la cintura, enmarcando rostros tan hermosos como letales.

—Llegáis tarde, jinetes —canturreó Valeska.

Elandra levantó la vista hacia el cielo aún oscuro.

—Todavía no ha salido el sol.

Valeska dio una zancada hacia ellos.

—Vaya —masculló Adriel, que puso las manos en alto—, ni ha salido el sol y ya te me echas encima. Déjame calentar primero, al menos.

Valeska gruñó por lo bajo, un sonido más animal que humano y, sin mediar palabra, giró sobre sus talones y echó a andar hacia el bosque. No dio órdenes. No hizo gestos. Y, aun así, todas la siguieron.

Una líder de pies a cabeza. De las que no necesitan hablar para hacerse obedecer.

Elandra avanzaba unos pasos más atrás, hablando en voz baja con las que mostraban una pizca de amabilidad. Algunas respondían con gestos cortos o un movimiento de cabeza; otras ni siquiera eso, solo la miraban con recelo, con esa desconfianza cultivada a golpes.

A su lado, Adriel caminaba con las manos a los lados, sin armas, con esa calma suya que parecía desentonar en medio de la tensión. Elandra percibía con claridad cómo Valeska lo observaba de forma acechante. Y, sin embargo, Adriel sostenía su mirada con una sonrisa que parecía decir: «Sé por qué no confías en mí. Y no te culpo».

Los suyos —sus propios machos— las habían dominado, explotado, mutilado, violado... Y lo peor de todo: durante siglos tal vez ellas ni siquiera habían tenido derecho a gritar lo que les sucedía.

La caminata entre la nieve y el bosque los llevó hasta la orilla del río Ígneo. Elandra había oído hablar de él, pero nunca lo había visto con sus propios ojos. Ser jinete de una criatura terrestre no le había dado la oportunidad de sobrevolarlo. Y ahora, tenerlo frente a ella le resultaba... fascinante.

Iron Shadow los esperaba, de pie junto al río, los brazos cruzados y la espalda erguida, como si llevara allí toda la noche. No había sorpresa ni impaciencia en su rostro, solo la calma absoluta de quien siempre supo que, tarde o temprano, todos acabarían viniendo.

Las zarkass, al verlo, inclinaron la cabeza con respeto.

—A vosotras no necesito daros parte de mi poder para que os transforméis —dijo Iron Shadow al descruzar los brazos—. Ya sois bestias.

Norian alzó la cabeza.

—Bestias, sí..., para los jinetes, para los humanos, para las almas que cazamos. Así nos han llamado siempre. Pero no entre los nuestros. No entre quienes comparten nuestra sangre. No para los de nuestra especie.

Iron ladeó la cabeza evaluándola.

—¿Es la venganza contra vuestros machos lo que os ha traído hasta este lado de la guerra?

Una de las zarkass —una cuyo nombre Elandra aún no conocía— dio un paso al frente.

—Somos las últimas hembras de nuestra especie. Y si para sobrevivir debemos convertirnos en monstruos, entonces seremos monstruos.

Las demás asintieron como una sola criatura, una sola voluntad. Entre ellas, Airi levantó el rostro.

—Vengaremos a las que no lograron escapar. A las que, por más garras que sacaron, por más dientes que enseñaron, no pudieron defenderse. Por ellas, muerte.

Elandra desvió la mirada hacia Iron. Sabía que no iba a detenerlas, porque no era su papel ni su intención. No había acudido para negarles lo que pedían, sino para observar, para medir hasta dónde estaban dispuestas a llegar. Porque lo que aquellas mujeres exigían no era permiso, sino poder. Y él estaba allí para ofrecérselo.

Quería probarlas.

Quería ver si su rabia podía convertirse en algo más que dolor.

—No estoy aquí para pediros lealtad —dijo Iron sin torcer el gesto—. No necesito veros de cerca para saber que seríais las primeras en arrancarles la cabeza a vuestros propios machos si se os pusieran delante.

Un murmullo recorrió el grupo. Algunas sonrieron dejando los colmillos al descubierto. Otras apretaron los puños.

—No he venido a llorar con vosotras ni a preguntaros por vuestras heridas —continuó él—. Porque eso solo lo sabéis vosotras. Solo me importa una cosa: que cuando recibáis este poder, lo uséis sin vacilar.

Una voz joven se alzó entre las filas:

—¿Y si fallamos? ¿Y si nos cazan otra vez? Tendremos tu poder dentro de nosotras...

Iron giró un poco la cabeza, como si midiera el corazón de quien había hablado.

—Con mi poder en vuestras venas, serán ellos quienes se arrodillen ante vosotras.

Valeska dio un paso hacia delante.

—Y tú... ¿qué ganas con todo esto?

—Nada. Pero si este mundo va a desangrarse, quiero que vosotras clavéis las primeras cuchillas.

Elandra dejó de escuchar. Las palabras entre Iron y las zarkass se diluyeron en el fondo cuando un escalofrío le recorrió la espalda, profundo, áspero, familiar. Era oscuridad, sí, pero no exactamente la suya. Se parecía tanto a su propia magia que por un momento no supo si estaba sintiendo algo dentro... o si venía de fuera.

Giró la cabeza, guiada por esa presencia, y la vio.

Entre la nieve, con las patas hundiéndose sin esfuerzo en el hielo, se acercaba una criatura que, por un instante, le pareció Dargan. Idéntica en forma, en movimiento..., pero no era él. Esta era más grande, más salvaje. Y no estaba hecha de carne y hueso.

Era una bestia desplazadora hecha de oscuridad.

Elandra dio un paso y luego otro, atraída por una fuerza que parecía tirar de sus costillas. La criatura tenía los ojos marrones. Y aunque su cuerpo era el de una bestia, aunque su forma pertenecía a las sombras, Elandra supo que aquellos eran los ojos de una mujer. De *su* mujer.

La que se colaba en sus sueños sin pedir permiso. La que casi se arrojó al vacío por salvarla y le tendió la mano para sacarla del abismo, para devolverla a la arena cuando todo amenazaba con tragársela. La que, aquel día, la miró con la desesperación de quien entendió que, si la perdía, su mundo dejaría de sostenerse.

Era ella.

Liral.

La bestia se acercó con esa presencia que parecía hecha para arrasar con todo. Elandra también dio un paso al frente, hasta que quedaron a un suspiro de distancia. Entonces alzó la mano y rozó con la yema de los dedos el cuello de aquella criatura oscura.

—Aunque me saques más de dos metros, no te tengo miedo, Liral —susurró Elandra al tiempo que la acariciaba con suavidad—. Nunca te he temido ni te temeré.

La bestia bajó la cabeza y rozó su frente con la de ella.

—Prométeme algo —La voz de Elandra se quebró un poco mientras tragaba saliva—. Prométeme que, aunque esta forma te guste, aunque ahí dentro sientas que eres intocable e invencible, no te perderás. Que no te quedarás atrapada. Prométeme que volverás. A ti. A mí.

Una lágrima resbaló por su mejilla. Porque el verdadero peligro no era la transformación, sino que Liral encontrara consuelo en esa forma salvaje. Que le resultara más fácil quedarse allí y se olvidara de regresar.

La bestia se disolvió en humo y, en cuestión de segundos, Liral apareció frente a ella.

—Te lo prometo, pelirroja.

Elandra se lanzó a sus brazos y la envolvió con fuerza, con una urgencia que no supo contener. Sintió el temblor en su cuerpo y en el recién recuperado de Liral, su respiración agitada, la piel todavía tibia por la transformación. No solían abrazarse. No solían tocarse tanto ni tan seguido. Nunca se habían permitido ese tipo de cercanía… hasta entonces.

Elandra se detuvo a un palmo, sus labios casi se tocaban con los de Liral, sus pechos se rozaban con el vaivén de la respiración.

Liral entreabrió la boca, como si fuera a hablar, pero la cerró, aunque sus ojos no se apartaron de los labios de Elandra.

—¿Qué estamos…? ¿Por qué me estás tocando? —susurró al fin.

«Porque te deseo, maldita idiota malhumorada», quiso gritarle.

«Porque no sé qué me has hecho».

«Sal de mi cabeza, por favor…», casi suplicó.

Una corriente empezó a sacudirla por dentro, rugiendo. Quería lanzarse hacia ella, arrancarle el aliento con los dientes, morder esa boca malhablada hasta que se callara.

Pero no podía, porque, si la besaba, lo jodería todo. Así que lo único que hizo Elandra fue alzar la mano… y cruzarle la cara. El golpe fue directo, sin dudas, un chasquido seco que hizo que Liral girara la cabeza.

—¡¿Qué cojones…?! —gruñó ella, volviendo el rostro con los dientes apretados.

Elandra la señaló con un dedo envuelto en llamas anaranjadas.

—Te lo mereces. Por esconderme lo que hacías, por decidir sola, por actuar como si yo no tuviera derecho a saberlo. Como si yo fuera un adorno a tu lado, y no alguien que te... —Elandra casi ardió allí mismo—. ¡Joder, Liral! ¡No vuelvas a dejarme fuera de tus planes nunca más!

Liral no respondió, solo apretó la mandíbula a la vez que respiraba por la nariz, intentando tragarse la respuesta que parecía quemarle la lengua.

—Ahora somos un equipo —continuó Elandra—. No vuelvas a hacer esto sola. La próxima vez, te pegaré más fuerte. Y con fuego, si hace falta.

Liral volvió a mirarla, los ojos oscuros entornados, y dejó escapar un resoplido.

—Maldita pelirroja, eres peor que yo.

—He aprendido de la mejor.

Una sonrisa lenta y peligrosa se dibujó en el rostro de Elandra mientras se giraba hacia el grupo, que las observaba boquiabierto. Entonces, desde un extremo del claro nevado, estalló una carcajada casi satisfecha.

—Hasta los monstruos se callan cuando alguien más salvaje les grita —soltó Iron Shadow con la voz ronca, dejando asomar los colmillos en una media sonrisa.

Los entrenamientos empezaron al amanecer.

Cada uno de los presentes —zarkass y jinetes por igual— recibió una gota del poder de Iron Shadow. Y con eso, no hubo vuelta atrás. El vínculo estaba sellado. La sombra ya corría por sus venas. Solo quedaba aprender a dominarla. A transformarse. A no temerla. Y eso fue lo que hicieron durante toda la mañana: vomitar, caer, gritar, llorar. Una jornada entera marcada por la frustración, el miedo y la persistencia.

Iron Shadow, con una paciencia que nadie le habría atribuido, los levantaba uno a uno, les enseñaba a intentarlo de nuevo, a fallar sin rendirse, a dejar de temerle a la nueva magia que ahora habitaba en ellos.

Elandra y Adriel fueron los primeros en lograrlo. Él adoptó la forma de Xilon, y ella la de Afra. Y, por primera vez, Elandra sintió su poder de vinculación desbordarse.

—Estás hecha de sombras —escuchó la voz distorsionada de Iron desde abajo, mientras ella adoptaba la forma del nightmare—. Pero el fuego hierve en tu sangre. No tienes que elegir. Haz que ardan juntos, que se fundan como un arma. Uno no existe sin el otro.

La transformación no borraba lo que eran, no rompía el lazo con sus criaturas. Solo sumaba algo nuevo que debían aprender más que controlar.

Algunas zarkass dieron el paso y se transformaron. Las demás observaban en silencio, como si mirar también fuera una forma de lucha, como si enfrentarse al cambio ajeno las forzara a confrontar lo que cargaban dentro. Pero las que aceptaron la magia de Iron no se transformaron al azar: se convirtieron en nightmares, en bestias desplazadoras. Asumían la forma de aquello que estaban viendo.

Iron explicó que, a diferencia de los jinetes —que solían adoptar la forma de sus propias criaturas por instinto, por familiaridad, por vínculo—, las zarkass no estaban atadas a nada. No respondían a una conexión.

Así pasaron las horas. Una a una, las zarkass fueron cayendo. Algunas se alejaron tambaleando, otras acabaron vomitando del agotamiento. Las que aún no se animaban a intentarlo cargaron con las rendidas para ayudarlas a volver a la cabaña.

Cuando el campo de entrenamiento improvisado quedó casi vacío, Elandra se acercó a Iron Shadow, que observaba en silencio a Valeska quien, encorvada a varios metros, vomitaba un líquido claro, lo único que su cuerpo aún conservaba.

—Iron —lo llamó Elandra.

—Elandra —respondió él sin apartar la vista de Valeska.

—Eda rechazó la propuesta de matrimonio de Dalton —le dijo.

Iron no reaccionó de inmediato, pero ella vio aquel cambio en su respiración, en sus hombros.

—Eso es imposible... —murmuró cuando al fin le sostuvo la mirada.

—Eda te eligió, Iron. Mucho antes de que Dalton le propusiera matrimonio, mucho antes de todo esto. Y lo sigue haciendo incluso ahora, cuando está convencida de que tú ya no la eliges a ella.

Aquellas palabras fueron la forma en que Elandra le pagó por haberles entregado una gota de su poder. Con la única moneda que realmente tenía valor: la verdad.

18

Skylar O'Hara

Skylar se desvaneció hasta el árbol más cercano casi sin darse cuenta. Apoyó una mano en el tronco áspero y con la otra se sujetó el pecho. El aire le entraba a bocanadas, desordenado. Respirar ya no era algo que su cuerpo supiera hacer.

No podía creérselo.

«Eda rechazó la propuesta de matrimonio de Dalton».

Skylar cerró los ojos.

«Eda te eligió, Iron».

Gotas calientes le bajaban por el rostro. No eran de sangre; ni la de otros, ni la suya, ni la que había salpicado su piel durante milenios de guerra y muerte.

Eran lágrimas.

Skylar no lloraba por el dolor de perder, sino por el de recibir. Por haber encontrado, al fin, aquello que creyó para siempre fuera de su alcance. Y lo único que pudo hacer fue abrazarse el pecho y resistir el impacto de ser amado de verdad.

Lo había elegido.

Su mitad lo había elegido...

No sabía qué lo desarmaba más, si la felicidad brutal que lo empujaba a correr hacia ella o el miedo feroz que lo había hecho alejarse. El mismo que lo había obligado a girar sobre los talones y marcharse, dejándola allí, desnuda, jadeando, sola en aquella mesa.

Él fue quien huyó. Y por su culpa —por su silencio, por su cobardía— quizá ella había llegado a creer que no la había elegido, que sus sentimientos no eran correspondidos. Pero nada más lejos de la realidad.

Él la habría elegido una y mil veces, incluso cuando estaba convencido de no ser digno de hacerlo.

Skylar no trazó un plan. No pensó en la ruta más rápida, ni en si debía tomar forma de ave o de bestia, solo se desvaneció hacia la única dirección que importaba: ella.

Su oscuridad se deslizó por el imperio como una sombra consciente que lo guio hasta Pramvera. Pero su magia no lo condujo al palacio, sino a las calles ocultas, donde la vida seguía latiendo entre risas, música y voces despreocupadas. Allí, en medio del bullicio, lo sintió. Ese hilo invisible que siempre lo llevaba directo hacia ella.

Justo antes de materializarse, su ropa cambió: una camisa blanca sencilla y pantalones oscuros. No lo hizo por apariencia, sino para pasar desapercibido.

Su magia lo llevó a uno de los callejones cercanos a su verdadero destino. Allí el sol de la tarde le dio de lleno en el rostro. Skylar se pasó una mano por el cabello y alisó la camisa con un gesto automático, intentando contener el temblor en las manos, fingiendo que todo seguía bajo control, que ella no lo notaría.

Por un segundo, escuchó la risa de su hermana en su cabeza. Casi podía verla, apoyada en algún rincón y mirándolo con esa media sonrisa burlona mientras murmuraba entre dientes: «Mírate. Todopoderoso... y con los nervios rotos por una mujer». Y, joder, tenía razón.

Skylar avanzaba por las calles guiado por su olor. No pensaba, no razonaba; se movía como un sabueso siguiendo una señal más antigua que la lógica, más instinto que pensamiento.

La ciudad vibraba a su alrededor y para todos los demás eso era vida. Cotidiana, ruidosa, cálida. Pero él no veía eso. Él veía nombres aún no escritos en lápidas, rostros que algún día serían sombras, almas que acabarían cruzando su dominio. Porque mientras el mundo vivía, él contaba los días.

Continuó caminando y cruzó una calle donde se mezclaban los aromas de fruta fresca, té y madera húmeda. Entonces, una mujer bajita y encorvada por los años se acercó con un ramo de rosas blancas entre las manos.

—¿Flores, señor? Empieza el otoño y no verá otras así hasta que el invierno se haya ido —dijo con una sonrisa desdentada.

Skylar se detuvo, más sorprendido por el atrevimiento que por las flores. Pero ¿cómo iba ella a saber quién era él?

—Blancas no —dijo mirando el ramo con el ceño fruncido—. ¿De qué otros colores tiene?

Sinceramente, aquellas flores le parecían horribles. Apagadas, sin vida. Nada que ver con los colores imposibles que él mismo había creado en su propia tierra. Pero, claro, eran lo único que tenía a mano. No iba a conjurar un ramo ardiente en medio del mercado y espantar a media ciudad.

—Tenemos rosas rojas, tulipanes también amarillos, narcisos, algo de lavanda seca...

Skylar dejó de escucharla. Algo en la mesa, al borde del puesto, atrapó su atención. Un pequeño objeto de cristal, enmarcado por bordes metálicos oscurecidos por el tiempo. Dentro, árboles en miniatura crecían sobre tierra negra y en el centro una piedra pálida se alzaba: el corazón silencioso de aquel diminuto paisaje encerrado.

—¿Qué es eso? —preguntó señalándolo con un leve gesto del mentón—. Acércamelo.

—¿El terrario, señor? Tenemos flores mucho más bonitas, si lo que busca es un regalo...

—Quiero el terrario.

Ella se lo tendió sin dudar, y Skylar dejó caer un puñado de monedas en su mano. No las contó. Ni siquiera miró qué le daba. Tan solo buscó en el bolsillo interior y soltó lo primero que encontró.

La anciana lo miró primero confundida, luego con los ojos muy abiertos, como si acabara de descubrir que había estado vendiéndole flores a un dios... o a un demonio.

—¡Pero, señor! —exclamó alzando el puñado de monedas con las dos manos—. ¡Aquí hay suficiente como para comprar un palacio!

Pero él ya se había girado, absorto en el pequeño terrario que tenía entre sus manos, como si acabara de recibir una reliquia sagrada.

Fue entonces cuando el olfato de Skylar la captó antes que su mente, y el vello de su nuca se erizó al instante con ese olor tan dulce e inconfundible.

Sus pasos se detuvieron frente a una tienda con grandes cristales en la fachada. En el interior, torres de libros formaban un caos encantador, y varios niños estaban sentados sobre cojines de colores, con los ojos fijos en el mismo punto. En ella, la mujer más preciosa que había pisado esa tierra.

Skylar se quedó clavado al otro lado de la puerta abierta, con el maldito terrario aún en la mano y mirándola como si fuera la primera vez que lo hacía.

—Hace mucho mucho tiempo... —le escuchó a Eda decirles a los niños que la rodeaban— existía un mundo dividido por dos fuerzas que no podían tocarse. Una era el fuego azul. Brillante, vivo, cálido..., pero tan poderoso que, si no tenía cuidado, podía arrasarlo todo a su paso. La otra era la sombra. Silenciosa y paciente. Siempre observando desde lejos, sin querer brillar pero tampoco desaparecer.

Los niños, sentados en sus cojines, se inclinaron un poco hacia delante.

—Muchos decían que el fuego era bueno —continuó, moviendo las manos mientras hablaba—, y que la sombra era mala. Que el fuego salvaba y la sombra destruía. Pero eso no era verdad.

—¿Por qué decían eso? —preguntó un niño desde el fondo.

—La gente a veces teme lo que no comprende —respondió ella—. Pero el fuego también puede herir. Y la sombra... la sombra también puede cuidar.

—¿Y qué pasó? —interrumpió una niña.

Eda le dedicó una sonrisa.

—El fuego y la sombra se encontraron, no por accidente, sino porque estaban destinados a hacerlo. Porque incluso los opuestos pueden pertenecerse el uno al otro.

—¿Eran amigos? —preguntó un niño.

—Más que eso. Decían que el fuego era un fénix: majestuoso, libre, siempre volando alto entre las nubes. Y que la sombra era un dragón antiguo, inmenso, con un corazón que solo unos pocos se atrevieron a imaginar.

—¿Se amaban? —susurró una pequeña mientras abrazaba con fuerza su peluche.

Eda asintió despacio.

—Se amaban con todo lo que eran. A pesar de sus diferencias. A pesar de que el mundo entero les decía que era imposible.

Desde la puerta, Skylar la escuchaba sin poder apartar la vista. Había algo en su serenidad —sentada entre esas cortas vidas, contando su historia al mundo— que lo desarmaba por completo.

Eda juntó las palmas de las manos.

—Ellos eran el yin y el yang. Dos mitades de una misma historia hechas para estar juntas.

Por primera vez, sus ojos se apartaron de ella y fue ahí cuando vio a Basilius, apoyado junto a una estantería, observando la escena con una sonrisa tranquila. Parecía cómodo allí, parte del lugar, como si siempre hubiese estado. Y ella... ella le devolvió la sonrisa, con naturalidad.

Skylar dio un paso atrás.

Había llegado, sí, pero tal vez demasiado tarde.

—¿Está usted bien? —preguntó una voz junto a él. Una joven le había apoyado la mano en el brazo al verlo tambalearse.

Skylar parpadeó. No se había dado cuenta de que alguien se le había acercado. No había sentido nada. Nada excepto esa sonrisa, la que aquel cabrón le había dedicado a su mitad.

Iba a matarlo.

—¿Señor? —insistió la joven.

Skylar la vio alzar la mirada, los ojos azules recorrieron la multitud hasta detenerse en él. Eda se puso de pie con lentitud, sin decir una palabra, y dejó atrás el círculo de niños sin una sola explicación.

Dentro de la librería, todas las cabezas se giraron hacia Skylar. Uno a uno, los niños bajaron la vista con el asombro pintado en el rostro. Él hizo lo mismo, solo para ver cómo sus sombras se estiraban desde sus pies, alargándose por el suelo de madera como serpientes hambrientas hacia ella.

«Putas traidoras», pensó con los dientes apretados.

Los niños se quedaron boquiabiertos. Y, en cuestión de segundos, el caos estalló. Gritos, carreras, madres que alzaban a sus hijos, padres que empujaban sillas y libros caídos por todas partes. La librería se convirtió en una estampida desordenada. Pero su Zafiro seguía ahí, en medio del caos, mirándolo. Y él, aún de pie en la puerta, no podía apartar la vista de esos ojos azules.

Basilius se separó de la pared y caminó hacia la puerta sin prisa, sin inmutarse ante el revuelo que lo rodeaba.

—Os dejo solos —dijo, con ese tono sereno que a Skylar siempre le había parecido una fachada bien pulida—. Me encargaré de este desastre.

Antes de cruzar la puerta, se volvió hacia Eda y le dedicó una sonrisa suave. Luego miró a Skylar con expresión inmutable.

—Joder..., háztelo mirar.

Skylar sintió el impulso de estampar al puto Basilius contra el cristal de la librería. La única razón por la que no lo hizo fue Eda. Y, quizá, porque Basilius —por una jodida vez en su vida— tomó una decisión sensata: se marchó, cerrando la puerta del local tras de sí. Dejándolos solos.

Eda dio un paso hacia él, sin perder esa sonrisa impecable que siempre usaba cuando sabía que llevaba ventaja.

—¿Me has traído un terrario?

—No.

—¿No? —repitió ella alzando una ceja divertida.

Skylar se maldijo. ¿Por qué cojones había dicho que no?

—Eh..., sí —tartamudeó como un maldito crío—. En realidad creo que he pagado por él lo que aquí se da por diez barcos, así que no es solo un terrario. Es, técnicamente, el terrario más caro del imperio.

Ella se echó a reír, y los ojos de Skylar brillaron con una intensidad que apenas sabía manejar. Llevaba un vestido blanco que le caía provocativo, delineándole el cuerpo con esa tela liviana que dejaba demasiado poco a la imaginación. Las flores bordadas parecían obligarlo a mirar más de cerca. Y la corona en el cabello —bendita corona— la hacía parecer una diosa que no tenía ni idea del poder que ejercía sobre él.

Estaba preciosa. No, estaba hecha para rendirse. Para caer de rodillas frente a ella, deslizar las manos por debajo de ese vestido blanco y hundirse en su calor.

—¿Por qué un terrario? —preguntó Eda, y lo sacó de golpe de ese sueño febril en el que acababa de perderse.

—Tú y tu madre los hacíais cuando eras pequeña. Salíais al campo, recogíais tierra, musgo, piedras y ramas y lo metíais todo en tarros de cristal para dejarlos por la casa.

Eda tragó saliva.

—A ella no le gustaban las flores arrancadas. Prefería las macetas, plantar vida, no quitarla. Hacíamos los terrarios para dar una segunda oportunidad a las cosas que parecían olvidadas. Recolectábamos lo que nadie miraba para construir un pequeño mundo que pudiera respirar por sí solo.

—Lo sé, Eda. Lo sé todo de ti.

La sonrisa de su Zafiro se fue apagando despacio.

—¿Qué haces aquí, Skylar?

Él empezó por el principio:

—Sé que entraste en mi habitación mientras yo no estaba. Cuando dejé Bankai. Lo supe porque las sombras que custodian la puerta me lo dijeron. Pero en cuanto sentí que eras tú no las detuve. Les permití apartarse. Te dejé entrar.

Ella dio un paso hacia él.

—¿Has venido hasta aquí, interrumpiendo la hora del cuentacuentos y provocando que todos esos niños tengan pesadillas esta noche, solo para regañarme por entrar en tu habitación sin permiso?

Él estuvo a punto de decirle que no necesitaba permiso para nada. Que podía entrar en cualquier habitación de Bankai si le daba la gana.

—He venido aquí por esto —dijo en su lugar.

Levantó la mano y la abrió, dejando ver un remolino de sombras que giraba en su palma.

—Sé que tienes muchas preguntas —dijo él a la vez que daba un paso hacia ella—. Puede que en esa habitación haya miles de objetos valiosos, pero para mí solo había una cosa que importaba. Y para saber por qué tienes que leerla.

—¿Leerla? ¿El qué?

El remolino de sombras se cerró sobre sí mismo y, al desvanecerse, dejó en su palma un sobre blanco. Skylar se lo tendió sin decir nada. Pero en ese gesto había mucho más que papel.

Le estaba entregando su corazón sin defensas.

—Skylar, tengo que contarte algo...

—Léela primero, Eda. Por favor.

Ella giró el sobre entre los dedos y en la parte frontal, ponía:

Para Eda.
Feliz cumpleaños.

—¿Cuándo la escribiste...? —preguntó casi en un susurro.

Skylar sonrió ante su curiosidad incansable.

—Lo sabrás.

Con manos impacientes pero delicadas pasó los dedos por el sello. Skylar sintió el corazón empujarle las costillas, latiendo con más fuerza que nunca, pero fingió calma mientras ella abría el sobre y leía su contenido.

Zafiro:

Escribo esta carta el día de tu cumpleaños mientras el peso de la culpa me atraviesa como un hierro candente por haberte dejado vaciarte poco a poco en aquella grieta, por no sostenerte más fuerte cuando tus fuerzas se escurrían como arena entre los dedos. Pero ahora estás aquí, dormida sobre mi pecho, abrazándome sin reservas, y juro, por todo lo que soy, que nunca antes había deseado que alguien se quedara tan cerca de mí.

Mientras te miro respirar, mientras sigo el compás tranquilo de tu pecho y dejo que mis ojos se pierdan en ese lunar bajo tu ojo, me doy cuenta de que no hay otra sonrisa, ni otros labios, ni otra alma que pueda imaginar que no sea la tuya. Porque, aunque me costó aceptarlo, mi alma ya te había elegido mucho antes de que mi mente se atreviera a decirlo. Porque hay partes de mi corazón, esas que siempre mantuve en sombras, cerradas al mundo, que son más tuyas que mías.

Hoy, mientras comíamos tarta, te contaba que llevo en tu vida desde antes de que nacieras, y al besarte por primera vez he comprendido por qué nunca he podido amar a nadie más. Porque, en el fondo, siempre te he estado esperando. No a una mitad cualquiera, no a una idea..., a ti, Eda. A tu alma. A esa humanidad tan viva que es capaz de florecer incluso en la oscuridad más profunda del mundo que habito.

Quisiera poder decírtelo con palabras, quisiera susurrártelo mientras duermes. Pero no lo hago, porque aún hay una parte de mí que cree que tal vez no soy lo mejor para ti. Que quizá, en el fondo, lamentas haber terminado unida a alguien como yo, y si es así, Eda, me alejaré, aunque no puedo prometer no echar de menos un corazón que dolorosamente nunca me ha pertenecido.

Pero si decides quedarte, si eliges esta condenada eternidad conmigo, si me das tu mano y aceptas casarte conmigo, entonces te daré mi mundo, mi cielo, mis sombras, mi historia.

Todo lo que soy y lo que alguna vez fui será tuyo.

Feliz cumpleaños, Zafiro.

SKYLAR

19
Eda

Seguía sosteniendo la carta entre los dedos, aferrada a ella con la fragilidad de quien cuelga de un hilo. Las manos me flaqueaban, como cuando el cuerpo, al fin, se da permiso para sentir después de una batalla.

En ese instante entendí lo mucho que una carta puede cambiarte la vida.

La primera que me lo demostró fue aquella en la que me informaban de que había sido reclutada, de que debía dejar a mi padre. Una carta simple y común que, sin embargo, marcó el inicio de algo que, en ese momento, juraba que sería el final. Pero la carta que Skylar me había entregado, escrita de su puño y letra, era todo lo que él había estado gritando por dentro durante esas últimas semanas y que yo tanto deseaba escuchar.

—Rechacé la propuesta de matrimonio de Dalton.

Sus ojos estaban vidriosos y su mandíbula apretada.

—No lo sabía.

—Me di cuenta ayer, pero lo creía imposible —admití—. Pensaba que Rai o Savannah te lo habrían dicho, ellos... ellos estaban allí.

—No he querido verlos. No cuando sabía que lo único que iba a encontrar en sus caras era lástima, y eso era lo último que necesitaba —murmuró negando con la cabeza mientras tragaba saliva—. Ayer fui un imbécil. No debería haberme ido después de aquello, tendría que haberme quedado contigo.

—¿Cómo no ibas a querer desaparecer si pensabas que me había prometido con Dalton?

—¿Cómo iba a saber que no lo habías hecho? Nunca habría imaginado...

—... ¿que te elegiría a ti? —terminé por él.

Asintió y cerró los dedos alrededor del terrario con tanta fuerza que pensé que lo haría añicos. Coloqué mis manos sobre las suyas antes de que eso pasara.

—Me dolía pensar que aun sabiendo mi respuesta no habías vuelto a buscarme —me sinceré—. No después de todo lo que nos dijimos, de todo lo que pasó en la luna de sangre. No después de tocarnos así. Y sí, estuvo mal hacerlo sin haber aclarado antes mi relación con Dalton, mis sentimientos, todo...

—Eda...

—Puede que Dalton haya sido el primero en todo, pero solo quiero que tú seas el último en esta condenada eternidad —susurré acariciando sus dedos—. Y no, Skylar, no necesito besar a otro hombre para darme cuenta de lo enamorada que estoy de ti.

Una lágrima le cruzó la mejilla y brilló bajo el sol que entraba por el escaparate y rebotaba en sus ojos dorados, llenos de esas motas brillantes que solo se veían de cerca.

—¿Estás enamorada de mí?

Pasé mis dedos por sus lágrimas.

—Te elijo a ti, Sky, una y mil veces.

Él dejó el terrario a un lado, me tomó por la cintura y se inclinó para que nuestras frentes se rozaran.

—Yo también te elijo a ti, Eda, una y mil veces.

Mis manos subieron hasta sus mejillas y mi nariz rozó la suya.

—Una y mil veces —le repetí al borde de sus labios, de puntillas para alcanzarlo—. Una y mil veces.

Skylar se lanzó contra mis labios, sin darle espacio a la duda. Su lengua rozó la mía con hambre contenida, y sus manos, que ya estaban en mi espalda baja, me empujaron contra su cuerpo.

Uno que encajaba a la perfección con el mío.

—Te volvería a elegir una y mil veces en esta condenada eternidad —me susurró entre beso y respiro.

En ese mismo instante, me alzó por la cintura y me hizo girar, arrancándome una carcajada que se perdió entre nuestros labios pegados.

—¡Skylar! ¡Nos está viendo todo el maldito mundo por la ventana! —grité entre risas, tratando de que la vergüenza no me tumbara mientras él me apretaba contra...

Muerte mía.

Solté un gemido sin apenas ser consciente al darme cuenta de lo que estaba provocando en él... y en mí. Quería bajarle los pantalones ahí mismo, lamerlo hasta hacerlo temblar, comérmelo vivo. Quería sentirlo dentro, profundo, hasta que no quedara nada entre nosotros más que piel, aliento y deseo.

—Una pena que haya ventanas —susurró con la boca rozándome el oído—. Porque si no, ya estarías con las piernas enredadas en mi cintura, gimiendo tan alto que toda esta maldita ciudad sabría que estoy dentro de ti.

«Hazlo. Hazlo. Hazlo, por favor».

—¡Ni se te ocurra!

Él me bajó al suelo, pero no me soltó. Me mantuvo pegada a su cuerpo, sus manos apretaban mi culo con una necesidad que quemaba. Sus labios bajaron lentos por mi cuello hasta que encontró un punto sensible y lo succionó.

Su mano me rodeó la garganta, no para dominarme, sino para marcar su lugar. Para recordarme —sin palabras— que era suya.

Un escalofrío me recorrió el cuerpo entero cuando sentí el roce de sus colmillos contra mi piel.

«Hazlo. Ahora. Aquí. Por favor».

—Tienes razón —reflexionó entre besos—. No quiero testigos. Y menos si Basilius anda cerca, bastante suerte tiene de seguir respirando.

—¡Skylar! —Me aparté un poco con el rostro ardiendo—. No puedes decir esas cosas.

Su mano no se movió de mi cuello.

—¿Qué? ¿Tú has visto cómo te sonreía? Ese hombre está firmando su puta sentencia de muerte con cada diente que enseña.

Le solté un manotazo, más por orgullo que por enfado, pero no se inmutó. Solo rio, encantado de sí mismo.

Su mano apretó con más fuerza mi cuello y, por un instante, sentí que me fallaban las piernas, que iba a arrodillarme ahí mismo, solo para suplicarle que hiciera todo lo que tenía en su cabeza.

Cada maldito pensamiento.

Cada maldito deseo.

—No me gustan los posesivos —le solté mientras alzaba la barbilla.

—¿Tú diciendo eso? ¿La misma que casi estrangula a mi hermana porque pensaba que era mi amante?

—Ni me lo recuerdes...

Su mano soltó mi cuello, solo para deslizarse sin pudor hasta mi culo, apretarlo con descaro y luego besarme la frente con una ternura que no encajaba con nada... y, al mismo tiempo, con todo.

—Además, ahora ya eres mía.

—Aún no soy tuya —le reté.

Skylar se detuvo un segundo, retrocedió un paso exagerado como si le acabara de romper el corazón, ladeó la cabeza y murmuró con fingida frialdad:

—Coge tu maldito terrario, que me ha costado casi medio palacio. Nos vamos.

Se me escapó la risa, inevitable, mientras tomaba el terrario entre mis manos con el cuidado de quien sostiene algo sagrado, y me enderecé con toda la dignidad que pude reunir.

—¿A dónde?

Se acercó al oído y me susurró:

—A un lugar donde pueda follarte y recordarte, con cada parte de mí, lo mía que eres y lo jodidamente enamorado que estoy de ti.

20

Skylar O'Hara

Skylar la llevó a una playa escondida, perdida entre Pramvera y Arcadia.

Allí no había nieve, ni frío, ni soldados, ni jinetes vigilando desde las alturas. Solo arena dorada bajo sus pies y palmeras altas que se mecían con el viento y dibujaban largas sombras sobre el suelo. Todavía era media tarde, pero él sabía que no se irían hasta que el sol volviera a salir a la mañana siguiente.

En cuanto sus pies tocaron la arena, Eda echó a correr por la orilla, con el vestido ondeando a su alrededor y la corona de flores aún sujeta a su cabello. Descalza, dejaba huellas en la arena, riendo mientras el mar le lamía los tobillos.

—¡Skylar! —gritó mientras se daba la vuelta con los ojos tan abiertos que parecía una niña pequeña—. ¡¿Esto ha estado aquí todo este tiempo y yo sin tener ni idea?! ¿En serio? —Se llevó las manos a la boca riéndose—. ¡Y encima no hay nadie! ¡Estamos solos!

Por la forma en que sus ojos brillaban, supo que las playas eran su lugar favorito.

—Claro que estamos solos, he matado a todos para asegurarnos privacidad.

—Mmm..., ser asesinado por Iron Shadow. —Alzó una ceja divertida—. Debes de ser alguien importante para merecer ese honor.

Skylar se mordió el labio, con esa media sonrisa torcida que le salía sin querer cada vez que ella lo provocaba.

—Coincido contigo, Zafiro. —La miró de arriba abajo sin disimulo—. Pero me pondría enfermo de solo imaginar que alguien más te vea sonreír como lo estás haciendo.

—¿Enfermo? —repitió—. Enfermo te vas a poner cuando te diga que hoy me he vestido pensando en desvestirme... contigo.

Skylar dejó de respirar mientras Eda desataba los lazos traseros de su vestido, las mangas cortas se deslizaron por sus hombros y cayó lento, como si la tela supiera que estaba siendo testigo de algo importante.

Primero dejó al descubierto sus preciosos pechos redondos, que más tarde saborearía y mordería. Luego su abdomen marcado, por donde pensaba arrastrar la lengua solo para llegar a un lugar mucho más interesante, uno que ya lo tenía al borde de la maldita locura solo de imaginarlo.

—Zafiro...

—¿Sí, muerte?

—No tienes ni idea de lo que me estás haciendo ahora mismo.

Se encogió de hombros tranquila, dio un paso al frente para salir del vestido y caminó hacia él completamente desnuda. Sin ropa interior...

—Entonces quiero comprobarlo.

—Ven..., desvísteme —le suplicó él.

Ella empezó a desabotonarle la camisa, lento, botón por botón y, cuando terminó, dejó que sus manos bajaran sin pudor por su pecho, su abdomen y sus caderas, tocándolo como si su cuerpo fuera un mapa que solo ella tenía derecho a explorar. Y Skylar... Skylar la dejó hacerlo. Con los dientes apretados y el pecho ardiendo, adorando cada segundo en que ella lo tocaba sin miedo.

Como si no fuera un monstruo.

—Me queda un botón —murmuró ella mordiéndose el labio, mientras acercaba los dedos y rozaba su polla por encima de la tela. Le bajó los pantalones sin apuro, y estos cayeron solos, arrastrados por la tela ligera que había decidido ponerse.

Eda lo miró sin disimulo desde la garganta hasta la pelvis, y sus ojos se detuvieron en su erección. Abrió la boca, quizá para decir algo, o simplemente...

—Vaya —se burló él—. Alguien ha olvidado cómo se dan las órdenes, ¿no?

Si no dejaba de mirarlo así, empezaría a darle orgasmo tras orgasmo antes de tiempo a esa preciosidad de mujer. Pero tenía que ir despacio esa vez, tenía todo el tiempo del mundo para llevarla al lado oscuro del placer.

—Si quieres —continuó él mientras pasada su dedo meñique por su mejilla—, puedo recordarte cómo darme órdenes. O, tal vez, ha llegado el momento de que sea yo quien empiece a mandar sobre ti.

Cuando levantó la mirada vio esa chispa de fuego azul prenderse en sus ojos, una llamarada inconsciente.

Joder, iba a metérsela hasta el alma. Haría arder esa playa, evaporaría el maldito mar si era necesario para dejarle bien claro a todo el imperio que él estaba dentro de ella.

Quiso acercarla más, estaba listo para tomarla ahí mismo, sin demora, sin tacto, con toda la devoción brutal que sentía. Pero Eda, con una sonrisa desafiante, dio un paso atrás y salió corriendo de nuevo por la orilla.

Skylar maldijo en voz baja encantado.

Fue tras ella dejándola creer que podría ganarle, pero cuando ya se había cansado de fingir, se desvaneció en sombras y apareció justo delante.

Eda se detuvo de golpe.

—¡Eso no vale! ¡Has hecho trampa! —protestó entre risas.

—Yo soy la trampa. —La atrapó alzándola en brazos.

—¡Skylar, no! ¡Ni se te ocurra! —gritó cuando la levantó y se la colgó sobre su hombro.

—Demasiado tarde.

Avanzó con unas zancadas rápidas hacia el mar y le dio una palmada en el culo desnudo antes de lanzarla al agua.

Eda desapareció bajo el agua con un chapoteo violento, y un segundo después emergió empapada, con el cabello pegado al rostro y las pocas flores que le quedaban flotando a su alrededor.

—¡Eres un maldito idiota!

—¿Yo?

—Tú.

—Estás preciosa.

Eda empezó a salpicarlo, riéndose como una loca mientras se movía torpemente entre las olas y le lanzaba agua con las manos como si fuera una pelea de críos. Skylar intentó esquivarla, pero su risa lo traicionaba. Era un puto desastre intentando moverse en ese mar cristalino.

Cuando la alcanzó por fin, en un solo movimiento, Eda enredó las piernas alrededor de su cintura, sus colgantes unidos entre sus pechos.

—Sí quiero —dijo ella.

Skylar frunció el ceño confundido sin soltarla.

—¿Sí quieres qué, Zafiro?

Ella le dio un beso suave, apenas un roce, juntando sus labios salados con los de él, mientras le acariciaba la nuca mojada con los dedos.

—Sí quiero casarme contigo, Skylar O'Hara.

Él parpadeó y necesitó un segundo para procesar esas palabras. El mar dejó de importar, la brisa se detuvo y hasta el sol pareció quedarse quieto, solo para presenciar cómo los ojos del hombre más temido del mundo se llenaban de amor eterno.

—¿Qué...?

Ella le dio otro beso.

—Quiero casarme contigo.

Y otro.

Por la muerte, quería casarse con él. En ese instante, Skylar perdió toda fuerza de voluntad. La besó como aquella primera vez, pero ahora con la certeza brutal de que, tarde o temprano, ella sería su mujer.

La alzó un poco más contra él y le lamió el cuello, escondiendo los colmillos para no herirla. Luego bajó, llevó sus labios a sus pechos salados y los besó.

—Repítemelo, Eda, quiero volver a escucharlo.

Ella se movía arriba y abajo, frotándose sin pudor contra su enorme erección.

—Quiero casarme contigo, Sky —soltó ella en un gemido ahogado que lo desarmó.

—Joder..., y yo me muero por que seas mi mujer.

Desaparecieron del agua en un destello oscuro y surgieron sobre una gran toalla extendida sobre la arena, rodeada de cojines, pensada para que ella no sintiera ni una sola molestia.

Skylar quedó encima, su cuerpo goteaba y los labios aún saboreaban los suyos. La seguía besando con hambre, arrastrando las manos por cada rincón de su piel mojada mientras se retorcía debajo de él, impaciente, con las piernas enredadas a la cintura, guiándolo sin palabras. Y justo cuando él empezó a bajar por su cuerpo, ella se movió con esa rapidez letal de quien ha sido entrenado para el combate y se puso encima.

Sus ojos azules bajaron por su pecho, recorrieron cada línea de sus músculos, cada trazo de tinta sobre su piel y, cuando llegaron más abajo, no se apartaron. Solo se mordió el labio, deslizó el mechón húmedo de su rostro y se inclinó hacia él.

—La única boca que va a lamer aquí será la mía —susurró Eda con una sonrisa peligrosa—. Yo también quiero probarte.

Envolvió la mano alrededor de su polla, sus dedos incapaces de cerrarse en un círculo perfecto por su tamaño y él jadeó por puro instinto.

—¿Entendido?

—Toda tuya —gruñó Skylar mordiéndose el labio con fuerza, a punto de echar la cabeza hacia atrás. Pero no lo hizo. Tenía que mirar cómo lo tomaba.

—¿Mía? —Eda pasó el pulgar por su glande húmedo mientras su pequeña mano subía y bajaba.

Skylar soltó un gruñido tan profundo que hizo que las aves huyeran en bandadas caóticas, que las palmeras se sacudieran y que sus sombras se arrastraran fuera de su piel como vapor negro.

—Mira lo que me estás haciendo —jadeó cuando sus dedos lo apretaron y comenzaron a moverse más rápido—. Joder...

—Aún no he empezado.

Se arrodilló delante de él y, sin apartar la mirada, lo lamió de abajo arriba, despacio, saboreándolo. Luego se metió la punta en la boca y Skylar empujó un poco con las caderas, lo justo para deslizarse dentro de ese calor húmedo y delicioso.

Iba a explotar.

—Eda...

Ahora era él quien gemía sin tregua, mientras ella lo devoraba con la boca, su lengua giraba en círculos lentos y la mano marcaba el ritmo con una calma que lo volvía loco, tomándose su maldito tiempo.

Por la muerte...

Hundió los dedos en su cabello, no para controlarla, sino porque ya no aguantaba más, porque necesitaba agarrarse a algo antes de desbordarse.

Se movió dentro de su boca solo lo justo para que la punta rozara el fondo de su garganta y el placer le sacudiera la columna como una descarga de magia.

Ella tenía el control, y eso lo volvía loco.

Skylar la adoraba así: arrodillada, hambrienta, completamente entregada..., pero dueña de todo.

De su placer.

De su cuerpo.

De su maldita cordura.

Con lentitud, Skylar le tomó el rostro con ambas manos y la atrajo de nuevo a su boca, reclamándola con un beso que hablaba más de necesidad que de ternura.

—Nunca nadie me había lamido —le confesó contra sus labios.

Ella se apartó con la respiración entrecortada, mientras su pecho subía y bajaba.

—¿Cómo...? —Frunció el ceño incrédula—. ¿Cómo es posible que nadie te haya lamido si llevas vivo más de veinte mil años?

Skylar soltó una risa baja y le mordió el labio inferior antes de hablar:

—Gracias por recordarme lo viejo que soy.

—¿He sido tu primera vez? —preguntó, medio en broma, medio en serio.

Él le apretó el culo y la besó en la comisura del labio.

—Has sido mi primera vez, Zafiro.

Sonrió satisfecha.

—No es tan descabellado si lo piensas bien —dijo Skylar, encogiéndose de hombros mientras sus dedos trazaban líneas lentas por su espalda desnuda—. Nunca he cedido el poder a nadie. No porque no pudiera, sino porque no he querido. Siempre ha sido solo mío, porque cuando lo das... te vuelves vulnerable.

Hizo una pausa y se acercó a su oído.

—Pero tú... tú no me haces débil. Me haces querer entregártelo todo. —Le mordió con suavidad el lóbulo—. ¿Y cómo no voy a darte ese poder si eres mi prometida?

Se separó de ella lo justo para verla bien y fue entonces cuando lo notó: una lágrima fugaz le cruzaba la mejilla, pero quiso disimularlo susurrándole al oído lo único que Skylar había deseado oír desde que la tocó por primera vez.

—Fóllame, Sky. —Esa vez fue ella quien le mordió el lóbulo—. Fóllame como a una inmortal.

Eda volvió a quedar debajo y Skylar le sujetó los brazos por encima de la cabeza, entrelazando sus dedos con los de ella.

—¿Estás segura?

La respuesta ya estaba en su cuerpo, en la forma en que se arqueaba contra él, sin poder esperar un segundo más.

—Eres mi prometido, ¿no? —jadeó, apretando más el agarre de sus manos.

—Joder... —susurró contra su boca—. Por supuesto que lo soy.

Skylar usó una rodilla para separarle las piernas hasta abrirlas por completo y se acomodó entre ellas. Luego, con la otra mano, llevó la punta de su erección hasta su centro, rozando apenas la entrada.

—No te preocupes. —Le dedicó una sonrisa torcida—. La haré encajar.

Gruñó cuando empezó a entrar, despacio, sintiendo cómo la punta se abría paso en su interior cálido. Empujó poco a poco, dejándose hundir más y más, cada centímetro un golpe directo a su autocontrol.

Pensó, por un instante, que tal vez podría dolerle, que era demasiado, que su cuerpo necesitaría tiempo para acostumbrarse... Pero en cuanto ella gimió su nombre con los ojos cerrados y la espalda arqueada recordó que era su mitad.

Ellos no encajaban solo bien.

Encajaban a la perfección.

—Sky..., muérdeme —suplicó Eda moviendo las caderas en círculos desesperados—. Muérdeme como aquella vez...

Él bajó la cabeza lentamente y sus labios rozaron su clavícula y subieron por su cuello entre embestida y embestida, haciéndola rebotar contra la arena una y otra vez. Le besó el cuello con una ternura que contrastaba con la fuerza con la que la sujetaba, con la violencia de sus movimientos.

—¿Aquí? ¿Quieres que te muerda justo aquí?

Eda gimió perdida.

—Contéstame, preciosa —gruñó sin dejar de embestirla, sin dejar de besarla.

—Muérdeme, Sky..., joder, muérdeme...

Él sonrió contra su cuello, y sus colmillos, brillantes y letales, asomaron despacio antes de clavarse en su piel. Lo hizo poco a poco, tan lento que el primer contacto fue solo una punzada que se transformó en fuego. Ella se arqueó bajo él, con las muñecas atrapadas por encima de la cabeza.

Skylar saboreó su sangre mágica como si fuera el único manjar del universo, mientras ella se estremecía, perdida entre el dolor dulce de la mordida y el placer desbordado de cada embestida. Fue un trance, una conexión cruda y absoluta, los dos hundidos en un lugar donde solo existían ellos.

—Más..., quiero más.

—Te follaré todo lo fuerte que me pidas. —Skylar la penetró con un ritmo que rozaba lo salvaje. Sus manos, aún entrelazadas con las de ella, sintieron el apretón desesperado de sus dedos—. Porque estás hecha para aguantar mi polla, ¿verdad que sí, preciosa?

La sangre aún tibia marcaba su cuello y resbalaba en una línea roja hacia el pecho. Skylar dejó sus labios sobre la herida un instante más, saboreando el eco de su magia, y luego levantó la cabeza, soltó sus manos y deslizó las suyas por sus piernas.

En un solo movimiento las alzó y se las colocó cruzadas sobre el pecho, dejándolas descansar en su hombro derecho.

Eda gritó de placer al sentir cómo eso lo hacía hundirse aún más hondo.

La playa se llenó de jadeos, de gemidos entrecortados y de susurros ahogados con cada golpe de cadera.

A lo lejos, las olas rompían con furia como si el mar respondiera a ellos y la tierra volvió a temblar. En lo profundo del bosque, los árboles crujieron, sus raíces vibrando bajo el suelo, agitadas por una fuerza antigua que despertaba con cada embestida. Varias palmeras se partieron y quedaron desplomadas sobre la arena.

—¿Esto es lo que quieres? —Skylar seguía moviéndose dentro de ella como una tormenta con forma de hombre. La poseía como ella le había pedido, como a una inmortal.

Sentía cómo su erección rozaba cada centímetro de sus paredes sensibles, y el mundo a su alrededor se deshacía.

—Tú eres todo lo que quiero —le confesó su prometida cuando su cabello mojado empezó a brillar con ese azul eléctrico que era solo suyo, ese resplandor imposible que gritaba poder. En ese momento Skylar supo lo que venía.

Ella se colocó encima de él sin avisar y lo montó como lo había hecho en su forma de dragón: como una jinete que conoce a la bestia y no la teme.

Se movía con fuerza, con ritmo, subiendo y bajando sin freno, sin pudor. Sus pechos rebotaban con cada embestida, y el sudor se mezclaba con el agua salada, resbalando por su fina piel.

—Mírame —gruñó, y ella obedeció sin apartar los ojos—. Eso es..., no apartes la mirada. Quiero que me mires cuando tomas lo que es tuyo. Cuando me reclamas por completo.

Las manos de Skylar se aferraban a su cintura para ayudarla a encajarlo más profundo, más de lo que creía posible.

Sus colgantes chocaron entre ellos, el yin y el yang, entrelazados en sus pechos.

—Te amo —le repitió una y otra vez entre gemidos.

Eda se rompió encima de él y su magia estalló sin control, arrasándolo todo a su paso. Las llamas brotaron de su piel como un huracán de fuego azul, salvaje y desatado que se extendió por la arena, lamiendo el mar, encendiendo el aire.

Skylar apenas logró contenerlas con sus sombras, envolviéndolas, apaciguándolas... No quería sofocarlas del todo, ya que dejarla arder era la única forma de sellar ese momento.

Esa explosión era la prueba de que habían estado ahí.

De que había sido real.

—Te amo, Sky —susurró ella temblando, con la frente apoyada en la suya, mientras sus cuerpos alcanzaban el clímax juntos.

—Te amo —repitió él derramándose dentro de ella—. Gracias por elegirme.

Skylar había perdido la cuenta de las veces que se habían dicho que se amaban, una y otra vez, incapaces de dejar de repetirlo, mientras el sol descendía lento bañando la arena y el mar con tonos dorados que parecían creados solo para ellos.

Volvieron al agua desnudos y nadaron entre enormes tortugas con caparazones oscuros, marcados por líneas rosadas que brillaban como estrellas talladas en piedra. Eda buceaba entre ellas con los dedos estirados, rozando sus formas con una delicadeza que desmentía todo lo que acababan de hacer en la arena. Pero en cuanto regresó a la orilla, en cuanto su cuerpo volvió a estar al alcance de él, Skylar la tomó otra vez mientras el agua rompía contra sus espaldas.

Más tarde, hizo aparecer la cena: carne caliente, frutas, algo de vino y la tarta de queso que a ella tanto le gustaba.

Eda volvió a ponerse el vestido a regañadientes. Lo hizo solo porque él se lo había pedido, ya que cada vez que ella caminaba desnuda frente a él, cada movimiento de su cuerpo, cada gota deslizándose por su clavícula, cada maldita curva al descubierto... lo sacaba de sí.

Nunca había sido tan feliz, pensó él mientras la observaba tumbada bocabajo sobre la manta, con las piernas cruzadas en el aire, robando pedazos de fruta con los dedos y apuñalando la tarta de queso con el tenedor.

Y ahí estaba él, apoyado sobre un codo sin dejar de mirar a su prometida mientras se llevaba una fresa con chocolate a la boca.

—Dalton lo sabe, ¿verdad? —preguntó de pronto.

Todavía no entendía cómo Basilius había reaccionado así en la librería, tan pasivo, como si no le sorprendiera nada, como si ya supiera lo que iba a pasar. Como si hubiera sabido de qué iban a hablar... y hubiese decidido apartarse a propósito.

Eda giró la cabeza hacia él con la boca abierta, detenida a medio bocado.

—¿Qué? —preguntó Skylar con una ceja alzada.

—Le has llamado Dalton.

—¿No es ese su nombre?

Eda puso los ojos en blanco, igual que cuando se le volteaban cuando llegaba al orgasmo.

Skylar apretó la mandíbula. Maldita sea. Tenía que dejar de pensar en tomarla en cada rincón, a cada maldito segundo. Ese tipo de distracción, en mitad de una guerra, podía matarlo. Pero, joder, qué forma de tentar al desastre tenía esa mujer.

—Vamos, los dos sabemos que cuando tú usas el nombre de alguien es por algo. No lo haces por educación precisamente.

—Tal vez.

—Ayer fuimos a cenar.

—Ah, lo que todo hombre quiere escuchar —dijo él llevándose otra fresa a la boca.

—Skylar, cállate y déjame hablar.

—Adelante. —Le hizo un gesto amplio con la mano—. Estoy encantado.

—Hablamos de muchas cosas. Le conté cómo me sentía, le hablé de lo que había pasado en Bankai, de cómo cambió todo... y también le hablé de nosotros.

Él alzó una ceja.

—¿De nosotros?

—Le dije que estaba enamorada de ti, Sky.

Él parpadeó una sola vez.

—Interesante. Así que todos lo sabían menos yo.

—También se lo dije a mi hermano, a Elandra y a…

—Genial. Medio imperio tenía esa información y mientras tanto yo creyendo que te habías comprometido con el lector de mentes.

Ella le dio un manotazo en el brazo con una sonrisa.

—Idiota.

Las olas rompían suaves en la orilla. El cielo ya estaba oscuro y, durante unos segundos, lo único que se escuchó fue el murmullo del mar arrastrándose por la arena.

Skylar se incorporó con un leve gruñido y apoyó los codos detrás de sí, sin apuro. Echó una mirada a Eda, estirada junto a él, y no pudo evitar recorrer con los ojos la curva perfecta de su espalda hasta su culo. Habían pasado más de cuarenta minutos desde la última vez que la había tenido encima.

—¿Por qué llevas un fénix tatuado en la espalda? —le preguntó ella cortando sus pensamientos—. Siempre que lo veo me muero de curiosidad.

Él la miró por encima del hombro justo cuando ella también se incorporaba para rozar con los dedos las líneas doradas del tatuaje que cubría su espalda.

—Me lo hice cuando naciste, hace solo veintidós años.

Los dedos de Eda se detuvieron un segundo, pero no se apartaron. Siguió tocándolo, su caricia le pedía que no se callara, recordándole lo mucho que a ella le gustaban las historias.

—Cuando supe que habías llegado al mundo, fui a verte desde las sombras. Y supe al instante que eras diferente. Algo que siempre te he dicho.

—Sí. —Sus ojos brillaron y su dedo continuó el recorrido lento por el tatuaje.

—Después de verte, fui directo al templo del Recuerdo, en Bankai.

—¿El templo del Recuerdo?

Él ladeó la cabeza fingiendo pensarlo. Eda le cogió del brazo impaciente.

—¡Sky! Cuéntamelo.

Él rio entre dientes.

—Es un lugar que no se encuentra, Eda, te encuentra a ti —comenzó—. Un lugar donde las promesas no se dicen, se sellan. Donde lo que juras no solo marca tu cuerpo, también tu alma. Solo los que están dispuestos a cumplir ese juramento hasta el último aliento pueden entrar.

—El tatuaje… —susurró ella con los dedos aún sobre él.

Skylar asintió despacio.

—El ritual consistía en ofrecer una gota de sangre. Significa que entrego mi vida como escudo. Y, después el juramento del alma, sufriré contigo.

Apoyado sobre una mano, alzó la otra para acariciarle la mejilla.

—Me marqué esta promesa en la piel para que me ardiera cada vez que tú sufrieras. Para recordarme lo que soy, lo que tengo que proteger. Para tener presente el camino de regreso si alguna vez me pierdo. Incluso aunque tú no supieras quién era yo.

Eda abrió los ojos, llenos de lágrimas que no intentó esconder, y él se las apartó con el pulgar.

—¿Por qué hiciste eso?

—Porque en el pasado cometí errores —confesó—. Porque el mundo se vino abajo una vez porque no supe cuidar lo que tenía. Y no voy a repetir esa condena. Me tatué esto porque no quiero que el miedo a perder me convierta en alguien que te haga daño, como hice con Kaiserin. Me lo hice para no olvidar que tú también sangras. Y que si puedo evitarlo, no vas a sangrar sola nunca más.

Ella negó con la cabeza, con una media sonrisa temblorosa que le cruzó los labios.

—Puede que al principio tuvieras miedo de hacerme daño. Es normal. Compartirlo todo... da miedo —se rio—. Pero incluso sin ese tatuaje, Skylar, sé que harías lo que fuera para evitar que yo sufriera.

Ella apoyó la cabeza en su hombro y, por un instante, sus respiraciones se acompasaron.

—Tal vez este sea el último momento que tengamos así —susurró ella sin levantar la vista del horizonte—. Y no lo digo por la calma, ni por la belleza, sino por la ausencia de dolor.

Skylar no respondió, pero su mandíbula se tensó.

—Sé lo que viene —continuó Eda—. Lo siento en los huesos. Vamos a sufrir. Perderemos gente. Y esta paz, esta especie de alivio en el pecho, no volverá. No así.

Skylar bajó la vista y ella respiró hondo.

—Lo que más miedo me da no es perder a los demás. Es perderme a mí. Desaparecer dentro de la oscuridad. Mirarme en el reflejo de una batalla y no reconocerme. No saber si quedará algo de mí cuando todo esto termine.

—Te recordaré el camino de vuelta, Zafiro.

Sabía a la perfección a qué se refería. Él también había estado ahí, al borde de ese abismo en la guerra que te cambia, donde la oscuridad se mete bajo la piel y te convence de que es parte de ti. Pero esa vez no estaban solos. Esa vez, él le ofrecería la mano, aunque ella no pudiera verla.

Pasaron varios minutos así, sin decir nada. Solo el mar hablando por ellos. Luego, ella volvió a romper el silencio:

—Tenemos que bajar, Skylar. Tenemos que encontrar la ciudad, el Ojo de Nyxar.

—Eda.

—Tienes que llevarme a la entrada —insistió ella sin miramientos—. Voy a bajar. Por mí. Por ti. Por los jinetes. Por los que ya no están. Por los que aún esperan.

La mirada de Skylar oscilaba entre la devoción y el miedo a perderla. Luego la tomó con ambas manos, la atrajo hacia su regazo y ella rodeó su cintura con las piernas.

—Donde tú vayas, yo voy —le prometió Skylar.

—Y donde tú estés, yo estaré.

Sus labios se encontraron. No fue suave. No fue lento. Fue una promesa sin palabras, un «aquí estoy», un «no me voy», un escudo hecho de sombras y fuego contra todo lo que estaba por venir.

—Bajaremos juntos —dijo él, su boca aún rozando la de ella—. A esa ciudad enterrada, y encontraremos el Ojo de Nyxar.

21

Eda

No fue la luz rojiza que bañaba la playa lo que me despertó, sino el roce de unos dedos en mi mejilla.

Abrí los ojos despacio y, cuando levanté la cabeza de su pecho, lo vi con aquella sonrisa suya que a veces parecía arrancada de una guerra, con los colmillos asomando y brillando con una ternura salvaje.

—¿Llevas más de cinco horas sin moverte mirándome? —murmuré con la voz ronca por el sueño.

—Una de las ventajas de no poder dormir. —Me atrajo hacia él.

No tardé ni un segundo en trepar sobre su cuerpo y ocupar el lugar que me pertenecía: encima de él. Le di un beso suave en la nariz, uno de esos que no dicen nada... y al mismo tiempo lo dicen todo.

Me dolía el cuerpo entero. Cada músculo, cada centímetro de piel, como si me hubieran desarmado y vuelto a montar a base de gemidos y mordidas. Pero, aun así..., lo habría tomado otra vez. Porque, aunque fuera él quien me lo exigiera con esa forma suya de mirarme, de empujarme al límite sin decir nada, yo también lo buscaba. También quería más de sus manos, de su boca, de esa forma brutal y perfecta en la que nos rompíamos juntos, una y otra vez, hasta olvidar dónde empezaba yo y dónde acababa él.

—¿Cuáles son las desventajas de no poder dormir? —Me incorporé sobre él mientras pasaba las manos por su pecho desnudo, acariciando los tatuajes dorados del dragón.

—Además de no poder tocarte mientras duermes, claro. —Sonrió con ese brillo maldito en los ojos—. Pienso demasiado. Le doy vueltas a todo. Y mis días..., mis años y mis siglos se me hacen jodidamente largos.

—¿Y en qué has pensado?

Acarició mis muslos con los nudillos, de arriba abajo.

—Llevo días dándole vueltas a todo esto. Y por mucho que ahora esté aquí... sé que tengo que volver a Bankai. Es solo cuestión de tiempo.

—El imperio está desprotegido —admití—. Pero también lo está Bankai. Si la Dama es tan inteligente como sabemos que es, no tardará en atacar por donde menos lo esperemos. Ya has pasado dos semanas lejos de tus tierras...

—Nuestras tierras —me corrigió—. Y sí, tienes razón. Llevamos siglos cerrando grietas, deteniendo lo que salía de ellas, pero esto ya no va de criaturas. Ahora están poseídas, y eso lo cambia todo.

—Si vas a Bankai, iré contigo. No pienso separarme de ti.

Skylar me apretó contra su cuerpo.

—No voy a dejar que lo hagas. No por posesividad, ni porque seas mía, sino porque las veces que nos hemos separado... han sido la puta destrucción.

Skylar tenía razón y entendía su punto de vista, los zarkass siempre habían atacado cuando él no estaba a mi lado, como si supieran que entonces era cuando me hallaba más vulnerable, y eso debía cambiar, porque la Dama tenía que entender que, aunque Iron Shadow no estuviera conmigo, yo seguía siendo peligrosa, seguía siendo poder.

—La llama valirio... y la manipulación de criaturas —cavilé en voz alta—. Son dos poderes extremadamente destructivos.

—Lo son.

—Pero hasta ahora solo la hemos visto manipular a criaturas que, quizá, han sido creadas o corrompidas con su poder.

Skylar se incorporó y yo quedé encajada en su regazo.

—Primero tenemos que entender la diferencia real entre poseer y manipular —dijo, con ese tono que usaba cuando ya estaba ordenando las piezas en su mente—. Algo que hemos visto muy claro en Basilius.

—Poseer sería tomar el control absoluto: mente, cuerpo, voluntad. Como lo que hizo con la mantícora, o con los kholdrath. ¿Recuerdas los ojos? Ese verde enfermizo es la señal.

—Sí. Es su marca.

Entrelacé mis dedos en su nuca.

—Y la manipulación... —continué— es diferente, más sutil, como plantar una idea que crees que es tuya pero no lo es, ¿verdad?

Skylar asintió con gravedad. Esas habían sido las palabras que dijo en la reunión, y yo supe que había mucho más detrás. Sí, tal vez yo era de esas personas que necesitaban saberlo todo, que se obsesionaban con cada detalle, pero también sabía cuándo alguien no estaba listo para hablar.

—Por ahora sabemos que solo puede poseer bestias que, quizá, se hayan originado a partir de su propio poder. Y lo de los kholdrath... —Skylar frunció el ceño—. Tendré que investigarlo mejor, saber qué otras criaturas están a su disposición.

Disimulé, incluso delante de él, porque lo más aterrador no era que la Dama estuviera detrás de todo, sino que sus hilos fueran tan invisibles y tan sutiles que ni siquiera la muerte los hubiera sentido enredarse a su alrededor.

—También sabemos que las zarkass no están bajo su control —añadí—. Tal vez le sirvan y le juren lealtad, pero no puede poseerlas.

Los primeros cantos de los pájaros se mezclaron con el batir de las olas, a unos metros de donde estábamos.

—Sus poderes son destructivos, sí. Pero también estamos nosotros; tú, Basilius y yo —me recordó—. Dejemos de cegarnos pensando que hemos perdido a los jinetes. Tal vez hayamos perdido a las criaturas por ahora, sí, hasta que encontremos cómo protegerlas. Pero los jinetes..., ellos aún llevan el poder de la vinculación en la sangre.

Solté un suspiro mirando al horizonte.

—Dos dragones y un fénix... —musité—. ¿Cuál será su criatura?

—Nunca la he visto con ninguna —dijo pensativo—. Ni cuando estuvo en el imperio, ni en los milenios anteriores. Y en Valdemar todo sigue en calma. Raider no me ha informado de ningún movimiento.

Eso me dio algo de paz, aunque no sabía qué era peor: que todo estallara de golpe o ese silencio denso que parecía anunciar lo que venía.

—Igualmente, ahora que muchas de nuestras criaturas están fuera de combate, no sé cómo vamos a arreglárnoslas los jinetes.

Entonces vi esa chispa en los ojos de Skylar, esa que siempre aparecía cuando había planeado algo.

—De eso ya me he encargado yo.

Solo me había ido dos días y las zarkass, junto con mi propio pelotón de jinetes, habían puesto patas arriba las cordilleras de Novadia.

Los soldados imperiales, los únicos mortales en toda la ciudad, observaban desde lejos, fascinados por lo que estaba ocurriendo. Mientras tanto, los jinetes inmortales se habían congregado, siguiendo con atención lo que ocurría al fondo, donde el terreno se había convertido en una zona de combate.

Skylar y yo nos desvanecimos desde la playa hasta el núcleo del entrenamiento. Bastó un parpadeo, y el ruido entre soldados y jinetes se apagó como si alguien les hubiera arrancado el aliento de cuajo. Todos lo vieron, todos sintieron a Iron Shadow caminando entre ellos.

La muerte había llegado.

Los jinetes se apartaron al instante. Algunos con movimientos torpes, otros con el cuerpo tenso, sostenidos por un silencio que parecía mantenerlos a salvo. Unos bajaron la cabeza, creyendo que al no mirar se volverían invisibles. Y unos pocos ni siquiera se atrevieron a respirar.

Había presenciado antes el respeto que despertaba Dalton, ese miedo revestido de obediencia, pero aquello no era lo mismo; era terror puro, inevitable, el tipo de miedo que no necesita explicación porque se siente en la médula. Y, aun sabiendo quién era Skylar, lo que significaba, me dolió verlos temblar ante él. Porque yo lo conocía. Porque lo amaba. Y, aunque entendía ese miedo, no dejaba de romperme por dentro que no pudieran ver lo que yo cuando lo miraba.

Skylar no les dedicó ni un segundo, sus ojos estaban fijos en el centro del campo, en el verdadero espectáculo, donde el ruido de las lanzas al chocar rebotaba entre las montañas, mezclado con los gritos y el jadeo provocado por el esfuerzo.

Valeska y Adriel estaban en el centro, girando en círculos, concentrados el uno en el otro sin que el resto del mundo existiera.

Él empuñaba la lanza en alto, sin camiseta, desafiando la nieve que cubría el terreno. Los músculos, tensos y cubiertos de sudor, le brillaban bajo la luz gris. Ella se había quitado el abrigo, y debajo llevaba el viejo uniforme. El mismo que usábamos cuando aún éramos mortales, y que abrigaba más que cualquier otro. Me alegraba saber que Dalton se los había mandado a la cabaña.

Los colmillos de Valeska se le marcaban bajo los labios, y sus ojos parecían cargar con la noche más horrible del mundo en su interior. Era la mirada de alguien que solo pertenece a los que ya han cruzado el infierno… y han vuelto caminando.

—¡Maniobra cinco! —escupió Valeska mientras giraba sobre su eje con la precisión de una cazadora nata. Su lanza chocó contra la de Adriel.

Este apenas tuvo tiempo de bloquear el ataque. Los músculos de sus brazos se tensaron al alzar la lanza y retrocedió un paso, los pies resbalando sobre la nieve pisoteada y manchada de tierra.

—¡Protege tu puta mente mientras proteges tu cuerpo! —la voz de Valeska rebotó contra las piedras—. ¿O quieres que te la arranquen de un zarpazo?

Se lanzó de nuevo hacia él sin piedad. El cabello largo y negro, empapado en sudor y nieve, le caía pegado al rostro y se le enredaba en la mandíbula, en esos pómulos afilados que parecían tallados a cuchillo.

La lanza silbó en el aire y le rajó el costado a Adriel, dejándole una línea roja sobre la piel. Él gruñó, pero no dio ni un paso atrás. Plantó los pies y le sostuvo la mirada con ese fuego testarudo que parecía decir sin palabras: «No me tumbarás ni aunque me arranques el alma».

—Si no te tumbo con la lanza, lo haré con tu mente —lo amenazó Valeska, y fue entonces cuando Adriel se quedó inmóvil, con las manos aún apretando la lanza.

Lo supe en el acto.

Valeska ya estaba dentro, en su cabeza, hurgando en sus recuerdos, escarbando en sus miedos, tirando de emociones reprimidas, de pensamientos que prefería evitar.

No necesitaba tocarlo ni herirlo con las garras o con lanza porque ya lo hacía desde dentro, y eso era peor.

Adriel cerró los ojos, su mandíbula permanecía apretada, las venas marcándosele en los brazos. Las piernas le flaquearon por un segundo y, justo cuando di un paso adelante, Skylar me sujetó por la muñeca sin apartar la vista del combate.

—No quiere hacerle daño, Eda.

—Pero...

—Está aprendiendo a defender su mente.

—¡Lo estoy intentando, joder! —gruñó Adriel, quien abrió los ojos de golpe. Giró la lanza con rabia y lanzó un ataque cruzado que Valeska esquivó con un leve giro de torso. Era más baja y más delgada que él, pero también más letal.

—Esto es lo mínimo que puedo hacer y ya estás casi de rodillas, jinete. Casi muerto.

Pude ver a Elandra mirando a Valeska con los labios apretados, los puños cerrados con tanta fuerza que los nudillos se le habían puesto blancos.

A unos metros, Liral giraba entre cuatro zarkass que la rodeaban con lanzas, entrenaba con ellas sin la brutalidad salvaje del duelo entre Valeska y Adriel.

—¡Las garras, Liral! —gritó una lanzándose hacia ella—. ¡En el cuerpo a cuerpo, las garras son ley!

Liral las esquivó por centímetros, giró sobre una pierna y devolvió un golpe con el extremo romo de su lanza. Pero entonces el ritmo cambió. Las zarkass comenzaron a frenar, una a una, y bajaron las armas y giraron sus rostros hacia otro punto del campo.

Hacia ellos.

—Valeska, basta. —La voz de Norian se oyó mientras se acercaba—. Vas a herirlo de verdad.

Adriel seguía moviéndose a pesar del dolor, del zumbido que le golpeaba el cráneo desde dentro, de la forma en que Valeska le destrozaba la mente sin necesidad de tocarlo, y aun así, no caía.

Skylar cruzó los brazos a mi lado y me soltó la muñeca.

—Sé lo que estáis haciendo. —Levanté una ceja sin girarme del todo.

—¿Y qué crees que estamos haciendo, preciosa mía? —susurró acercándose más, sin el menor intento de disimular. No le importaba que todo el imperio nos estuviera mirando.

—Intentáis demostrar a los jinetes que pueden confiar en estas hembras —entorné los ojos—, pero se te olvida que hay una que no agachará la cabeza ni fingirá respeto, una que solo quiere ver a los hombres sangrar.

Skylar soltó una carcajada baja, casi satisfecha, y volvió la vista hacia Valeska. Me gustó que los demás lo vieran reír así.

—Ella va a ganarse el respeto, sí, pero él... él se ganará una reputación.

—¿Crees que se están divirtiendo? —pregunté con una ceja alzada y media sonrisa torcida.

—Creo que, si Valeska no lo revienta antes, lo convertirá en el jinete más célebre... y, joder, el más respetado de todo este puto imperio.

¿Eso era el amor? ¿Mirarlo y querer sonreír sin razón? ¿Sentir ese impulso animal de lanzarme a su boca solo porque sí, porque estaba ahí, porque era él?

Skylar pareció darse cuenta de aquello.

—Estamos en público —me recordó en voz baja.

—No he hecho nada —susurré muy digna.

Sentí cómo una sombra descarada me trepaba por el tobillo y se arrastraba por mi piel como un secreto mal guardado, subiendo hasta enredarse bajo mis costillas.

—Sigue mirándome así —su boca casi rozó mi oído— y convierto este campo de entrenamiento en un maldito foso oscuro donde nadie vea cómo te follo sobre la nieve.

Tragué saliva sin llegar a negarme porque, en el fondo, no quería detenerlo.

Adriel rugió de nuevo y, al girar el cuello hacia él, sentí cómo la sombra de Skylar se desvanecía, como si nunca hubiera estado allí.

—No escondas esas garras, Valeska —jadeó Adriel—. Me gusta cómo se siente tu tacto ahí dentro, joder, arañándome cada puto rincón de la mente.

A la muy cabrona casi se le dibuja una sonrisa en los labios. Pero solo gruñó, dando un paso más, con ese andar de fiera que acecha, justo antes de lanzarse directa al cuello.

Adriel estaba al límite, la mente le ardía, pero seguía sin ceder.

Valeska se acercó, disfrutando de cada paso y, cuando estuvo lo bastante cerca, alzó una mano y deslizó una garra venenosa por su mandíbula.

—Tienes agallas, jinete. Pero yo puedo romperte sin usar ni una sola de mis garras. Solo con esto. —Le dio un golpecito en la sien con la uña—. Y te dolería tanto que rogarías que te atravesara el pecho con la lanza.

—Acuérdate de esto —le escupió él con los mechones oscuros pegados a su frente dorada por el sol—, porque serás tú, hembra, la que me acabe rogando.

Y entonces ocurrió. El centro del campo se cubrió de una nube de humo denso mientras las sombras giraban en espiral como un remolino que empezaba a doblar la realidad. Era el mismo fenómeno que envolvía el cuerpo de Skylar cada vez que se transformaba. Solo que esa vez, no lo había provocado él.

Un rugido gutural atravesó el suelo y todos retrocedieron unos cuantos pasos, arrastrados por el instinto. Todos menos nosotros. Menos los que ya sabíamos lo que significaba esa niebla, lo que venía con ella. Porque esa oscuridad solo podía significar una cosa: Skylar ya le había dado una gota de su poder a Adriel.

Se estaba transformando.

No necesité mirarlo para decirle a Skylar:

—¿De esto era de lo que te habías encargado?

Por el rabillo del ojo lo vi sonreír.

—Me alegra que todo el imperio esté mirando.

El humo se disolvió de golpe, y donde antes estaba Adriel ahora había un enorme zeng de sombras con cuatro patas poderosas, cinco colas que se movían como látigos y un cuerno ondulando en su frente.

Valeska apenas alcanzó a reaccionar y él la tumbó. La derribó con la fuerza de una tormenta y la dejó clavada en la nieve. La criatura, ahora al menos tres metros más alta que ella, se inclinó lentamente y acercó su enorme cabeza a la de la zarkass. Ella le mostró los dientes furiosa, sin apartarse ni un milímetro.

Entonces una voz se coló en mi consciencia, como un pensamiento que no me pertenecía.

Violenta y preciosa, Valeska. Violenta y preciosa.

Retrocedí un paso porque reconocí ese tono, era Adriel, hablaba como lo hacían las criaturas cuando el vínculo se abría, como Skylar cuando tomaba su forma de sombra, como Kali cuando me atravesaba la mente…

—Lo estás escuchando, ¿verdad? —preguntó Skylar mientras su mano se apoyaba en la parte baja de mi espalda.

—Es difícil no hacerlo. Son pensamientos demasiado intrusivos.

—Yo puedo ayudarte con eso —interrumpió otra voz, una que me hizo tensar todo el cuerpo.

Me giré y vi a Dalton avanzar entre los jinetes, que se apartaban a su paso bajando la cabeza. Venía acompañado del comandante, de Calen y de mi hermano, que me sonrió en cuanto me vio. Pero mis ojos no se quedaron en él, volvieron al rostro de Dalton, que parecía tener la vista clavada en el brazo con el que Skylar aún me rodeaba la cintura.

Exhalé despacio.

Después de cenar con Dalton y de haber hablado con sinceridad, todo parecía estar bien entre nosotros, habíamos vuelto al palacio, nos habíamos despedido y él se había ido a la biblioteca para resolver algunos asuntos. Yo, en cambio, me había retirado directa al dormitorio.

A la mañana siguiente, Camille, la doncella, a la que no veía desde hacía un mes, vino a ayudarme a prepararme. Me dijo que Dalton quería que pasáramos la mañana en la ciudad y, por un momento, aquello me recordó a nuestra primera cita. Aunque sabía que esa vez no había ninguna intención oculta detrás. Me dio un vestido precioso, sencillo pero elegante y, cuando salí al pasillo, allí estaba Dalton, esperándome.

Fue una mañana tranquila. Seguimos hablando con esa naturalidad nueva que se había instalado entre nosotros. Seguía preguntando por Bankai, por cómo iban las cosas y, cuando mencionaba a Skylar, simplemente asentía.

Pasamos un buen rato en una librería, uno de esos lugares donde el silencio se respeta y las palabras se eligen con cuidado. Fue allí, horas más tarde, donde Skylar apareció. Dalton se marchó sin decir mucho más, como si supiera que el momento ya no le pertenecía. Y ahora, con Skylar otra vez delante, me sentía tranquila. Porque ya lo sabía todo.

Menos lo de que, aparentemente, estábamos prometidos.

—Dalton. —Le sonreí sin apartarme de Skylar—. Comandante —añadí inclinando la cabeza a modo de saludo.

Dalton me devolvió el gesto, pero antes de hacerlo quitó los ojos del brazo que Skylar aún tenía alrededor de mi cintura. Luego alzó la mirada hacia los jinetes y los soldados imperiales.

—La diversión se ha acabado. Volved a vuestros puestos, ahora.

Estos obedecieron de inmediato y se dispersaron en silencio. Pero hubo algo que no pude ignorar: Liral, Elandra y Adriel, este aún en su forma de zeng, no se movieron. No hicieron el más mínimo ademán de retroceder.

Seguían ahí…, como si esperaran otra voz.

No la de Dalton.

La de Skylar.

—Veo que has hecho caso omiso —le dijo Dalton a Skylar.

—¿A qué exactamente? —replicó él con voz tranquila—. ¿A tus consideraciones sobre si los jinetes deberían o no tener más poder del que ya tienen por vínculo?

Joder..., eso es, escuché pensar a Adriel detrás de mí.

Dalton inspiró hondo, tratando de mantener el control.

—Te recuerdo, Iron Shadow, que...

—¿Que estoy en tu imperio? —lo interrumpió—. ¿Que debo acatar tus órdenes como buen invitado? ¿Eso es lo que ibas a decir?

Skylar apretó su mano en mi espalda y continuó hablando sin perder una pizca de compostura:

—Te recuerdo, emperador, que yo ya estaba aquí cuando tu linaje aún gateaba, cuando ni siquiera sabían pronunciar la palabra «imperio». He visto nacer a tus padres, y a los padres de tus padres, y a cada uno de los que llevaron tu nombre antes que tú, hace más de siete milenios.

Pausó un segundo, solo para clavarle los ojos dorados.

—Este imperio sería mío si así lo quisiera. Así que la próxima vez que me mires y solo veas una sombra, recuerda que es ella la que ha mantenido tus tierras en pie mientras tú dormías en un trono que no podrías sostener solo.

Tragué saliva, pero no iba a frenarlo, porque Skylar decía verdades como puños y, por mucho que intentara mantener la paz, tenía que admitir que Dalton, a veces, se olvidaba de con quién hablaba. Y eso me chirriaba. No porque Skylar fuera un peligro en sí —que lo era para cualquiera que tuviera el valor de retarlo—, sino porque con solo haber vivido milenios, con ser el maldito amo del territorio de la muerte, ya debería tener a Basilius arrodillado a sus pies.

—Esta no es la tregua acordada —respondió Dalton.

Skylar ni siquiera parpadeó.

—Es de un egoísmo brutal no darte cuenta del ejército que podrías tener delante, jinetes que ya no solo montan criaturas, sino que pueden convertirse en una. Humanos que luchan como hombres y como bestias. ¿No te parece estúpido temer al poder cuando podrías tenerlo de tu lado?

Dalton desvió la vista hacia Adriel, que aún tenía a Valeska bajo su cuerpo. Ambos observaban la conversación con atención, como también lo hacían todas las zarkass.

Sin decir una sola palabra, Dalton empezó a avanzar hacia ellos con la espalda erguida y los hombros tan tensos que parecía que caminaba a través de una línea enemiga. El comandante lo siguió y en ese mismo momento Skylar bajó por fin la mano de mi espalda.

Calen y Nolan se acercaron por los lados.

—Es una pasada... —susurró Calen muy muy bajo.

—Lo sé —le respondí sin apartar la vista.

Y sí, lo era. Ver a un humano —a un jinete— transformarse en la forma feérica de su criatura. No solo montarla, sino volverse uno con ella. Fundirse con su esencia, como si esa forma siempre le hubiera pertenecido.

Adriel vio al emperador acercarse y, sin pensarlo dos veces, dio un paso atrás para alejarse de Valeska. Ella se incorporó de un salto, los colmillos a medio mostrar y un gruñido en la garganta que volvió el aire que los rodeaba aún más frío.

—Pagarás por esto, jinete —le soltó, y se giró para volver con su grupo.

Estaré encantado de aceptar tu pago, pensó Adriel justo cuando el emperador llegaba a su lado para estudiarlo.

—¿Cuando el jinete está en esta forma puede seguir usando su poder de vinculación? —preguntó el comandante Kaiden, que miró a Skylar con el ceño fruncido.

—Sí, pueden.

Dalton giró la cabeza hacia él.

—Entonces ¿cuál es la desventaja?

Skylar abrió la boca para responder, pero no llegó a decir nada. En ese mismo instante, Adriel cayó al suelo con fuerza y su cuerpo golpeó la nieve helada. Tosía agitado, de rodillas, con una mano en el pecho y la otra en el cabello, empapado de sudor.

—No hay desventajas —aclaró Skylar—. Solo falta de entrenamiento. Yo solo les doy una pequeña gota de mi poder. Después, es cosa suya entrenar, resistir y aprender a equilibrar esa magia dentro de su cuerpo. Si no lo hacen, su propio poder los derriba. Como acabáis de ver.

Dalton asintió serio mientras el comandante Kaiden se agachaba para ayudar a Adriel a levantarse. El jinete aún tosía, con la respiración entrecortada, pero alzó una mano negando con un gesto.

—Estoy bien, comandante —dijo con una sonrisa torcida—, solo necesito un minuto. Es extraño volver a tener órganos y huesos.

Elandra fue la que se acercó a él, se agachó a su lado y le acarició la espalda con suavidad mientras le susurraba algo que no llegué a escuchar. Pero lo que sí vi fue la mirada de Valeska, clavada en ellos, tan fija que parecía que le estaba arrancando el alma solo con los ojos. Fue entonces cuando me pregunté si lo que había en su rostro era solo ira... o si había algo más escondido debajo, algo que ni ella misma sabía cómo controlar.

El silencio volvió a instalarse cuando Dalton pareció meditar la idea.

—¿Estarías dispuesto a hacer esto con todos los jinetes del imperio? —preguntó al fin.

—Con todos y cada uno de los jinetes que estén dispuestos a transformarse en bestias —respondió Skylar sin vacilar.

Dalton intercambió una mirada rápida con el comandante Kaiden. Un leve gesto bastó. Ambos asintieron.

—Entonces —dijo Dalton dando un paso atrás— más vale que empieces cuanto antes, Iron Shadow. Tenemos un imperio que preparar.

22

Eda

Acariciaba con la yema del dedo la mitad del colgante mientras me miraba en el espejo empañado por el vapor de la bañera. Estaba desnuda, el cuerpo aún húmedo, observando las cicatrices invisibles que una vez marcaron mi piel.

Me incliné sobre el lavabo, ese lugar que, sin saber por qué, siempre terminaba siendo el único refugio real que tenía para tomar aliento, para permitirme una pausa.

Me dolía todo el cuerpo, la entrepierna aún estaba resentida tras pasar toda la mañana volando sobre Kali. Habíamos surcado el cielo helado mientras, abajo, los campos de nieve se llenaban de jinetes entrenando. Se transformaban una y otra vez, vomitaban del esfuerzo, caían al suelo, dudaban de sí mismos, de sus cuerpos, de sus límites.

Aceptar el poder que Skylar les ofrecía no fue fácil ni inmediato. A los jinetes de hipogrifos y mantícoras les llevó cuatro días dar el paso. Al principio solo se ofrecieron unos pocos, los más temerarios, los que ya no tenían nada que perder. Pero el rumor de que podían volar otra vez se esparció con rapidez, y pronto los cielos de Novadia se llenaron de sombras aladas.

Mi hermano aún no había aceptado el poder. No porque no lo deseara, sino porque necesitaba entenderlo primero.

El imperio, por fin, se estaba moviendo.

La Dama nos había quitado a las criaturas, pero nosotros... nosotros habíamos aprendido a convertirnos en ellas. Mientras tanto, acompañaba a Calen y a los jinetes que sí se atrevían a transformarse. Estaba ahí cuando caían, cuando las piernas no les respondían, cuando el cuerpo temblaba después de cruzar el umbral. Igual que los soldados imperiales.

Sí, confiar en Skylar había sido una jugada arriesgada, pero había funcionado. Poco a poco, incluso entre él y Dalton el hielo empezaba a agrietarse. Llevaban cuatro días hablándose con cautela, midiendo cada palabra, pero sin querer arrancarse la cabeza. Y eso ya era un avance.

—¿Estás bien? —preguntó Skylar desde el marco de la puerta. Sus ojos recorrieron mi cuerpo desnudo, pero no era lujuria lo que había en ellos esa vez—. Y no digo físicamente.

Lo miré a través del espejo mientras seguía acariciando el colgante que pendía de mi cuello y le sonreí, aunque no supe si había resultado convincente.

—Estoy lo mejor que se puede estar.

Se acercó por detrás y apoyó una gran mano sobre mi abdomen desnudo. Con la otra apartó el cabello húmedo de mi cuello y lo dejó caer sobre un hombro. Luego inclinó la cabeza y besó lento el hueco entre mi cuello y el hombro, sin apartar la mirada del reflejo en el espejo.

—Lo siento —susurró, y su voz me erizó la piel.

—¿Por qué deberías sentirlo?

—Porque debería pasar cada hora contigo y, en cambio, solo puedo robarte las noches.

Suspiré.

—Si no haces lo que estás haciendo, puede que no tengamos más noches. —Me giré y tomé su rostro entre mis manos—. Así que no pienses en mí cuando estés ahí fuera, haciendo lo que debes, haciendo el bien.

Él soltó una risa baja.

—Yo nunca hago lo que debo. —Hundió el rostro en mi cuello—. Pero por ti estoy aprendiendo. Aunque deteste ir por ahí haciendo el puto bien como si me saliera natural.

Me separé despacio, dejando que mis dedos se deslizaran por su pecho antes de alejarme del todo. Crucé la habitación desnuda, consciente de cada paso, de cada mirada que dejaba atrás. Sabía perfectamente el efecto que eso tenía en él… y me encantaba.

—Sigue mintiéndote —dije sin girarme mientras tomaba la ropa de cama—. Si crees que así vas a ser más feliz, adelante.

Me incliné a propósito al ponerme la ropa interior, sin ocultar el espectáculo que le estaba dando.

—Estás torturándome —lo oí gruñir detrás.

Sonreí para mí, sin darle la satisfacción de verme.

—¿Ya está todo listo para mañana?

—Todas parecen estarlo —respondió—. Las zarkass están deseando dejar este maldito frío y llegar a Arcadia cuanto antes.

Las hembras habían entrenado sin descanso junto con los demás, y poco a poco, el grupo original se había ido reformando. Calen y mi hermano a veces se unían a los entrenamientos, ayudaban, compartían técnicas. Era como volver a tener un pelotón..., solo que con diecisiete zarkass.

Se estaban preparando para el viaje a pie, para soportar la distancia y el desgaste. Habría paradas y descansos, claro, pero era lo que querían. Ni Skylar ni yo se lo habíamos impuesto. Habían sido las propias zarkass —y varios de los jinetes— las que lo pidieron. Querían caminar, demostrar que podían hacerlo sin atajos.

Skylar y yo podíamos desvanecernos con facilidad, saltar de un punto a otro con un simple tirón de sombra. Y sí, podríamos haberlos llevado en grupos, en tandas, incluso haber ahorrado días..., pero no lo querían. Preferían cruzar el camino como criaturas.

—Kali también está deseando por fin algo de calor —dije sonriendo.

Y bañarme en la arena, murmuró mi fénix.

—¿Y tú? ¿Tienes ganas de llegar a Arcadia? —preguntó mientras terminaba de vestirme.

—En parte sí, pero, por otra, serán otros cuatro días convenciendo a jinetes, soportando que te miren con miedo, tragándome la desconfianza. —Solté un suspiro—. Lo entiendo, de verdad, pero no deja de doler.

Aquellos días me había descubierto a mí misma sintiendo una rabia absurda, escondida en el fondo del estómago. Una rabia que solo salía cuando alguien miraba mal a Skylar. Me avergonzaba, porque no podía controlarla.

Lo volví a tener detrás, esa vez más cerca, con sus manos recorriéndome el cabello para hacerme una trenza de espiga desde la raíz hasta las puntas.

—Deja de humanizarme. —Ató el final de la trenza con un cordel.

Roté los hombros.

—Que no te quepa duda de que, si Dalton vuelve a hablarte así, no me haré responsable de mis actos. Tengo paciencia, sí, pero no es infinita.

—Ya veo lo que te pasa —murmuró—. Debería haberlo notado antes.

Me giré de golpe.

—¿Cómo que lo que me está pasando?

Ahí estaba de nuevo, esa maldita sonrisa sádica que me daban ganas de arrancársela... o de comérmela a besos.

—Estás empezando a morder por mí, Zafiro.

—¿Qué?

Skylar alzó la mano y atrapó el colgante que descansaba en mi cuello entre sus dedos.

—Ya no puedes soportar que me hieran. Ni con palabras, ni con miradas. Si alguien se me acerca demasiado, tú reaccionas antes que yo. Te arde la sangre, aunque no lo digas. Aunque finjas que no pasa nada. —Sus ojos bajaron a mi boca—. Y si alguien me toca de verdad..., vas a querer arrancarle las manos.

Había descrito a la perfección esa maldita sensación en el pecho.

—¿No es así?

—¿Y qué si me hierve la sangre cada vez que alguien te mira o te habla mal? —Sin pensar lo empujé hacia atrás con fuerza para que cayera sobre el colchón y me monté sobre él a horcajadas—. ¿Y qué si quiero arrancarles la lengua a todos? ¿Y si quiero matarlos cuando lo hacen?

Sus manos se cerraron en mi cintura.

—Bendita magia que nos une —gruñó moviéndome contra él—. Bendita la territorialidad que te sale conmigo.

Ahora empezaba a entender que, al ser dos mitades, compartíamos algo más que magia. Tal vez no lo herían físicamente, pero cuando alguien lo atacaba con palabras, cuando lo cuestionaban, cuando lo miraban con desprecio era como si el golpe me lo dieran a mí.

Suspiré sin decir nada más y él se incorporó para besarme la frente.

—No es raro lo que sientes. —Me acarició la mejilla con los nudillos—. Es nuestra magia. La que existe cuando dos fuerzas que se contrarrestan encuentran el equilibrio. Tú empujas hacia la luz, yo hacia la sombra, y en el punto donde nos encontramos, donde dejamos de pelear por controlar..., ahí es donde empezamos a fundirnos.

Me relajé al escuchar sus palabras, porque lo que me daba miedo era esa parte de mí que absorbía su oscuridad con tanta hambre, esa que podía llenarse de rabia incontrolable si no sabía manejarla.

Nos desvanecimos y, al parpadear, ya estaba debajo de él. Su cuerpo cubría el mío y sus manos recorrían mi piel, dueñas del camino, borrando el mundo con cada caricia.

Su oscuridad salió de su pecho y nos envolvió. Yo me removí, anticipando lo que venía.

—Hoy voy a saborearte, ¿vale, preciosa? —murmuró contra mi vientre y, antes de que pudiera soltar ni un suspiro, su mano subió por mi rostro y me tapó la boca—. No hagas ruido, esta noche eres mi cena, y pienso comerte tan lento que vas a suplicar ser mi plato el resto de tu vida.

Habíamos hecho una parada a mitad de camino, lo justo para comer algo, beber y dejar que los cuerpos respiraran.

Las zarkass y los jinetes empezaban a resistir más. Ya no se deslomaban al volver a su forma humana, no vomitaban, ni se aferraban al suelo como si el mundo se les cayera encima. Volvían jadeando, sudorosos y tambaleantes..., pero de pie.

Lo estaban manejando mejor de lo que esperábamos.

Skylar y yo habíamos sobrevolado la marcha desde el aire, sin alejarnos, manteniendo la misma velocidad que el grupo. Yo iba montada sobre Kali, su fuego apenas visible bajo las alas, y Skylar se mantenía cerca en su forma de águila, planeando sin llamar demasiado la atención. No queríamos llegar a Arcadia con él transformado en dragón. No todavía. Aunque sabía que lo deseaba y que, en cuanto tuviera una excusa, desplegaría las alas y cubriría el cielo de sombras.

Dalton no nos había acompañado, había decidido volar más tarde por su cuenta directo a Arcadia. Mi hermano y Calen se habían quedado en Novadia, y lo prefería así, que estuviera donde también se encontrara Alexander.

Había pasado aquellos días observando cómo Nolan se enamoraba un poco más con cada gesto, con cada palabra. Y, aunque no decía nada, me miraba a veces con esa complicidad silenciosa de quien sabe que yo también lo estaba viviendo, a mi manera, con Skylar.

Dos historias distintas, pero el mismo vértigo en el pecho.

—Volveremos a movernos en quince minutos —dijo Skylar, mientras yo terminaba de comer y le daba a Kali las últimas migajas de pan.

En ese momento era la única criatura que nos acompañaba, y se había ganado el cariño de todos. Se le acercaban de vez en cuando para acariciarle las plumas, al menos cuando no estaban encendidas en fuego y no podían acabar achicharrados.

Me gusta sentirme querida, ya lo sabes, se rio Kali en mi consciencia.

Alabada, mejor dicho, repliqué.

Elandra se acercó por mi derecha.

—Sé que has estado practicando estos días volver a imbuir las armas con tu poder. ¿Cómo va?

Dejé a Kali a un lado y me aparté unos pasos. Cerré los ojos solo un instante, el necesario para invocar la magia. Al abrirlos, el fuego azul ya danzaba entre mis dedos, condensado en forma de dos dagas. Las lancé con fuerza y, justo al rozar la corteza del árbol más cercano, desaparecieron. Porque yo lo quise así.

—Ahora puedo crearlas. —Me giré hacia ella—. Pero en Bankai era distinto. Allí la magia no solo respondía, se adelantaba. Era como si el poder estuviera en todas partes, como si me atravesara sin esfuerzo. Aquí cuesta horrores.

Elandra se cruzó de brazos suspirando.

—Aquí todo cuesta el doble. —Alzó una mano para acariciar con cuidado el pico de Kali, que no ardía esta vez—. Solo estuve dos semanas en Bankai, pero todo allí era distinto. La magia, la forma en que blandía mi espada. Era como si el cuerpo entendiera antes que la mente. Como si respirar magia fuera lo natural y no tuviera que pedir permiso para usarla.

Elandra desvió la vista hacia Liral, aún recostada en su forma de bestia desplazadora. Su cuerpo se extendía sobre la arena; habíamos dejado atrás la nieve, pero ni el calor del sol podía disipar el frío que imponía su presencia.

—No ha salido de esa forma en días —contó Elandra.

Intenté escucharla y entrar en su mente, no para invadirla, sino para asegurarme de que seguía ahí, de que no se estaba perdiendo del todo. Pero no encontré nada.

Sin embargo, Adriel, desde el otro lado, no dejaba de pensar tonterías. Fantasías ridículas, ideas absurdas, comentarios tan fuera de lugar que me hacían reír sola. Lo escuchaba sin querer —su mente era ruidosa, insistente— y más de una vez había tenido que apartar la mirada para que nadie notara la sonrisa que se me escapaba.

No se lo había contado a ninguno. Ni siquiera sabían que mi poder había cambiado, que ahora podía oírlos, sentir lo que pensaban cuando se distraían o bajaban la guardia. Tampoco se lo había dicho a Elandra, porque cada vez que su mente se abría, lo único que encontraba era preocupación por Liral, por lo que estaba soportando, por todo lo que podía perder si seguía forzando sus límites.

—Dale tiempo —suspiré cansada—. Lo de la playa la rompió más de lo que quiere admitir. Y separarse de Dargan..., eso la está matando por dentro.

Elandra negó lentamente con la cabeza.

—No es solo ella, Eda. Todos estamos rotos. Si sigue así, olvidará cómo volver. Y, cuando lo haga, perderá lo único que aún la mantiene con vida: su humanidad.

—Sé que solo vuelve a ser humana para alimentarse, entrenar y dormir.

—¿Dormir? —bufó Elandra—. ¿Tú crees que duerme como humana? Ya la viste en Bankai, Eda. Al mínimo ruido sacaba la daga de debajo de la almohada. Para ella es más seguro dormir siendo una bestia.

Nos quedamos en silencio y miré a mi alrededor. Skylar se había alejado un poco, con la vista fija en el horizonte. Desde donde estábamos, apenas quedaban unos cuantos árboles dispersos antes de que empezaran las dunas interminables de Arcadia, ese tramo desértico que todos sabíamos que sería el más tedioso.

Adriel, tumbado a la sombra de un árbol, peleaba con el pan como si fuera su peor enemigo. Las zarkass, en grupo, se mantenían juntas; algunas sentadas, otras de pie, formando una barrera silenciosa. Valeska, apartada del resto, afilaba sus cuchillos.

Las zarkass no comían, pero yo me había encargado de darles a todas unas gotas de mi sangre por las noches. Lo agradecían en silencio. Transformarse, entrenar, aguantar las horas bajo el sol sin perder el control..., todo eso las drenaba. Y aunque me dejaba exhausta, prefería alimentarlas con mi sangre antes que verlas volver a consumir almas. Sky y yo nos turnábamos. Una noche él. Otra yo.

—¿Qué cojones es eso? —La voz de Valeska me arrancó de golpe del letargo. Estaba de pie, con el cuerpo tenso como una cuerda, y señalaba entre los árboles dispersos.

Skylar ya estaba junto a mí.

—No hace falta que te asustes cada vez que ves a un hombre —soltó Adriel desde el suelo, aún forcejeando con su pedazo de pan y sin molestarse en mirar.

—Eso no es un puto macho —escupió Valeska sin apartar el dedo.

Y tenía razón.

Lo que caminaba entre las zarzas no tenía forma humana. Al principio parecían ramas torcidas, pero luego los cuerpos se alargaron, las extremidades se estiraron demasiado, y las bocas, llenas de dientes que sobresalían en ángulos imposibles, se abrieron sin emitir sonido.

Las zarkass, sin esperar órdenes, cambiaron de forma de inmediato. Y Liral ya se había incorporado sobre las cuatro patas y enseñaba los colmillos.

—Skylar... —susurré, pero él seguía quieto, observando sin pestañear, con las manos a los lados del cuerpo.

No eran una amenaza. No para nosotros. No mientras él estuviera allí.

Lo supe en cuanto salieron por completo de la maleza. No atacaron, no rugieron, no mostraron los dientes.

Solo se acercaron.

Uno a uno, sus cuerpos torcidos cayeron al suelo. Se arrodillaron con lentitud, con la sumisión escrita en cada hueso. Bajaron la cabeza, clavando sus cráneos deformes en la tierra... mientras miraban a Skylar, que estaba a mi lado.

—Tu poder, Zafiro —dijo él con una media sonrisa—. Ha vuelto a llamar a mi ejército de wendigos.

—Eran restos, ¿verdad? —pregunté mientras Skylar, con un solo chasquido, deshacía la pequeña horda de wendigos en una nube de humo.

Esas criaturas eran almas que, en vida, cargaban crueldad en las venas. Zarkass machos que destrozaron a sus hembras o simples restos de algo tan roto que solo quedaba el odio. El mal deja marca, siempre. Y yo... yo lo notaba cada vez que los veía. Aunque a veces me empeñaba en encontrar algo bueno, incluso donde no quedaba nada.

—Por la antigüedad de sus almas, esos wendigos podrían llevar enterrados bajo la arena milenios —me respondió—. Puede que incluso desde antes de la Gran Guerra de las Llamas. Pero al sentirte te buscaron.

—Y me encontraron.

Skylar rio bajo y se encogió de hombros, como si fuera algo inevitable.

—Lo siento. No es que te busquen, sino que no pueden ignorarte. Estás hecha de fuego, y ellos solo conocen la oscuridad. Son inofensivos si yo así lo decido. No hay de qué preocuparse.

—Son insoportables —gruñó Valeska detrás de nosotros, mientras las demás, transformadas en nightmares, bestias desplazadoras o zengs, ya estaban listas para cruzar el desierto.

—Tal vez si el mundo no estuviera tan podrido... —solté girándome a medias—. Si la gente no se empeñara en dejar cicatrices por donde pasa, no existirían criaturas como los wendigos.

Valeska me miró de reojo.

—Lamentablemente, portadora, el mundo siempre ha estado podrido. Y, mientras haya poder, habrá quienes lo usen mal. Así nacen criaturas como los wendigos. No por magia, por decisión.

Entonces esa calma que había en su rostro se resquebrajó.

La arena crujió, los hierbajos se agitaron y el suelo tembló.

Me giré justo a tiempo para ver a Valeska tensarse, los nudillos blancos sobre sus cuchillos. Las zarkass se alzaron alerta. Elandra no se movió, pero sus ojos verdes no se apartaban de la arena.

Ya conocíamos ese leve latido bajo nuestros pies.

Vuela, fue lo único que le dije a Kali.

La tierra vibró con un murmullo sordo. Al principio casi no se notaba, pero luego las pequeñas piedras empezaron a flotar, sin rumbo, suspendidas en el aire.

Entre nosotros, justo en el centro del círculo que formábamos, surgió una línea negra. Delgada, precisa, del grosor de un dedo.

Skylar no dudó cuando me cogió de la cintura y me echó hacia atrás para cubrir con su cuerpo el mío en un solo movimiento.

Todo se volvió más lento, el sonido se apagó y el tiempo perdió sentido.

Vi cómo su mandíbula se tensaba y sus hombros, justo frente a mí, se endurecían. Como si algo dentro de él tirara en direcciones opuestas, desordenándolo todo.

Algo iba muy mal.

—Sky...

Sus sombras se alzaron a su alrededor en un intento por desvanecernos a todos de allí. Pero no lo lograron.

Cuando tiré de mi magia, sentí el vacío, el fuego que siempre había respondido sin dudar no apareció, alguien había cerrado todas las compuertas desde dentro, y yo estaba atrapada en un cuerpo que ya no reconocía.

—No puedes desvanecernos —le dije sintiendo cómo el cuerpo empezaba a pesarme, como si mis huesos se volvieran de piedra.

Skylar maldijo por lo bajo y me sujetó con más fuerza por la cintura, sus dedos clavándose en mi piel. Giró la cabeza y yo lo imité, con el pulso desbocado y el aliento atrapado en la garganta.

Algo enorme se movía bajo la arena, deslizándose a metros de distancia, directo hacia nosotros. No tenía una forma definida, solo parecía una masa gigantesca que abultaba la superficie como una ola. La tierra se abría a su paso, los arbustos salían volando y arrancaba de raíz los pocos árboles que quedaban en pie como si no pesaran nada.

El rugido de Skylar fue lo que nos sacó del trance:

—¡CORRED!

Las zarkass, transformadas en bestias, se abrieron en abanico hacia los flancos, cada una tomando un rumbo distinto para alejarse de la línea negra que seguía hundiéndose más en la tierra.

—¡No puedo transformarme! —gritó Elandra a mi lado, quien jadeaba atrapada en su forma humana.

Skylar me giró y me empujó hacia atrás, luego cogió a Elandra por la muñeca y nos lanzó en dirección contraria, sin darnos tiempo para dudar.

—¡Corred, Zafiro! ¡Alejaos de la grieta lo máximo posible!

Kali chilló desde el cielo mientras volaba en círculos con las alas abiertas, buscando un lugar donde aterrizar sin ser tragada.

Cuando mis piernas empezaron a correr, sentí cada zancada más pesada. La arena cedía bajo mis botas, robándome el impulso, y notaba los granos rasparme las mejillas. Me até el pañuelo al rostro a toda prisa para cubrirme la boca, y forcé los ojos hasta que apenas fueron una rendija, luchando por ver entre el vendaval que se desataba frente a nosotros.

Elandra corría a mi lado, su cabello agitándose como fuego al viento, pero entonces, algo pasó entre las dos. Era una sombra viva, veloz, un borrón negro que se deslizó por en medio y nos adelantó sin esfuerzo.

Liral.

Subíos, escuché su voz abrirse paso en mi consciencia.

Se plantó frente a nosotras con las patas bien ancladas en la tierra y giró la cabeza lo justo para mirarnos.

—¡Tenemos que subirnos a ella! —grité, ya corriendo hacia su lomo.

Liral se agachó un poco, lo justo para que pudiéramos trepar, y ayudé a Elandra a subir. La empujé desde abajo y, cuando estuvo arriba, me extendió la mano.

—¡Vamos!

Mis ojos bailaron entre Elandra y Liral.

—No voy a dejar a Skylar solo —dije dando un paso atrás—. Idos.

Liral no discutió, me sostuvo la mirada apenas un segundo más y luego giró de golpe y salió disparada con Elandra sobre el lomo hasta desvanecerse entre las dunas.

Kali aterrizó justo detrás de mí, haciendo vibrar la tierra aún más, y cuando me giré hacia atrás... no podía creer lo que tenía delante.

Una grieta partía la tierra, ensanchándose sin freno, tragándose todo a su paso, y del bulto que sacudía las dunas emergió una cabeza descomunal, alargada como la de un dragón, pero con el cuerpo de una serpiente inmensa, cubierta de escamas blancas que devoraban la luz del sol en vez de reflejarla.

La criatura se deslizaba por el desierto como si este fuera su madriguera.

Miré hacia donde estaban las zarkass y Adriel, que corrían a cuatro patas, alejándose lo más rápido que podían en dirección opuesta a la grieta.

Skylar, en cambio, seguía allí, sin moverse. Se había quedado hasta el último segundo para asegurarse de que todas las zarkass hubieran escapado primero. Cuando notó que yo no me había ido, que seguía plantada entre el caos y la arena levantada, su expresión cambió. Se le endureció la mandíbula y, sin decir una palabra, giró sobre sus talones y empezó a correr hacia mí.

Pude escucharlo maldecir.

Se movía más rápido de lo que lo había visto hacerlo jamás, las piernas lo impulsaban como si el suelo no fuera un obstáculo, mientras la grieta no dejaba de crecer.

Yo reaccioné por instinto, rodeé a Kali por un lado, me aferré a su plumaje y trepé a su lomo de un salto, justo cuando Skylar ya estaba a unos metros, con la tormenta rugiendo detrás de él.

¿Puedes aguantar el peso de Skylar?, le pregunté a Kali con el cuerpo pegado a su lomo.

No me respondió, pero no hizo falta. En cuanto Skylar se lanzó tras ella y se sostuvo detrás de mí, supe que Kali estaba hecha para esto. Para la carga, para el fuego, para la guerra. Era una enorme criatura nacida para sostenernos a los dos —y a medio ejército si hiciera falta— sin perder el rumbo, sin ceder un solo aliento.

—¿De verdad pensabas que te iba a dejar atrás? —le solté, sintiendo cómo sus manos se cerraban alrededor de mi abdomen, justo antes de que Kali alzara vuelo.

—Te castigaré por esto más tarde —gruñó contra mi oído—. Ahora salgamos de aquí, esa puta cosa ha anulado toda nuestra magia.

Kali batió las alas y nos alzó de golpe, justo cuando la grieta devoraba el suelo que acabábamos de pisar.

La criatura no se detenía, seguía abriéndose paso como una masa interminable de escamas opacas.

—¿Qué es? —pregunté elevando la voz para que me oyera por encima del viento.

—No tengo ni idea.

Kali se elevó hasta alcanzar una buena altura, sus alas extendidas en un azul apagado, sin fuego, sin brillo. Ni ella ni yo teníamos magia. Sentía en la piel y en los huesos ese vacío helado donde antes latía el poder.

Cuando los demás estuvieron lo bastante lejos, cuando por fin creí que podíamos respirar, que estábamos a salvo, me di cuenta de que había sido un pensamiento estúpido.

Una de las bestias desplazadoras se deshizo sin previo aviso.

Era del grupo de las zarkass y corría con las demás, pero de pronto su forma se volvió inestable, tembló... y estalló en una nube de humo oscuro. El cuerpo dejó de ser sólido y se quebró en fragmentos de sombra que se dispersaron en el aire.

En medio de ese humo, la forma zarkass de Valeska apareció.

Ahora yacía en la arena jadeando con medio cuerpo enterrado, como si la transformación le hubiera arrancado hasta el último aliento. No se movía, no intentaba levantarse, no hacía nada.

La grieta avanzaba directa hacia ella.

La criatura, ese maldito dragón sin alas, se lanzó hacia Valeska con una velocidad que me congeló la sangre. El polvo se alzó tras su paso. Su forma gigante apenas se distinguía; un brillo pálido, retorcido, que se hundía, emergía y volvía a hundirse.

Cada vez estaba más cerca.

—¡Valeska! —grité desde lo alto de Kali y mi voz atravesó el desierto.

Adriel, el único zeng entre la marea de bestias desplazadoras, giró en redondo. *No, no, no*, lo escuché pensar.

—¡Adriel! —grité.

Pero entonces echó a correr, directo hacia Valeska, hacia la grieta. Sus patas golpeaban la tierra sin freno, con esa velocidad desesperada de quien no acepta perder la carrera, mientras la grieta seguía abriéndose más y más.

Vi a la criatura del desierto hundirse por completo. La cola blanca, brillante como un filo recién forjado, fue lo último que se alzó para luego desaparecer bajo la tierra.

Valeska logró incorporarse. Dio un paso y luego otro, pero ya era tarde. La grieta se abrió bajo sus pies y la engulló sin piedad. No hubo ningún grito. Solo el destello de sus ojos justo antes de caer, y su melena oscura elevándose un instante, antes de desaparecer en las tinieblas.

Pero no cayó sola.

Adriel fue tras ella.

Su cuerpo se lanzó al vacío con la desesperación de quien aún cree que puede alcanzarla, salvarla, detener lo que ya está hecho.

Su silueta desapareció.

Un segundo después, la grieta se cerró, como si nunca hubiera estado allí.

23
Adriel

Caía. Y no con gracia, ni con dignidad, ni con esa aura trágica y heroica que uno espera cuando se lanza al abismo por una causa noble. No. Caía como un saco mal atado, dando vueltas, sin idea de qué era arriba o abajo, sin saber si iba a estamparse en cualquier momento o si la caída era infinita y solo estaba ahí para hacerlo parecer idiota por toda la eternidad.

Adriel sintió cómo su forma de zeng se deshacía. La magia se le escapaba del cuerpo, deslizándose por su piel, como si de pronto su cuerpo recordara que, al fin y al cabo, seguía siendo humano.

Las patas se volvieron piernas, las colas desaparecieron, el pelaje de sombras se replegó bajo la piel y lo dejó desnudo de poder.

Ahí estaba él, cayendo con un cuerpo que ya no era magia, con músculos que dolían, pulmones en llamas y un miedo tan real que casi podía masticarlo. Y, en medio de esa oscuridad que lo devoraba sin prisa, gritó su nombre:

—¡Valeska!

Estiró tanto el brazo que el hombro amenazaba con dislocarse, pero estaba dispuesto a rompérselo con tal de alcanzarla.

Sus ojos avellana la habían visto caer, apenas a unos centímetros. Un borrón de sombras que giraba en el aire, con el cabello negro ondeando y las garras extendidas y dispuestas a arañar el vacío.

Adriel la alcanzó, le cogió la muñeca de un tirón y, en cuanto notó el contacto, giró el cuerpo en el aire para pegarla contra su pecho y envolverla con un brazo por la cintura. Si iban a estrellarse, si el suelo decidía aparecer de golpe como una broma cruel del universo, él lo recibiría con la espalda. No ella.

Debajo de ellos, un fulgor morado parpadeó, como una grieta de luz rompiendo la sombra.

—¡No me toques, joder! ¡No me toques! —gritó Valeska agitada.

Pero Adriel no la soltó.

—¡Quédate quieta, salvaje! —le gruñó, sintiendo cómo sus garras se le clavaban en el brazo—. Estoy intentando que no mueras, maldita sea.

Pero claro, a ella le daba más miedo que él la tocara que el hecho de que el vacío se los estuviera tragando vivos.

Fantástico.

Se aferró a la hembra rezando —porque hasta los tercos rezan cuando se caen al vacío sin saber si hay final— por que su cuerpo huesudo sobreviviera al impacto.

Alzó la vista por el hueco entre su cuello y su hombro. La grieta sobre ellos empezaba a cerrarse y los bordes se encogían. Sintió que llevaban horas cayendo, o días, o vidas enteras. Cuando ya nada tenía sentido, el impacto lo devolvió a la realidad.

Había caído sobre agua.

Una superficie viscosa los engulló sin resistencia. El líquido se le metió por la boca, por la nariz, por los oídos, por cada rincón. El cuerpo le tembló y la mente se le nubló, pero no soltó a la zarkass. Seguía con Valeska pegada al pecho, firme en su agarre, incluso cuando el aire le fallaba y la consciencia se resquebrajaba. Aunque el mundo entero se deshiciera alrededor, sus brazos no se rendían.

Adriel empezó a nadar hacia arriba, agradeciendo por una maldita vez haber crecido cerca del mar y no ser un inútil chapoteando. Se impulsó con una sola mano, forzando cada músculo… y entonces lo sintió: cinco pinchazos en su antebrazo.

A pesar del puto dolor, Adriel sacó primero la cabeza de Valeska y luego la suya.

—¡No sé nadar! —gritó ella, que salpicaba como un gato furioso.

Perfecto.

—Vale, escucha —bufó él tras escupir el agua, braceando hacia lo que esperaba que fuera orilla y no otra trampa mortal—. Necesito que te tranquilices. Si no sabes nadar —tosió—, déjamelo a mí, ¿vale?

Ella pataleaba como una endemoniada, gritando que no sabía nadar mientras, de paso, intentaba arrancarle el brazo de la cintura.

Adriel tanteó con las botas y, para su sorpresa, notó piedra bajo el agua. Empujó con fuerza, braceó hasta la orilla y salió de un tirón, con Valeska todavía colgada de él. En cuanto notó la tierra, la soltó, y ella se alejó de él escupiendo agua.

—No vuelvas a tocarme así —espetó con los colmillos a la vista—. O te arrancaré la puta garganta de un tajo, ¿entendido, jinete?

Adriel la miró. Seguía empapada, temblando, con las garras fuera y esa mirada de «te mato y luego pregunto».

Suspiró.

Adriel no era de los que gritaban, ni de los que dejaban que la sangre se les subiera a la cabeza. Él no funcionaba así. Pero había algo en ella —esa furia desbordada, ese fuego sin control, esa mirada que parecía odiarlo incluso cuando la salvaba— que le arrancaba los nervios uno por uno.

Se había lanzado al vacío por ella y aun así lo miraba como si fuera el monstruo que siempre esperaba ver en todos los machos.

—Lo primero que deberías hacer —gruñó Adriel, apartando el agua del rostro con un manotazo— es darme las gracias. Me he tirado detrás de ti a esta maldita grieta sin pensarlo. ¿Sabes lo estúpido que suena eso en voz alta?

Ella no respondió.

—No lo he hecho porque fuera lo correcto, sino porque no podía quedarme ahí viéndote desaparecer. Porque me habría roto más no moverme que estrellarme contra lo que hubiera abajo —continuó—. Puedo soportar muchas cosas, pero ver sufrir a alguien y no hacer nada..., eso no.

La ignoró. Se obligó a centrarse, a pensar, a no dejar que la adrenalina le nublara el juicio. Alzó la vista y, como ya temía, la grieta había desaparecido.

Ni rastro de la criatura.

Ni del sol.

Ni de su mundo.

El lugar parecía una ciudad detenida por la magia. Un río inmenso, sin corriente ni dirección, atravesaba la nada y se extendía en línea recta.

Reflejadas sobre la superficie, cientos de torres de diamante purísimo surgían de todas partes. Torcidas, afiladas, con aristas imposibles. Algunas tan altas que se perdían en la oscuridad del techo, parecían brillar desde dentro, con una luz suave, como si contuvieran estrellas dormidas.

Y el silencio... ese maldito silencio era demasiado perfecto. Sin viento, sin fondo, sin vida. Solo el sonido de sus respiraciones y el leve chapoteo de sus botas mojadas sobre piedras que no parecían hechas para pisarse.

—Deberías haberte quedado arriba, jinete —le escupió ella, sin siquiera mirar a su alrededor—. Los dioses ya habían dictado mi sentencia.

Adriel se giró hacia ella incrédulo.

—¿Me estás reprochando haber bajado contigo?

—No era tu condena, sino la mía.

—Tú eres mi condena, Valeska —dijo, y avanzó un paso.

Ella retrocedió, el pecho se le hinchaba con furia.

—Mantén la distancia.

Adriel alzó los brazos riéndose sin gracia.

—¿Te doy miedo yo? ¿Después de todo lo que he hecho por ti? —Señaló el abismo que los rodeaba—. ¿Más que este puto agujero?

Valeska empezó a mirar a su alrededor. Observaba como quien evalúa una amenaza, no como quien la teme. Y, en ese instante, Adriel lo entendió. No era ese lugar lo que la inquietaba.

Era él.

Ella le temía a él.

Las armas seguían en su cinturón, bien aseguradas, ni una se le había desprendido en la caída, un detalle crucial para sobrevivir ahí abajo, aunque en el caso de Valeska, él dudaba de que realmente las necesitara.

—No puedo arañar tu mente —dijo ella de pronto—. No puedo escarbar en ella. Mi magia no funciona aquí abajo.

Adriel chasqueó la lengua. ¿En serio? ¿Había intentado meterse en su cabeza otra vez?

—Yo tampoco puedo transformarme —dijo él—. Me he lanzado aquí en forma de zeng, pero en mitad de la caída algo me arrancó la forma. Ni siquiera ha sido decisión mía.

—¿Y el escudo?

Adriel cerró los ojos un segundo, intentando invocar la esfera de protección que había empezado a controlar en las últimas semanas. Intentó aferrarse al núcleo, a la energía, al mantra...

—Ni rastro. —Abrió los ojos.

—La magia no funciona aquí abajo —murmuró Valeska mientras se escurría el agua del cabello con una mano y se pasaba la otra por los brazos, por encima del uniforme empapado.

Adriel la observó de reojo. Vio un leve tiritar en su piel, el modo en que sus hombros se encogían y, aunque no dijo nada, supo que tenía frío. Empapada, bajo tierra, en un lugar donde el sol no existía y el aire apenas se movía.

—¿Tienes frío? —preguntó, aunque para él el clima ya no existía.

Valeska no respondió, solo apretó los dientes. Pero eso fue suficiente.

Adriel se quitó la parte superior del uniforme, pegada al cuerpo por la tela aún húmeda. Se quedó sin nada arriba y se la tendió con el brazo estirado hacia ella.

—Toma. Espera a que se seque y póntela.

Valeska lo miró de reojo, evaluándolo en silencio, pero él ya sonreía con descaro.

—No desaproveches la oportunidad de verme sin ropa —añadió encogiéndose de hombros—. No se da todos los días.

Ella resopló con ese gesto suyo de fastidio constante, pero aun así cogió la parte superior del uniforme y se la ató a la cintura sin gracia. Cuando alzó la vista, sus ojos negros atraparon los de él sin previo aviso.

Adriel se quedó quieto, porque había algo en ella que lo desarmaba sin siquiera tocarlo. Valeska dio un paso medido, y sus ojos empezaron a recorrerlo. Bajaron por su cuello, se deslizaron por su pecho aún húmedo, por cada músculo trabajado a golpes. Las gotas que caían por su torso parecían seguir el rastro de su mirada, como si también supieran que estaban siendo observadas. Y él... solo pudo respirar.

—Jinete —susurró Valeska.

Adriel tragó saliva, aún embobado, atrapado por esa forma de mirarlo. Sintió algo extraño, como un veneno lento que se le deslizaba por dentro, y se sintió hechizado por esa belleza que parecía demasiado perfecta para ser real, demasiado salvaje para ser segura.

—¿Valeska?

Ella alzó la mano y lo señaló con la garra del dedo índice.

—Estás sangrando.

Las palabras de la zarkass le llegaron de lejos. ¿Sangrando? Frunció el ceño confundido y bajó la mirada, sin terminar de creerse lo que acababa de escuchar. No sentía dolor, ni ardor..., pero ahí estaba. La sangre. Deslizándose en un hilo oscuro por su abdomen.

—Joder, pero ¿qué coño te pasa? —le espetó ella, cruzando el espacio que los separaba en un segundo. Le dio un empujón tan fuerte que le hizo tambalearse y, con ello, volver a la realidad.

—No puede ser... —murmuró él al tiempo que se pasaba los dedos por el costado y sentía la sustancia espesa y oscura que se filtraba de las heridas—. ¡Me has clavado tus putas garras!

—No deberías haberme tocado.

Él alzó la mirada, furioso por primera vez.

—Tranquila. Te juro por todo lo que me queda que no volveré a rozarte ni aunque te estés muriendo en mis brazos.

Valeska abrió la boca, y él ya sabía que lo siguiente que saldría de ella sería otro puñado de insultos o alguna amenaza disfrazada de frase altiva, así que alzó la mano y la cortó en seco.

—Mira. Gracias a lo que sea, caímos en agua y no nos reventamos la cabeza contra las piedras. Pero no tenemos ni puta idea de dónde estamos ni qué mierda vive aquí abajo. Así que, si no te importa, deja de comportarte como si yo fuera el problema.

El suelo volvió a temblar, pero no con violencia, sino con una vibración sorda que les recorrió las plantas de los pies y les subió por la columna. Las aguas a su alrededor se estremecieron, agitadas en ondas lentas que se expandían en círculos cada vez más amplios.

Adriel alzó la vista por puro instinto, por ese miedo visceral que nace cuando sabes que algo no va bien, buscando grietas en el techo, esperando ver la tierra abrirse de nuevo sobre sus cabezas, pero solo encontró una oscuridad que parecía tragarse incluso la posibilidad de la luz.

El temblor no se detuvo, creció, y con él llegó un sonido que se arrastraba por las paredes de piedra, un rugido apagado que no sabía si venía del fondo de la enorme cueva.

—Esa puta cosa viene a por nuestros cadáveres —soltó Valeska, con la certeza clavada en la mandíbula mientras miraba por encima del hombro.

Adriel giró la cabeza justo a tiempo para ver a la criatura. Su cuerpo era una combinación imposible entre serpiente, dragón y algo más, algo que no tenía nombre pero que su instinto reconocía como una amenaza real, una que no se detendría hasta devorarlos.

Valeska lo cogió por la muñeca y tiró de él sin miramientos, empujándolo hacia el borde más cercano de la cueva. Corrían o, más bien, ella lo arrastraba con esa fuerza brutal que no tenía sentido en un cuerpo tan delgado.

Avanzaron hasta que encontraron un rincón donde el muro se alzaba cubierto de torres de diamante opaco, fragmentos angulosos que brotaban del suelo y las paredes, formando un refugio estrecho, apenas lo bastante amplio para que dos cuerpos se ocultaran entre sombras y silencio.

Sin decir una sola palabra, Valeska lo empujó dentro de golpe. Adriel cayó de espaldas y el diamante chocó contra su columna. Su cuerpo encajó entre dos aristas que se le clavaron cerca de las costillas.

Valeska se deslizó a su lado, pegada a él por completo, apretados hasta el punto de compartir cada respiración. El hueco era tan reducido que sus hombros chocaban, sus rodillas se rozaban y el aliento de uno llegaba al cuello del otro.

—No me toques —murmuró ella sin moverse un milímetro.

—Te juro que, si pudiera evaporarme, lo haría.

Las botas de Valeska seguían sobresaliendo, justo por la esquina de una de las torres, y Adriel cogió el borde superior del uniforme y tiró hacia dentro. Valeska, sin esperarlo, perdió el equilibrio y cayó de lleno sobre su regazo.

—¡Serás imbécil! —escupió con las manos apoyadas en su pecho.

—Estás dando más guerra que un ejército, ¿lo sabías?

La criatura se acercaba cada vez más. Oían cómo se arrastraba, solo que esa vez no era sobre arena..., era sobre agua. ¿Qué demonios podía nadar por agua y arena con la misma facilidad?

—Nos va a oler... —susurró Adriel.

Antes de que pudiera soltar otra palabra, Valeska le cubrió la boca con la mano. Las puntas de sus garras le rozaron la piel y le acariciaron la mejilla y la oreja. Estaba tan cerca de él que Adriel pudo contar cada pestaña, ver ese brillo extraño en sus ojos, dilatados por la adrenalina.

—Esperemos que no huela la sangre que estás dejando atrás, maldito jinete.

Los suspiros de la criatura se colaban por las paredes, acompañados de un olor tan intenso que rascaba la garganta; tragar aire allí abajo era como masticar ceniza. Adriel contuvo la respiración. El sonido del arrastre se volvió más profundo, dando la sensación de que la serpiente blanca ya estaba justo detrás de ellos, donde su sangre había caído y se deslizaba aún por la piedra.

Valeska se pegó a él, encajando cada curva, cada parte de su cuerpo contra el suyo, como si pudiera fundirse en él y desaparecer. Su aliento le rozó el cuello. Adriel la sintió temblar —o tal vez era su propio pulso, desbocado, el que vibraba bajo la piel—, pero no se movió. Las manos de él estaban a cada lado, aferradas al suelo, sin atreverse a rozarla.

Había jurado que no volvería a ponerle una mano encima. Aunque ese fuera el último lugar donde respiraran.

La criatura volvió a moverse, deslizándose por el río, su cuerpo inmenso partía la corriente sin esfuerzo, cada escama destellaba con la luz púrpura que emanaban las paredes de la cueva. Medía más que cualquier dragón que hubiera visto, metro tras metro sin fin, y en su lomo se alzaban unas crestas irregulares que le recorrían la columna.

Cuando su cabeza estuvo lo bastante lejos, Valeska se separó de Adriel y siguió a la criatura con la mirada.

—Tenemos que salir de aquí cuanto antes. —Adriel se incorporó con la mano aún presionando su costado, que le ardía cada vez más—. O moriré en esta jodida cueva.

Valeska continuaba con los ojos clavados en la cola de la criatura, que se deslizaba hasta perderse en la oscuridad del río.

Entonces se irguió y giró la cabeza hacia Adriel.

—Esto ya estaba escrito. Sus voces lo cantaron mucho antes de que yo naciera. Era mi destino desde el principio.

—¿Qué? —Adriel frunció el ceño sin entender.

—La más fuerte entre las mías, la vida camina detrás de mí, la muerte reposa en mis manos. Descenderé a donde la magia se extingue, y solo en mí estará la llave.

Apretó la mandíbula antes de continuar:

—La profecía está a punto de cumplirse, Adriel. Estamos en la ciudad enterrada, y es mi deber encontrar la maldita cerradura.

SEGUNDA PARTE

La profecía

24

Eda

Salté del lomo de Kali en cuanto sus garras tocaron tierra firme. Mis botas se hundieron en la arena, aún revuelta por la sacudida. Frente a mí, el suelo era sólido, imperturbable.

La grieta había desaparecido, y la criatura también.

Me arrodillé y hundí las manos en la arena, escarbando sin orden. Arañaba la tierra como si pudiera abrirla, como si en algún rincón bajo todo ese polvo aún estuvieran.

—¡Adriel!

Mis manos cavaban sin parar, ciegas, torpes, rabiosas. No buscaban con fe, buscaban con furia. Quería abrir la tierra a puñetazos, meterme dentro, romperla si hacía falta, gritar sus nombres hasta desgarrarme la garganta y obligar al mundo a devolvérmelos.

—¡Joder!

Eda, la voz de Kali me llegó suave, pero yo seguía revolviendo la arena.

Una enorme mano se apoyó en mi hombro.

—Esta no es la forma de llegar hasta ellos —dijo Skylar.

«¿Dónde estáis?», eso era todo en lo que podía pensar.

La arena se alzó a ambos lados cuando las zarkass irrumpieron en sus formas originales. Levanté la cabeza. El pañuelo me cubría casi todo el rostro, pero los ojos estaban al descubierto, y con eso bastaba. Porque en ellos ya no cabía nada más que rabia.

—Se han ido...

Las zarkass se quedaron quietas en medio del desierto.

—¡Haced algo! ¡Decid algo! —grité estampando el puño contra la arena—. ¡Están ahí abajo, y vosotras aquí quietas mirando como si no os importara una mierda!

Se los había tragado la grieta, se los había llevado esa maldita criatura, igual que la tierra. Y, si aún seguían vivos, tal vez no les quedaba tiempo o ya no hubiera nada que salvar.

—¿Quién... quién está abajo? —preguntó Elandra mientras bajaba de Liral. Se giró despacio, como si cada parte de su cuerpo le pesara, los ojos recorrieron a las zarkass, una por una—. ¿Dónde está Adriel?

Me miró. Yo seguía de rodillas, con las manos clavadas en la arena y el pecho hecho un desastre.

—No... —mientras lo decía retrocedió un paso.

Skylar, que tenía su mano sobre mi hombro, me obligó a levantarme.

—Valeska cayó —empezó a contar Skylar lo que había pasado—. Se transformó mientras huía, eso la hizo tropezar, perdió el equilibrio sobre la arena y no llegó a escapar de la grieta. Adriel saltó detrás de ella, en forma de zeng, y la grieta se cerró con ellos dentro.

—Con esa maldita cosa —escupí sin apartar la vista del suelo.

Elandra tenía los labios entreabiertos y la mirada fija, clavada en un punto que ya no parecía ver. Skylar, que estaba más cerca, alzó un brazo para sujetarla, pero fue Liral quien se movió primero. Su cuerpo se rearmó en hueso y músculo al volver a su forma humana. Se colocó justo detrás de Elandra y la envolvió con los brazos, sosteniéndola en el instante exacto en que su cuerpo cedía.

—Te tengo, pelirroja —le susurró.

—No puede estar muerto —dijo Elandra con la voz estrangulada y el cuerpo inclinado hacia delante como si fuera a vomitar—. No puede estarlo, él es... es inmortal.

Skylar, detrás de mí, volvió a hablar:

—Esa criatura anula la magia, y no sé hasta qué punto eso afecta a la inmortalidad.

—¿Sabes qué es? —preguntó Elandra sin apenas girar el rostro—. ¿La has visto antes? ¿A esa cosa?

Skylar negó con la cabeza cuando lo miré de reojo.

—No, nunca. Ni en las guerras antiguas, ni en las leyendas. Ni siquiera la he sentido hasta que la tierra tembló.

—¿Crees que puede ser una criatura de la Dama? ¿Una de las vinculadas a ella? —pregunté.

Escuché cómo varias zarkass tragaban saliva al mismo tiempo. Incluso el viento pareció aguantar el aliento.

Skylar dudó. Y que él dudara era como ver una grieta en una muralla que nunca había cedido. Él lo sabía todo: nombres, fechas, monstruos enterrados, batallas olvidadas. Había caminado por este mundo más tiempo del que muchos podían imaginar. Pero ignoraba aquello. Y cuando alguien como Skylar no reconoce lo que tiene delante... todos los demás deberían empezar a temblar.

—Si esa puta cosa está vinculada a la Dama —dijo por fin—, entonces da igual cuántos jinetes reunamos. No importa cuántos sepan transformarse o cuánta fuerza nos quede. No ganaremos. No mientras ella tenga bajo su mando una criatura que anula la magia. Eso no es un enemigo, es una ejecución.

Liral suspiró, sus manos aún sostenían a Elandra.

—No podríamos luchar ni transformarnos.

—Además de poder manipular a las criaturas que ella misma crea, como nuestras criaturas, si esta está bajo su mando... —dijo Elandra, alzando la voz con dificultad.

Me arranqué el pañuelo de la boca, la tela rasgada entre los dedos.

—Sabremos si es suya —dijo Liral— si tiene los ojos de ese maldito esmeralda.

—Pero no era así —intervine—. Y, aunque es muy probable que esté bajo su control, si una criatura así puede partir el desierto en dos, ¿por qué no la ha usado ya para entrar en la ciudad?

Skylar asintió.

—Buena observación. Pero los ojos pueden no significar nada esta vez. Quizá no necesita controlarla, quizá le sirve con su lealtad. Como Kali contigo o Long con Basilius. —Se calló un segundo—. Respecto a la ciudad, ahí tienes razón.

Cerré los ojos, respiré hondo y busqué dentro de mí, donde dolía, entre el miedo, la rabia y ese cansancio que me pesaba en los huesos. Indagué en mi centro como quien raspa una roca con las uñas, hasta que la sentí, una chispa pequeña pero viva que latía como un recuerdo al borde del olvido.

—Mi magia está volviendo —dije, y en cuanto lo hice lo sentí. Un torrente se desató. Una ola caliente me recorrió de dentro hacia fuera, reavivando cada rincón dormido, cada nervio que había estado apagado demasiado tiempo.

—La mía también —añadió Liral—. La vuelvo a sentir.

Skylar estiró una mano hacia el frente y de entre sus dedos brotaron sombras nítidas.

La magia regresó, y uno a uno todos la sentimos, ese cosquilleo leve recorriéndonos la piel, los nervios, el centro del pecho. Como si algo allí abajo, tras la grieta, tras la criatura, comenzara a soltarnos al fin, a devolvernos, poco a poco, parte de todo lo que nos había arrebatado.

Me giré hacia las zarkass, que seguían observando sin decir palabra.

—¿Acaso no vais a decir nada? ¿Os vais a quedar ahí calladas? ¡Habéis perdido a una de las vuestras! ¿Esa es vuestra lealtad?

Elandra dio un paso al frente con los dientes apretados.

—No vale la pena, Eda. Seres como ellas no tienen corazón. Ni para sentir la pérdida ni para llorarla.

Norian dio un paso al frente.

—No hemos perdido a ninguna de las nuestras. El destino de Valeska estaba cantado, ella sabía que esto pasaría. Y nosotras también.

—¿Cómo que lo sabía? —solté—. ¿Cómo que vosotras lo sabíais?

Fue Kalea, la más alta entre ellas, quien habló:

—Valeska no está muerta.

Elandra giró tan rápido que hasta el viento pareció apartarse.

—¿Y Adriel sí? —escupió—. ¿Eso estás diciendo? ¿Que ella está viva y él... qué?

—No he dicho eso.

—Pero tampoco lo has negado. —Elandra dio un paso más y Liral tuvo que ponerle una mano en el hombro—. No os atreváis a soltar cosas a medias mientras os quedáis ahí, tan divinas y mudas. Porque si sabíais algo y os lo callasteis...

Otra de ellas, Kalis, una de las más jóvenes, tomó la palabra.

—Solo sabemos lo que nos han susurrado desde pequeñas —contó—. Canciones viejas, profecías repetidas de madre a hija como si fueran nanas. Solo se cantaban por la noche, cuando los machos dormían. No era seguro decirlas en alto, no era seguro que supieran que la teníamos.

—¿Teníais qué? —la interrumpí.

Kalis alzó la vista. Sus garras se deslizaban despacio sobre la tela de su uniforme.

—Esperanza.

—¿Qué clase de profecía es esa que os hace estar tan seguras de que la hembra que se ha tragado la maldita tierra no está muerta? ¡¿En esa puta profecía acaso dice si mi amigo sigue vivo?! —A Elandra se le saltaron las lágrimas, pero ni siquiera se las limpió—. ¡Porque si no, no me sirve de nada!

Liral la volvió a abrazar y le susurró algo al oído. Elandra se quebró contra su pecho, sin fuerzas ya para contener el llanto.

Kalis se aclaró la garganta y, con la mirada fija en un punto entre la arena y sus pies, recitó en un idioma que ninguno de los que estábamos allí reconocía:

—Nalek voh'kaan ti'na. Eru ma'k tahla. Vokh erin da'kaan. Narek osh tal'da, vek'an nur.

Norian tradujo:

—La más fuerte entre las tuyas, la vida camina detrás de ti, la muerte reposa en tus manos. Descenderás a donde la magia se extingue, y solo en ti estará la llave.

Me quedé completamente quieta, mi mente giraba mientras escuchaba esas palabras demasiado familiares, demasiado cercanas, porque ya las había oído antes... y no en una canción, ni en un susurro lejano, sino en una despedida.

—Eso lo dijo Tyra —murmuré—. La anciana se lo dijo a Valeska antes de morir... Yo la escuché, estaba allí.

Las recordaba ahora, nítidas, aunque en su momento no les di importancia. Las oí salir de su boca temblorosa mientras me acercaba a ellas, justo antes de que le arrancasen el corazón. Escuché a Tyra pedirle que se mantuviera a mi lado, escuché esas palabras pero las pasé por alto, las dejé atrás como si fueran solo parte del adiós.

Kalis asintió despacio.

—No era solo una despedida. Aquello fue para recordarle quién era, hacia dónde iba y cuál era su destino, aunque ninguna de nosotras lo entendiera en ese momento. No del todo.

—¿Queréis decirme que lo sabíais? —pregunté sin subir la voz—. ¿Que existía una profecía sobre Valeska... y no dijisteis nada? Os pregunté por la ciudad enterrada.

Kalis se pasó una garra por la manga del uniforme.

—No sabemos lo que dice toda la profecía. Solo conocemos ese primer segmento: «La más fuerte entre las tuyas...». Y Valeska siempre lo fue. Tyra lo supo desde el principio. Estaba convencida de que había nacido para cumplir ese destino. Pero nunca supimos cuándo pasaría, ni cómo.

Norian tragó saliva.

—Pero hasta ahora, hasta esto, no entendíamos qué significaba el resto.

—Solo ahora estamos empezando a comprenderlo —terminó Airi.

—Descenderás a donde la magia se extingue... —caviló Skylar, y en cuanto nuestras miradas se encontraron, lo sentí, un vértigo, una certeza compartida.

Los dos habíamos llegado a la misma conclusión.

—Si la profecía es cierta —empecé—, esa criatura no es la que está vinculada a la Dama. No es ella quien nos ha anulado la magia. Ha sido la ciudad.

Liral, sin apartarse de Elandra, dijo:

—Entonces tenemos un problema menos. Si es la ciudad la que apaga la magia y no la Dama, significa que ella no puede replicarlo fuera. No es un poder suyo. Y eso, maldita sea, eso nos da una puta ventaja.

—Pero seguimos sin saber qué es esa criatura —añadió Skylar—. Si ha salido aquí, puede hacerlo en cualquier otra ciudad del imperio. Si se arrastra por debajo, si se mueve entre capas de tierra como un fantasma, entonces no hay suelo firme. No hay un lugar seguro.

—Ni tiempo para escondernos —dijo Elandra, más para sí misma que para los demás.

La arena seguía pegada a nuestras botas, el viento no dejaba de silbar y el sol caía sobre nuestras espaldas.

—Jugamos con la ventaja de que, tal vez, solo nosotros sabemos de la existencia de esa serpiente dragontina —dije, y me llevé las manos a la cintura con los nervios crispándome los dedos—. Pero, si no es así, si la Dama ya lo sabe o lo sospecha, no creo que tarde mucho en usar a una criatura como esa en nuestra contra.

Solté un suspiro antes de continuar:

—Aunque tal vez ni siquiera pueda manipularla, tal vez no tiene nada que ver con ella. Todo esto es tan contradictorio.

Skylar volvió a apoyar la mano en mi hombro, sus dedos se movieron en círculos lentos, pequeños, recordándome que seguía ahí, que no todo estaba perdido, que aún respirábamos.

—Seguiremos con el plan —dijo—. Entrenaremos a los jinetes, los prepararemos, los organizaremos como una unidad de verdad. Cuando estén listos, ese será un frente menos que nos preocupe. Algunos se quedarán para protegerlos —añadió—. Otros nos moveremos y buscaremos la entrada. La grieta fue un accidente, no un acceso. Hay otra forma de entrar, y la encontraremos.

—Valeska sabrá qué hacer —añadió Norian—. Con la profecía en la cabeza, sabrá atar los hilos. —Miró a las demás y, una por una, todas asintieron—. Confiamos en ella, portadora.

—Nosotras también lo hacemos —dijo Liral.

Volví a girarme hacia mi mitad.

—Necesitamos saber qué era esa cosa antes de bajar ahí abajo.

Su mano se apretó un poco más sobre mi hombro y me dedicó una de esas sonrisas suyas que no tranquilizaban, pero sí hacían que respirara un poco más hondo.

—Entonces ya es hora de volver a casa, Zafiro. Tenemos que hacerle una visita a la Biblioteca Silente.

25

Valeska

—*Vokh'tar raa'mek* —susurró Valeska en el idioma que solo las hembras comprendían.

Caminaba sobre la roca resbaladiza, controlando el ritmo de su respiración, midiendo cada paso, cada apoyo, para asegurarse de no hacer ruido mientras ella y Adriel avanzaban lo más cerca posible del muro de diamante que los escoltaba a través de aquellos enormes pasillos.

—Deja de insultarme en tu idioma —le soltó el macho detrás de ella.

Valeska se giró despacio, después de horas sin dirigirle una sola mirada, solo por el simple hecho de que lo detestaba.

Abominaba a los machos, a todos, sin excepción. No necesitaban hablar, ni tocarla, ni siquiera respirar cerca. Bastaba con saber que existían a menos de cinco metros para que su sangre, espesa y oscura, empezara a hervir.

—No te he insultado.

Claro que lo había hecho. «Maldito macho» era la traducción más suave de lo que había susurrado en su idioma. Las hembras lo murmuraban a escondidas cuando se las castigaba, lo mascaban con los dientes apretados mientras las ataban o las dejaban a la intemperie, heladas, rotas, alineadas para recibir castigos sin sentido.

A veces no decían nada y otras solo hablaban en ese idioma que los machos no entendían, y con eso bastaba para desatar otra paliza. Porque que una hembra dijera algo que un macho no podía descifrar era, para ellos, la peor amenaza.

Las palizas no eran leves. Las molían hasta dejarles los huesos como polvo, hasta que las ideas se deshacían en la cabeza, hasta que el cuerpo ya no respondía y solo les quedaba morderse la lengua y escupir más insultos por dentro.

A Valeska le encantaba provocar a los machos zarkass. Disfrutaba viendo cómo se tensaban, cómo se les fruncía el ceño y se les inflamaba el orgullo. Porque cada vez que uno intentaba golpearla, sus nudillos terminaban hechos papilla y sangraban negro, y ella... se sentía un poco más viva.

—Llevamos horas caminando en esta dirección y parece como si no hubiéramos avanzado ni un maldito paso —bufó Adriel mirando a ambos lados.

La cueva seguía igual que al principio: cristales por todas partes, torres de diamante, las mismas formas repetidas una y otra vez, como si el lugar se burlara de ellos.

Valeska lo observó mientras él inspeccionaba el camino. Se dio cuenta de que había pasado más tiempo con ese macho que con ningún otro. Los de su especie no compartían tiempo con ellas, solo algunos minutos para dar órdenes, infligir dolor y hacerles cosas infames.

Pero aquel... era diferente.

Su físico no encajaba con ninguno de los patrones que ella conocía, ni con los machos de Bankai, de piel grisácea como la suya, ni con los jinetes de Novadia. Él tenía la piel de un tono oliva, bronceada, como si el sol no lo quemara, sino que lo hubiera esculpido. El cabello, más claro que el negro profundo de ella, caía con desorden sobre la frente. Y los ojos... estos eran otra historia. Rasgados, afilados hacia los extremos, de un avellana que se tornaba ámbar cuando la luz de los cristales lo tocaba.

Parecía hecho de otra raza.

Valeska se giró para darle la espalda otra vez.

—Estamos siguiendo el río. Parece estático, pero no lo está. —Señaló los bordes, donde la corriente apenas era visible—. El agua se arrastra hacia abajo, lo que significa que estamos descendiendo. Y, por la inclinación del terreno desde la caída, nos alejamos de Arcadia. Vamos hacia Novadia.

—Recuerdo este color —dijo él—. El brillo en el agua, esta pigmentación púrpura... la vi una vez, en los restos de Aurik, en una de las tres cordilleras, al oeste.

—¿Cuántos días crees que costaría llegar? —preguntó ella, justo cuando pisaba una roca húmeda que casi la hizo resbalarse. Por el rabillo del ojo lo vio levantar las manos, preparado para sujetarla si caía. No llegó a tocarla. Ella se sostuvo sola, aferrada a un cristal que sobresalía de la pared.

—A este ritmo, más de dos semanas caminando —respondió él, y se llevó una mano al costado ensangrentado.

—Con mi veneno en tu sangre, tardarás cinco días en sanar y tal vez se conviertan en tres semanas si no dejas de arrastrarte como un novato.

Adriel soltó una carcajada y volvió a posar una mano al costado, como si reír doliera pero mereciese la pena. Ella se quedó quieta escuchando aquella risa sin colmillos, con esos dientes rectos y esos huecos extraños a los lados de la boca, como marcas hechas por flechas mal encajadas.

La desconcertó.

—Me encanta recordarte cada vez que me duele el cuerpo.

—Me tienes delante. Es normal que me recuerdes.

Él sonrió, y los huecos en sus mejillas se hundieron más.

—No te estoy mirando.

Valeska gruñó por lo bajo y volvió a caminar, pero su mente ya no estaba en los pasos, sino en el tiempo, en lo que su cuerpo podría soportar antes de empezar a fallar. Adriel quizá podría aguantar sin agua, sin comida, pues su cuerpo inmortal estaba hecho para realizar lo imposible, pero el de ella no, y su alimento no se encontraba en nada que ese lugar pudiera ofrecer.

Desde que Eda había empezado a darles su sangre, su organismo se había estabilizado, había dejado de depender de almas. Esa poderosa y extraña sangre les bastaba para mantenerse en pie sin necesidad de cazar ni matar. Pero ahí, bajo tierra, no quedaba nada, ni una chispa de alma en el aire, ni un rastro que pudiera absorber, como si ese lugar nunca hubiera conocido la vida.

La última vez que se había alimentado había sido esa mañana, antes de salir, y calculó rápido: cuatro días, quizá cinco, si no usaba energía, si no sangraba, si no peleaba, pero sabía que en menos de dos jornadas tendría que hacer las tres.

Debía encontrar una solución.

Valeska frenó en seco, lo que hizo que clavara las botas en el suelo, cuando una música extraña empezó a colarse por los pasillos. No era un sonido lejano, ni algo que pudiera ignorarse, e iba directo hacia ellos, ganando fuerza con cada paso.

Adriel, que andaba demasiado cerca de ella, se estampó contra su espalda, pero la zarkass ni se movió, ni siquiera lo miró. No importaba. La música seguía subiendo, reptaba por las paredes, retumbaba bajo los pies.

—No estamos solos —gruñó Valeska armas en mano, lista para matar.

Adriel también tenía dos cuchillos, sacados de la bota con la velocidad de un reflejo. Valeska no necesitaba acero. Ella era la maldita hoja afilada.

Pero entonces el macho detrás de ella se movió, rápido y decidido. De un solo paso se plantó delante, su cuerpo enorme y desnudo tapándola por completo, como una muralla viva. Valeska sintió el calor de su piel, la presión de sus músculos tensos, el modo en que su espalda la aislaba de todo.

—¿Qué haces, imbécil? —le espetó mientras intentaba asomarse por el costado.

—Protegerte.

—¿Quién te lo ha pedido?

—Mi trauma, probablemente.

—No necesito una puta muralla.

—Lo sé. Pero aquí me tienes igual.

La cubrió sin dudar, como si ponerse entre ella y el peligro fuera algo natural, inevitable, casi instintivo.

—Quédate detrás de mí —le ordenó Adriel mientras avanzaba hacia el eco de las risas que ahora se filtraban por el enorme pasillo frente a ellos—. Creo que más adelante hay un desvío a la derecha, debe de venir de allí.

—No voy a quedarme detrás de nadie —mascculló Valeska.

Adriel se giró hacia ella, podía ver en sus ojos el fastidio.

—Esta vez sí lo harás. Por una maldita vez en tu vida, hazme caso, Valeska —escupió su nombre. Ella casi lo despellejó con la mirada.

—¿Porque crees que puedes darme órdenes?

—Porque no pienso dejar que mueras aquí abajo, ¿me oyes? No pienso cavar tu tumba en este maldito agujero.

Por primera vez, su voz no sonaba contenida. Estaba furioso.

—Entonces deja de hablar y camina de una puta vez, jinete.

Siguieron moviéndose, sin espacio para respirar. Las paredes cada vez se hacían más estrechas, los cristales, más afilados.

—¿Lo ves? —Adriel señaló con el mentón la garganta oscura que se abría entre los cristales—. Allí empieza el ruido.

—¿Crees que es una trampa?

—No lo sé —respondió sin apartar la vista del pasillo—. Pero, si lo es, mantente cerca de mí. Va en serio.

Valeska soltó una risa sin humor.

—¿Desde cuándo pides las cosas?

—Desde que me importas lo bastante como para rogar.

A Valeska se le tensó la mandíbula. Nadie le había rogado nada. Jamás. Siempre la habían usado, admirado o temido..., pero nunca la habían cuidado.

—Entra —ordenó ella.

Adriel esbozó una media sonrisa.

—No me apuñales por la espalda, hembra.

—No prometo nada.

El macho avanzó, la sangre todavía se deslizaba sobre su piel. Valeska lo siguió de cerca, cruzando la garganta de la cueva y, al salir al otro lado, parpadeó. Lo que tenía delante era demasiado grande para abarcarlo de un solo vistazo.

—¿Qué coño es esto…? —susurró ella.

Ante ellos se extendía una ciudad colosal, construida entre ríos de un violeta líquido que se entrelazaban como venas abiertas. La vegetación era salvaje y viva; árboles de troncos pálidos, de cortezas lisas como hueso desgastado, de cuyas ramas caían largas cortinas de flores que descendían hasta casi tocar el suelo.

Pero el violeta no era el único color que reinaba.

Había luces flotando, pequeñas esferas de tonos cálidos, marrones, dorados, ocres que se mezclaban con el humo que escapaba de las chimeneas de los cientos de casas que había allí y que ascendía hasta el techo natural de roca, tan alto que parecía el cielo mismo, donde, en lugar de quedarse, se deshacía.

Puede que la magia de Valeska y Adriel no funcionara allí abajo, pero magia había, una que nadie había llevado, sino que había nacido en aquel lugar, moldeándolo piedra a piedra, raíz a raíz…

Una mano enorme le tapó la boca a Valeska y, de un tirón brutal que la tomó por sorpresa, la desarmó; los cuchillos se le resbalaron de los dedos y su espada chocó contra un pecho duro.

«No, otra vez no… No. No, por favor».

Adriel se giró de inmediato hacia ella, los ojos rasgados estaban abiertos como si acabara de ver un fantasma, pero ella reaccionó rápido y se lanzó hacia quien la retenía.

El hombre, sin soltarla, esquivó su embestida y gruñó:

—Ni un puto paso más o ella muere.

Desde el rabillo del ojo, Valeska vio una flecha que apuntaba a la cabeza de Adriel. No era solo uno el que estaba detrás de ella. Por la forma en que los ojos de Adriel se movían, supo que había muchos más.

—Y si tú te mueves, el chico también morirá —le dijo a ella.

En condiciones normales Valeska ya le habría destrozado la mente, la habría hecho colapsar desde dentro sin pensarlo, pero allí, en ese maldito lugar, ni siquiera podía recordar cómo se hacía.

Escarbó, buscó esa parte de ella, pero no encontró nada.

Valeska había jurado no volver a estar nunca en una situación como aquella, no permitir jamás que un macho le pusiera una mano encima sin su consentimiento, aunque dudaba que alguna vez fuera a dárselo a alguien. Y, sin embargo, allí estaba, con una mano cubriéndole la boca, inmovilizada, como había ocurrido cientos de veces antes.

—¿Quiénes sois y qué hacéis aquí? —preguntó la voz de una mujer—. ¿Por qué ella no es humana y tú sí?

Adriel, el muy idiota, levantó el cuchillo en un gesto de paz, como si eso no fuera a cavar la tumba de los dos.

«Vokh'tar raa'mek».

Valeska se agitó, intentando zafarse, pero el hombre que la sujetaba parecía tener una fuerza que no pertenecía a ningún mortal.

—No hemos venido a hacer daño a nadie —dijo Adriel sin apartar los ojos de Valeska—. Esa criatura..., esa serpiente, abrió una grieta sobre la ciudad —señaló hacia arriba, donde el techo de piedra parecía no tener fin—. Mi mujer y yo no tuvimos tiempo de huir. Caímos juntos, sobre el río.

Valeska se quedó helada. «¿Mi mujer y yo?».

—Solo queremos encontrar una salida. Nada más —remató Adriel.

La mano que cubría la boca de Valeska se aflojó, igual que el brazo que le rodeaba la cintura.

El macho le susurró cerca del oído como advertencia:

—Voy a soltarte. No intentes nada o será el fin de tu hombre... y el tuyo. ¿Entendido?

La dejó ir y la empujó con fuerza hacia Adriel, que la atrapó entre sus grandes brazos. Valeska alzó la vista y los vio a todos: dos hombres y dos mujeres, plantados donde ella había estado retenida. Los cuatro los observaban con una desconfianza abierta, sin moverse ni un centímetro. Vestían telas gruesas, bien tejidas, diseñadas para resistir pero ligeras para moverse entre la humedad y la piedra.

Eran humanos, eso resultaba innegable, y ninguno parecía superar los treinta años.

El hombre del arco bajó el arma y repitió la pregunta de la mujer:

—¿Qué es ella? ¿Por qué se parece tanto a los mismísimos demonios?

Valeska sintió que se le encendía el pecho, la sangre le golpeó en las sienes, lista para lanzarse contra todos ellos, pero Adriel habló antes de que pudiera hacerlo.

—Ella no es un demonio. Mi mujer y yo somos unos jinetes importantes en el imperio. Allí no la ven como un monstruo, sino como lo que es, una guerrera.

Valeska sintió que las palabras le mordían por dentro. No fue la mentira lo que la hizo tensarse —ella sabía que Adriel mentía—, sino que, por un maldito segundo, sonó real.

¿Guerrera? ¿Así era como él la veía?

La mujer de cabello oscuro cortado por encima de los hombros y que vestía una falda tosca que le cubría hasta las rodillas los miró con detenimiento.

—Esos uniformes...

Valeska ya estaba echando el cuerpo hacia delante, preparada para arrancarle la piel del rostro de un zarpazo, pero Adriel la atrapó de un tirón disimulado.

—Sois jinetes de dragón del imperio —continuó la mujer.

El hombre que la había retenido preguntó:

—¿Sigue habiendo vida allí arriba? ¿El imperio todavía existe? ¿Qué pasó después de la guerra de las Tres Llamas?

Valeska se quedó muda un segundo, luego se separó de Adriel solo para observar mejor. Él no tenía ni idea de lo que estaban preguntando, pero ella sí. Aunque su vida había transcurrido entre cavernas, en la oscuridad, sobreviviendo como podía en Bankai, Valeska conocía esa historia tan bien como las cicatrices de sus manos grisáceas.

—La guerra de las Tres Llamas fue hace más de siete mil años —informó a los cuatro humanos—. Hoy solo queda un emperador. El último jinete de dragón que el mundo ha visto en milenios.

Algo en todo aquello no terminaba de encajar.

Valeska había sido entrenada para moverse más rápido que el pensamiento, para matar antes de que alguien pudiera rozarla y, aun así, aquel hombre la había atrapado. No por suerte de él ni por torpeza suya. La había sujetado con una fuerza inhumana que Adriel usaba cuando quería aplastar algo.

La otra mujer de cabello rubio oscuro palideció.

—No... —murmuró negando con la cabeza mientras le clavaba las uñas a su compañero en el brazo—. No pueden haber pasado siete mil años. No puede ser.

—Es ella —dijo una voz lejana—. Son ellos.

Valeska giró sobre sus talones y Adriel se movió igual de rápido. Entre los cristales, empezaron a salir más figuras. Primero un par, luego media docena, después más. Contaron diez humanos, todos adultos, vestidos con ropas ásperas, curtidas por el tiempo y con los ojos demasiado abiertos.

—¿Qué sois vosotros? —exigió saber Valeska.

La mujer de cabello corto dio un paso adelante.

—Somos jinetes de dragón.

Valeska frunció el ceño y sintió un latigazo de confusión recorrerle la columna.

—Eso es imposible —soltó Valeska mientras su mente trabajaba a toda velocidad, recomponiendo piezas rotas, encajando algo que hasta ese momento creía muerto y enterrado—. Todos los jinetes y sus dragones murieron hace... —Se le cortó la voz.

La mujer no titubeó.

—Se nos encerró en esta ciudad hace siete mil años. A todos nosotros.

Señaló a su alrededor las casas cubiertas de raíces, los muros agrietados, a las decenas de adultos que se acercaban en silencio.

—Y tú —lo dijo mirándola de frente señalándola— y él —añadió, y apuntó a Adriel, que seguía rígido a su lado— sois... sois la profecía.

Valeska apenas tuvo tiempo de procesarlo.

Desde lo más profundo de la tierra un rugido brotó y se extendió, vibrando en los huesos. Luego otro, y otro más, hasta que decenas se unieron en oleadas que estremecían la roca bajo sus pies.

La ciudad entera se sacudió cuando el suelo empezó a respirar, hinchándose y cediendo, anunciando que algo, allí abajo, empezaba a despertar.

Valeska lo vio de reojo, apenas fue un destello: Adriel flaqueó, como si el suelo se le escapara. Ella se lanzó hacia él con la misma rabia protectora que había salvado a las suyas más veces de las que podía contar.

—Adriel —lo llamó mientras lo atrapaba entre sus manos, cuidando de no rozarlo con las garras.

Nunca había odiado más su propia maldición, nunca había deseado más ser otra cosa, porque un solo roce suyo podría dañarlo, podría matarlo.

Cuando Valeska volvió a alzar la vista, la mujer estaba más cerca de ellos con los ojos brillando de pura esperanza.

—Habéis venido a romper esta jaula, a abrir las puertas que nos encerraron, a devolvernos lo que nos arrebataron. A liberar a los dragones.

26

Adriel

Adriel deseó haber abrazado más a sus amigos. Haberle cogido la mano a Elandra con más fuerza en aquellas largas noches en las que el cansancio no bastaba para apagar el miedo. Haberle arrancado más palabras a la muda y cabezota de Liral, aunque fuera a base de provocarla hasta que se rindiera con una sonrisa.

Adriel deseó haber hecho muchas cosas antes de morir.

Lo pensó aquella primera vez, cuando recibió la carta con su nombre escrito a toda prisa, cuando su madre, rota de dolor, lo abrazó en el umbral de casa, aferrada a él con la desesperación de quien sabe que está perdiendo algo irremplazable.

Lo pensó mientras cruzaba la puerta, sin saber si alguna vez volvería.

Su madre era de esas mujeres que aprendieron a contener el llanto hasta que nadie miraba, que doblaban la tristeza como una sábana vieja y la guardaban en los rincones de la casa. Que tejía mantas para cubrir ausencias y cocinaba en silencio porque la pena, cuando se nombraba, era peor.

Adriel deseó haberla hecho reír más. No con bromas, ni con tonterías, sino arrancándole de verdad una carcajada que rompiera el vacío que siempre le veía en los ojos. Porque cuando ella reía, aunque fuera por un maldito segundo, parecía menos cansada, menos vieja, menos derrotada.

Pero no lo hizo.

Ahora, mientras los rugidos seguían sacudiendo la tierra bajo sus pies, sintió cómo el equilibrio le fallaba. Supuso, con amarga resignación, que aquel era el fin de su inmortalidad malgastada.

Adriel no supo qué lo derribó primero, si el estruendo de las bestias despertando bajo la ciudad o las palabras de aquella mujer.

Intentó mantener los ojos abiertos mientras el rostro de Valeska se volvía un borrón ante él. Ese que había visto en sus sueños durante días, el que cargaba la misma tristeza que había visto en los ojos de su madre.

—Si queréis que os ayudemos, entonces ayudadlo a él —amenazó Valeska.

Adriel notó cómo unas manos huesudas y pequeñas lo sujetaban, manteniéndolo en pie con la fuerza de diez hombres.

Se caía. Maldita sea.

La adrenalina que lo había sostenido hasta entonces —la rabia, el impulso de no perder de vista a Valeska, de protegerla aunque le costara la vida— empezó a desvanecerse.

Los rugidos se alejaban, quizá seguían ahí. No estaba seguro.

—Está sangrando demasiado —dijo una voz masculina que sonó preocupada.

Adriel apenas alcanzó a escuchar. Ya no veía nada. Tenía los ojos cerrados y no podía abrirlos.

—¿Qué le ha pasado?

Sentía que unas manos lo movían.

—¡Si queréis vuestra libertad, moveos! —gritó una mujer.

Notó un tirón.

—¡A una de las casas vacías, rápido!

—¡Lorelei, trae mantas y agua!

—¿Cuánto tiempo lleváis aquí...?

Entre todo el ruido, entre los pasos apresurados, las voces que subían y bajaban sin orden, Adriel distinguió una voz.

—No llevamos ni seis horas —escuchó decir a Valeska.

—¿Seis horas? ¿Y sigue sangrando así?

—No es normal —contestó otra voz—. Un jinete debería haber cicatrizado ya.

—Son mis garras. —La voz de Valeska sonaba cada vez más lejos, como si peleara por alcanzarlo—. Llevan un veneno que bloquea la cicatrización en inmortales.

—¿Has intentado matar a tu propio marido?

Adriel habría gruñido si hubiera tenido fuerzas.

—Fue un accidente —se defendió Valeska—. No sé nadar bien..., todo pasó demasiado rápido... —Y se calló, mordiéndose las palabras.

—Lo curaremos.

—Vosotros sois nuestra salvación. No permitiremos que le pase nada.

Adriel notó cómo su cuerpo se hundía en algo blando, y después... nada. Las voces se fueron apagando, ya no sentía los movimientos a su alrededor, ni siquiera esos pequeños temblores que, como inmortal, habría podido percibir a kilómetros.

No entendía qué ocurría. Después de horas sumido en un silencio absoluto, flotando en un vacío sin norte ni final, una voz rompió la nada. La única que podría haber seguido sin dudar, incluso si el mundo ardía y se partía bajo sus pies.

La de ella.

—No pienso quedarme aquí sola con un puto cadáver —gruñó Valeska—. No te mueras, jodido macho, no después de todo lo que me estás haciendo sentir.

Eso fue lo último que Adriel escuchó antes de hundirse en un sueño tan profundo que no supo si alguna vez despertaría.

27
Eda

Siete días fue lo que le llevó a Dalton convencer a los jinetes de Arcadia que aceptasen que la magia de Skylar se mezclara con la suya. Siete días en los que el imperio estuvo en vilo, con los ojos clavados en el desierto, esperando otro temblor, otra grieta, otro desastre.

Después de perder a dos de los nuestros, Skylar nos desvaneció a Arcadia, y fue directo a buscar a Dalton para comunicárselo. Antes de que regresara, ya había cientos de jinetes transformados en hipogrifos y mantícoras surcando el cielo para patrullar el imperio por turnos.

Los jinetes descansaban lo justo, entrenaban hasta quedar exhaustos, y todo el trabajo previo sirvió, porque ya sabían cómo sostener dentro de sus cuerpos la magia de Skylar, cómo canalizarla, y eso nos dio ventaja. Nos permitió que los jinetes de Arcadia escucharan.

No teníamos a nuestras criaturas, pero el imperio seguía en pie. Y no pensaba dejar que cayera.

—Iron y yo partiremos antes del atardecer —dije mientras dejaba los cubiertos sobre la mesa. Estábamos en los salones de la Fortaleza de Gea, acabando de comer—. No podemos retrasarlo más. No con la situación en el imperio deteriorándose por momentos.

Liral y Elandra se quedarían en Arcadia. Eran más útiles que cualquiera, sirviendo de puente, de fuerza, de voz. Y, lo más importante, eran las únicas a las que las zarkass toleraban sin reservas.

—¿Sabéis cuándo volveréis? —preguntó Liral desde el otro lado.

Negué, breve.

—Ahora mismo no podemos hacer planes. Ni a largo ni a corto plazo. No sé siquiera qué pasará esta noche —dije encogiéndome de hombros—. Lo único claro es que tenemos que llegar a la biblioteca y encontrar respuestas. Todas las que podamos.

—Tengo el turno de vigilancia esta noche —informó Liral, sin despegar la vista de Elandra, que empujaba la comida por el plato sin tocarla—. Tú también, ¿no?

Elandra ni siquiera alzó la cabeza, seguía con los ojos perdidos en el plato, atrapada en ese silencio que no necesita palabras para doler, el mismo que llevaba arrastrando desde que Adriel desapareció. Y yo, mientras la observaba, no podía dejar de pensar en lo que le dije a Skylar en la playa, esa certeza que se me clavó en el pecho: que íbamos a sufrir, que perderíamos gente, y que esa paz, ese leve alivio que a veces parecía volver por segundos... no se quedaría.

Elandra dejó de remover la comida, soltó el tenedor con un suspiro bajo y me miró de frente.

—Sí, estaré toda la noche, y la mañana también. Ahora que vosotros os vais, no dudo de que esa zorra lo intente aprovechar. Ya venció a Dalton una vez, puede hacerlo otra.

—Pero ahora Iron y Dalton están del mismo lado —respondí—. Y los jinetes ya están organizados.

—Eso no impide que aproveche tu ausencia —replicó ella—. No entiendo por qué no ha hecho nada aún. Cómo puede manipular a nuestras criaturas y luego desaparecer sin dejar rastro. Mandó un ejército entero de noctífagos a por ti. ¿Y después? Nada.

Tenía razón, y era algo que ya habíamos repetido una y otra vez en las reuniones de vigilancia, repasado en cada estrategia, en cada informe, dejándoles claro a los jinetes a qué clase de enemiga nos enfrentábamos.

—Su don no es solo manipular criaturas, Elandra —le dije—, sino manipular el equilibrio, la idea misma de control. No ataca a través de la fuerza, no tiene que hacerlo, nos fractura por dentro, tuerce lo que creemos seguro, lo convierte en amenaza y luego desaparece.

Liral soltó un suspiro cargado de rabia.

—Va a buscar venganza por haberle entorpecido sus malditos planes, no lo dudéis.

—Puede que la Dama busque venganza, pero se encontrará con la furia de miles dispuestos a arder por este imperio. —Me encogí de hombros y miré a mi alrededor.

Los jinetes del salón fingían seguir comiendo, pero sus ojos hablaban. Llevaban días haciéndolo. Observaban a las zarkass con desconfianza, a Liral y a Elandra con una envidia mal disimulada, y a mí... no sabría decir.

Liral bufó.

—Si tienen algo que decir, que se levanten y lo digan. Estoy harta de los cuchicheos.

Siendo hipócrita, pensaría que me miraban por lo que ahora era, por ser una de las tres llamas, la única jinete de fénix. Pero yo sabía que no era por eso.

Los jinetes de allí no entendían lo que significaba cargar con ese poder. No lo habían visto en acción, no sabían de qué era capaz. Pero lo que sí sabían, lo que corría de boca en boca, era que rechacé a su emperador y que ahora compartía la cama con la muerte.

Aparté la mirada y volví a centrarme en las chicas.

—No saben nada sobre Iron. Solo lo que quieren creer. Únicamente los que te conocemos de verdad sabemos lo que hay entre vosotros.

Elandra alargó la mano por encima de la mesa y atrapó la mía, que había empezado a tamborilear sobre la madera sin que me diera cuenta. Sabía en qué estaba pensando.

—¿Es normal sentirme juzgada por enamorarme de quien me da la gana? —resoplé—. ¿Y qué haré cuando todo el mundo se entere de…?

Me quedé en silencio, la boca entreabierta. Había guardado en secreto que Skylar y yo estábamos prometidos. Y, aunque una parte de mí quería gritarlo al mundo sin miedo, sabía que ese no era el momento.

—¿Enterarse de qué, Eda? —preguntó Elandra, y por primera vez en días, le vi una sonrisa.

—No sabes lo que has hecho. —Liral puso los ojos en blanco—. Ahora, hasta que no lo sepa, va a perseguirme con sus teorías. Así que, por el bien de mi cordura, cuéntalo de una vez.

Miré a mi alrededor. Nos observaban, sí, pero esperaba que no pudieran oírnos. Me incliné un poco hacia la mesa.

—Vale, os lo cuento. Pero… —mis ojos se clavaron en los de Elandra— tú no te enfades, ¿vale? No te lo he dicho antes porque…

—¿Estás embarazada, Eda?

—¿¡Qué!? ¡No!

—¿Ah, no?

—¡No, Elandra!

Soltó todo el aire de golpe y se dejó caer contra el respaldo de la silla.

—Menos mal. Porque, sinceramente, ya me estaba imaginando un drama extraño con la duda de si el padre era Iron Shadow o el emperador… —se interrumpió con brusquedad cuando Liral le plantó una mano en la boca.

—Deja de decir estupideces, pelirroja.

Elandra le dio un manotazo a Liral para apartarle la mano.

—¡No me tapes la boca!

Yo bajé la cabeza y me cubrí la cara con una mano, deseando disolverme en la silla. Hablar de sexo ya me incomodaba, pero mezclar el nombre de Skylar y Dalton en la misma frase me revolvía el estómago.

—Perdona. —Elandra pareció notarlo—. Vale, vale, no debería haber dicho eso.

—De igual forma, no tiene sentido que pudiera estar embarazada. No hace ni dos semanas que Sky y yo..., ya sabéis.

—No, no sabemos. —Se apoyó con los codos en la mesa—. ¿Qué has hecho, Eda?

—Solo hace dos semanas que nos acostamos por primera vez.

Elandra se mordió el labio como si estuviera aguantando un chillido adolescente. Yo, mientras tanto, solo podía pensar en lo extraño que era verla sonreír así otra vez, como si por un momento se olvidara de todo lo demás. Aunque hasta que encontráramos a Adriel nada volvería a ser como antes.

—¿Y qué tal?

Ella ya tenía esa sonrisilla ladina, como quien está a punto de meter el dedo justo donde más pica.

—O espera... —Se acercó un poco más—. ¿A eso te referías cuando has dicho que te daba miedo que la gente lo supiera? ¿Que compartes cama con la muerte? ¿O mejor dicho... que la muerte te la mete como si quisiera arrastrarte al otro mundo?

Abrí los ojos de par en par.

—¡Por la muerte, Elandra!

—¡Qué! Admítelo, suena morboso, y un poco peligroso. Prométeme que me contarás cada maldito detalle luego.

—El sexo con Iron es estupendo —reí ya sin vergüenza—. Él lo es. Y me alegro de ser inmortal, porque juro que pienso disfrutarlo durante siglos.

Skylar no solo me hacía el amor. Me tomaba como un hombre toma a su prometida, con la urgencia de quien descubre el amor verdadero por primera vez. Y quizá era eso. Porque no había fuerza en el mundo que explicara lo que ocurría cuando nuestras pieles se encontraban. Sus manos sabían cuándo apretar, su boca cuándo morder, sus colmillos cuándo desgarrar si hacía falta.

Y yo... yo vivía esperando la próxima vez.

—Ay, madre —suspiró Elandra—, encima los dos no vais a envejecer nunca.

Liral soltó un bufido.

—Sois incorregibles. Las dos.

—Y tú una reprimida. —Elandra le sacó la lengua—. ¿Es que a ti nunca...?

—¿Acaso ves hombres en mi habitación, pelirroja?

Yo las miraba en silencio. No sabía quién de las dos estaba provocando a quién, pero la tensión se podía cortar con un cuchillo. Me encantaba.

Kali también se metió a escuchar la conversación, como siempre.

Yo también quiero saber más de estas dos.

Elandra le contestó a Liral:

—No lo sé, puede que en tu habitación no, pero últimamente desapareces cada noche. ¿A dónde vas?

—No es asunto tuyo.

—Eso suena a que sí te estás viendo con alguien. —Volvió a inclinarse sobre la mesa—. ¿Prefieres mantenerlo en secreto porque te da miedo que te preguntemos si te la mete bien?

—Elandra —intenté regañarla.

—¿Qué? —replicó ella alzando las manos—. No es mi culpa que esta criatura misteriosa desaparezca. Si no está haciendo cosas indebidas, que lo diga.

—Tal vez sí las haga —dijo Liral.

Elandra parpadeó. Esa no se la esperaba.

—¿Perdona?

—Lo que has oído. Tal vez sí me estoy viendo con alguien. Tal vez me la mete tan bien que por eso no me ves por las mañanas —añadió con los ojos clavados en los de ella—. ¿Te molesta?

—Aaah. —Elandra jugueteó con la comida haciéndose la distraída—. Yo también me escabullo por las noches para verme con... —Sus ojos se desviaron hacia el comedor, justo cuando alguien cruzaba la puerta—. Alaric.

La mandíbula de Liral casi hizo contacto con el suelo. La vi girarse despacio, con la necesidad de comprobarlo con sus propios ojos, y ahí estaba: Alaric entraba junto a Luca, hablando bajo, sin saber que acababa de convertirse en el epicentro de una tormenta.

—¿¡Con ese viejo!? ¡Y una mierda! —le escupió Liral, visiblemente molesta.

Esto se pone muy muy interesante, pajarraca.

¿Quién será la primera en pegar a quién?, se mofó Kali.

No estoy muy segura, contesté.

—Oye, Iron tiene más milenios que Alaric —dije intentando no reírme—. ¿Qué hay de malo en los hombres con experiencia?

Liral me fulminó con la mirada.

—Como si lo tuyo fuera normal...

—Eso, Liral —la retó Elandra—. ¿Qué hay de malo en que nos gusten los que llevan siglos perfeccionando el arte de besar?

Liral se puso roja, pero no de vergüenza, sino de furia contenida.

—Sé que no te ves con nadie porque sé lo que haces cada segundo de tus malditos días, pelirroja. Además, Alaric nunca se fijaría en ti.

Elandra se irguió de golpe.

—¿No? Pues dile eso a su boca cuando baja por mi cuello. Cuando me besa el...

—¿¡Te besa qué!? —casi bramó Liral—. ¿¡Desde cuándo!? ¿¡Desde cuándo te estás tirando a Alaric!?

—No he dicho que me lo esté tirando. —Elandra se cruzó de brazos—. He dicho que me besa. Que me adora. Que no puede quitarme las manos de encima. Y sí, cuando su lengua...

—Ahórrate los detalles. —Liral saltó con las manos crispadas sobre la mesa—. Por lo visto tienes cero respeto por la salud mental de las demás.

Kali silbó por lo bajo, encantada con el drama.

—Oh, vamos..., estás celosa.

—¿Celosa?

—Sí, celosa de que a mí me besen y a ti no.

Suspiré. Al parecer, Elandra no se daba cuenta de que Liral no estaba celosa de ella, sino de Alaric. Aunque, siendo sincera, dudaba de que Elandra se acostara realmente con el líder de los nightmare. Así que no sabía muy bien quién estaba provocando a quién, ni quién quería poner a prueba a quién.

Así que hice lo que haría cualquier buena amiga para ayudar a otra.

—Voy a casarme con Iron Shadow.

Elandra y Liral giraron la cabeza hacia mí al unísono.

—¿Y cuándo tenías pensado decírnoslo? —inquirió Elandra, casi atragantándose.

—No he podido abrir la boca desde que habéis empezado vuestra guerra sexual.

Elandra soltó un grito y se dejó caer sobre el respaldo.

—¡Una boda! ¿Y tú aquí tan tranquila, sin decir nada? ¡Necesito detalles! ¡Todos! ¡Ahora!

Liral me miró con gratitud. No hacía falta decirlo: le acababa de salvar el pellejo.

—Por favor, cuéntanos todo —dijo—. Lo que sea con tal de que esta que tengo al lado no vuelva a hablar de..., en fin.

Elandra ni se inmutó; tenía ese rostro de idiota enamorada y no escuchaba nada más. Así que empecé a contarlo todo: cómo pasó, la librería, el terrario, la carta..., la playa. Cada detalle.

Cuando terminé de hablar, las dejé en la mesa. Tenía que buscar a Skylar; era hora de irnos. Me puse en pie y, al mirar alrededor, ahí seguían: los jinetes, con sus caras largas y sus ojos juzgando. Caminé hacia la salida sin decir nada, pero, al pasar entre sus mesas, me tomé una pequeña libertad: calenté cada vaso de agua frente a ellos. El vapor empezó a subir, las copas vibraron y algunos cubiertos se doblaron con un chirrido lento.

Escuché la risa de Liral justo antes de empujar la puerta, y eso fue suficiente.

Con la bolsa al hombro y el cuerpo aún fresco tras el baño, salí de la fortaleza por los pasillos empedrados, donde la arena se colaba entre las grietas. Fui en dirección a las dunas exteriores, buscando a las zarkass para despedirme y a Skylar, que seguramente estaría con los jinetes más reticentes a aceptar su poder. Algunos aún dudaban, incluso después de varios días, pero la envidia era un veneno lento. Ver a sus compañeros transformarse en criaturas colosales de sombra terminaba por erosionar el orgullo… y despertaba en ellos ese lado humano que tanto intentaban reprimir.

¿Ves a Skylar?, le pregunté a Kali, porque cuando yo no tenía ojos en el imperio, ella era los míos.

Está en el campo de entrenamiento, cerca de la grieta de los Cristales Rojos, respondió. *¿Quieres que te lleve?*

Andaré. Gracias, pajarraca.

Durante mi estancia en Arcadia mi piel había tomado un tono más dorado, lejos ya del color lechoso que solía tener. Si aún fuera mortal, el sol del desierto me habría abrasado, dejándome roja y agrietada, pero ahora solo me ponía morena.

Skylar apenas lo había notado; casi siempre nos veíamos cuando yo estaba a punto de dormir, o entre sombras, en las salas subterráneas de la fortaleza, esas que descendían en balcones hasta rozar la grieta. Casi no habíamos compartido tiempo real, tangible, pero bastante era ya que ambos estuviéramos en el mismo lugar, sabiendo que, por ahora, estábamos a salvo.

Caminé entre las dunas, notando cómo la arena se filtraba entre las costuras de mis botas. Novadia tenía nieve traicionera, capaz de tragarte hasta la cintura si dabas un paso en falso, pero Arcadia no ofrecía tregua con sus tormentas de arena, que azotaban la piel como vidrios finos.

Me até el pañuelo sobre la boca y la nariz, justo cuando crucé el último muro de piedra de la fortaleza, uno de esos edificios enormes que servían para frenar, al menos un poco, el embate del viento. Al dejar atrás las estructuras grandes y meterme entre las casas más bajas, vi el campo de entrenamiento alzarse frente a mí.

Estaba plagado de nightmares, zengs y bestias desplazadoras hechas de sombras. Todos entrenaban sobre plataformas elevadas de obsidiana negra que giraban lentamente sobre un eje central. Eran círculos inestables, que cambiaban de dirección cada cierto tiempo, diseñados para forzar a los jinetes a mantener el equilibrio, calcular saltos o moverse con precisión.

¡Eda, a tu derecha!, me gritó Kali.

Me giré al instante, por puro instinto, más rápido que el viento.

De entre las sombras de una de las casas más alejadas emergió un hombre. Con la respiración agitada y los ojos desorbitados, sostenía contra su pecho a una niña que no tendría más de siete años.

Un cuchillo le presionaba la garganta, tan cerca que ya le había abierto la piel. La niña lloraba con los ojos muy abiertos, el rostro crispado por el miedo y los labios apretados para no sollozar más fuerte, mientras una línea fina de sangre le corría por el cuello.

—Ni una lágrima —le pidió el hombre a esta, pero sus ojos estaban clavados en mí.

—Escúchame con atención —continuó, esta vez me hablaba a mí—. O le abro la garganta aquí mismo y dejo que se desangre a tus pies.

El pecho se me contrajo.

—Déjala —dije dando un paso adelante—. Si lo que quieres es hablar, aquí estoy. Háblame.

Su respuesta fue hundir más el filo, lo justo para hacerla gritar y helar la escena. La sangre cayó en gotas rápidas por el cuello de la niña, y en ese momento vi lo que temía: los ojos de aquel hombre eran de un verde esmeralda.

—Ni un paso más —gruñó—. Destructora.

«Destructora». La palabra se me clavó como una astilla en el oído.

Está bajo su control, le informé a Kali.

—¿Qué te ha pedido la Dama que me digas? —pregunté sin apartar los ojos de la niña. Estaba buscando un ángulo, una fisura, una mínima oportunidad para hacerle arder sin tocarla a ella, sin provocarle un solo corte más.

No me giré para mirar si alguien más había visto lo que ocurría. No me importaba. Solo había una prioridad: que esa niña saliera viva.

—La Dama me envía para decirte que su plan avanza sin errores —ronroneó con desprecio—, que la profecía ya camina, contigo dentro, te guste o no, y que unas criaturas hechas de sombra no van a detenerla.

Sonrió y, aunque aquel hombre no tuviera la culpa, aunque su cuerpo se estuviera usando como un recipiente roto, el gesto me revolvió el estómago.

Eda, la voz de Kali me devolvió a la realidad.

Solo un segundo más.

Esto es lo que quiere, no le des lo que busca.

Vi cómo apretaba más el cuchillo, la sangre brotó con más fuerza y resbaló por el cuello de la niña.

—¿Así que su plan va según lo previsto?

Asintió lento, con esa obediencia mecánica que solo tienen los cuerpos manipulados, los que ya no se pertenecen.

Empecé a moverme por dentro, a deslizar mi poder bajo su piel sin hacer ruido. Lo empujé con cuidado por las capas de su carne, por cada rincón, cada articulación, despacio, como una corriente tibia que se cuela entre los huesos, sin que él pudiera notarlo.

—Paso a paso, todo sigue el hilo que ya está tejido, destructora.

—Lo único que ha demostrado enviándote a ti como su pájaro mensajero —me incliné un poco— es que sigue siendo una cobarde. Una que se esconde detrás de bocas ajenas porque no tiene el valor de hablar con la suya.

El hombre empezó a temblar. Al principio fue apenas un estremecimiento en los dedos, pero luego pasó a los hombros y a las piernas. Mi fuego ya estaba dentro, empujando, debilitando su voluntad. Pero el corazón me latía tan fuerte, tan alto, que sentía que podía delatarme.

—Papá..., por favor... —sollozó la niña.

Me congelé.

«Papá».

No era un extraño ni un soldado cualquiera manipulado desde lejos. Era su padre. La Dama lo había convertido en su herramienta, en su monstruo, en el arma que sostenía el cuchillo contra la garganta de su propia hija.

Ese era el mensaje.

Mi poder vaciló. Algo se resquebrajó por dentro y todo el control que había mantenido hasta entonces se tambaleó. Pero no podía ceder. No ahí.

Me lancé hacia la niña, pero él fue más rápido.

El cuchillo se hundió despacio y le rozó la piel como una caricia torcida, y una profunda línea roja se abrió en su cuello. Durante un segundo, el cuerpo de la niña no reaccionó, se quedó quieta, con los ojos abiertos, sin entender lo que acababa de ocurrir.

Luego sus rodillas cedieron.

Skylar surgió de entre las sombras, sin previo aviso, como una extensión de la misma oscuridad. Una de sus sombras ya se había enroscado en el cuello del padre. Justo cuando el corte se completó, se oyó el crujido de la columna al romperse.

El cuchillo resbaló de sus dedos, ya sin fuerza, y el hombre manipulado cayó detrás, como si su cuerpo se hubiera apagado de golpe.

—¡No! —grité.

Me lancé hacia la niña que yacía en el suelo. Aún respiraba, con los ojos abiertos de par en par y el rostro empapado en lágrimas. Tenía el cuello manchado de sangre, el pecho empapado y aun así seguía consciente, aferrándose a la vida con una fragilidad que dolía ver.

—Mi padre... mi padre nunca me haría esto... —Estiró una mano temblorosa hacia el cuerpo inmóvil del hombre que yacía a su lado—. Papá, vuelve... Por favor, vuelve...

El llanto se volvió un gemido ronco, de esos que se clavan en el pecho y te dejan sin aire aunque no seas tú quien está llorando.

Me temblaron las manos mientras sacaba la daga de la cintura; sin pensarlo demasiado, la giré en la palma y me hice un corte limpio. Me agaché y recogí su pequeño cuerpo con cuidado para acercarle la mano a la boca.

—Bebe, por favor. Sanarás si lo haces —le susurré con la garganta cerrada, sintiendo cómo la desesperación se me pegaba a los dientes.

Ella sollozó otra vez, pero asintió. Cerró los ojos, abrió los labios y dejó que mi sangre le tocara la lengua.

Skylar apareció delante de nosotras. Extendió una sombra desde su espalda y nos envolvió a los tres. Un latido después ya no estábamos allí.

Aparecimos en uno de los centros de curación para civiles de Arcadia. Todo estaba cubierto de blanco, las cortinas, las paredes, incluso el suelo parecía arrastrar ese mismo color pulcro.

Skylar sostenía a la niña contra su pecho mientras cruzaba la sala. La llevó hasta una de las camas de madera clara más cercanas y la depositó con cuidado. Las sábanas limpias se tiñeron al instante con el rojo espeso que aún brotaba de su cuello hasta quedar empapadas.

—Sobrevivirá —dijo Skylar mientras recorría con la mirada el cuerpo de la niña y se inclinaba para dejar también unas gotas de su propia sangre en sus labios—. Con tu sangre y la mía, cortaremos la hemorragia antes de que sea tarde, y la herida cicatrizará.

Yo permanecía quieta, sin moverme, con las manos aún manchadas y el cuerpo anclado al suelo. No entendía del todo qué acababa de pasar. Lo revivía una y otra vez en mi mente, buscando una fisura, algo que pudiera haber hecho distinto.

La niña empezó a respirar con mayor regularidad, su pecho ya no subía y bajaba con desesperación.

—Papá... —susurró con los ojos cerrados.

Mi corazón se hizo añicos.

Skylar seguía inclinado junto a ella, acariciándole la frente con la yema de los dedos mientras con la otra mano limpiaba la sangre seca de su cuello, donde ya solo quedaba una línea leve y difusa en el lugar donde antes estuvo la herida.

Me quedé mirando a aquel al que todos temían.

Tenía las manos manchadas de sangre y, aun así, estaba ahí, agachado junto a una niña que solo seguía respirando por él.

—No quiero llevármela conmigo, Eda. —Alzó los ojos dorados hacia mí—. No quiero más cicatrices en los cuerpos de los niños ni sus almas en Bankai.

Apartó la mirada justo cuando dos curanderas entraron con paso firme y las manos ya listas. Skylar se incorporó despacio y, sin perder la calma y en voz baja, les explicó lo necesario: lo que había pasado, lo que la niña necesitaba. Que la limpiaran, que la hidrataran, que no la dejaran sola bajo ningún concepto.

Skylar me hizo un gesto con la cabeza, apenas un movimiento para indicarme que saliera con él.

—Ha sido mi culpa —dije cuando nos detuvimos junto a la puerta del centro de curación—. Debería haberlo matado. No tendría que haberlo dejado hablar.

Skylar cruzó los brazos y me sentí pequeña a su lado.

—Sí, deberías haberlo matado —asintió sin suavizar la frase—. Pero no es culpa tuya lo que ha pasado. La culpa es de quien puso ese cuchillo en su mano.

Me llevé los dedos a la nuca y contuve el aliento.

—Era su padre, Skylar. Su propio padre. —Cerré los ojos—. Estaba manipulado, en cuanto vi ese brillo verde en sus ojos debí haberlo reducido a cenizas. La niña podría haber muerto. Todo por querer entender un maldito mensaje.

Me apoyé en la pared de piedra.

—¿Qué es lo que te ha dicho?

—Que estamos cumpliendo la profecía a la perfección.

Levanté la vista y él ya estaba allí, mirándome con la misma necesidad que sentía yo. En un solo gesto, me rodeó con los brazos, con esa forma suya de sostener sin apretar, de estar sin invadir.

Cada noche, cuando fingía dormir, él se deslizaba entre mis sábanas con ese sigilo que ya conocía tan bien. Me rodeaba con los brazos, con un cuidado que no mostraba ante nadie más. Se quedaba inmóvil, la frente apoyada con suavidad en mi nuca, su aliento deslizándose por mi piel.

No decía nada. Solo esperaba.

Aguardaba a que mi respiración se hiciera más lenta, a que los nudos en mi cuerpo empezaran a soltarse, a que por fin me rindiera. Como si su única misión fuera asegurarse de que al menos yo pudiera dormir.

Cuando el silencio pesaba más que la oscuridad, él desaparecía. Sin ruido, sin rastro. Cada noche se marchaba a lugares de los que nunca hablaba, y yo, por alguna razón, nunca le preguntaba. Siempre regresaba antes del amanecer, se metía en la cama, me rozaba la espalda con los labios y me susurraba que me amaba, que todo estaba bien.

Creía que dormía, pero yo lo escuchaba.

Siempre lo escuchaba.

—El mensaje era la niña —sollocé contra su pecho—. La capacidad que tiene de infiltrarse, de llegar hasta los habitantes del imperio. Ese era el maldito mensaje, Sky.

—La niña está a salvo. Y la única culpable de todo esto es la Dama, no tú. Pero no vuelvas a arriesgar una vida solo por querer escuchar cualquier basura que salga de la boca de un títere manipulado, Zafiro. No lo vale. Nunca lo vale.

Apreté los dientes y asentí con la cabeza.

—Lo sé —suspiré—. Estoy desesperada por saber más de ella, por entender.

—Y eso es justo lo que busca, tu debilidad, alimentarse de ella, usarla. Así que no se la muestres.

Se apartó justo cuando una de las curanderas se acercaba para confirmarnos que la niña estaba fuera de peligro, sin un solo rasguño.

El alivio me inundó, pero no bastó.

Skylar bajó la mirada hacia la bolsa que colgaba de mi hombro en cuanto la curandera desapareció tras la puerta.

—Será mejor que nos vayamos y empecemos a buscar ya. Si lo que ha dicho sobre la profecía no era una simple advertencia, entonces le estamos dejando el camino libre para ganar esta guerra.

28
Eda

Localicé a Elandra y a Liral y les pedí que, antes de ir a descansar, buscaran un momento para visitar a la niña, que la cuidaran hasta que yo pudiera volver de Bankai. Mientras tanto, Skylar se había reunido con Dalton, Luca y Alaric, los líderes presentes en Arcadia. Había un cadáver sobre la arena y una niña en uno de los centros de curación, la noticia se propagaría como fuego sobre yesca seca. Y, con ella, el miedo.

Llegué hasta las puertas cerradas de la sala de reuniones de la Fortaleza de Gea. Aún me resultaba extraño ver a los mismos líderes que un día se prepararon para matar a Skylar sentados del mismo lado. Unidos. Reuniendo fuerzas contra un enemigo que, por primera vez, nos igualaba a todos.

Pude escuchar el murmullo dentro de la sala, un revoloteo de voces tensas, pasos cruzados, decisiones pendidas en el aire. Pero me quedé quieta frente a la puerta.

—¿Se sabe algo del jinete de zeng? —escuché preguntar a Luca.

—Nada —respondió Alaric—. Ni un solo movimiento. Los jinetes mandan informes cada tres horas y no han detectado ni un temblor.

—También cayó una mujer a la grieta —añadió Skylar.

A pesar de que él parecía mantenerse al margen de las zarkass, siempre estaba atento a ellas.

—Dime, Iron, ¿por qué ahora las mantienes a salvo y lejos de Bankai, si durante siglos no hiciste nada por impedir el sufrimiento de esas mujeres? —se atrevió a preguntar Dalton. Yo, detrás de la puerta, me llevé la mano a la frente.

¿De verdad estuviste con él, Eda? Es insoportable. No sé cómo no lo empalaste con una cuchara, refunfuñó Kali, la sin duda defensora número uno de Iron Shadow.

Lo conocí sin una guerra de por medio. La gente cambia cuando tiene que proteger lo que ama.

O tal vez es justo entonces cuando muestran lo que son de verdad, me contestó.

Me dolía, pero la entendía.

Dalton está herido, Kali. No se encuentra en su mejor momento, pero eso no lo convierte en un monstruo.

—Yo no interfiero en lo que pasa en mis tierras —espetó Skylar—. No soy su salvador. No necesitan que un hombre llegue a liberarlas. Ellas tienen que encontrar la salida por sí solas.

—Pero sí interferiste secuestrando a Eda.

Nadie se movió. Yo, tras la puerta, dejé de respirar.

—¿Estás seguro de que quieres hablar de eso aquí? —La voz de Skylar bajó un tono sin perder firmeza.

—¿Acaso no es verdad? —insistió Dalton—. Por mucho que ahora te tolere, la secuestraste.

—A Eda le bastaron tres días para darse cuenta de que, si quería respuestas, tenía que pedírmelas a mí. No al que fingía protegerla. A mí, al que creía su enemigo, solo porque el que tenía su confianza se había pasado la vida mintiéndole.

—Yo no le he mentido.

Escuché la risa de Skylar.

—Sabes que está detrás de esa puerta, Dalton. Si de verdad la amas tanto como dices, si de verdad crees que es tu igual en poder como vas pregonando, entonces ¿por qué no la dejas entrar en esta reunión? —Pareció chasquear la lengua—. Ella es más poderosa que todos los que estamos aquí juntos, y lo sabes.

La puerta se abrió despacio, empujada por las sombras de Skylar, y todas las miradas se volvieron hacia el umbral. La sala estaba en silencio, los líderes se encontraban de pie alrededor de una mesa de madera maciza, con Dalton a la cabecera. Skylar se mantenía apartado, apoyado con calma en un mueble de roble, con esa media sonrisa que no era cortesía, sino la certeza de quien ya sabe cómo va a terminar todo.

—Iron tiene razón —dije, y miré a Dalton, luego a Luca y, por último, a Alaric—. No fue solo un jinete el que cayó en esa grieta. También lo hizo una mujer, una de las nuestras, y no merecen ser ignoradas. Esperaba más de tus soldados, Dalton. Pensaba que al menos estarían entrenados para obedecer órdenes y respetar. Pero, por lo que hemos visto estas semanas algunos no son más que escoria con uniforme y armas.

Dalton apretó la mandíbula.

—Eda, no...

—No me interrumpas —le corté levantando la mano en su dirección. Vi cómo Alaric se enderezaba en el acto, tenso, y cómo Skylar reprimía una sonrisa en la esquina.

—Me da igual no estar en vuestras reuniones. Porque sé que, en cuanto Iron sale de aquí, me cuenta todo lo que habéis dicho. Pero lo que no pienso permitir es que uses mi nombre ni hables de mi relación como si fuera un asunto que puedas debatir. ¿Entendido, Su Alteza?

El fuego negro crepitaba a su espalda. Dalton estaba enfadado, dolido. Pero yo también.

Entonces giró la mirada hacia Skylar.

—¿Qué coño acabas de pensar?

—¿Me has leído la mente, Basilius? —preguntó Skylar, y esta vez fui yo quien se quedó congelada.

Dalton volvió a mirarme.

—¿Por qué cojones ha pensado que está orgulloso de querer casarse contigo, Eda? ¿Esto es una maldita broma?

Miré a Sky solo un segundo. El muy cabrón sabía cómo resguardar su consciencia, cómo blindar sus pensamientos. Lo había hecho a propósito.

—Idos —ordenó Dalton a Alaric y a Luca. Ambos se marcharon sin decir palabra, sin mirarnos, cerrando la puerta tras ellos. Solo quedamos nosotros tres en la sala.

—Espérame en nuestra habitación —le dije a Sky, y él obedeció sin borrar la sonrisa del rostro mientras se apartaba del mueble.

—Basilius —le dijo con frialdad—, háztelo mirar. Es de muy mala educación meterse en la consciencia de alguien. Nunca sabes con qué puedes encontrarte ahí dentro. —Se dio la vuelta y salió. Cuando la puerta se cerró tras él, Dalton no tardó en romper el silencio.

—¿Por qué no has tenido la decencia de decírmelo, Eda? Pensaba que confiabas en mí. Pensaba... pensaba que aún te importaba lo que yo sintiera.

El enfado empezaba a aflojar por dentro, pero no me dejé ceder. Iba a matar a mi prometido, así tal cual. Dalton no merecía enterarse así... pero tampoco sé si merecía algo mejor.

Todo esto me obligaba a enfrentar una verdad que llevaba tiempo evitando: que estaba actuando como una cobarde.

—Me prometí con él después de hablar contigo, Dalton. No te lo dije porque no creo que eso sea lo más relevante en plena guerra. No quería que se convirtiera en un tema de debate cuando hay cosas mucho más urgentes que resolver.

—Pero sí crees conveniente casarte, ¿no?

Otra vez me hirvió la sangre. Últimamente, lo conseguía con demasiada facilidad.

—No es de tu incumbencia si decido casarme con él o no.

Se llevó la mano al cabello nervioso.

—No me merezco enterarme así.

—Yo tampoco me merecía enterarme así de la muerte de Kaiserin.

Levantó la vista. Le había dolido más de lo que pensaba, y lo vi. Me arrepentí en el acto.

—Lo siento. No debería haberlo dicho así. —Cerré los ojos y exhalé, tratando de calmar el fuego que me ardía en mí interior—. Amo a Iron, y después de aquella cena, después de todo lo que hablamos, de pasar la mañana juntos sabiendo lo que sentía por él... pensaba que al menos tú podrías entenderme.

Negó con la cabeza y sus ojos verdes se volvieron vidriosos.

—Pero prometerte, Eda, casarte...

—Yo también sueño. Soy humana, y necesito creer que hay un futuro después de todo esto. Pensar que algún día me casaré con él me da fuerzas para levantarme de la cama. Me recuerda que todavía hay algo por lo que vale la pena luchar.

Empezó a caminar por la sala con las manos en la nuca.

—Lo sé, lo sé, joder... —murmuró—. Pero me cuesta aceptarlo.

—Entonces parece que no tienes claros los conceptos de rango. Y eso me decepciona. Me decepciona tu carácter, que le hables así a alguien que ahora es tu aliado. Que lo hagas delante de otros líderes. —Solté el aire, intentando no temblar—. Se está ganando tu confianza, y eso te molesta.

Se dejó caer sobre la silla con un suspiro áspero.

—Eso no quita el hecho de que hizo lo que hizo. De que hirió a tus amigos. A tu hermano, que estaba loco por encontrarte.

—No metas a Nolan en esto.

—Agradezco la ayuda de Iron Shadow. Lo dejo estar aquí, en estas reuniones. —Hizo una pausa y clavó los ojos en el suelo—. Pero eso no significa que lo haya perdonado. Ni...

Apoyé las manos sobre la mesa.

—No tienes ni idea del poder que está canalizando día tras día solo por haber dado una maldita gota de su esencia a todo un ejército de jinetes.

Dalton titubeó por primera vez desde que entré.

—No lo sabía.

—Ni siquiera me lo ha dicho a mí —solté entre dientes—. ¿Te haces una idea de lo que eso significa? ¿Del tipo de carga que está sosteniendo?

Skylar nunca me lo diría, pero yo lo sabía. Todo poder tiene un precio, y él parecía estar pagando uno muy alto.

—¿Cuánto poder está canalizando?

—Todo el que tiene. —Lo miré sin parpadear—. Y confío en él, sé que su capacidad es descomunal, que puede soportar más que nadie, pero incluso él tiene un límite. ¿Entiendes ahora por qué no tolero que lo trates como si aún fuera el enemigo?

—Eda.

—Es mi prometido, Dalton, y que sea la última vez que se le habla así —dije sin dejar espacio a réplica—. Sé que él no va a responderte, ya que no pierde el tiempo en provocaciones, pero yo sí lo haré. Porque no solo es el hombre al que amo, es mi igual, y si no puedes respetarlo a él, entonces tampoco me estás respetando a mí.

Volví a hablar:

—Iron y yo nos marchamos unos días. Tenemos asuntos que resolver en Bankai, incluida la búsqueda de información sobre la criatura que nos atacó. Liral y Elandra se quedarán con las zarkass. No tenéis que preocuparos por ellas, si es que realmente os preocupan, porque a veces parece que solo os estorban.

Me encaminé a la puerta sin girarme.

—Espero que, sabiendo todo esto, valores más su apoyo. No conviertas a tus aliados en enemigos, Dalton. Porque si sigues sumando nombres a esa lista acabarás ahogándote en ella.

Skylar y yo volamos hasta dejar atrás Arcadia, lo suficiente para que Kali pudiera desplegar por completo sus alas antes de que cruzáramos hacia Bankai, donde nos desvaneceríamos para evitar volar más de lo necesario.

Aprovechamos el trayecto para recorrer desde arriba las aldeas más remotas. Surcar las dunas del desierto nos ofrecía más que una vista: era una ventaja táctica. Nos mantenía presentes, visibles. Un recordatorio para todo el imperio de que seguíamos allí.

Skylar volaba debajo de nosotras en su forma de dragón, sin la menor intención de pasar desapercibido.

Aterrizaremos ahí, ya estamos lo bastante lejos, me anunció Skylar mientras extendía las alas y giraba con elegancia hacia el descenso.

Kali lo imitó, trazando una espiral cerrada tras él, como si danzaran sobre el desierto. Ambos descendieron hacia una franja donde la arena empezaba a rendirse, cediendo terreno a parches de hierba apagada que rompían la uniformidad del paisaje dorado.

Skylar aterrizó primero. Justo antes de tocar el suelo, su cuerpo se disolvió en sombra y emergió en forma humana. Kali descendió detrás y sus garras abrieron la tierra al tomar contacto.

—Lo siento —dijo cuando bajé de Kali—. No debería haberlo pensado sabiendo que él podía escucharlo. Basilius no tendría que haberse enterado de esa forma.

—Él no debería estar leyéndote la mente. Igual que no debería hablarte así. Ni delante de mí, ni de nadie.

Sky metió las manos en los bolsillos del pantalón del uniforme. No llevaba ni una sola arma a la vista. Nunca las necesitaba. Su presencia, su poder, eran más que suficientes. Y por un segundo, deseé que algún día yo pudiera ser así. Tan letal... sin tener que empuñar nada.

—¿Cómo no voy a estar orgulloso de la persona con la que quiero casarme? —dijo, con una sonrisa que no ocultaba del todo la culpa por lo que acababa de pasar—. Lo que has hecho en esa sala... la forma en la que has hablado, cómo has defendido a las zarkass, cómo me has defendido a mí... Joder, cada vez que abres la boca, me dejas sin palabras.

—Solo intento ser justa. Defender lo que creo correcto. No pienso quedarme callada, no después de todo lo que tú haces, de todo lo que has dado por un imperio que durante milenios...

Él dio dos pasos hacia mí y me sostuvo la mirada como si el mundo entero dependiera de lo que iba a decir.

—No me importan esos milenios. Me da igual lo que piensen de mí. Solo me importa lo que pienses tú. Solo tú.

—Seguiré luchando para que el mundo te vea como yo te veo.

Sus manos volaron a mi cintura.

—Pero si tú solo me ves sin ropa...

Le pegué un manotazo en el hombro y me alejé para mirar la arboleda que nos rodeaba.

—¿Por qué estamos aquí?

—Estoy esperando.

—¿Y a qué se supone que esperas exactamente?

Skylar miró a su alrededor, las ramas crujían con el viento, y luego volvió a clavar los ojos en mí, como si la respuesta estuviera justo ahí, entre nosotros.

—A que abras un portal a tus tierras, por supuesto. —Se pasó la lengua por uno de sus colmillos, lento, descarado.

«Tus tierras».

—Te voy a arrancar esos dientes puntiagudos cuando menos te lo esperes, lo sabes, ¿no?

—No me cambies de tema. Abre el portal.

—¿Lo dices en serio? —Miré alrededor—. No estoy segura de poder... —Me mordí la lengua. Sonaba a rendición, y con él eso siempre tenía un precio.

—La primera vez lo hiciste sin que nadie te lo pidiera, ¿no? Pues ahora te lo pido yo. Abre el maldito portal. Tenemos que irnos, preciosa.

Resoplé y me giré un poco, sin dejar de sentir su mirada clavada en mi nuca.

—Odio cuando te pones duro conmigo.

Él soltó una risa ronca, se acercó del todo y me habló tan bajo que me ardieron las mejillas.

—Interesante elección de palabras... —Sus dedos, apenas los índices y anulares, rozaron el dobladillo de mis pantalones. Con la misma lentitud con la que se fragua una tormenta, los bajó unos centímetros, solo lo justo para colar las yemas por dentro. Tocó la tela fina de mi ropa interior y se detuvo ahí.

—Porque duro estoy siempre, y tú nunca te has quejado por eso.

Sé lo que intentas, muerte —siseé, sin poder evitar que un escalofrío me atravesara la espalda.

Sus dedos inofensivos, casi tiernos a simple vista, dibujaron un pequeño círculo en mi piel, justo sobre el hueso de la cadera.

«Maldito seas, Skylar O'Hara».

—Abre el portal —murmuró, y su aliento se coló en mi oído antes de morder suavemente el lóbulo.

Me encendí por dentro, pero no retrocedí. En lugar de eso, liberé mi fuego con la misma intención con la que él desataba sus sombras. Lo dejé arrastrarse por el suelo, deslizarse hasta sus botas, trepar por su pierna y recorrerle la tela, buscando el camino más íntimo hacia su cuerpo.

Mi poder no lo quemaba, no a él. Si pudiera herirlo, ya lo habría hecho arder hasta los huesos más veces de las que estaba dispuesta a admitir.

Estoy delante, dejad de hacer lo que sea que estéis haciendo, gracias, suplicó Kali.

Me separé de Skylar a regañadientes y me giré hacia ella con una ceja alzada. La risa me subió por la garganta sin permiso, hasta que estalló y rebotó entre los árboles.

—No estamos haciendo nada —dije en voz alta.

El fénix me miró con sus ojos azules y alzó las alas, dejando que las plumas de fuego crepitaran con el gesto.

Eres una teatrera, pajarraca.

Me voy a quedar mirando hasta que abráis ese puñetero portal, anunció Kali, dándose la vuelta con la dignidad ofendida de quien ya ha visto demasiado. Se tumbó en la hierba y dejó que el humo de sus plumas se elevara.

Le dije a Skylar lo que Kali había dicho y él, sin borrar esa media sonrisa que ya era provocación por sí sola, murmuró:

—Será mejor que empieces, entonces. Prefiero pasar la noche en un lugar... —miró los árboles como si ya imaginara el desastre— donde no puedas prenderle fuego a nada.

—¿A qué te refieres? —Me giré hacia Kali—. Hay niñas presentes, ¿sabes?

No tenéis vergüenza, se quejó Kali. *Ni la conocéis.*

Me reí de verdad. De lo que Kali había dicho, de su tono ofendido, de la escena en sí. Hacía tiempo que no me salía una risa tan limpia. Y cuando vi a Skylar sonreír también, con esa curva insolente en los labios, pensé en lo mucho que quería llegar ya a Bankai. No por lo que nos esperaba allí, ni por lo que teníamos que hacer. Quería un instante de paz, unos segundos a solas con él, aunque fuera al borde de otro desastre.

Fue en medio de esa risa, justo cuando creía que el momento podía durar un poco más, que algo cambió. Una luz azul estalló a mis espaldas, frente a Kali, y me obligó a girarme.

Dos árboles comenzaron a moverse despertando. Las cortezas crujieron, sus ramas se estiraron y se entrelazaron sin romperse, creciendo hacia arriba hasta formar un arco curvado. En el centro brotó una espiral de fuego azul que giraba y lanzaba destellos que se abrían y cerraban como párpados encendidos.

El portal no era solo un acto de magia, era una respuesta.

Skylar habló detrás de mí:

—No necesitas estar desesperada ni furiosa ni rota por dentro para abrir un portal a...

—A casa —terminé por él.

—¿Quieres que Bankai sea tu casa algún día? —preguntó con los ojos abiertos y la respiración agitada, atrapado entre el desconcierto y algo más hondo que no alcanzaba a disimular.

Asentí.

—Mi casa estará donde estés tú.

Skylar dio un paso más hasta volver a quedar frente a mí. Levantó una mano y me rozó la mejilla con el índice, apenas un suspiro de contacto.

—En Bankai no hay sol, y tú no sabes lo hermosa que te ves cuando la luz entra por la ventana y te toca la mejilla por la mañana.

Apoyé la palma de mi mano en su pecho, justo donde latía su magia, su corazón.

—Entonces desearé sol en Bankai todos los días de mi vida solo para seguir pareciéndote preciosa cada mañana.

—La noche sobre tu piel también es mi color favorito.

Me tomó la mano y me giró hacia el portal, que ardía con un resplandor vivo, proyectando formas cambiantes sobre su rostro, tiñéndole el cabello blanco con un azul profundo, igual que el mío brillaba a veces encendido por el fuego.

—Primero conseguiremos la paz —susurró con la mirada fija en mis labios—. Luego decidiremos dónde construir nuestro hogar.

Entramos al portal tras Kali y en cuanto pisé Bankai supe que algo era distinto. La humedad que una vez empapaba el aire, el olor a tierra mojada que me abrazó la última vez, ya no estaba. El cielo no lloraba. Y no sabía cuándo había cambiado exactamente…, pero en lo más profundo de mí lo supe: en el instante en que Skylar entendió que lo había elegido y en que, de alguna forma imposible, ese lugar también lo supo.

29
Eda

—Dos veces en un mismo mes, portadora de la llama azul. —La voz de la biblioteca surgió de los muros, del suelo, de cada rincón—. Me honra tenerte entre mis pasillos cada vez que la duda te empuja a volver.

Sonreí inclinando la cabeza, segura de que, de algún modo, podía verme.

—También me alegra tu presencia, creador —añadió—. ¿Qué os trae hoy por aquí?

Le di un leve apretón de mano a Skylar instándolo a responder, pero él negó con una ligera sacudida de cabeza.

—Hazlo tú. Que yo esté aquí no significa que tenga que ser yo quien haga las preguntas esta vez. Hoy te toca a ti llevar el relevo.

Me encantaba que hiciera eso, que me entregara toda su confianza sin reservas, incluso sabiendo que a veces cometía errores.

—¿Si te pregunto cualquier cosa, me darás la respuesta, Silente?

Las runas talladas en los muros de piedra empezaron a encenderse una tras otra. La esfera suspendida en el centro de la sala —una masa de energía oscura atrapada entre capas de cristal flotante— vibró con un leve zumbido despertando.

En su interior, sombras eléctricas se entrelazaban con estallidos de oro, relámpagos de magia contenida que chocaban entre sí, lanzando destellos erráticos en todas direcciones.

A nuestro alrededor, las estanterías se alzaban hasta perderse, infinitas, construidas con cristal opaco y enmarcadas por líneas de metal oscuro. Ya no guardaban libros como los grandes pasillos de la entrada. Ahora albergaban cápsulas selladas, del tamaño de pequeños frascos, dentro de las cuales flotaban fragmentos de alma. No todas eran visibles a simple vista, pero las voces de esas almas eran constantes: susurros que no interrumpían pero que tampoco se apagaban. Una presencia inevitable que ahí uno debía aprender a soportar.

—¿Creador? —dijo, más como una invitación que como una pregunta.

Skylar dio un paso al frente, su mano seguía entrelazada con la mía.

—La Biblioteca Silente está diseñada para contener todo aquello que ha sido visto. No solo por mí, sino por el mundo mismo. Guarda información del pasado y del presente, pero no del futuro. Ese sigue siendo un terreno incierto.

La biblioteca continuó por él:

—Debes formular bien tu pregunta, portadora. Yo sé muchas cosas, conservo mucho en mi memoria. Pero los recuerdos que guardo no salen a la luz hasta que alguien los invoca con intención.

Empecé a entenderlo. La Biblioteca Silente no era solo un lugar, era una extensión del mundo. Un espejo que registraba lo que había sido visto, oído o sentido. Incluso cuando Skylar —el creador— no estaba presente, su existencia le permitía almacenar en ella todo lo que ocurría. El mundo tenía memoria, y estaba guardada allí.

Aun así, no hablaba por sí sola. Era una cerradura, y las preguntas constituían la llave. Si sabías cómo formularlas, te devolvía la verdad. Pero, si dudabas, si rodeabas el tema o no lo tratabas de forma directa…, entonces el conocimiento seguía ahí, atrapado, esperando a alguien que supiera cómo liberarlo.

No era cuestión de buscar sin más. Había que saber el qué, y tener el valor de mirar en el lugar correcto.

—¿La criatura que abrió la grieta en Arcadia tiene algo que ver con la Dama? —pregunté primero.

—No —respondió—. No pertenece a ella. No sirve a nadie.

—Entonces ¿qué es? ¿Por qué apareció?

La luz de la esfera giró y proyectó sobre las paredes la silueta de un ser colosal: una criatura alargada, cubierta de escamas blancas, con runas profundas talladas a lo largo de su cuerpo. Tenía la cabeza de un dragón, y en su lomo crecían crestas irregulares que recorrían su columna.

—Se llama centinela —anunció la biblioteca.

«Centinela…». Esa palabra aparecía en los libros como una forma antigua de llamar a un guardián. No de los que cuidaban que nadie entrara, sino de los que estaban ahí para que nada saliese.

—¿Qué es exactamente? —preguntó Skylar.

—Un titán —respondió Silente—. Fue creado hace milenios. Sepultado bajo tierra para custodiar lo que quedó de la ciudad enterrada y todo lo que se selló con ella después de la guerra de las Tres Llamas.

—¿Cómo funciona? —insistí.

—No como cualquier criatura inmortal. No ve. No huele. No siente frío ni calor. Lo único que percibe... es la magia.

Me tensé.

—¿La magia?

—Detecta la vibración. La forma en que la magia se mueve bajo la tierra, cómo se acumula, cómo se agita. Cuando hay demasiado poder concentrado... actúa.

Volví a preguntar:

—¿Qué lo despierta?

—El desequilibrio. Si un nodo mágico crece demasiado, si alguien concentra demasiada magia en un solo punto, eso lo activa.

La imagen proyectó entonces algo que reconocí al instante: las dunas de Arcadia. Los jinetes transformados, las zarkass dispersas entre ellos, y Skylar y yo en el centro.

Demasiada magia.

—Fuimos nosotros —murmuré.

—El centinela solo cumple con su propósito —concluyó Silente, mientras la luz que nos rodeaba comenzaba a desvanecerse, palpitando una última vez antes de apagarse.

Aproveché aquella oscuridad para lanzar la siguiente pregunta:

—¿Dónde está la entrada a la ciudad enterrada que yace bajo el imperio?

—Lo lamento, portadora, pero no puedo responder con certeza. No hay registros de su ubicación exacta, pero...

Skylar la interrumpió:

—Muéstraselo, Silente.

—Sí, creador.

Las runas y la magia volvieron a responder, formando el mismo mapa del imperio que ya había visto antes. Esa vez, el mapa se centró en las cordilleras de Aurik y se acercaron a un lugar del que se sabía poco, donde el imperio apenas tenía presencia, pero que yo recordaba bien.

Fue allí donde Skylar me llevó cuando le exigí ver a Dalton en aquella playa olvidada.

—¿La entrada está en Aurik? —pregunté girándome hacia él.

Vi en su rostro algo que no esperaba: tranquilidad, serenidad absoluta. Y supe la respuesta antes de oírla.

—¿Lo sabías?

Deslicé mi mano fuera de la suya y me acerqué al mapa que seguía flotando en el aire. Las imágenes se hacían más nítidas: ruinas abiertas al viento, casas derruidas, calles rotas.

Una ciudad muerta. Un cementerio de piedra.

El lugar donde, hacía siglos, miles habían perdido la vida... Esa destrucción en la que Skylar había tenido culpa.

Skylar habló:

—No hay registros, eso es cierto. Pero hay un lugar..., uno solo en todo el imperio donde la magia nunca desapareció del todo. Si existe una entrada, tiene que ser ahí. No hay otro rincón en toda Pramvera que conserve ese pulso.

Empecé a rodear la mesa mientras repasaba con la mirada cada trazo del mapa. Las cordilleras, los ríos, las ruinas..., hasta que mis ojos se clavaron, una vez más, en Aurik.

—Siempre pensé que las cordilleras de Aurik eran como Bankai por lo que ocurrió allí. Por la guerra de las Sombras Eternas. Por lo que tus sombras y los wendigos dejaron atrás. Pensé que todo lo que murió en ese lugar fue simplemente consecuencia del conflicto, que las ruinas solo eran cicatrices de una batalla demasiado grande para salvarlo todo.

Deslicé los dedos sobre el mapa y sentí la magia arrastrarse por mi piel, enredarse entre mis dedos.

—Jamás pensé que Aurik estuviera en ruinas por algo más que el paso del tiempo, y ahora resulta que podría estar escondiendo la entrada a una ciudad entera.

—Eda —me llamó, y volví a mirarlo.

—Eso era lo que hacías cada noche, ¿verdad? Desde que volvimos de la playa... —Me detuve—. No, espera. Ya lo hacías antes. Incluso antes de ese día desaparecías por las noches.

Skylar soltó el aire despacio y contestó:

—Era solo una suposición. No lo sabía con certeza. Pero sí..., he estado allí. Fui a investigar, a asegurarme de que era seguro antes de enviar a nadie más. Seguro para ti. Quería terminar primero mi parte con los jinetes, cerrar lo que he empezado en el imperio. Hasta entonces... prefería no decirle a nadie que estaba mirando en otra dirección.

Volví a caminar alrededor de la mesa, dejando que mis pasos resonaran en el suelo de piedra. Sentía su mirada seguirme en cada movimiento, como si mi forma de tomármelo fuera más importante que lo que estaba diciendo.

—¿Nadie más? —Fruncí el ceño—. ¿Es que lo sabía alguien más?

—Solo hay una persona en el imperio que puede ser tan sigilosa como yo.

La respuesta se formó sola en mi mente.

—Liral. Por supuesto.

—Sé que estás molesta, pero te lo contaré todo.

Puse las dos manos sobre la mesa, me apoyé en ellas y me acerqué un poco. Ahora lo tenía justo delante, esperando alguna reacción por mi parte. Pero lo que vi en su rostro fue mejor que cualquier respuesta: desconcierto.

—No nos vais a contar nada que Elandra y yo no sepamos ya —sonreí—. Al parecer no sois tan sigilosos después de todo. —Me incliné más sobre la mesa y dejé que el escote del uniforme se abriera un poco—. Porque sé cuándo mi hombre se escurre de entre mis sábanas.

Skylar no parpadeó.

—No nos habéis seguido —afirmó—. ¿Cómo sabías que investigábamos la entrada?

Tamborileé mis dedos sobre la madera sin apurarme.

—Por la forma en que, hace dos días, en una de las reuniones, Dalton ordenó aumentar la vigilancia en las cordilleras de Aurik. Por cómo tú contuviste la respiración, aunque creíste que nadie lo notaría, y por cómo Liral tensó los dedos sobre su rodilla.

Me encogí de hombros.

—Elandra y yo somos dos personas peligrosamente enamoradas. No subestiméis a quienes están acostumbrados a vivir atentos al más mínimo movimiento del otro.

Y sí, puede que ni Elandra ni Liral lo confesara jamás, puede que siguieran fingiendo que no pasaba nada, refugiadas en su propio mundo, pero yo, que respiraba a su lado cada día, veía lo que ellas no decían. Percibía el amor en cada gesto, en cada mirada que duraba un segundo de más.

Skylar dejó que sus colmillos sobresalieran.

—No estás enfadada —afirmó más para sí que para mí mirándome con atención—. ¿Por qué? Dímelo.

Me incorporé y me aparté de la mesa sin romper el contacto visual.

—Porque me cuesta aceptar que me ocultes cosas solo porque quieras hacerlo, y no porque haya un verdadero motivo. Después de todo lo que Dalton llegó a esconderme, sé reconocer cuándo alguien actúa por proteger y cuándo por miedo. Y sé que tú tendrías un motivo de peso para ocultármelo. Te conozco mejor de lo que tú mismo crees.

Me moví para aproximarme de nuevo a él.

—Estoy molesta, sí —admití—, pero lo estaría mucho más si me hubieras arrebatado esas pocas horas de sueño en las que, al menos por un momento, podía creer que lo teníamos todo bajo control.

Lo que le decía era cierto. Sabía que cuando se quedaba a mi lado por las noches, hasta que el sueño me vencía, no era solo para protegerme. Lo hacía para regalarnos esas horas robadas, atrapar el tiempo con las manos y estirarlo un poco más.

Tal vez fue intuición o esa corriente muda que siempre nos unió la que nunca necesitó palabras, la que me transmitió su sentimiento. Todo encajó de verdad cuando hablé con Elandra, cuando me confesó que sus sombras se agitaban, inquietas, cada vez que Liral desaparecía en mitad de la madrugada.

Skylar negó con la cabeza con una tímida sonrisa. Abrió la boca para responder, pero le tapé los labios con mis dedos antes de que pudiera decir una palabra.

—Que te quede claro —susurré—. Vas a pagar por esto, muerte.

Bajé la mano despacio, recreándome en el roce como una amenaza. Él dejó escapar una risa oscura que parecía aceptar la condena.

—Cuéntame entonces —le pedí.

—Sabemos dónde puede estar la entrada —empezó—. Llegué a esa conclusión cuando descubrimos que Liral y Elandra fueron guiadas hasta allí, hasta las cordilleras de Aurik. Donde encontraron la mitad del colgante.

Asentí entendiendo.

—Liral también llegó a esa conclusión, ¿verdad?

—Sí, y los dos estuvimos de acuerdo en que era mejor no hablarlo con nadie del imperio. Cuanta más gente lo supiera, más probabilidades habría de que la Dama lo descubriera. —Señaló a nuestro alrededor—. No hay mejor sitio que este para contártelo, lejos de sus ojos.

Skylar alzó el brazo en dirección a la biblioteca.

—Silente, ¿la profecía de las zarkass está incompleta? —le preguntó, y luego me miró de reojo—. Si no sabes nada sobre la puerta, tal vez sí tengas información sobre la profecía. Con un poco de suerte, podríamos sacar algo en claro.

El mapa se deshizo en un susurro, y un remolino de luz violeta ascendió. La voz de Silente dictó inamovible:

—Tres lazos sellan el umbral. Uno, entre una criatura de alas azules y un ser forjado en la oscuridad. Otro, entre el fuego y la sombra. Y el último, entre la vida y la muerte, partidos en un mismo hilo.

La luz titiló y del humo surgieron seis figuras, apenas sombras en movimiento, entrelazadas por hebras invisibles.

—Seis serán llamados. Seis deberán responder. Solo ellos sostendrán el equilibrio cuando la tierra tiemble y el cielo sangre. Solo ellos evitarán que el mundo se hunda en el caos.

La profecía terminó con estas palabras:

—Dos cerraduras fuera. Una, dentro. Tres llaves. Tres lazos.

—No... no lo entiendo —dije al fin, después de pedirle a Silente que repitiera la profecía.

—Lo que voy a decirte son solo conclusiones, pero tienen sentido —dijo Skylar, mientras una nueva corriente de luz oscura se deslizaba hacia un lago negro que flotaba entre nosotros y las paredes de la sala—.

Este lago… está en Aurik. Y, si tengo razón, podría ser la entrada. O, al menos, podría contenerla, de alguna forma que aún no entendemos.

Sus ojos estaban fijos en el reflejo del agua.

—Si eso es cierto, entonces la profecía encaja. Al final dice: dos cerraduras fuera y una dentro. Tal vez no sea simbólico. Puede que sí haya tres cerraduras que mantengan la puerta cerrada.

Hizo una pausa.

—Y las llaves… quizá no sean objetos. Tal vez la profecía habla de personas.

Me quedé en silencio más de treinta segundos, dejando que lo que había visto y escuchado se asentara en mi cabeza. Poco a poco, todo empezó a encajar.

—Tres lazos, seis personas… —murmuré señalándome a mí misma—. Una criatura de alas azules… —Extendí la mano hacia Skylar—. Un ser forjado en la oscuridad.

Skylar continuó:

—La segunda llave: el fuego y la sombra. Al principio creí que hablaba de nosotros dos, pero no —me miró de reojo—, solo hay otras dos que encajan.

—Elandra y Liral… —Me costaba creerlo, aunque todo apuntaba a ello—. Entonces ¿cuál es la tercera llave?

—Hasta que la grieta no se abrió en Arcadia, no entendí por qué eran tres cerraduras ni por qué una de ellas tenía que estar dentro, si se suponía que nadie podía entrar. Pero entonces recordé la profecía de las zarkass.

Cerré los ojos y la recité:

—«La más fuerte entre las tuyas, la vida camina detrás de ti, la muerte reposa en tus manos. Descenderás a donde la magia se extingue, y solo en ti estará la llave».

Abrí los ojos.

—Valeska es la llave.

—Y no solo ella —añadió Skylar—. Adriel también.

—El tercer cerrojo está detrás de la puerta…, dentro de la ciudad.

Skylar sonrió, como quien ve a alguien llegar por fin a la misma conclusión que él.

—Solo ellos pueden abrirla —confirmó—. Nosotros despejaremos el camino desde arriba, pero, sin ellos, la profecía no se cumplirá.

29

Adriel

—¿Estás ahí? —susurró Adriel al notar un movimiento a su lado, algo que no era viento... ni parte del sueño.

—Estoy... —la respuesta llegó temblorosa— estoy aquí.

Adriel sintió cómo las sábanas se arrugaban junto a su cuerpo.

—¿Elandra? —murmuró aún con los ojos cerrados.

Buscaba a su amiga, la que cada mañana lo sacaba del sueño a base de tirones en el brazo desde que habían empezado a compartir habitación. Porque ni a ella ni a él se les daba bien dormir solos.

—No soy Elandra —respondió la voz—. Lamento decirte que tu amante no está aquí.

Adriel abrió los ojos y parpadeó con lentitud.

La luz tenue le reveló una silueta acurrucada a los pies de su cama: Valeska. Estaba hecha casi un ovillo, rodeada de mantas y telas que no eran el uniforme de batalla en el que se había acostumbrado a verla. Llevaba una camisa de tela gruesa, unos pantalones raídos y en las manos sostenía unos guantes de cuero.

El cabello negro le caía por un lado del rostro, tapándole media expresión, pero no lo suficiente para ocultar el cansancio en sus ojos.

—Elandra no es mi amante, es mi amiga —dijo Adriel, arrastrando un poco las palabras, todavía medio perdido, sin tener muy claro dónde estaba.

Valeska no se movió.

—Los machos no tienen amigas.

Adriel dejó caer la cabeza contra la almohada.

—Entonces debo de ser una especie extraña. Una desgracia de la naturaleza.

—No recordaba lo imbécil que eras —le soltó ella mientras se ajustaba los guantes de cuero—. Has estado dos días enteros roncando y aun así eras más soportable que ahora.

—¿Dos días? —Adriel se incorporó de golpe—. ¿Y tú qué has estado haciendo? ¿No me digas que te has comido a toda la ciudad del aburrimiento?

Juraría que vio un leve rubor teñir las mejillas grises de Valeska.

—¡En estos malditos dos días he estado atrapada en esta casa fingiendo ser tu mujer! —Se inclinó hacia él—. ¿¡En qué condenado momento se te ocurrió decirles que soy tu esposa!? ¡¿Sabes que ni siquiera me han dado una habitación propia!?

Adriel recapituló lo que había pasado: cómo había caído por la grieta, cómo se había lanzado tras Valeska. Recordó la enorme serpiente que parecía darles caza, la música extraña y luego a aquellas... personas que decían ser jinetes de dragón, asegurando que él y Valeska eran parte de una profecía.

Pero en vez de sonsacarle a Valeska todo lo que necesitaba saber —dónde estaban, qué le habían dicho—, le preguntó:

—¿Has dormido en la misma cama que yo?

Fue un error.

Antes de que Adriel pudiera moverse, Valeska se abalanzó sobre él. Lo empujó contra el colchón y, en un solo movimiento, se montó a horcajadas, con las rodillas a cada lado de su cintura. Le atrapó las muñecas con una fuerza que rozaba la crueldad, inmovilizándolo con una facilidad que lo hizo sentirse ridículamente vulnerable.

—He tenido que dormir como un maldito animal en la esquina de la cama, y no me he movido ni un puto segundo —gruñó la hembra encima de él, encajada contra su cuerpo—. Y si lo único que se te ocurre soltar después de dos días medio muerto es esa mierda..., entonces no me sorprende que estés siempre al borde de que te maten.

El cabello negro de Valeska le rozaba el rostro como una caricia lenta. Adriel no tenía ningún derecho a sentirse tan jodidamente bien...

La camisa gigante le caía por un hombro, y cada vez que se movía dejaba a la vista esos pequeños pechos perfectos que amenazaban con romperle la poca dignidad que aún le quedaba.

Adriel desvió la mirada al techo y se mordió la lengua para no soltar una barbaridad.

—¿Has hablado con ellos? —preguntó como quien quería saber el clima, mientras su cerebro repetía en bucle: «No mires sus labios. No mires sus piernas. No la levantes y...».

Valeska frunció el ceño cabreada y enseñó los colmillos.

—No me he movido de esta habitación desde que entraste. Solo he hablado con la mujer que te estaba curando.

Adriel bajó la vista, esta vez hacia su propio estómago vendado, rezando por no quedarse ciego en el proceso.

—Me envenenaste el puto cuerpo —respondió él—. Lo mínimo que puedes hacer es quedarte consolándome. A conciencia, si quieres.

—Da gracias de que no te haya matado mientras dormías.

—Pero, como tú misma dijiste, no quieres quedarte sola con un cadáver —le recordó sus propias palabras—. Agradezco que no te guste la soledad, Valeska. Me hace sentir... especial.

Le sonrió, sereno en apariencia, mientras por dentro cada roce le prendía la sangre y le tensaba los nervios hasta el límite.

No se atrevió a mirarla a los ojos demasiado tiempo.

Desvió la vista, atrapado en el contorno de sus labios, en la tenue palidez de su piel, tan cercana que parecía respirar junto a la suya. Adriel habría aceptado sin dudar el dolor de sus colmillos solo por tener la oportunidad de rozar esa boca, de probar la tibieza de esa piel translúcida.

Valeska era preciosa.

Demasiado.

Joder, si no fuera porque apreciaba su vida —aunque en ese momento importaba poco—, la habría cogido de la cintura, la habría tumbado bajo él y la habría hecho suya allí mismo. Habría muerto por ello, sí. Pero qué manera tan gloriosa de morir entre esos muslos, con esos colmillos marcándole el cuello.

Las manos de Valeska dejaron de sujetarle las muñecas, solo para enroscarse con fuerza alrededor de su cuello.

Adriel no se movió; dejó los brazos a los lados, relajados, sin intención de tocarla ni de detenerla. Si quería ahogarlo, que lo hiciera.

—Maldito jinete —dijo ella entre dientes mientras lo asfixiaba más.

—Buenos días a ti también —consiguió decir él.

Sintió cómo Valeska se ponía rígida, como si de pronto fuera consciente de cada punto en que sus cuerpos se tocaban.

La vio parpadear confundida y sus mejillas pálidas se tiñeron de un leve rosado. Luego bajó la mirada y apretó los labios con una furia muda, luchando tal vez contra algo que no terminaba de admitir. Adriel sonrió para sí y un destello canalla le cruzó los ojos. Al parecer, no era el único jodido en esa habitación.

La pequeña hembra aguantó un segundo más antes de soltarlo, con un gesto frío y deliberado, como quien, por puro capricho, decide perdonar la vida de su presa... solo esta vez.

—¿Por qué les dijiste que yo era tu mujer?

—Todos ellos llevaban una alianza en la mano, así que supuse que estaban casados. Puede que en tu mundo el matrimonio no signifique nada, pero de donde yo vengo no está bien visto andar por ahí con una mujer que no es tuya —explicó encogiéndose de hombros—. Tal vez a ellos no les importe..., pero no quería correr riesgos.

Era lo único que podía decirle. Valeska no lo entendía, quizá porque los machos con los que había tratado antes nunca se habían preocupado lo más mínimo por la reputación de sus propias hembras. Pero Adriel, aunque ella fuera de otra raza, no pensaba traicionar sus valores. No iba a perder lo que era, ni siquiera en un mundo que parecía haber olvidado lo que significaba el honor.

—A las personas les encantan las historias trágicas, ¿sabes? De parejas que caen al vacío, del hombre herido y su mujer llorando por no querer perderlo —le sonrió él, ladeando la cabeza—. Muy enriquecedor.

Ella se quitó el guante de cuero y con el gesto su culo rozó de lleno su entrepierna. Un latigazo de placer brutal le recorrió el cuerpo y la erección fue inmediata.

Adriel apretó los dientes y se forzó a pensar en cualquier maldito recuerdo que lo enfriara —su abuela tejiendo, un burro muerto, Calen roncando—, pero nada funcionaba.

Valeska le pasó una garra por el cuello y dibujó una línea horizontal apenas rozando su piel.

—Las zarkass no lloramos, jinete.

—Pero no te has movido de mi lado. A ojos de ellos debo de ser un buen hombre.

—No existen los buenos hombres.

—Puedes repetirlo todas las veces que quieras, no me importa. No vengo a convencerte con palabras. Voy a demostrártelo, día tras día, aunque no creas en nosotros, aunque te hayan roto tanto que ya no te quede fe. Y no me rendiré ni hoy, ni mañana. Ni aunque me cierres la puerta mil veces.

Los ojos negros de ella se suavizaron, aunque no se apartó de su regazo. Solo retiró la garra venenosa de su cuello.

Adriel carraspeó.

—No quiero asustarte, pero estamos en una postura bastante comprometedora. Por mí, ojalá te quedaras así toda la noche..., pero si alguien entra, dudo que le parezca tan encantador como a mí. Y no quiero que empiecen a pensar que estamos aquí practicando para hacer bebés.

La zarkass se retiró de encima de él, se puso de pie al lado de la cama y parpadeó mientras se enfundaba de nuevo el guante de cuero. Adriel entendió entonces que quizá los llevaba puestos porque le costaba controlar sus garras; bastaba con que le tocara la piel desnuda para envenenarlo.

—Así no se hacen las crías de zarkass —espetó ella.

Adriel se incorporó como pudo hasta quedar apoyado contra el cabezal de la cama; le costaba moverse después de dos días sin levantar ni un dedo.

—Me temo que sí —respondió mirándola de arriba abajo. Estaba descalza sobre el suelo de madera, y la camisa se deslizaba por un hombro—. ¿O acaso los de tu especie se reproducen de otra forma?

Se puso rígida.

Valeska era agresiva e impulsiva, pero a veces parecía desconcertada, casi asustada. ¿Cómo podía asustarse porque él la tocara al intentar sacarla del agua, y luego subirse encima suyo sin siquiera darse cuenta de lo que hacía?

—Un macho zarkass nunca permitiría que una hembra se le subiera encima, ya que, si lo hiciera, la cría no nacería. Tampoco podemos mirarlos a los ojos mientras... —añadió tras una breve pausa—. Si lo hacemos, la cría muere antes de nacer.

Adriel se sentó al borde de la cama, sintiendo las vendas tensarse en su estómago, justo donde las garras de Valeska habían estado antes.

Ya no dolía.

Ya no había sangre.

Cuando Valeska lo vio incorporarse, dio un pequeño paso hacia atrás, pero Adriel habló antes de que pudiera alejarse más:

—Nunca me he acostado con una mujer —confesó por primera vez en su vida—, pero te aseguro que todo lo que te han contado es mentira. Te han hecho creer que, si una hembra tomaba el control, todo lo que estaban haciendo no serviría de nada.

—Eso no es...

—No tienen miedo de perder a las crías, sino de perder el poder. Temen que una mujer como tú los mire de frente, sin bajar la cabeza, y que el mundo que construyeron se derrumbe.

Adriel no quería ni imaginar lo que ella había vivido, lo que las suyas habían sufrido, cómo esos machos las manipulaban, las engañaban y las forzaban, por muy inteligentes o fuertes que fueran. Las habían reducido a criar sin voluntad, las habían violado, les habían robado todo, incluso la dignidad.

Sintió rabia, asco, una furia amarga contra aquellos que habían convertido en esclavas a las mujeres más extraordinarias que ahora caminaban por el imperio, rotas, pero todavía en pie.

—¿Cuántos años tienes? —preguntó ella curiosa.

—Veintitrés.

Ella se acercó un paso más y Adriel tuvo que aferrarse con ambas manos al colchón para no perder el control. Podría haberse desmayado solo por verla caminar, por ver cómo se movía.

Hizo un esfuerzo brutal para no estirar los brazos y estrecharla contra su cuerpo, porque, aunque él no sintiera su propio calor, deseaba dárselo, que ella pudiera sentir, por fin, que estaba a salvo.

—Los machos, a los dieciséis, ya deben acostarse con una zarkass, de lo contrario no se los considera adultos. ¿Por qué tú no lo has hecho?

—¿Acostarme con una mujer?

Valeska asintió.

—Porque, de donde yo vengo, acostarte con una mujer no te hace un hombre. Te hace un hombre esperar a la indicada, hacerlo cuando hay amor y consentimiento.

Adriel disimuló bien la angustia que sintió al verla no entender sus palabras.

Nadie entre los jinetes sabía que Adriel jamás había tocado realmente a una mujer. Le encantaba bromear, molestar a sus amigas, soltar comentarios descarados solo para verlas reír o ruborizarse. A los ojos de los demás podía parecer un mujeriego empedernido y, sinceramente, no le importaba que lo pensaran si con eso lograba arrancarles una sonrisa.

Pero la verdad era otra.

Nunca se había atrevido a dar ese paso, no porque no quisiera, sino porque, en el fondo, siempre había esperado algo más. Alguien que no fuera una apuesta o una noche vacía.

Él continuó cuando ella no respondió:

—Mi madre sufrió abusos por parte de mi padre. Yo era demasiado pequeño para darme cuenta de lo que pasaba, y cuando fui lo bastante mayor ya era tarde. No podía borrar de la memoria de mi madre lo que él le había hecho —se obligó a seguir, aunque nunca antes le había contado eso a nadie—. Me juré a mí mismo que jamás estaría con una mujer si no había amor. Que no tocaría a nadie que no me quisiera de verdad. Mi padre nunca amó a mi madre, y esa falta de amor fue lo que lo volvió incapaz de sentir empatía por ella.

—Siento lo de tu madre...

Adriel se levantó de la cama y Valeska pareció encogerse.

Él habría jurado que la zarkass capaz de destrozar mentes humanas no estaba en aquella habitación. Solo quedaba el cuerpo de una mujer que había sufrido más de lo que nadie podría imaginar.

—Sé que te han hecho cosas horribles, Valeska. Y te juro que cuando salgamos de aquí, y veamos a esos seres miserables que te tocaron sin tu consentimiento, que te forzaron, los mataré, y le pediré a Iron Shadow que arranque sus almas de sus cuerpos y las torture por el resto de sus malditas existencias.

La zarkass lo miró desde abajo, y él, despacio, levantó la mano, asegurándose de que ella viera que se acercaba.

—Voy a tocarte la mejilla.

Valeska se quedó quieta, apenas respiraba mientras él deslizaba los dedos sobre su piel, tan fina que parecía que podía deshacerse bajo sus nudillos.

Ella gimió ante el contacto.

—Nunca nadie me había tocado así.

—Me alegra ser el primero en acariciarte como es debido. —Sus nudillos siguieron un momento más sobre su mejilla, trazando un camino invisible.

Adriel estuvo a punto de rozar sus labios, la tentación le recorría todo el cuerpo. Ella en respuesta jadeó, un sonido vulnerable que le erizó la piel y le tensó el pecho hasta dolerle.

Su mano continuaba cerca de su rostro, con un temblor leve fruto del esfuerzo de contenerse, cuando alguien llamó a la puerta.

El golpe le hizo bajar la mano enseguida, como si el simple roce de su piel fuera un crimen que acababa de ser descubierto.

La mujer morena y de cabello corto que les dijo lo de la profecía se asomó un segundo después por la puerta.

—Me alegro de que estés despierto —dijo mirando a ambos—, pero me temo que la reunión no puede posponerse más. Os esperamos fuera.

La mujer se retiró, cerrando la puerta tras ella, y Adriel se dio cuenta de que había cosas que requerían toda su atención, asuntos mucho más peligrosos que el simple hecho de tocar a Valeska. Porque, si era cierto lo de la profecía, si el Ojo de Nyxar y los jinetes de dragones estaban involucrados, no tardarían en llamar la atención de la Dama.

Y ella no dudaría en actuar.

30

Adriel

Adriel iba armado hasta los dientes bajo la camisa y los pantalones de tela que había encontrado doblados sobre la robusta cómoda de madera. Valeska, en cambio, estaba desarmada. Aquel hombre le había arrebatado todo lo que llevaba encima, dejándola sin una sola defensa.

—Confío en la intuición de las hembras —le había dicho Adriel antes de salir de la habitación que compartían—, así que, dime, ¿debemos confiar en ellos?

—No confío en nadie, salvo en las mías y en quienes demuestran que realmente les importamos.

No necesitó que se lo explicara; sabía que esas palabras eran para él y para sus amigas.

—He pasado toda mi vida escuchando la misma profecía —añadió ella—, y no es casualidad que hayamos terminado aquí, ni que ellos crean que somos quienes pueden liberarlos.

Adriel no podía quitarse de la cabeza las palabras de la zarkass: «La más fuerte entre las mías, la vida camina detrás de mí, la muerte reposa en mis manos. Descenderé a donde la magia se extingue, y solo en mí estará la llave». Maldita sea, no podía ser casualidad. No cuando todo encajaba de forma tan precisa que resultaba casi insoportable. No cuando, justo antes de perder el conocimiento, había escuchado aquellos rugidos de dragón que le desgarraron los oídos y le sacudieron el alma.

—¿Y tú, jinete? ¿De verdad crees en lo que dicen?

—Creo que, al menos, deberíamos escucharlos.

Valeska caminaba delante de él por la casa —ya que, la última vez que lo había hecho detrás, no había terminado demasiado bien—. Al parecer, estaban en un segundo piso, atravesando pasillos repletos de cortinas que filtraban una luz violeta que venía de fuera. La casa, a simple vista, no era diferente a cualquier otra: paredes de piedra rugosa, vigas de madera oscura, mantas gruesas arrojadas sobre viejos muebles, una escalera que descendía entre crujidos hacia la planta baja. Nada en su interior parecía fuera de lugar. Pero en cuanto cruzaron la puerta, Adriel sintió que había vuelto a Bankai: las calles oscuras iluminadas solo por la magia, la sensación de caminar entre susurros y sombras. Con una sola diferencia, esta vez los ojos que los observaban no pertenecían a almas errantes, sino a seres de carne y hueso. O lo más parecido a eso que uno podía encontrar en el imperio, inmortales que llevaban siglos luchando contra el paso del tiempo.

Adriel supo, con una certeza incómoda, que de verdad podían ser jinetes de dragón. No por sus ropas, que eran simples, desgastadas, casi vulgares. Sino por la forma en que se movían. Había algo en su porte, en la tensión contenida de sus cuerpos, que gritaba disciplina. Todos compartían esa edad inmóvil, esa juventud detenida que solo había visto en los inmortales. Y bajo esa apariencia humilde, seguían siendo lo que siempre fueron: guerreros entrenados para matar desde el lomo de unas bestias aladas.

Intentó contarlos, pero eran demasiados.

Adriel carraspeó, rompiendo el silencio que se había formado en la puerta cuando Valeska la había atravesado.

—¿Cuántos sois? —preguntó directo.

—Mi nombre es Alvi —se adelantó a decir el hombre que antes le había apuntado con el arco—. Somos veintiséis jinetes.

—Mi nombre es Adriel, y ella es Valeska. —Dio un paso lateral para colocarse al lado de ella. Tenían que seguir fingiendo que eran marido y mujer, y una pequeña mentira no haría daño a nadie si eso le permitía a Adriel seguir compartiendo habitación con ella.

La mujer que había llamado a la puerta puso una mano en el hombro del hombre.

—Mi nombre es Lorelei, y os pedimos disculpas por haberos amenazado y apuntado con nuestras flechas, pero, como podéis imaginar, llevamos más de siete mil años sin tener ningún tipo de contacto con humanos ni con seres del exterior.

Valeska, que hasta entonces había guardado silencio, se movió.

—¿Cómo sabíais lo de la profecía?

Los jinetes intercambiaron miradas rápidas entre ellos, antes de que Lorelei respondiera:

—Será mejor que nos sigáis —propuso—. Queremos contaros todo mientras caminamos por la ciudad. Es largo de explicar, y hay cosas que tenéis que ver con vuestros propios ojos para entenderlo.

El suelo bajo sus pies estaba hecho de losas de piedra oscura, pulidas por el paso de los milenios, aunque el tiempo no había logrado borrar del todo los grabados sobre la superficie. A su alrededor, las casas trepaban unas sobre otras, como si compitieran por alcanzar la luz. Puentes colgantes unían torres inclinadas, y las columnas se hallaban cubiertas de un musgo luminoso.

Más adelante, la mujer y el hombre —Lorelei y Alvi— los guiaban por calles que parecían existir fuera del tiempo.

—Lo que os ha traído hasta aquí es una criatura antigua. Una serpiente dragontina de un tamaño que cuesta imaginar. Es un guardián que forma parte de la ciudad, de su misma esencia. Fue creada mucho antes de que nosotros quedáramos atrapados aquí —explicó Lorelei sin detener el paso—. Si la enfadáis, se volverá peligrosa. Así que evitadla a toda costa.

Valeska habló:

—En las leyendas de donde yo vengo se dice que los últimos jinetes murieron cuando la magia se extinguió de las tierras mortales. El imperio de Pramvera y Valdemar quedaron sin magia durante siglos, hasta hace cuatrocientos treinta años, cuando nació Dalton Basilius, el actual emperador y el primer jinete de dragón en milenios.

La mujer se detuvo de golpe.

—¿La magia lleva viva más de cuatrocientos años?

—En el imperio, sí —respondió Valeska—. En las tierras de Bankai, la magia nunca murió.

Adriel pensó en lo que debía de ser pasar siete milenios bajo tierra, sin ver el sol, atrapado entre los mismos muros, las mismas voces, los mismos recuerdos. Tal vez compartir esa eternidad con alguien a quien amas no era una condena..., sino el mayor regalo que el tiempo podía ofrecer. Miró a Alvi, que apoyaba una mano en la espalda de Lorelei con un gesto tan natural como constante, y lo entendió: quizá eso era lo único que realmente importaba. No sobrevivir para siempre, sino no tener que hacerlo solo.

Y el sol..., después de semanas sin verlo en Bankai ya no le parecía tan indispensable. La luz tenue de esa ciudad enterrada y las sombras suaves que danzaban sobre la piedra le bastaban. Si no regresaba a la superficie, dudaba que lo echara de menos. Quizá, con el tiempo, uno aprendía a brillar en la oscuridad.

—¿Bankai? —preguntó la mujer con un leve temblor en la voz—. ¿Eres de Bankai?

Valeska asintió una sola vez.

—Allí me llaman cazadora de almas, los de mi especie somos los únicos seres de carne y hueso que habitan ese lugar.

Una flor violeta, caída de uno de aquellos árboles, se elevó de pronto en el aire, arrastrada por una corriente invisible que agitó las ramas con suavidad. Flotó un instante antes de enredarse en el cabello liso de Valeska. Adriel la vio quedar atrapada ahí, apenas un destello púrpura entre el negro. Y, por alguna razón, no pudo apartar la vista de esa flor.

—¿Y cómo una cazadora de almas, del territorio de la misma muerte, ha llegado a convertirse en jinete? —preguntó esta vez el hombre, más curioso que desconfiado.

Fue Adriel quien dio el paso. Decidió confiar y les contó todo: cómo funcionaban los reclutamientos en el imperio, cómo convivían razas y criaturas distintas bajo el mismo estandarte, y cómo Iron Shadow —a quien ellos conocían simplemente como la muerte— ahora luchaba junto a los suyos para detener a la Dama y sus noctífagos. No se guardó nada. Empezó desde el principio y habló sin pausas, sin adornos, hasta que se le secó la garganta. Solo entonces, al alzar la vista, se dio cuenta de que no eran solo Lorelei y Alvi quienes lo escuchaban. Toda la ciudad parecía haber estado en silencio, pendiente de sus palabras.

La primera en hablar, después del silencio que dejó la explicación de Adriel, fue una mujer menuda, de piel oscura.

—La tercera llama fue la única que quedó en pie después de la guerra. Fue ella quien manipuló a la primera, quien movió los hilos desde las sombras..., y ahora pretende hacerlo otra vez. Quiere repetir los mismos pasos que hace siete mil años nos condenaron, los que la llevaron a encerrarnos aquí.

Una segunda voz, surgió desde el grupo.

—Las tres llamas han vuelto a despertar. Pramvera tiene un nuevo emperador, un jinete de dragón. La tercera llama, como ha dicho el chico, puede que esté en Valdemar. Y Bankai... Bankai vuelve a estar bajo el control de la primera llama... y del mismísimo Iron Shadow. Todo está volviendo a su lugar —añadió al final—. Todo es... igual que entonces.

Se escucharon algunos susurros entre los jinetes.

Había muchas cosas que Adriel no sabía, pero no era ningún idiota. Aunque a veces su actitud dijera lo contrario, había escuchado, prestando atención a cada historia, a cada pedazo de verdad que se había colado en su camino durante los últimos meses. Pero eso... eso se le escapaba de las manos.

—¿Por qué motivo la Dama iba a encerrar a veintiséis jinetes de dragón? —preguntó Valeska—. ¿Tuvo algo que ver el Ojo de Nyxar con vuestro encierro y con el de los dragones?

Otro hombre dio un paso adelante desde entre los suyos.

—¿Qué sabéis sobre el Ojo de Nyxar?

Adriel había olvidado por completo ese maldito detalle.

—Cuando la Dama se infiltró en el imperio hace más de un mes —empezó a explicar—, llevaba un colgante. Algo que, según Iron Shadow, no era un simple adorno. Aquel objeto desestabilizó por completo su poder, lo anuló, provocando que Bankai se derrumbara, que los noctífagos de la Dama atacaran.

—Creemos que esta ciudad no es solo una prisión para vosotros y que fue construida para sellar el Ojo de Nyxar, mantenerlo bajo tierra, lejos del mundo —terminó Valeska.

Los jinetes intercambiaron miradas, una tensión sorda parecía deslizarse entre ellos como una corriente subterránea. Por un instante, Adriel pensó que Valeska haría lo que mejor se le daba: arrancar la verdad a la fuerza. Ya podía verla en su mente con los colmillos apretados, exigiendo respuestas con la furia de quien no sabe esperar.

Pero no lo hizo. En cambio, se mantuvo quieta escuchando.

Adriel se dio cuenta de algo que lo incomodó más de lo que estaba dispuesto a admitir: tal vez había estado equivocado respecto a ella todo ese tiempo. O, peor aún, quizá fuera ella quien le había dejado ver solo la parte que quería mostrarle.

Él no entendía del todo cómo funcionaba su magia —ni él, ni casi nadie—, pero conocía lo que se decía de las zarkass, aquello de que podían destrozar la mente de alguien con un simple roce, que eran capaces de ver recuerdos ajenos como si fueran suyos, de deshacer identidades con apenas un gesto. Sin embargo, ahora que su magia estaba apagada, parecía que algo más en ella también se había extinguido. Como si, por primera vez, la fuerza que siempre la había definido se hubiese desmoronado.

Lorelei continuó con la historia:

—La primera llama, la de Kaiserin, se creó como un reflejo del sufrimiento del mundo. No como castigo, ni como salvación, sino como una respuesta natural, un equilibrio que los dioses entienden y que nosotros nunca terminamos de comprender. Era una llama de luz, sí, pero nacida de la oscuridad del mundo. De cada pérdida, de cada muerte, de cada injusticia. Existía para sostener el peso de todo lo que dolía..., para que el mundo pudiera seguir girando.

Hizo un gesto con la mano que los invitaba a seguirla por un pasaje angosto flanqueado por pilares quebrados.

—Pero Kaiserin rompió el equilibrio, absorbió más oscuridad de la que podía contener y se desbordó. Con ella, el sufrimiento del mundo también creció. La gente no entendía por qué. No veían el origen..., así que buscaron culpables. Los jinetes, que durante siglos habían sido vistos como guardianes, pasaron a ser símbolos de poder. De privilegio. Y, sobre todo, de miedo.

—Fue el propio pueblo quien empezó la guerra —añadió Alvi con amargura—. Todo cambió con la llegada de la llama valirio, esa con el don de la manipulación. Lo que hasta entonces había sido respeto, se volvió sospecha. Donde antes veían aliados, empezaron a ver amenazas. Decían que los dragones les robaban. No solo tesoros o reliquias, sino recuerdos, pensamientos, voluntad. Bastó un solo rumor, una mentira dicha con la voz adecuada, para que el miedo se encendiera como yesca. Y ya sabéis cómo es el miedo..., no tarda en convertirse en odio, y este, una vez desatado, no escucha a nadie. Solo destruye.

Adriel frunció el ceño.

—¿La guerra empezó... por robos?

Valeska fue quien respondió:

—Era más fácil culpar a un dragón que enfrentarse a la verdad de que eran ellos mismos quienes se traicionaban por codicia, quienes se arrancaban el pan de las manos y luego lloraban al pedir justicia. Acusaron a los jinetes porque necesitaban un monstruo. Porque un monstruo externo justifica la miseria interna.

Ella lo miró.

—Y cuando una sociedad se pudre desde dentro, no quiere curarse. Solo quiere enterrar el hedor bajo cenizas ajenas.

Caminaron hasta que las casas quedaron atrás. A su derecha, el río seguía su curso, y a ambos lados del camino crecían árboles nacidos de la piedra, con raíces que se hundían en el suelo duro. El camino empezó a cerrarse. Los árboles eran cada vez más altos, y a lo lejos, entre la neblina violeta, empezaba a dibujarse una estructura oculta entre las sombras.

—Nosotros —habló Lorelei de nuevo—, los jinetes de dragones, también fuimos manipulados. —Señaló a su alrededor con los ojos húmedos—. Esto que veis es un imperio bajo otro imperio. Un refugio creado cuando la magia, harta de ser usada, deformada y saqueada por la codicia, decidió esconderse. La guerra no duró tres días, sino diez años. Y. para nosotros, que vivimos más allá del tiempo, fue apenas un instante, pero suficiente para perderlo todo.

»Durante aquellos diez años, la manipulación nos llevó a creer que encerrar a los dragones era la única salvación. Y, lo hicimos, pensando que era lo correcto.

La mujer se enjugó las lágrimas con la mano temblorosa, todavía sollozando entrecortadamente.

—Lorelei —dijo Alvi con suavidad al acercarse a ella.

—Fue nuestra culpa. Ellos están aquí encerrados por lo que hicimos.

—Los dragones nos perdonaron hace milenios —respondió él acariciándole el brazo.

Adriel y Valeska se miraron sin decir nada. No entendían del todo lo que estaban presenciando, pero resultaba evidente que, incluso para los propios jinetes, hablar de aquella guerra seguía siendo algo difícil de sostener.

Cuando la mujer recuperó las fuerzas, volvió a hablar y les contó que durante los últimos años de la guerra, la magia solo respondía ante ellos, porque eran los únicos a los que esta aceptaba. No porque fueran especiales, sino porque no la habían traicionado. Vivían allí, olvidados por el imperio, dados por muertos, creyendo que habían desaparecido del mundo. Ellos mismos pensaban que era la voluntad de los dioses: separar la magia de los mortales. Y, por el bien de sus dragones, lo aceptaron, permitieron que dejaran de volar para poder seguir existiendo, aunque eso significara quedarse atrás.

Subieron unas escaleras antiguas, cubiertas de musgo y raíces, flanqueadas por pilares altos cubiertos por enredaderas.

Lorelei se detuvo y continuó. Dijo que habían estado equivocados, que la magia no solo se ocultó para protegerlos, sino para guardar algo más que ninguno de ellos supo que existía. Aseguró que la manipulación que creían conocer era apenas la superficie de lo que había ocurrido, que todo lo que habían vivido, todo el dolor, la guerra, la separación, formaba parte de un plan mucho más antiguo, y que, sin saberlo, habían sido piezas movidas por la tercera llama.

Dejó de hablar cuando las paredes empezaron a moverse.

Valeska se plantó delante de Adriel, con los colmillos a punto de asomar, como si protegerlo fuera algo que le saliera por instinto, de los huesos. Adriel reaccionó y le rodeó la cintura para atraerla hacia él, justo cuando todo empezó a temblar, igual que aquel día en que se desmayó.

—Los dragones... —fue lo único que alcanzó a decir Valeska.

Lorelei respondió con un hilo de voz:

—Los dragones solo fueron un sacrificio más en el plan de la tercera llama. No hay huesos. No hay cenizas. Sus cuerpos están sellados en monolitos, estatuas, pilares..., y sus consciencias siguen atrapadas ahí. Se los utilizó para contener la ciudad, para...

—Para sellar el Ojo de Nyxar —completó Adriel.

Alvi habló:

—Lo que la llama valirio no previó fue que la primera llama no buscaba gobernar, sino arrasarlo todo. Tenía el poder para hacerlo y, tras destruir a la llama idealis, no se detuvo. Redujo el imperio a cenizas, y la tercera llama..., bueno, creemos que su único objetivo fue evitar que el Ojo de Nyxar se destruyera.

»No lo sabemos todo, solo quedan fragmentos dispersos. Pero cuando la ciudad se selló, nuestras vinculaciones desaparecieron. La magia se apagó de golpe. Creemos que la llama valirio lo sacrificó todo, a los jinetes, a los dragones, incluso a sí misma, para proteger lo único que realmente le importaba: el Ojo de Nyxar.

—Venid —dijo Alvi haciéndoles un gesto desde más adelante.

Valeska caminó como una polilla hacia la luz tras Lorelei, hasta que a lo lejos aparecieron dos enormes figuras recortadas contra la piedra.

—Estas estatuas no las construimos nosotros —dijo Lorelei—. Fue la magia la que las alzó, mil años después de que fuéramos sellados aquí. Empezaron a aparecer con inscripciones, palabras sueltas grabadas en las rocas, en los muros, incluso en lugares imposibles de alcanzar. Durante siglos no entendíamos nada, hasta que, hace más o menos un milenio, conseguimos reunirlas todas, y fue entonces cuando supimos que la propia ciudad nos estaba dejando un mensaje.

Adriel vio una piedra tallada con una frase grabada en su superficie:

TRES LAZOS SELLAN EL UMBRAL.
UNO, ENTRE UNA CRIATURA DE ALAS AZULES Y UN SER FORJADO EN LA OSCURIDAD.
OTRO, ENTRE EL FUEGO Y LA SOMBRA.
Y EL ÚLTIMO, ENTRE LA VIDA Y LA MUERTE, PARTIDOS EN UN MISMO HILO.

SEIS SERÁN LLAMADOS. SEIS DEBERÁN RESPONDER.
SOLO ELLOS SOSTENDRÁN EL EQUILIBRIO CUANDO LA TIERRA TIEMBLE Y EL CIELO SANGRE.
SOLO ELLOS EVITARÁN QUE EL MUNDO SE HUNDA EN EL CAOS.

DOS CERRADURAS FUERA.
UNA, DENTRO.
TRES LLAVES.
TRES LAZOS.

TÚ ERES LA MÁS FUERTE ENTRE LAS TUYAS,
LA VIDA CAMINA DETRÁS DE TI, LA MUERTE REPOSA EN TUS MANOS.
DESCENDERÁS A DONDE LA MAGIA SE EXTINGUE,
Y SOLO EN TI ESTARÁ LA LLAVE.

Valeska se acercó con la boca entreabierta, sin despegar los ojos de las dos estatuas que, con cada paso, se volvían más claras. Adriel caminaba tras ella, hasta que finalmente las vio… y se quedó sin palabras.

—Somos... —susurró Valeska—. Somos nosotros.

Las figuras esculpidas en la piedra no dejaban lugar a dudas. Era ella, vestida como una jinete, con las garras extendidas en forma de cuenco, como si sostuviera algo invisible. De sus dedos caían gotas talladas, detenidas en pleno descenso, atrapadas en el tiempo. Su rostro había sido cincelado con furia: la boca abierta en un grito que no se oía, pero que se sentía en el pecho.

Justo detrás, estaba Adriel. Tenía las manos sobre sus hombros, no para dominarla, sino sujetándola, dándole equilibrio.

—La muerte reposa en tus manos, Valeska —sentenció Lorelei con voz firme—. Y tú, Adriel..., tú eres la vida que camina tras ella.

31

Eda

Echaba de menos el silencio que solo existía en Bankai, donde las auroras boreales pintaban el cielo estrellado con pinceladas líquidas de luz. Extrañaba ver las bandadas de almas de pájaros cruzar el firmamento, y a Kali volando entre ellos, espantándolos con sus giros.

Ya no eres un bebé, pajarraca, le recordé.

Mis dedos se cerraron alrededor de la barandilla del balcón, en la sala de reuniones de Skylar. La enorme mesa ya no estaba, y lo que antes se dibujaba como un espacio de estrategia y voces ahora era solo un salón vacío.

Intenté no pensar en el padre que degolló a la niña, en Adriel, ni en Valeska, ni en la maldita profecía que lo ensombrecía todo. Pero era inútil. Los pensamientos no pedían permiso. Se colaban igual, se enredaban los unos con los otros y hacían ruido en mi interior.

Miré al frente.

Ya había visto el poder de Skylar. Había sentido el mío. Y, aun así, sabía que lo que habíamos mostrado no era ni una fracción de lo que podíamos hacer juntos. Y eso me inquietaba, no porque temiera el poder..., sino porque dudaba de que fuera suficiente para acabar con la Dama sin llevarnos el mundo por delante.

Yo entrenaba en silencio, cada día. Aprendía a observar mis emociones no como debilidades, sino como señales. Cada impulso, cada estallido de rabia o tristeza, era una pista, una puerta hacia algo más profundo. Era un proceso lento, incómodo, lleno de tropiezos. Pero, con cada intento, con cada respiración controlada, sentía que estaba un paso más cerca de entender qué era lo que llevaba dentro y hasta dónde era capaz de llegar a la hora de actuar.

Noté el cuerpo de Skylar acercarse por detrás. Sus manos recorrieron mis brazos con lentitud, desde los codos hasta entrelazarse con mis dedos, aún cerrados sobre la barandilla.

—Siempre me ha gustado este balcón cuando Bankai está en calma. —Apoyó la cabeza en el hueco de mi clavícula antes de depositar un beso—. Pero contigo aquí, cualquier vista se queda corta.

—Hola, prometido. —Me eché hacia atrás para sentirlo por completo, para no dejar ni un espacio entre los dos.

Suspiró contra mi clavícula y luego sus dedos bajaron hasta acariciar mi anular, de arriba abajo, con una lentitud que me erizó la piel. Cuando retiró la mano, supe que algo había cambiado.

En el lugar donde sus dedos habían estado, quedaba un anillo: delicado, plateado, con dos pequeños diamantes a los lados y un hueco central que parecía esperar algo más. Levanté la mano frente a nosotros, observé el brillo extraño sobre mi piel y tuve que tragarme las lágrimas antes de que se me escaparan.

—Te pido perdón por todo lo que ha pasado con Basilius. No quise entregarte el anillo antes porque sabía que aún no estabas lista para decirlo en voz alta, y lo respeto. Pero ahora que lo llevas, cada vez que mires tu mano, quiero que recuerdes lo que significa. Quiero que sepas que no hay un solo día en el que no piense en esa promesa, esperando a que llegue el momento en que la mujer que amo decida cumplirla.

Con mi mano aún extendida, él alzó la suya y la entrelazó con la mía. Sus sombras treparon por mi brazo, reconociendo cada rincón de mi piel. Sobre nosotros, Kali dejaba estelas de fuego azul en el cielo y, al mismo tiempo, mi propia piel comenzó a arder.

Éramos fuego y sombra, distintos, contrarios, y aun así inseparables.

Llama y oscuridad. Fuerza y vacío. Principio y fin.

Skylar me susurró:

—Ese hueco entre los dos diamantes se llenará el día que me des el sí.

Me giré y llevé la mano del anillo a su mejilla, acariciándolo con los dedos. Era la mano que él había marcado con una promesa, la que ahora pesaba con su esperanza.

—Mi marido... suena peligrosamente bien. Sabes que si me haces enfadar, voy a apuñalarte, ¿no?

—¿Como en los viejos tiempos?

—Alguien tiene que bajarte esos humos.

Él se rio echando la cabeza hacia atrás.

—Entonces, como en los viejos tiempos. —Me levantó en volandas y me reí contra su cuello mientras me llevaba por los pasillos, aferrada a él sin oponer resistencia. Me sostenía igual que aquella vez, cuando mi cuerpo estaba roto, cuando aún pensaba que él era un monstruo..., y aun así me sujeté a su cuello como si fuera lo único que podía salvarme.

—¡Puedo caminar perfectamente!

—Espero que no puedas decir lo mismo en las próximas horas.

Me apretó más contra él y, en cuanto entendí a qué se refería, sentí cómo el calor se concentraba bajo mi vientre, esa presión conocida que solo él sabía despertar. Aún llevaba en la piel la memoria de tenerlo dentro, y esa ausencia empezaba a pesar.

—¿Sabes? No ha cambiado tanto —dije sin apartar la cabeza de su pecho—. Yo sigo amenazándote y tú me llevas en volandas como si fueras el héroe de esta historia.

—No soy el héroe. Solo soy el idiota que se enamoró de la chica que prometió matarlo.

—Bueno, entonces estás justo donde tienes que estar.

Un humo negro se materializó delante de nosotros, obligando a Skylar a detenerse. Y ahí estaba Syera, con el rostro de quien preferiría estar en el peor rincón del infierno solo porque una muerte tranquila le parecería aburrida. A su lado, como si el contraste no pudiera ser más ridículo, apareció el sol de Bankai: Savannah, con su cabello rubio cayéndole en ondas perfectas y un vestido de tul rosado.

—¡No puede ser! ¡Es verdad! ¡Estáis aquí los dos juntos! —chilló Savannah, sus tacones repiquetearon contra el suelo mientras corría hacia nosotros.

Antes de que Skylar pudiera bajarme, ella ya había desaparecido y reaparecido mucho más lejos.

—Sky, no tiene gracia —protestó, otra vez avanzando con pasos rápidos y ruidosos. Él volvió a hacerlo.

—¡Deja de hacer eso! —gritó frustrada—. ¡Solo quiero abrazar a Eda! ¡A ti no! ¡Me das igual, ojalá te mueras!

Skylar alzó una ceja impasible.

—Qué contradictorio, hermanita.

Tuve que morderme el labio para no soltar una carcajada mientras Skylar me bajaba al suelo entre gruñidos.

—¿Qué es tan importante que habéis tenido que interrumpirnos vosotras dos?

—¡Cállate! —le gruñó su hermana y, al hacerlo, pequeñas chispas rosas, como polvo, estallaron a su alrededor.

Savannah corrió hacia mí y me abrazó, sus brazos translúcidos y ligeros se cerraron alrededor de mi cuerpo. Por suerte, mi inmortalidad evitó que me aplastara algún órgano. Se separó enseguida, con una sonrisa radiante, y desvió la mirada hacia Skylar con ese brillo travieso que la delataba.

—Siento haber interrumpido lo que sea que ibais a hacer, pero Syera y yo recibimos una visita de una sombra chismosa que juraba haber visto a una parejita feliz rondando mi casa. Hemos tenido que venir a comprobar si de verdad erais vosotros dos.

Miré a Skylar, y no pude evitar notar lo parecidos que eran Syera y él. Esa expresión. Ese gesto de fastidio contenido. Podrían pasar por madre e hijo.

—Mis sombras no hablan —le soltó él sin inmutarse.

—A mí sí. —Alzó la barbilla con dignidad—. Me tienen cariño.

Savannah me cogió de las manos con una sonrisa entusiasta, pero de pronto se detuvo. Sus dedos tropezaron con el anillo en mi anular y, sin pedir permiso, me estiró la mano para acercar la joya hasta dejarla a apenas un centímetro de su rostro.

Sus ojos se agrandaron.

—Este anillo... —dijo en un susurro apenas audible. Luego alzó la vista hacia Skylar con una ceja arqueada—. Dime que esto no es del morenazo imperial.

Savannah me miró casi suplicante.

—Al parecer, tu encantador hermano, con su carácter tan dulce y esa personalidad tan... accesible —sonreí con los labios temblorosos de tanto contener la risa—, ha conseguido conquistarme y ponerme un anillo en el dedo.

Su hermana soltó un grito agudo y me aplastó contra su pecho en un abrazo desbordante.

—¡Eres de la familia! ¡De verdad! ¡Lo sabía! Y, por supuesto, voy a elegirte el vestido, y las flores, y el lugar, y todo. Lo digo en serio, lo tengo todo en mi cabeza desde hace mil años. ¡Mil!

Reía, chillaba, quizá también lloraba un poco —tal vez— mientras no dejaba de apretarme. Luego se volvió hacia Skylar y se lanzó a abrazarlo con torpeza. Él fingió poner los ojos en blanco, pero la rodeó en silencio y le besó la frente con suavidad.

En voz baja, la escuché decirle:

—Solo quiero que seas feliz, Sky. Tan feliz como este mundo te lo permita.

Skylar no respondió, pero el modo en que se le suavizó el gesto y se le encendieron los ojos me lo dijo todo. Aquella frase se le había quedado clavada, como una verdad demasiado grande para responderla con palabras. Porque, aunque compartieran milenios de existencia, entre ellos había algo que no se desgastaba con el tiempo. Un amor incondicional. De esos que no exigen nada, que simplemente permanecen.

—Y ahora, si no es mucha molestia, dejadnos solos a mí y a mi prometida —dijo Skylar con su tono más seco—. Tenemos que resolver algunos asuntos urgentes, porque, por si lo habíais olvidado, estamos en guerra. Gracias.

Antes de que nadie pudiera replicar, me levantó de nuevo y desapareció conmigo entre sombras. Reaparecimos frente a aquella puerta hecha de oscuridad, donde ya había estado antes. Su habitación.

Me bajó despacio, y mis pies apenas habían tocado el suelo cuando alcé una ceja.

—¿Los asuntos urgentes se resuelven aquí?

Su mano se deslizó por mi espalda y bajó por mi cintura hasta atraparme por la cadera, y luego...

—Asuntos que involucran este maldito y perfecto culo..., sí. —Me apretó lo justo para arrancarme un gemido que se le clavó en la garganta.

—Te veo muy necesitado, muerte —lo provoqué.

—Tú no estás mejor que yo. Te aseguro que si meto la mano entre tus piernas ahora mismo, estarás empapada. ¿O me equivoco?

Fui yo la que se mordió el labio, porque, maldita sea, tenía razón.

Me giré de golpe y me alejé de él corriendo hacia la puerta. La sombra me devoró en cuanto la crucé y se cerró a mi alrededor.

La habitación de Skylar seguía teniendo ese caos perfecto que parecía pensado al milímetro. Un orden caótico que solo él podía entender.

Las paredes de piedra, oscuras y terrosas, se alzaban hasta el techo invisible, donde la penumbra se tragaba los últimos estantes. Las estanterías, infinitas, rebosaban de libros con tapas ásperas y ajadas por el tiempo. Entre ellos, descansaban objetos imposibles de clasificar: reliquias de guerra, cristales que flotaban, cadenas que colgaban de puntos sin lógica, mecidas por una brisa que no venía de ninguna parte.

—Cuando estuve aquí vi a un zorro de nueve colas. Me dijo que se llamaba Sigurd y me contó la historia de estos objetos. —Mis ojos recorrieron las montañas de tesoros apilados en busca del destello blanco entre las sombras. Pero no había nada. Ni rastro de él.

—¿Conociste al zorro?

—Fue... amable conmigo. Enigmático. Como si llevara siglos observándolo todo y aún guardara secretos que nadie más conoce.

Él asintió pensativo.

—Hoy no está, pero puedo contarte lo que él te habría contado.

—Sabes que me encantan las historias.

Skylar alzó la mano. Sus sombras se deslizaron por la sala y de entre las estanterías comenzaron a flotar objetos: un collar desgastado, una daga rota, un pequeño cuaderno con las esquinas quemadas.

—¿Ves esto? Cada uno fue robado. No por dragones, como dijeron durante siglos, sino por humanos. Por emperadores que saquearon en nombre del orden. Por soldados que obedecieron sin pensar. Por padres que creyeron tener derecho sobre lo que nunca les perteneció.

Los objetos quedaron suspendidos en el aire.

—Cada uno es una disculpa que nunca se pronunció. Una verdad que enterraron para que otros pudieran dormir tranquilos. —Uno de los objetos cayó a sus pies con un sonido hueco—. El día en que este lugar esté vacío, tal vez entonces el mundo haya aprendido algo.

Por el rabillo del ojo vi algo que me hizo fruncir el ceño. Una tela roja flotaba hacia mí, rodeada por un leve resplandor dorado que no se parecía en nada al resto de las cosas caóticas de esa habitación.

—¿Qué es eso? —murmuré acercándome. La tela danzaba en el aire con una elegancia casi ofensiva y, cuando la atrapé con una mano, supe de inmediato qué era.

Abrí la boca y levanté la prenda ante mis ojos.

—¿Por qué hay ropa interior de mujer roja flotando por tu habitación, Skylar O'Hara? —me giré para encararlo. Estaba apoyado con toda la tranquilidad del mundo contra los barrotes oscuros de la gran cama con los brazos cruzados sobre el pecho y pies cruzados en los tobillos.

—¿A qué te refieres? —preguntó.

Sentí ese picor molesto en el pecho, un calor extraño que me negaba a nombrar. Di un paso sin pensarlo y el suelo vibró bajo mis pies.

¿Era mi furia?

Skylar echó un vistazo rápido a su desastre de habitación notando el pequeño temblor. Silbó bajo divertido.

—¿Estás celosa por algo?

Respiré hondo.

—No, ¿debería? —Claro que estaba celosa. La primera vez que pisé esa habitación, ya lo pensé. Imaginé a otras mujeres allí dentro, en su cama, riéndose con él, dejándole marcas en la piel y en la memoria. Me dije que era absurdo. Todos teníamos un pasado, y no podía reclamar lo que en aquel entonces no me pertenecía. No tenía derecho a sentir celos de lo que ya fue.

Pero entonces vi esa maldita prenda flotando y el pensamiento regresó con más fuerza. ¿La había traído otra? ¿Se la había quitado a alguien? ¿Simplemente la dejó ahí, como si no significara nada?

Apreté la tela roja en el puño con tanta furia que sentí cómo se desgarraba entre mis dedos. Empecé a moverme por la habitación, deteniéndome en cualquier objeto, cualquier rincón, fingiendo que me interesaba algo más que esa prenda. Lo hice solo para no incendiarla ahí mismo, para no exigirle respuestas que no tenía derecho a pedir.

—¿Seguro que no lo estás? Es solo ropa interior...

No me giré. No porque no quisiera verlo, sino porque, si llegaba a cruzarme con esa sonrisa suya otra vez, me lanzaría sobre él, y no para besarlo, sino para arrancarle los colmillos con un cuchillo de postre.

Apreté los labios e intenté pensar con claridad, porque sí, al parecer me estaba poniendo celosa por una prenda flotante. ¿En serio? ¿Ese era mi límite? Bajé la mirada hacia la prenda y me detuve en el encaje, en el dibujo delicado, en la textura que reconocía al tacto.

Esa ropa interior era mía.

El cuerpo se me quedó inmóvil por un segundo. ¿Cómo demonios la tenía? ¿Cuándo la había cogido? ¿Había estado hurgando entre mis cosas en Valdemar? ¿Desde cuándo?

Skylar era un acosador. Uno terriblemente atractivo, con manos demasiado largas y cero respeto por la propiedad ajena.

Sentí el calor subirme al rostro, no de vergüenza, sino de rabia contenida. Apreté la prenda en el puño, atrapada entre la incredulidad y las ganas de envolverla en llamas y arrojársela solo para ver si le chamuscaba las cejas.

Volví a mirarlo. Estaba sentado en el centro de la cama, con los brazos apoyados hacia atrás y una paciencia descarada, como si llevara allí una eternidad. Le lancé la prenda sin decir nada y él la atrapó al vuelo y se la colgó de un dedo.

Fui yo quien le dio la estocada justo donde sabía que dolía.

—Cuando vivía en Valdemar también solía comprar ese tipo de lencería de encaje rojo. —Me encogí de hombros—. Todavía recuerdo la primera vez que me la puse para aquel chico. —Skylar dejó de girar la prenda sobre su dedo y yo aproveché para fingir un suspiro nostálgico—. Puede que no me acostara con nadie hasta que conocí a Dalton, pero tampoco era... ya sabes, una santa.

Éxito inmediato. Skylar se incorporó despacio, dejó la prenda a un lado sin dedicarle ni un vistazo y me miró con fijeza y con la mandíbula tan tensa que parecía tallada en piedra.

—¿Y cómo se llamaba ese chico si puedo saberlo?

—Mmm..., no recuerdo su nombre —dije mordiéndome el labio—. Solo recuerdo sus ojos cuando me miraba con aquella ropa interior puesta.

Skylar no sonrió. Su mirada se oscureció, densa, afilada. Y yo, por dentro, ya estaba muerta de la risa. Las sombras se agitaron a su alrededor, inquietas como su respiración. Se mordía el interior de la mejilla, y lo conocía lo suficiente para saber que estaba a un segundo —solo uno— de perder el control.

—¿Llegó a tocarte?

Incliné la cabeza hacia un lado sonriendo, pero no contesté.

—Dímelo, Zafiro.

Me acerqué un paso.

—Mejor te muestro cómo me desnudé frente a él.

Me quité el uniforme despacio, sin dejar de mirarlo. Cada movimiento era una provocación, sabiendo perfectamente el efecto que tenía en él.

Antes de terminar de desnudarme, murmuré un cambio con magia, y la ropa interior que llevaba se transformó. Encaje fino, tiras delicadas, un rojo intenso con bordados que enmarcaban mis pechos de una forma que incluso a mí me hizo contener el aliento al quitarme la camiseta. Era el conjunto más hermoso que había llevado nunca.

Skylar se aferró a las sábanas. Me miraba con los ojos encendidos, fijos, sin pestañear. Me devoraba con la mirada, siguiendo cada curva, cada centímetro de piel expuesta.

—¿Así te miraba él? —preguntó, y yo asentí—. Qué desperdicio que solo pudiera verte como una humana —añadió—. Eso me deja a mí como el único que puede contemplarte como lo que eres.

Intentó moverse, pero levanté un dedo y se quedó quieto.

—No he terminado. —Me llevé los dedos a la hebilla del pantalón.

Vi cómo se le curvaban los labios, y yo le devolví la sonrisa, más oscura, más maliciosa. Sabía que por dentro se estaba consumiendo de celos, pero se aguantaba. Lo quería así, al borde.

Me di la vuelta con deliberada lentitud, dándole la espalda. Bajé los pantalones y me agaché justo lo necesario para que tuviera una vista perfecta: mi culo en alto, cubierto por la lencería roja. Luego giré un poco el rostro y lo miré por encima del hombro. Skylar seguía ahí, al borde de la cama, inmóvil. Pero su pecho subía y bajaba con rapidez, la respiración agitada, los dedos hundidos en las sábanas como si fueran lo único que le impedía lanzarse sobre mí.

—Supongo que sabes que esa ropa interior es tuya, mentirosa. —Se pasó la lengua por el colmillo con descaro—. Y si la idea es ponerme celoso, ya llegas tarde. Me pongo celoso cada maldito día en que Basilius te mira, porque sé que ha sido el único, además de mí, que ha tenido el privilegio de probarte.

Me sentí la peor persona del mundo, pero él seguía sonriendo.

—Perdona... no he pensado. Solo quería... —balbuceé.

—Eh, Zafiro. Ven, ven aquí conmigo.

—Yo... —caminé despacio hacia él, y noté cómo su respiración se entrecortaba con cada paso que daba.

—Voy a confesar algo —dijo alzando una ceja mientras su mirada se paseaba por mi cuerpo medio desnudo—. Yo también quería ponerte celosa, y a juzgar por cómo estás ahora, mis planes han salido muy muy bien.

Me detuve frente a él.

—La primera vez que entré en esta habitación, cuando me tumbé en tu cama, entre tus sábanas, deseé que terminaras lo que empezaste en la luna de sangre.

Él no dijo nada, pero su pecho subía y bajaba con más fuerza.

—Quería que me tomaras en esta cama hasta dejarme sin aliento. Que me arrancaras tu nombre de la garganta... una y otra vez.

Skylar soltó un suspiro y me cogió el culo con ambas manos, con esa fuerza medida que sabía hasta dónde podía apretar sin romperme, aunque si quisiera podía llegar al hueso.

—¿Y qué pasó?

—Pensé... —murmuré con la garganta contraída— en cuántas pudieron haber estado aquí antes que yo. Me da vértigo solo imaginarlo. Ya sabes..., veinte milenios son una eternidad, y yo apenas acabo de llegar.

—Tú eres la única que ha entrado aquí. La única que voy a follarme en esta cama, en este castillo. —Me besó el abdomen y luego alzó la mirada, esos ojos dorados ardiendo desde abajo—. Antes, el sexo no significaba nada para mí. No era deseo, ni necesidad. Era vacío. Un acto físico, sin alma. Nadie se entrega a la muerte por placer, lo hacían por miedo, por rendición o por pura curiosidad. Nunca por amor.

Sus dedos se enroscaron en la tela de mis bragas, inclinó la cabeza y depositó un beso en mi pelvis.

—Tú, mi vida —murmuró justo antes de arrancarme la ropa interior de un tirón. Me quedé de pie, con la boca entreabierta y el aliento roto por tenerlo tan cerca—, eres la única que me entrega su cuerpo sin miedo. La única que confía en mí, incluso sabiendo lo que soy, y eso es lo que todo monstruo como yo anhela, que la mujer que ama no lo tema.

Sus dedos se hundieron en mí y el mundo dejó de existir. Me aferré a sus hombros, las uñas marcando su piel, luchando por no venirme abajo. Con lo poco que quedaba de control en mi cuerpo, bajé las manos hasta su pantalón y desabroché el botón con torpeza, desesperada por sentirlo más cerca, más dentro, más mío.

La conexión entre nosotros no dejaba de crecer, era más profunda cada vez, tal vez por la magia, tal vez por el vínculo... o por todo lo que habíamos vivido al borde del abismo. Esta guerra no nos dejaba espacio para la intimidad, así que iba a aprovechar este momento, porque no sabía si volveríamos a tener otro. No sabía si tendríamos tiempo para dormir abrazados, para tocarnos sin prisa.

Quería ser egoísta, solo por unas horas.

—No sabes las noches que llevo soñando con que vuelvas a meter tu mano entre mis piernas —jadeé, y su ritmo se volvió más profundo.

—Eres una necesidad para mí.

Mi espalda se arqueó sin que pudiera evitarlo, mis uñas recorrieron su piel dejando surcos temblorosos, y lo único que se escapaba de mis labios era su nombre, una y otra vez.

—Te quiero dentro... —sollocé—, por favor, Sky, ahora.

Se desvaneció en sombras y reapareció justo detrás de mí, que seguía de pie, sintiendo el vacío que habían dejado sus dedos.

Me giré lo justo para mirarlo por encima del hombro. Ya estaba desnudo, con cada músculo en tensión y los abdominales esculpidos como pecado en carne.

«Por favor. Por favor. Por favor...». El ruego se repetía en mi mente mientras arqueaba las caderas, buscando más de él. Sentía su enorme erección rozarme, atrapada entre nuestros cuerpos.

Me apoyé contra su pecho, perdida en el tamaño imposible de su cuerpo. Cada centímetro de él me hacía sentir pequeña, sí, pero también invencible. Sus manos se posaron en mi cintura, mientras sus sombras se deslizaban por mis piernas, como si también quisieran tocarme, compartiendo el mismo deseo de envolverme por completo.

—Ponte a cuatro patas sobre la cama —susurró en mi oído, y sentí cómo todo mi cuerpo se estremecía. Nunca había estado en esa postura y, aun así, algo en su tono me hizo obedecer ansiosa.

Me subí a la cama de rodillas y, en lugar de apoyarme con las palmas, bajé los codos sobre el colchón hasta que mis pezones rozaron las sábanas.

—¿Este era el asunto pendiente? ¿Las vistas perfectas de mi culo desde atrás? —Giré el rostro hacia él, quién gimió al verme en esa postura, y su mano subió lenta por mi espalda, siguiendo el trazo de mi columna.

Las sombras brotaron de él en oleadas y me cubrieron sin tocarme. Entonces mi fuego despertó. No solo lo sentí arder bajo la piel, lo sentí moverse, encenderse, responder a la llamada de su poder.

—Si te duele demasiado, mi tatuaje lo sabrá —me recordó sobre mi piel justo antes de besarme la parte baja de la espalda.

—Tú mismo dijiste que estaba hecha para aguantar tu polla, ¿no, Sky?

Mi cabeza seguía girada hacia atrás, y lo vi sonreír contra mi piel. Se alzó detrás de mí y sus manos bajaron hasta aferrarse a mis caderas. Me apretó con tanta fuerza que su agarre pareció esculpirse en mi piel, como si su marca fuera a quedarse allí durante días.

—Joder..., vas a ser mi mujer. Eres mi mitad. Estoy hecho a tu medida, a tu ritmo, a tu alma. Cada centímetro de mí sabe que no hay otro lugar donde encaje mejor que dentro de ti.

Se humedeció los dedos y luego los deslizó por mi centro, mezclando su humedad con la mía. Un estremecimiento me cruzó el cuerpo cuando empujó la punta dentro de mí, sentí cómo todo se detenía. Me arqueé de golpe, la boca entreabierta en un gemido que no llegó a salir. Empezó a embestirme sin delicadezas, con una fuerza tan salvaje y profunda que por un momento creí que el placer me arrancaría el sentido y me dejaría temblando, partida en dos bajo su cuerpo.

Mi fuego azul estalló a mi alrededor, iluminándolo todo, y sus sombras se mezclaron con él, chocando, fusionándose.

—Sky..., más... —supliqué casi sin voz.

—¿Más fuerte, preciosa?

Me sostuvo por la cadera y luego me cogió de la nuca y tiró de mí hacia atrás sin piedad, haciéndome arquear el cuerpo contra él sin perder el ritmo, manteniéndome justo donde me quería. Dominaba cada parte de mí, cada gemido que me arrancaba, cada espasmo que me atravesaba.

—Eda..., mi vida... —gimió—. Voy a matarte si sigo follándote así.

La forma en que la muerte me llamaba su vida..., eso sí iba a matarme.

—Confío en ti —susurré como pude mientras escuchaba su respiración agitada detrás de mí.

Las embestidas se volvieron inhumanas, y fue entonces cuando las lágrimas me cruzaron las mejillas.

No era dolor.

Era un deseo que ya no cabía en el cuerpo.

Era la necesidad hecha carne, ardiendo con cada choque de caderas.

Era un amor tan brutal y absoluto que dolía sostenerlo dentro, como si mi pecho fuera demasiado pequeño para contenerlo.

—Soy tuyo, y mil veces tuyo, Eda.

Mi cuerpo se estrelló contra el colchón. Ahora estaba tumbada bocabajo, jadeando, y él se cernió sobre mí sin alejarse ni un milímetro. Me azotó el culo, y el sonido del golpe se perdió entre nuestros jadeos. Solté un grito, uno que no supe si venía del dolor o de puro éxtasis. Juraría que me dejó marca. Juraría que sangré. Pero me daba igual. Solo podía pensar en una cosa: «Más».

Otro azote.

«Más».

Otra embestida.

«Más».

—Dímelo —gruñó contra mi nuca, con los dientes apenas rozando mi piel—. Dime que eres mía.

—Soy tuya, Sky... —jadeé, aferrándome a las sábanas con los dedos crispados, las uñas enterradas mientras mi cuerpo se rendía al suyo una vez más—. Tuya, y mil veces tuya.

—Te amo. Nunca me cansaré de mirarte, de adorarte, Eda. Nunca.

Estaba tan completamente descontrolada mientras me embestía por detrás, una y otra vez, que ya no veía nada más que fuego. Las sábanas ardían bajo nosotros, la cama crujía con cada golpe y, a mi alrededor, el castillo entero temblaba.

Todo se volvió borroso, los bordes del mundo se deshicieron, perdí la cabeza justo cuando él lo hacía también. Nos rompimos juntos, entre sombras y llamas, entre el rugido del fuego y el chocar de nuestras respiraciones.

Solo se escuchaban los gemidos, y en el aire flotaba el olor del humo, del sexo, del caos... y del amor. Y ese era el aroma que quería respirar el resto de mi vida.

La ceniza descendía sobre nuestras pieles desnudas.

Estaba abrazada a Skylar, su mano debajo de mi cabeza me acariciaba el cabello con una calma que contrastaba con el desorden que aún flotaba en el aire. El colchón era lo único que quedaba en pie. Las sábanas se habían consumido, hechas humo. Pero Skylar, con un gesto suave, había hecho aparecer otras nuevas para cubrirnos.

—Sé que estábamos destinados a estar juntos. Pero saber que hay una profecía detrás... me hace querer entender más. No se trata solo de nosotros. También están Adriel, Elandra, Liral. ¿Y si la Dama manipuló a Dalton desde el principio? ¿Y si fue ella quien, de alguna forma, movió los hilos para que sus nombres terminaran reclutados? ¿Y si todo esto lleva escrito más tiempo del que imaginamos?

Pasé los dedos por las líneas doradas del tatuaje del dragón que recorría su pecho mientras hablaba.

—Puede que tú y yo seamos los más obvios en la profecía, pero Valeska y Adriel..., eso es diferente. Hasta ahora todo se ha cumplido. Cayeron juntos en la grieta, y no fue un accidente. Él decidió saltar. No hubo manipulación ahí. Fue elección. Fue instinto. Fue... amor.

—Tampoco puede haber manipulación en el lazo que hay entre Liral y Elandra —concluyó él seguro.

—Pero la Dama conoce la profecía...

—La verdadera pregunta es si esa profecía se escribió para servirle a ella o para salvarnos a nosotros —añadió—. Porque si todo esto ya estaba marcado, si cada paso ya estaba decidido, entonces el final también lo está, y tal vez no sea el que queremos.

Suspiré.

—Habla de tres lazos, de seis personas..., y ninguna de esas es Dalton. ¿No te parece extraño? —Levanté la cabeza y lo busqué con la mirada—. Porque estamos hablando de una de las cuatro personas con más poder en este mundo, y aun así no está en la profecía. Ni una sola mención. Puede que, al principio, pensara que la segunda llave, la de fuego y sombra, se refería a él..., pero no. Sé que son Elandra y Liral. —Entorné los ojos—. Ellas encontraron la mitad del colgante.

Lo levanté entre nosotros.

—Nunca te he preguntado todo porque sé que este colgante puede acabar con la Dama.

Skylar lo miró en silencio unos segundos y habló:

—La primera vez que vi a la Dama fue justo segundos antes de que la guerra terminara. Antes de que el imperio quedara todavía más destruido de lo que lo dejó Kaiserin.

Me removí contra él solo al escuchar el nombre de la emperatriz.

—Bajé a la ciudad enterrada. No tenía puertas, ni techos, ni muros..., solo una montaña hueca, como si alguien hubiera arrancado las paredes desde dentro. No quedaba nada en pie, ni rastro de las estructuras. Solo el silencio. —Hizo una pausa, apretando los labios antes de seguir—. Fui a buscar señales de vida. Pero no avancé mucho. Algo... algo me llevó directo a ella.

Lo miré sin parpadear.

—Al monolito —dijo él—. Un bloque violeta enorme. Nunca supe qué era. No hasta que la vi.

—¿A la Dama? —pregunté con el pecho encogido.

Él asintió, su garganta parecía estar trabajando en la siguiente frase.

—Una mujer joven estaba allí, sola, con las manos sobre la piedra. Me habló. Dijo cosas que parecían tener sentido... y lo peor es que las creí. No porque me convenciera, sino porque, en ese momento, no la sentí como una amenaza. Sentí que debía escucharla.

»Cuando le conté a Dalton lo que era de verdad sentir la manipulación, hablaba de ese momento. De ese puto segundo. Porque ella me pidió la mitad del colgante... y yo se la di. Así de simple. Así de fácil.

—¿Qué pasó luego? —Me incorporé un poco con el corazón encogido—. Cuando se la diste.

Parpadeó varias veces, como si le costara descifrar las imágenes, borrosas por el tiempo o por el dolor. Siete milenios atrás..., a mí tampoco me habría resultado fácil de recordar.

—Todo desapareció, fue como si la realidad se apagara de golpe. Recuerdo caer, morir... o al menos dejar de existir por un segundo. Durante mucho tiempo pensé que lo había soñado, que lo había imaginado. Pero no. Porque cuando desperté, la mitad del colgante ya no estaba.

No lo dije en voz alta, pero el miedo se me metió en los huesos. Pensar que existía algo capaz de arrancarle hasta la voluntad a Skylar... me congeló el alma. Si llegaba a tenerlo todo, si conseguía el colgante completo, ¿qué quedaría? ¿Quién podría detenerla si ni siquiera él, con todo su poder, había sido suficiente? ¿Quién quedaría en pie cuando hasta la muerte se arrodillara?

—¿Cómo sabes que nuestros colgantes pueden destruir el Ojo? ¿O a la Dama?

Skylar respiró hondo antes de responder:

—El colgante es importante para ella. Eso lo sé. Lo miraba como quien observa algo que podría matarla. Como si, en manos equivocadas, fuera su sentencia. Si puede activar el Ojo, abrirlo... o lo que sea que haga, entonces también puede destruirla.

De pronto, Skylar se incorporó de golpe sobre el colchón. Sus músculos desnudos se tensaron, y sus ojos se clavaron en la puerta. Yo me cubrí de inmediato con las sábanas, el instinto tomando el control antes que la razón.

—¿Qué pasa? —pregunté siguiendo su mirada.

—Rai Raider está en la puerta.

Si Rai estaba allí, no era por cortesía ni por rutina. Él no se presentaba para asuntos menores. Su presencia era un presagio.

Mi mente se llenó de posibilidades como una estampida. Pensé en Arcadia, en Valdemar, en mi hermano, en Elandra, en Adriel, en Liral...

Skylar subió más las sábanas cubriéndome sin decir una palabra. A lo lejos, las sombras junto a la puerta se movieron, y con mi vista inmortal distinguí la silueta de Rai Raider, quien estaba completamente rígido y con la mandíbula apretada.

—La Dama está atacando Valdemar. —Rai me miró solo a mí—. Tu pueblo, Eda. Está atacando tu pueblo.

32

Elandra

El cabello rojo fuego de Elandra se agitaba con el viento, como una bandera viva al filo de una batalla, mientras el dragón del emperador de Pramvera surcaba el cielo a toda velocidad. Su sombra cayó sobre el desierto y, como un eclipse, oscureció las dunas e hizo que la arena se alzara en torbellinos salvajes.

Elandra se subió el pañuelo blanco para cubrirse la boca y la nariz, protegiéndose del polvo que azotaba el desierto. Sus pies se hundían con cada paso en las dunas blandas, pero su mirada permanecía clavada en Liral. Porque ese día, bajo el sol abrasador y el cielo cubierto de alas, Liral no era solo una guerrera. Ese día, se había convertido en lo que siempre estuvo destinada a ser: una líder.

«Están atacando mis tierras —se recordó Elandra—. Están atacando Valdemar».

Decían que el fuego era verde, como una esmeralda enferma. No chisporroteaba, no crepitaba, tan solo se deslizaba como una plaga. Había empezado en las aldeas más pequeñas, reduciendo muros de piedra y techos de madera a ceniza en cuestión de segundos.

El fuego de la llama valirio no solo destruía, anunciaba que el final ya caminaba entre ellos.

Elandra podía oler la muerte incluso desde allí. Cerró los ojos por un instante, intentando no imaginar la magnitud del desastre. Pero fue inútil. Aunque todo estuviera ocurriendo a miles de kilómetros, los gritos ya resonaban en su mente. Porque el horror, cuando era real, no necesitaba estar cerca para alcanzarte.

Los jinetes de Novadia, transformados en hipogrifos y mantícoras por el poder de Iron Shadow, no tardaron en llegar a Arcadia. Aterrizaban uno tras otro, y apenas sus patas tocaban tierra cuando dos jinetes de Arcadia ya corrían hacia ellos.

Los jinetes transformados se deslizaban por el cielo como parte de él. Gracias al vínculo con sus hipogrifos, una ilusión mágica los envolvía por completo, borrándolos de la vista. A ojos de cualquier mortal, no había nada allí. Y así debía ser. No podían cruzar territorio mortal dejando rastro, no sin provocar un pánico masivo. Y eso era precisamente lo que querían evitar.

Mientras Liral organizaba y guiaba con precisión a los que llegaban con órdenes rápidas pero claras, Elandra permaneció inmóvil en medio de las dunas, sin mover un solo músculo. Observaba en silencio cómo el cielo comenzaba a despejarse, cómo las criaturas aladas se alejaban una a una, dejando tras de sí un viento cargado de arena.

El desierto, que hasta hacía poco era puro movimiento, empezaba a vaciarse. Las tropas partían en oleadas hacia Valdemar y el paisaje que abandonaban estaba cada vez más silencioso. Solo unos pocos pelotones permanecían, asignados a la defensa directa del imperio. Eran los últimos en la cadena de mando, los que se quedarían si todo lo demás caía.

Los guerreros kailani también habían salido de la grieta y aguardaban órdenes sin necesidad de hablar. Ellos no marcharían a Valdemar. Su lugar estaba allí.

Serían la última línea de defensa sobre un suelo que aún no había sido reclamado por el fuego.

—Algo no va bien —fue lo único que dijo Elandra al bajarse el pañuelo que le cubría la mitad del rostro. La frase le salió baja, casi un pensamiento en voz alta, más para calmar su propia inquietud que para ser escuchada. Pero entre el crujir de las alas al desplegarse, las voces dando órdenes y el murmullo de la arena moviéndose, Liral giró la cabeza.

Sus ojos color avellana cruzaron el campamento hasta encontrarla.

La había oído.

Liral se olvidó de los jinetes y cruzó con paso decidido las dunas que el viento ya comenzaba a desdibujar.

—¿Qué significa ese «algo»? —preguntó Liral bajándose el pañuelo—. Sé más concisa, pelirroja. Tenemos que marcharnos ya a Valdemar.

Elandra apartó la mirada y la clavó en la distancia, justo donde estaban contenidas las verdaderas criaturas feéricas, tras la barrera de magia casi invisible que los jinetes de zeng habían impuesto. La superficie vibraba con destellos distorsionados, retorciendo la luz del sol, pero el sonido más allá de ella seguía igual de nítido.

Los nightmares rasgaban la arena con sus patas traseras, inquietos, resoplando con fuerza como si algo invisible les recorriera el lomo.

Más allá, las bestias desplazadoras arrastraban sus tentáculos con ese roce áspero que ahora se volvía insistente. No solían estar quietas, pero esto era otra cosa. Aquella no parecía su agitación habitual. Incluso los zengs —siempre tan fríos, tan de piedra— tenían los músculos tensos y las colas alzadas.

—Elandra —la llamó Liral.

Los jinetes seguían aterrizando, organizando con disciplina a los que aún debían partir hacia Valdemar. Todo seguía su curso, como si nada estuviera a punto de pasar. Nadie parecía darse cuenta de lo que se les venía encima.

Nadie... excepto Elandra.

Giró la cabeza de golpe y fijó sus ojos en ella.

—Tenemos que meter a todos los mortales en la fortaleza.

—¿Por qué...?

Liral tardó un segundo en reaccionar. Por un instante, su firmeza habitual se resquebrajó. Siguió la dirección de la mirada de Elandra hacia la barrera, hacia las criaturas al otro lado, justo donde ella había estado observando segundos antes.

—Manipular a las criaturas ahora sería una masacre. Una puta masacre.

—Una planificada al detalle —escupió una zarkass detrás de ellas—. Atacan Valdemar y obligan así a los jinetes a marcharse, y con el emperador fuera de Arcadia, esta queda expuesta. Pocos soldados y cientos de mortales desprotegidos.

Las dos se giraron y se encontraron de frente con Norian, flanqueada por las otras quince zarkass que avanzaban entre las dunas en formación cerrada. Los uniformes de cuero negro se ceñían a sus cuerpos delgados; el cabello, recogido en trenzas largas, les caía por la espalda más allá de la cintura. Portaban lanzas, cuchillos, arcos..., cada una empuñaba el arma que más dominaba.

—¿Cómo lo habéis sabido? —preguntó Elandra.

—No hace falta ser vidente para entender qué ocurrirá cuando las cordilleras se vacíen —soltó Norian.

—Hay que ser unos malditos idiotas para caer en una trampa tan obvia —escupió Kalis clavando su lanza en la arena con tal fuerza que se hundió un palmo.

Liral suspiró y echó un vistazo a su alrededor.

—Eda e Iron Shadow irán a Valdemar. —La angustia se le trabó en la garganta—. Los jinetes que quedamos no bastamos. No si nuestras propias criaturas deciden arrancarnos la cabeza.

—No podremos contenerlas —añadió Elandra—. Ahora mismo respetan los escudos de los zengs solo porque no han recibido la orden de romperlos.

—Pero cuando estén manipuladas lo harán —remató Norian.

—¿Cuánto tiempo creéis que nos queda? —preguntó Elandra, sin apartar la vista de la barrera—. ¿Cuánto antes de que la Dama use a las criaturas?

Kalis contestó:

—Esperará a que los jinetes estén lo bastante lejos. Lo justo para que no escuchen, para que no huelan el humo, para que no lleguen a tiempo.

—Sé que estás pensando en un plan —dijo Elandra mirando a Liral, que apretaba la mandíbula y tamborileaba los dedos contra su pierna—. Dilo ya.

Liral se giró con lentitud hacia la grieta que se abría en la arena, a menos de doscientos metros. Frunció el ceño y entornó los ojos como si pudiera ver más allá de lo evidente.

—Eda nos contó que en Bankai lograron atraer a los kholdrath hasta la grieta de Cristales Rojos —empezó—. Esos cristales amplifican cualquier tipo de magia. Solo hay que tocar la superficie y volcar el poder dentro.

Eda les había explicado cómo esos cristales actuaban como catalizadores: absorbían la magia y multiplicaban la de aquel que los tocaba. Fue así como Eda lanzó el fuego azul sobre las criaturas, y como Iron canalizó sus sombras. Juntos, consiguieron derribar a aquellas bestias con forma de araña.

—Pero nosotras no somos Eda ni Iron Shadow —replicó Elandra con los brazos cruzados—. No podemos canalizar la magia así como así.

—No se trata de forjar armas. Esos cristales no necesitan técnica. No quieren forma, solo intención. Están hechos para amplificar lo que ya llevas dentro.

—¿Cualquier poder, dices? —insistió en saber Kalea.

—Cualquiera —afirmó Liral.

Elandra entendió al instante a qué se refería Liral.

—Los jinetes de zeng..., quieres que amplifiquen el poder de vinculación. Que formen una barrera.

—Y que metamos a todos los mortales ahí abajo —añadió Liral asintiendo—. Incluidos nosotros.

Otra zarkass dio un paso al frente y preguntó:

—¿Y la Fortaleza de Gea? ¿No es lo bastante segura? Tiene cámaras subterráneas, casi toda su estructura está bajo tierra.

Elandra se giró hacia la zarkass.

—La fortaleza está hecha de piedra y arena. Si cientos de criaturas la atacan al mismo tiempo usando sus poderes, caerá. No está diseñada para resistir magia salvaje. La destruirán.

Hizo una pausa, luego miró a Liral.

—Pero si trasladamos a todos los civiles dentro de la grieta, y los jinetes de zeng canalizan su magia en los cristales, no solo usarán su poder..., lo van a multiplicar. Esos cristales no distorsionan, amplifican. Lo que les das lo devuelven más fuerte.

Las zarkass se miraron entre ellas. Nadie dijo una palabra, pero no hacía falta. La decisión ya estaba tomada.

—Hay que dar la orden —dijo Elandra, que ya había echado a andar hacia las casas—. Todos los mortales deben bajar a la grieta. Ya.

Pero se detuvo cuando vio a Liral girar en dirección contraria.

Sus miradas se cruzaron.

—Iré a buscar a los jinetes que aún quedan —dijo Liral sin detenerse—. Tengo que avisarles de lo que está pasando. Vosotras encargaos de poner a todos a salvo.

No esperó respuesta. Se transformó en una bestia desplazadora y en un parpadeo ya galopaba entre las casas.

—Ya la habéis oído, hembras. Que ningún mortal se quede arriba. A la grieta todos. Niños, mujeres, hombres..., que no quede nadie fuera. Tenemos veinte minutos como mucho, antes de que esas criaturas empiecen a romper las barreras.

33

Dalton Basilius

Dalton Basilius siempre supo que el día llegaría. No sabía cuándo, ni cómo, pero tenía claro que ella atacaría. No necesitaba señales ni advertencias, conocía el poder y sus ciclos. Y la Dama no constituía una excepción, solo era más paciente.

No llegaba haciendo ruido. Actuaba cuando el mundo creía estar a salvo, cuando las defensas bajaban, cuando el cuerpo aún resistía pero la voluntad empezaba a ceder.

Iron Shadow era la amenaza visible. Era el filo, el choque, la confrontación directa. Un enemigo reconocible contra el que uno se preparaba. Pero ella... ella era lo que venía después. La grieta que se abría cuando creías que la estructura era sólida. Ni siquiera él, Dalton Basilius, con toda su experiencia, su control férreo y su desconfianza tan bien cultivada, fue capaz de verla venir.

No supo cuándo entró. Ni en su habitación... ni en su cabeza. Solo que, cuando quiso darse cuenta, ya estaba ahí. Torciendo su voluntad sin que él lo notara.

Odessa —el nombre que usó con él— no apareció con amenazas, sino con comprensión. Le habló con esa suavidad que no obliga, pero que se clava. Sus palabras eran precisas, afiladas sin parecerlo, y encontraron sin esfuerzo las grietas que la ausencia de Eda había dejado abiertas. Habló del imperio, de su deber, de futuros posibles, y lo hizo con una cercanía que a Dalton le resultó casi un alivio. Por un momento creyó que alguien lo entendía, que no estaba tan solo como se sentía.

Pero ni siquiera el amor feroz que sentía por Eda lo protegió.

Odessa llenó el espacio que ella había dejado, y lo hizo sin que él se diera cuenta. Cuando lo tocó, cuando le quitó la ropa, su cuerpo reaccionó, pero él no estaba presente del todo. Flotaba, desconectado, con la mente a la deriva. Una parte de él sabía que no era real, que aquello no debía estar pasando. Pero no pudo decir nada. La voz no le salió. El daño ya estaba hecho.

Después vino el silencio.

La culpa.

El asco.

No se lo contó a nadie. No porque no pudiera, sino porque no encontraba las palabras. Porque nombrarlo lo volvía real. Admitir que ella lo había utilizado, que lo tocó, que lo tomó sin que él pudiera detenerla, era enfrentarse a lo que más le dolía: que no fue capaz de pararla.

Que no fue lo bastante fuerte.

Durante esas semanas, nadie comprendió del todo lo que Dalton Basilius llevaba por dentro. El tormento no venía solo por haber sido manipulado por el enemigo, sino de algo más íntimo, más humillante: que el amor de su vida ya no lo miraba como antes, que Eda se había enamorado de otro, y no de un cualquiera, sino del único ser al que Dalton había temido desde que tenía memoria.

Iron Shadow.

Lo que terminó por desarmar a Dalton no fue perder a Eda, sino darse cuenta de que ese otro hombre le daba algo que él jamás pudo ofrecerle. Lo insoportable no era el abandono, era entender que, incluso en su forma más honesta de amar, él no había sido suficiente. Y eso —más que la guerra, más que la traición, más que la propia Dama— era lo que realmente le dolía.

Dalton podía ser muchas cosas, pero no un necio. Sabía reconocer el amor cuando lo tenía delante. Lo vio en los ojos de Eda, por supuesto. Pero también en los de Iron Shadow. En aquella sala, cuando se arrodilló —sin plan, sin estrategia, solo con el corazón hecho pedazos— para pedirle matrimonio, Dalton no vio lástima ni burla.

Vio amor.

Había crecido creyendo que Iron Shadow era su mayor enemigo. Lo temió, lo estudió, lo combatió. Durante siglos, toda su estrategia giraba en torno a cómo detenerlo, cómo contenerlo, cómo sobrevivir a la muerte. Pero con él en el imperio, en aquellas reuniones donde el aire pesaba más que las decisiones, con él ofreciendo soluciones imposibles cuando ya no quedaban opciones, Dalton empezó a entender que Iron Shadow no era el enemigo, que nunca lo había sido, y que tal vez solo era el único que veía venir lo que todos los demás se negaban a aceptar.

Long recorrió kilómetros en cuestión de segundos, sus alas cortaban el aire con una fuerza que sacudía la superficie del mar bajo ellas. Abajo, el agua apenas era visible, envuelta en una niebla que lo cubría todo; una bruma espesa y cerrada que se extendía como un muro entre Pramvera y Valdemar.

Dalton giraba la cabeza de vez en cuando para asegurarse de que sus dos segundos al mando seguían a su lado: Misso a la izquierda, Kaiden a la derecha. Ambos iban transformados en sus propias criaturas.

Dalton aún no sabía si podía acostumbrarse al poder que Iron Shadow les había otorgado a los jinetes.

Hazlo ya, Misso, le pidió Dalton con un pensamiento.

Vio un leve asentimiento de su capitana y, con un solo gesto, la ilusión se desplegó sobre el mundo de los mortales. Alteró su percepción al instante, obligándolos a mirar al cielo sin ver, a escuchar sin oír. Ninguno de ellos sabría que un ejército de criaturas de sombras los sobrevolaba.

Siguieron volando, pero la niebla no cedía. Dalton, con los sentidos alerta y el silencio clavado en el pecho, empezó a perder la noción del tiempo.

«¿Llegamos tarde? —pensó—. ¿Habrán muerto ya todos los mortales? ¿Quedará algo en pie?».

Las dudas se disiparon en cuanto la niebla empezó a retirarse. Lo que reveló fue peor de lo esperado: las tierras estaban cubiertas por un humo verde, espeso y venenoso. No había llamas aún, pero la devastación ya había comenzado. Las casas de Valdemar seguían en pie, sí..., pero el cielo tenía ese brillo enfermo que anunciaba que el fuego esmeralda estaba cerca.

Dalton alzó la mano, y con una sola orden mental los pelotones se desplegaron detrás de él. Llevaban siglos entrenándose para una situación como esa. Cada jinete sabía dónde debía estar.

Pero fue Long quien reaccionó primero. El dragón giró sin aviso, rompió la formación y bajó en picado hacia el oeste.

El fuego venía de la colina.

De la casa de Eda.

La furia le subió por el pecho, apretó los puños contra las escamas del dragón y rugió:

—¡Más rápido, Long! ¡Más rápido!

El dragón sobrevoló la ciudad, y lo primero que golpeó a Dalton no fue la imagen del desastre, sino el sonido. Los gritos agudos de una madre llamando a su hija. Las plegarias quebradas de ancianos que apenas podían mantenerse en pie. El llanto de los bebés. Y los pasos frenéticos de padres corriendo con sus hijos en brazos, cubiertos de hollín, con los ojos enrojecidos no solo por el humo, sino por el miedo.

Las calles eran un caos de ceniza y desesperación.

Animales desbocados empujaban a la gente mientras huían a ciegas, sin distinguir entre piedra o carne, pisoteando los cuerpos tendidos en el suelo.

Algunos tejados se derrumbaban con estruendo y lanzaban cascotes sobre calles ya saturadas de polvo y gritos. Las puertas colgaban rotas, fuera de sus marcos. Las ventanas, abiertas de par en par, parecían bocas negras escupiendo humo, como si la ciudad entera respirara muerte.

Alexander, llévate a Nolan contigo. Busca a su padre.

El comandante, transformado en mantícora, asintió. Pero Dalton ya había escuchado sus pensamientos con claridad: «No puedo dejar que el padre de mi pareja muera. No puedo permitir que Nolan pierda al único padre que le queda».

Los jinetes aterrizaban uno tras otro y, al tocar el suelo, sus cuerpos cambiaban al segundo, retomando su forma humana. Los jinetes de zeng se adelantaron en formación, escudos al frente, bloqueando ráfagas de fuego que habrían reducido a cenizas a cualquiera más lento o menos entrenado.

Irrumpían en casas medio derrumbadas, cruzaban puertas quemadas y salían cargando a quienes aún resistían dentro. Niños acurrucados en esquinas, ancianos atrapados entre escombros, madres que no soltaban a sus hijos ni siquiera cuando el calor del fuego les lamía la piel.

Dalton no podía usar su poder allí, su llama era demasiado peligrosa, demasiado devastadora para arriesgarse con los pueblos aún llenos de civiles. Si la desataba antes de tiempo, arrasaría con todo, incluidos aquellos a los que intentaba salvar.

Saltó de Long, y el dragón alzó el vuelo de inmediato. Se perdió entre las nubes bajas, dejando tras de sí un rugido que retumbó sobre la ciudad. Long sabía cuál era su tarea: apagar los incendios en las zonas evacuadas y contener el avance del fuego en los barrios ya vacíos. Allí donde ya no quedaba nadie pero donde aún podía salvarse algo.

Dalton, ahora a pie, comenzó a moverse entre los restos. Las ruinas de los hogares ardían aún calientes, y los cuerpos que no habían logrado escapar estaban allí, delante de él. Dalton los vio, pero no se detuvo. Cerró la puerta a la empatía y, en lugar de dejarse arrastrar por la pena, se obligó a concentrarse.

Cerró los puños, respiró hondo y hundió la mente en su poder.

Los gritos, los llantos, el pánico..., todo lo golpeaba a la vez. Cada emoción ajena se le metía bajo la piel, lo ahogaba. Así que hizo lo único que le quedaba: entró en sus mentes. No para guiarlos, ni para imponer nada. Solo para sostenerlos. Para que no se quebraran. Para ofrecer, aunque fuera por un segundo, algo parecido a la calma.

Desde los callejones, entre el humo, los noctífagos empezaron a surgir. Se lanzaban sobre todo lo que se movía, lo que respiraba. No distinguían entre soldados, jinetes o civiles.

No buscaban enemigos.

Solo destrucción.

Algunos jinetes, todavía en su forma de sombra, no esperaron órdenes. Se abalanzaron de inmediato sobre ellos, oscuridad viva contra llamas corruptas, sombra contra podredumbre. Un choque brutal de esencia contra esencia.

Cada vez que un jinete alcanzaba a un noctífago, el resultado era el mismo: el espectro estallaba en una nube y dejaba tras de sí una estela de ceniza verde que se disolvía en el aire.

Dalton dejó que su llama negra ardiera en sus manos y lanzó el primer ataque. Su fuego avanzó en línea recta y derribó a los noctífagos que llegaban en oleadas.

El enemigo no dejaba de crecer. Por cada espectro que caía, aparecían dos más. No solo iban tras los jinetes; también corrían hacia los mortales, intentando tocarlos, meterse en ellos, poseerlos.

El horror le apretó el pecho al ver a los primeros caer. No estaban muertos, sino atrapados. Sus cuerpos seguían en pie, con los ojos vacíos y la boca congelada en un grito ausente.

La posesión era instantánea.

Dalton no tuvo opción. Alzó la mano y su fuego cayó como una guadaña que barrió a los poseídos antes de que pudieran volverse contra los suyos.

—¡Una bestia!

—¡Es el fin!

Los gritos de los pocos mortales que aún corrían por sus vidas retumbaban al fondo de las calles. La mente de Dalton se inundó con sus pensamientos, un coro de puro miedo ante la silueta del enorme dragón que se alzaba sobre la aldea.

Iron Shadow había llegado.

Su magia se extendió sin estruendo. Solo sombras que se arrastraban por las calles como si reconocieran el camino. Sabían a dónde ir, a quién tocar. Y cada noctífago que alcanzaban... se deshacía.

Iron Shadow no se molestó en esconderse. No tenía por qué. Quería que lo vieran. Que alzaran la vista y lo encontraran ahí, cubriéndolo todo. Tapando el sol, devorando el cielo, robándoles el día. Pero entonces Dalton la vio.

Iron Shadow no había acudido solo. Sobre su lomo, erguida con la espalda recta y la mirada firme, estaba ella.

Eda ya no era solo la primera jinete de fénix, sino la primera jinete de un dragón de sombras.

34

Elandra

El olor a muerte que dejaba el humo en los cielos de Arcadia los hizo más conscientes que nunca de lo que estaba ocurriendo al otro lado del mar, más allá de la niebla que separaba el imperio de Valdemar.

Tardaron apenas quince minutos en evacuar a todos los mortales y resguardarlos dentro de la grieta. Elandra no dejó ni una sombra sin revisar; recorrió cada calle, inspeccionó cada casa, incluso las más alejadas, y no pasó por alto ni el centro de curación. Con ayuda de su escuadrón, logró poner a salvo hasta al último ser humano.

Mientras tanto, los jinetes de zeng, bajo el mando de Liral, se desplegaban en formación. Cada uno tomó posición a lo largo del borde, espaciados con precisión táctica, a treinta metros entre sí, listos para canalizar su magia y sellar la grieta.

«¿Somos unos cobardes?», se preguntó Elandra mientras observaba a todos descender por la grieta con armas en las manos, unas que probablemente no servirían de nada si sus propias criaturas se volvían contra ellos.

Elandra estaba aterrada.

El miedo le apretaba el estómago y le pesaba en el pecho, pero no lo dejaba salir. Caminaba entre los civiles con el rostro sereno, tocaba sus hombros y les repetía una y otra vez que todo iría bien. Que estarían a salvo. Que aquello solo era parte del protocolo.

Su voz no temblaba, pero sus manos sí. Y cada vez que alguien la miraba con los ojos desbordados de pánico, sentía que mentir dolía más que el miedo mismo.

Liral acababa de dar órdenes a varios jinetes de zeng cuando Elandra la sujetó del codo y la obligó a detenerse. Ella se giró con brusquedad, lista para replicar, pero Elandra no le dio tiempo.

—Puede que ya no queden civiles en Novadia, pero el peligro sigue ahí; soldados imperiales, mantícoras, hipogrifos...

—¿Crees que no lo he pensado? —Liral bajó la voz al ver que varios jinetes pasaban corriendo—. Pero Novadia no es Arcadia.

—¿Y qué tiene de diferente?

—Allí los soldados están entrenados para evacuar si las cosas se tuercen. Tienen órdenes claras: subir a la Fortaleza de la Cumbre de Hielo.

—¿Y tú crees que esa fortaleza aguantará?

Uno de los guerreros kailani, que ayudaba a una familia cercana, alzó la cabeza al oírla. Se acercó despacio, con la mirada serena, y respondió:

—La Fortaleza de Gea puede caer, piedra a piedra, como cualquier muralla levantada por manos mortales. Pero Novadia no. Novadia fue esculpida en el corazón de una montaña. No existe fuego, magia ni criatura capaz de hacerla ceder.

Elandra se giró hacia él.

—¿Crees que no manipulará a las criaturas allí?

—Si la Dama entiende cómo actuamos, no perderá el tiempo en Novadia. Allí no hay sangre inocente que derramar. Sabe que será lo último que el imperio protegerá —respondió Liral.

El guerrero asintió con la cabeza y la señaló.

—Ella tiene razón. Los soldados de Novadia no necesitan que los salven; han nacido para resistir. Novadia es el punto más seguro de nuestras tierras. Demasiado hielo, demasiado frío.

Las dos asintieron en silencio, y el guerrero continuó su camino por la grieta, dando órdenes a los demás.

—¿Y Pramvera? —preguntó Elandra—. ¿Crees que enviará allí a las mantícoras y los hipogrifos?

—Por suerte, Dalton ha hecho algo bien en sus cuatrocientos años —respondió Liral sin rastro de ironía—. Pramvera se sellará sola. En cuanto perciba una amenaza, activará su propia magia defensiva. Pero eso deja a Arcadia completamente expuesta.

Entre los sollozos entrecortados de los niños, las plegarias desesperadas de las madres y los gritos ahogados de los padres que apretaban a sus hijas contra sus pechos, se escuchó el primer golpe.

El silencio que lo siguió fue aún peor.

Entonces llegó el segundo. Más fuerte. Más cerca.

Y después el tercero.

Las criaturas ya no eran ellas mismas. Se escuchaban sus cuerpos estrellarse una y otra vez contra las barreras mágicas, como una tormenta de carne y furia desatada. Cientos de embestidas seguidas de otras cien más que parecían no tener fin.

La arena que cubría los bordes de la grieta comenzó a desprenderse, deslizándose como una lluvia sucia que anunciaba el derrumbe.

Elandra se quedó quieta. El pecho le subía y bajaba desacompasado, como si el aire ya no le entrara en los pulmones. Escuchaba las garras rasgando la arena, una detrás de otra, rompiendo el suelo, acercándose.

La cacería había empezado.

Elandra iba a morir, y lo peor era que no sería a manos de un enemigo desconocido.

No.

Sería su criatura la que la destrozaría.

Todos morirían por las bestias en las que habían confiado. A las que habían alimentado, cuidado, amado.

—Eh, pelirroja. —Liral le sujetó del rostro con las dos manos—. Tú has visto el infierno de frente y le has devuelto la mirada. Has soportado más que cualquiera aquí. Así que haz lo que solo tú sabes hacer: camina hacia el miedo y haz que el mundo lo vea.

Los rugidos se volvieron ensordecedores.

—¡Cerrad la grieta! —gritó uno de los jinetes, y la orden se propagó como un trueno.

—¡Cerrad la grieta!

—¡Cerrad la grieta! —Las voces corrían de jinete a jinete, de esquina a esquina, de boca en boca.

Liral aún tenía las manos de Elandra sujetándole el rostro, pero aun así intentaba mirar a su alrededor. Buscaba rostros entre la multitud, entre el caos, entre los gritos y los empujones. Veía a los kailani con los dientes apretados, tensos. A los jinetes de zeng extendiendo las manos hacia los cristales concentrados, listos para sellar la grieta.

—¿Dónde están las zarkass? —Ellas fueron lo único que Elandra no encontró. Ninguna de las dieciséis hembras que deberían haber bajado con ellas estaba allí.

Giró la cabeza hacia la entrada principal, el único túnel que conectaba la grieta con la superficie. Por allí habían entrado los civiles minutos antes. Ahora, las puertas de piedra reforzadas por magia y flanqueadas por jinetes empezaban a cerrarse.

—No... —susurró.

Y luego gritó.

—¡NO!

Elandra echó a correr. Esquivó cuerpos, roces y empujones mientras cruzaba el pasillo estrecho de la grieta.

—¡No cerréis! —gritó más fuerte—. ¡Hay dieciséis mujeres ahí arriba! ¡Dieciséis mujeres que aún no han bajado!

Los cuatro jinetes que custodiaban la entrada la miraron. Una de ellas, del escuadrón de bestias desplazadoras, fue la primera en hablar:

—No queda nadie en la fortaleza —dijo mientras dejaba que las sombras se deslizaran por debajo de la puerta. Esperó y luego añadió—: Las sombras no escuchan pasos. No sienten a nadie acercándose.

Elandra negó con fuerza.

—Eso es imposible. Son dieciséis. ¡Dieciséis hembras!

—Lo siento —intervino uno de los jinetes de zeng—. Pero debemos mantener la puerta sellada. Si llegan, la abriremos, siempre que no sea demasiado tarde.

Elandra sintió por primera vez el impulso real de romperle la mandíbula a alguien.

—Entonces déjame pasar —exigió ella.

—Eso no va a suceder —respondió el jinete sin mover un músculo—. Nadie más cruzará estas puertas. No mientras mi vida sirva de sello. Es por la seguridad de todos..., incluso la tuya.

—¡A la mierda mi seguridad! —espetó Elandra dando un paso adelante—. ¡No voy a dejar a esas mujeres solas! ¡Ya lo estuvieron una vez y no pienso permitir que vuelva a pasar!

Elandra avanzó hacia la puerta, pero el jinete la detuvo cogiéndola del codo.

—Quita de ahí, jinete de nightmare —le escupió él.

Liral apareció como una sombra viva surgida del abismo. Se abalanzó sobre el jinete con la furia de quien ya no tiene tiempo para pedir permiso. Lo empujó con tanta fuerza que el hombre trastabilló hacia atrás y casi cayó. Tres jinetes más tuvieron que correr a sujetarlo antes de que la tensión estallara por completo.

Liral se plantó frente a Elandra y la oscuridad que brotó de su cuerpo llenó el espacio como una marea. No era magia prestada, ni una sombra ajena. No era Iron Shadow.

Era ella.

Liral tenía la bota apoyada sobre uno de los cristales rojos que sobresalían del suelo, amplificando ese poder oscuro que le recorría las venas.

—Vuelve a ponerle una sola mano encima y serás la primera cabeza que arranquen las bestias que rugen ahí arriba. ¿Entendido, jinete?

Todos dieron un paso atrás, no solo por el poder que emanaba, sino por la forma en que ella lo dominaba.

Apartó la bota del cristal, y la advertencia se desvaneció tal como había llegado.

Liral caminó hacia Elandra y, por un instante, creyó que la sujetaría del brazo. Pero no lo hizo. Extendió la mano y ella se la dio. Liral entrelazó sus dedos con los suyos y, sin decir una palabra, la guio entre la multitud.

—Escúchame bien, maldita loca pelirroja —dijo Liral entre dientes cuando se agazaparon entre dos cristales—. ¿De verdad pensabas salir ahí fuera? ¿Jugarte la puta vida por ellas?

—¡Claro que iba a hacerlo! —bramó Elandra sin dudar—. ¡Y la arriesgaría también por alguien que ni siquiera conozco!

—¿Acaso tu vida te parece tan poco valiosa? —rugió Liral con los ojos encendidos.

Ella se rio de forma descontrolada.

—¿Y tú me lo preguntas? ¡Esto lo aprendí de ti, Liral! ¡De ti y de esa forma tuya de ponerte siempre la última mientras tratas de salvar a todo el mundo! Así que sí, voy a salir. Quédate si quieres. Yo no nací para mirar hacia otro lado mientras los demás mueren.

Los gritos de ambas retumbaban en la grieta, elevándose por encima de algunos rugidos y ahogándolos por momentos, mientras la arena seguía cayendo en cascadas finas desde lo alto.

Liral apretó la mandíbula.

—¿Tú crees que yo no voy a ser la primera en salir a buscarlas? —escupió—. Por la muerte, Elandra, qué poco me conoces.

Elandra sintió algo que no esperaba: orgullo. Porque en medio del caos, de los rugidos, de la tierra temblando, lo que vio en la boca de Liral fue una sonrisa maliciosa. Peligrosa. Y, por un segundo, juraría que estaba viendo el mismo reflejo que había en los ojos de Iron Shadow.

El reflejo de la muerte.

Elandra susurró sin apartar la vista del techo de la grieta:

—¿Y cuál es tu plan ahora? Las puertas están selladas, no hay salida.

Liral se acercó tanto que sus palabras parecieron penetrarle bajo la piel.

—La gota de poder de la muerte no solo nos permite transformarnos en nuestras criaturas, también puede abrir un camino. Así que piénsalo bien, pelirroja: ¿quieres quedarte aquí abajo, intentando sobrevivir, o salir ahí fuera y ayudar de verdad a esas zarkass? Porque sea lo que sea que están planeando... no va a terminar bien.

Los ojos de Elandra se encendieron. La adrenalina nunca le había gustado, aunque nunca lo hubiera admitido. Tenía miedo. Lo tenía siempre. Pero Liral... Ella se alimentaba de esa descarga en el pecho. Elandra supo entonces que si se quedaban ahí abajo sin mover un dedo, Liral no lo aguantaría.

—Quiero luchar.

—Buena decisión, pelirroja. —Sonrió de medio lado—. Ya me estaba aburriendo aquí abajo.

Entonces todo se volvió un borrón de sombras sin forma, una oscuridad que lo devoró todo a su paso. Pero no era una negrura cualquiera... Dentro de ella comenzaron a encenderse motas anaranjadas, diminutas al principio, como brasas suspendidas en el vacío. Pronto fueron cientos, miles, ardiendo con fuerza, hasta que el abismo pareció respirar luz.

No era la magia de Iron Shadow.

Era la de Liral... fundida con la suya.

35

Liral

Liral se oscurecía de pura rabia solo de imaginar a aquel jinete atreviéndose a tocar a Elandra como si tuviera algún maldito derecho. Y, si salían vivos de esa, no importaría el caos ni la guerra.

Lo encontraría. Y le haría tragar tanta oscuridad que acabaría viendo estrellas, ahogado en su propio miedo, retorciéndose en el suelo mientras suplicaba aire, luz, perdón... y no obtendría ninguno.

Antes de que los jinetes confirmaran que las zarkass no estaban en la fortaleza ni de camino a la grieta como el resto de los mortales, Liral ya lo había intuido. Desde el momento en que las vio armadas, serenas y sin una sola chispa de miedo en los ojos, supo que aquellas dieciséis hembras estaban preparadas mucho antes de que llegara la alarma del ataque en Valdemar.

Liral no había dejado de darle vueltas a lo mismo durante los últimos minutos: ¿acaso las hembras ya tenían un plan? ¿Uno que no habían compartido con nadie? Porque si era así, si sabían lo que iba a ocurrir antes que el resto, entonces también sabían a lo que se enfrentaban. Y si eso era así, ¿no sería un maldito suicidio para ellas?

Necesitaba averiguar qué estaban tramando.

Algo no encajaba, y Elandra —cada vez más parecida a ella en esa forma terca de plantarle cara al peligro— también quería respuestas. Aunque eso significara cruzar una línea prohibida. Aunque pudiera costarles la vida a ambas.

O solo a Liral. Porque, si llegaba el momento, si todo se torcía y había que elegir..., ella lo tenía claro. Haría lo que hiciera falta para sacar viva a esa preciosa pelirroja de allí.

Como Iron Shadow le había enseñado, desvanecerse no era solo desaparecer del lugar donde estabas, sino soltar el cuerpo, entregarte al vacío absoluto y confiar en que la magia te guiara. No bastaba con cerrar los ojos y dejarse ir, había que desear con toda el alma el destino, imaginarlo con precisión, visualizar no solo el lugar, sino la forma exacta en la que querías llegar.

Liral ya lo había practicado muchas veces sola, pero nunca había intentado arrastrar a alguien más con ella.

El truco, según Iron, era simple..., en teoría. Si querías arrastrar a alguien contigo al desvanecerte, solo tenías que desearlo. Incluir su cuerpo en tu pensamiento, en la imagen mental del lugar de destino. Desearlo con la misma fuerza con la que desearías salvarte tú.

Pero lo peor no era desvanecerse, era aparecer sin saber si el suelo seguiría bajo tus pies... o si una amenaza te estaría esperando.

Antes de que el humo negro con motas anaranjadas se disipara del todo, ya habían tocado tierra.

Pero nada en ella era firme.

El suelo vibraba, crujía y rugía. Cada sacudida les golpeaba los huesos, la arena se deslizaba bajo sus pies y los dientes les castañeteaban mientras luchaban por mantenerse en pie.

Todo parecía a punto de partirse en dos.

El humo terminó de desvanecerse y se arrastró de vuelta hasta su cuerpo.

—¡Posición de pelea, ya! —gritó Liral, aún con los dedos entrelazados a los de Elandra.

Se soltaron al mismo tiempo y giraron como un reflejo compartido, espalda con espalda. Habían entrenado así decenas de veces. Lo bastante cerca para cubrirse, lo bastante lejos para pelear sin estorbarse.

Liral supo en cuanto el mundo volvió a armarse a su alrededor que no se habían desviado demasiado. Ella y Elandra habían reaparecido al borde de la grieta, en lo alto de una duna castigada por el viento, donde el aire rugía como una bestia herida y la arena les azotaba el rostro como pequeñas cuchillas.

Entre ese caos áspero y el zumbido de la magia revuelta, ahí estaban.

Las zarkass.

Se hallaban perfectamente alineadas al borde de la grieta, separadas por tramos exactos de diez metros, replicando la misma estrategia que los jinetes de zeng. Sus botas se hundían en la arena ardiente, y sus ojos estaban fijos en la tormenta que se alzaba al frente como una ola oscura dispuesta a tragárselo todo.

No hablaban.

No se movían.

Eran el muro entre la destrucción y lo que aún quedaba por salvar.

Kalea y Airi se encontraban justo al lado. Una cerca de Liral, la otra al flanco de Elandra. Liral giró apenas el cuello, lo justo para comprobar lo que ya presentía: Kalea no llevaba ningún arma encima. Ni espada. Ni lanza. Nada. Su cuerpo era toda la defensa. Alzó una mirada rápida hacia el resto... y lo confirmó.

Kalea giró la cabeza hacia ella y le sostuvo la mirada con una sonrisa serena, dándole a entender que todo estaba bajo control, que no había motivo para alarmarse.

—*Sha'len va. Dra'kar sha'tek. Vareth no'dai shen* —le dijo sin apartar la calma de su voz. Luego volvió la vista al frente, con los ojos clavados en la tormenta, y añadió—: Ella se acerca. Ellos ya están aquí. Las criaturas no vienen solas.

«No vienen solas...» fue lo único que alcanzó a pensar.

Elandra se separó de la espalda de Liral, para quedar hombro con hombro.

—Liral..., ¿qué están haciendo? —le susurró entre el estruendo de garras que arañaban la piedra y rugidos lejanos.

—Confía en mí —le pidió.

Liral sabía que, si todo se iba al infierno, ella y Elandra podrían desvanecerse. Podría sacarla de allí en un suspiro y ponerla a salvo.

Pero todavía no.

Cualquiera en el imperio podría pensar que esas hembras los habían traicionado..., pero ella sabía que no. Y no iba a huir sin antes descubrir qué demonios estaban tramando.

—*¡Dra'kar sha'tek!* —gritó Kalea de nuevo, quien seguía con la mirada al frente, fija en la nube de arena que se alzaba sobre la ciudad de Arcadia.

«Ya están aquí», pensó.

—Liral...

Entonces, justo en el horizonte, Liral los vio.

Al principio no eran más que sombras distorsionadas por el calor que ondulaba en la distancia. Movimientos vagos, sin forma. Pero, paso a paso, fueron tomando cuerpo.

Cientos de figuras emergían del desierto.

Los zengs abrían la marcha imponentes, con sus armaduras de sombras ondulando al ritmo de su avance. A su lado, las bestias desplazadoras, con sus tentáculos flotando a su alrededor con un movimiento antinatural. Y detrás... los nightmares. Pero algo en ellos había cambiado. El fuego que antes ardía en sus crines —cálido, anaranjado, casi bello— ahora era un resplandor verde esmeralda.

El mismo color que Liral veía en sus pesadillas.

El mismo fuego que devoraba Valdemar.

Pero el fuego esmeralda no solo ardía en sus crines, también lo hacía en sus ojos.

Ese verde imposible, antinatural, vibraba en cada pupila. Estaba en todas partes: en los ojos de los zengs y de las bestias desplazadoras, en el resplandor furioso de los nightmares. Antes cada criatura era única, salvaje a su manera. Ahora todas compartían lo mismo: la mirada vacía de quien ha sido arrebatado por dentro.

Obediencia ciega.

Sumisión absoluta.

No había reconocimiento en sus ojos, ni vínculo, ni memoria. Ni rastro alguno de la voluntad que una vez los unió a sus jinetes. Uno a uno, los pasos comenzaron a cesar. Las criaturas frenaban su avance al unísono, como si una sola mente —ajena, poderosa— dictara cada movimiento. Se alineaban con una precisión escalofriante, lado a lado, creando un frente perfecto de colosos poseídos por una sola intención.

Destruir.

Aplastar.

Matar.

«Las criaturas no vienen solas».

Liral sintió el peso de esa frase hundírsele en el pecho cuando vio lo imposible: sobre cada criatura montaban figuras que no deberían existir. Jinetes deformes, espectrales, con cuerpos envueltos en un humo esmeralda que no nacía del suelo, sino que brotaba de ellos mismos, como una infección mágica que se alimentaba del odio.

Noctífagos.

Se fundían con sus monturas como si hubieran nacido de las mismas entrañas. No las montaban, las habitaban. Eran parte del lomo, del músculo, de la oscuridad que las impulsaba. Sus ojos, si es que podían llamarse así, eran pozos huecos, bocas abiertas al abismo.

Vacíos de alma.

Liral se quedó sin aire, porque lo que tenía delante no era solo un ataque, sino una humillación. Los noctífagos estaban sobre sus criaturas. Las montaban con una familiaridad inquietante, ajenos al vínculo que durante años había unido a jinete y bestia.

La Dama no estaba ganando una batalla.

Se reía de ellos. Les estaba demostrando que podía arrancarles todo lo que amaban... y usarlo en su contra.

Cuando Liral volvió a mirar a las hembras a cada lado, todas seguían ahí, con los pies firmemente anclados en la arena. Las trenzas negras se agitaban con el viento como látigos vivos, y los mentones seguían alzados, desafiantes. Pero había algo que no encajaba.

En esa fracción de segundo lo entendió.

Sus cuerpos estaban presentes, pero sus mentes no.

Liral las sintió ausentes y supo que una parte de ellas no estaba allí. No hablaban ni se miraban, pero algo fluía entre todas.

Una conexión silenciosa.

Tal vez por eso siempre se movían como una sola, como si compartieran pensamientos sin necesidad de palabras.

—Confío en ti —le recordó Elandra en un susurro casi imperceptible mientras sus hombros seguían tocándose.

—Solo un poco más, pelirroja. Solo un poco más.

La vista inmortal de Liral le permitió captar cada detalle a lo lejos. Los espectros seguían petrificados sobre las bestias.

Hasta que uno de ellos se movió.

El noctífago del centro, montado sobre un nightmare con crines envueltas en llamas verdes, inclinó la cabeza... y sonrió. Pero no fue una sonrisa cualquiera. Fue más ofensiva que un rugido, una mueca tranquila y cruel que le secó la garganta.

En medio de ese silencio sofocante, se oyó un silbido agudo, delgado, casi irreal. No necesitaba volumen para atravesarte: entraba por un oído y salía por el otro, cruzando el cráneo como una aguja invisible. Reptó por la grieta de extremo a extremo, de una zarkass a otra. Todas lo emitían.

Las dieciséis.

—*¡Tha'ren al'kresh!* —se escuchó decir desde el fondo de la formación, y el grito fue replicado una por una, hasta que las dieciséis zarkass lo habían gritado.

¡Manos a los cristales, vosotras también! Sin previo aviso, la voz de Kalea se coló en la consciencia de Liral, igual que aquella vez en que Iron Shadow le había hablado en su mente.

Igual de imposible.

Igual de real.

Liral y Elandra se lanzaron hacia el borde sin decir una palabra; ambas habían escuchado la orden en su mente. Corrieron sin mirar atrás, sabiendo que lo que venía no se detendría.

A su alrededor, las zarkass también se movían. Dieciséis figuras decididas que no se detuvieron ni un instante. Todas avanzaban hacia el mismo punto: el borde de la grieta que estaba justo tras ellas.

El sonido de las criaturas que crecía a su espalda era ensordecedor, cada vez más cerca, más alto, y el suelo volvió a temblar mientras la arena se alzaba en espirales por el avance brutal.

Cuando llegaron al borde, Liral apenas alcanzó a ver el cristal rojo que emergía del suelo frente a ella antes de apoyar la mano sobre él. No le quedó otra que confiar en que las zarkass sabían lo que hacían.

Se atrevió a girar la cabeza solo un segundo, lo justo para ver cómo las criaturas levantaban nubes de arena con cada zancada, y los jinetes... sonreían...

Iban directos a por ellas.

Liral lo entendió todo de golpe: no era una estrategia de resistencia, era una sentencia. Las criaturas las empujarían contra la barrera de los zengs y morirían.

—¡*Rak'tal!* —gritó Kalea.

Los cristales rojos respondieron al instante. Uno tras otro se encendieron en una secuencia perfecta, recorriendo la grieta como una vena abierta que dejaba escapar fuego líquido. Pero no fue solo luz lo que las envolvió, sino una oleada de poder tan brutal que el resplandor se extendió por las paredes, por el aire, por los cuerpos. Como si la grieta... sangrara magia.

Durante un segundo no hubo cielo, ni suelo, ni criaturas.

Solo rojo.

El mundo entero pareció estremecerse, y las zarkass gritaron al unísono, canalizando un poder que estaba muy por encima de lo humano.

Liral sintió cómo esa energía le mordía los huesos, una sacudida que le subió por los brazos y le arrancó el aire de los pulmones. Con la mano libre —sin soltar el cristal— buscó a Elandra y le apretó los dedos, lista para desvanecerlas, para sacarlas de allí. Pero no lo hizo. Porque, en ese preciso instante, algo cambió.

Las criaturas que iban directas a matarlas se detuvieron.

No hubo una orden.

No hubo señal.

Una frenada masiva sacudió el desierto. Todo el ejército pareció chocar al mismo tiempo contra una barrera invisible. Y entonces empezó el caos.

Las bestias se retorcieron. Los zengs giraban sobre sí mismos, los nightmares resoplaban con furia, las bestias desplazadoras azotaban el suelo con sus tentáculos. No retrocedían por miedo, algo las desgarraba desde dentro. Un poder que las frenaba, que las arrancaba de su vínculo, que las despojaba de toda obediencia.

—¿Qué está pasando? —preguntó Elandra, con los ojos fijos en ese mar de criaturas descontroladas.

Liral al fin lo entendió.

Ella misma les había dado la clave sin saberlo: los cristales rojos amplificaban cualquier poder. Cualquiera. Y no existía fuerza más peligrosa que dieciséis mentes zarkass, entrenadas para resistir y para romper, alineadas en un solo propósito.

Unidas podían infiltrarse en el control de las criaturas, debilitar la manipulación, abrir grietas en la voluntad que les habían impuesto.

Liral solo pudo susurrarlo mientras las zarkass gritaban con ambas manos sobre los cristales:

—Se han metido en sus mentes, están dentro de las criaturas. Luchan contra la manipulación de la Dama.

36

Dalton Basilius

Eda cruzó el cielo montada sobre Iron Shadow, su silueta se recortaba contra el amanecer teñido de verde por las llamas que aún lamían el horizonte. Sobrevoló a Dalton y lo que quedaba del pueblo con el rostro endurecido, casi incandescente. No bajó la vista. No miró las casas hechas polvo, ni a los espectros que devoraban sus tierras.

Tenía los ojos fijos en el bosque, en un punto que nadie más podía ver.

Dalton tenía que ir con ella.

El poder que Iron había desplegado sobre la aldea había contenido el avance, le había dado ventaja al ejército imperial.

Las sombras caían sobre él como un manto, y no había tiempo para pensar, ni para dudar. Cada vez que un noctífago se cruzaba en su camino, el fuego brotaba de sus manos como un reflejo instintivo.

Dalton subía por las calles de piedra.

Calles que ya no llevaban a ningún lugar.

Calles donde ya no quedaba nadie vivo.

Detrás de él, los jinetes transformados en bestias desplazadoras cazaban con los dientes. Los nightmares embestían, y los zengs se abrían paso, protegiendo con sus cuerpos.

Las botas de Dalton crujían sobre los escombros y los cuerpos inertes, mientras su mente se enredaba en la masacre que acababa de dejar atrás. «Solo era una aldea —se repetía—. Solo una». Pero si aquello continuaba…, algún día podría ser el mundo entero el que ardiera.

Iron Shadow planeó en la distancia con las alas bien abiertas y comenzó a descender en picado, preparado para aterrizar. Pero algo no encajaba. ¿Por qué iba hacia el bosque?

Dalton dejó atrás el borde de la aldea y corrió hacia la colina. El humo le nublaba la vista y le quemaba los ojos, pero no se detuvo. Conocía el camino.

¿Lo habéis encontrado? ¿Está a salvo?, preguntó Dalton a Alexander sin detenerse.

Alexander tardó unos segundos en responder.

La casa ha desaparecido. No queda nada. Y su padre... tampoco está.

Dalton alcanzó la cima en la que había estado tantas veces durante los últimos veinte años. Donde una vez estuvo la casa de Eda solo quedaban cenizas.

Su hogar había sido reducido a escombros.

Nolan estaba de rodillas entre las ruinas. Lloraba y gritaba el nombre de su padre una y otra vez. Escarbaba con su único brazo, torpe y desesperado, apartando piedras como si aún pudiera encontrarlo allí. Alexander lo sujetaba por detrás sin decir palabra, ayudándolo a levantar escombros con las manos.

Dalton volvió la mirada hacia el borde del bosque. Iron seguía allí, aún en su forma de dragón, agazapado entre los árboles, con la mirada clavada en la espesura. Pero Eda no estaba sobre su lomo.

—Mierda, mierda, mierda —maldijo, y cada paso que daba hacía más claro lo que estaba viendo.

Allí, justo frente a la enorme cabeza de Iron Shadow, estaba Eda. De pie, sin moverse, los puños apretados a los lados. El uniforme negro, empapado de sudor y polvo, se le pegaba al cuerpo como una segunda piel. El cabello blanco le ondeaba con la brisa contaminada, y su mirada no se desvió ni un segundo hacia atrás. Ni hacia la casa reducida a cenizas, ni hacia los sollozos de su hermano.

—No. —Dalton tropezó al dar un paso hacia atrás, sin poder apartar los ojos de Eda—. No puede ser.

El padre de Eda estaba suspendido bocabajo, sostenido por los pies por una cuerda que crujía con cada golpe de viento. Los brazos caían inertes y la cabeza colgaba girada en un ángulo imposible, con el cuello torcido casi hasta partirse.

El hombre no había muerto en el incendio.

Lo habían asesinado y colgado como un trofeo.

Llévate a Nolan de aquí, le ordenó a Alexander sin apartar la vista.

Pero, Dalton..., replicó el comandante en su mente.

He dicho que os alejéis.

Lo último que quería era que Nolan viera a su padre así. Nadie debería.

—Eda —la llamó en un susurro, todavía aturdido por la escena. Pero ella no respondió, solo giró un poco la cabeza, apenas lo suficiente para mirarlo por encima del hombro.

Sus ojos estaban vacíos.

Desde que se había vinculado con el fénix ya no podía leer sus pensamientos. Pero su rostro... era el de alguien que ya no veía el mundo con ojos humanos.

—Veo que ya has encontrado a tu querido padre. —A Dalton se le erizó la piel al oír aquella voz que lo había perseguido durante semanas—. No fue nada difícil convencerlo..., ya sabes, siempre es fácil manipular a los que ya no quieren seguir viviendo. Estaba roto. Solo tuve que darle el empujón final.

La Dama se encontraba de pie en medio de sus propias llamas. Llevaba un vestido negro que rozaba el suelo, y su pelo oscuro, recogido con una perfección inquietante, no tenía ni un solo mechón descolocado. A su alrededor, el fuego esmeralda ardía sin consumir, dentro de esas llamas... se asomaban ojos sin párpados y bocas que se abrían sin emitir sonido.

—Oh, vaya, qué grata sorpresa —añadió Odessa cuando giró la mirada hacia él—. Parece que todos habéis recibido mi invitación.

Long aterrizó justo detrás de Dalton, y la muy zorra sonrió.

—Dos dragones y tres llamas reunidos al fin. Después de tantos milenios, ya era hora de que la familia volviera a encontrarse. Lástima que no todos vayan a salir caminando de esta reunión.

Iron Shadow rugió mostrando los dientes y Dalton dio un paso hacia Eda, con el corazón en un puño al ver a Odessa tan cerca de ella. Pero Eda levantó la mano izquierda para detenerlo.

—Vaya, al final te dignas mostrar la cara —habló Eda con tranquilidad—. Y yo que pensaba que seguirías escondida como una buena cobarde. Porque, curioso, ¿no? En cada ciudad que has hecho arder no hubo ni rastro de ti. No estabas en Pramvera, ni tampoco en Bankai. Dime..., ¿en qué agujero te metías mientras los demás hacían tu sucio trabajo? ¿Te daba miedo mancharte las manos?

Odessa alzó un dedo con una calma casi teatral. Su uña, larga y afilada, brilló bajo el fuego esmeralda mientras señalaba hacia Dalton, sin apartar los ojos de Eda.

—En su cama. ¿No es así, querido emperador?

Dalton sintió cómo la angustia le trepaba por la garganta. El recuerdo lo golpeó sin aviso: esa mujer, las noches que había intentado enterrar, el vino derramado, su cuerpo contra el suyo, sus manos recorriéndolo.

Las uñas largas y negras arañándole la piel.

—Contra su voluntad, ¿verdad? —replicó Eda antes de que Dalton pudiera hablar—. Porque dudo que puedas acostarte con alguien sin manipularlo. Nadie en su sano juicio querría tocar a una víbora como tú.

Dalton estuvo a punto de vomitar.

—Al menos has aprendido de tus errores —continuó Eda abriendo los brazos en un gesto amplio para señalar a los noctífagos que se arrastraban a su alrededor—. Esta vez has decidido venir a ver cómo fallan tus espectros en persona. Qué honor.

La sonrisa de Odessa vaciló durante un segundo, pero pronto recuperó el control y volvió a hablar con ese tono burlón:

—Ya me contaron tu momento heroico en Bankai, durante la luna de sangre. Qué lástima haber interrumpido lo que sea que hacéis vosotros dos cuando el emperador no está mirando. —Y entonces sí dirigió los ojos hacia Dalton—. Porque eso es lo que hacen, ¿sabes? Follar a tus espaldas.

Dalton tenía la mandíbula tan apretada que escuchó el crujido de sus propios dientes dentro del cráneo.

Eda no respondió y Odessa siguió:

—No pareces muy afectada por lo de tu padre. Colgado ahí como un animal... ¿O es que no te importaba lo suficiente para llorarlo siquiera?

—Sé que solo has venido para ver mi reacción al encontrarlo, y no te voy a dar ese placer. —Eda apretó los puños antes de hacerle un gesto a Iron Shadow con la cabeza—. Descuélgalo.

Las sombras se extendieron desde el dragón, envolvieron el cuerpo del hombre y, en un instante, el cadáver desapareció. Solo quedó la cuerda meciéndose en aquel árbol.

—Y recuérdalo —escupió Eda—, en Bankai los muertos nunca mueren.

Odessa ladeó la cabeza, con esa sonrisa falsa que estiraba los labios pero no tocaba los ojos. Observó a Eda de arriba abajo, como si estuviera decidiendo qué parte romper primero.

—Veo que has vuelto a ser quien eras. Has retomado tu lugar como creadora de tu propio territorio de muerte. Todo encaja, todo vuelve a ser como hace siete milenios —se rio—. El fénix, tú, Iron Shadow..., cada pieza está en su sitio. El tiempo lo ha preparado todo. El desastre te está llamando.

Dalton abrió los ojos de golpe al oírlo, y Odessa lo notó.

—¿No lo sabías, querido? —Se giró hacia él, disfrutando cada palabra—. Tu Eda no se conforma con un imperio. También quiere Bankai. Porque la esencia de la primera llama no desaparece, solo cambia de máscara. Siempre deseando más. Más poder. Más territorio. Más control. ¿No es así, Eda? —Ladeó la cabeza—. Tú y yo no somos tan distintas. La única diferencia es que yo no finjo ser otra cosa.

Por mucho que esas palabras le dolieran, Dalton no las dejó entrar. No permitiría que jugara con su cabeza otra vez.

—Tú y yo nunca seremos iguales. No te atrevas a compararte conmigo. —Eda dio un paso al frente, uno lo bastante peligroso como para agitar a los noctífagos—. Aunque, claro, te entiendo. Yo en tres meses he logrado lo que tú no has podido en siete milenios.

—Jugando a ser la heroína... —bufó Odessa—. A ver cuánto te dura el papel. Yo solo espero el momento en que vuelvas a ser la misma que lo arrasó todo..., solo porque la muerte no quiso quedarse contigo.

—Las cosas han cambiado.

—¿Eso crees, Kaiserin? —la llamó por su antiguo nombre—. Porque yo veo lo de siempre: caos, muerte y tú en el centro. Todo sigue su curso.

—¿Lo dices por la profecía?

—Mírate. Tú e Iron Shadow. La zarkass y el jinete en la ciudad... Todo encaja, todo se coloca justo donde lo necesito. Todo, portadora, absolutamente todo está a mi favor.

—Veo que estás desesperada por llegar al Ojo de Nyxar —dijo Eda, y esta vez fue ella quien sonrió—. ¿Cuántos siglos llevas esperando esto? ¿Cuántas veces has fracasado? Sería una pena que, después de tanto, todo se te escapara de las manos otra vez. Si es que en algún momento supiste lo que estabas haciendo.

Los noctífagos se estremecieron cuando Eda dio otro paso hacia Odessa sin un solo titubeo. La cabeza de Iron Shadow se inclinó, las sombras rozando su hombro.

Dalton también dio un paso. Uno solo, pero bastó. Los noctífagos se tensaron, esperando la orden de su creadora.

Están atacando el imperio. Las criaturas han escapado de sus jaulas. Están poseídas y van a por los mortales, Dalton. La voz de Misso se coló en su mente sin permiso, fría y urgente.

El corazón se le desbocó.

Dalton se giró hacia la Dama con los ojos encendidos.

—Nos has distraído para manipular a las criaturas —rugió alzando el fuego con los brazos.

Odessa lo había planeado todo. Cada paso, cada palabra. Los había traído hasta allí a los tres: a Iron, a Eda, al propio Dalton... Todos lejos del imperio.

Allí no quedaba nadie para protegerlo.

Había caído en la trampa.

Había vuelto a fallar.

Dalton había fallado otra vez.

—Deberías haber sido más inteligente —ronroneó Odessa—. Aprender, por ejemplo, a no abandonar tu imperio justo cuando más te necesita. Aunque, claro, supongo que aún te faltan un par de milenios para dejar de ser una decepción andante. Tal vez entonces empieces a parecerte, aunque sea por accidente, a un emperador de verdad.

Dalton echó una mirada fugaz hacia Eda, que seguía plantada allí. Luego a Iron Shadow, que permanecía aún en su forma de dragón, silencioso, sin moverse un ápice. ¿Qué estaba pasando? ¿Por qué no reaccionaban?

Eda empezó a reírse. No era una risa suya, al menos no una que Dalton conociera. No tenía calor, ni rabia, ni vida. Entonces habló:

—Y tú deberías saber que, si Eda de verdad estuviera frente a ti, tú y tus malditos noctífagos ya estaríais muertos. Porque has probado su ira, y sabes que ella no pierde el tiempo hablando contigo. No lanza advertencias, no juega a provocar. Eda usaría cada segundo en hacer lo único que sabe hacer cuando alguien como tú se cruza en su camino: destruir.

Odessa dejó de sonreír.

—¿Quién eres tú? —inquirió.

—¿Yo? —respondió la figura que se hacía pasar por Eda con una sonrisa oscura—. Soy la ejecución de Bankai.

Entonces el cuerpo de Eda empezó a cambiar.

El uniforme negro se deshizo como polvo al viento, barrido por una ráfaga de poder que erizó el aire. En su lugar, emergió un vestido rosa, suave, imposible en medio del campo de batalla. El cabello blanco se transformó en una cascada dorada que le caía hasta la cintura, brillante, irreal. Y su piel... su piel ya no era humana. Se tornó azulada, translúcida, como la de un espíritu.

Dalton la reconoció al instante. Era ella. La misma figura etérea que había visto en aquella sala en Bankai.

Pero no fue la única.

El dragón se deshizo en sombras, su cuerpo se encogió y se dobló sobre sí mismo hasta que ya no quedó nada de su forma monstruosa. De entre la bruma la figura que emergió no era Iron Shadow, sino aquel hombre que se había hecho pasar por su consejero, por Faelan.

Dalton lo entendió entonces.

Eran el círculo íntimo de Iron Shadow, los que siempre habían estado ocultos a plena vista, disfrazados de aliados, moviendo los hilos bajo nombres prestados y rostros robados.

—Ellos no están aquí. Has caído en tu propia trampa —dijo el hombre, con los brazos cruzados y una sonrisa satisfecha en el rostro.

La Dama soltó un rugido furioso que sacudió el bosque, y de inmediato los noctífagos empezaron a correr hacia ellos como una marea esmeralda desatada.

La mujer del vestido rosa no se movió, solo alzó el dedo derecho y lo apuntó hacia la horda. Bastó un simple trazo en el aire para que los espectros cayeran como moscas, uno tras otro.

Allí donde señalaba, el suelo quedaba limpio.

Cuando el último cuerpo tocó la tierra, cuando el fuego esmeralda se apagó sin dejar rastro. La Dama ya no estaba allí.

—Por fin ha desaparecido, no podía soportar ver más esa manicura horrenda —dijo aquella hermosa mujer al hombre de mirada impasible—. ¿No crees, Rai?

—Toda la razón —respondió él con un suspiro—. Me resultaba imposible concentrarme, no podía pensar en otra cosa.

—¿Quién se pinta las uñas de negro? —resopló mientras se echaba la melena rubia hacia atrás—. Nadie en su sano juicio hace eso.

—¿Quiénes sois vosotros? —preguntó Dalton, aún conmocionado por lo que acababa de presenciar.

Estaba paralizado. Notaba el cuerpo rígido, la garganta seca, los latidos retumbando en sus oídos como tambores de guerra. No podía mover ni un músculo. Cada parte de él gritaba que algo no encajaba, que lo que acababa de ver no pertenecía a ese mundo.

La mujer se giró con calma hacia él, como si su presencia no fuese nada fuera de lo común.

—Como dicen las leyendas, querido emperador —respondió con una sonrisa ladeada, encogiéndose de hombros mientras se sacudía la ceniza del impecable vestido rosa—. Somos la muerte, el cuervo y la guadaña.

37

Eda

Nunca se había abierto un portal con tanta desesperación. Y jamás nos habíamos desvanecido de forma tan violenta, como si el mundo mismo nos hubiese arrojado a otro lugar sin permitirnos un solo segundo para respirar.

Cuando Rai Raider nos dio la noticia de que la Dama estaba atacando Valdemar —mi pueblo, a mi gente, mi hogar— sentí que todo se desmoronaba. Pero antes de que el pánico se apoderada de mí, Skylar me tomó la mano, y dijo justo lo que yo, impulsiva hasta la médula, no me habría detenido a pensar:

—Eh, Eda, mírame —sus dedos rozaron mis nudillos—. Esto es una trampa. Si ataca Valdemar, no es solo por destruirlo. Es porque sabe que el imperio entero correrá a defenderlo. Y, mientras tanto, ella aprovechará para golpear donde realmente importa. Nos despistará para luego atacar donde seamos más vulnerables.

Mientras Rai y Skylar discutían los detalles, yo apenas podía mantenerme quieta. La rabia me ardía bajo la piel, el poder me hervía en las venas, listo para estallar. Skylar lo notó, claro que lo hizo. Me leyó al instante, como quien detecta una fisura en una pared que está a punto de quebrarse. Pero no dijo nada, se limitó a asentir, como si ya hubiera previsto mi reacción, y dio la orden.

La estrategia era directa: Savannah y Rai Raider liderarían la defensa de Valdemar; su prioridad era salvar a los civiles y contener a la Dama si se presentaba. Nosotros, mientras tanto, nos moveríamos al imperio. Si ella pretendía atacar mientras todos miraban hacia otro lado, se encontraría con un muro de acero esperándola.

Más rápido, Kali. Más rápido, le supliqué mientras el portal se abría y nos tragaba. Apareciendo sobre Arcadia.

El cielo estaba cubierto de nubes negras, pesadas, y llovía ceniza. El humo lo cubría todo tiñendo el imperio de un verde enfermizo.

Sky..., sollocé.

La rabia, Eda, respondió Skylar en mi consciencia. *Contén tu rabia. Por el bien de todos los que aún respiran.*

Se mantenía debajo de mí, su cuerpo colosal y oscuro surgiendo entre la niebla densa. Encima de él, cada batida de las plumas encendidas de Kali abría surcos de fuego azul y empujaba la bruma venenosa hacia los costados. Pero no era suficiente, la visibilidad resultaba casi nula.

Lo peor eran los sonidos, rugidos que parecían salir desde el fondo de la tierra, crujidos que no sabías si eran huesos o carne, y el chirrido áspero de las garras arañando la piedra.

Las criaturas..., jadeé. *Está usando la ausencia de jinetes para manipularlas, para atacarnos.*

Tanto Skylar como Kali redoblaron su vuelo.

Más rápido. Más rápido. Más rápido. Mis manos se aferraron a las plumas de Kali y, por mucho que intentara contenerla, la furia seguía creciendo.

Más. Más. Más.

Equilibrio, Eda. El equilibrio, me recordó mi mitad. Pero yo ya no escuchaba. Solo oía a las criaturas moviéndose, corriendo, acercándose a algo que no podía ver.

Cuando el humo comenzó a disiparse, las vi. Galopaban levantando la arena del desierto a su paso como un vendaval rugiente. Pero no fue su avance lo que me hizo estremecer, sino a quienes llevaban sobre los lomos...

Noctífagos, me confirmó Skylar.

Montaban sobre las criaturas feéricas, aferrados a sus cuellos, jinetes de lo que alguna vez fue nuestro... y que ahora, bajo el mando de la Dama, se había vuelto en nuestra contra.

No. No. No.

Van directas a la grieta, dijo Skylar, con la mirada clavada en el suelo que se abría ante nosotros. *Está sellada, pero solo por fuera. Lo que ves es el poder de los zengs cubriendo la superficie.*

Pero no fue eso lo único que captaron mis ojos. Allí, en formación horizontal, agazapadas como un enjambre a la espera del momento justo, estaban las zarkass. Formaban una línea horizontal, separadas entre sí por varios metros. Todas estaban agachadas, con las palmas presionadas contra los cristales rojos que sobresalían de la grieta. El resplandor era de un escarlata tan intenso que cegaría a cualquiera que lo mirara durante demasiado tiempo. Y allí, justo en el centro de aquella formación perfecta..., estaban Elandra y Liral.

Las criaturas corrían directas hacia ellas, a toda velocidad.

Iban a arrollarlas.

—¡Van a morir! —grité—. ¡Skylar, haz algo!

Sentí cómo desaparecía del cuerpo de Kali y nos disolvíamos en la nada, cayendo en un vacío negro que empezaba a parecer demasiado familiar. La realidad se deshizo a mi alrededor, y en medio de esa oscuridad solo pude aferrarme a un deseo: que hubiéramos llegado a tiempo, que la magia me escuchara, que el mundo no me arrebatara también a esas mujeres a las que había jurado proteger.

Por favor. Por favor. Por favor.

Mis pies tocaron tierra y, sin pensarlo, preparé mi cuerpo para canalizar todo lo que llevaba dentro. Iba a levantar una barrera de fuego azul que cubriera la grieta, que se extendiera tanto como hiciera falta, kilómetros si era necesario. Me daba igual morir allí. Volcaría cada gota de poder.

Pero cuando abrí los ojos, vi lo último que esperaba.

Los sonidos se habían apagado, la arena ya no se movía... y los cientos de criaturas habían dejado de correr hacia nosotros.

Mi mano estaba entrelazada con la de Skylar. Mi fuego brotaba, y sus sombras se movían hambrientas a su alrededor, nuestros dos poderes fundidos. Se movían juntos, en una sincronía feroz, preparados para ser liberados como un solo golpe.

Pero no fue nuestro poder lo que detuvo a las bestias ni a los noctífagos.

—¿Quién...? —susurré mientras las criaturas comenzaban a retroceder. Sus patas dudaban, peleando contra un impulso invisible. Movían la cabeza, y se sacudían para tratar de liberarse de los espectros que aún seguían aferrados a sus lomos.

Los gritos de las zarkass me arrancaron del letargo, de ese instante sin lógica en el que el mundo parecía haberse detenido. Me giré hacia ellas, sin saber qué buscaba, y al verlas lo entendí.

No miraban hacia las criaturas.

No gritaban órdenes.

No llevaban armas.

Solo estaban de rodillas, con las palmas apoyadas sobre los cristales.

Skylar tiró de mi mano, sacándome del trance justo cuando los chillidos de las hembras se volvieron insoportables. Me cubrí los oídos con los antebrazos, pero no sirvió de nada. Algo caliente me corría por las mejillas.

Sangre.

—¡Kali! —gritó Skylar como pudo—. ¡Ve a la grieta! ¡Defiéndela a toda costa!

El fénix obedeció.

—Están usando los cristales rojos para amplificar su poder —logró decirme, aunque parecía gritarme desde muy lejos—. Tenemos un margen mínimo, Eda. Si canalizas mal tu poder, lo destruirás todo. Tienes que concentrarte solo en los noctífagos.

—¿Qué? —balbuceé.

—Visualiza solo a los noctífagos —repitió—. Filtra tu fuego. Puedes hacerlo.

Sentí sus manos en mis mejillas, pero todo era niebla. Él..., su rostro era solo una silueta temblorosa frente a mí.

¿Por qué no podía verlo bien? ¿Por qué todo sonaba tan lejano?

—Eda. Joder, Eda, vuelve a mí.

Quise responder.

Quise...

Di un paso atrás desorientada. Mi cuerpo no respondía, mis sentidos no parecían ser los míos.

Algo en mí estaba mal. Profundamente mal.

Todo empezó a teñirse de sombras, de un negro oleoso que se extendía por los bordes de mi vista devorando la realidad desde los márgenes. No respiraba, era el mundo el que respiraba por mí. Y Skylar... Skylar se deshacía. Su rostro se perdía distorsionado, tragado por la nada. Y yo no podía detenerlo.

«¿Dónde estás? —quise preguntarle—. No te veo, Sky, no te veo».

Eda. La voz vino de dentro. De muy dentro.

¡Eda, para!, gritó más fuerte esta vez.

Kali, susurré al reconocerla.

¡Eda!

Miré hacia las criaturas. Algunas se retorcían, forcejeaban intentando librarse del peso que llevaban encima. Los jinetes espectrales seguían aferrados a sus lomos, como parásitos incrustados, resistiendo con garras invisibles mientras las bestias luchaban por recuperar el control.

«La Dama está atacando Valdemar».

«Tu pueblo, Eda».

«Está atacando tu hogar».

«Guárdate esta maldita rabia, Eda. Escóndela», me dije a mí misma, y apreté los dientes tanto que comenzaron a dolerme.

Volví a centrar la vista, forzándome a no desaparecer del todo. Skylar estaba frente a mí, el miedo dibujado en cada línea de su rostro. Un miedo antiguo, conocido. Porque él ya había vivido eso..., y yo estaba al borde de repetirlo. Me gritaba, me tocaba, me sacudía. Pero no podía oírlo...

Vi dos siluetas borrosas acercarse por mi izquierda: una roja, otra negra. Figuras conocidas, pero que no lograba asimilar del todo. Sus labios se movían deprisa, diciendo algo que parecía importante..., pero yo no podía entender nada.

—Las zarkass no aguantarán mucho más, tenemos que luchar ya —creí escucharle decir a Skylar.

Las tres voces gritaban entre sí. Una tras otra, entrecortadas, distantes.

«Tenemos que luchar —repetí en mi mente, y me aferré a esas palabras—. Tenemos que luchar».

Me solté de Skylar y, en ese instante, la energía se acumuló en mis manos. No la forcé. La dejé fluir. Y entonces una lanza surgió de mí, no hecha de metal, sino de pura esencia, afilada por la voluntad y la furia.

Yo la había creado.

—Luchemos —sentencié en voz alta sin mirar a nadie, hablándole a quien tuviera el valor de seguirme en esa matanza. Ya no había más opciones: eran ellos o nosotros.

Me lancé hacia delante, lista para atacar, pero la mano de Skylar me detuvo en seco y me obligó a girarme.

—Juntos —dijo apretando la mandíbula—. ¿Me entiendes? Somos más fuertes juntos.

Tras aquella mirada fugaz, apenas un segundo de conexión, capté algo más por el rabillo del ojo: dos enormes bestias desplazadoras emergían desde las sombras detrás de nosotros.

Liral y Elandra. Fueron ellas las primeras en moverse, en lanzarse a la carrera y acortar la distancia que las separaba de los noctífagos solitarios.

La llama valirio estalló a su paso, pero no las alcanzó. Sus cuerpos, formados de muerte pura, atravesaron el fuego sin quemarse, sin detenerse. No había nada en ese campo capaz de tocar lo que ellas eran.

—Juntos —le dije a Skylar—. Luz y oscuridad.

Fueron nuestras últimas palabras antes de lanzarnos al frente, directos contra la maraña venenosa.

Vi cómo muchos noctífagos desaparecían en cuanto Elandra y Liral se acercaban. Bastaba con que la sombra los rozara, con que las fauces de aquellas bestias los engulleran, para que dejaran de existir. Pero el verdadero torbellino de muerte era Skylar, desatado a mi izquierda, mientras que yo avanzaba con la lanza, cuyo filo hundía en aquellos espectros con cada giro.

Los noctífagos me rodeaban, pero no me tocaban.

No buscaban matarme. Me querían viva.

Pero yo a ellos no, yo los quería hechos polvo.

Disueltos en el viento.

Olvidados.

Skylar liberaba oleadas de oscuridad que al tocar mi fuego se fundían y hacían crecer mis llamas. Estas se volvían más brutales, su sombra alimentaba mi rabia, la empujaba, la multiplicaba. Cada embestida abría una grieta más en el campo de batalla, éramos fuego y tiniebla avanzando juntos, luz y muerte en un solo golpe.

Las criaturas feéricas corrían desorientadas alrededor, algunas huían del campo de batalla, otras giraban en círculos sin saber a dónde ir. Algo dentro de ellas reaccionaba, una voz que las guiaba. Tal vez eran las zarkass, tal vez su poder entraba en las mentes de las bestias, empujándolas a retroceder, alejándolas del fuego, de la muerte, de nosotros.

Yo cubría el flanco derecho, Skylar el izquierdo. Elandra y Liral avanzaban al frente y cerraban la retaguardia.

Éramos cuatro, pero nos movíamos como un ejército.

Los noctífagos nos rodeaban, cientos al principio, pero su número empezaba a flaquear. Eran fáciles de romper, de deshacer. Su dueña no estaba allí para reforzarlos, para crear más.

Nos había subestimado.

Arriba, Kali volaba en círculos. Sus plumas en llamas cortaban el cielo en trazos de fuego guiándome.

Cinco a tu derecha.

Cuatro más, detrás.

A tu izquierda, ahora.

Yo obedecía. Sus palabras eran órdenes que mi cuerpo comprendía sin dudar.

Cada vez quedaban menos noctífagos. Se movían más lento, atacaban sin fuerza, como si supieran que estaban perdiendo. Yo, en cambio, estaba eufórica. Sentía la energía en cada músculo, el poder en cada paso.

Solo quería seguir.

Matar.

Avanzar.

Acabar con todo.

Bajé la lanza y respiré hondo, sabiendo que algo en mí no estaba bien. Lo confirmé cuando los jinetes destinados a Valdemar empezaron a llegar. Las mantícoras y los hipogrifos de sombra descendían sobre la arena, y apenas tocaban tierra, sus jinetes saltaban y se transformaban, desplegando su poder.

Los jinetes de mantícoras invocaban esferas de energía que estallaban al contacto, sofocando a grupos enteros de noctífagos. Pero su poder no servía contra la llama valirio.

No fue hasta que Skylar tiró de mí y me atrajo contra su pecho que todo se detuvo. La adrenalina cedió, la oscuridad que me nublaba empezó a disiparse y la rabia... se apagó al ver su rostro.

Misso estaba detrás de él. No supe en qué momento se había acercado, cuándo había llegado hasta nosotros...

«¿Qué me está pasando?», me pregunté.

—La Dama ha destruido tu aldea —dijo Skylar mientras me sujetaba el rostro, intentando anclarme a su voz.

—Mi casa... —susurré.

—Tenemos que irnos. El ejército imperial y los jinetes se encargarán de contener a las criaturas —añadió, y me tomó de los brazos, pero no sentí el contacto.

«Mi casa —me repetí—. Mi vida, mi hogar..., mi pasado».

—Mi padre, Skylar. Tengo que salvar a mi padre...

Pero algo dentro de mí me dijo que ya no quedaba ningún padre al que salvar.

38

Eda

Solo era capaz de oír mi pulso golpeando en los oídos como un tambor de guerra.

Caminaba entre ruinas, escombros calientes y brasas apagadas por la noche. La luna lo cubría todo, pero ni siquiera su luz era capaz de devolverle la forma a lo que alguna vez fue mi hogar. No reconocía las casas, ni los caminos, ni siquiera la biblioteca donde aprendí a leer y a esconderme del mundo.

«No es Valdemar —me repetí—. Busca Valdemar».

La batalla allí había terminado, no porque la hubiéramos ganado, sino porque ya no quedaba nada más que destruir. Los pocos a los que se había salvado del fuego, liberados al fin de la posesión, eran atendidos por los jinetes que aún resistían. Pero yo... yo no me acerqué a ellos. Porque si lo hacía, tendría que reconocer no solo a quienes habían sobrevivido..., sino también a los que ya no volverían.

«No es Valdemar —me repetí—. Busca Valdemar».

Sentí a Skylar detrás de mí, conteniendo con sus sombras cada chispa que aún amenazaba con prender la madera.

Subí la colina sin sentir los pasos. Solo veía lo que quedaba, fragmentos de lo que alguna vez fue una casa. Rocas partidas, madera carbonizada, brasas que ya no ardían. Y, en medio de todo aquello, había un hombre de cabello dorado encorvado.

—Nolan...

Mi hermano estaba envuelto entre los brazos de Alexander, que lo acunaba contra su pecho.

—Cariño —lo oí susurrar—. Cariño, Eda está aquí.

«¿Lo estoy? —pensé—. ¿Soy yo la que está aquí?».

Noté un brazo rodearme la cintura, sujetarme por los codos y sostenerme desde atrás. «¿Acaso me estoy cayendo?».

—Estoy aquí contigo, yo te sostengo —me aseguró el hombre con el que me había prometido hasta la eternidad.

No podía ubicarme. Mis ojos no sabían qué veían. Todo estaba borroso, roto, apagado...

—Sky —le dije con la voz hecha pedazos y los ojos llenos de lágrimas—. Llévanos a casa. A mi hermano y a mí. Sácanos de aquí..., de entre estas ruinas. Por favor.

—Eda... —Me apretó más contra su pecho.

—Por favor.

—¿Dónde estás? —me preguntó—. ¿Dónde está tu mente?

«¿Dónde estoy?», me pregunté yo también sin respuesta.

—Llévame a casa, necesito ver a mi padre... —le supliqué, pero él no se movió. Solo me abrazó más y más fuerte.

Me separé de él despacio, con la vista fija en un entorno que no reconocía.

Sentí una mano más pequeña entrelazarse con la mía.

—Nolan, ¿por qué lloras? —pregunté en cuanto mi mente logró reconocer a quien se había acercado—. ¿Estás herido?

Palpé su cuerpo, su rostro. Le limpié con cuidado la ceniza pegada a la piel, y también los surcos negros que sus lágrimas habían dejado.

—Nolan..., ¿qué ha pasado?

Él pareció recomponerse de golpe, un cambio brusco que me asustó más que su llanto.

—Eh, princesa... —Sus labios se forzaron en una curva débil, pero sus ojos... ya no me miraban. Estaban fijos detrás de mí, clavados en Skylar—. Estoy bien. No estoy herido.

A mi izquierda, vi a Kali descender y posarse sobre la hierba calcinada. Fue entonces cuando me di cuenta de que no estábamos solos. Savannah se acercaba a su hermano. Detrás de ella, estaba Rai Raider. Y, al fondo, saliendo del bosque, apareció Dalton. Long... Long también estaba allí.

—¿Por qué me has traído aquí, Sky? —Lo miré con mi hermano aún aferrado a mi mano—. Esta no... esta no es mi casa. —Volví a dirigirme a Nolan—. Tenemos que encontrar a papá. Está solo. Y la Dama va a utilizarlo para hacerme daño.

Mi hermano sollozó.

—Papá no está, princesa... La Dama ha ganado. Su alma ya no está aquí.

Di un paso atrás y, sin buscarlo, me encontré envuelta en los brazos de mi mitad.

«La Dama ha ganado».

«Su alma ya no está aquí».

—Cariño, no es el momento —dijo Alexander, dando un paso hacia él—. Ella no es consciente de lo que está pasando.

Me giré hacia Skylar, pero su rostro estaba borroso.

—¿Qué has hecho con su alma? ¡¿Por qué te la has llevado?! ¡¿Por qué te lo has llevado a él?!

Skylar se quedó muy quieto.

—¡Contéstame! —grité, y lo empujé.

Sus ojos dorados buscaron los míos, pero después bajaron. Fijó la vista en mis manos. Me obligué a mirar también, y entonces lo vi: una negrura teñía mis dedos.

Apreté los puños.

—¿Qué le está pasando? —escuché decir a una voz, aunque no supe a quién pertenecía.

—Eda —me llamaron.

«Él se ha llevado su alma —me dijo mi propia consciencia—. Él elige quién vive. Y quién no».

—¡¿Por qué te has llevado a mi padre?! —jadeé, cada palabra más descompuesta que la anterior—. Si tanto me amas, ¡¿por qué no lo salvaste?!

Mi vista volvió a nublarse. Un manto oscuro comenzó a extenderse desde los bordes.

«Él es la muerte».

Skylar dio un paso.

—Zafiro, tú sabes cómo funciona nuestro mundo. Sabes que yo...

Intentó acercarse, pero lo aparté.

—No me toques, muerte.

Algo en mí se activó. Mis ojos inmortales se deslizaron hacia el bosque calcinado, hasta los árboles partidos, despojados de toda vida. Pero en medio de aquella masacre, solo quedaba un árbol en pie.

Uno que conocía demasiado bien.

«Tienes que ir —me dije a mí misma—. Ve, acércate».

Mis pies se movieron arrastrados por una fuerza que no controlaba.

«Ve. Ve. Ve».

Aquel árbol aún conservaba las cicatrices de mis entrenamientos a escondidas, cuando lanzaba las dagas una y otra vez, clavándolas con rabia contra la corteza. Era mi diana, mi secreto. Pero ya no estaba decorado con acero. Ahora de él colgaba una cuerda gruesa y envejecida que apenas se balanceaba con la brisa contaminada que bajaba del bosque.

Me acerqué al árbol y llevé los dedos al nudo. Noté la hendidura marcada en la fibra, un hueco con la forma exacta de un cuello. Como si hubiera sido hecha a medida para colgar a alguien.

«A tu padre —me dijo mi propia voz, hablándome desde algún rincón enterrado en mi cabeza—. Aquí colgó a tu padre».

«La Dama ha ganado».

«Su alma ya no está aquí».

Miré el bosque y la tierra. Observé Valdemar con una mirada que ya no era la misma, como quien presencia el nacimiento de un río que no traerá vida, sino destrucción. Un cauce que crece sin freno y que, cuando se desborde, arrastrará a todos. Y yo... yo ya no sabía si estaba en la orilla o en medio del agua.

Ese era su territorio, ella se ocultaba allí.

La asesina de miles. Ayer, hoy... y quizá mañana. La que podía arrasar el mundo con solo desearlo.

«La asesina de tu padre».

Una furia ciega se filtró en mis ojos y no supe en qué momento mis piernas empezaron a avanzar, solo sentí el tirón en el pecho, el latido salvaje en las sienes y, cuando me di cuenta, ya me había adentrado en el bosque.

—Eh..., Eda. —Noté un tirón suave—. Eda, por favor.

«Sigue caminando. Deshazte de él. Solo sigue caminando», me repetí a mí misma.

—¡Escúchame! —gritó entonces, más cerca. Algo me envolvía, sombras que se enroscaban en mis tobillos, en mi cintura, frenando mis pasos—. Te dije una vez que nunca te negaría la oportunidad de usar tu poder. Pero ahora mismo no eres consciente del daño que puedes causar si no controlas tu rabia.

—Suéltame.

«Sigue caminando. Deshazte de él. Solo sigue caminando».

Sentí unas manos enormes sujetándome por los hombros.

—Eres luz, Eda. Eres buena. —La voz que venía de esa misma oscuridad sonaba suplicante—. No te conviertas en la ira que se esconde detrás de un buen corazón.

Sus manos se movieron hasta mi rostro.

«Sigue caminando. Deshazte de él. Solo sigue caminando».

«¿Por qué?», pregunté dentro de mí.

«Porque la Dama ha ganado. Porque el alma de tu padre ya no está aquí».

—¡Suéltame, muerte! —gruñí con los dientes apretados y rabiosa—. No eres más que oscuridad que apaga mi luz.

Tenía que seguir.

Tenía que avanzar.

Tenía que destruirlo todo.

En aquellas tinieblas comenzaron a encenderse motas esmeralda, como estrellas envenenadas que rompían el manto negro que me envolvía. Brillaban con ese fulgor enfermizo que solo podía significar una cosa: noctífagos.

«Tienes que matarlos. Tienes que acabar con ellos. Tienes que destruirlos».

Visualicé un único punto, un destello verde espectral en medio del abismo. Me aferré a él como a un faro, como a un blanco inevitable, y lancé mi poder en esa dirección, con todo lo que quedaba de mí.

Tal vez grité. O algo dentro de mí lo hizo. Sentí mi cuerpo sacudirse, elevarse, flotar... y, por un instante, disfruté esa extraña ligereza de no estar del todo en mí. Tal vez me encontraba de rodillas sobre la hierba o tirada, deshaciéndome.

No lo sabía, pero tampoco me importaba. Solo sentía el fuego azul brotar en oleadas, naciendo desde dentro con una violencia que abrasaba. Y avanzaba, imparable, arrasándolo todo: la oscuridad, el verde esmeralda, el miedo.

Todo cedía ante mi poder.

Todo se rendía.

«Mi padre está muerto...», me recordé.

«Tu ausencia lo mató. Tú lo mataste».

—¡Zafiro! ¡Por favor!

Aquel nombre..., aquel apodo.

—Tienen que morir —le grité a la oscuridad.

—Te estás muriendo, Zafiro, por favor.

«¿Me estoy muriendo?», me pregunté.

«No. Solo estás siendo tú misma. Sigue solo un poco más. Solo un poco más».

Alguien me zarandeó, unas manos me sujetaron y, en medio del caos, llegó ese olor. Lo reconocí antes de entender nada. Lo había respirado tantas veces que se me había quedado pegado al alma.

Era el aroma con el que me dormía, con el que me levantaba.

Ahora mi casa era cenizas. Pero ese aroma era lo único que aún olía a hogar. Y ahí, entre sombras, entre restos, me di cuenta de que la oscuridad no era la que me estaba devorando.

Era yo misma.

«¿Qué he hecho?», me pregunté justo en el momento en que sentí que estaba a punto de desaparecer, tragada por mi propio poder.

«Es tu naturaleza —me respondí en un susurro interno—. Esta eres tú. Iron Shadow no es el final. El final empieza contigo».

—Lo siento... —fue lo único que salió de entre mis labios—. Te amo. Lo siento.

—Por favor, no, por favor... —sollozó la oscuridad.

—Sigo aquí, no..., no me he ido todavía.

Escuchaba sus gritos, sus sollozos, pero no podía alcanzarlos.

—No puedo esperar mil años más, mi vida, no me hagas esto. Necesito casarme contigo. Necesito verte en el puto altar. Necesito escuchar tu risa en una casa llena de preciosas niñas con tus ojos. No me arrebates ese futuro..., no te vayas. Quédate conmigo..., por favor.

«Quédate conmigo». Aquella era nuestra frase. Siempre había sido nuestra frase.

Intenté levantar la mano, pero la oscuridad seguía hablándome, me decía cosas que ya no conseguía entender. Y lo único que logré decirle fue:

—Yo también quería casarme contigo. También quería tener hijos, una casa, todo. Y, si este es el final, lo único que quiero es desearlo una última vez antes de cerrar los ojos.

39

Skylar O'Hara

Skylar no debió llevarla a Valdemar.

No después de verla al borde del colapso. No cuando ella aún se tambaleaba al borde de sí misma, a un paso de perder el norte. No cuando había estado tan cerca de perder lo único que realmente importaba: el control. El puto control...

Ya lo había vivido milenios atrás. Sabía lo que significaba ese desliz lento y silencioso hacia la oscuridad. Cómo, sin apenas notarlo, se le escapaba el sentido, se apagaba la consciencia. Cómo su mente retrocedía paso a paso hasta volverse un lugar ajeno.

—¿Por qué me has traído aquí, Sky? —le preguntó la mujer de su vida, y fue entonces cuando vio el retroceso.

Aquel era el primer indicio de un desbordamiento. Uno que se producía no porque la magia se descontrolara, sino porque el portador de esta dejaba de poder con ella. Entonces lo que llevabas dentro crecía demasiado rápido, te desbordaba. La mente se resquebrajaba, los recuerdos se disolvían, y la rabia tomaba el mando.

—¡¿Por qué te llevaste a mi padre?! —gritó Eda mientras su cuerpo empezaba a teñirse de esa oscuridad que él siempre temió—. Si tanto me amas, ¡¿por qué no lo salvaste?!

Aquel era el segundo indicio de destrucción.

Skylar intentó detenerla mientras corría, envolverla con sus sombras, sostenerla entre sus brazos como tantas veces antes había hecho, luchando contra su furia, contra su mitad..., pero no bastaba.

—Eh..., Eda. —Tiró de ella—. Eda, por favor.

El poder de Eda superaba el de Skylar, el de la propia muerte. Porque el ser más temido, más letal, más imposible de contener en ese mundo... no era él.

Era ella.

—¡Escúchame! —gritó Skylar, y la sujetó mientras ardía entre las llamas—. Te dije una vez que nunca te negaría la oportunidad de usar tu poder. Pero ahora mismo no eres consciente del daño que puedes causar si no controlas tu rabia.

Skylar tuvo que cubrir kilómetros con sus sombras, extendiéndolas como un manto sobre la tierra, desesperado por contener lo que sabía que estaba a punto de desatarse.

Y así fue.

El fuego azul de Eda empezó a brotar, y no como una simple llamarada, sino como esa fuerza antigua que, milenios atrás, había reducido regiones enteras a polvo, quemado cada raíz, había hecho que el cielo ardiera y que ni la tierra recordara lo que una vez se alzó allí.

Skylar ya lo había visto antes: aquella llama azul que se movía más allá del campo de batalla, que hacía hervir el océano y encogerse hasta desaparecer en vapor.

—Eres luz, Eda. Eres buena —le recordó—. No te conviertas en la ira que se esconde detrás de un buen corazón.

Su oscuridad y su fuego ya eran uno. Una fuerza indivisible, imposible de contener por separado. Pero Skylar tenía que intentarlo. Tenía que detenerla, aunque eso significara desaparecer con ella en mitad del bosque. Aunque tuviera que desprender el doble de sombra que ella de fuego solo para frenar su avance.

—Por favor... —le suplicó, mientras el fuego azul y las sombras negras lo devoraban todo a su alrededor, pero supo que no lo había escuchado.

«Por favor. Por favor. Por favor».

Skylar dejó de sentir su cuerpo. No sabía si estaban de pie, de rodillas o ya cayendo, solo sabía que la tenía entre los brazos, que el cuerpo de Eda empezaba a deshacerse, como si su piel se quebrara en llamas, como si cada latido fuera una chispa más hacia el final.

La apretó con desesperación, con el miedo crudo de quien abraza algo que se le está escapando. Le susurró que se detuviera, que volviera. Pero la rabia de la primera llama no escuchaba. Porque Eda ya no era solo poder, era dolor hecho cuerpo. Amor roto convertido en fuego.

El fin.

Y él... él estaba dispuesto a arder con ella si eso significaba no soltarla.

—¡Zafiro! ¡Por favor! —gritó aferrado a ese cuerpo oscuro sobre su pecho que ya no se movía, que tal vez ya no respiraba.

Skylar lloraba y gritaba mientras su oscuridad envolvía el fuego de Eda, apagándolo poco a poco. Era algo que solo los milenios le habían enseñado a hacer. Algo que siempre supo que llegaría: el momento en que tendría que luchar contra ella... para salvarla.

«Vive, por favor..., vive».

El cuerpo de Eda se convulsionó con espasmos violentos, aterradores, mientras su cabello azul flotaba.

—Tienen que morir —murmuró ella, tan bajo que fue más un pensamiento pronunciado por sus labios que una frase dictada a conciencia.

Skylar la sostuvo por las mejillas, sacudiéndola con fuerza desesperada.

«Vive, vive, vive».

—Te estás muriendo, Zafiro, por favor.

Skylar sintió que la perdía y también empezó a consumirse. Su cuerpo dejó de responder, su magia ya no bastaba, y todo en él comenzaba a ceder.

Pero no soltó a Eda.

Nunca la soltaría.

Le dijo todo lo que nunca se había atrevido a confesar: que quería verla caminar hacia él vestida de blanco, con flores en el cabello y esa sonrisa que le devolvía la fe en todo. Que no había deseo más real o más urgente que casarse con ella. Que soñaba con una casa pequeña, con ventanas abiertas al amanecer, y que el primer sonido del día fuera su risa filtrándose hasta la cocina, donde él prepararía el desayuno solo para verla despertar. Soñaba con hijas que tuvieran sus ojos y su genio, corriendo descalzas por los pasillos, dejando risas y caos tras de sí. Que anhelaba abrir los ojos cada mañana y encontrarla allí, aún despeinada, con el rostro medio escondido entre las sábanas, y sentir —una y otra vez— que con solo existir ella le había desordenado la vida para siempre...

Le dijo todo aquello aunque ya no supiera si ella podía oírlo. Porque tal vez, si lo decía en voz alta, alguien —el universo, la suerte, los dioses, lo que fuera— lo escucharía. Y con un poco de suerte... lo haría realidad.

Entonces, ella respondió en sus brazos:

—Yo también quería casarme contigo. También quería tener hijos, una casa, todo. Y, si este es el final, lo único que quiero es desearlo una última vez antes de cerrar los ojos.

Skylar besó aquel cuerpo que volvió a quedarse inmóvil, que ya no respondía, que perdía el pulso, apagándose en sus brazos... y, aun así, se negó a soltarla.

Aquellas palabras fueron su último aliento.

—No, no, no... —murmuró él contra sus labios, empapados de lágrimas—. No me hagas esto, mi vida. No me dejes. Te lo suplico.

Skylar sabía que, si ella moría, podrían pasar siglos —o milenios— antes de volver a encontrarla.

—Empezaremos de nuevo, Zafiro. —La besó con ternura—. Y, si me olvidas, no importa. Yo te encontraré.

Eda no respondió.

Su cuerpo, aún envuelto en llamas, ya no ardía con vida. El calor que desprendía no era humano ni suyo, era el residuo de una magia que había consumido demasiado, que lo había dado todo.

Skylar tomó su mano con cuidado, y con los dedos temblorosos acarició el anillo incompleto.

—No sé en qué rincón del tiempo vas a acabar, Eda..., pero juro que te encontraré. No importa si me lleva siglos, si tengo que atravesar mundos que aún no existen. Volveré a por ti y nos casaremos..., te lo prometo. Aunque tenga que vivir mil vidas más para cumplirlo.

Los ojos de Skylar se cerraron poco a poco, por primera vez desde que los había abierto hacía veinte milenios. Pero ni entonces soltó su mano. Ni entonces dejó de besarle el rostro.

Si iban a deshacerse, lo harían juntos.

—Por favor, por favor, por favor...

Con el último aliento que le quedaba, su cuerpo se transformó en lo que siempre había sido en lo más profundo: una bestia hecha de oscuridad. El gran dragón emergió entre espasmos de poder, y con sus alas negras la envolvió y la apretó contra su pecho para protegerla de lo único que podía destruirla: ella misma.

40

Valeska

Valeska no había podido pegar ojo en las últimas dos noches.

No desde que Adriel despertó, tras haber estado inconsciente por culpa de su propio veneno. Y tampoco desde que aquellos jinetes de dragón —con más de siete milenios a sus espaldas— les mostraron la estatua de piedra, una figura exacta de ellos dos, tallada en la roca. O eso parecía. Porque, según los jinetes, no la había creado ninguna mano humana. Aseguraban que había emergido sola, formada poco a poco por la ciudad enterrada, esperando el momento exacto para ser vista.

En aquella estatua estaba escrita la profecía. La misma que las zarkass le habían susurrado toda la vida en fragmentos sueltos, en frases rotas que nunca terminaban de encajar. Pero ahora estaba completa, clara, tallada en piedra.

DOS CERRADURAS FUERA.
UNA, DENTRO.
TRES LLAVES.
TRES LAZOS.

Volvió a leer aquella frase escrita que había transcrito en una nota. Ya la había repasado cientos de veces en los últimos días, como si pudiera ofrecerle una respuesta distinta.

¿Tres lazos? ¿Qué podía significar?

Lo único que sabía con certeza era que existían tres cerraduras y tres llaves..., y que ella era una de ellas. Eso solo podía significar una cosa: debían encontrar la cerradura de alguna puerta perdida entre los miles de kilómetros que había allí abajo. Tal vez... les llevaría siglos. Y ese era un tiempo que su cuerpo, medio mortal, no podía darle.

Valeska tamborileó con sus cinco garras sobre la mesa, el sonido marcaba el compás de su impaciencia. Frente a ella, los mapas extendidos eran un intento desesperado de imponer orden a lo desconocido. Los jinetes habían trazado rutas que salían y volvían a entrar en la ciudad, buscando un patrón.

«No sirven —le había dicho a Adriel hacía dos días mientras miraba aquellos mapas. No hay un patrón fijo. Las rutas cambian. Un pasaje que existe al anochecer puede esfumarse al amanecer, y en su lugar aparece un muro. La ciudad no es estática... —Alzó una garra y señaló los símbolos marcados en rojo—. No obedece las leyes humanas. Se mueve a su propio ritmo».

Adriel se apoyó sobre los antebrazos en la mesa.

«He contado al menos seis patrones distintos. Ninguno al azar. Todo sigue un ritmo —había añadido ella—. En luna nueva, los pasajes se sellan sin aviso. En luna llena, se abren corredores donde antes había muros. Es como si la ciudad respirara con el cielo, su magia despertando con cada fase lunar».

«Al parecer, la ciudad no era un lugar fijo. Era una criatura cambiante. No seguía reglas. No se dejaba leer, ni predecir, y mucho menos domar. —Adriel chasqueó la lengua—.Va a resultar que la ciudad se parece demasiado a ti, con muy mal genio si la presionas».

Valeska respiró hondo y alzó la vista volviendo al presente. Sobre su cabeza solo había un techo de madera, agrietado y oscuro, pero ella no lo veía. Miraba más allá..., allá donde estuvieran las suyas. Habían pasado seis días desde la última vez que Valeska se había alimentado, y, sin embargo, su cuerpo no lo mostraba. No había flaqueza, ni sed, ni esa urgencia salvaje que solía apoderarse de ella cuando pasaba demasiado tiempo sin devorar un alma.

Nada.

A esas alturas, debería estar al borde del colapso, haber caído presa del hambre, de esa necesidad que siempre la había definido. Intentó encontrarle una explicación, una lógica, pero ya había demasiadas cosas que escapaban a la razón.

Escuchó pasos sobre ella, pero Valeska no se sobresaltó, porque sabía de quién se trataba. Adriel bajó silbando por las escaleras, algo que siempre le había parecido irritante. ¿Acaso todos los humanos lo hacían? ¿O solo era una estúpida manía suya?

Giró la cabeza hacia él, lista para lanzarle una de sus miradas que cortaban el aire. Venía sin camiseta, con la prenda colgando del hombro y un andar tan ligero que parecía que su columna vertebral hubiera decidido improvisar una coreografía.

—¿Qué estás haciendo? —le preguntó medio furiosa.

—¿Esto? —dijo señalándose los labios sin perder el ritmo—. Se llama estar de buen humor. Te lo recomiendo.

—¿Sabes lo que pasa con el buen humor? —bufó ella—. Que no sirve para una mierda cuando estamos atrapados. Así que guárdatelo.

La melodía que salía de sus labios le resultaba irritante.

Él era irritante.

«Voy a tocarte la mejilla —le había dicho él hacía cuatro días, justo después de despertar del veneno que ella misma le había metido en la sangre».

Cuando él le rozó la mejilla, ella se quedó inmóvil, sin apartarse, sin miedo. Era algo nuevo para ella que un macho la tocara así, de frente, sin dominar, sin exigir, con una suavidad que no encajaba con nada de lo que conocía. Una caricia sin intención de poseerla.

Valeska gimió, no por dolor ni por placer, sino por puro desconcierto.

«Nunca nadie me había tocado así», susurró.

«Me alegra ser el primero en acariciarte como es debido», le respondió él.

Valeska apartó la mirada, deseando que él no notara el rubor que le había subido a las mejillas al recordar ese momento. Llevaban varios días durmiendo en la misma habitación, fingiendo —al menos de cara al resto— ser una especie de alianza estable... o, como Adriel lo llamaba, «un matrimonio feliz». Ella dormía en la cama, él en el suelo, y para su horror, parecía estar cómodo ahí abajo, como si realmente creyera que todo estaba bien.

Pero no lo estaba. No del todo. Al menos, no para ella.

Había noches en las que Valeska no podía dormir. Y sin querer —o queriendo, pero sin admitirlo— giraba un poco la cabeza para mirarlo. Se decía a sí misma que era por precaución, por si al macho se le ocurría la estupidez de herirla mientras ella dormía. Pero en el fondo sabía que el muy idiota jamás la tocaría sin su permiso. Y esa maldita certeza era justo lo que más la trastocaba.

Le gustaba la idea de verlo dormir. Sin decir tonterías, sin sonreír ni soltar esas frases absurdas que ella fingía odiar. Así, en silencio, Valeska podía observarlo sin sentir que perdía el control. Lo miraba porque, de alguna forma que no se atrevía a nombrar, en ese silencio encontraba paz...

Muchas veces, Adriel tenía pesadillas. Valeska lo sabía por la forma en que se agitaba, por los gruñidos bajos que se le escapaban entre dientes. Una vez —solo una— estuvo a punto de despertarlo. Estiró la mano y llegó a rozar las mantas, pero no lo hizo. Se quedó quieta, tragándose el impulso, y se dio la vuelta para cerrar los ojos.

—Estoy silbando una canción —le contestó él sacándola de sus pensamientos—. ¿También te molesta? Venga, espera... —Fingió que sacaba un papel del bolsillo y una pluma—. Voy a apuntarlo en la lista de: «Cosas que no hacer porque a Valeska no le gustan». Aunque bueno... —Hizo como si sacara otro papel—. La lista ya es tan jodidamente larga que mejor empiezo el segundo volumen.

Valeska gruñó y volvió a concentrarse en los mapas.

—Déjate de hacer el imbécil conmigo. Tenemos que salir en menos de cinco minutos. —Señaló una de las rutas marcadas—. Hoy iremos por aquí, es la única que no hemos probado.

Eso era lo que ellos dos habían estado haciendo: buscar el maldito Ojo. O la cerradura. O cualquier maldita pista que los guiara. Pero era como tratar de hallar algo en la oscuridad con los ojos vendados. Una caza a ciegas. Y lo peor era esa sensación de que podrían pasarse meses girando en círculos sin siquiera saber qué debían encontrar primero. Sin saber si lo encontrarían.

—Ya, la cosa es que tengo que hacer mis necesidades —dijo él, y ella frunció el ceño.

—¿Qué clase de necesidades?

—Como comer, por ejemplo. Hay que coger energías, sobre todo para sobrevivir a tus encantadoras conversaciones tan... enérgicas, ¿sabes?

Se dirigió a la pequeña cocina y cogió una de esas frutas rojas y redondas que la gente del lugar cultivaba como si fueran rubíes comestibles. Tomó un cuchillo, lo giró en su mano y empezó a cortarla.

Cada movimiento suyo tenía un ritmo tan natural que parecía estar bailando, aunque solo cortara una maldita fruta. Los músculos se le marcaban bajo la piel cada vez que giraba la muñeca o tensaba el brazo. Valeska, que había crecido entre cuerpos huesudos y figuras opacas, lo observó. Había olvidado que un cuerpo podía ser eso: sólido, vivo, presente. Y aquel macho parecía esculpido por una voluntad que no entendía... pero que, por alguna razón, le era imposible no mirar.

—¿Quieres... probar? Estás mirando mucho.

A Valeska casi se le salen los ojos de las cuencas. ¿Tan descarada había sido?

—¿Cómo?

—La manzana, Valeska —repitió arrastrando su nombre—. A lo mejor también es mentira eso de que no podéis comer comida normal.

Le tendió un trozo sin dejar de mirarla.

—Ven. Cógela.

Ella no supo si fue su capacidad para disimular, pero se acercó y tomó el trozo de manzana. Cuando lo hizo sus garras se hundieron en la pulpa húmeda.

—¿De verdad crees que soy idiota? ¿Que he estado viviendo una mentira sobre cómo debo alimentarme? —le espetó—. ¿Te piensas que nunca lo he probado? Te recuerdo que en Bankai podía desear la comida que me diera la gana.

Le metió el trozo de manzana en la boca, casi empujándoselo entre los dientes. Él la mordió y sonrió con descaro.

—Solo estaba preguntando, perdona —dijo después de tragarse el bocado.

Valeska entendía perfectamente por qué él había mencionado las mentiras. Adriel le había contado algo que nadie más se había atrevido a decirle: la verdad sobre el origen de las zarkass no era la que le habían dicho.

Durante años se había tragado esa versión sin hacerse preguntas. Pero bastó que él la mirara a los ojos y le soltara una frase para que todo se tambaleara; resultaba que no todo lo que le enseñaron era verdad.

Ella volvió a alejarse de él y de su maldito cuerpo semidesnudo, fingiendo que el mapa frente a sus ojos era más importante que el calor que todavía sentía en la piel. Fingió concentrarse, pero no podía. Y así se mantuvo, de espaldas, mientras Adriel comía y bebía con tranquilidad.

Al final, Valeska soltó un suspiro y miró de nuevo la ruta. Quería encontrar algo. Necesitaba que algo encajara, que una pista apareciera, que ese mapa dejara de burlarse de ella. Pero lo único que logró fue arrancar el borde del pergamino al apretar la mesa con las garras.

—¿Qué te parece si dejamos esto para más tarde? —sugirió él, apoyado con toda la desfachatez del mundo al otro lado de la mesa—. Hay un lago cerca, y tengo la corazonada de que necesitas aprender a nadar. Quién sabe..., quizá en esta guerra lo que salve tu pellejo no sea la magia, sino saber flotar.

Los pies de Valeska estaban en el borde.

El agua le rozaba los dedos con suaves ondulaciones. Sobre la superficie flotaban flores caídas de los árboles cercanos de un violeta intenso, el mismo tono que teñía el lago entero. Pero nada de eso le importaba. Estaba allí por obligación, con el ceño fruncido, gruñendo por lo bajo, odiando cada segundo.

Valeska se ajustó la camisa larga que él le había dejado, incómoda por una vergüenza que no acababa de entender. Había pasado la vida vistiendo prendas que apenas cubrían su piel, criándose entre armaduras ligeras y ropa de combate.

Se sentía ridícula.

Adriel caminaba por la orilla en ropa interior, con esa soltura descarada de quien no conoce la vergüenza. El agua le lamía los tobillos y cada músculo se le marcaba bajo la piel húmeda, como si el cuerpo supiera que alguien lo observaba y disfrutara con ello.

Era un desgraciado.

—Dame la mano, te ayudo a meterte —le instó Adriel, ya casi sumergido, ofreciéndole la suya.

Ella lo miró con desdén y ni se molestó en contestar. Le lanzó una mirada afilada, de esas que podrían partir acero, se dio la vuelta y se sentó en una piedra, bajo uno de los árboles, con las dagas al alcance.

—No pienso meterme en esas aguas. Podría haber cualquier cosa ahí dentro..., cosas sin nombre, sin forma, y con demasiadas ganas de arrancarte las piernas.

—¡Oh, venga ya, Valeska! —replicó Adriel antes de lanzarse al agua de un salto—. Los jinetes nos dijeron que se puede nadar aquí. Ellos lo hacen. No hay monstruos, solo agua... y tu paranoia.

Adriel se hundió un segundo bajo el agua y, al salir, se peinó el cabello hacia atrás con una sacudida. Luego le lanzó una mirada y levantó la barbilla como diciendo: «¿Lo ves? Sigo vivo».

—Ellos no son nosotros.

Adriel empezó a moverse por el agua, nadando con esa despreocupación que a Valeska la sacaba de quicio. Lo siguió con la mirada más tiempo del que quiso admitir, pero se obligó a apartarla. Rebuscó en la bolsa, sacó el mapa y fingió concentrarse en las rutas, como si el sonido del agua no la distrajera.

—¿Por qué no sabes nadar? —le preguntó él acercándose a la orilla—. Estuve en Bankai. Hay lagos, mar, ríos por todas partes. Entonces ¿por qué?

Valeska levantó la vista y se removió contra la corteza del árbol.

—Porque el agua equivalía a castigo.

Vio cómo él asentía lento, sin interrumpirla.

—Las zarkass hemos crecido viendo cómo ahogaban a las que desobedecían. Les metían la cabeza en el agua una y otra vez. Algunas volvían..., otras no. Y si regresaban, ya no eran las mismas. —Valeska apretó los puños—. El agua no era para nadar, sino para doblegarnos. Nos enseñaban a temerla, a tragarla, a no gritar aunque nos estuvieran ahogando.

Adriel suspiró y, sin decir una palabra, se impulsó fuera del lago.

El agua resbalaba por su piel, chorreando desde su cabello hasta los músculos de su abdomen. Se quedó ahí, frente a ella, imponente, mientras Valeska lo observaba desde abajo, con los ojos entornados y el orgullo armado hasta los dientes.

Apretó los muslos, sintiendo esa punzada repentina que no esperaba, que no entendía. Él volvió a extenderle la mano.

—No les regales espacio en tu cabeza, Valeska. —Se tocó la sien con la otra mano—. No dejes que vivan ahí, que se alimenten de tus miedos.

Sabía que tenía razón. Pero también que no iba a hacerlo por ellos. Ni por orgullo, ni por el pasado. Lo haría por ella.

Dudó. Por un instante, pensó en dar media vuelta. Pero entonces alzó la mano enguantada —esa barrera que usaba para mantener a todos lejos— y Adriel la tomó y la guio hasta la orilla. Fue él quien dio el primer paso, quien hundió los pies en el agua helada. Y luego se quedó ahí esperándola.

—No tengo miedo —mintió mientras miraba el agua con fijeza.

—Lo sé, Valeska.

Poco a poco, metió las piernas en el agua. Él no soltó su mano, ni siquiera cuando la camisa empezó a flotar, mojada, pegándosele al cuerpo como una segunda piel. Ella no se cubrió, no se escondió.

Adriel desvió la mirada.

—Lo... lo estoy haciendo. —Se hundió un poco más, y soltó su mano solo para apoyarla en su hombro, buscando equilibrio.

—Eso es, Valeska..., estás haciéndolo bien.

Ella confió en él. Sus pies tocaron fondo, el agua le llegaba justo a la clavícula.

—El agua no va a hacerte daño. Solo tú puedes hacerlo, solo tu cuerpo, tu miedo, la forma en que te muevas en ella —le dijo tranquilo—. Yo puedo enseñarte a flotar, a nadar..., a bucear. Si quieres.

—¿Bucear? —preguntó alejándose poco a poco de su calor, aunque él seguía justo delante.

—Mira, te enseño.

Así pasaron la mañana: ella gruñendo, protestando, soltando algún que otro grito cada vez que el agua le salpicaba el rostro, y él, con una paciencia casi sagrada, guiándola paso a paso.

—¡Me estás empujando!

—Intento sostenerte. Si te empujara, ya estarías en el fondo.

El lago no era profundo, al menos no para él, pero Valeska lo sentía como un abismo.

—Respira fuera del agua, no dentro de ella —le aconsejó—. Y, esta vez, intenta no beberte media laguna, ¿sí?

—¡No lo he hecho a propósito, imbécil!

—Ah, entonces te estás envenenando lentamente por gusto.

Ella le lanzó agua al rostro, él se la devolvió y, por un segundo, Valeska se permitió reír.

Así, aprendió a hundir el rostro, a tomar aire sin pánico, a mantener los ojos abiertos bajo el agua sin parpadear y a contener la respiración. Pero sobre todo a confiar en su cuerpo por primera vez. Adriel se adentraba en el lago, cada paso más profundo, más lejos. Valeska lo observaba sin moverse, con la mandíbula apretada y el estómago tenso. No era miedo. O no quería llamarlo así.

¿Desde cuándo le afectaba tanto lo que le pasara? ¿Desde cuándo le importaba más de lo que estaba dispuesta a admitir?

Adriel desapareció bajo el agua. Valeska se quedó quieta.

«Uno, dos, tres...», empezó a contar en silencio. A los quince segundos, frunció el ceño. A los treinta, dejó de respirar. A los cuarenta, sintió el pulso acelerarse, el pecho apretarse. A los sesenta, ya no pensaba.

—¿Adriel?

Nada. Ni una burbuja.

Valeska dio un paso hacia delante, pero el agua ya le cubría el cuello. Empezó a hiperventilar, y su mente se llenó de imágenes que no quería recordar: cuerpos zarkass sumergidos, quietos, inertes, los labios morados, los ojos abiertos, los dedos arañando el agua mientras se hundían...

Ciento veinte segundos era el límite. Eso era todo lo que aguantaban antes de morir.

—¡Adriel! —gritó—. ¡Sal de una puta vez!

Se tiró de cabeza sin pensarlo. El fondo se esfumó bajo sus pies y un vuelco en el estómago casi la hizo perder el control, pero no frenó. Valeska aguantó la respiración, pateó el agua como pudo y nadó directa hacia donde lo había visto desaparecer.

Chocó contra él.

Le echó los brazos al cuello y tiró con fuerza, impulsada por el miedo y la rabia. Emergieron de golpe, el agua explotando a su alrededor... y ahí estaba él, jadeando como si nada, tan tranquilo que solo consiguió enfurecerla más.

—¿Qué...? Eh, tranquila. —Le sostuvo el rostro con ambas manos—. Solo estaba aguantando la respiración, me relaja, joder. No pensaba asustarte.

Ella seguía moviendo las piernas, pero no lograba estabilizarse. Se hundía un poco, pero él la cogió de la cintura y la bajó con calma hasta que los pies tocaron el fondo. Valeska parpadeó, todavía agitada, sin saber muy bien si era por el susto o por tenerlo tan cerca.

—¡No lo vuelvas a hacer! ¡Eres un imbécil!

—Mira, mete la cabeza debajo del agua y aguanta. Escucharás el mejor silencio del mundo.

—¿Y si no vuelvo a salir?

—Entonces voy contigo. Fácil.

Valeska dudó. Seguía cabreada, pero no pensaba darle el gusto de verla echándose atrás, así que, sin previo aviso, hundió la cabeza de golpe. El agua le cubrió los oídos, le borró los sonidos, le robó el mundo por unos segundos, y en ese silencio extraño casi se olvidó de todo.

Cuando salió, con el cabello pegado al rostro y el ceño fruncido, lo primero que vio fue a Adriel mirándola.

—Eres la mujer más fascinante que he conocido en mi vida, Valeska.

Valeska salió del agua tiritando. Los colmillos le castañeteaban y la camisa empapada se le pegaba al cuerpo. El cabello se le adhería a la piel como una sombra oscura, y se abrazó a sí misma, tratando de mantener la compostura, pero volvió a sentir aquella vergüenza, aquella maldita inseguridad. Miró de reojo a Adriel. Tenía el cuerpo de un jinete de verdad: fuerte, robusto, ese que parecía esculpido a base de entrenamiento y guerra. ¿Qué podría ver alguien como él en ella?

Valeska bajó la mirada. Su cuerpo no era alto ni musculoso, era huesudo y pequeño. Ágil, sí..., pero no imponente como el de las jinetes en el imperio. Su piel no era como la de ellas, sino fina, de un tono ceniza que no se bronceaba jamás; sus ojos no tenían color, eran un pozo opaco donde no se reflejaba nada, y sus garras —esas que había empezado a odiar— no estaban hechas para proteger, sino para hacer daño. Y sus colmillos..., por la muerte, aquellos colmillos eran el recordatorio constante de lo que era: una criatura de Bankai, nacida de la noche, de las sombras, de lo prohibido. No importaba cuánto intentara encajar, cuánto se esforzara en parecer humana, no lo era...

Adriel pareció notar que estaba tiritando de frío y, sin decir nada, tomó una de las mantas gruesas que había dejado sobre la losa antes de entrar al agua. Se la puso con cuidado sobre los hombros.

—La he traído para ti —murmuró, y luego dio un paso atrás, sin mirarla demasiado. Valeska se cubrió con la manta hasta donde pudo, sin entender por qué se sentía así.

—Gracias.

Ahora estaban uno frente al otro y, por un momento, todo lo demás se desdibujó. No pensó en guerras, ni en puertas, ni en monolitos capaces de devorar la magia. Solo en ellos dos. En la posibilidad —absurda, ilógica— de que Adriel no la viera como un monstruo.

—¿Cuál es tu mayor miedo? —le preguntó para igualar la balanza de secretos—. Así estamos en igualdad de condiciones.

Ambos estaban chorreando. Adriel sacudió la cabeza como lo haría un animal salvaje, lo que hizo que las gotas salpicaran a su alrededor.

—Mi mayor miedo siempre será convertirme en un hombre como mi padre. Uno que confundía el respeto con el control, y la fuerza con el derecho a herir. —Bajó la mirada hacia la piedra cubierta de hierba bajo sus pies—. Temo perderme así, terminar siendo alguien con tan poca empatía que ya no le tiemble la mano al levantarla contra una mujer.

Valeska solo pudo pensar en lo equivocada que había estado cada vez que lo había juzgado.

—Uno no se convierte en un monstruo, Adriel. Uno nace siéndolo... y tú no lo eres. —Soltó aire por la nariz—. Yo sé reconocer la maldad cuando la tengo delante. Las malas intenciones... cuando alguien disfruta hiriendo. Y tú... tú no tienes eso en los ojos.

Él alzó la vista con una media sonrisa, y el hoyuelo en su mejilla se marcó más.

—¿Y qué intenciones crees que tengo, Val?

La zarkass sintió un tirón en el estómago al escucharlo acortar su nombre.

—Tus intenciones están claras —replicó cruzándose de brazos—. Meterme en un lago, distraerme... y apartarme de lo que hemos venido a hacer aquí, jinete.

Valeska se giró hacia el árbol, sin saber si lo hacía para recoger las cosas o para huir de él..., o tal vez de ese extraño nudo en el estómago que le provocaba. Ese calor sutil, esas ganas absurdas y peligrosas de tocarlo.

Se agachó para coger las mantas, las armas y la bolsa que habían dejado junto a las raíces retorcidas. A su alrededor, el bosque parecía suspendido en un hechizo suave; el suelo de piedra clara se abría en un sendero serpenteante entre los troncos altos, y las hojas violetas de los árboles soltaban sus pétalos por una brisa que no venía de ningún lugar concreto.

La zarkass echó a andar por el sendero con la espalda recta, pero justo antes de perderlo de vista, giró la cabeza por encima del hombro. Y ahí estaba él, aún empapado, con los brazos cruzados y esa sonrisa imposible de descifrar.

—No puedes huir de mí, Val. Recuerda que dormimos en la misma habitación. Somos marido y mujer después de todo.

Ella giró el rostro, fijó la vista al frente y no pudo evitar soltar una risa mientras ponía los ojos en blanco.

Valeska había pasado décadas sin dormir tranquila, con el cuerpo alerta bajo las mantas, esperando el momento en que los machos irrumpieran en la oscuridad para llevársela a ella... o a las suyas. Pero después de tanto tiempo, después de tanto miedo acumulado, ahora solo deseaba que llegara la noche para poder compartir habitación con el hombre que, sin saberlo, estaba enseñándole algo que creía perdido: que era una mujer.

41
Adriel

—¡No! ¡Soltadla! ¡Soltadla y cogedme a mí! —Los gritos de Valeska desgarraron el silencio de la habitación. Adriel abrió los ojos de golpe y se incorporó a medias desde el suelo, donde había dormido envuelto en una manta.

—¡Abusad de mí, hijos de puta! ¡Meteos con una de vuestro tamaño!

Levantó la cabeza hacia la cama y la vio retorcerse entre las sábanas, atrapada en algo que solo ella sentía. Sus garras habían rasgado la tela; el colchón mostraba marcas profundas, y los guantes que solían contener sus manos colgaban rotos a un lado.

El grito siguiente fue aún peor.

—¡No nos toquéis! ¡Quitad vuestras asquerosas manos de encima! ¡Ni una más! ¡No volveréis a tocarnos con esas putas bocas!

—Valeska —la llamó Adriel, dando un paso hacia la cama.

Extendió una mano, pero se quedó a medio camino. No podía arriesgarse a tocarla así, atrapada en ese infierno del que su mente no lograba sacarla. Sabía de sobra lo que esas garras podían hacer cuando el miedo la dominaba.

De su cuerpo empezó a brotar un humo, primero verde, luego gris oscuro, cargado de un olor metálico y rancio, como si la magia estuviera hecha de óxido y descomposición.

—Val…

Aquel humo no solo quemaba las sábanas, las corroía. El colchón se ennegrecía bajo ella, las costuras se deshacían. Una de las lenguas brumosas bajó por el borde del colchón y empezó a arrastrarse por el suelo hacia él.

—¿Qué demonios…? —Retrocedió.

Aquello no era solo un desahogo de dolor.

—Es solo una pesadilla, Valeska. No es real.

Dio otro paso hacia la cama envenenada.

—No es real…

—¡No! ¡No! ¡Me hacéis daño! ¡No! —Los gritos de Valeska se quebraban en sollozos. Lloraba mientras se encogía, atrapada en un recuerdo que no perdonaba.

El humo seguía extendiéndose, cubriendo la madera, pudriéndola, astillándola como si la habitación también reviviera la escena.

Adriel apretó los dientes.

—No es real, Valeska.

Se lanzó a la cama, atravesando de lleno el humo verdoso que flotaba como veneno en el aire. Ni se le pasó por la cabeza que podría salir herido. Valeska gritaba, y eso era lo único que importaba. Subió de rodillas, las sábanas desgarradas crujieron bajo su peso, y se colocó sobre ella. Tuvo que usar toda su fuerza para sujetarle las muñecas y clavarlas contra el colchón, dominando cada espasmo, cada intento desesperado de liberarse.

Ella gritaba sin reconocerlo, retorciéndose bajo él.

Las garras se alzaron descontroladas, y una pasó casi rozando el cuello de Adriel, tan cerca que le cortó el aliento.

—Soy yo, Valeska, soy Adriel, despierta —susurró con la boca junto a su oído.

La sujetaba con fuerza, sí, pero no para retenerla. Solo para sostenerla. Para no dejarla sola en el pozo al que su mente la había arrastrado.

—Estás a salvo. Nadie va a tocarte. Nadie va a hacerte daño.

—¡No me toquéis, joder! ¡Apartad esas putas manos de mí! —gritó, y a Adriel se le revolvió el estómago cuando habló en plural.

Por todos los dioses…

—Valeska, mírame. Abre los ojos. Ya no están. No pueden tocarte. Esto no es real. Yo estoy aquí. Y, mientras lo esté, nadie va a hacerte daño.

Vio cómo el cuerpo de la pequeña zarkass dejaba de forcejear. Sus manos pararon de arañar el aire y, poco a poco, sus ojos negros se abrieron, encontrándose con los suyos.

—¿Qué…? —murmuró con la voz rasgada, mirándolo sin comprender del todo dónde estaba o con quién.

Adriel se dio cuenta de que aún la tenía inmovilizada contra el colchón, respirando agitado encima de ella. Al ver su mirada perdida, rota, se apartó con un movimiento torpe.

—Solo… solo quería despertarte —balbuceó—. Ibas a hacerte daño, yo solo quería ayudarte.

—Adriel..., eres tú. —Se incorporó.

El humo se había desvanecido, pero el rastro de magia quemada seguía aferrado a las paredes.

—Soy yo —asintió él, llevándose una mano al pecho—. Solo yo, Val.

Ella parpadeó varias veces, como intentando anclar esa realidad.

—Solo eras tú..., solo tú.

Adriel soltó el aire al verla calmarse, pero esa quietud se volvió otra cosa cuando Valeska empezó a inclinarse hacia él. Al principio pensó que era un temblor más, pero no.

—¿Valeska? —fue lo único que logró decir, cuando ella se quedó a un suspiro de su rostro.

—*Shaar'nek, Jin'thael*, por favor...

Adriel sintió el pulso en la garganta, en los dedos, en cada maldito rincón de su cuerpo.

—¿Qué significa eso? —susurró casi sin aire, no por miedo, sino por el calor que lo atravesó cuando la mano de ella le tocó la mejilla—. Por favor, dime que no quieres matarme por despertarte..., dime que no es un insulto, porque suena muy bonito para que me estés maldiciendo.

—Bésame, jinete.

—Valeska..., no estás bien, no podría... —murmuró, aunque su cuerpo ya se había rendido. Se inclinó hacia ella, los labios ardiendo por no estar sobre los suyos. Las manos fueron a la cintura, a esa camisa holgada y rasgada que dejaba ver más piel de la que él podía manejar con cordura.

Sabía que ella no estaba bien, y que sería egoísta ceder, rendirse al deseo de tocarla, de tragársela entera, de recorrer con la lengua cada tramo de esa piel translúcida que tanto lo obsesionaba.

«No debo», se repitió una vez.

«No debo», se dijo otra.

«No debo...». Pero su cuerpo ya había decidido por él.

—Necesito que un hombre como tú me haga olvidar lo que hacen los machos como ellos. —Él por primera vez vio una lágrima decorando sus ojos—. Necesito saber lo que es que te traten como es debido.

Esas palabras no solo lo conmovieron, lo destruyeron.

—No he besado nunca a nadie, Valeska... —admitió con los dedos recorriendo la tela de su camisa—. No sé si lo haré bien.

—Yo tampoco he besado a nadie, Adriel. Pero no me importa hacerlo perfecto. Solo quiero que esta vez... sea mío. Entregar mi cuerpo porque lo elijo, no porque alguien lo reclame como un derecho. Que me toquen porque lo deseo..., no porque me lo arrebaten.

No la dejó terminar la frase.

Él selló su boca con la de ella sin pensarlo un segundo más.

El primer contacto fue tembloroso, casi tímido..., hasta que Valeska le respondió, y entonces no hubo vuelta atrás. Se entregó por completo, con esa urgencia contenida de quien lleva demasiado tiempo deseando algo que no se atrevía a nombrar.

Sus labios se encontraron con hambre callada, con ternura feroz. Cuando su lengua tocó la de ella, los colmillos no lo asustaron. Los rozó con intención, con respeto, y con una necesidad tan cruda que se le aceleró el corazón.

Subió una mano a su mejilla, mientras la otra se colaba bajo la camisa rota para acariciar el contorno de su cintura. Pero cuando el temblor se convirtió en deseo desenfrenado, cuando sus dedos empezaron a buscar más de lo que debía, se detuvo. No porque no la deseara —lo hacía con cada parte de sí—, sino porque ella merecía algo más que su hambre.

Merecía que la tocaran con respeto.

—Sigue... sigue acariciándome así —susurró ella entre beso y beso—. Sé el único hombre que me haga sentir...

Obedeció sin aliento, sintiendo cómo cada una de sus súplicas le calaba hasta los huesos.

—Valeska... —jadeó su nombre, apenas un suspiro contra sus labios, mientras su mano se deslizaba detrás de su nuca y se enredaba en su cabello negro para acercarla más a él.

Los dedos de su otra mano exploraron su cuerpo con un deseo que ya no intentaba disimular, rozando las costillas, el abdomen, hasta envolverle uno de los pechos. Le pasó el pulgar por el pezón endurecido y, cuando lo presionó con intención, Valeska se arqueó y el gemido que salió de su garganta se perdió en su boca.

A ojos de los mortales, las hembras zarkass podían parecer criaturas salvajes, peligrosas e inalcanzables. Pero bajo esa piel distinta, bajo las garras y los colmillos, también sentían. También deseaban.

Sus cuerpos eran diferentes, sí, pero no menos sensibles.

—¿Cómo has hecho eso...?

Adriel no necesitó preguntar a qué se refería. Lo supo por cómo el cuerpo de Valeska se tensaba bajo sus manos, por la forma en que sus muslos se cerraban a los lados de la cintura de Adriel. Se movía contra él sin darse cuenta, rozando su erección con una suavidad que no parecía del todo consciente, y sintió cómo cada fricción le encendía la piel.

Valeska se abandonaba al placer con una entrega torpe, casi nueva, y era evidente que lo descubría por primera vez. Pero él también era ajeno a esa sensación, no era solo ella la que aprendía a sentir.

—¿Quieres que lo haga otra vez? —preguntó contra su boca, mientras sus dedos volvían a presionarle un pezón.

—Por la muerte..., no dejes de hacerlo...

Su lengua se hundía en su boca mientras su mano seguía jugando con su pecho, torturándolo suave, moviéndose justo como sabía que la volvía loca. Giraba, apretaba, rozaba... y, cada vez que lo hacía, ella gemía sin poder evitarlo.

Adriel solo pudo pensar en lo que pasaría si se arrodillaba entre sus piernas y dejaba que su boca encontrara ese centro que lo llamaba sin palabras. Sabía que si lo hacía la encontraría mojada, hinchada, ardiendo por él... y, joder, se moría por probarla. Porque si solo con tocarle el pecho ya la tenía jadeando, cuando la acariciara con la lengua... la iba a romper de puro placer.

—Quiero besarte todo el cuerpo —sus labios descendieron a su cuello, a su clavícula—, tocarte como deberían haberte tocado... porque eres una mujer, Valeska, y deberías haber sido tratada como tal.

Ella jadeó cuando su lengua recorrió su cuello, bajando lento por el lado donde la camisa abierta dejaba al descubierto su piel. Adriel descendía sin prisa, marcando el camino con besos húmedos, sintiendo cómo ella se arqueaba hacia él.

—¿¡Estáis bien!? —gritó Lorelei desde el otro lado de la puerta—. ¿Qué han sido esos chillidos?

Adriel se apartó y ella lo imitó. Pero ninguno se levantó.

Se quedaron ahí, con la respiración entrecortada, sin saber qué decir, sin querer romper lo que fuera que acababa de pasar. Ella seguía recostada, la camisa mal puesta, las piernas medio abiertas. Él, de rodillas frente a ella, aún demasiado cerca.

—¿Adriel? ¿Valeska? ¿Estáis bien? —insistió Lorelei al otro lado de la puerta.

—He tenido una pesadilla. Estoy bien. Ya está solucionado —soltó ella rápido, intentando enterrar todo con esa frase.

Pasaron unos eternos segundos hasta que escucharon la puerta cerrarse desde fuera, señal de que Lorelei se había marchado.

Valeska se levantó sin decir nada, sin mirarlo siquiera. Caminó hasta la cómoda, cogió su ropa, se vistió rápido, en silencio, y salió de la habitación. Cerró la puerta sin fuerza, pero el golpe fue tan seco que le sonó como un portazo.

Adriel se quedó ahí, sentado al borde de la cama, mirando las sábanas arrugadas y la madera quemada, todavía humeante.

Había besado por primera vez en sus veintitrés años a una mujer, y como respuesta ella se había vestido y se había largado. Pero lo que más le preocupaba no era que hubiera huido, sino aquel humo que había salido de ella sin control. Ese que seguía pegado a las paredes, enroscado en los bordes del colchón, dejando marcas negras por toda la habitación.

Se dio cuenta de que, quizá, por ese mismo motivo solo ella era capaz de abrir una ciudad desde dentro.

42

Liral

El humo le impedía ver a Liral con claridad cómo el ejército tomaba el control de las criaturas feéricas manipuladas.

Los noctífagos habían sido exterminados por los cientos de jinetes que descendieron sobre Arcadia para impedir la masacre. Pero las verdaderas heroínas, las únicas que salvaron miles de vidas mortales, fueron las hembras zarkass.

Liral buscó con la mirada un destello pelirrojo entre la marea de jinetes transformados. Reconocerla en su forma animal era imposible con todos allí en plena metamorfosis, pero eso no evitaba que la sintiera cerca.

Tal vez, en algún rincón del campo, ella también la estaba buscando.

Hizo un retroceso de magia y volvió a tomar su forma mortal, ese cuerpo que empezaba a detestar. Cuando sus piernas dejaron de ser sombra y se convirtieron en hueso, empezó a tambalearse. Agitó el humo verde frente a sí, intentando mantener el equilibrio, pero justo cuando estuvo a punto de caer sobre la arena del desierto, una bestia desplazadora apareció detrás de ella, firme como una muralla.

Liral chocó contra el lomo de la criatura, que se desvaneció en un suspiro de oscuridad para revelar a una pelirroja con las manos ya en su cintura.

—Deberías practicar más la transformación. No voy a estar siempre ahí para sujetarte, Liral. —Elandra no lo dijo con una sonrisa; sonó más a advertencia que a burla.

«¿En qué momento se convirtió en un reflejo de mí misma?», se preguntó.

«Desde que pasas los días y las noches sin separarte ni un centímetro de ella», se respondió.

Las manos de Elandra tardaron en retirarse, pasaron en sus caderas unos segundos de más innecesarios. Pero no era la primera vez que tenía lugar ese roce prolongado, esa cercanía que no pedía permiso. Y esa boca... esa maldita boca que Liral se obligaba a no mirar, aunque siempre acabara haciéndolo.

«Solo es la puta adrenalina», se mintió a sí misma. Otra vez.

El momento se esfumó cuando la capitana Misso pasó junto a ellas y les gritó:

—¡Las zarkass necesitan ayuda!

La orden no solo fue para ellas. Varios jinetes la oyeron y, sin perder un segundo, corrieron tras Misso, que ya se dirigía a toda velocidad hacia donde estaban las hembras.

Cuando Liral y Elandra llegaron, lo que encontraron fue devastador. Las zarkass yacían sobre la arena inmóviles. Los cristales ya no estaban bajo sus palmas, como si algo las hubiera arrancado de cuajo. Liral se fijó en si sus pechos se movían, y a través del cuero rasgado pudo ver el leve ascenso y descenso del de una de ellas.

Instintivamente, Liral giró la cabeza hacia atrás, buscando un rastro de fuego azul. Pero no había nada. Lo más probable era que Eda y Skylar ya se hubieran desvanecido a Valdemar.

—Capitana —la llamó Liral—. Necesitamos que algunos jinetes vayan rápido al refugio de las zarkass. Eda dejó frascos de sangre antes de partir a Bankai. Si la beben..., sanarán.

—¿Frascos? —repitió la capitana.

—Sí. Los dejó por si algo salía mal y no regresaba. Su sangre tiene propiedades curativas.

Misso asintió.

—¡Vosotros tres! —bramó señalando a un grupo de jinetes cercanos—. Al refugio de las zarkass. Buscad los frascos. Traed todos los que encontréis. Y si podéis volar, hacedlo.

Liral alzó la vista justo a tiempo para ver a Elandra arrodillada junto a una de las zarkass. La sostenía entre sus brazos, sus dedos presionados con suavidad contra su cuello en busca de pulso.

—Norian... —susurró, llamándola con una voz que apenas le salía del pecho.

Liral corrió y se dejó caer de rodillas sobre la arena. Estiró la mano temblorosa y posó dos dedos sobre el cuello de Norian.

Nada. Ni un latido.

—Está muerta, Liral.

—No. —Negó con la cabeza una vez, dos—. No. No puede estarlo.

Intentó reanimarla. Colocó ambas manos sobre su pecho, justo donde debía de estar el corazón, pero no se atrevió a presionar con fuerza. Sabía que, si lo hacía mal, le rompería las costillas.

Las zarkass se habían suicidado. No con dagas ni venenos, sino con sacrificio. Habían canalizado tanta magia que sus cuerpos colapsaron, consumidos desde dentro. Y lo hicieron por mortales que nunca les dieron las gracias. Por una sociedad que las consideraba monstruos.

Aun así, lucharon.

Aun así, eligieron dar la vida por un mundo que nunca las habría salvado a ellas.

—¡Joder, Norian, joder! —La sacudió, negándose a aceptar lo evidente. Intentó reanimarla, incluso sabiendo que era inútil.

No tenían tiempo, necesitaba la sangre ya.

Liral miró por encima del hombro hacia la ciudad lejana, donde varias bestias desplazadoras corrían hacia ella, pero no lo bastante rápido.

«Puedes hacerlo —se dijo—. Que tu puta cabeza no limite la distancia».

—Sigue reanimándola, vuelvo enseguida —le dijo a Elandra y se incorporó usando toda la adrenalina que aún le quedaba.

El cuerpo le dolía, el pulso le golpeaba en las sienes, pero no importaba.

Canalizó.

Más allá del agotamiento.

Más allá del miedo.

«Por favor. Por favor. Por favor».

Sus sombras la arrojaron directa al salón donde las zarkass solían descansar, una cámara de piedra húmeda y sólida en el corazón de la Fortaleza de Gea. Liral apenas tocó suelo antes de echar a correr, tropezando con los bancos, apartando mantas, lanzando jarras al suelo en su desesperación. Y entonces, allí —apilados en el rincón más frío— vio los tarros de sangre.

Los metió en la bolsa sin contar cuántos, solo sabiendo que era suficiente. Que tenía que ser suficiente. Pero justo cuando giró sobre sus talones para desaparecer otra vez, la fortaleza entera tembló. No fue un temblor leve, ni un crujido de piedra vieja, sino un estremecimiento seco y violento.

Solo había sentido aquel temblor de la tierra unas cuantas veces en las últimas semanas, siempre igual: breve, contenido, casi familiar. Provocado por Eda e Iron Shadow cuando liberaban apenas una fracción de su poder. Pero aquello... no era lo mismo.

Liral cayó al suelo cuando la fortaleza volvió a temblar. Apretó la bandolera con los frascos, canalizó su magia y desapareció. Cuando volvió, las zarkass ya no estaban junto a la grieta. Las habían movido más lejos, donde la tierra no se abría bajo sus pies.

El poder de los zengs había desaparecido; la barrera que mantenía contenida la grieta ya no existía. Los temblores seguían, arrastrando la arena hacia las profundidades, desnudando la tierra.

Algo iba muy mal en Valdemar.

—¡Capitana, los tengo! —gritó Liral, levantando la bandolera con los frascos.

Misso no hizo preguntas sobre cómo Liral había conseguido la sangre tan rápido; simplemente empezó a repartir todo lo que tenía. Liral les dio instrucciones claras: debían hacer que se la bebieran, incluso si parecían inconscientes. Mientras tanto, los soldados movían a todas a un mismo lugar, cogiéndolas en brazos y dejándolas unas al lado de las otras.

—Esta no respira —dijo un jinete que se acercaba con una en brazos.

—Kalea tampoco... —sollozó Elandra con las dos zarkass en el regazo, apretándolas contra sí mientras las lágrimas le caían por el rostro.

Liral no tenía tiempo para llorar. No cuando había dieciséis vidas que aún podía salvar.

Se movió rápido, y los jinetes hicieron lo mismo. Las zarkass menos afectadas bebieron con mayor facilidad, pero las que no respiraban... Liral se arrodilló junto a ellas, les abrió la boca a la fuerza y les vertió la sangre, gruñendo, suplicando entre dientes que aguantaran, que volvieran.

—Vamos, joder —les gritaba con la mandíbula apretada—. ¡No os atreváis a largaros ahora! ¡No después de todo lo que habéis peleado! Levantaos, maldita sea. ¡Tened agallas y luchad! ¡Respirad, que aún no habéis terminado aquí!

—¡Liral! —gritó Elandra—. Norian... Norian tiene pulso.

Liral sintió el aire volver a sus pulmones. Por un instante, solo uno, respiró. Pero no hubo alivio ni tregua, porque el suelo volvió a estremecerse.

Lo que más le hizo a Liral contener el aliento —lo que casi la hizo llorar, no de tristeza, sino de miedo puro— fue ver a las bestias de sombra desplomarse una tras otra. Al principio creyó que era cansancio, que se habían excedido en el combate.

Volvían a su forma humana de golpe, sin transición, sin control. Como si les arrancaran la esencia misma que los mantenía transformados. La esencia de...

—Iron Shadow —murmuró Liral con los ojos muy abiertos y helada de terror.

Le cogió el brazo a Elandra.

—Su magia está desapareciendo.

Elandra alzó la vista, sus pupilas se dilataron mientras su instinto conectaba con algo lejano.

—Están en peligro. Los dos.

La magia de Iron Shadow se estaba deshilachando.

Liral miró a las zarkass alineadas que respiraban, apenas conscientes pero vivas.

—Están estables. Pero Valdemar no.

—No podemos —protestó Elandra—. Los hipogrifos no están aquí, sino en Novadia. No tenemos con qué volar hasta Valdemar.

Liral la fulminó con la mirada, y Elandra pareció entender lo que quería decir.

—No podemos desvanecernos tan lejos. Hemos canalizado demasiada magia y... —Miró a los jinetes que seguían cayendo, uno tras otro—. Joder, Liral...

—Tú también puedes hacerlo. Entre las dos lo lograremos, juntaremos nuestra magia.

No tenían tiempo.

—Pero...

—Ahora o nunca, pelirroja. Tenemos que ir. No pienso quedarme en este maldito lado del mundo.

—¿Y cómo lo vamos a hacer?

Liral apretó los dientes y se tragó el miedo. Sabía cuál era la única forma en que dos sombras podían fundirse.

—Tú solo desea el destino con todo lo que eres —le pidió—. Desea llegar... y yo me encargaré del resto. Canalizaré tu duda, tu miedo, todo lo que te frena... y lo convertiré en fuerza. Te juro que te pondré a salvo, aunque eso me parta en dos, Elandra.

Entonces Liral hizo lo que llevaba reprimiendo desde hacía meses. Desde aquella noche en la que descubrió la verdad: que había sido Elandra quien la sacó de entre las llamas, quien la cargó en brazos mientras el ala este del palacio de Pramvera se derrumbaba a su alrededor.

Liral posó los labios sobre los de Elandra justo cuando la abrazaba con toda la fuerza que le quedaba, y el mundo a su alrededor empezó a desvanecerse. No fue un beso suave ni temeroso, fue uno que ardía. Que gritaba todo lo que nunca se habían dicho. La besaba pensando que, tal vez, cuando todo terminara, ella ya no la miraría igual.

Pero no podía contenerse más. No cuando estaba a punto de arrastrarlas a miles de kilómetros, confiando ciegamente en algo que podía fallar.

La magia de Iron Shadow ya no recorría sus venas. No era eso lo que la hacía atravesar las tierras con un solo pensamiento ni lo que mantenía vivo el poder que las envolvía.

Era ella.

Era su amor.

Era esa maldita fuerza brutal que solo Elandra le despertaba.

Liral y Elandra tenían más sombras que nadie y, cuando se unían, no solo eran más fuertes: eran indestructibles.

La profecía hablaba de un tercer lazo. Y ellas eran ese lazo. El candado de la ciudad enterrada no se abriría con llaves, sino con un poder nacido de una unión imposible de romper.

Tal vez siempre había estado escrito así. Tal vez, desde el principio, estaban destinadas a encontrarse, a salvarse la una a la otra, a amarse con esa furia callada que solo las verdaderas almas gemelas entienden. Y ahora, por fin juntas, eran un arma viviente.

Una promesa sellada en sombra.

43

Elandra

Elandra no podía creer que los labios de Liral estuvieran sobre los suyos, que sus propias manos se hallaran enredadas en ese cabello oscuro y alborotado que tantas veces había querido tocar sin atreverse.

Disfrutó de aquel beso como no lo había hecho con ninguno antes.

Joder..., no quería volver a probar otra boca que no fuera la suya.

Elandra abrió los ojos, necesitaba comprobar que era real. Que quien la estaba besando era Liral, la misma mujer que una vez desgarró su mente con dudas, que arrastró sus pensamientos al límite.

Pero sí, era ella..., y ahora la tenía sujeta del rostro con devoción. Y no era solo eso. A su alrededor, una nube negra de sombras las envolvía como un manto, y entre las grietas de esa oscuridad, nacían destellos anaranjados. Sus magias se estaban fundiendo igual que sus cuerpos, que sus bocas, que cada pedazo de alma que una le entregaba a la otra sin reservas.

Elandra se separó de los labios de Liral y, al ver el miedo en sus ojos, supo al instante lo que pasaba por su cabeza. La conocía demasiado bien. Sabía cómo funcionaba esa mente torturada, esa que no creía merecer nada bueno, que siempre esperaba que la quisieran solo para después dejarla caer.

Pero Elandra no era una maldita cobarde.

—Estoy enamorada de ti, Liral —le susurró.

La oscuridad todavía las envolvía, desvaneciéndolas sin prisa. Quizá el trayecto se ralentizó y quedaron suspendidas en un lugar entre la tierra y el cielo, donde no existía el tiempo.

—¿Por qué no me lo has dicho antes? —preguntó, y por primera vez, sus ojos se llenaron de lágrimas.

Liral no lloraba. Nunca.

—Solo estaba esperando a que las sombras que llevabas enredadas en el corazón empezaran a soltarse. No podía arrancártelas..., solo debía quedarme cerca y tener paciencia. La suficiente para que tú misma decidieras dejarme entrar.

Liral la abrazó con la fuerza de quien se ha contenido demasiado, de quien por fin toca lo que siempre ha deseado. No hubo espacio entre sus cuerpos, solo piel contra piel, respiraciones entrecortadas, el pecho de una rozando el de la otra, corazones golpeando con un amor compartido.

—Maldita sea, Elandra... —le salió entre dientes como un gemido—. Te he amado desde que me gritaste en la borda de aquel puto barco. Desde entonces, no he dejado de hacerlo. No sé lo que es no amarte, no sé lo que es pasar un solo día sin pensar en ti. Joder, ni siquiera sé cómo respirar sin tener tu nombre en el pecho.

Las sombras se agitaban, cada vez eran más densas. Estaban a punto de alcanzar Valdemar... y ambas lo sabían.

Tal vez, al llegar, todo acabaría.

Tal vez sería el fin.

Liral continuó:

—Y si me lo hubieras dicho antes, habríamos tenido ese tiempo que esta guerra nos está robando. Ese que, tal vez, ya no nos dará.

Elandra la abrazó llorando, y entonces la oscuridad las escupió. Sintió las rodillas ceder al tocar tierra; el suelo la reclamó con violencia. El impacto le arrancó el aire de los pulmones y la lanzó de lado.

Su cabeza golpeó una roca oculta bajo la hierba. El impacto le partió el mundo en dos y un dolor agudo le atravesó el cráneo, pero, aun así, arrastró la mano por la tierra, a ciegas, buscando a Liral.

Pero no veía nada. No oía nada.

Solo sentía la sangre corriéndole por la sien.

Elandra se arrastró como pudo, guiada por el instinto, por la sensación de que ella tenía que estar cerca. No abrió los ojos de inmediato. No por el dolor —que ardía, sí—, sino por ese miedo irracional de encontrarse sola. De descubrir que Liral había sido arrastrada por la magia antes de tiempo, que se había desvanecido sin ella, que todo su esfuerzo por mantenerse juntas se había roto en el último segundo.

Solo cuando el aire le empezó a quemar los pulmones se atrevió a levantar la mirada... y entonces la vio. Allí estaba, tirada en el suelo, entre las cenizas, con la piel manchada de hollín.

—¡Liral! ¡No, no, no! —Se arrastró hasta ella, empujando su cuerpo más allá del dolor, del temblor que le sacudía las piernas, del agotamiento que le nublaba la vista.

Su mano se estiró hasta encontrar el brazo de Liral y, en cuanto lo tocó, tiró de ella.

No importaba que estuviera inconsciente, su cuerpo respondió al impulso y se dejó arrastrar. Elandra la acercó hasta su pecho para apretarla contra sí, sin soltarla. Solo entonces levantó la mirada y se permitió ver que el lugar al que habían llegado estaba cubierto de un humo...

Azul.

Este se le metía por los ojos, por la nariz, por cada rincón del rostro, obligándola a toser. Elandra entornó los párpados, con las pestañas ardiéndole y la garganta en carne viva, pero aun así no cerró los ojos. Tenía que ver. Lo necesitaba. Y fue entonces, entre aquella bruma azul que devoraba el mundo, cuando distinguió una silueta.

Elandra apretó más a Liral contra su pecho.

—Pero ¿¡cómo habéis aparecido vosotras aquí!? —chilló una mujer.

El humo se apartó lo justo para mostrarla: cabello rubio revuelto, ojos desorbitados y un vestido rosa empapado en sudor y ceniza.

Elandra parpadeó aturdida.

—¿Savannah...?

—¿¡Estáis locas!? —gritó aún más fuerte, pero su voz se perdió entre el estruendo. El mundo se rompía alrededor, a gritos, a golpes, a crujidos.

Elandra buscó tras Savannah el origen de aquel zumbido que le retumbaba en los huesos, esperando ver llamas. Sin embargo, no era fuego lo que devoraba el horizonte.

Era una cúpula, hecha de una sombra tan densa que parecía arrancada del mismo corazón del abismo. Se alzaba apenas a unos metros de ellas, pero su altura no tenía medida, ni su forma un borde claro.

—¿Qué mierda es eso? —fue lo único que Elandra logró decir, la voz apenas un susurro entre la tos.

Savannah no respondió de inmediato. Se inclinó sobre Liral y sus dedos temblaron mientras rozaban su rostro aún inconsciente.

—¿Qué le ha pasado?

—Ha canalizado demasiado poder..., más del que cualquier cuerpo debería soportar. Solo para traernos hasta aquí.

Savannah asintió una sola vez y se puso en pie mirando alrededor.

—Raider —gritó al vacío, girada hacia la silueta que se acercaba detrás de ella—. Coge a Liral. ¡Ahora!

Una figura alta emergió de entre la bruma.

Savannah se agachó de nuevo junto a Elandra, le pasó un brazo por la cintura y tiró de ella.

—Vamos. Arriba.

Con la cabeza dándole vueltas por el golpe y el cansancio colándose en cada grieta de sus huesos, apenas logró mantenerse en pie con la ayuda de Savannah, mientras por detrás Raider levantaba a Liral en brazos.

Elandra alzó la cabeza... y tuvo que tragarse las náuseas. Nunca había visto nada tan oscuro, tan aterrador. Aquella cúpula no era solo una barrera; era una maldita prisión para lo que fuera que estuviera atrapado ahí dentro.

—¿Qué está pasando? —preguntó al fin.

Vio una mata de cabello rubio corto moverse entre el humo y una mano se extendió hacia ella.

—Elandra, ven conmigo. Siéntate aquí, a mi lado —le escuchó decir a Nolan.

Cuando sus ojos se acostumbraron al entorno, vio al enorme dragón del emperador, con las alas extendidas al frente.

—¡¡Corred!! —gritó Dalton Basilius.

Los brazos de Nolan ya la arrastraban hacia dentro.

El mundo, aunque Elandra no fuera del todo consciente, seguía temblando. Y ella, de algún modo, todavía estaba en pie.

¿Qué clase de masacre era aquella?

—Traed a Liral aquí —escuchó decir.

Cuando estuvieron dentro, las enormes alas del dragón empezaron a cerrarse a su alrededor, como dos puertas membranosas. La luz azul quedó atrás, atrapada fuera, junto con la cúpula de sombras al otro lado.

—Fuego, Dalton —ordenó el comandante Kaiden.

«Pero ¿cuánta gente hay aquí dentro?».

Una llama negra encendida en la mano de Dalton iluminó el interior y reveló a los que se habían refugiado bajo las alas del dragón. Primero vio a Raider y a Savannah, luego a Nolan junto al comandante... y, por último, al propio Dalton Basilius, con la sombra del fuego bailándole en el rostro.

—Siéntate aquí, Elandra —la guio Nolan señalando la tierra.

Ella obedeció y, apenas bajó la vista, vio a Liral tirada en el suelo. Se inclinó de inmediato y la recogió entre sus brazos.

—Está inconsciente... Su poder la ha vaciado por completo.

—¿Cómo habéis llegado hasta aquí? —preguntó Dalton, que respiraba con dificultad y el cabello negro pegado al rostro.

—Liral puede desvanecerse igual que Iron Shadow.

Dalton dio un paso al frente.

—¿Qué ha pasado en Arcadia?

Elandra intentó explicar lo ocurrido. Habló de cómo la Dama se había hecho con el control de Arcadia, de cómo las zarkass se habían infiltrado en las mentes de las criaturas usando los cristales rojos. Contó que Iron Shadow y Eda habían aparecido en mitad del caos... y luego habían desaparecido justo antes de que un temblor sacudiera todo el imperio.

—¿Por qué estamos aquí? ¿Por qué nadie hace nada? —preguntó Elandra mientras barría con los ojos muy abiertos aquel espacio sellado bajo las alas del dragón.

A su alrededor no solo estaban líderes, guerreros o estrategas.

Allí se encontraban también los más poderosos.

Fue Savannah quien habló:

—Eda ha cruzado esa línea donde la magia ya no escucha, donde no hay control. Solo rabia. Una rabia que lleva tanto tiempo encerrada que ya no distingue entre enemigo y amigo.

Se agachó junto a Elandra.

—Iron está intentando salvarla. Pero también trata de evitar que se lleve el mundo por delante.

—Por eso los jinetes han empezado a transformarse de pronto... —pensó Elandra. Todo empezaba a encajar.

Savannah asintió y la tierra volvió a sacudirse.

—Nuestra magia depende de él... y él, ahora mismo, depende de ella.

Notó por el rabillo del ojo que el hermano de Eda no podía más. El temblor en sus brazos, la forma en que Kaiden lo sujetaba, todo indicaba que estaba a punto de romperse. Su cuerpo suplicaba moverse, lanzarse hacia ella, atravesar el humo, las llamas, lo que hiciera falta.

Raider fue quien continuó:

—Si usamos nuestra magia ahora, debilitamos todo lo que Iron está haciendo para contenerla.

—¡Yo sí puedo frenarla! —espetó Dalton—. Puedo ayudarla. No voy a quedarme mirando.

Savannah bufó.

—Dalton, escúchame. Mi hermano no tiene poder. Él es el poder. La tierra lo siente llegar. La magia no lo sigue, se rinde ante él. No puedes igualarlo. Ni tú. Ni nadie.

—Pero puedo intentarlo. Puedo ayudarle —insistió Dalton—. No puedo quedarme aquí sabiendo que ella se está autodestruyendo. No puedo..., no puedo escuchar cómo se muere sin hacer nada.

El comandante puso una mano sobre su hombro.

—Si te quedas aquí, aseguras más que un intento desesperado. Aseguras que alguien sobreviva. Que nosotros sobrevivamos.

Elandra se revolvió, sintiendo el aliento del dragón a su espalda, y por fin entendió lo que el comandante había querido decir. El poder de Dalton había cubierto al dragón entero, creando una cúpula idéntica a la que allí fuera contenía a Eda. Y comprendió que sin ese escudo... probablemente ya estarían muertos.

—¿Qué vamos a hacer ahora? —preguntó Nolan.

El suelo no dejaba de rugir bajo sus pies, y cada sacudida era peor que la anterior.

—Confiar en mi hermano —dijo Savannah, que se tambaleaba mientras la tierra crujía y se resquebrajaba bajo sus pies—. Y, al parecer, confiar en que la rabia de la primera llama no arrase todo otra vez.

44

Valeska

Valeska aún sentía las manos de aquel macho explorándola, sus labios sobre los suyos, sus lenguas encontrándose en un juego lento, posesivo e inevitable.

Cogió su bolsa, donde guardaba armas y mapas, y salió de la pequeña casa sin mirar atrás. Le daba igual que todos los jinetes de dragón de la ciudad supieran que algo iba mal. Ya habían oído los malditos gritos de una pesadilla que la había hecho rogarle a la muerte no volver a soñar.

«Bésame, jinete», le había susurrado, desesperada por sentirlo más cerca, por fundirse con él hasta que el miedo no encontrara dónde agarrarse.

Se encaminó hacia la salida de la ciudad, esa que ya empezaba a conocer de memoria. Las calles dormían, en apariencia. Pero Valeska no estaba del todo segura.

Acostumbrada a Bankai, a vivir sin sol, se movía en la oscuridad con la soltura de quien la había convertido en hogar. Dos décadas le habían enseñado a no temerle, a ver a través de ella, a caminar entre sombras como si fueran aliadas.

Esta vez, Valeska no tenía rumbo, solo piernas decididas y un nudo en el pecho que no se deshacía. Se adentró en los laberintos de piedra, arena y cristales, alejándose del río que corría hacia abajo, el mismo que ella y Adriel habían seguido más de una vez solo para acabar entrando de nuevo a la ciudad por otra boca de piedra.

Si el río la arrastraba al mismo lugar de siempre, solo quedaba hacer lo contrario. Ir contra la corriente.

—¡Estáis jugando conmigo! —les gritó a las paredes que la rodeaban.

A los dragones.

«No hay huesos. No hay cenizas. Sus cuerpos están sellados en monolitos, estatuas, pilares..., y sus consciencias siguen atrapadas ahí. Se los utilizó para contener la ciudad». Para sellar el Ojo de Nyxar.

Las palabras de Lorelei le ardían en la memoria mientras sus garras se deslizaban por la piedra, dejando surcos afilados.

Valeska intentó pensar en cualquier otra cosa, pero su cabeza iba directa al recuerdo de sus manos, de ese beso, de Adriel tocando sus pechos, sabiendo exactamente lo que hacía... y lo que ella necesitaba.

—¡Mierda! —Sacudió la cabeza frustrada mientras las garras arañaban las paredes y la rabia le hervía bajo la piel.

Ahora su maldita cabeza no solo tenía que lidiar con el recuerdo de aquel macho, sino también con la jodida ciudad y su laberinto interminable. Valeska detestaba ese lugar. ¿Y si nunca encontraban la salida? ¿Y si tardaban años? ¿Y si ella no llegaba viva al final del camino?

Cuando giró la cabeza hacia los surcos que habían dejado sus garras, vio los cinco hilos de veneno deslizándose por la piedra. Y entonces lo notó: la piedra se los estaba tragando, poco a poco...

—¿Qué...?

Con ambas manos y sus diez garras, empezó a arañar la pared, cada vez más rápido, hasta cubrirla de un veneno negro que goteaba y se escurría entre las grietas.

—¿Queréis el puto veneno, dragones? —gritó— ¡Pues aquí lo tenéis! ¡Yo no lo quiero! —Y siguió como si pudiera arrancarse el alma a zarpazos.

No entendía por qué lo hacía. Por qué lo pagaba con esos dragones que parecían dormir ocultos en cada rincón de la ciudad. Pero con alguien tenía que desquitarse. Alguien tenía que cargar con el peso de que fuera ella la señalada en esa profecía.

—¡Sacadme de aquí! —Arañó y arañó—. ¡Sacadme de esta maldita ciudad! ¡De esta maldita prisión!

Las piedras absorbieron el veneno, tragado sin piedad por la tierra. Pero no fue eso lo que hizo que Valeska se desplomara, estampándose contra los cristales.

Fue el temblor.

Valeska, hecha una furia, giró la cabeza en todas direcciones, buscando al maldito que la había arrojado al suelo. Pero no era un enemigo quien la había derribado, sino la tierra que temblaba bajo sus pies.

Era el techo.

Sacó el mapa de la bolsa y lo extendió sobre una roca. Sus ojos recorrieron cada línea, cada trazo marcado a toda prisa. La primera grieta se había abierto al este, cerca de Arcadia, pero ella estaba a varios kilómetros de allí.

—¡No! —gritó mientras apretaba los puños contra el borde del mapa. El terremoto venía de Arcadia. Y las zarkass, sus hermanas, estaban allí.

Valeska apoyó ambas manos en el suelo, intentando aferrarse a los cristales que sobresalían de las paredes. Su mente se apagó por un segundo, aturdida. Allí arriba, en la superficie, estaba pasando algo lo bastante brutal como para hacer temblar incluso las entrañas de la ciudad enterrada.

Giró la cabeza hacia la entrada del túnel y vio el resplandor blanco cegador de las escamas de una bestia.

La serpiente había vuelto.

Valeska hizo el amago de levantarse para esconderse detrás de uno de los cristales salientes, pero sintió un tirón brusco en el brazo. No necesitó girarse para saber quién era.

—¡Levántate, Valeska! —Adriel la zarandeó, sacándola del colapso en el que había caído—. Tenemos que escondernos antes de acabar siendo la puta merienda de esa cosa.

La había seguido. Había salido de aquella habitación donde ella lo había dejado... y simplemente la siguió.

Valeska no respondió, pero Adriel ya la tenía sujeta por la cintura mientras la arrastraba hacia la pared de piedra, justo detrás de unos cristales, similares a aquellos entre los que se habían resguardado la última vez.

«¿Siempre vamos a tener que escondernos en este maldito laberinto?».

—La bestia viene hacia aquí porque algo está pasando arriba —le comunicó ella.

Adriel resopló empujándola contra la pared. Frente a ellos, un cristal oscuro los protegía a medias, cubriéndolos de la vista del pasadizo principal, pero no del todo.

Él se colocó delante de Valeska para taparla con su cuerpo y darle la espalda al río subterráneo que serpenteaba más allá, por donde sabían que pasaría el centinela.

Adriel la tomó por los hombros y la obligó a agacharse con él.

—¡¿Qué demonios te pasa, Valeska?! —le espetó sin alzar demasiado la voz—. ¿Te parece buena idea salir sola cuando hay una criatura del tamaño de una ciudad arrastrándose por ahí?

—No necesitaba que vinieras detrás como si fuera una cría perdida. ¡Puedo cuidarme sola! Además, esa puta cosa iba a aparecer igualmente. Porque algo está pasando en Arcadia, lo siento..., lo sé...

—¡Me da igual! —rugió en voz baja, su pecho subía y bajaba frenético—. Me importa lo que pase ahora. Me importa si te toca, si te atrapa, si no vuelves. ¡Joder, me importas tú! ¿Tan difícil es de entender?

Cada vez sonaba más cerca. Aquel ser gigantesco avanzaba arrastrando su cuerpo descomunal. Kilómetros de escamas golpeaban el suelo como un trueno interminable.

Adriel la envolvió con los brazos y apoyó ambas manos sobre su cabeza como un escudo humano.

Maldita sea.

Valeska lo miró a aquellos ojos avellana y comprendió que él siempre se pondría en medio. Aunque no le quedara magia, aunque no pudiera ganar. Ese idiota había nacido para proteger. Por eso su poder de vinculación no era un don, era su maldita naturaleza.

—Solo serán unos segundos —susurró él—. Solo unos segundos, te lo juro.

Los colmillos de Valeska castañetearon al unísono con el temblor del suelo, y solo pudo rezar por que aquel cristal que medio los cubría resistiera el impacto de la criatura al pasar.

—Ya viene, Adriel...

Cerró los ojos.

«Por favor, que no nos vea, que no sea a nosotros a quienes busca, que salgamos vivos de este puto infierno».

Adriel la apretó con más fuerza contra la pared. Jadeando, Valeska estiró la mano derecha hacia atrás hasta tocar la piedra. Las garras venenosas se hundieron en ella.

—Ayudadnos.

—Valeska, ¿qué...?

—Ayudadnos. Ayudadnos. Ayudadnos.

Valeska abrió los ojos por puro instinto. Algo dentro de ella —una corazonada, una punzada de certeza— le dijo que debía mirar.

La serpiente irrumpió en su campo de visión, deslizándose como una serpiente titánica. Ni siquiera giró la cabeza en su dirección. Solo pasó, rugiendo sin voz, desplazando el agua del río con tal violencia que esta se alzó en olas contra las paredes.

Adriel la cubrió aún más y la empujó contra la piedra, pero ella ya no podía cerrar los ojos. Necesitaba verlo. Observar cada tramo de escamas, cada pliegue de aquella monstruosidad viva.

Valeska se levantó.

—¿Qué estás haciendo? —gruñó Adriel, tirando de ella hacia abajo—. ¡Siéntate, joder! Vas a hacer que nos mate.

—Tengo que recordar su forma —insistió Valeska, que forcejeaba para levantarse—. Necesito...

Pero no terminó.

La bestia se detuvo en seco. Su inmensa cabeza giró en un ángulo antinatural. Las escamas crujieron al doblarse sobre sí mismas. Y entonces, sus ojos —dos pozos de negrura absoluta— se clavaron en los de ella.

Valeska sintió cómo el aire se le escapaba del pecho.

—Nos ha visto —susurró primero, y luego gritó—. ¡Nos ha visto, Adriel!

—Mierda.

Adriel se incorporó de un salto y, en lugar de huir solo, la cargó al hombro en un rápido movimiento y echó a correr con ella encima, como si los demonios del infierno les pisaran los talones.

—¡Iremos más rápido así! Aunque dudo que podamos correr más que esa maldita cosa...

Adriel se desplazó con la agilidad de un inmortal, desafiando su propio poder. Valeska rebotaba sobre su hombro, pero él la sostenía con las manos apretadas alrededor de sus piernas.

Esquivaba los cristales que brotaban del suelo y saltaba entre los fragmentos como si hubiera nacido para moverse entre el caos. Detrás, la criatura seguía avanzando. Pero era tan jodidamente grande que cada vez que giraba perdía segundos. Y Adriel, con Valeska en el hombro, aprovechó esa mínima ventaja para correr aún más rápido.

—¡Corre, Adriel! ¡Corre! —Él obedeció. Todo a su alrededor se desdibujó: el suelo, las paredes, incluso el rugido lejano del derrumbe.

«Corre, Adriel. Corre. Corre».

—¡Más rápido! ¡Más rápido!

La arena seguía cayendo del techo como una lluvia maldita. El mundo sobre ellos se desmoronaba, pero el subterráneo en el que se encontraban tampoco se salvaba.

Tal vez ese era el destino de todos aquel día.

Tal vez el mundo entero había decidido morir junto a ellos.

Tal vez, simplemente, no había salida.

—¡Ayudadnos, joder! ¡Ayudadnos! ¡Si queréis que os libere, haced algo! —suplicó Valeska desbordada por la impotencia.

—Pero ¿¡de qué coño hablas, Valeska!? —le soltó Adriel sin dejar de correr—. ¡No puedo seguirte el ritmo si hablas con acertijos!

—¡De los putos dragones!

Todo volvió a temblar. Adriel casi perdió el equilibrio, sus botas resbalaron por un segundo en la roca suelta. Pero esta vez no era por la criatura que los perseguía...

Eran las propias entrañas de la ciudad.

—¡Sí, joder! ¡¡Sí!! —vitoreó Valeska desde su hombro.

Las paredes respondían, y ella lo sabía. Sabía que si eran capaces de moverse cuando les daba la gana, también podían hacerlo ahora. También podían abrirse para dejarlos pasar, para salvarlos.

Con la cabeza alzada y los ojos fijos en el centinela, Valeska vio cómo una enorme ala de dragón, tallada en la piedra de la pared, emergía de la nada y se interponía entre ellos y la criatura.

El ala se cerró de golpe, envolviéndolos a ella y a Adriel.

Valeska creyó que se estamparían contra el muro de piedra, que el golpe los partiría en dos..., pero este nunca llegó.

La ciudad enterrada los había devorado.

45

Skylar O'Hara

Skylar se estaba muriendo, algo que jamás creyó posible. No él, que había vivido con la certeza de que era invencible, de que ningún filo lo atravesaría si no lo permitía, de que su pecho no dejaría de latir a menos que él lo decidiera.

Se mintió durante milenios, convencido de que solo él tenía el poder de acabar consigo mismo, de que solo su propia magia podía destruirlo. Pero estaba equivocado, porque sí existía alguien en el mundo capaz de matarlo, y era aquella preciosa mujer de labios peligrosos y mirada del color del zafiro.

Skylar nunca buscó enamorarse. Nunca quiso abrir los ojos y encontrar a alguien respirando contra su pecho. Pero ¿cómo no caer ante ella? ¿Cómo no iba a rendirse ante esa mujer de fuego y buen corazón?

No buscó nada de eso, aunque su destino, como dragón, siempre fue compartir su vida con un fénix.

—¡Skylar! —le escuchó a una voz femenina detrás de él.

Se giró, solo para encontrarse con la dueña: su hermana, envuelta en uno de sus infinitos vestidos rosas y con el cabello rubio recogido. Su hermana siempre elegía el color que menos encajaba con lo que era. Pero debajo del encaje y los volantes estaba la ejecutora de Bankai.

La guadaña.

Puede que nadie lo supiera, pero era ella. No un espectro. No una sombra sin rostro. Era ella quien se llevaba las almas a Bankai.

Ella decidía.

Ella dictaba el final.

Ella cerraba los ojos que ya no volverían a abrirse.

Skylar había vivido rodeado de pequeñas almas correteando por los pasillos del castillo. La veía dedicar sus días a buscarles un hogar, a jugar con ellos, a inventar canciones para espantarles el miedo. Esa era su forma de pedirles perdón por habérselos llevado del mundo de los vivos.

—¿Cuáles prefieres? —preguntó Savannah mientras agitaba la mano derecha, donde llevaba un ramo de rosas blancas y azuladas—. Niebla blanca y lucero del alba. Dicen que florecen mejor cuando hay luna llena..., aunque eso seguro que es mentira. —Levantó la izquierda y mostró un ramo más oscuro—. Y estas son reina de la noche y perfumada morada. Huelen a tormenta... ¿o será al recuerdo de una?

Skylar arqueó una ceja.

—¿No puedes decir simplemente «las claras o las oscuras»?

—No. Porque eso sería como llamar «pan» al amor.

Su hermana se quedó ahí, agitando los dos ramos como si fueran maracas.

—Te he dicho que no voy a encargarme de la maldita decoración. Para eso estás tú, Savannah. Gracias. —Se dio la vuelta sin esperar respuesta. Ya era suficiente con todo lo que estaba haciendo como para encima tener que elegir el color de las flores.

—¡Es tu boda, Sky!

Joder.

—También es la de Eda. Seguro que a ella se le dan mejor las florecitas.

—¡Eres un misógino! —le gritó—. Me quedo con las azules, ¿te parece bien? Ya que, por algún motivo místico, esta boda está llena de azul. No sé por qué a la gente le gusta más el azul que el rosa...

Skylar dejó de escuchar cuando se giró hacia el lugar donde celebrarían la cena. Había varias mesas repartidas para los más cercanos, aunque tampoco es que fueran muchos, solo los suficientes.

Para él, organizar una boda no tenía complicación alguna. Solo bastaba con cerrar los ojos y desearlo. Los árboles se inclinaban en el ángulo exacto, formando arcos de ramas cubiertas de luces colgantes. La hierba se alisaba sola bajo sus pies, dejando un sendero impecable. La cubertería aparecía ordenada sobre bandejas, cada pieza tallada con tanto detalle que incluso Savannah —que siempre tenía algo que decir— se quedaba en silencio. Bueno... casi.

Había elegido aquel prado medio vacío por una razón: porque podía convertirlo en lo que quisiera, doblegarlo a su voluntad.

—¡Sky! —volvió a escuchar su nombre detrás de él.

Se giró de golpe frustrado. Supervisar cada detalle lo ponía de los nervios; quería que todo saliera perfecto, y ese «perfecto» no incluía interrupciones constantes.

—¿Qué pasa ahora? ¿De qué te vas a quejar? —gruñó al ver a su hermana, que seguía invocando ramos sobre la mesa que aparecían y desaparecían como si ninguno fuera lo bastante digno.

—Yo no te he llamado —respondió ella frunciendo el ceño—. Vaya con los milenios, al final sí que te están afectando al oído.

Skylar barrió el valle con la mirada. Juraría que había escuchado a alguien gritar su nombre.

Su hermana se acercó.

—¿Qué prefieres que os tiremos al daros el beso? ¿Pétalos o polvos ceremoniales?

A Skylar casi se le salieron los ojos de las cuencas.

—Mira, olvídate de esas tonterías, ¿vale?

—¿Y si a Eda le hace ilusión?

—Te aseguro que no.

—¿Cómo que no quiero que nos lancen polvos rosas brillantes en el beso final? —escuchó la voz suave y burlona de su prometida detrás de él . A Rai le encantaría.

Skylar sintió esas manos pequeñas y cálidas rodearlo por la espalda, y luego la cabeza de Eda asomó por su hombro, pegada a él.

—¿Entonces te parece bien, Eda? —preguntó Savannah con los ojos brillando.

Eda se puso a su lado, y Skylar no se perdió el gesto. Ese leve fruncir de cejas, la sonrisa forzada, la mirada que pedía ayuda sin decirlo en voz alta. Todo en ella gritaba que lo último que quería en su boda eran polvos brillantes cayéndoles encima.

Savannah captó el mensaje.

—Bien, nada de... —La frase de Savannah se cortó cuando, por el rabillo del ojo, vio aparecer a Rai con una botella de vino en una mano y una copa medio vacía en la otra.

—¿Ya ha acabado la ceremonia? —preguntó levantando los brazos—. ¿Ya sois marido y mujer? ¿Ha empezado la fiesta?

Skylar puso los ojos en blanco y ni se molestó en responder. Solo vio a Savannah marchar como una tormenta directa hacia Rai, lista para soltarle la bronca del siglo. Pero no pasó ni un minuto antes de que cambiara de tema: que si el mantel debía ser marfil o blanco roto, que si las rosas iban al centro o a los lados, que si las luces colgaban demasiado, que si los platos combinaban con la cubertería o parecían de dos celebraciones distintas...

Skylar suspiró. Ahí estaba Savannah, siendo exactamente ella.

Eda lo sacó de aquella discusión absurda, una que ya conocía de memoria desde hacía milenios. Sin decir nada, le cogió la mano y tiró de él en dirección contraria, hacia el valle abierto. Apenas dieron unos pasos cuando un enorme árbol brotó del suelo en cuestión de segundos.

Eda lo estampó contra su corteza con una sonrisa peligrosa.

—Vaya, veo que ya sabes manejar muy bien la magia en Bankai. ¿Algo más que sepas hacer? —preguntó él mordiéndose el labio, pero su atención se desvió un segundo hacia atrás, donde Rai bebía a morro de la botella sin molestarse en mirar en su dirección. Perfecto—. Aunque, oye..., si vas a seguir empotrándome contra árboles, al menos avísame antes.

—Mmm, he aprendido a crear todo tipo de tartas y platos combinados con la ayuda no muy amistosa de Syera.

—Vaya..., ¿y a crear conjuntos de ropa interior también? —Le besó la frente—. Sé que la última vez deseaste llevar uno rojo debajo del uniforme solo para volverme loco.

—¿Cómo lo sabes?

La mano de Skylar descendió hasta su cintura y rozó la tela justo donde empezaba la lencería. Tiró de ella con suavidad.

—A veces se te transparenta un poco. Perdóname, me es imposible no intentar adivinar qué color llevas debajo.

—¡Eres un mentiroso! ¡No se me transparenta nada!

—Bueno..., no todos tienen mi vista de dragón.

Eda bufó.

—Creo que ya no me quiero casar contigo. Eres un engreído y un arrogante.

—¿Estás segura de que no? Porque, como puedes ver, ya está todo montado y me está costando mucho, de verdad. —Fingió una mueca de dolor—. No sabes lo que es pasarse horas y horas con mi hermana detrás preguntando qué planes tengo para algo llamado «la primera fuga».

Skylar lo dijo mirando al horizonte, con toda la intención de sonar casual. Pero había logrado justo lo que quería: Eda saltaba a su lado, con los ojos brillando de curiosidad.

—¿¡Qué es eso de la primera fuga!? ¡Cuéntamelo, Skylar! ¡Vamos, cuéntamelo ya!

Él soltó una carcajada profunda mientras echaba la cabeza hacia atrás y la apoyaba contra el tronco del árbol. A veces era tan fácil tenerla así, interesada, impaciente..., toda su atención puesta en él.

—Bueno..., aquí es tradición —empezó con tono misterioso—. Ya sabes...

—¡No, no sé nada, Sky!

—La primera fuga es una escapada sagrada. Un antiguo ritual que compartían dos almas recién unidas.

—¿Una tradición de Bankai? —preguntó ella.

—En Bankai, justo después de la boda, esa misma noche, la magia abre un umbral hacia un rincón oculto del mundo. Un lugar que no pertenece a ninguna tierra, que vive fuera del tiempo.

—¿Un lugar que nadie puede encontrar?

—Solo quienes hayan sellado un verdadero vínculo.

Eda entreabrió los labios.

—¿Eso es...?

Pero él la calló con un beso rápido, casi torpe. Y, cuando se apartó, le rozó la frente con la suya.

—Esa noche es para recordarles por qué se eligieron el uno al otro.

Eda se quedó con los ojos abiertos, bebiéndose cada palabra. En ese momento, se prometió contarle todas esas historias que para él no significaban nada solo para verla brillar así.

—¿Por qué nació ese ritual?

—Porque muchas almas nunca tuvieron más que una vida prestada —respondió él—. Ni un respiro, ni un lugar solo suyo. Se pasaban la eternidad sobreviviendo.

Eda apretó su mano.

Skylar continuó:

—Pero tú y yo... tú y yo podemos romper ese destino. Podemos ir donde nadie ha ido, crear un hogar donde no lo había, reconstruir el mundo aunque se nos venga abajo. Porque cada noche contigo será como la primera fuga: un comienzo. Y te juro que haré todo lo que esté en mí para llevarte a todos esos rincones secretos.

Le acarició la mejilla.

—Si no existen —sonrió Skylar—, los inventaré para ti.

Ella se puso de puntillas y rodeó su cuello con ambos brazos, sus dedos le acariciaron la nuca. Las auroras del cielo se reflejaban en su rostro, iluminándolo con destellos verdes y dorados, mientras algunas estrellas titilaban sobre ellos, testigos de su amor. Unos cuantos pétalos, caídos de las flores que decoraban la mesa del banquete, se dejaron arrastrar por una brisa cálida que también le revolvió el cabello.

—Perdona por decir que no quería casarme contigo —murmuró ella hundiendo el rostro en su pecho.

Skylar cerró los ojos al olerla, ese aroma a lavanda que siempre lo calmaba. Pero esta vez su piel estaba más fría, más distante. Así que la rodeó como si pudiera devolverle el calor solo abrazándola.

—¿Y lo de arrogante?

—Eso no lo retiro —rio Eda.

—¡Skylar! —volvió a escuchar su nombre gritado con fuerza.

Con desgana, miró por encima de su hombro, esperando encontrar a su hermana en medio de otra de sus discusiones interminables.

Pero se tensó al instante. No era ella quien lo llamaba.

—No dejes de abrazarme —ronroneó Eda acurrucándose más—. Se está tan bien entre tus brazos…

—¡Skylar, por favor! —escuchó de nuevo aquella voz, cada vez más cerca.

—¿Lo has escuchado? Alguien me está llamando.

Ella no respondió.

—¿Eda? —Trató de moverla—. Estás helada… ¿Qué te pasa? ¿Te encuentras bien? —El pánico se le metió en la garganta como un nudo de hierro. La sostuvo entre sus brazos e intentó incorporarla, pero su cuerpo seguía inerte, sin una sola respuesta.

«No. Esto no puede estar pasando».

—Eda, por favor… —Sus manos le recorrieron el rostro en busca de cualquier signo de consciencia—. Me estás asustando, mi vida.

—Skylar, ¡¿dónde estás?! —volvió a escuchar a su hermana gritar.

«¿Dónde estoy?», se preguntó.

Cerró los ojos, aferrando a Eda contra su pecho. No se atrevía a moverse, ni a separarse de aquel árbol, ni a responder a la voz que lo llamaba.

Skylar tenía miedo. Miedo de que todo lo vivido con Eda no hubiera sido real. De que nada de aquello hubiese existido más allá de su deseo de tenerla.

—¡Están aquí! —gritó una voz masculina—. ¡Los hemos encontrado!

Skylar abrió los ojos poco a poco, temiendo lo que hallaría. Pero aún la sentía. Seguía ahí, entre sus brazos, su peso, su olor, su cuerpo, tan real como el temblor que le recorría el pecho.

Sus ojos vieron el cielo sobre él, pero ya no era el mismo. No había estrellas, ni las auroras que él había pintado sobre sus tierras.

Desvió la mirada hacia su pecho, donde aún sentía el peso de su cuerpo. Solo entonces se dio cuenta de que ella estaba tumbada a su lado. Cuando Skylar aguzó el oído, solo escuchó un corazón latir.

Uno solo.

—¡Muerte mía, Skylar! Estás aquí —oyó la voz de su hermana, y al girar la cabeza la vio aparecer por su lado derecho, jadeando, con los ojos al borde del llanto.

—No… —intentó hablar, pero la lengua apenas le respondía—. El corazón… no me late, Savannah.

Skylar vio cómo la mirada de su hermana se dirigía hacia Eda, que seguía abrazada a él. Y entonces, unas lágrimas empezaron a recorrer aquel rostro que siempre lucía una sonrisa. Notó cómo el peso a su izquierda disminuía, como si Eda se incorporara poco a poco.

«No te asustes, preciosa. No me late el puto corazón, no puedo moverme, pero sigo pensando en ti. Eso tiene que significar que estoy bien», quiso decirle. Pero no podía abrir la boca.

Hizo un esfuerzo por girar la cabeza hacia Eda y, cuando al fin lo logró, no fue a ella a quien vio de pie.

Fue a Basilius. De rodillas. Hundido.

La sostenía contra su pecho mientras lloraba.

Sacudía a su Zafiro, la llamaba una y otra vez sin rendirse.

Pero Eda no respondía.

No abría los ojos.

No se movía.

—¡Eda, por favor! —sollozó el emperador—. No me hagas esto otra vez... No te vayas. No otra vez, Eda...

Skylar se quedó mirando el cuerpo inerte de Eda paralizado. No podía gritar. No podía moverse. Cada parte de él se rompía por dentro, astillándose en silencio, pero su cuerpo no reaccionaba. Solo las lágrimas mojaban sus mejillas.

—¡Eda, respira! ¡Por todos los dioses, respira! —Basilius la apoyó en el suelo y comenzó a reanimarla con las manos mientras gritaba—. ¡Respira, maldita sea! ¡Vamos, Eda!

Notó que las manos de su hermana lo sacudían con fuerza, desesperadas.

—¡No lo mires, Sky! ¡No mires esto, joder! —gritó Savannah, y su cabello rubio le cubrió la vista, bloqueándole el mundo, protegiéndolo de lo insoportable.

Pero ya lo había visto.

A su mitad sin sonrisa, sin rabia, sin voz.

Sin un «arrogante» escupido entre dientes.

Sin un «te odio» que en realidad quería decir «quédate».

Sin un «te amo» susurrado en su oído.

Porque ella ya no iba a decir nada de eso. Nunca más.

—Está muerta... —sollozó Basilius.

Skylar entendió, al fin, que el corazón que había dejado de oír no había sido el suyo. Sino el de ella.

46

Skylar O'Hara

Skylar nunca había experimentado una desorientación tan absoluta. No era simple agotamiento, sino la pérdida absoluta de coordenadas internas.

No podía mover el cuerpo, atrapado en su propia piel, en su cabeza, escuchando todo a su alrededor: los pasos, los sollozos, las plegarias. Sentía las manos de su hermana sobre él, intentando cubrirle los ojos con torpeza para ocultarle lo que estaba ocurriendo, como si eso pudiera protegerlo de la realidad que tenía delante. Pero Skylar no necesitaba ver para saber que su mitad estaba a solo unos centímetros de él.

Muerta.

—Tengo que llevármela, Sky..., lo siento —le susurraba su hermana al oído, mientras las lágrimas lo empapaban todo. Aunque Skylar no sabía si eran suyas... o de ella.

No, aquello no podía acabar así. Ella no era una cualquiera, no era una más. Era la primera llama, la mitad de su mundo, la única razón por la que aún seguía en pie. No podía morir de esa forma, asfixiada por su propio poder, tragada por lo que la hacía fuerte.

—No —rogó Skylar con un hilo de voz casi inexistente—. No puedes llevarte a mi prometida, Sav.

Su hermana se irguió para secarse las lágrimas, y ese simple gesto le permitió a Skylar ver a Eda envuelta en los brazos del emperador, que ahora lo miraba a él con el rostro completamente devastado.

Basilius acercó la frente de Eda a sus labios y la besó con una devoción que partía el alma. Skylar sintió un dolor tan antiguo y vasto que no parecía caber en su cuerpo. Porque ella nunca sabría que los dos hombres que más la amaron en ese mundo —uno de fuego, el otro de sombra— la contemplaban, deshechos, incapaces de aceptar que ya no volvería a abrir los ojos.

Basilius separó sus labios de su frente solo para apartarle un mechón del rostro y colocarlo detrás de su oreja.

Savannah le cogió las manos a Skylar.

—Sky..., tengo que hacerlo. Sabes lo que pasará si no...

El alma de Eda no podía ser arrastrada a Bankai, porque esta jamás pertenecería a ese lugar. Ella quedaría atrapada entre mundos, suspendida en un limbo sin tiempo, donde podrían pasar siglos —o milenios— antes de hallar un rincón donde volver a nacer.

A resurgir.

Pero eso no iba a suceder.

—No —susurró de nuevo de forma apenas audible.

Skylar había cedido una parte de su poder a cada jinete imperial, y ahora ese gesto le pasaba factura. Porque cuando Eda perdió el control y aquella esfera de fuego azul empezó a devorarlo todo, no le quedó más opción que arrancarles ese poder. Solo durante unos segundos. Lo justo para reunir hasta la última chispa de magia que aún le quedaba.

Ahora estaba vacío. Había canalizado tanta energía para contenerla que su cuerpo apenas respondía. Sentía cómo se deshacía por dentro, cómo cada fibra se apagaba lentamente, una tras otra. Se estaba consumiendo y, aun así, le daba igual.

Morir por salvarla le parecía un precio justo.

Skylar tenía que moverse, romper el estado en el que su cuerpo lo tenía atrapado. Pero para eso, para incorporarse, para arrastrarse siquiera un paso, necesitaba reunir hasta el último resto de energía. Cada resquicio de poder que aún no se hubiera extinguido en su interior. Porque si quedaba una mínima chispa, una sola, la usaría por ella.

Skylar usó lo último que le quedaba: Bankai.

Solo necesitaba rozar esa magia. Sentir el latido del territorio durante unos minutos. Los suficientes para hacer algo. Para torcer el destino. Para salvarla.

Anhelaba lo imposible: arrancar a la muerte lo que él jamás supo entregar, porque toda su existencia se había forjado para destruir, no para salvar.

Skylar empezó a tirar de un hilo invisible que lo conectaba al territorio que él mismo había creado. Solo tenía que atraerlo un poco, tomar prestado lo que alguna vez había ofrecido.

«Lo devolveré —se dijo a sí mismo—. Te lo devolveré. Déjame salvarla».

Skylar tiró y volvió a tirar, y entonces sus dedos empezaron a moverse. La magia le llenó el pecho poco a poco.

«Más. Más. Más».

Solo necesitaba un poco más. Aunque eso le costara perder parte de sus tierras. Aunque las almas vagaran unos minutos sin rumbo. Aunque eso significara que Bankai comenzara a desmoronarse, piedra a piedra. Aunque eso le costara el maldito equilibrio del mundo.

—Basilius —suplicó—. Dame a mi mujer.

El emperador, con los ojos anegados en lágrimas, se quedó inmóvil al oír esas palabras. Su boca se entreabrió antes de responder con la voz rota:

—Ya no puedes salvarla.

—¡Dámela! ¡Dame a mi mujer! —gritó Skylar y, por primera vez, su voz sonó entera, la magia llenando su pecho.

—Sky..., ¿qué estás haciendo? —susurró su hermana.

—Iron, no. —Basilius apretó a Eda contra él—. Déjala descansar, joder. Ya no está..., ya no. Pero volverá. Se reencarnará. Y, aunque me cueste milenios, aunque me parta en dos esperarla..., lo haré.

La magia volvió a Skylar de golpe, como si algo —o alguien— se la hubiera devuelto. Y fue entonces, rodeado de aquel bosque inexistente, tumbado sobre una tierra que ya no recordaba el verde, cuando lo sintió.

El dolor.

La rabia.

La maldita certeza.

Se incorporó como la sombra que era y se lanzó sobre Basilius, clavándole las manos en el cuello.

—Eda me ha elegido a mí. Va a casarse conmigo porque así lo ha decidido, porque las dos mitades deben permanecer unidas, ¿lo entiendes, puto gilipollas? —Se contuvo, solo porque el cuerpo de ella seguía en sus brazos—. Es mi mujer. Y, aunque pasen milenios, aunque muera, seguirá siéndolo.

Basilius no se movió, pero Skylar lo apartó. Tomó a Eda entre sus brazos —helada y con los ojos cerrados— y se puso en pie. A lo lejos, entre los árboles ennegrecidos, vio cómo el hermano de Eda caminaba hacia ellos.

—¡Están ahí! —anunció Elandra señalándolos con el brazo.

No había tiempo.

—Sky. —Su hermana lo tomó del brazo—. Tienes que salvarla. Porque si ella se va, no será solo su vida la que desaparezca. Lo que sois, lo que habéis construido, todo lo que ella ha despertado en ti... también se perderá.

—Iron, no puedes salvarla —repitió Dalton.

Pero Skylar ya no escuchó nada más. Las palabras se disolvieron como humo, igual que el resto del mundo. Solo quedaba él... y la fuerza brutal que volvía a su cuerpo. Solo tenía unos minutos antes de absorber más magia de la que su territorio podía soportar.

Abrió un portal hacia Bankai en cuestión de segundos. Y solo deseó llegar a un lugar amplio, sin árboles, sin estructuras, sin almas alrededor.

Lo más alejado de todo. Lo más aislado posible.

Las botas de Skylar pisaron la hierba cuando atravesó el portal, con Eda aún en sus brazos.

Alzó la mirada, no había nada a kilómetros a la redonda. Pero en el cielo, cientos de bandadas de almas de criaturas aladas huían despavoridas, cubriendo el firmamento.

Bankai se desmoronaba poco a poco, desangrándose con cada segundo que pasaba.

Pero no tenía otra opción.

Skylar depositó a Eda con cuidado sobre la hierba y se arrodilló a su lado. Le tomó el rostro entre las manos. Acarició sus mejillas, esos labios que solo unas horas antes le habían susurrado promesas, verdades, confesiones que solo él había escuchado.

—Voy a traerte de vuelta. No importa cuánto tenga que perder. Si tengo que vaciarme por completo, romper cada parte de mí para reconstruirte..., lo haré.

Apoyó la frente contra la suya.

—No me importa si me quedo sin magia, sin nombre, sin alma. Si tú no estás, nada de eso tiene sentido. Así que juro, por todo lo que me queda, que te traeré de vuelta.

Skylar solo necesitaba a una criatura. Una que pudiera salvarla, que supiera cómo ayudarle. Que supiera qué hacer.

«Ven —le rogaba—. Encuéntranos. Ayúdame a salvarla».

Skylar seguía mirando al amor que le había salvado la vida. Porque aunque Eda hubiera tomado más de lo debido, aunque hubiese roto el equilibrio..., había sido ella quien lo rescató de la soledad, quien lo arrancó de la oscuridad.

«Ayúdame. Por favor..., ayúdame. Hazlo por ella».

Skylar acunaba a su mitad mientras el cielo estrellado se llenaba de aves que huían, como si supieran que el final se acercaba. Porque salvarla —ese acto de puro egoísmo, de amor desesperado— podía condenarlo todo. Podía destruir Bankai.

Pero aunque ella fuera un peligro, también era la única cura.

Eda era una llave.

El único antídoto que le quedaba a la muerte para no volver a convertirse en el monstruo que una vez fue.

—¡Por favor! —El grito desgarrador de Skylar retumbó contra las montañas hasta sacudirlas—. ¡Ayudadme a salvarla!

La había traído allí por una razón: porque Bankai no era solo el territorio de los muertos, sino también donde todo deseo se transformaba en magia. Fue allí, milenios atrás, donde la primera llama y la muerte sellaron un pacto imposible. Fue allí donde empezó todo.

Si existía un lugar en el mundo capaz de devolverle la vida, era ese, un rincón intacto, puro, escondido en la nada. Un hueco que Skylar nunca había osado tocar. Un último suspiro de creación. Un lugar donde todavía era posible que la vida volviera a abrir los ojos.

—¡Por favor!

La muerte no puede llevársela. Ella nunca morirá mientras tú sigas vivo, Skylar O'Hara, escuchó decir a la voz que necesitaba, justo delante de él. *Porque una parte de ti sigue colgando de su cuello.*

Skylar alzó la mirada... y allí estaba.

La criatura que había invocado.

El zorro blanco de nueve colas.

—Ella ya ha muerto decenas de veces, Sigurd —murmuró Skylar, mientras sus lágrimas empapaban el cuerpo de Eda—. ¿Por qué esta debería ser diferente? ¿Qué cambia ahora?

Sigurd se acercó.

Ella no llevaba el colgante.

Skylar bajó la mirada hacia la mitad del colgante que Eda aún llevaba al cuello. Luego, alzó la mano y rozó la otra mitad, que reposaba en su pecho.

Kaiserin nunca lo había llevado consigo, ninguna de las veces que murió.

—Dime qué debo hacer, Sigurd. ¡Dímelo! Haré lo que sea, lo que haga falta..., solo ayúdame. Sé que puedes hacerlo.

El zorro blanco lo miró con calma.

Sabes que solo puedo sanar lo que aún late. Pero, muerte..., su corazón ya no late. Su sangre ha dejado de correr. Solo tú tienes el poder de devolverle el aliento. Solo tú puedes traerla de vuelta.

Skylar apretó los dientes con la garganta ardiendo de rabia e impotencia.

—¿Y qué cojones significa eso? —escupió entre lágrimas—. ¡No me queda tiempo! ¡Bankai se va a derrumbar, desaparecerá si no hago algo ya! Estoy absorbiendo demasiada magia..., ¡ni siquiera debería estar en pie, joder!

La cantidad de poder que Skylar había canalizado le había drenado hasta el último rincón del alma. Y, aunque fuera el hombre más poderoso del mundo, cada haz de magia tenía un precio.

Bankai no va a derrumbarse, porque no estás tomando su magia.

El pecho de Skylar subió con violencia.

—Entonces ¿de dónde viene este poder prestado?

Las nueve colas del zorro ondearon con lentitud y sus ojos brillantes se alzaron, mirando por encima del hombro de Skylar.

Eda aún permanecía apretada contra su pecho, y él se giró despacio para ver qué era aquello que el zorro contemplaba.

Las almas te están devolviendo el favor, Skylar O'Hara.

Detrás de él, millones de almas caminaban en su dirección. Un océano de espectros de luz azulada, translúcidos como humo al sol, avanzaba desde todos los extremos del valle.

Ancianos de rostro arrugado, niños de mirada curiosa, mujeres con flores marchitas trenzadas en el cabello y hombres que aún parecían cargar el peso de sus vidas pasadas. Todos se acercaban con la misma serenidad hacia donde él se encontraba.

Apenas podía respirar. Cada paso de aquellas almas parecía resonar dentro de su pecho. Una, dos, diez, cien..., miles. Hasta que ya no distinguió la hierba ni el horizonte. Skylar, de rodillas, con Eda en brazos, sintió que, por primera vez, no estaba solo en su lucha.

Tú pediste su ayuda y ellos te la están dando, continuó Sigurd. *Les otorgaste una buena vida más allá de la muerte. Sus almas están aquí por ti. Llevan dentro un pedazo de lo que tú les entregaste, y ahora te lo devuelven.*

La magia que lo mantenía en pie no venía de Bankai, sino de las almas que una vez lo habitaron, aquellas a las que Skylar había dado paz.

No era el territorio lo que temblaba, sino los pasos de millones de espíritus que se acercaban, que acudían a él, a Eda. No era el fin lo que lo envolvía, sino un acto de amor colectivo.

Bankai no se desmoronaba; respondía a su llamada.

—¡Por el fénix! —gritó una voz masculina.

—¡Por el fénix! —repitieron millones de almas al unísono—. ¡Por Bankai!

Skylar no podía creerlo. Aun con todo el temor que aquellas almas sentían por él —por ser la muerte, por ser quien se las llevaba—, estaban allí. Ellos, que no conocían toda la historia —y quizá jamás la conocerían—, sabían al menos una verdad: el significado del fénix.

La leyenda que atravesaba generaciones.

La reencarnación más pura.

La promesa de que incluso aquello que se consume en llamas puede renacer de sus propias cenizas.

—¡Por el fénix!

—¡Por Bankai!

Eda poseía un poder capaz de arrasar con todo, pero era Skylar quien la anclaba al lado correcto del mundo. Él cargaba con lo que nadie veía: la oscuridad de los wendigos, el precio invisible de una magia que desgastaba el alma, el delicado equilibrio entre la vida y la muerte. Nunca buscó comprensión ni reconocimiento. Pero aquello que estaba ocurriendo era el agradecimiento que, sin saberlo, Skylar necesitaba. Una respuesta a todo lo que había dado.

Júntalos, los colgantes, Skylar, le pidió Sigurd. *Ahí está su salvación.*

Las manos de Skylar temblaron al intentar unir las dos mitades.

«Devuélvemela —se suplicó a sí mismo, a la muerte que era—. Devuélvemela, por favor. Devuélveme a mi mujer».

Entonces, entre sus cuerpos, surgió un resplandor violeta que encendió la oscuridad de Bankai e iluminó incluso las grietas más antiguas del territorio.

Aquel fulgor creció hasta envolverlo todo, como si el mundo recordara, por fin, que de la unión más devastadora... también podía nacer la luz.

El colgante no fue creado para la ruina, sino para la salvación, le dijo Sigurd. *No existe para romper lo unido, sino para sostener a las mitades que arden, para que no se consuman solas. Porque cuando el fuego y la sombra se abrazan, no hay final, sino renacer.*

47

Skylar O'Hara

Skylar no supo qué lo provocó, ni en qué segundo exacto ocurrió. Solo que, mientras la sostenía entre sus brazos y el mundo parecía contener el aliento, lo oyó.

Un latido.

El silencio se quebró por completo cuando sintió la sangre volver a correr bajo su piel. Su pecho apenas se alzó, lo justo para respirar.

Eda estaba viva.

Viva.

—Mi vida —la llamó—. ¿Me oyes?

No hubo respuesta en sus labios, pero su cuerpo sí habló. Su pecho subía y bajaba con esfuerzo, y en el silencio, Skylar escuchó el latido. Débil, sí. Pero real.

Los colgantes aún pendían entrelazados, como un susurro de lo que acababa de ocurrir. Pero la luz violeta se había desvanecido. Las almas que los habían rodeado hasta ese momento también se habían esfumado. Y Sigurd… ya no estaba.

Skylar se encontraba solo en aquel valle vacío.

—Gracias por ayudarla —murmuró, sin saber si alguien o algo lo oía realmente—. Gracias por devolvérmela.

La apretó contra su pecho con todo el cuidado que le permitían sus manos temblorosas.

—Vas a estar bien —susurró contra su piel—. Volverás con tu familia, con tus amigos. Podrás volar otra vez. Solo necesitas descansar unos días. Yo me encargo del resto. —Respiró hondo—. Te llevaré a un lugar seguro.

No sabía qué había ocurrido, ni a dónde se habían desvanecido. No lo razonó, no lo planeó, sin embargo, algo dentro de él —instinto, amor o lo que quedaba de su alma rota— le dijo con certeza a dónde debía llevarla, a quién confiarle lo que más amaba.

Cuando llegó frente a aquel lugar seguro, sus piernas flaquearon. Se tambaleó, agotado por la falta de energía, por el desgaste. Pero no le importaba.

Frente a Skylar se alzaba la casa de madera que había observado durante años desde la distancia en Valdemar. Pero en Bankai... la había cruzado miles de veces. Allí se lo había invitado, acogido, incluso esperado.

Una mujer de cabellos dorados tejía en una mecedora, se movía de adelante hacia atrás bajo el farolillo que rompía la oscuridad del porche en la noche. Alzó la vista, y sus ojos color zafiro —surcados por arrugas suaves en las comisuras— se clavaron en él. Luego bajó la mirada despacio, hasta detenerse en el cuerpo encogido e inconsciente de Eda, sostenido entre sus brazos.

—Sky... —La mujer se levantó de un salto de la mecedora y la lana resbaló de su regazo.

—Kira —fue lo único que él pudo decir.

La mujer corrió hacia ellos y, al ver a Eda, soltó un sollozo ahogado. La tocó con cuidado, palpando su rostro, sus brazos y su pecho en busca de algún signo, una señal.

—¿Qué le ha pasado a mi hija? —Lo miró con los ojos abiertos de par en par, llenos de pánico—. ¿Qué le han hecho?

—Te lo contaré todo —prometió él—. Solo déjame acostarla en un sitio cómodo, donde pueda respirar sin dolor. Necesita descansar. Recuperarse... aunque sea un poco.

Ella lo guio hacia el interior de la casa sin decir una palabra más. Movió con rapidez los cojines del largo sofá y extendió una manta gruesa sobre él.

—Déjala aquí. Voy a encender la chimenea.

La tumbó en el sofá, y le dolió en el alma separarse de ella. La acomodó con cuidado, la tapó con una manta y se quedó agachado junto a ella, acariciándole la mejilla con los dedos.

—Está bien —susurró Skylar—. Solo necesita descansar.

Escuchó los pasos de Kira detrás de él. Ella se sentó en el borde del sofá, mirando a su hija con los ojos llenos de amor. La mano de Skylar descendió hasta las de Eda y, al entrelazar sus dedos con los suyos, se la llevó a los labios y la besó. Las lágrimas corrían por el rostro de Skylar sin que intentara esconderlas. Besaba una y otra vez su mano. El anillo de promesa seguía ahí, intacto, brillando bajo la luz del fuego.

Sintió que una mano le acariciaba el hombro en círculos y, cuando levantó la mirada de Eda, allí estaba Kira, observándolo.

—No tienes que explicármelo ahora, Sky. Pero sé lo que pesa en tu mente... y no quiero que cargues con la culpa por verla así. Porque, por mucho que duela lo que ha ocurrido, lo único que importa es que ella está viva. Y está viva porque tú no la soltaste.

—Casi la pierdo, Kira... Casi pierdo al amor de mi vida.

La mano de Kira apretó su hombro.

—Lo sé. Pero también sé que ha sido ese amor el que la ha traído de vuelta a casa. Sana y salva.

Skylar se sentó en el suelo y apoyó la cabeza contra el sofá, sin apartar los ojos del leve ascenso y descenso del pecho de Eda. Sus dedos seguían posados sobre su muñeca, acariciando con suavidad el punto donde aún latía el pulso.

—Al final, ella te dijo que sí —murmuró Kira, quien acariciaba también a Eda—. Me alegro de que te haya elegido, Sky.

Skylar no lo dijo en voz alta, pero lo sabía: Kira lo estaba calmando. Lo había hecho desde hacía años, sin pedir nada a cambio, sin preguntas. Solo con una taza de té caliente entre las manos, una manta doblada en el sofá.

Había pasado muchas noches en esa casa.

A veces llegaba empapado por la lluvia, otras con los puños apretados por todo lo que no podía decirle a Eda. Pero Kira siempre lo escuchaba. Siempre. Hablaban de su hija: de cómo fruncía el ceño cuando algo no tenía sentido, de cómo se enfadaba cuando las cosas no salían como ella quería. De esa forma terca, brillante y feroz que tenía de resistir al mundo. Y también hablaban de los miedos de Skylar. De los que solo se atrevía a nombrar allí, en ese salón, el único lugar donde no tenía que fingir que lo tenía todo bajo control. Allí podía soltar lo que lo pudría por dentro. Podía confesar que la amaba, incluso cuando ella aún lo miraba como a un extraño.

Y ahora, al verla ahí, tan serena junto a su hija, Skylar lo entendió con una claridad nueva: Kira también lo había elegido. No solo por ser el hombre al que Eda amaba, sino como parte de su familia. Como su guardián cuando ella no podía estar. Como alguien digno de amar y proteger a lo que más quería en el mundo.

—Leyó la carta que le di... y me dijo que sí. Me dijo que quería casarse conmigo. Que me amaba... a mí.

Ella sonrió.

—¿Cómo no iba a amarte, Sky?

—Pensé que llegaba tarde. Que quizá no era suficiente. Que no sería correspondido.

—Nunca se llega tarde cuando se trata de un amor que siempre estuvo destinado a ser tuyo. —La madre de Eda lo acogió entre sus brazos y, aunque Skylar era un hombre enorme, en ese abrazo se sintió pequeño. Kira también lo era todo para él, aunque Eda aún no lo supiera.

Skylar lloró. Porque solo con ellas —con Kira y con Eda— se permitía derrumbarse. Solo con ellas podía mostrarse tal como era, sin armaduras ni sombras. Solo con ellas se atrevía a dejar que su corazón hablara sin miedo.

—La amo, Kira, y he estado a punto de perderla.

—Gracias por cuidarla. Porque, si no fuera por ti, Eda ya estaría muerta. Eres lo único que la mantiene viva en un mundo que lleva demasiado tiempo deseando destruirla.

Skylar pasó horas eternas con los dedos aferrados a la muñeca de Eda, inmóvil en aquel sofá, sin apartarse ni un segundo de su lado. Solo cuando estuvo seguro de que era real —de que ella respiraba, de que seguía allí—, alzó la vista. La madre de Eda los observaba en silencio. En sus ojos había una paz frágil, suspendida de un hilo.

—Voy a decirle a Nolan que está viva.

Kira asintió.

—Gracias.

Skylar decidió regresar al imperio. Abrió un enorme portal y, en un solo movimiento, reveló su verdadera forma.

Un dragón.

Sobrevoló Arcadia con la mirada atenta, observándolo todo desde lo alto. Vio casas destruidas por las criaturas manipuladas, el fuego que había llegado a alcanzar incluso la piedra.

A lo lejos, los jinetes trabajaban sin descanso para reforzar las barreras del lugar donde encerrarían a las criaturas feéricas. No eran malvadas por naturaleza, pero sí vulnerables, demasiado fáciles de manipular. Y mientras siguieran bajo el control de la Dama, ese sería su destino.

A menos que alguien acabara con ella.

Todas las miradas se alzaron al cielo, donde la muerte volaba sobre la ciudad en ruinas. Sus alas oscurecían la luz, su sombra cubría los restos de lo que una vez fue Arcadia. Pero nadie corrió. Nadie gritó. Por primera vez en milenios, quienes siempre lo habían mirado con recelo no vieron una amenaza en él, sino esperanza.

Skylar estaba listo para hablar. Buscaría al hermano de Eda, a sus amigas, a todos los que merecían saber la verdad.

Que Eda no había muerto.

Que las almas la habían sostenido cuando el mundo quiso soltarla.

Cuando sus cuatro patas tocaron la arena, su cuerpo comenzó a deshacerse hasta convertirse, de nuevo, en el hombre que era. Sus ojos no buscaron el cielo ni las ruinas, solo a una persona: un hombre que, durante años, había querido arrancarle la cabeza, pero que ahora, por cruel que sonara, podía ser su única opción.

La única salvación para Eda.

Skylar abrió su mente y lanzó sus pensamientos hacia él, como una ráfaga silenciosa, para obligarlo a escuchar, para asegurarse de que lo oyera. Le pidió que entrara en su cabeza, que viera con sus propios ojos todo lo que había ocurrido con Eda desde que se la llevó de Valdemar. Y, en esa visión que le proyectaba, ahí estaba ella.

Respirando.

Viva.

Dalton Basilius emergió entre sus jinetes. Caminaba entre el caos contenido de quienes corrían de un lado a otro, ayudando como podían. Tenía el rostro pálido, los ojos perdidos, como si acabara de ver un fantasma.

Skylar se detuvo a un metro de él. No hizo ningún gesto ni mostró emoción alguna cuando dijo:

—Tenemos que hablar.

TERCERA PARTE

El centinela

48

Valeska

—El corazón de la portadora late… Lo estoy escuchando. Si cierro los ojos, solo unos segundos, puedo oírlo —susurró una voz masculina nacida de la oscuridad que envolvía a Valeska.

—Yo también lo escucho —dijo otra voz, esta vez femenina—. Es débil, pero está ahí. No se ha rendido.

—La magia se remueve, la siento filtrarse entre las grietas… Mis alas… empiezan a moverse otra vez.

Valeska no se había dado cuenta de lo que estaba sucediendo. No sabía qué eran esas voces, ni desde dónde las escuchaba. Ni siquiera había notado que su cuerpo estaba completamente rígido, que sus ojos seguían cerrados.

«¿Dónde estoy?».

Lo primero que hizo en cuanto recuperó la consciencia fue buscarlo a él. Maldita sea, necesitaba sentirlo, tocarlo, asegurarse de que, dondequiera que estuviera ella, él también seguía allí.

El cuerpo de Valeska cedió ante aquella rigidez.

Algo crujió, como roca que se resquebrajaba desde dentro, y la fuerza que la aprisionaba se deshizo de golpe. Su espalda se despegó de la pared, como si hubiese estado fundida con la piedra. Cayó al suelo sin poder sostenerse, las rodillas golpearon la roca y un dolor sordo le atravesó las piernas.

La superficie bajo ella no era sólida. Estaba cubierta por varios centímetros de agua quieta, tan clara que parecía cristal… y que reflejaba, con inquietante belleza, el resplandor morado de los cristales que colgaban del techo como estalactitas vivas.

Seguía en la ciudad enterrada. Pero… ¿dónde demonios estaba ahora?

—Adriel. —Dijo su nombre antes que cualquier otra cosa, buscando con la mirada ese cuerpo que debía de haber caído junto al suyo.

Valeska sintió miedo.

Por primera vez, se olvidó de observar el entorno, de analizar la situación. Solo giró la cabeza mientras intentaba localizarlo con desesperación.

Y ahí estaba.

El cuerpo de Adriel, encharcado, yacía bocarriba. Tenía los ojos cerrados y el cabello negro, empapado, le caía sobre la frente. Estaba tan inmóvil que el corazón de Valeska dio un vuelco.

—Adriel, por favor, escúchame —le pidió Valeska mientras se acercaba a él. Palpó su rostro con cuidado, procurando no herirlo con sus garras.

Con los ojos muy abiertos, buscó cualquier señal de daño. Temía que sus propias garras lo hubieran herido, que hubiese arañado su corazón y lo hubiera matado sin querer. Pero no había rasguños. Ni una gota de sangre.

—¡Débil! —le gritó, aunque sabía que no era cierto—. Eres el jinete más patético que he visto en mi vida, ¿me oyes?

Valeska gruñó arrodillada sobre su cuerpo.

—Qué pasa contigo, ¿eh? ¿Por qué siempre eliges perder la consciencia justo cuando más te necesito? —Lo zarandeó desquiciada—. ¡No puedes hacerme esto otra vez! ¡Despierta, maldita sea!

No respondía. Y Valeska no sabía qué le pasaba. Aquel cuerpo humano..., no lo entendía. No sabía leerlo. No sabía cómo ayudarlo.

—¡Maldita sea, Adriel! Siempre es después de hacerme sentir que no puedo caminar sin ti. La puta profecía tenía razón. Yo camino y dejo un reguero de caos, me caigo en una grieta, encuentro una ciudad enterrada, me persigue un centinela... y tú... tú siempre estás detrás. Siempre me salvas la vida como si la tuya no importara.

Se desplomó sobre su pecho, que subía y bajaba con un ritmo débil pero constante. Cerró los ojos con fuerza, luchando contra la angustia, hasta que sintió algo.

Una mano le acariciaba la cabeza.

—Te prometo que siempre caminaré detrás de ti, Val —susurró él—. No solo para protegerte, también porque con ese culo ni en un millón de años pensaría delegar el trabajo. Joder, las vistas son demasiado buenas para compartirlas.

Valeska levantó la frente de su pecho solo para encontrarse con la maldita sonrisa de oreja a oreja de Adriel.

—Eres un imbécil.

—Uno muy comprometido.

—No estabas inconsciente —espetó entre dientes.

—Me gusta escuchar mi nombre en tus labios.

Pero el rostro de Valeska se relajó, porque en realidad no estaba enfadada. ¿Cómo iba a estarlo? ¿Cómo podía enfadarse con alguien que le había demostrado ser distinto a todo lo que conocía? Alguien que le había probado que existían los buenos, los que no buscaban hacer daño. Que existían las personas escudo, esas que se interponían entre el mundo y tus heridas sin pedir nada a cambio.

—Ey, mira —dijo Adriel—. El agua va hacia arriba.

Ella se obligó a mirar por fin a su alrededor.

En efecto, el agua no caía. Subía. Las gotas flotaban en el aire, deslizándose hacia lo alto, desafiando toda lógica.

A su alrededor se alzaban pilares enormes. No eran simples columnas: cada uno estaba tallado con escenas grabadas en la piedra.

Historias.

Recuerdos.

En uno, un dragón rodeaba un lago con su cuerpo para protegerlo. En otro, una figura de ojos cerrados sostenía una chispa de luz entre las manos, con líneas que parecían lágrimas bajando por su rostro. Más adelante, varios jinetes caían del cielo, atrapados por sombras que subían desde el suelo.

—Yo he visto estos pilares antes. He visto esos grabados en Bankai —dijo Valeska sin apartar la mirada de las columnas. Adriel se incorporó apoyando las palmas en el suelo, sin llegar a levantarse del todo.

—¿A qué te refieres?

—¿Recuerdas la primera vez que nos encontramos tú y yo?

—Claro que me acuerdo.

—Es el mismo diseño..., los mismos grabados tallados en la piedra, las mismas columnas alineadas en círculo. Solo que aquí no están destruidas.

En Bankai, aquellas ruinas habían aparecido rotas, cubiertas de polvo y abandono, tal y como debió de verlas la última mente que las imaginó. Porque Bankai no creaba nada nuevo; solo reflejaba lo que había dentro del alma de quien lo atravesaba. Pero ahora, frente a ella, las columnas estaban intactas.

—¿Estás diciendo que alguien en Bankai ha visto este lugar antes? —preguntó Adriel, y ella asintió.

—Es probable. Tal vez alguno de los jinetes de dragón murió por causas... poco comunes, y al llegar a Bankai las reconstruyó sin saberlo. Allí, las ruinas habrían aparecido tal como las recordaba, como están aquí. Pero si en Bankai aparecieron destruidas, entonces...

—... alguien las rompió allí a propósito —concluyó Adriel—. Para ocultar algo.

—Exacto. Si las destruyeron en la versión de Bankai, es porque querían que nadie pudiera leerlas. Lo que sea que esté escrito en estas columnas… es importante. Este lugar lo es.

—Entonces la pregunta no es solo qué son, sino dónde estamos y por qué alguien quiso borrar este lugar de la historia.

Ella intentó levantarse y apoyó una rodilla en el suelo. Pero en cuanto forzó los músculos, su cuerpo tembló y volvió a caer con un gruñido ahogado.

—Joder, me duele todo —se quejó Valeska mientras movía los hombros y las muñecas—. Siento que no me he movido durante días.

—¿Recuerdas qué ha pasado? —Él no había dejado de mirarla ni un segundo, y eso la puso más nerviosa de lo que quería admitir.

Valeska tragó saliva y asintió, aunque su ceño seguía fruncido.

—Huíamos de la serpiente. Y entonces… lo vi. De las paredes salió un ala de piedra. De un dragón.

—¿Un dragón?

—Pensaba que íbamos a estrellarnos contra la roca. Estaba segura. Pero el impacto nunca llegó… y ahora estamos aquí. Como si la piedra nos hubiera tragado y luego… escupido.

—Los dragones te escucharon —dijo Adriel con una sonrisa ladeada, más orgulloso que sorprendido.

Valeska chapoteó en el agua con las garras abiertas.

—Pero a santo de qué, ¡¿eh?! —bufó ella—. Estoy entumecida, no sé ni dónde mierda estamos, y encima me duele hasta el alma…

Valeska se giró hacia las paredes de aquella cueva.

—¡¿Qué demonios habéis hecho?! ¡¿Os parece divertido jugar con la gente así?! ¡Salid de una vez, cobardes de piedra!

El eco le devolvió sus propias palabras.

—¡Os he oído! ¡Decidme qué coño ha pasado!

No hubo respuesta y eso la cabreó aún más.

—¡Contestadme! ¡Sé que podéis hablar! ¡Os he escuchado antes! ¡No me estoy volviendo loca! —bramó.

Adriel permanecía en silencio arrodillado justo detrás de ella, observándola sin atreverse a interrumpir.

—Putos dragones…

—¿Qué has oído? —preguntó él—. ¿Qué está pasando?

—Lo que ocurre es que están jugando con nosotros a las putas adivinanzas. —Valeska giró sobre sí misma—. Sé que están ahí. Sé que me escuchan.

Pero las voces que antes habían susurrado se habían esfumado.

—Valeska —la llamó Adriel, y se acercó a ella por detrás.

—¡Los he escuchado! ¡Sé que no lo he imaginado!

—Valeska…

—¡No estoy loca, joder! —No se dio cuenta de que sus ojos estaban húmedos hasta que una lágrima le cruzó la mejilla—. ¡No me lo estoy inventando! ¡Sé que estaban aquí!

Sintió los brazos de Adriel rodearle la cintura con una suavidad que no esperaba. Su espalda chocó contra su pecho, cálido y duro.

Por primera vez Valeska se dejó abrazar.

Se giró despacio, buscando su calor, su presencia, sus manos. Y cuando sus ojos se encontraron, no hizo falta hablar. Solo se dejó caer contra él y apoyó la frente en su hombro empapado para ocultar las lágrimas.

—Tengo miedo de no salir de aquí, de no volver a ver a las mías. Tengo mucho miedo —sollozó—. Pero lo que más miedo me da es haber sentido paz aquí contigo. Una calma tan honda, tan real, que me hace pensar que podría quedarme para siempre. Y eso... me asusta más que todo lo demás.

Las lágrimas le caían sin pausa, pero no hizo por esconderlas.

—Hui de aquella habitación porque tú me aterras, Adriel.

—Lo sé, Valeska.

—Estoy obsesionada con encontrar las respuestas de la profecía que llevo oyendo desde que tengo memoria. Me la cantaban al dormir, me la susurraban al despertar. Ochenta hembras murieron aquel día, Adriel. Y muchas de ellas murieron creyendo que, si yo lograba escapar, si yo sobrevivía, tal vez podría cambiar algo. Pensaban que la profecía significaba esperanza, que yo podría salvarnos a todas...

Hundió el rostro en su pecho, buscando ese calor que solo él le daba.

Aquel macho que no solo la sostenía, sino que la escuchaba de verdad.

—Solo necesito encontrar la puerta, solo...

El retumbar de una voz masculina la interrumpió:

No busques cerradura, criatura de piel mortal. La ciudad no tiene puertas, ni muros, ni llaves. Solo queda un latido dormido, un corazón olvidado bajo la piedra. Y tú eres la sangre que puede hacerlo latir de nuevo.

Valeska alzó la cabeza del pecho de Adriel e intentó averiguar de dónde provenía la voz. Pero, como temía, no había nadie.

—¿Has oído algo? —le preguntó el jinete esperanzado.

—¿Tú no?

El silencio de él fue suficiente.

Valeska empezó a repetir lo que aquella voz le había dicho. Palabra por palabra.

—Somos una de las llaves para abrir la ciudad —le habló ella a las columnas, a la piedra que la rodeaba.

¿Abrirla?, respondió una voz femenina. *La ciudad no tiene cerraduras.*

—¿Pero entonces... la profecía? —preguntó Valeska, con la voz temblando entre la confusión y la certeza—. Dos cerraduras fuera. Una, dentro. Tres llaves. Tres lazos. Solo tenemos que encontrar la entrada, hallar la cerradura que está dentro, y ellos encontrarán las dos de fuera y...

Valeska escuchó una risa baja que hizo vibrar las aguas.

La ciudad no necesita cerraduras, no está cerrada, criatura de piel mortal. Y la profecía no es lo que crees.

Un escalofrío le recorrió la espalda y se irguió.

—Entonces ¿qué significa?

Otra voz, masculina esta vez, retumbó entre los pilares:

Seis serán llamados. Seis deberán responder.

Valeska frunció el ceño.

—¡Tres cerraduras, tres llaves, tres lazos! —gritó—. ¡Eso decía!

Y entonces lo comprendió.

—No...

—¿Qué sabes, Val? —preguntó Adriel.

Ella lo miró al fin.

—No se trata de una puerta, Adriel. No es una cerradura física, somos nosotros. Tres de nosotros somos la cerradura... y los otros tres la llave. Tres lazos. Seis personas. La profecía no habla de un lugar, habla de nosotros.

Valeska no podía creerlo. Todo ese tiempo había malinterpretado la profecía.

Una voz profunda, arrastrada por la piedra y el agua, respondió:

Empiezas a entenderlo, criatura de piel mortal.

—Yo soy la llave. —Se miró las manos, luego el pecho—. Pero... ¿qué significa ser la cerradura?

Valeska miró a Adriel, que tenía una sonrisa débil, como si ya supiera en qué pensaba ella.

—No te preocupes por mí —dijo levantando la mano para acariciarle la mejilla.

—¿Hay algún precio? —preguntó ella a los dragones—. ¿Por ser la cerradura... o la llave?

Siempre hay un precio. Quien sea la cerradura... llevará muchos miedos dentro. Miedos que no duermen, que muerden.

Valeska tragó saliva.

No iba a contarle eso a Adriel. No todavía.

—¿Dónde está el Ojo de Nyxar? —preguntó Valeska—. La profecía sirve para destruirlo, ¿verdad? ¿Entonces dónde está?

Justo delante de ti.

Ella parpadeó. Volvió a recorrer el lugar con la mirada, escudriñando cada rincón. Pero no había nada.

Estás buscando en la dirección equivocada. Quizá no debas alzar la vista, quizá lo que buscas siempre estuvo a tus pies. Solo tienes que inclinarte y mirar.

Valeska obedeció y bajó la mirada.

Un reguero de gotas se deslizaba por el suelo, avanzando en dirección contraria a la gravedad, guiadas a un pulso invisible. Se inclinó, apoyó las palmas sobre la piedra húmeda y siguió el rastro con la vista. Todo el suelo bajo ellos estaba cubierto por una capa de agua cristalina. No era un charco ni un lago, más bien parecía un espejo sin fondo que se extendía en todas direcciones.

Avanzó a gatas, evitando perturbar demasiado el agua. Su reflejo temblaba a cada paso, pero pronto dejó de ver solo su rostro. Algo más apareció, justo en el centro.

Un resplandor esmeralda.

Valeska contuvo el aliento. Allí estaba. Reflejado en el agua, en el centro exacto de aquella cueva.

—El Ojo de Nyxar —susurró.

Escuchó los pasos de Adriel acercarse detrás de ella, pero no apartó la mirada. El Ojo no estaba incrustado en una pared ni reposaba en un pedestal. No se escondía en las profundidades. Estaba allí, colgando...

Levantó la cabeza para buscar en el techo el mismo lugar en que lo veía en el agua.

Nada. Solo roca.

Volvió a mirar hacia abajo, al espejo líquido que cubría el suelo.

—¿Qué clase de magia es esta?

Extendió la mano y la posó sobre el agua. Sus garras rompieron la superficie con delicadeza, intentando alcanzar el reflejo del monolito suspendido sobre ellos.

Tú, criatura de piel mortal, has hallado lo que la Dama ansía, lo que el imperio persigue, dijo una voz femenina.

Valeska había encontrado el Ojo. Pero lo que de verdad importaba ahora era descubrir la salida.

Aquel lugar no tenía puertas, ni señales, ni un camino que los guiara de vuelta. Y, lo peor, no sabía cómo contárselo a los demás. Cómo hacerles ver que lo imposible existía, que el Ojo estaba allí, y que ella lo había visto con sus propios ojos.

Pero entonces, desde la superficie quieta del agua, Valeska sintió un tirón. No podía ser —pues debajo solo había piedra—y, aun así, algo la estaba sujetando. Algo que no debía estar ahí.

—¿Qué...? —murmuró sin moverse—. Alguien está tirando de mí.

Trató de apartar la mano, pero no pudo. El agua parecía haberse tragado la solidez de la roca, y ahora la arrastraba con una fuerza creciente al otro lado del reflejo.

Adriel se lanzó hacia ella y le sujetó el brazo con ambas manos para traerla de vuelta.

Era una mano femenina, de piel blanquecina, casi azul bajo el reflejo del agua, y en su dedo anular brillaba un zafiro.

Valeska dejó de respirar. ¿Quién era esa persona que se aferraba a su muñeca? ¿Y por qué, bajo aquella agua, no había nadie?

Una de las voces de los dragones volvió a hablar:

Ahora ya tienes a quién contarle que has encontrado el Ojo. Pero salir de esta ciudad solo depende de ti. Usa todo el poder que llevas dentro, ya sea tuyo o prestado, criatura de piel mortal. Solo así hallarás la salida.

49

Eda

Sentí unos dedos pequeños recorrerme el cabello en círculos acariciándolo. Bajaron por mi rostro y rozaron la mandíbula hasta colocar con delicadeza unos mechones detrás de mi oreja.

No me atreví a moverme, por miedo a romper aquella paz. Sabía que mi cabeza descansaba en un regazo familiar, en esas piernas finas y suaves sobre las que había pasado media infancia dormida. Las mismas manos que me acunaban cuando tenía miedo a la oscuridad, las que me calmaban después de una pesadilla.

«¿Acaso estoy muerta?», me pregunté mientras movía la mano muy despacio hacia esos dedos que me acariciaban. Ellos respondieron con suavidad, entrelazándose con los míos... y entonces lo sentí: algo en mi dedo anular.

—Jamás imaginé que llegaría a verte prometida, a verte caminar hacia alguien con el corazón en las manos... Ni siquiera me permití soñarlo, Eda. Y yo solo puedo decirte que soy la mujer más feliz del mundo.

Aquellas palabras me hicieron abrir lentamente los ojos, pesados tras tanto tiempo cerrados. Y, al lograrlo, lo único que vi fue el rostro de la mujer que me dio la vida, la misma que sentí ausente durante años.

—Mamá...

Allí estaba, igual que la recordaba: el cabello rubio, el rostro intacto por el paso del tiempo. No había envejecido ni un día desde la última vez. Pero había algo distinto, su cuerpo no era del todo real. Su piel tenía ese leve resplandor azulado, esa transparencia etérea que solo acompañaba a los que ya no pertenecían a los vivos.

—Estoy aquí, hija.

—Pero tú... tú no... —intenté incorporarme, pero, en cuanto lo hice, sentí el cuerpo destrozado.

Ella me sostuvo por los hombros. Tenía lágrimas en los ojos, pero también una sonrisa, esa que ponía cuando no quería que me asustara.

—Has pasado por demasiado, mi amor. No te esfuerces, no tan rápido. Llevas días sin caminar.

Me quedé en silencio unos segundos sin moverme. Ya me había pasado antes. Había estado tres días sin despertar. Y después de la luna de sangre tardé una semana entera en recuperarme. Pero esta vez no sabía si aquello era real... o no.

Miré mis manos. Eran sólidas, no brillaban.

Yo no había muerto.

—¿Dónde estoy?

Las lágrimas resbalaban por su piel translúcida.

—En casa, hija. Estás en casa.

Miré a mi alrededor tratando de enfocar la vista. Era el mismo salón donde crecí, sentada en el sofá de siempre, frente a la chimenea. Todo estaba lleno de velas, que arrojaban una luz cálida, y las plantas volvían a cubrir las estanterías. Los terrarios estaban en su sitio, como si nunca se hubieran vaciado, como si nadie los hubiera tocado en años.

Como si ella nunca nos hubiera dejado.

—Bankai... —Alcé la mirada hacia ella, que asintió—. Estamos en Bankai.

Mi madre habló:

—Deseé descansar en el único lugar donde alguna vez encontré paz. Bankai cumplió mi deseo y desde entonces os he estado esperando.

Moví la boca, pero no pude decir nada. Solo la abracé, durante lo que parecieron horas, sin querer soltarla, deseando que aquel momento no terminara jamás. Sabía que no era un sueño porque alguien a quien amaba me había enseñado que los deseos, si se sienten con suficiente fuerza, podían cruzar mundos.

Podían hacerse reales.

—Mamá..., creo que papá ha muerto —sollocé hundida en su cuello—. No lo recuerdo todo, solo el vacío. Recuerdo sentir que él ya no estaba. Y es mi culpa, mamá. Debería haberlo protegido. No tendría que haberlo dejado atrás. Yo tendría que haber cuidado de él y no lo hice...

—Eh, Eda... —le escuché decir a una voz masculina, justo cuando el sofá cedía un poco más por el peso de alguien sentándose a mi lado—. Lo sabemos todo. Todo lo que ha pasado, lo que has hecho.

Levanté la cabeza del hombro de mi madre y vi a mi padre abrazándonos a las dos, con una sonrisa suave, serena. Su cuerpo, igual que el de ella, brillaba con una tenue luz azul. Mis padres estaban muertos..., pero no sentí tristeza. Porque allí, en ese rincón entre lo que fuimos y lo que queda, seguían siendo uno. La muerte no los deshizo, solo los llevó a donde el amor no tiene cuerpo pero sí memoria.

—Estamos tan orgullosos de ti, Eda. De la mujer en la que te has convertido —dijo mi madre sonriendo entre lágrimas—. Skylar nos lo ha contado, princesa.

Mi corazón dio un vuelco.

—¿Cómo sabes...? ¿Conoces a Skylar?

—Bueno, a Sky lo conozco desde hace muchos años. —Mi madre le dio un beso en la mejilla a mi padre y él puso los ojos en blanco, fingiendo fastidio—. A tu padre le ha costado un poco más aceptar que su hija... ya no es una niña.

Me incorporé del todo esta vez.

—¿Cómo que lo conoces desde hace años?

Ella resopló, ese gesto tan suyo que tanto había echado de menos.

—Veo que le gusta guardar secretos a este hombre... Sky lleva años visitándome, cuando el tiempo se lo permite. Me ha hecho sentirme un poco menos sola.

Parpadeé incrédula. Así que Skylar había estado visitando a mi madre mucho antes de conocerme. Le hacía compañía. Le había dado consuelo... mientras yo ni siquiera sabía que él existía.

Por la muerte, amaba a ese hombre.

—Pero ¿sabes quién es, mamá?

—Lo sé todo de él, hija. ¿O te piensas que, aunque fuera la muerte, lo habría dejado prometerse con mi niña sin investigarlo? —Sonrió—. Y sí..., ha pasado mi criterio. Con nota.

Mi padre se movió por mí, porque yo aún no podía.

—¿Debo tomarme bien que el prometido de mi hija haya estado viéndose a solas con mi esposa durante años?

La carcajada de mi madre retumbó por todo el salón.

—Oh, por favor, cariño. Sky tiene unos cuantos milenios más que yo. Técnicamente, soy una niña a su lado.

—Esto... —quise intervenir—, no tiene el físico de alguien tan...

Mi padre se pasó la mano por la frente.

—Kira, si hubiera sabido que ese hombre tan guapo iba a rondar a mi mujer y luego a mi hija..., me habría muerto mucho antes.

—¡Papá, por favor! —Me llevé las manos a la boca sofocada, aunque no pude evitar soltar una carcajada—. ¡Estáis hablando de mi prometido!

—Uno que ha pasado por el comité más exigente —dijo mi madre—. Le hice más preguntas que a tu padre cuando me pidió matrimonio.

—Y eso que yo tuve que convencer a toda tu familia con un discurso de tres horas —murmuró él.

Sí, había escuchado esa historia miles de veces. La primera vez que mi padre fue a casa de mi madre, no lo dejaron ni sentarse antes de empezar con las preguntas. Mi abuelo le pidió que explicara sus intenciones «con detalles». Mi tía quiso saber qué opinaba del compromiso a largo plazo, de los hijos, de la rutina, incluso de los domingos aburridos. Y mi bisabuela, que ya estaba mayor pero no había perdido ni el juicio ni el carácter, le pidió que escribiera sus respuestas. «Para tenerlas por escrito», dijo.

Cuando por fin se marchó, mi abuelo se quedó mirando la puerta y comentó: «Bueno, al menos no ha salido corriendo».

—¿Qué le habéis preguntado? —inquirí sofocada.

Mi padre se encogió de hombros y desvió la mirada con una sonrisa traviesa, haciendo un gesto hacia mi madre.

—Mamá.

—Bueno, ya sabes, tuve que preguntarle si sabía limpiar, si sabía cocinar... ¡y me dijo que sí! ¡Qué alegría!

Skylar, estaba claro, no le había contado apenas nada a mi madre sobre quién era en realidad. No le contó que podía prepararme un banquete entero con solo desearlo, que sabía tanto de comida como de moda, como cuando me diseñó aquel vestido rojo para la luna de sangre o ideó los abrigos para las zarkass.

Skylar había creado un territorio entero salido de un sueño. No había límites para lo que podía hacer.

Ella continuó:

—Bueno..., has pasado muchos días durmiendo, y él..., ya sabes que me encanta hablar y preguntar cosas y... también sobre..., ya sabes...

No podía creer que estuviera teniendo esa conversación con ellos. Me notaba roja, acalorada, a punto de esconderme bajo los cojines del sofá. Pensaba que la charla con Nolan sobre Skylar sería la más vergonzosa de mi vida... pero, sin duda, esa se llevaba la palma.

—¡Me voy! ¡No quiero escuchar esto, santo cielo! —gritó mi padre ya medio levantado.

Casi me desmayo. Deseé volver a dormir, pero esta vez durante un milenio entero..., o cinco si hacía falta. Y, aun así, no estaba segura de poder superar aquello.

—Entonces me estás diciendo que has atosigado a mi prometido con tus preguntas de madre, ¿no? —cambié de tema.

—¡Ay, hija mía! —exclamó llevándose las manos al pecho—. ¡Deberías gritarlo más alto!

—Mamá.

—¡Para que todo el mundo sepa que mi preciosa hija va a casarse!

Solo me permití reír mientras mis padres volvían a discutir. Había olvidado cómo era mi madre, esa alegría desbordante. Su imagen se había borrado con los años, pero ahora que la tenía delante, viva y ruidosa, entendí cuánto la había echado de menos... y, más aún, me pregunté cómo habíamos logrado vivir sin ella todo aquel tiempo.

Me levanté del sofá con los brazos en jarra y respiré hondo, intentando poner orden en el caos que tenía en la cabeza. Pero no podía. Lo único que recordaba con certeza era estar en Valdemar... y luego nada definido.

Solo fuego y oscuridad.

—Eda, ¡te dije que no te levantaras! Has pasado días enteros sin... —Mi madre se interrumpió de golpe y se cruzó de brazos—. Bah, haz lo que te dé la gana. —Le dio un manotazo a mi padre—. Se me ha olvidado el vaso de agua en la cocina.

—Y quieres que lo traiga yo, ¿verdad? —contestó él ya levantándose.

—Por supuesto, cielo. Eres útil a veces.

—Definitivamente, esto es lo que no extrañaba de estar casado —dijo mi padre guiñándome un ojo. Mi madre, sentada en el sofá, me tomó la mano.

—Será mejor que todas las dudas que tengas las resuelvas con él. —Miró hacia la puerta.

—¿Está aquí? Pero ¿cómo no me lo habéis...?

—Está esperando en el porche. Puedo oírlo respirar desde aquí..., rápido, nervioso. —Hizo una pausa y luego sonrió—. Pero ya lo sabes, primero van tus padres y después...

Salí corriendo por el salón. No sé cómo las piernas me respondieron, pero me lancé directa hacia la puerta de madera. Giré el pomo con torpeza y la abrí de golpe.

Ahí estaba.

Levantado al pie de las escaleras de madera, bajo la luz de la luna. Caminaba en círculos cortos sobre la hierba, desgastando el mismo pequeño tramo, sin poder estarse quieto. Se pasaba la mano por el cabello una y otra vez.

Parecía al borde del colapso.

Llevaba ropa que nunca le había visto: una camisa abierta en el cuello y arrugada, con las mangas remangadas con descuido.

Demasiado informal para él.

Demasiado humano.

El cabello blanco le caía en mechones desordenados sobre la frente, y su pecho subía y bajaba con violencia.

—¿Sky...?

Se giró de golpe, mi voz lo había arrancado de algún lugar muy lejano. Sus ojos me recorrieron de arriba abajo, buscándome como si necesitara confirmar que de verdad estaba allí. Había alivio en su mirada, sí..., pero también miedo.

—Eda.

—¿Qué ha pasado...?

No llegué a terminar la pregunta. Skylar recorrió la distancia en un solo paso y me envolvió en sus brazos con tanta fuerza que por un instante me faltó el aire, pero no me importó. Lo necesitaba tanto como él a mí.

Sus manos me rodearon la espalda y me atrajeron contra su cuerpo. Luego subieron hasta mi rostro y me tomó la mandíbula con ambas manos para obligarme a mirarlo. Sin soltarme, se inclinó, y yo me alcé de puntillas para alcanzarlo.

Entonces me besó.

Su lengua invadió mi boca con una desesperación que me dejó sin defensas. Me derretí en sus brazos, sin espacio para preguntas ni pensamientos. Sus manos me recorrían por todas partes, torpes, ansiosas, como si quisieran asegurarse de que cada parte de mí seguía ahí.

—Estoy aquí, Sky. Soy yo. Estoy aquí y no voy a irme —le susurré entre besos, porque sentía que eso era lo único que él necesitaba escuchar.

Algo muy malo había pasado conmigo para que él estuviera así. Para que su máscara de control, siempre intacta, se hubiera resquebrajado por completo. Y lo más inquietante: ni siquiera intentaba ocultármelo.

—Estás viva..., respiras. —Su mano se interpuso entre los dos, tocándome el esternón con dedos temblorosos—. Tu corazón late —añadió mientras su mano se deslizaba hasta mi pecho derecho para asegurarse—. Estás aquí.

Me encontraba aterrada, pero lo último que podía permitirme era parecerlo. Así que, despacio, le dije:

—Lo estoy. Estoy viva, respiro, y te estoy besando.

—Nunca pensé que volverías a besarme, que pondrías tus manos sobre mí otra vez, que escucharía de nuevo tu voz.

—Cuéntame, ¿qué ha pasado? ¿Qué he hecho? —No me cabía duda de que algo había salido mal. Yo no recordaba nada de aquel último día, y eso lo decía todo—. ¿Cuántos días ha estado mi cuerpo recuperándose?

Sabía cómo funcionaba aquello. Si había canalizado demasiado poder, era normal quedar inconsciente durante días.

—Has estado muerta, Eda.

Mis pies se desacompasaron y sentí las piernas ceder ante lo que acababa de decirme.

—¿Cómo que he estado muerta?

El corazón me empezó a latir con fuerza, desbocado, y él pareció escucharlo. Vi un leve alivio en su rostro al notar el ritmo, pero tragó saliva y señaló las escaleras de madera de mi casa.

—Siéntate. Te lo contaré todo.

50

Eda

Había estado inconsciente unos seis días.

No podía dejar de llorar mientras Skylar me contaba, sin omitir detalle, todo lo que había pasado aquel día.

Mis recuerdos se apagaron en cuanto él me sacó de Valdemar. Desde entonces, todo era niebla. No podía explicar por qué lo hice, no tenía palabras para justificarlo porque ni yo misma entendía qué me había empujado hasta allí.

¿Y qué explicación puede haber para querer arrasarlo todo? Si Skylar no hubiera llegado, si no hubiese contenido mi poder canalizando el doble del suyo... no habría quedado absolutamente nada.

Ni el mundo que conocíamos.

Ni un solo mortal.

Ni un solo inmortal que salvar.

Como en la guerra de las Tres Llamas.

Skylar no dejó de abrazarme, y yo tampoco fui capaz de soltarlo. Sentir su cuerpo temblando contra el mío, ver ese dolor oculto tras un rostro que siempre había parecido invencible... me rompía por dentro.

Me contó lo que hizo para traerme de vuelta. Que mi corazón se había detenido. Pero que, aun así, se negó a soltarme. Que las almas de Bankai respondieron a su ruego, que acudieron a él cuando más las necesitaba y me ofrecieron una segunda oportunidad, incluso sabiendo que había estado a un paso de destruir lo poco que aún conservaban.

Pero lo que realmente me devolvió a la vida..., eso no pudo explicarlo. Ni siquiera él lo sabía.

—Te traje aquí porque, aunque nunca me pediste ver a tu madre, sabía que era mejor que recuperarte en mi cama —explicó mientras yo le acariciaba el mentón con el dedo índice.

—No te lo pedí porque tenía miedo —admití—. Miedo de mirarla a los ojos y decirle que abandoné a mi padre. No voy a perdonarme por no haberlo protegido. Por no haber estado allí cuando...

Skylar me interrumpió.

—Eda, tu padre no murió a manos de la Dama. Fue decisión suya.

Giré el rostro con lentitud afinando el oído. Podía escuchar a mis padres al otro lado de la puerta hablar en voz baja.

—Se sentía tan solo... que decidió quitarse la vida —musité.

—Lo intuí la última vez que estuve con él —añadió—. Ya no era un hogar, Eda. Era solo un cascarón. Había vendido todos los animales, no quedaba ninguno desde hacía semanas.

Me costaba creerlo. Una parte de mí se negaba a admitirlo. Pero... ¿cómo no iba a querer morir si toda su familia había desaparecido?

Pareció leerme y dijo:

—A veces no es que quieras morir, sino que no sabes cómo seguir vivo cuando todo lo que amabas se ha ido. Cuando el mundo sigue, pero tú ya no estás en él.

Seguía escuchando los pasos de mis padres, su discusión a media voz sobre algo que no encontraban. Mi madre insistía en que estaba justo donde él lo buscaba, y él refunfuñaba que no.

—¿Por qué me siento feliz de que haya muerto, Sky?

—Porque siempre has visto la muerte como algo malo, y ahora empiezas a verla por lo que realmente es.

—¿Mi madre sabe...?

—Tu madre no lo sabe. Ni él lo recuerda. Cuando un alma cruza a Bankai, olvida cómo murió. Es una forma de misericordia, una tregua sagrada entre el pasado y la eternidad, un velo piadoso que cubre solo aquello que haría imposible volver a empezar. Porque hay dolores que no deberían seguirte, ni siquiera después de la muerte.

—¿Y eso está bien? ¿Olvidar el dolor solo porque es insoportable?

Skylar bajó la mirada pensativo.

—No es olvido lo que se les da. Es una tregua. Para quienes ya no pueden cambiar su final, a veces la única justicia posible es permitirles empezar sin el peso de cómo terminaron.

Un destello de fuego azul cruzó el cielo nocturno, surcando las estrellas por encima de nuestras cabezas y del bosque Lavender que se abría frente a nosotros.

Hola, pajarraca.

Me alegro de que por fin hayas despertado, porque me estaba muriendo de aburrimiento sin nadie con quien meterme.

Lo siento, Kali.

Supongo que ya es costumbre... Eres una dormilona empedernida que no aguanta ni un suspiro de poder sin desmayarse. Debilucha.

—Kali está bien. Ha dormido sobre la hierba desde que te traje aquí, igual que tú —me aseguró Skylar—. Se ha recuperado rápido..., demasiado rápido, en realidad. Es difícil de explicar, pero creo que las dos habéis aprendido a separar vuestros poderes. Para que si una se vacía la otra no caiga con ella.

Vamos mejorando.

Yo no me río, le solté cruzándome de brazos. *No tendría que estar pasando por esto.*

Perfecto. Entonces me río yo por las dos. Así compensamos el drama.

—Sí, me he dado cuenta. —Tomé aire y hundí el rostro entre las manos, apoyando los codos en las rodillas—. ¿Qué ha pasado en estos seis días? ¿Están todos bien? ¿Ha...?

—Están todos bien, recuperándose poco a poco. Y mucho más tranquilos desde que saben que tú también estás a salvo.

Volví a mirarlo.

—¿Y mi hermano? ¿Sabe dónde estoy?

Él negó con la cabeza.

—No quiero ser yo quien le diga que te he llevado con tus padres. Les he contado que estás aquí, en Bankai. Ya sabes que la magia de este lugar acelera el proceso de curación.

—¿Sabemos algo de...?

—La Dama no ha dado más señales de vida. Lo único... —Tragó saliva—. Arcadia ha quedado reducida a escombros. Tu pueblo también. No ha quedado casi nada en pie. El imperio ya ha empezado a moverse, están tratando de reconstruir, de levantar algo entre los restos. Pero llevará más tiempo y manos de las que tenemos ahora.

—Entonces la verdad sobre Pramvera ha salido a la luz.

—No —suspiró él—. Basilius se ha encargado de que ningún mortal recuerde lo que ocurrió allí. Ni el fuego esmeralda, ni a los noctífagos, ni a los jinetes que los ayudaron.

No me sorprendió.

—Algún día será imposible ocultarlo. Están viviendo justo sobre un territorio donde la Dama... —Me detuve, porque ni siquiera yo sabía con certeza qué era lo que pasaba en Valdemar.

Skylar me rodeó por detrás con el brazo y me apretó contra él.

—Lo sé. Pero ahora mismo que Basilius sea capaz de borrar el recuerdo colectivo es, en cierto modo, un alivio. Si no, tendríamos que intervenir directamente. Y no están preparados. Valdemar necesita apoyo, sí, pero todavía no puede manejar toda la verdad. Así que lo haremos poco a poco.

—¿Y qué hay de Elandra y Liral? ¿Qué ha pasado con las zarkass? —pregunté, recordando lo que habían hecho para proteger a los mortales en Arcadia. Habían utilizado los cristales rojos, esos fragmentos que multiplicaban la magia a costa de agotar el alma. Tal y como hicimos Skylar y yo contra los kholdrath.

—Liral logró salvarlas con la sangre que les dejaste. Eso fue lo que marcó la diferencia, Eda —me dijo con una media sonrisa—. Estuve allí hace dos días, volví para alimentarlas.

—Tenemos que encontrar una solución. No pueden depender de nosotros para siempre.

—La buscaremos.

Miré el cielo estrellado, Kali volaba entre las almas de aves espectrales, aunque parecía más bien espantarlas con su entusiasmo.

—Soy un peligro para todos, Sky. No entiendo cómo no estás enfadado conmigo, cómo no me odias..., cómo no me encierras.

—Para.

Me giré hacia él con los ojos llenos de culpa.

—Pero...

—Eres mi mitad, Eda. Mi vida, mi mundo entero —dijo tomando mi mano, la del anillo de promesa—. Eres joven, y es normal equivocarse.

—¿Equivocarse? ¿Querer destruir el mundo es solo un fallo? Soy un monstruo.

—Deja de repetirte que eres un monstruo. Yo me pasé la vida creyéndome uno, hasta que llegaste tú y viste en mí lo que nadie jamás quiso ver. No voy a permitir que un solo instante de oscuridad defina lo que eres. Y mientras yo siga respirando, me encargaré, día tras día, año tras año, de recordarte quién eres.

Se acercó un poco más.

—Como te dije aquella noche en la playa, yo siempre te enseñaré el camino de vuelta. Siempre.

—Y yo te dije que tenía miedo, Sky..., miedo de perderme, de desaparecer dentro de la oscuridad. De mirarme en el reflejo de una batalla y no reconocerme. Y eso ha sido exactamente lo que ha pasado. La rabia, el dolor, el momento en que supe que ella había matado a mi padre, fue esa maldita voz la que...

—¿Qué voz? —Se incorporó.

Me levanté de golpe al empezar a recordar aquella voz en mi cabeza.

«Tienes que matarlos. Tienes que acabar con ellos. Tienes que destruirlos».

—La Dama me manipuló.

«Sigue caminando. Deshazte de él. Solo sigue caminando», me decía a mí misma, obligándome a alejar a Skylar, a hacerle daño.

«¿Me estoy muriendo?», me había preguntado.

«No. Solo estás siendo tú misma. Sigue. Solo un poco más. Solo un poco más».

—Muerte mía... —Me llevé la mano a la boca—. Se metió en mi puta cabeza. Así de fácil. Ni siquiera fui capaz de darme cuenta. Esa voz, ese pensamiento que me empujaba a destruirlo todo no era mío.

Levanté la vista hacia Skylar, pero no encontré alivio en su rostro. No parecía reconfortado al saber que no había sido mi rabia sino el enemigo. Al contrario, su expresión era la de alguien que acababa de confirmar el peor de los miedos: que, incluso manipulada, yo podía llegar tan lejos.

—Sí —afirmó él—. Así de fácil es como se mete en nuestra cabeza.

—Mierda, Sky. No necesita usar su fuerza, ni su llama, ni alzar un solo dedo para destruirlo todo. Solo... solo me necesita a mí. Una mente débil.

Se levantó de los escalones.

—Basta —gruñó—. Sácate esa puta idea de la cabeza ahora mismo.

—¿Acaso me quiere muerta?

—No. Lo que quiere es romperte.

—¡Sky! ¡Eda, cariño! —nos llamó mi madre desde dentro de la casa, interrumpiendo el momento—. ¿Vais a cenar aquí?

Cogí aire y me obligué a relajarme. A pesar de la catástrofe que habíamos vivido, sonreí.

—Nunca pensé que volvería a escuchar eso salir de los labios de mi madre.

—Puede que suene egoísta, pero ¿podemos dejar de pensar un poco en todo lo que está pasando? —dijo acariciándome la mejilla—. Hay muchas cosas de que hablar, sí, pero no todo nos pertenece solo a nosotros dos. Ahora todos deben de saber qué va a pasar. Nunca pensé que lo diría..., pero me gusta tener un bando. Y quiero aprovecharlo.

—Pero me siento mal por estar feliz, aunque sea solo unos minutos. No me lo merezco después de todo lo que ha pasado.

—Ahora mismo, cada uno está lidiando con sus propias heridas. Pero tú... tú tienes a tus padres aquí. Vivos. Esperándote. Así que cenemos con ellos, escúchalos, discute con ellos si hace falta, ríe con ellos. Aprovecha esta noche, Eda. No todos tienen la suerte de tener a quien abrazar después de una batalla.

Me mordí el labio y contuve una sonrisa.

—¿Estás seguro de que quieres enfrentarte a una cena familiar? No está mi hermano para ayudarte..., eres tú solo contra... —miré hacia mi casa— mi madre.

—Eda, acabo de pasar los seis peores días de mi vida esperando a que abrieras los ojos. Créeme, no hay nada que no pueda afrontar ahora.

Hice caso a Skylar. Por primera vez en mucho tiempo, fui egoísta durante dos horas de mi vida. No pensé en nada más allá de nuestra casa, de esas paredes llenas de recuerdos.

Mi madre vistió la mesa del comedor con manteles bordados que solo salían del cajón en ocasiones extraordinarias, y colocó una vajilla blanca con filo dorado que yo creía perdida. En la cocina, preparó hojas de laurel rellenas de cordero especiado, una receta ancestral que solo cocinaba en celebraciones familiares o cuando necesitaba que la casa oliera a hogar.

Mientras tanto, Skylar estaba apoyado en la encimera, copa de vino en mano, charlando con mi madre como si llevara toda la vida cenando en casa. Sonreía, pero sin mostrar ni un solo colmillo, gracias a todos los cielos, porque no tenía energía para dar explicaciones.

A pesar de todo, esa era una de las cosas que más me gustaban de él. La forma en la que hablaba, en la que sostenía la copa o pronunciaba mi nombre..., todo en él era una provocación. Esa mezcla perfecta de elegancia y peligro que me incendiaba con solo existir. Y yo, sentada como si nada, fingía atender a la conversación, cuando lo único en lo que podía pensar era en arrancarle la maldita camisa con los dientes.

—¿Me estás escuchando, Eda? —preguntó Skylar con una media sonrisa, de esas que dejaban muy claro en qué estaba pensando.

—Perdona, ¿qué?

Mi madre, mientras le señalaba a mi padre con el cuchillo para que cortara bien las verduras para la ensalada, me dijo:

—Sky te pregunta si quieres vino.

—Por supuesto.

Necesitaría toda una botella. Me levanté de la silla y me acerqué a mi prometido, acorralándolo contra la encimera mientras me ponía un poco de puntillas. Me incliné hasta su oído.

—Sabes que podrías preparar la cena con un simple chasquido, ¿verdad? Serías el sueño húmedo de cualquier madre.

—Ella es feliz así, cocinando para nosotros. No quiero robarle eso ni asustarla.

—¿Y no crees que lo de medir más de dos metros, tocar el techo con la cabeza y tener unos ojos dorados que brillan en la penumbra no es suficiente para asustarla?

Se giró para servirme una copa de vino. Mis padres seguían enfrascados en su propia discusión, sobre si la ensalada debía llevar cebolla o no.

—Créeme —dijo alzando apenas una ceja mientras me ofrecía la copa—. Tienes el mismo gusto que tu madre. A ella le encanto tal y como soy.

Solté una risita mientras tomaba el vino de sus manos rozando sus dedos a propósito.

—¿Cuándo he dicho yo que me encantas? Eres un hombre muy creído...

Con toda su altura, su maldito poder ocupando mi espacio, me cubrió por completo la visión. Me encontré atrapada entre su cuerpo y la encimera. Colocó las manos a cada lado de mi cintura, sin llegar a tocarme, pero tan cerca que bastaba un suspiro para que me deshiciera.

Mío. Ese hombre era mío.

Mi mano libre se aferró a la encimera, buscando algo a lo que anclarme, y la apreté con tanta fuerza que escuché un leve crujido bajo mis dedos.

—Dímelo esta noche —me susurró—. Cuando estés debajo de mí, con las piernas abiertas, con los labios separados y las uñas marcándome la espalda. Dímelo entonces, Eda. Dime que no te encanto mientras te estoy follando.

Se apartó de mí con esa sonrisa que usaba cuando sabía que había ganado y, como si nada, tomó la cesta de pan que estaba sobre el horno.

—¿Te ayudo en algo más, Kira? —le preguntó a mi madre con toda la educación del mundo el muy cabrón.

Me bebí la copa de un trago. Me sentía fatal después de todo, pero, al parecer, haber estado muerta hacía que mi cuerpo buscara vida con desesperación. Y no había nada más vivo ni más intenso que las manos y la boca de mi prometido.

—A Eda le encantaba disfrazarse a todas horas —contó mi madre, embelesada con Skylar—. Siempre bailaba, cantaba, se subía a los pies de su padre para que la llevara por todo el salón mientras giraban.

Habían pasado ya varias horas y ninguno de nosotros se había levantado. Mi madre había abierto el cajón de los recuerdos, y mi padre, entre risas, se unía compartiendo también historias sobre Nolan.

Yo no podía ser más feliz. Escuchaba historias de las que no me acordaba, momentos que creía perdidos y que ahora volvían con las voces de mis padres.

Skylar, relajado en su silla, se reía con ellos mientras me tomaba de la mano por debajo de la mesa y acariciaba con los dedos el anillo.

Mis padres no eran del todo conscientes de lo que ocurría fuera, más allá de los muros de esa casa. Vivían en una realidad distinta a la mía, anclada en otro tiempo, en una vida más sencilla, más serena. Aunque estuvieran presentes, aunque siguieran siendo ellos, sus pensamientos parecían haberse quedado detenidos en un ayer donde nada había cambiado.

Me preparé para una avalancha de preguntas, para ver la preocupación en sus ojos, sentir el miedo en sus voces, la incredulidad ante todo lo que había vivido. Pero no dijeron nada. Para ellos, parecía que solo hubiera estado fuera unas cuantas horas, y no al borde de la muerte, enfrentándome a mí misma..., a lo que era.

No dije nada al respecto.

—Y decidme... —se removió mi madre en la silla—, ¿qué planes tenéis después de casaros?

Había llegado el momento de seguir fingiendo, de mantener ese velo transparente que los separaba de la verdadera realidad, pretendiendo que una boda bastaría para que todo fuera bien. Skylar apretó un poco más mi mano, adivinando hacia dónde se dirigían mis pensamientos.

—Disfrutar, mamá, tal vez viajar. —Forcé una sonrisa—. Visitar muchas librerías, y construir un hogar.

Miré a Skylar, porque aunque no sabíamos si eso alguna vez sería posible, tal vez decirlo en voz alta ayudaba a hacerlo un poco más real.

—Y bueno..., ya sabéis..., ¿tenéis pensado tener...?

—¿Tener el qué, mamá? —pregunté al tiempo que cogía la copa y apuraba lo que quedaba.

—¡Bebés, Eda!

Me atraganté solo de oír aquella palabra y, mientras Skylar se reía por lo bajo, yo no pude siquiera esbozar una sonrisa. Fue como si me hubieran dado un puñetazo. Y no por la pregunta en sí, sino por lo que implicaba. Porque mi madre hablaba de algo imposible, de algo que, para nosotros, ni siquiera tenía sentido imaginar.

Lo que ella no sabía era que un cuerpo inmortal no podía concebir hijos, que por muy vivos que pareciéramos o amásemos, había cosas que la eternidad no perdonaba. Y esa... era una de ellas.

—Mamá...

Ella me interrumpió tapándome la boca con su mano.

—Le he dicho que quiero nietos —empezó, y ya no hubo forma de detenerla—. Ya sé que Nolan no podrá darme hijos de su propia sangre, pero hablaré con él sobre la adopción. Es un gesto precioso, adoptar pequeños retoños que han perdido a sus padres. Dicen que no hay mayor acto de amor. Sky también me ha hablado sobre Alexander, su compañero. Parece un buen muchacho, aunque aún no lo conozco como quisiera... y eso me inquieta. Pero ¿qué me dices tú? ¿Está bien? ¿Es tan maravilloso como mi Sky?

—Te estás desviando, cariño —intervino mi padre.

—Lo que te quiero decir, Eda, es que aquí estoy muy solita —suspiró poniendo morritos—. Ya tengo a mis hijos bien crecidos, cada uno con su camino. Pórtate bien, ¿sí? Y aunque sea dentro de mucho, regálame un nieto para cuidarlo. Uno chiquito, para tener a quien cantarle nanas otra vez, ¿vale, cariño?

—La niña hará lo que quiera —la regañó mi padre.

Mi madre siempre se había ilusionado con cada niño que pasaba por delante. Era soñadora, persistente. Sabía que quiso tener más hijos, pero su cuerpo no se lo permitió. Yo fui una segunda oportunidad que le dio la vida después de Nolan.

—Pero, mamá, yo no puedo...

Skylar se irguió en la silla.

—Para nosotros puede ser complicado concebir un hijo. Hay muchas cosas que debemos resolver primero. Y también merecemos tiempo para nosotros, para disfrutarnos. Vamos a tener una vida muy larga... no hay prisa.

Se inclinó hacia mí y me besó con ternura en la coronilla.

—Tendremos los hijos que ella quiera, cuando esté preparada, y si no, nos bastará con tenernos a nosotros.

Las mariposas en mi estómago revolotearon al escuchar sus palabras. Y supe que había verdad en ellas, aunque también dudas. Sinceridad a medias, quizá, porque ninguno de los dos podía saber si eso llegaría a ser posible. Pero verlo hablar así, imaginar un futuro donde formábamos una familia, donde lo intentábamos juntos..., bastó para que todo dentro de mí temblara. Porque, imposible o no, él lo deseaba. Y yo también.

En ese momento, en el que cualquier otra persona se habría tragado la vergüenza por estar hablando de todo eso delante de sus padres, yo solo pude mirarlo a los ojos, a esos que, aunque intentaban sostener una sonrisa, estaban marcados por el cansancio y el dolor. Ojos que habían visto demasiado en los últimos días.

Skylar me había sostenido sin vida entre sus brazos.

Había estado dispuesto a renunciar a todo Bankai, a quebrar el equilibrio del mundo solo por salvarme.

—Sky y yo tenemos todo el tiempo del mundo —le dije, deseando con todo el corazón que fuera verdad.

Nos despedimos de mis padres prometiéndoles que en la próxima cena estarían Alexander y mi hermano. Aunque no estaba segura de si el comandante se sentiría muy cómodo en esa situación, pensé que haría cualquier cosa por ver feliz a mi hermano.

—Solo está a dos calles. No recordaba que la biblioteca estuviera tan lejos.

Paseábamos por los rincones de mi pueblo en Bankai. Sky sabía que si me llevaba al verdadero Valdemar, si volvía a pisar ese bosque, no habría forma de detenerme. La buscaría y la haría pedazos. Tal vez no podría ganarle, pero no me importaba. Solo quería gritarle lo que me robó, escupírselo en la cara y arrancarle el alma con las manos.

—No sé qué ha podido pasar. —Me miró desde arriba.

Estaba apoyada en su hombro, tan cerca de él como podía mientras Kali sobrevolaba la ciudad y las almas la miraban desde abajo, susurrando alabanzas.

—Sé que estás alargando el camino.

Él sonrió y dejó al descubierto los colmillos.

—Me gusta pasear contigo, Zafiro. Y más por las calles donde creciste. Lo alargaría todo lo posible solo para no tener que llegar al final.

Minutos después llegamos a la puerta de madera con cristales opacos y, antes de entrar, respiré hondo. La chimenea seguía encendida, pero el alma de Theo no estaba allí.

Cogí aire y empujé la puerta. La campana sonó con su timbre agudo, y ese pequeño ruido bastó para erizarme la piel. Olía igual que siempre. Los libros seguían en su sitio, colocados tal y como estaban durante mi última visita.

Sentí la mano de Sky en la parte baja de mi espalda.

—Estoy aquí. No estás sola.

«No estás sola». Mientras él existiera, nunca lo estaría.

—Siempre vuelvo aquí cuando mi vida cambia por completo —dije al tiempo que pasaba los dedos por los lomos de los libros que había leído mil veces, caminando despacio entre las estanterías—. Estuve aquí el día que me reclutaron. El día que me di cuenta de que mi corazón empezaba a elegirte. Y ahora...

Me giré. Él me seguía en silencio, a unos pasos, dejando que hablara, mientras el crujido de la madera llenaba el ambiente.

—Tú estabas aquel día, ¿verdad? —pregunté—. Justo la noche antes de que llegara mi carta de reclutamiento.

Las sombras que proyectaba la luz cálida de la chimenea ondulaban entre los pasillos. Y, verlo allí, en medio de aquel lugar donde había leído tantas historias de amor, tantas leyendas...

—Estuve aquel día en que tu vida cambió, sí —dijo con las manos en los bolsillos—. No solo ese. Venía cada noche. Me quedaba en silencio, entre las sombras, sin atreverme a respirar demasiado fuerte. Tú creías estar sola, escribiendo cuentos, ordenando libros, perdiéndote entre historias... como yo me había perdido en ti. Pensaba que jamás podría rozarte, que no estaba hecho para tener algo tan bueno. Pero aun así venía. Porque verte, aunque fuera desde lejos, era lo único que me hacía sentir que aún tenía alma.

Me paré en medio del pasillo. El mundo se me cayó a los pies y tuve que apoyarme contra la estantería para no perder el equilibrio.

—No creí que tú también lo hicieras.

—Hay tantas cosas que no sabes. —Negó con la cabeza—. Estuve contigo más veces de las que crees. En cada noche en que lloraste sin hacer ruido. Te acompañé en silencio del trabajo a casa, incluso cuando no sabías que alguien te cuidaba. Estuve allí el día que tu madre murió.

Se acercó y se plantó justo frente a mí, y yo ya no podía pensar. Él lo había vivido todo: desde fuera, desde dentro, al mismo tiempo. Había estado ahí, en mis peores momentos, y yo nunca lo supe.

—Hoy... hoy ha sido el mejor día de mi vida en mucho tiempo. Verla en casa, escuchar a mis padres discutir por tonterías... —Respiré hondo—. Sé que esto ha sido un regalo. Uno que no sé si merezco.

—Lo mereces, y también lo necesitas para recordarte que hay gente que te quiere, que te espera, que quiere que vuelvas a casa.

Todo ese despertar, esa cena, aquel paseo... eran para recordarme lo que podía perder.

Mis manos se deslizaron bajo su camisa y rozaron sus abdominales y los tatuajes que ya conocía de memoria pero que aún me sabían a misterio.

—Respóndeme solo a una cosa.

—¿Solo una? ¿Dónde ha quedado lo de decir dos secretos?

Me deleité subiendo las manos por su pecho y sentí cómo se contraía bajo mis dedos. Él apoyó los brazos a cada lado de mi cabeza, encerrándome entre la estantería y su cuerpo.

—Hoy solo quiero preguntarte una cosa. Algo que me ronda la cabeza desde que te quitaste la capa en la sala del trono.

—¿Mi trono...? —Sonrió con descaro pegándose más a mí—. Tendría que poner dos.

—Me gusta que haya solo uno. Así tengo una excusa para sentarme encima de ti.

Chasqueó la lengua.

—Hazme la pregunta, Zafiro.

Saqué una mano de debajo de su camisa y llevé los dedos hasta ese mechón rebelde que le caía sobre la frente.

—¿Por qué elegiste el blanco? Sé que puedes adoptar la forma que quieras, el color que quieras..., ¿por qué ese?

—Porque conocí a una niña a la que señalaban por tener el pelo así.

Por ser distinta. Recuerdo cómo fruncía el ceño cada vez que alguien lo mencionaba. Cómo se lo tapaba sin darse cuenta. Cómo empezó a odiar un poco ese color.

Sentí que el corazón se me encogía.

—¿Tu pelo es así por mí?

Él asintió con una sonrisa lenta, casi triste y yo negué con la cabeza.

—Estás obsesionado conmigo. —Rocé sus labios—. Te pones mi color de pelo, te tatúas por mí, me observas cuando leo..., tal vez también cuando canto, cuando bailo... Cuando creía que volvía sola a casa, tú ya estabas ahí.

—No es obsesión —dijo apoyando la frente en la mía—. Es que no sé vivir sin saber en qué rincón del mundo estás. Además, no me gustaba cuando te ibas sola a casa después de trabajar.

—Tienes razón, debería haber tenido más cuidado. La muerte me estaba observando desde las sombras, a la espera para arrastrarme a sus tierras.

—Debería haberlo hecho mucho antes —gruñó—. Fui demasiado considerado dejándote en manos del puto Basilius.

—Tus formas no fueron las mejores. Tal vez debería castigarte por haberme secuestrado.

—¿Y cuál sería ese castigo?

—No tocarme nunca más.

Él fue el que rio entonces.

—¿Tú me estás diciendo eso a mí? ¿De verdad? —Soltó una risa baja—. Desde aquí puedo sentir lo húmeda que estás, mi vida. Joder...

Reuní toda la fuerza inmortal que tenía y lo empujé hasta la estantería de enfrente. Ahora era él quien estaba atrapado entre los libros y mi cuerpo.

—No sabes cuánto te echaba de menos —me susurró.

Me lancé contra su boca y, al hacerlo, sentí sus sombras moverse, reptar por las estanterías, rozar los libros como si también ellas buscaran algo a lo que aferrarse. Mis manos se enredaron en su pelo y tiré de él sin cuidado, queriendo más, exigiendo más.

Me dolían los pechos de tanto rozarme con su cuerpo, de tanto apretarme contra él, y aun así no bastaba.

—Mierda —maldije contra su boca—, no es suficiente.

Él rio, y fue la carcajada más perfecta del mundo. Sus labios descendieron por mi cuello, quemándome la piel a cada beso, y yo me moví contra él desesperada, deseando sentirlo dentro de mí. Pero, de repente, sus manos se quedaron inmóviles en mis caderas. Y sus labios... dejaron de besarme.

—¿Pasa algo...? ¿Es demasiado? —pregunté, de pronto con el miedo de estar yendo demasiado lejos, de ser egoísta con todo lo que acabábamos de vivir.

Me separé un poco para mirarlo. Tenía los labios apretados, la mirada fija en un punto invisible.

—Sky, ¿qué pasa?

—Tenemos que regresar al imperio lo antes posible —tomó aire—, pero antes yo quería preguntarte algo que no he podido quitarme de la cabeza estos días.

Parecía inquieto, casi inseguro. Lo vi dudar, y entonces le tomé el rostro entre las manos.

—Pregúntamelo, te escucho.

—Quiero casarme contigo hoy. Quiero... quiero que seas mi mujer hoy. Antes de que todo vuelva a venirse abajo, antes de que el mundo vuelva a arrebatarnos algo. Quiero aferrarme a lo único que es real. A ti.

El corazón me latía tan fuerte que pensé que podía oírse.

—Sí, Sky. Casémonos hoy. Ahora mismo. —Apreté su rostro entre mis dedos—. No necesitamos a nadie más. Solo tú y yo.

Sus ojos se llenaron de esa luz que parecía habérsele apagado en los últimos días. Soltó un suspiro largo, como si al fin pudiera respirar, y me alzó de un impulso, sujetándome por la cintura mientras yo rodeaba su cuerpo con las piernas. Me reí entre lágrimas. Estábamos rotos y agotados. Pero en ese instante... lo éramos todo.

—Pero tú te mereces algo grande. Mereces que el mundo entero te vea caminar hacia mí.

—Me da igual todo eso —le dije contra la boca—. Solo necesito que estés tú allí. Que me mires como me estás mirando ahora.

Skylar cerró los ojos unos segundos.

—Entonces hagámoslo ya. Porque lo merecemos, Eda. Porque si mañana todo vuelve a estallar, si el mundo intenta separarnos de nuevo..., al menos hoy habremos elegido amarnos.

—Como marido y mujer.

Él asintió con sus labios sobre los míos.

—Aunque solo sea por unas horas, aunque después venga otra guerra..., quiero que me pertenezcas. Y que yo pueda decir que fui tuyo. Aunque el mundo arda. Aunque volvamos a sangrar. Quiero que, al menos una vez, ganemos la batalla. La nuestra.

51
Eda

No estaba sola entre aquellos sauces llorones. De sus ramas caía una luz tenue que parecía anticipar lo que estaba por suceder. Las raíces dibujaban un sendero bajo mis pies, guiándome hacia un final que aún no podía ver.

Unos dedos finos y translúcidos se cerraron sobre mi mano.

—Estás espectacular —me calmó Savannah a mi lado—. Ni un pelo fuera de sitio, y el colorete te ha quedado perfecto. Puedes soltar alguna lágrima si quieres, la máscara de pestañas que te he puesto no se va a mover.

La hermana de Skylar era la única a la que se lo habíamos contado, la confidente en aquella boda secreta, la que sabía que, en unos minutos, él y yo nos uniríamos... para siempre.

Savannah había hecho desaparecer mi ropa habitual con un simple chasquido de dedos. En su lugar, un vestido blanco de encaje se formó sobre mi cuerpo. El corpiño, ceñido al pecho y con corte palabra de honor, realzaba con elegancia mis clavículas y hombros. El encaje, tejido con hilos plateados casi imperceptibles, dibujaba sobre mi piel formas que evocaban ramas de árboles sagrados o constelaciones olvidadas.

Desde la cintura, la tela caía en una cola inmensa que se deslizaba como un río de luz sobre la hierba brillante de Bankai, dejando un leve rastro de escarcha mágica allí donde pasaba.

En la coronilla, Savannah me había colocado una pinza plateada en forma de ala. De ella nacía un velo translúcido que descendía cubriéndome el cabello suelto que caía en hondas suaves por mi espalda, como si el propio viento lo hubiese peinado. El velo rozaba apenas mis hombros y se extendía hasta besar la hierba y acariciar los bordes del sendero de sauces llorones.

Mi cuerpo temblaba. Había llegado el momento con el que más había soñado, aquel que había imaginado miles de veces, preguntándome quién estaría al final de aquel camino.

Antes pensaba que, llegado el instante, quizá me echaría atrás..., que dudaría. Que me preguntaría si él era el indicado, si ese era realmente mi destino. Pero ahora, envuelta en magia, con el corazón latiendo como nunca, no quedaba espacio para dudas. Todo en mí estaba decidido.

La Eda de hacía siglos —Kaiserin— también caminó hacia un altar. Fue en un palacio dorado, entre cortinas de terciopelo y cientos de ojos atentos. Se casó con quien creyó que era el amor de su vida... Dalton. A veces me preguntaba si en aquel momento sintió un nudo en la garganta. Si, en algún rincón de sí misma, supo que él no era el final del camino, solo un desvío. Porque ningún juramento, por sagrado que sea, puede reescribir lo que ya está sellado en la sangre y en la magia.

El verdadero destino del fénix siempre fue caminar hacia el dragón.

—¿Preparada? —me preguntó con otro apretón suave.

Inspiré hondo.

—Siempre lo he estado.

Mis pies descalzos rozaban la hierba húmeda mientras empezaba a avanzar, siguiendo la suave curva del sendero.

A nuestro alrededor flotaban flores etéreas y, en lo alto, la luna llena presidía la noche, envuelta por las auroras boreales de Bankai que danzaban entre las estrellas.

Caminé despacio, tratando de saborear cada segundo, grabando cada detalle del lugar que nos había elegido. A lo lejos, entre los troncos y la bruma, comenzaron a surgir criaturas mágicas que nunca antes había visto, almas con ojos grandes y sabios que nos miraban sin juicio. No parecían venir a interrumpir, sino a presenciar.

—Al parecer, no serás la única que asista a esta boda —le susurré a Savannah con una sonrisa nerviosa.

—En Bankai, nunca estás sola. Ni siquiera cuando crees estarlo.

Giramos y, por un instante, sentí que el corazón se me detenía.

Allí estaba él, erguido como un dios hecho carne, como si la noche misma lo hubiera vestido para el momento. Llevaba un traje azul marino que abrazaba su figura; el tejido parecía absorber la luz de las auroras sobre nosotros y reflejarla en hilos plateados que serpenteaban desde el cuello hasta los puños. Sobre sus hombros descansaba una capa del mismo tono oscuro, que caía hasta rozar el suelo y ondeaba detrás de él.

Me quedé sin respiración.

Skylar me esperaba al pie de un altar improvisado, tan elegante y hermoso que por un momento olvidé cómo se caminaba.

Bajo el sauce llorón más antiguo y enorme de todo Bankai, se alzaba aquel rincón y, a pocos metros, Kali yacía tumbada sobre la hierba.

La mano de Skylar estaba sobre su corazón, y por sus mejillas se deslizaban lágrimas que le resultaban imposibles de contener.

Seguí caminando hasta que solo nos separaron unos pasos. Tenerlo tan cerca y no tocarlo se volvía casi insoportable. Iba a casarme con él. Y no había nada más que deseara, ningún otro lugar en el mundo donde quisiera estar.

Savannah guio mi mano hacia la de él. Skylar la sostuvo, y luego atrapó la otra entre sus dedos. Quedamos enfrentados, solo él y yo, en medio de todo... y de nada más.

—Llevo veinte milenios viendo cosas imposibles. Mundos nacer, estrellas apagarse..., pero nada se compara a cómo te ves ahora.

Savannah dio un paso hacia nosotros, con la misma elegancia con la que siempre se movía, y alzó el velo con ambas manos. Lo extendió por encima de nuestras cabezas. Luego nos indicó que uniéramos las manos. Las cuatro quedaron entrelazadas, justo en el centro de nuestros pechos, allí donde los corazones latían al mismo compás.

Mientras Savannah empezaba a recitar las palabras del antiguo rito, yo solo podía mirarlo a él.

—Hasta el fin de la eternidad —dijo primero él.

—Hasta el fin de la eternidad —respondí, dejando que cada palabra saliera desde lo más profundo de mi pecho.

Savannah parecía contener las lágrimas al colocar sus manos sobre las nuestras. Su voz tembló cuando pronunció:

—Hoy unimos estas dos almas bajo una misma promesa. Que el yin y el yang se reconozcan como uno solo. Que el fuego y la sombra se entrelacen, no como opuestos, sino como partes de un mismo todo. Que sus destinos, escritos en sangre, magia y tiempo, no vuelvan a separarse jamás.

Cuando Savannah terminó de pronunciar las palabras, un hilo de sombra surgió de la piel de Skylar y otro de fuego azul brotó de la mía. Se alzaron, danzando entre sí, envolviendo nuestras muñecas en una trenza hecha de nuestras esencias.

En su dedo anular, un anillo plateado emergió, moldeado por la misma magia, y en el mío, justo donde reposaba el anillo de promesa, entre los dos diamantes, nació una piedra nueva.

—Un zafiro —susurré al verlo deslumbrada.

—Eres la única que puede llevar una piedra como esa. Digna de ti y de tu nombre.

Sky fue el primero en inclinarse hacia mí. Sus labios encontraron los míos y nos besamos mientras nuestras lágrimas caían sobre nuestras manos entrelazadas. El fuego azul y las sombras que nos envolvían danzaron una última vez antes de fundirse con nuestra piel. Se separó de mí, y con ambas manos me retiró el velo. Luego, Savannah lo tomó entre las suyas. Lloraba también, aunque lo hacía con una sonrisa luminosa.

—Tengo que contarte algo sobre la primera noche de casados en Bankai —empezó a decir Skylar.

—¿Una historia?

No respondió. En su lugar, se inclinó y le dio un beso en la coronilla a su hermana, que seguía observándonos con ese orgullo tierno que no necesitaba palabras.

—Es hora de la escapada —dijo Savannah limpiándose las mejillas con el dorso de la mano—. Disfrutad de la noche. Kali se quedará conmigo.

Skylar volvió a tomar mi mano y entrelazó los dedos con los míos.

—Vamos. Aún queda mucha noche por delante.

No esperaba que mi noche de bodas empezara así, volando a lomos de un dragón de sombras. Pero si hubiera tenido que elegir, no habría cambiado nada.

Sobre nosotros, las estrellas parecían más cercanas que nunca. El cielo se abría infinito, y yo llevaba los brazos extendidos, dejando que el viento se deslizara entre mis dedos. Skylar, en su forma de dragón, surcaba las alturas como una sombra alada.

Bajo mi cuerpo, su lomo poderoso vibraba con cada batida de alas, y mi vestido blanco flotaba a mi alrededor, enredándose en sus escamas.

Me había contado lo de la primera fuga, aquel antiguo ritual en el que la magia abría un umbral hacia un rincón oculto, un lugar que no pertenecía a ninguna tierra, un espacio fuera del tiempo. Pero para que ese umbral se abriera, la magia necesitaba algo más..., algo que la hiciera cantar. Por eso Skylar decidió volar lejos, alejarnos de nuestras tierras, hasta que Bankai hiciera lo suyo.

Sujétate fuerte, me aconsejó.

Soy una jinete, lo tengo bajo con...

Se alzó tan alto que creí que tocaríamos la luna, y luego se dejó caer en picado, con las alas replegadas. Solté un chillido y lo abracé con fuerza, maldiciéndolo en cada idioma que conocía.

Con Kali era más fácil. Era ligera, ágil. Pero Skylar... era otra cosa.

¡Estás muerto, O'Hara!, le grité mientras descendíamos a toda velocidad.

El viento me levantaba el vestido y me cortaba la piel. Parecía que íbamos a estrellarnos contra el suelo, que el impacto era inevitable..., pero no.

El mundo desapareció a nuestro alrededor.

Bankai ha elegido nuestro lugar, me informó mientras desplegaba las alas para planear sobre la cima de una montaña. Me incorporé con el corazón aún acelerado y miré hacia abajo, buscando entender dónde estábamos. Pero lo único que vi fue su reflejo.

¿Un lago encima de una montaña?, pregunté.

Skylar descendió un poco, lo que me permitió verlo mejor. Aquel lago, suspendido en lo alto del mundo, parecía imposible. A su alrededor se abrían decenas de grietas por donde el agua rebosaba en forma de cascadas que caían al vacío.

Cuentan las leyendas que, mucho antes de que existieran el yin y el yang, incluso antes de que Bankai tomara forma, hubo criaturas feéricas que no eran ni dragones ni fénix. Criaturas antiguas, olvidadas, hechas de magia pura.

¿Feéricas?, inquirí.

Sí, pero no eran como las que conocemos. No dejaron libros ni relatos. Todo lo que querían que el mundo supiera se lo confiaban al agua.

¿Cómo que al agua?

El agua fue el primer espejo del mundo, dijo él.

¿Y qué le confiaban?

Recuerdos, pactos que no podían romperse, vínculos capaces de alterar lo que parecía fijo. El agua no distingue entre pasado y futuro, solo conserva lo que el alma no puede olvidar.

¡Mira, Sky!, exclamé señalando con el dedo hacia el centro del lago. *Ahí, ¿lo ves? Parece un muelle.*

En el centro, se alzaba una plataforma de mármol blanco. El tiempo la había erosionado hasta dejar sus bordes irregulares.

Nos desvanecimos y aparecimos de pie sobre aquel lugar que Bankai había elegido para nosotros. Me dio vértigo estar allí, con los pies descalzos, contemplando el lago que caía en cascada hacia el vacío. Más allá del borde, no había tierra, ni montañas. Solo niebla.

Al girarme por encima del hombro, vi cojines y mantas dispuestos sobre el mármol, rodeados de velas. Las encendí con un solo pensamiento.

—Siempre aprovechas el momento en que me distraigo —reí, negando con la cabeza.

Los ojos de Sky me recorrían de arriba abajo mientras se mordía el labio.

—Ese vestido es espectacular, pero voy a arrancártelo, ¿vale? Mañana te dejo cien iguales en el armario.

—¿Cien?

—Mil. Los que quieras.

Lo miré con gesto pensativo justo cuando él apretaba los puños, y por el rabillo del ojo vi cómo el agua se agitaba. No era solo el lago, toda la montaña parecía responder a su deseo.

—Ya veo que tienes ganas —dije al pasar junto a él, deslizándome por el borde del muelle hasta asomarme al agua—. Pensaba que los dragones sabían controlar mejor esos impulsos.

—No sabes cuántas ganas tengo de hacerle cosas impensables a mi mujer —gruñó detrás de mí.

—Repítelo.

—Mi mujer.

—Una vez más —pedí ya sin aliento.

No me contestó con palabras. Sus manos se deslizaron hasta mi escote y, de un solo tirón, el vestido se rasgó. Mis pechos quedaron al aire, y un gemido traicionero escapó de mi boca.

—Mi mujer.

Siguió desgarrando el vestido y después dejó que la tela cayera a sus pies, como tantas veces antes… y tantas más que vendrían.

—Eres mía —gruñó contra mi oído—. Y, esta noche, voy a recordártelo con cada parte de mi cuerpo.

Skylar se arrodilló ante mí y hundió una rodilla en el mármol. La capa se desplegó detrás, y sus manos subieron por mis piernas hasta que me tuvo completamente abierta ante él.

—Tengo a la muerte de rodillas. —Le acaricié el mentón mientras el anillo brillaba bajo la luna.

—Siempre me has tenido así.

Besó mi abdomen desnudo y luego siguió bajando en una hilera de besos húmedos que dejaban un camino de fuego allí donde me rozaba. Me levantó una pierna y la apoyó sobre su hombro, su mano apretando mi cintura.

—Mía —murmuró justo antes de meter la cabeza entre mis piernas, buscando ese punto exacto y empapado que me hizo perder el equilibrio… y la consciencia.

En un segundo ya me tenía tumbada, con las piernas abiertas solo para él. Su lengua se movía contra mi centro, lamiendo y succionando sin piedad, mientras sus dedos entraban y salían de mí con fuerza, arrancándome gemidos que no sabía que pudiera emitir.

Lo obligué a levantar la cabeza porque necesitaba besarlo y, al hacerlo, también obtuve lo que quería. Sus manos quedaron entrelazadas con las mías mientras entraba en mí, centímetro a centímetro.

—Mi marido —le recordé.

Skylar me embistió con la brutalidad que solo él dominaba, hundiéndose en mí una y otra vez, haciéndome gritar, gemir, aferrarme a sus hombros como si pudiera detener ese torbellino. Sus manos, a cada lado de mi cuerpo, partieron el mármol cuando se tensó, pero ni el crujido nos detuvo. Seguía dentro de mí, besándome entre jadeos, mordiéndome el cuello mientras mi espalda se arqueaba para recibirlo.

Mi marido. Solo mío. Cada maldita parte de él me pertenecía, igual que yo era suya, sin escapatoria, sin medida.

Agotada y sin aliento, me quedé apoyada en su pecho.

Skylar me hablaba en voz baja, contándome anécdotas de sus milenios, mientras yo le hacía preguntas sobre su hermana, sobre Raider, sobre todo lo que aún no sabía de él. Quería entender qué había hecho durante tanto tiempo, cómo se sobrevivía a veinte mil años de existencia.

—El tiempo es relativo, Eda. Créeme. Puedes vivir veinte milenios y que no signifiquen nada. O vivir veinte años y que lo cambien todo.

No lo decía con amargura, sino como quien ha mirado demasiado tiempo hacia atrás y se ha dado cuenta de que casi nada importa si no lo sientes. Me explicó que había siglos enteros de los que no recordaba ni una conversación. Épocas que se le habían ido como arena entre los dedos. Y por primera vez entendí que no era el tiempo lo que contaba, sino lo que hacías con él.

Con una mano extendida sobre el agua quieta, lo seguía escuchando mientras trazaba círculos lentos con los dedos. Fue entonces cuando lo noté: el color del lago ya no era negro. Una luz suave, de un tono violeta, comenzaba a expandirse bajo la superficie.

—Sky, ¿ves eso? —Me incorporé sin dejar de tocar el agua, que parecía aumentar su brillo cuanto más la movía.

—Aparta la mano —ordenó él, y yo obedecí sin discutir, porque ese color... no presagiaba nada bueno.

Se colocó a mi lado.

—¿Crees que hay algo ahí abajo? —pregunté.

—Creo que el agua intenta mostrarnos algo que no está aquí. Algo que... —Skylar se quedó en silencio de golpe.

Unas garras emergieron del agua. Cinco dedos delgados y afilados se alzaron en el aire.

Reconocí de inmediato aquella piel ceniza, surcada por venas negras como la tinta.

—Esa mano pertenece a una zarkass.

—Eda —me advirtió Skylar. Pronunció mi nombre con esa voz que usaba cuando sabía exactamente lo que iba a hacer. Y no se equivocó.

Me incliné sobre el lago y me lancé hacia la mano que emergía del agua. La cogí con mis cinco dedos y tiré con fuerza, decidida a no soltarla.

La zarkass luchó, intentó zafarse, pero yo no cedí. Necesitaba respuestas. Necesitaba que quien estuviera al otro lado supiera que yo me encontraba allí.

La mano dejó de resistirse, y fue ella quien me sujetó. Me atrapó por la muñeca, y tiró de mí hacia su mundo.

—¿Quién eres? —pregunté sin saber siquiera si podía oírme.

Skylar, a mi lado, se mantenía inmóvil. Sabía que, al menor indicio de amenaza, actuaría sin dudar, pero, por ahora, parecía estar dándome tiempo.

En medio de aquel vaivén acuático, donde el violeta dominaba, algo brillaba con un resplandor esmeralda. No era fácil distinguirlo.

—¿Eda? ¿Eres tú?

Cuando la voz masculina de un hombre me respondió, dejé de hacer fuerza. Solté aquella muñeca de inmediato.

—¡Adriel! —grité al reconocer la voz de mi amigo—. Adriel, ¡¿eres tú?!

Otra mano emergió entonces de la superficie: la de un hombre, la de mi amigo.

La mano del jinete que había sido devorado por la grieta.

Me incliné más hacia el agua y Skylar me sujetó del brazo, sabiendo que, en cualquier momento, me lanzaría solo para comprobar si realmente estaban allí.

—Es solo un reflejo que el lago te muestra, no están ahí abajo —me recordó a mi lado, mirando las manos que sobresalían del agua.

Adriel volvió a hablar:

—Soy yo, Eda. Somos Valeska y Adriel.

Un vuelco me sacudió el pecho. Pensé que tal vez era una ilusión, una trampa del agua. Pero al coger su mano, la sentí tan real…

Adriel estaba allí.

—¿Dónde estáis? —insistí en saber—. Estoy con Iron Shadow. Él está a mi lado.

Me llegó otra vez la voz de Adriel, aún más distorsionada.

—Estamos en la ciudad enterrada, Eda. Escúchanos. Sabemos lo que dice la profecía.

—Somos los lazos —me apresuré a decir.

—Hemos encontrado el Ojo de Nyxar —intervino Valeska. Su voz sonaba cada vez más lejana—. Solo necesitamos salir de aquí. Pero para destruir esta cosa necesitamos que bajéis.

—No hemos encontrado la maldita entrada, Adriel.

—Eda... —me llamó—. Eda, no te oigo bien. Tenéis que saber que aquí abajo nuestra magia no funciona... Eda, no somos los únicos que...—Su voz comenzó a desvanecerse, mientras aquel brillo violeta junto con el esmeralda se apagaba poco a poco.

«No, no, no...».

—¡Os sacaremos de ahí! —grité—. Solo necesito que os dirijáis a Aurik.

La voz de Valeska estalló al otro lado del agua.

—¡Sé cómo salir de la ciudad! ¡Lo sé! Solo tengo que acercarme a la bestia.

—¿Bestia? ¿Qué bestia? —pregunté, pero nadie contestó—. ¡Saldréis de ahí! ¿Me oís? ¡No vais a quedaros atrapados!

Las manos de Adriel y Valeska se hundieron de nuevo en el agua, y la luz que los rodeaba se desvaneció.

Solté un suspiro tembloroso y fijé la vista en la superficie, incapaz de respirar.

—Esa luz esmeralda era el Ojo de Nyxar —dijo Skylar, que hasta entonces había guardado silencio—. Lo han encontrado.

Me giré hacia él. También tenía la mirada clavada en lo que acabábamos de presenciar, algo que no tenía explicación. Era como si dos mundos —uno enterrado bajo tierra y otro a miles de kilómetros de allí— se hubieran cruzado. Como los portales que abríamos al salir de Bankai, solo que ese no lo habíamos abierto nosotros.

—Eda —me llamó, y su tono de voz me erizó la piel.

Vi cómo su rostro se tensaba, cómo se le marcaba la mandíbula.

—¿Qué sabes, Sky?

—La ciudad no tiene entrada. No tiene cerraduras. Mientras tú descansabas, el imperio ha estado buscando por todas partes. En Aurik. En las ruinas. En cada grieta maldita de este sitio. Incluso yo lo intenté.

Parpadeé desconcertada.

—¿Y?

—Nada. —Tragó saliva—. No hay puertas ocultas. No hay túneles, no hay símbolos. Revisamos el lago donde parecía brotar la magia. Dalton evaporó toda el agua, escarbamos en el fondo y no había nada.

—¿Cómo que no hay puerta? —Me incorporé—. La profecía lo dice. «Dos cerraduras fuera. Una, dentro». Las zarkass lo sabían. ¡Valeska lo sabía! Decían que ella tenía que bajar... ¡porque la ciudad debía abrirse también desde dentro!

—Sí —asintió serio—. Y eso es lo que me lleva a pensar que la hemos entendido mal desde el principio.

—Entonces... ¿qué significa que Valeska sabe cómo salir? ¿Y qué tiene que ver una bestia? ¿Por qué ha dicho eso?

—Porque solo hay una forma de abandonar esa ciudad. Y Valeska lo ha entendido. No hay puertas. La única salida es usar el mismo maldito método que usaron para entrar.

Mis ojos se abrieron de golpe.

—El centinela.

Skylar asintió con gravedad, y yo solo pude pensar que aquello era una locura. Si Valeska planeaba enfrentarse a esa criatura —o, peor aún, controlarla— entonces estaba cruzando una línea irreversible.

—Si va a lanzarse a una misión suicida —apreté los puños—, entonces yo también. No voy a quedarme aquí esperando. No pienso dejarla sola. Aunque sea lo último que haga.

52

Adriel

—¡Sé cómo salir de la ciudad! ¡Lo sé! —confesó Valeska, mientras Adriel mantenía la mano extendida bajo el agua para aferrarse a la de Eda—. Solo tengo que acercarme a la bestia.

Adriel miró a Valeska con los ojos abiertos de par en par, intentando asimilar lo que acababan de oír. La voz de Eda, cada vez más lejana, se desvanecía. Luego su mano se hundió en el agua… y desapareció.

Valeska golpeó el agua con una palmada furiosa.

—¡Joder! —espetó, y volvió a azotar la superficie—. ¡Haced que vuelva a aparecer! ¡No he terminado!

Adriel seguía atónito. Había hablado con su amiga a kilómetros de distancia, un milagro que solo podía haber ocurrido por obra de la ciudad. Pero lo que de verdad lo dejó helado fueron las palabras que acababan de salir de la boca de Valeska: «Solo tengo que acercarme a la bestia».

—¿Cómo que sabes cómo salir de la ciudad? Estoy perdido en esta puta tumba de piedra y, para colmo, contigo. ¿A qué te refieres, Valeska?

Ella seguía con las manos apoyadas sobre la piedra. El agua le llegaba a los codos. Lentamente se giró sobre el hombro, y sus ojos, del color del vacío, se clavaron en los de él.

—La única forma de salir de esta prisión es hacerlo por donde entramos. Por el puñetero techo.

Adriel soltó una carcajada amarga y sacudió la cabeza.

—¿Y qué? ¿Vas a pedirle por favor a esa cosa que nos saque de aquí? Claro, seguro que te deja montarte en su lomo como si esto fuera un paseo por las nubes.

—Adriel.

—No. No me sueltes esa mierda y luego te quedes callada. ¿Qué estás planeando? ¿Por qué has dicho que sabías cómo salir si ni siquiera sabemos si sobreviviremos? ¡Valeska, joder!

Ella le dio una bofetada con la palma abierta, directa al rostro. Las garras apenas lo rozaron.

—¡¿Puedes callarte un segundo y escucharme?!

Adriel se quedó inmóvil, con el pecho subiendo y bajando a un ritmo frenético.

—¿Acabas de pegarme, Val?

—Yo... yo no... ¡No me escuchas!

—¿Acabas de pegarme? —repitió él, y la diferencia de tamaño entre ambos se hizo evidente. Ella se encogió un poco, como si todo el aire hubiera abandonado su pecho.

Valeska tragó saliva.

—Sí. Te he pegado.

Esa mujer lo iba a volver loco. Era agresiva, feroz, capaz de plantarle cara a cualquier criatura sin pestañear... pero, aun así, tenía miedo. No de él. De lo que venía después. Del recuerdo. Porque Adriel lo entendía, cada vez que había alzado la mano contra un hombre, el castigo había sido inmediato.

—Bien. No tengas ningún miedo de hacerlo otra vez —susurró él a escasos centímetros de su rostro—. Hazlo. Quiero ver que no me temes. Que puedes tocarme sin que te tiemblen las manos. Porque no soy uno de ellos.

Ella apretó la mandíbula.

—Yo no... —Sus palabras se quedaron colgando en el aire cuando él la tomó por la barbilla y la obligó a alzar el rostro.

—Estás preciosa cuando me mandas callar —dijo con la voz ronca y un hilo de sangre comenzó a correrle por la mejilla—. Me lo merecía. Y, si alguna vez vuelvo a cruzar esa línea, hazlo otra vez. No te contengas. No pienses en lo que yo pueda hacerte. Porque no voy a tocarte jamás, lo único que quiero... es que nunca vuelvas a sentirte pequeña delante de nadie. ¿Entendido?

—Entonces te voy a dar muchas palizas.

Adriel soltó una carcajada baja.

—Estaré encantado de recibirlas. —Sus labios rozaron los de ella sin llegar a besarlos.

Por todos los dioses, quería devorarla ahí mismo. Comerse viva a esa hembra que había salido huyendo no por debilidad, sino por algo mucho más difícil: aceptar que podía confiar. Que podía entregarse. Que ya no tenía que pelear con uñas y dientes todo el tiempo.

Ni con él.

Ni con el mundo.

Ni consigo misma.

—Adriel, estás sangrando —dijo ella con un rastro de culpa en la voz—. Tienes mi veneno en la mejilla.

—No pasa nada. —Se pasó el dorso de la mano por la herida—. Me recuperaré.

—Eres un hombre muy débil, ¿lo sabías? Te vas a desmayar como un pajarillo.

—¿Y si me desmayo, te quedarás a cuidarme o me dejarás tirado como un trapo?

Ella resopló y volvió a ponerse en pie, con los ojos perdidos un momento en la nada, escuchando algo que solo ella podía oír. Adriel se incorporó también y la observó con atención.

—¿Qué te están diciendo? —preguntó sin ocultar su frustración—. No entiendo por qué no se comunican también conmigo. Sería mucho más fácil si lo hicieran.

—Devolvedme mi magia —les pidió a las paredes, a los dragones, a todo lo que pudiera oírla—. Si de verdad soy la llave, si este es mi papel..., entonces dejadme salir. Saldré de este lugar y traeré a los míos. ¡Volveré a por vosotros, lo juro! ¡Os ayudaré!

La cueva respondió con el mismo silencio helado de siempre, pero Valeska bajó la cabeza y soltó una amarga carcajada.

—¡Eso es imposible! —Alzó la voz de pronto—. No tengo poderes. Los perdí en cuanto caímos aquí. Desde entonces no siento nada. Nada funciona.

Adriel entendió de qué iba todo aquello. Valeska les exigía que le devolvieran su magia, aunque tal vez los dragones no tuvieran nada que ver con su pérdida. Pero él sí sabía algo con certeza: Valeska no la había perdido del todo. Aún conservaba poder. Lo había visto con sus propios ojos, aquella misma noche, justo antes de besarla. El humo grisáceo había surgido de su piel, pudriendo las sábanas, la madera, incluso el suelo de la habitación.

—La magia sigue corriendo por tu sangre, Val.

—Pero no puedo acceder a tu mente —murmuró ella frustrada—. No puedo tocarla, ni arrastrarla, ni aplastarla. Es como si estuvieras fuera de mi alcance.

Adriel ladeó la cabeza y una sonrisa casi cruel se dibujó en sus labios.

—¿Y estás segura de que lo has intentado de verdad? ¿Con todas tus fuerzas? Porque lo dudo mucho.

Valeska se quedó quieta, congelada.

—No quiero hacerte daño —dijo al fin—. No quiero volver a hacerlo. No he intentado...

—Hazlo.

—Adriel…

—Hazlo, Val. Inténtalo de verdad. No voy a romperme, no soy de cristal. —Dio un paso hacia ella—. Puedo soportarte. Puedo con todo lo que eres.

Entonces la sintió dentro de su consciencia. Como una garra invisible y poderosa que reptaba por los rincones más ocultos de su mente y se metía en cada grieta de su voluntad. Adriel se dobló, tal y como hizo aquella vez en el campo de entrenamiento de Novadia.

Muerte…, resultaba abrumador.

El poder que ella tenía no era solo destructivo, sino dominante, total. Y en cuestión de segundos, lo tenía prácticamente de rodillas.

Valeska dio un paso atrás y el dolor se esfumó de golpe. Adriel alzó la vista, y lo primero que vio fueron sus ojos bien abiertos, brillando de certeza, de algo que no había sentido en mucho tiempo: seguridad en sí misma.

—Ahora cuéntame tu plan —le pidió él, aún jadeante pero sonriendo con orgullo—. Confío en que nos sacarás de aquí.

53

Elandra

Elandra descansaba entre los brazos de Liral, que desde hacía días había aceptado compartir la cama con ella.

Al principio, Elandra solo se sentaba allí, inmóvil a los pies, vigilando en silencio. Pasaba horas observando el rostro exhausto de Liral mientras su cuerpo se recuperaba, sin atreverse a tocarla más allá de lo necesario. Había canalizado una cantidad brutal de magia. Había peleado contra los noctífagos, contra esos jinetes que se atrevieron a montar sus propias criaturas, convertidas en armas.

Liral había entregado toda su energía para desvanecerlas de las cordilleras de Arcadia hasta Valdemar, el epicentro de lo que pudo haber sido el final de todo lo que conocían.

Elandra no tenía palabras para describir lo que había presenciado aquel día. Nada la había preparado para lo que sintió al ver cómo aquella cúpula de sombras se alzaba sobre el bosque y se extendía sin límite, cubriendo kilómetros de tierra. Tan vasta, tan alta, que tal vez podía verse incluso desde el imperio.

Pero lo peor fue reconocer de dónde provenía aquel poder.

Aquella cúpula no eran solo sombras alzándose sobre el mundo. Era el poder de Iron Shadow, deformado por la urgencia, alzado como el último recurso para contener lo imposible.

La furia de la primera llama.

La furia de Eda.

La furia de su mejor amiga.

Elandra aún recordaba la sensación de tener a Liral inconsciente entre los brazos, de rezar una y otra vez, deseando que todo se detuviera, que la tierra dejara de temblar, que el fuego se apagara.

No supo si fueron minutos u horas las que pasó allí, bajo las alas del dragón del emperador, conteniendo el aliento junto a los demás mientras Iron Shadow luchaba por contener el caos. Solo quería que aquello terminara, que su amiga estuviera bien. Y si no lo estaba... si ya era demasiado tarde..., Elandra solo deseaba que al menos quedara algo. Que el cuerpo de Eda no hubiera sido consumido por sus propias llamas.

Cuando el temblor cesó, Long recogió sus alas. La llama idealis del emperador, que envolvía al dragón, empezó a apagarse poco a poco hasta disiparse en el aire. Y con ella, se reveló lo que la tormenta de poder había dejado atrás.

Ya no había bosque.

No quedaba un solo árbol en pie. El suelo había desaparecido, sustituido por una alfombra espesa de ceniza caliente. Ni tierra, ni roca. Solo restos. Solo el polvo gris de lo que alguna vez fue vida.

¿Así era una guerra?, se preguntó sin apartar la vista del paisaje arrasado, con Liral aún entre sus brazos.

Vio cómo las figuras de Nolan, Savannah y Dalton corrían hacia lo que quedaba del bosque. Esquivaban los restos humeantes, decididos a encontrar los cuerpos de Eda e Iron Shadow.

Elandra se removió entre las sábanas, acurrucándose en los brazos de Liral, que por fin parecía dormir con normalidad, sin pesadillas visibles, sin susurros que escaparan de sus labios. Agradeció que Liral no escuchara los gritos desgarradores del emperador, ni la voz rota de Nolan llamando a su hermana entre las ruinas. No vio cómo Elandra la cargó con las últimas fuerzas que le quedaba para ponerla a salvo antes de correr en busca de su amiga. No presenció el cuerpo inmóvil de Eda en brazos del emperador, ni sintió la lágrima de la muerte al caer sobre la tierra quemada, sellando el instante en que Nolan se arrodilló, destrozado por el dolor. Tampoco vio cómo Iron Shadow se llevó a Eda envuelta en su sombra, con la última esperanza de salvarla.

Levantó la mano para acariciarle la mejilla y apartarle los mechones oscuros que caían sobre aquella boca que había besado por primera vez aquel día horrible.

—¿No puedes dormir? —preguntó Liral somnolienta, abriendo esos ojos color avellana que Elandra distinguía incluso en la penumbra de la habitación.

—Me gusta más mirarte mientras duermes, es mi forma de descansar.

Sin previo aviso, Liral se abalanzó sobre ella, atrapó su labio inferior entre los dientes y tiró de él con suavidad. Sus manos le rozaron las mejillas mientras se acercaba aún más, respirando contra su piel, sin apartar los ojos de los suyos.

Su relación era complicada, sí, pero en ese momento no había espacio para dudas. Días atrás, cuando a Liral la habían trasladado de nuevo a sus aposentos para rehabilitarse, ella permaneció allí. No en una silla, no en un rincón, sino a los pies de su cama. Veló por ella en silencio, noche tras noche, sin atreverse a rozarla, a marcharse.

Cuando Liral por fin despertó, abrazó a Elandra con los brazos aún débiles... y la besó. Sus labios se encontraron sin pedir permiso, con la naturalidad de algo inevitable, como si el cuerpo hubiera recordado antes que la mente. Liral la besó hasta que el mundo se aquietó, hasta quedarse sin aliento, exhaustas, saciadas.

—Haces que estos días sean más fáciles de soportar. Haces que quiera cerrar los ojos y dormir —le confesó Liral al separarse de sus labios, aún entrelazadas en aquella cama.

Elandra tragó saliva y disimuló el gesto en la oscuridad, ocultando el nudo de miedo que le subía por el pecho. Liral se había comportado así en los últimos días: la buscaba, la abrazaba, la besaba. Y ella... ella se sentía atrapada en un sueño del que no quería despertar. Pero, en el fondo, algo no encajaba.

—Hoy no has desaparecido en medio de la noche. —Elandra sacó el tema y, a su lado, Liral se tensó.

—Hoy solo quiero estar aquí.

Elandra no la creyó ni una pizca. La conocía demasiado bien. Era experta en escabullirse en mitad de la noche, ya fuera para entrenar, para reunir información o para mover los hilos en las sombras y salvar el imperio sin que nadie lo notara. Y aunque Elandra seguía sintiéndose como una joven inexperta en medio de un mundo lleno de inmortales con siglos de historia, había algo en ella, algo profundo e instintivo, que le decía que Liral no era solo parte de la solución.

Ella era la solución.

—Sé que te guardas cosas para ti. Que tomas decisiones a escondidas, creyendo que así me proteges. Y entiendo por qué lo haces..., pero también me asusta, porque no sé hasta dónde estás dispuesta a llegar por miedo a perderme.

«Me asusta que te estés comportando así», quiso decirle.

Liral suspiró y le tomó la mano para acariciarle la palma con los dedos.

—Estas noches he estado haciendo más guardias de las que nos tocan. No puedo quedarme tumbada en la cama, pelirroja. Necesito moverme. Necesito sentir que soy útil.

—Ya eres útil —respondió Elandra sin soltar su mano—. Salvaste a todas las zarkass cuando te desvaneciste para buscar los frascos de sangre que dejó Eda. Las proteges cada día. Has pasado horas cuidando a esa niña que casi fue asesinada a manos de su propio padre. Has hecho incontables guardias en el desierto. Fuiste tú quien propuso llevar a todos a la grieta. Si se hubieran quedado en la fortaleza, esas criaturas jamás se habrían acercado a la grieta y las zarkass no habrían podido salvarnos a todos. No habríamos sobrevivido.

—Fuiste tú la que supo que atacarían Arcadia. Fuiste tú quien se dio cuenta de que los mortales estaban en peligro, de que pasaría algo con las criaturas.

—Lo sé. Pero yo no me siento inútil ante todo esto. Sé lo que hice. El problema es que pareces no darte cuenta de lo que has hecho tú.

Elandra tenía el corazón encogido, porque sabía que Liral nunca sería capaz de ver todo lo que hacía por los demás. Nunca se atribuiría el mérito. Siempre querría dar más, hacer más.

—No es suficiente —sentenció—. Nunca lo será.

Elandra la observó en silencio durante un segundo, sintiendo cómo se abría el abismo entre ellas. Luego se incorporó en aquella enorme cama.

—Sé que has estado viendo a Iron Shadow cada noche.

Elandra solo había vuelto a verlo una vez después de su regreso del infierno. Tras sobrevivir contra todo pronóstico y volver a Arcadia con vida, él apareció para hablar con todos. Su rostro era inescrutable, pero sus palabras fueron suficientes: Eda estaba viva. Estable. Aunque su cuerpo tardaría días en recuperarse, respiraba.

Después de aquello, Iron y Dalton se encerraron en una sala durante dos horas. Nadie supo qué se dijo, nadie se atrevió a preguntar. Y cuando finalmente las puertas se abrieron, Iron ya se había ido.

—¿Qué te hace pensar que es así? —Liral se incorporó también.

—Porque los dos sois iguales.

Al parecer, Iron Shadow y ella eran un reflejo el uno del otro. No solo por su temperamento, ni por la forma en que las sombras parecían moverse con ellos. Eran iguales porque, en el fondo, ambos harían lo que fuera por proteger a las personas que amaban.

—Has dicho que no es suficiente todo lo que haces, pero yo sé que buscas algo más. Respuestas. Más allá de lo que todos sabemos, y solo él puede dártelas.

En medio de la oscuridad, sus miradas se encontraron. Pero el momento se desvaneció con el alboroto al otro lado de la puerta: voces tensas, pasos apresurados. Y entre todo aquello se escuchó decir:

—El fénix ha vuelto.

54

Eda

La primera fuga, aquel ritual que no te llevaba a otro lugar, sino a otro plano suspendido fuera del tiempo, ajeno a cualquier tierra conocida, fue lo que nos condujo hasta aquel lago, cuyas aguas parecían haber cruzado mundos enteros, desdibujando las fronteras del tiempo, permitiéndonos oír lo imposible: que Valeska conocía la salida. Que sabía cómo escapar de la ciudad enterrada, a miles de metros bajo el imperio.

Un imperio ahora en ruinas...

Kali posó sus enormes patas en la arena del desierto, justo ante la entrada de la Fortaleza de Gea. Cuando bajé de ella, el viento me trajo el olor del amanecer, y mis ojos se clavaron en Arcadia, aún envuelta en sombras mientras el sol se abría paso tras el filo de las dunas. Skylar estaba a mi lado mirando la ciudad. Luego se volvió hacia mí, le ofrecí la mano y él la tomó. Sin decir palabra, empezamos a caminar juntos hacia el interior.

Sabíamos que aquel sería un día muy largo.

Vi una mata de cabello dorado cruzar los pasillos empedrados, directa hacia mí.

—¡Dioses, Eda! —gritó mi hermano—. ¡Estás aquí!

Me abrazó con tanta fuerza contra su pecho que me dejó sin aliento. Iba en ropa de cama, descalzo, probablemente había salido corriendo en cuanto se enteró de que había llegado.

—Estoy aquí.

Le devolví el abrazo.

—Estás aquí... —No me soltó.

—He estado con papá y mamá, Nolan. Me cuidaron mientras me recuperaba. Están bien..., están juntos otra vez. S-son felices.

Sentí que necesitaba decirlo en voz alta, porque en un solo día, Nolan lo había perdido todo. A su padre… y casi también a su hermana. Se quedó solo. Solo con Alexander. No podía ni imaginar lo que debió de sentir en ese momento. Lo que debió de doler quedarse sin nadie.

—¿Qué? —Se separó de mí con los ojos muy abiertos—. ¿Has visto a mamá? ¿Has hablado con ella?

—Te llevaré a verla, Nolan. Podrás venir con Alexander, les he hablado de vosotros. —Le sonreí sin soltar su mano, sin dejar de tocarlo.

Él tragó saliva. Para Nolan era casi imposible de procesar. Pensar que sus padres —que su madre, a quien había llorado hacía casi una década— pudiera estar viva en otro lugar. En un rincón del mundo donde la muerte no era un final, sino un umbral. Donde la magia de Skylar tejía realidades imposibles. Donde los que se habían ido no desaparecían del todo. Donde los sueños, por improbables que fueran, todavía encontraban un lugar para existir.

Allí, en aquel fragmento de eternidad, su madre no solo existía.

Estaba esperándolo.

—¿Ellos quieren conocer a Alexander…?

—Por supuesto que sí —le aseguré—. Ya conoces a mamá, va a querer saberlo todo, hacerle mil preguntas y adoptarlo en el acto.

Mi hermano curvó ligeramente los labios, pero en su mirada se asomaba una duda que no se animaba a compartir. Temía que nuestros padres tuvieran prejuicios por el corazón inmortal al que había elegido amar. Pero no podía estar más lejos de la verdad. Ellos solo querían verlo feliz.

—¿Pero… ir a Bankai? —añadió, y le lanzó una mirada a Skylar, que estaba de pie detrás de mí—. ¿Podría ir allí…?

Skylar se colocó a mi lado.

—Siempre seréis bienvenidos.

Mi hermano me tomó ambas manos y sus ojos se llenaron de unas lágrimas que se negó a soltar. Bajó la mirada y, al ver el anillo en mi dedo, se quedó completamente inmóvil.

Me quedé quieta mordiéndome el labio. Una sonrisa leve, entre asombro y ternura, le cruzó el rostro. Se llevó los dedos al cuello, tiró con cuidado de una cadena oculta bajo la camisa… y allí estaba: un anillo dorado colgaba al final.

—Parece que no sois los únicos que han decidido casarse en secreto en medio de una guerra. —Me guiñó el ojo.

No me cabía más felicidad en el pecho. Nolan era mi hermano, sí, pero más allá de la sangre, me aliviaba saber que pensábamos igual. Que tomábamos decisiones por instinto, sin pedir permiso, sin dar explicaciones. Éramos dos almas cortadas por la misma hoja: testarudos, impulsivos… y, a nuestra manera, leales hasta el final.

—Mamá va a fulminarnos con la mirada en cuanto se entere de que nos casamos sin avisarle —dije con una risa nerviosa.

—No lo dudes. Soltará ese «Claro, ¿para qué avisarme? Total, soy solo vuestra madre», mientras cruza los brazos.

Resoplé.

—Y papá... solo bajará la cabeza y dirá que lo importante es que seguimos aquí. Que estamos juntos.

Nolan asintió.

—Y mamá sabrá que tiene razón..., pero nunca lo admitirá.

—Es como si no hubiera pasado el tiempo para ellos. Como si todo siguiera igual. Allí, la casa sigue oliendo a nosotros, a café recién hecho con canela, y a pan tostado los domingos. Y continúan discutiendo a media voz en la cocina, creyendo que no los oímos, aunque siempre lo hacíamos.

Él suspiró más despacio esta vez. Su sonrisa entonces se apagó.

—¿Papá... recuerda algo de aquel día? Quiero decir, de su...

—No —lo interrumpí con suavidad, y dirigí la vista hacia Skylar antes de volver a mirarlo—. Allí las cosas son distintas. La magia borra el final para que el alma muera en paz. No recuerda cómo ni por qué dejó este mundo..., no arrastra el dolor.

No era el momento de contarle a mi hermano la verdad sobre la muerte de nuestro padre. No fue la Dama quien lo mató, sino la pena de habernos perdido a todos lo que hizo que mi padre se apagara por dentro.

En algún momento le contaría que fue él quien decidió poner fin a su vida.

Por el rabillo del ojo vi una melena pelirroja venir a toda velocidad. Elandra se me lanzó encima gritando mi nombre y me tocó el rostro, asegurándose de que no era una ilusión. La abracé entre risas y sentí el alivio en su cuerpo... Justo detrás, quieta como una estatua, estaba Liral.

—¿Vas a quedarte ahí como un palo o vas a venir de una vez? —le solté alargando la mano para arrastrarla conmigo.

Terminamos en un abrazo de tres: Elandra chillando, yo al borde de las lágrimas, y Liral atrapada en medio, con los brazos rígidos... hasta que, al fin, cedió.

—Gracias por volver, gracias por venir, y ahora, ¿podéis soltarme ya? —resopló Liral, aplastada e intentando escabullirse del abrazo.

—Cállate, Liral —refunfuñó Elandra sin soltarla—. Mi mejor amiga ha vuelto. Vas a aguantar el momento.

Cuando nos separamos, Liral tenía una mueca extraña en el rostro. No era del todo molestia, tampoco burla. Pero sus ojos seguían fijos en los de Elandra, con una intensidad que me recordó a...

Me apuesto lo que quieras a que se han besado, canturreó Kali.

Cancelo la apuesta, pajarraca, han dormido juntas. Lo huelo desde aquí.

Ojalá Skylar pudiera colarse en nuestras conversaciones. Me encantaría oírlo cotilleando sobre esto. Me encanta él, añadió con un suspiro dramático.

Es mi marido, cálmate. Y, además, Skylar seguro que ya ha notado lo que se cuece entre estas dos.

Se hizo el silencio.

Me voy a cazar. Necesito aire. Y algo que cruja entre los dientes.

La voz de Kali seguía resonando en mi cabeza cuando lo vi. Dalton estaba de pie en mitad del pasillo, vestido con su uniforme de jinete y las espadas cruzadas a la espalda, sin la llama idealis a la vista. Su rostro era un mapa de emociones rotas, y el pecho se le alzaba con cada respiración irregular.

De pronto, aquel enorme pasillo ya no parecía tan amplio.

—Al parecer todos nuestros encuentros ocurren después de días sin saber nada el uno del otro —intenté aligerar el ambiente.

—Eres la jinete que más horas de sueño necesita después de usar un poquito de magia —me respondió con una sonrisa débil pero auténtica.

—Ni en cuatro siglos y medio puedes superarme en mis siestas después de... —quise bromear, pero las palabras se atragantaron al recordar el precio real de lo que había hecho.

Dalton dio dos pasos hacia mí, igual que aquel día en la sala de reuniones de Skylar. Pero esta vez no hubo beso, solo me abrazó, atrapándome en sus brazos. Hundí la cabeza en su pecho y dejé que ese olor tan familiar me envolviera.

—Enhorabuena —me susurró—. Te mereces ser feliz.

Me quedé rígida. ¿Había visto el anillo?

—Gracias, Dalton —respondí en el mismo tono—. Tú también te mereces ser feliz.

Me separé un poco para poder mirarlo bien y me fijé en esos ojos verdes que conocía de memoria.

—Siento nuestra última conversación.

—Los dos dijimos cosas que no queríamos decir —asintió él.

—No deberíamos seguir así.

—No podemos seguir haciéndonos daño así, Eda.

—Entonces que esa sea la última vez.

—Prometido. —Me apretó los antebrazos en señal de paz y dio un paso atrás, y yo volví al lado de mi marido.

El sol del amanecer entraba por las ventanas, tiñéndolo todo de oro. Al mirarlo, recordé que Skylar seguía siendo el hombre más hermoso que había visto en mi vida.

Me puse un poco más seria y eché los hombros hacia atrás mientras me plantaba frente a todos.

—Tenemos que reunirnos cuanto antes. Hay muchas cosas que tenemos que contaros. Este día promete ser muy largo.

—Tiene que haber otra forma de salir de esa maldita ciudad —murmuró Elandra, arrellanada en una de las sillas de la sala de reuniones—. ¿Montar al centinela? ¿Ese es su plan?

Todos los jinetes de alto rango estaban presentes. Mi pelotón también ocupaba su lugar. Sobre todo, estaban ellas: las dieciséis zarkass, que parecían fundidas con las paredes, atentas a cada palabra, sin emitir ni un solo sonido.

Skylar y yo compartimos con ellos la profecía completa. La habíamos recuperado de la Biblioteca Silente, escrita en un palet antiguo. La desglosamos frase por frase, intentando desentrañar su significado oculto. Hablamos de los lazos. De las teorías sobre quiénes éramos los tres vínculos, y debatimos sobre las tres llaves... y las tres cerraduras.

Llegamos a la conclusión de que aquella profecía no podía resolverse antes. Solo se revelaría por completo cuando el Ojo de Nyxar estuviera frente a nosotros.

—No lo sabemos con certeza —respondió Skylar—. Pero puede que esa sea la conclusión a la que ha llegado Valeska. No hay túneles, no hay rutas. Solo hay una única salida, el propio centinela.

—¿Y vamos a asumir que eso es viable? —espetó Elandra mirando a todos—. Allí abajo la magia no funciona. ¿Qué pasa si eso nos afecta más de lo que pensamos? ¿Y si esa falta de poder no solo nos vuelve vulnerables, sino... mortales?

Se llevó ambas manos a las mejillas en un intento por calmarse. Liral la observó sin moverse, con la mandíbula apretada. De todos, Elandra era quien más se estaba desmoronando al conocer aquella información. Saber que Adriel seguía vivo les había dado un respiro, sí..., pero el alivio había sido breve.

—Sobrevivir a esa grieta parecía imposible. No sabemos a cuántos miles de metros están, ni qué demonios hay realmente ahí abajo —dijo mi hermano clavando las manos sobre la mesa de piedra—. Y si el centinela no es lo único que se mueve en esas profundidades, os estamos mandando directos al infierno sin un plan sólido.

—¿Y si las llamas sí funcionan? ¿Y si nuestros poderes, de alguna forma, todavía responden allí abajo? —insistí, aferrada a esa posibilidad como a una cuerda en mitad del vacío.

Skylar se movió y se cruzó de brazos.

—No podemos descartarlo del todo —admitió—, pero sabemos que el centinela anula por completo nuestra magia. La tuya y la mía.

Se escuchó una exhalación conjunta de todos los presentes.

—Adriel no terminó de hablar. Dejé de escucharlo cuando la conexión se cortó. Dijo que... —intenté recordar— que no eran los únicos.

—¿Los únicos de dónde? —preguntó Alaric, el líder de los nightmares.

—No lo sé. Pero sonaba como si hubiera alguien o algo más allí abajo.

Me dejé caer en la silla, que respondió con un leve chirrido, y enseguida sentí las manos de Skylar en mis hombros. Empezó a masajearme con suavidad, como si supiera exactamente cuánto lo necesitaba. Lo hizo ahí mismo, delante de todos, sin preocuparse por quién pudiera estar mirando. Me encantaba que fuera así, tan directo, tan suyo. Que no le importara mostrar que estaba conmigo, aunque para muchos fuera más fácil fingir que lo nuestro no existía.

Dalton habló:

—La Dama no ha atacado en los últimos seis días.

—Nada. Ni en el imperio ni en Valdemar —informó Alexander, que estaba junto a mi hermano—. Tenemos a los jinetes flanqueando las tierras, acompañados por los guerreros kailani. Ahora podemos movernos con más soltura, a los soldados imperiales y a los guerreros se los ha entrenado como a jinetes en estos últimos días.

Alaric intervino desde detrás de él:

—Sabemos que es arriesgado, ya que son mortales, pero no están montando a las criaturas, sino sobre jinetes transformados, y sabemos que ellos jamás dejarán que caigan.

—Ha sido una decisión acertada —añadió Dalton—. Llevamos apenas unos días y ya están aprendiendo a mantener el equilibrio. Algunos de los soldados parecen nacidos para volar. Si ganamos algo más de tiempo, muchos más estarán listos para combatir desde el aire.

Sin duda, era una de las mejores ideas que se habían tenido en el imperio. Tomaban lo que ya funcionaba... y lo llevaban un paso más allá. Los soldados eran disciplinados, endurecidos por años de entrenamiento. Muchos de ellos habían nacido para eso, para combatir, para obedecer, para resistir. Pero había algo que ni siquiera la mejor formación podía garantizar: la capacidad de volar.

Skylar miró a Dalton y asintió.

—Me alegra que los mortales quieran formar parte de esto.

Repiqueteé los dedos sobre la mesa, volviendo al tema que realmente importaba: la estrategia de la Dama. Dirigí la mirada a Skylar.

—Cuando estuve diecisiete días fuera de combate, después de formar el vínculo con el fénix..., no atacó. Tampoco hizo nada durante los tres días siguientes al ataque de los kholdrath, cuando estaba completamente debilitada. Ni siquiera intentó algo sabiendo que apenas podía mantenerme en pie. Pero, en cuanto me recuperé, volvió a atacar.

Skylar se sentó en la silla de al lado y rozó mis rodillas con los dedos. Cuando los dos nos poníamos a pensar, era como si el mundo a nuestro alrededor desapareciera.

—Ataca cuando tienes fuerza para responderle —afirmó él.

—Siempre lo hace. —Recorrí con la mirada a todos los presentes—. Ataca cuando estoy en mi mejor momento. Nunca antes.

Liral resopló con ironía.

—No creo que sea por cortesía, no la veo del tipo que respeta a sus rivales.

—No hablo de respeto. —Negué con la cabeza, volviéndome hacia Skylar—. ¿Tú crees que hay algo... entre nosotras? Algo que nos une. ¿Crees que puede sentirme?

Tardó un segundo en responder.

—No lo sé. Pero lo que sí sé es que nunca viene cuando estás débil. Siempre espera a que tengas la fuerza suficiente para hacerle frente.

Pensé en aquellos días, en cómo todo encajaba. El primer ataque a la aldea coincidió con mi llegada a Bankai, justo cuando Skylar me había llevado allí. Aquel día tenía suficiente poder para actuar, para defender, para resistir. Recordé también la grieta... Había entrenado con Kali durante jornadas enteras, fortaleciendo cada músculo, cada centímetro de mi magia... y luego llegó la luna de sangre.

Siempre era igual.

Cada aparición, cada embestida, cada desastre... sucedía cuando yo estaba lista para responder.

—Pero ¿qué tipo de conexión podría haber entre ella y yo?

—Sabemos que las tres llamas se alimentan entre sí —le dijo Skylar a Dalton—. Podéis sentiros mutuamente. Así como Eda puede percibirla a ella, la Dama también puede sentir a Eda. Los tres estáis conectados.

—Pero ¿hasta qué punto? —preguntó Dalton, entornando los ojos—. ¿Hasta dónde llega esa conexión? ¿Puede realmente afectarle el estado de Eda? Y si es así, ¿por qué intentó matarla en aquel bosque? ¿Por qué querría debilitarla?

La última pregunta me hizo temblar. Sentí cómo los dedos de Skylar se apretaban con fuerza sobre mi rodilla.

—No quiere matarme —tomé la palabra—. Quiere algo peor, que sea yo quien lo haga, quiere que crea que puedo perder el control, que puedo destruirlo todo... a todos.

Tragué saliva, intentando ordenar el caos en mi mente.

—Quiere que me tenga miedo a mí misma. Que dude de lo que soy, de lo que siento, de lo que puedo hacer. Y lo está consiguiendo... —Respiré hondo—. Me empuja hasta el límite, me provoca en todos los frentes. Porque sabe que, si yo pierdo la cabeza, si me dejo arrastrar por ese miedo..., entonces ella no necesitará magia. No necesitará fuerza. Solo tendrá que esperar a que yo misma me destruya.

Elandra se inclinó hacia delante, los ojos fijos en los míos, con una firmeza que me obligó a mantenerle la mirada.

—No la dejes entrar, Eda. No la dejes cruzar el umbral. Ni por la puerta, ni por las grietas, ni por las rendijas que deja el miedo. Esa mujer sabe cómo disfrazarse, cómo colarse por donde menos lo esperas. Cierra las ventanas de tu mente. No le permitas sembrar dudas donde tú ya habías plantado certezas. Porque tú sabes quién eres, y nosotros también. Te conocemos, conocemos tu verdad, tu lucha, tu corazón. No importa lo que ella diga, lo que intente tergiversar. Aquí nadie se dejará engañar, así que no lo hagas tú tampoco. No le regales ni un solo pedazo de lo que has construido.

El silencio se deslizó por la sala, serpenteando entre cada jinete presente. Y mientras los ojos de todos buscaban respuestas, los míos se clavaron en los de mi amiga Elandra, que seguía mirándome con la misma certeza de siempre, sin miedo, sin juicio. Entonces entendí que la Dama no buscaba matarme, no aún. Su verdadero objetivo era aislarme. Convencerme de que el imperio me odiaba, de que Valdemar me temía, de que los mortales jamás podrían comprenderme... y de que incluso Bankai, la tierra que me había visto renacer, acabaría dándome la espalda.

No iba a permitir que volviera a jugar con mi mente. Yo tenía un buen corazón. Mis padres me habían criado para la bondad, no para la destrucción. Skylar... Skylar se había enamorado de esa parte de mí, no de mi poder. Y mis amigos... seguían a mi lado no por obligación, ni por miedo, sino porque reconocían en mí algo que yo misma había olvidado: humanidad. Veían más allá del fuego que me envolvía, más allá de las sombras que se deslizaban bajo mi piel cuando el dolor me vencía. Sabían que no era un monstruo. Yo era la única que había permitido que esa idea se clavara tan hondo.

La única que le había dado voz.

La única que le dio poder.

No era Kaiserin, y jamás lo sería. No iba a repetir su historia, no cometería los mismos errores, no dejaría que la culpa me empujara al abismo.

Yo cambiaría el final.

—Hay un guerrero kailani al otro lado de la puerta —dijo Skylar junto a mí, y vi cómo se le inflaba el pecho al tomar aire.

Dalton miró en dirección a la puerta. Sabía que se estaba metiendo en su mente para intentar averiguar qué quería el guerrero kailani. Y, como si todos en la sala hubiéramos estado esperando ese momento exacto, nos levantamos de las sillas al mismo tiempo, con un escalofrío recorriéndonos la columna.

Dalton alzó la vista y nos miró a todos.

—Han detectado un temblor —informó.

—Eso podría ser una señal —dijo Alaric.

Hablé con decisión:

—No pasará como la última vez. Sé que todos somos importantes, pero también necesitamos que el imperio esté protegido.

—Tú, Iron, Liral, Elandra y yo nos moveremos —ordenó Dalton con voz firme—. Los demás debéis quedaros y proteger las ciudades. Misso y Grewn recibirán instrucciones directas para preparar Novadia. Alaric, Luca y Alexander, os quedáis en Arcadia.

—Nosotras también vamos —dijo Norian, alzando la voz por primera vez en nombre de las zarkass.

—No nos quedaremos aquí —sentenció Kalea.

—Venís con nosotros —me adelanté a decir—. Os necesitamos.

Miré a mi hermano, que al parecer se quedaría con Alexander, y lo agradecí en silencio. Me devolvió un leve asentimiento, de esos que no necesitan palabras, como si intentara decirme que todo iba a estar bien. Y, por un momento, le creí.

Luego Nolan volvió la mirada hacia Skylar. Sabía que, mientras él estuviera cerca, nadie podría hacerme daño. Pero el miedo que vi en sus ojos no era por lo que pudieran hacer los demás, sino por lo que yo podía provocar si perdía el control. Por lo que había dentro de mí... y que ni siquiera yo entendía del todo.

—¿Dónde han detectado el temblor? —pregunté.

Dalton tragó saliva antes de responder:

—En las cordilleras de Aurik.

—¿Aurik? —repitió Elandra—. Pero esas cordilleras están al otro lado del imperio.

Dalton desvió la mirada hacia Skylar.

—Iron Shadow nos llevará.

55

Eda

Más de un cuarto del ejército imperial se había desplegado ya en las cordilleras de Aurik. Pero, como Skylar y yo habíamos acordado, mantuvimos una distancia táctica entre cada frente. Las tropas no avanzaban en bloque, sino distribuidas por kilómetros de terreno. No podíamos arriesgarnos.

Ahora que sabíamos que cualquier alteración en el equilibrio mágico podía hacer que el centinela emergiera a la superficie, no íbamos a permitir que una acción impulsiva arruinara los movimientos de Valeska. Ella estaba dentro. Sabía lo que hacía. Y nosotros confiábamos ciegamente en ella.

No era una estrategia sencilla. Requería contención, disciplina y sobre todo fe. Fe en que, aunque no viéramos lo que ocurría bajo tierra, cada paso que dábamos arriba era parte del mismo engranaje.

Quince minutos de temblores continuos, me informó Kali mientras sobrevolábamos lo que quedaba de aquella ciudad olvidada, devorada por el tiempo. Bajo nosotros, la magia brotaba desde un lago de color púrpura, extendiéndose en forma de raíces sobre la tierra quebrada.

Sabía que en las cordilleras de Aurik la magia era inestable pero poderosa. Aún quedaban restos antiguos, y por la noche el lugar podía parecerse, quizá demasiado, a Bankai.

Aquellas eran las tierras a donde las sombras de Elandra y los wendigos los guiaron hasta la mitad del colgante de Skylar, quien ahora volaba detrás de mí, trazando círculos amplios en su forma de dragón, mientras Dalton hacía lo mismo sobre Long.

A simple vista, no había señales de movimiento. Ni jinetes, ni soldados. Ni en el aire ni en tierra. Todo parecía en calma allí arriba, pero bajo nuestros pies algo se estaba gestando.

Aunque seguíamos transformados, teníamos claro que, si el centinela emergía, la magia en la zona se vería anulada por completo.

No planees tan alto, le aconsejé a Skylar. *Si la magia se anula, te transformarás en pleno vuelo y caerás como un saco desde cientos de metros.*

En respuesta, descendió a una altura más segura, justo por debajo del dosel de nubes.

Lo que diga mi mujer.

Tal vez habría puesto los ojos en blanco por su comentario —que, a pesar de todo, me hizo cosquillas en el estómago—, pero no era el momento.

Mientras volábamos, estábamos atentos a cada línea de árboles, a cada sacudida del viento, a cada sombra que no encajaba en el paisaje.

Los jinetes y los soldados tenían órdenes estrictas: nadie debía moverse. Necesitábamos escuchar, pues cualquier vibración, cualquier variación en el temblor, cualquier ruido fuera de lugar podía ser una señal de que no estábamos solos, de que todo eso no era casualidad, sino parte del plan de la Dama. Una jugada medida al milímetro.

La situación perfecta, diseñada por ella misma, para atraer a los noctífagos justo cuando menos margen teníamos para defendernos.

Respira. Estoy aquí contigo, me recordó Skylar. Podía leerme incluso antes de que los pensamientos terminaran de formarse.

Las dudas empezaron a escalar.

¿Y si no era a esto a lo que se refería Valeska? ¿Y si nos equivocamos? ¿Y si ella está esperándonos en otro lugar y esta zona no es más que un desvío? ¿Y si no hay salida? ¿Y si no hay entrada para nosotros?

Entonces la Dama tampoco podrá entrar. Ni llegar hasta el Ojo de Nyxar, me respondió Skylar.

Visualicé en la lejanía la línea de árboles donde habíamos acordado que Elandra y Liral se posicionarían. Luego deslicé la mirada hacia otra arboleda cercana, donde las zarkass se ocultaban, distribuidas a varios metros de distancia entre ellas, formando un perímetro amplio y estratégico.

Con mi vista inmortal, distinguí que no estaban transformadas. Iban a pie, con las armas ya en mano. Sabían que si el centinela salía a la superficie, sus habilidades mentales y su capacidad para romper voluntades no servirían de nada.

Skylar descendió varios metros y desplegó por completo sus alas inmensas. Bajó la cabeza y con su pecho de dragón apenas rozó las copas de los árboles.

Los temblores están aumentando, me dijo, luego se impulsó y volvió a alzarse. *Avísalos.*

Levanté la mano y lancé un destello de fuego azul al cielo. A pesar de que el sol brillaba alto, la llamarada marcó el aviso: los temblores se intensificaban.

Ahora sabemos por qué zona saldrá. Márcala, le pedí.

Skylar dejó caer sus sombras. Se deslizaron por la tierra como pinceladas de tinta negra que marcaban el epicentro de la amenaza.

Allí donde tocaban el suelo, los jinetes y soldados empezaron a reaccionar. Uno a uno, comenzaron a replegarse; se movían con sigilo, organizados en formación lejos de las señales oscuras.

Mis ojos captaron algo.

¿Estás viendo eso?

Las ruinas empezaron a crujir. Lo que quedaba de las casas de piedra vibraba. Los árboles se estremecieron y una fina línea se abrió paso entre la tierra, serpenteando en dirección opuesta al viento.

Es la marca..., está trazando el camino. El centinela se mueve. ¡Lo tenemos!, exclamé sin poder contenerme. *Valeska lo sabía. ¡Este era su plan!*

No cantes victoria todavía, preciosa.

La tierra se abría cada vez más. No se parecía en nada a lo que vivimos en el desierto. El suelo se descosía como una tela vieja, tragándose casas enteras, árboles y fragmentos de vegetación que desaparecían sin oponer resistencia.

Mi magia sigue intacta, me dijo Skylar.

La mía también, le confirmé.

Entonces, plan de ataque. En cuanto esa cosa aparezca, vamos a por ella. Las zarkass se encargarán de intentar infiltrarse en su mente, pero, pase lo que pase, Valeska tiene que sobrevivir. Y si va sobre el centinela, tenemos que protegerla a toda costa.

Skylar y yo empezamos a volar un poco más alto en círculos amplios, acompasados, como dos depredadores que acechan desde el aire.

Desde allí, podíamos cubrir toda la zona.

Long y Dalton se mantenían más lejos, como habíamos planeado. Si algo salía mal, necesitábamos que al menos uno de nosotros mantuviera intacto su poder. Cuanto más alejado del epicentro estuviera, mejor. No podíamos arriesgarnos a que el centinela lo anulara todo.

Te quiero, Eda, me dijo aquel dragón de sombras.

Te quiero, Sky, le respondí, apretando entre mis dedos las plumas de Kali mientras me llenaba los pulmones de oxígeno.

La grieta en la tierra no era solo una fractura; era un abismo que escupía polvo, magia y un temblor que se sentía en los huesos. Pero esta vez no nos pillaría por sorpresa. Esta vez sabíamos lo que venía. Estábamos listos.

Mis ojos recorrieron la oscuridad que se tragaba el terreno, buscando entre ella al centinela de escamas blancas.

Mi poder despertó dentro de mí y se concentró en el pecho.

Contrólate. La voz de Sky se coló en mi mente en forma de caricia.

El estómago se me encogió y apagué la llama. Cerré la válvula de mi fuente de magia antes de que se desbordara.

Será mejor que lo hagas tú, le pedí, sabiendo que él entendía a lo que me refería. Porque si lo soltaba... si era yo quien lo desataba..., no sabía a quién iba a quemar.

Vi cómo Skylar se preparaba para lanzarse directo hacia la grieta, listo para destrozar al centinela, arrancarle la cabeza.

Mostró sus fauces y señaló la grieta que se extendía bajo nosotros, creciente e imparable. Pero entonces lo vi. El color que emanaba de sus profundidades no era el blanco luminoso de las escamas que habíamos visto antes.

—¡Skylar, no! ¡Mira! —grité con la garganta en llamas.

Lo que emergió de la grieta no fue lo que ninguno de nosotros esperaba.

Un humo de color gris ceniza brotó desde las profundidades.

No necesitaba avanzar deprisa; le bastaba con rozar el suelo para desatar su efecto. Por donde pasaba, la vida se apagaba. Las raíces se marchitaban, las piedras se resquebrajaban...

Era un veneno contagioso, un cáncer en movimiento que trepaba por los árboles y se arrastraba sobre la tierra como una lengua sucia y viva.

Algo venía con aquel humo.

Las sombras de Skylar se alzaron como un escudo, intentando contener aquello que se deslizaba desde las entrañas de la tierra. Pero, a pesar de todo, la magia seguía fluyendo...

Me quedé sin aliento cuando la cabeza de un centinela emergió de la tierra y se alzó con las fauces abiertas. Pero no era el de escamas blancas... No.

Ese estaba hecho de sombras, del poder de Skylar...

El plan de Valeska nunca había sido sacar al centinela a la superficie.

El plan de Valeska era convertirse en él...

—¡Sí, joder! —grité con las lágrimas ardiéndome en los ojos—. ¡Son ellos, Sky! ¡Son ellos!

Pero lo más impactante no fue que Valeska se hubiera convertido en un centinela, ni su tamaño descomunal, ni la forma en que la tierra se abría para dejarla salir como si la estuviera devolviendo al mundo.

Fue lo que traía con ella.

Allí, aferrado al inmenso lomo de sombras, iba Adriel.

El que nunca se rendía.

El que se interponía entre el peligro y los suyos.

El bastardo con alma de escudo.

—¡¡ESA ES MI HEMBRA!! —rugió mi amigo, que alzó el brazo hacia el cielo, reclamándola ante dioses, bestias y cualquier maldita criatura que pudiera escucharlo.

56

Adriel

Adriel tembló, abrumado por la magnitud del plan de Valeska.

Era una locura, una herejía estratégica, una apuesta que rozaba la muerte. Solo alguien como ella —con los colmillos afilados y el alma remendada a base de cicatrices— podía estar dispuesta a hacer algo así. Pero él no era de los que retrocedían. Nunca lo había sido.

Valeska había memorizado cada pliegue, cada músculo, cada sombra del cuerpo de esa bestia infernal que los acechaba... y había usado la magia de Iron Shadow para convertirse en ella.

—Estoy contigo, joder. Hasta el final —le prometió Adriel. Aunque aquello implicara que los persiguiera una puta bestia, con las fauces abiertas a escasos metros de ellos, mientras corrían por los callejones de una ciudad muerta.

Si aquella decisión era la única forma de salir, si ese era el camino que ella había elegido, entonces no le quedaba más opción que correr a su lado, luchar con ella... o morir en el intento.

Todo pasó demasiado rápido, pero Adriel hizo exactamente lo que ella le pidió, incluso cuando detestaba ese maldito plan. Incluso cuando vio cómo el cuerpo de Valeska —pequeño, feroz— comenzaba a transformarse en una serpiente dragontina.

Adriel se lanzó a su lomo dispuesto a montarla como fuera. Aunque el mundo se viniera abajo. Aunque el techo de aquella prisión cayera sobre sus cabezas y las rocas lo arrastraran al fondo.

Sus manos se aferraron a las sombras que lo envolvían, y Valeska —o lo que ahora quedaba de ella— se alzó con una fuerza descomunal. Rompió la piedra, el cristal y todo lo que la prisión subterránea había construido para retenerlos. La oscuridad no solo la rodeaba, la obedecía, y con cada movimiento, el encierro que los había contenido durante tanto tiempo empezó a ceder.

Adriel se agazapó, enterrado en las sombras que lo protegían, con el corazón desbocado y los ojos fijos en la claridad tenue que se filtraba desde arriba.

«Aguanta, Val..., ya casi estamos fuera».

—¡Lo tenemos detrás! —informó Adriel, aunque no sabía si Valeska alcanzó a oírlo.

La auténtica bestia venía tras ellos, justo como Valeska había anticipado. El plan era llevar al monstruo hasta la salida. Y había funcionado.

La criatura era rápida, pero no más que ella, no más que la versión salvaje y poderosa en la que Valeska se había convertido.

Mientras ascendían rompiendo la roca, los dos rezaban en silencio que no emergieran en medio de una ciudad, que al otro lado no hubiera casas, ni civiles, ni niños jugando en las calles. No querían que su huida terminara en tragedia.

Pero Valeska no había dejado nada al azar.

Había exigido a los propios dragones que la guiaran hacia la superficie adecuada, y lo más seguro era que Valeska escuchara sus voces, siguiéndolas en todo momento. Y donde fuera que emergieran... Adriel rezó a los dioses para que el imperio ya los estuviera esperando. Para que no fuera Valeska quien tuviera que plantarse sola frente al monstruo. Para que no le tocara matarlo sin la ayuda de nadie.

Adriel alzó la mirada y, cuando por fin la luz del sol los alcanzó, cuando el azul del cielo apareció entre la grieta abierta, lo vio todo.

Un enorme dragón de sombras sobrevolaba la zona en círculos. A su lado, un fénix ardía como una estrella en movimiento. Ambos estaban listos para atacar. Para proteger al imperio de lo que fuera que estuviera a punto de emerger del suelo.

Adriel sabía que él era la clave. La señal de que aquello que venía no era una amenaza, sino su única salida. Así que se irguió sobre el lomo de Valeska, alzó el puño al cielo con el pecho henchido de orgullo... y rugió:

—¡¡ESA ES MI HEMBRA!!

Valeska ascendía sin freno, rompiendo capas de roca con cada impulso. No buscaba escapar. Ganaba altura para girar en el aire y enfrentarse al monstruo que la seguía.

Las miradas de Adriel y Eda se cruzaron en pleno cielo.

—¡El puto monstruo viene detrás de nosotros!

La magia de Valeska no se desvaneció. Y la de Adriel... regresó de golpe. Lo atravesó como una embestida directa al pecho que lo obligó a doblarse y a absorberla con todo el cuerpo.

«¿Por qué esa puta cosa no nos ha arrancado la magia?», pensó mientras alzaba la vista y veía lo inevitable: la cabeza del dragón de escamas blancas emergiendo de la grieta.

—¡Tenemos que aprovechar que no nos está anulando la magia! —gritó Eda al acercarse sobre Kali.

—Solo necesitamos ganar tiempo —le respondió Adriel—. Tiene que salir por completo a la superficie. Si lo atacamos antes, podría retroceder al interior. ¡Unos segundos más!

Iron Shadow, en su forma de dragón, los sobrevoló. Giró la cabeza, asintió y lanzó un rugido.

—Cuando esté fuera —continuó Adriel sin apartar la vista del abismo—, Iron Shadow le arrancará la maldita cabeza.

Valeska dio un giro brusco y comenzó a arrastrarse sobre la tierra. Sombras densas delineaban el borde del desastre y, más allá, Adriel pudo distinguir al ejército escondido, aguardando.

Valeska siguió moviéndose para atraer la atención de la bestia. Cuanto más avanzaba ella, más salía la criatura de las profundidades y forzaba la apertura del abismo. La grieta crecía, el terreno se hundía... y el ejército imperial tuvo que retroceder para no caer al vacío.

—¡Casi lo tenemos, Val! —gritó Adriel aferrándose a las sombras del lomo mientras Valeska giraba hacia la derecha, esquivando por un pelo la embestida de las fauces que buscaban su cola—. ¡Aguanta!

«Aguanta, joder, solo un poco más. Solo unos segundos más...».

La verdadera bestia se alzó en vertical, tan alto que pareció rozar las nubes y oscurecer el sol. Las escamas blancas de su lomo reflejaron la luz con tal intensidad que cegó a cualquiera que se atrevió a mirarla de frente.

Pero... algo cambió.

Allí, suspendida en el cielo, la criatura se quedó quieta, como si una fuerza invisible la hubiese detenido en seco. Un instante después, empezó a convulsionar, a retorcerse con espasmos violentos que sacudían su cuerpo.

Adriel ya había visto aquel temblor. Era la voluntad cediendo.

Cuando giró la cabeza, vio a las dieciséis zarkass.

Ocho a la derecha. Ocho a la izquierda. De pie, con la espalda erguida y los pies hundidos en la tierra. No empuñaban armas. Solo sostenían una piedra roja entre las manos, y mientras el viento agitaba sus trenzas, sus ojos estaban cerrados.

Se encontraban dentro de la mente del centinela. Y eso era lo único capaz de detener a una criatura de cientos de metros en plena embestida.

—¡Cuidado, Val! —le advirtió, pero la hembra ya se había movido. Se alejó de la bestia, serpenteando por la tierra para dejar de darle la espalda y enfrentarse a ella.

Entonces llegó el golpe que todos esperaban.

Desde el cielo, Iron Shadow cayó como una flecha oscura. El dragón se giró sobre sí mismo, y en un solo movimiento descendió a velocidad imposible, estrellando sus dientes contra la garganta de la bestia enemiga, lo que hizo que un chorro de sangre negra brotara de entre sus colmillos.

Desde el otro lado, Valeska giró en el aire y se lanzó al cuello de la bestia por el flanco opuesto, arrancando carne y escamas con una furia desatada, mientras un rugido brutal sacudía el cielo como un trueno.

Eran dos titanes. Dos depredadores.

Uno por cada flanco.

Cuando Adriel vio el destello de fuego azul, supo que ese sería el golpe final. Pero algo cambió. El cielo pareció quedarse en pausa, como si contuviera la respiración… y entonces estalló.

De la serpiente dragontina brotó una onda de energía verde que desgarró el aire. Una expansión antinatural que lo empujó con una fuerza ciega hacia atrás.

No vio el impacto, no oyó el rugido.

Cayó.

El suelo desapareció bajo sus pies, y el cuerpo de Valeska, que había sido su ancla, ya no estaba.

—No… —jadeó.

Sintió que se precipitaba al vacío. Esperaba el impacto, los huesos rompiéndose, la oscuridad tragándoselo todo. Pero su cuerpo no se rindió. Aún quedaba una última orden: buscar su mano.

Estiró el brazo a ciegas para romper la nube espesa de sombras que lo rodeaba.

Tenía que encontrarla, aunque no pudiera verla, aunque no supiera dónde estaba…

«Solo quiero cogerla —pensó—. Cubrirla con mi cuerpo».

—¡Adriel! —escuchó la voz angustiosa de aquella hembra.

El humo se disipó lo suficiente para que Adriel la viera caer. Rápido. Demasiado lejos. Alcanzó a ver sus ojos negros abiertos, llenos de lágrimas. Y supo que ella también lo sabía: su cuerpo no resistiría el impacto.

—¡No! ¡Val, no!

Quiso invocar su escudo, envolverla en su magia, salvarla. Pero no había nada. La magia había vuelto a desaparecer…

«La he dejado caer. Juré que la protegería y la he dejado caer».

Si ella moría… si se rompía en mil pedazos contra el suelo, no podría vivir con ello, perdonárselo. Pero justo cuando el mundo parecía haberse rendido a sus plegarias, un destello azul cruzó por debajo de Valeska.

Eda y Kali descendieron a toda velocidad y atraparon a Valeska justo antes del impacto. La hicieron rodar sobre el lomo del fénix, que soltó un grito estridente y volvió a remontar el vuelo con un aleteo feroz. Un segundo después, Adriel sintió un tirón.

El pico de Kali lo había enganchado del uniforme.

—¡Esa es mi pajarraca! —bramó riendo como un demente—. ¡Estas son mis mujeres, joder! ¡Las mías!

Eda emergió de la nube de sombras como un relámpago azul, mientras a su espalda la tierra se quebraba sin tregua, levantando vegetación y escombros a su paso. Y allí, en medio del desastre..., la maldita bestia seguía en pie.

«Mierda. Mierda. Mierda».

Adriel, suspendido del pico de Kali, vio a las zarkass correr en direcciones opuestas. Nadie parecía conservar ni una chispa de magia. Ni los escudos de los jinetes de zeng funcionaban, ni el vínculo de los jinetes de mantícora.

Hasta el mismo Iron Shadow había desaparecido.

El fénix los alejó todo lo posible de aquel infierno y, cuando ya estaban lo bastante cerca del suelo, Adriel se dejó caer. Rodó por la tierra resquebrajada y, unos segundos después, Kali aterrizó tras él.

Adriel se incorporó de inmediato y se giró justo cuando Valeska descendía del lomo, tambaleándose con la mirada perdida. Él corrió hacia ella y la atrapó antes de que cayera, rodeándola con los brazos.

—Eh..., ya te tengo.

Valeska levantó la vista. Tenía los ojos vidriosos y el rostro desencajado. Aún no entendía cómo seguía viva. Pero la rabia, esa que nunca la dejaba del todo, empezaba a abrirse paso otra vez por debajo de las lágrimas.

—Cuéntaselo, Adriel, por favor... He hecho un trato. No puedo romperlo. Cuéntaselo tú...

Eda pareció oírla a pesar del estruendo y saltó del lomo de Kali.

—¿Qué trato, Adriel? ¿A qué se refiere? ¿Es por eso por lo que sabíais lo de la profecía?

—Hemos encontrado el Ojo de Nyxar o, al menos, sabemos dónde podría estar —empezó a explicarse—. Pero eso no es lo único que hay en la ciudad enterrada.

Eda frunció el ceño.

—Ahí abajo no hay solo piedras o restos de magia, Eda. Hay jinetes. Personas vivas que llevan milenios atrapadas desde la guerra de las Tres Llamas... y nadie lo sabía.

—¿Jinetes...? ¿Cómo que jinetes?

—Jinetes de dragón —dijo Adriel, sujetando a Valeska mientras el bloque de tierra bajo sus pies amenazaba con deshacerse—. Y no solo ellos..., sus dragones también están ahí abajo, y Valeska es la única que puede sacarlos.

Eda se quedó perpleja.

—Muerte mía... —susurró, y luego alzó la voz—. ¡Tenéis que correr! ¡Buscad a Liral, a Elandra, a las zarkass! ¡Reuníos! Cuando ese maldito centinela caiga, tenemos que entrar en la ciudad. No tendremos ni un segundo de margen.

—¿Cómo lo vais a hacer? —gritó Adriel por encima del estruendo que no cesaba—. ¡No hay magia! ¡Esa cosa no puede morir! Y, si vuelve a meterse bajo tierra..., la perdemos.

—Iron, Dalton y yo nos encargaremos de que eso no suceda. —Eda volvió a montarse en el fénix—. Ponla a salvo, Adriel.

Él apretó la mandíbula y levantó a Valeska en brazos. Le dolía verla así, como si aún no hubiera salido del infierno... pero ¿cómo iba a estar bien? Si había sido ella quien descendió hasta el fondo, quien se plantó cara a cara frente al monstruo... y lo arrastró hasta la luz con las manos desnudas.

Eda, desde lo alto de Kali, le señaló con el brazo extendido hacia el horizonte.

—¡Sigue las marcas! El trazo de sombras aún se ve en la tierra. Te llevarán hasta ellas. Vosotros dos sois la clave para destruir el Ojo de Nyxar, igual que sois la clave para sacar a esos jinetes de dragón de ahí.

57

Eda

Jinetes de dragón...

Había jinetes y dragones enterrados bajo el imperio durante milenios.

Me llevé la mano al pecho en busca de algo que me anclara. El temblor en los dedos, el nudo en la garganta, el pulso desbocado... Todo me pasaba a la vez.

¿Y si no podía sacarlos? ¿Y si ya era tarde?

La ansiedad se me enroscaba en el estómago como una serpiente despierta.

Mantén la cabeza en el presente, me advirtió mi fénix. *Primero solucionemos el problema de ahora: cientos de soldados están cayendo ante el centinela. Ya habrá tiempo para trazar un plan y sacar a los jinetes y a sus dragones de ahí abajo. Pero ahora... enfócate.*

Tenía que tragarme todo lo que sentía, hacer de tripas corazón y centrarme.

Kali continuó clamándome:

El plan está saliendo mucho mejor de lo que esperábamos. Nadie contaba con que Skylar o Valeska pudieran dañar al centinela... ni siquiera un poco. Pero lo han hecho y eso ya nos da ventaja. Una que no podemos desaprovechar.

Apreté el agarre y me incliné sobre el lomo.

Ponte encima del centinela, le pedí, y ella obedeció, incorporándose mientras nos preparábamos para el último golpe.

No poseíamos magia. Pero lo haríamos a la vieja usanza.

Lo mataríamos con nuestras propias manos.

Adriel tenía razón: no podíamos dejar que el centinela se replegara. Si volvía a arrastrarse bajo tierra, lo perderíamos. Esa era nuestra única oportunidad. La única forma de enfrentarnos a él mientras aún seguía expuesto, mientras todavía conservábamos algo de fuerza... y algo de control sobre el terreno.

Mientras Kali descendía, mis ojos recorrieron el campo, buscando a mi marido entre el caos. Necesitaba verlo. Ya no podía comunicarme con él, y eso me estaba matando.

Visualicé el lomo del centinela, aún deslizándose por la grieta. La abertura se ensanchaba con cada metro que avanzaba, devorando el terreno y obligando a los soldados a retroceder para no caer en el abismo. Pero los jinetes no se movieron. Seguían en su sitio, con los ojos clavados en la criatura, aguardando la señal.

A ambos lados del frente, dos escuadrones aguardaban, cada uno sujetaba un extremo de una cadena colosal a la espera del momento exacto para tensarla y encerrar al centinela en una trampa de acero.

¿Estás segura?, me preguntó Kali, leyéndome el pensamiento.

Mantente arriba. Dalton y Long ya deben de estar en camino. No te alejes de ellos, pajarraca. Ataca solo cuando Long lo haga. No podemos permitir que seas tú el blanco principal.

Kali planeó por debajo del campo de visión del centinela, quien no pareció percibirnos.

Ese fue el momento.

Resbalé por las plumas de Kali y el tiempo se detuvo. Mi cuerpo giró en el aire y mis manos volaron a mi espalda. Los dedos encontraron las empuñaduras —familiares, fieles, letales— y, con un solo gesto, las desenvainé.

Aunque la magia viviera en mi sangre, aunque la primera llama ardiera en mis venas siempre que el centinela no la anulaba..., seguía siendo esa mortal forjada en el filo de una daga, entrenada para sobrevivir y matar incluso sin poderes.

Aterricé sobre el lomo de la bestia. Se movía, se arrastraba, pero logré mantener el equilibrio.

Con fuerza inmortal y una agilidad pulida hasta la extenuación, empecé a avanzar. Escama tras escama, metro tras metro, me abrí camino hacia su cabeza.

Parece que no se ha dado cuenta de que estás encima, me aseguró Kali, que giraba en círculos sobre mí.

Mantuve el equilibrio como pude y me agaché hasta que mis rodillas rozaron su lomo escamoso. Busqué con la mirada un hueco entre las escamas.

Un punto débil.

Un lugar donde clavar las espadas y hacerle daño de verdad.

—Solo mi mujer sería capaz de mantener el equilibrio así, encima de un centinela que se dedica a destrozar imperios —escuché una voz detrás de mí. Me giré... y allí estaba Skylar, encogido, con una mano aferrada a una escama y la otra empuñando una espada más hermosa que la mía.

Vestía el uniforme de guerra, y por primera vez lo vi tan humano...

—Las escamas son demasiado gruesas —le grité por encima del rugido—. Harían falta mil puñaladas para matarlo.

Skylar alzó su espada y me guiñó un ojo.

—Entonces empieza a contar.

El centinela giró bruscamente hacia la derecha, y ambos tuvimos que aferrarnos a él para no caer. Yo, con las dos manos ocupadas por las espadas, no tuve otra opción: hundí una de ellas en su lomo con toda la fuerza que me quedaba.

La criatura lanzó un rugido desgarrador.

—Genial. Ahora sí que sabe que estamos encima —murmuré.

Skylar y yo estábamos a menos de diez metros cuando la bestia empezó a sacudirse para arrojarnos de su lomo.

Vi a Skylar correr hacia mí justo en el momento en que mis manos se cerraban sobre las empuñaduras y tiraba de ellas con fuerza hasta arrancarlas de entre sus escamas.

—Apenas lo siente —dije frustrada.

Skylar me cogió por el brazo para estabilizarme y, con la mirada fija en el frente, soltó entre dientes:

—En la puta cabeza sí que lo notará.

Cada sacudida me lanzaba por los aires, medio metro, tal vez más. Solo gracias a Skylar, que me agarraba al vuelo, no salía despedida.

—¡Vamos! —grité echando a correr por el lomo mientras rezaba por no resbalar.

Las escamas eran una trampa de sangre y polvo, curvadas e inestables. Corría como podía, saltando entre una y otra.

—Estoy justo detrás de ti —me aseguró Sky.

El monstruo se estremeció con más fuerza. Una de las escamas bajo mis pies se alzó de golpe, como una trampa, y me lanzó hacia un lado. Patiné, perdí el equilibrio, y por un instante creí que caería al vacío. Pero la mano de Skylar me atrapó con fuerza y me empujó de nuevo hacia el centro del lomo.

Más allá de las nubes, una mancha negra se precipitaba a toda velocidad. Long descendía en picado, y sobre su lomo estaba Dalton.

Eran la fuerza imperial.

Nuestra última carta.

—¡Sky! ¡Long está llegando! ¡Solo tenemos una oportunidad!

—Tenemos que dejarlo ciego. Dalton no puede fallar. Tiene que golpear sin ser visto.

Skylar corrió como si el suelo ardiera bajo sus pies. Las escamas crujían, se alzaban como cuchillas dispuestas a cortarlo..., pero él no se detuvo.

Saltó.

Lo vi separarse del lomo, lanzarse como un rayo y caer sobre la cabeza del monstruo. Escaló el cráneo con la determinación de quien asalta una montaña viva, que respira y está dispuesta a destruirlo todo.

La bestia escamosa aulló, y el sonido me atravesó el cráneo. Los oídos me estallaron, los dientes crujieron de puro dolor y las rodillas me fallaron. Pero Skylar rugió también, empujando su grito contra el del monstruo, transformándolo en un arma.

Alzó la espada con ambas manos y la clavó en el ojo izquierdo del centinela. La sangre negra brotó en una explosión viscosa, y el monstruo se sacudió con una furia tan brutal que parecía haber perdido el alma.

—¡AHORA, DALTON! —gritó Skylar al cielo.

Yo iba directa al otro ojo.

Corrí sobre un lomo ensangrentado con el corazón golpeándome las costillas. Pero resbalé. Y esta vez... Skylar no estaba allí para atraparme.

El mundo dio vueltas.

Cielo. Tierra. Cielo otra vez.

Pero en medio de la caída, vi a Kali venir directa hacia mí.

—¡No! —rugí—. ¡¡Kali!!

El centinela giró el hocico y abrió las fauces: una caverna de colmillos infinitos y relucientes de saliva negra.

Se la iba a tragar entera.

—¡¡KALI, NO!!

Antes de que las mandíbulas se cerraran, algo chocó contra ellas.

Long.

El dragón se interpuso entre el monstruo y mi fénix, como un muro viviente de escamas y coraje. Abrió las alas, ganó impulso en un suspiro y se lanzó al cuello del centinela.

Detuvo el ataque, pero el coste fue devastador.

El centinela cerró las fauces sobre Long.

Se oyó el crujido de sus huesos al romperse, la carne desgarrándose de golpe, las membranas arrancadas... y, por encima de todo, el grito de Dalton. El sonido de un alma que se partía en mil pedazos, allí mismo, sobre el lomo de su dragón.

—¡¡NOOO!! —aclamé mientras seguía cayendo por el cuerpo del centinela, devorando metros y resbalando entre sangre y escamas. Hundí las dos espadas a la vez en su costado. Las hojas atravesaron la piel dura y me quedé colgando con los dedos aferrados a las empuñaduras.

Miré hacia abajo.

Long caía.

El enorme dragón herido se precipitaba hacia la tierra sin dejar de girar sobre sí mismo, envuelto en su propia sangre... mientras Dalton gritaba su nombre una y otra vez.

El centinela se movió. Aquello no iba a terminar nunca.

Alcé la vista y ahí estaba Skylar, quieto, mirándome.

—¡No me mires a mí! ¡Ve a por el otro ojo, joder!

El centinela ganó velocidad y se precipitó hacia el suelo.

Iba a por Long, a por Dalton.

Skylar tenía que actuar, dejarlo completamente ciego antes de que fuera demasiado tarde.

Mis dedos se aferraban a las empuñaduras de las espadas y los brazos me ardían. Me caería. Veinte metros no me matarían..., pero sí me condenarían a una maldita agonía.

Forcé la vista hacia abajo, intentando distinguir algo entre el caos... y entonces lo vi: un destello esmeralda resplandecía entre las placas abiertas del vientre del centinela.

—¿Qué...? —Antes de que pudiera entender lo que era, la mano de Skylar me atrapó justo cuando estaba a punto de resbalar y me empujó hacia arriba.

—¡El ojo, tienes que clavarle la espada en el otro! —grité sin aliento. Pero al levantar la vista vi tres flechas hincadas en el centro del ojo restante, como un blanco perfecto.

Giré la cabeza hacia el fondo del campo de batalla... y allí estaba Liral, con el arco alzado, disparando sin descanso.

No estaba sola. Cientos de soldados rodeaban la grieta, desatando una lluvia de flechas para frenar el avance e impedir que la bestia alcanzara el cuerpo herido de Long.

Ya no quedaba magia, ni escudos, ni milagros. Solo lo físico, el acero y la voluntad.

Mi turno, Eda.

La voz de Kali retumbó en mi mente justo cuando la vi pasar por encima de nosotros, volando directa hacia la cabeza del centinela.

—¡Kali!

Todo en mí pedía acción, movimiento, respuesta..., pero estaba paralizada. Skylar me sujetaba por la cintura, anclándome al lomo con fuerza mientras el monstruo se precipitaba hacia el suelo.

«No. No. No».

Entonces oí aquel nombre.

—¡Valeska!

Miré hacia un lado, al borde del abismo.

La zarkass corría por la tierra como una maldita tormenta.

Aquel cuerpo pequeño, ágil e imparable, avanzaba con una furia que desafiaba toda lógica. Sus piernas cortas y rápidas apenas tocaban el suelo mientras pasaba junto al filo de las grietas que ella misma había abierto. El cabello negro volaba detrás, salvaje, desatado, como una bandera de guerra.

Esquivaba rocas, cuerpos de soldados caídos y ruinas.

Iba en paralelo al centinela...

—¡Valeska, para! —Era la voz de Adriel, quien corría detrás de ella, por el mismo terreno desgarrado, sorteando la destrucción con esfuerzo mientras le gritaba con el alma en llamas.

Pero ella no se detuvo.

No miró atrás.

En cada mano, la hembra llevaba una piedra roja. Las mismas que sus hermanas habían usado antes para detener al centinela. Pero ahora ardían en sus dedos, chisporroteaban con una luz incandescente, casi líquida.

El monstruo caía como un juicio final. Todo su peso, todo su poder desatado, directo hacia Long.

Valeska se interpuso entre el monstruo y su objetivo.

—¡Hoy no! —sentenció Valeska mientras las fauces se abrían a un suspiro de alcanzarla—. ¡Hoy no acabarás conmigo!

Abrió los brazos y cayó de rodillas sobre la tierra agrietada, con las lágrimas deslizándose por sus mejillas.

—No hay magia —le recordé a Sky desesperada—. No puede meterse en su mente.

—¡Arráncame la vida si eso es lo que buscas! —aclamó Valeska con una voz que parecía nacer desde lo más profundo de sus entrañas—. ¡Pero juro que no tocarás a los míos mientras yo respire! ¡Y no permitiré que nadie los arrincone nunca más!

Las piedras en sus manos, esas que no deberían brillar sin magia..., lo hacían.

—La magia de Valeska funciona —confirmó Skylar, que me sujetaba con fuerza por la cintura impidiéndonos caer.

El ataque del centinela nunca llegó. La bestia se detuvo a un palmo de ellos, cerró la mandíbula de golpe, como un latigazo contenido, y luego comenzó a retroceder y a arrastrarse hacia atrás.

Su cuerpo colosal, que minutos antes parecía imparable, se convulsionó en espasmos violentos. Agitó la cabeza, como si algo invisible lo frenara.

Valeska había entrado en su mente. Y gritaba porque, de algún modo, era ella quien lo estaba obligando a retroceder.

Kali se posó sobre la cabeza del centinela y hundió las garras con una fiereza que jamás le había visto.

Era una bestia salvaje, un ave de presa.

—¡Las cadenas! —recordó Skylar, y su voz sacudió las montañas.

—¡Que vuelen esas malditas cadenas! —bramó uno de los líderes corriendo entre los soldados.

Los jinetes se movieron y lanzaron los gruesos eslabones metálicos por encima de nosotros. Cada impacto levantaba nubes de polvo. La tierra temblaba bajo el monstruo, y yo tuve que girarme para ver cómo Valeska seguía de rodillas, con las piedras encendidas en las manos.

—¡No aguantará mucho más! —le grité a Skylar, que ya estaba al otro lado del lomo del centinela, tirando de una cadena anclada a su flanco.

—¡No tenemos tiempo! ¡Sujetadlas! ¡Fijadlas a los pinchos! —les ordenaba Skylar.

Las cadenas volaban entre nosotros, pasaban por encima de nuestras cabezas. Luego las sujetábamos y las lanzábamos en dirección contraria.

—¡Tirad, joder! ¡Tirad! —rugió una jinete, plantada sobre una roca, arrastrando a cuatro soldados con ella.

—¡Cede! ¡Lo estamos frenando! —vociferó otro.

La criatura dejó de resistirse, empezó a parar, a perder impulso.

Kali, empapada de sangre oscura, alzó el vuelo y se lanzó hacia mí.

La bestia está a punto de caer.

Skylar me miró por encima del hombro. Sus ojos, encendidos por la adrenalina y el miedo, se clavaron en los míos.

—¡Vete ya de aquí! —Era una orden—. Nos vemos abajo.

No era momento para discutir. Kali pasó volando junto a mí y, con un movimiento entrenado, enganché las manos a las plumas de su lomo y me impulsé hacia arriba. Nos alejábamos, pero antes de que el viento me arrebatara la vista del todo, el recuerdo me hizo girar la cabeza.

En la base del centinela, donde sus extremidades colosales casi rozaban la arena, volví a ver aquel maldito resplandor esmeralda.

Desenfundé mis espadas.

Acabemos con esto de una vez, le dije a Kali.

Guiada por mis pensamientos, voló hacia la tierra que se abría bajo nosotros. Las cadenas se enredaban en el vientre del monstruo, y se apretaban más y más, desgarrando la carne, haciendo brotar sangre negra entre los eslabones. Pero aun así… no caía.

Llévame hasta su vientre, le ordené. *¿Ves esa cosa de ahí dentro?*

Lo veo, odio ese color. Siempre trae problemas.

¿Crees que podría ser su corazón?, le pregunté mientras nos lanzábamos hacia él, mis espadas listas. Iba a atravesar su piel, a desgarrar lo que fuera eso que brillaba dentro. Si era su corazón, lo apuñalaría.

Por el rabillo del ojo lo vi todo: Liral estaba a unos metros más allá, con el arco en alto, disparando sin descanso, una flecha tras otra. Las zarkass se aproximaban hacia ella. Elandra ahora estaba cerca de Dalton, que gritaba junto al cuerpo herido de Long.

Tragué saliva y volví la vista al frente. No podía permitirme mirar más. Tenía que acabar con eso.

Kali descendió más y más.

Tiene que ser eso lo que lo mantiene en pie, Kali. Esa cosa le da fuerzas. No hay otra explicación..., ya debería estar muerto.

Mi fénix me acercó todo lo posible. Cuando estuve lo bastante cerca, me lancé al costado del centinela. Hundí las espadas con todo lo que me quedaba, y las hojas cortaron la carne con una facilidad casi antinatural, abriendo su vientre de lado a lado. Entonces apunté más alto, hacia el torso, y volví a clavarlas. La bestia gimió mientras la sangre negra salía a borbotones y me cubría entera.

No me permití cerrar los ojos, porque justo frente a mí estaba aquel resplandor venenoso que me cegaba, revuelto entre sangre y órganos. Con una mano aún sobre el mango de la espada, estiré la otra.

Tenía que tocarlo.

Tenía que saber qué demonios era aquello...

—¿Qué...? —susurré.

Cuando apoyé la mano sobre aquello, lo supe al instante, no era un corazón.

Era un cristal.

—¡El Ojo de Nyxar está dentro del centinela! —vociferé.

Pero no hubo tiempo para nada más. La misma explosión que antes había desvanecido toda la magia volvió a estallar, y esa vez me alcanzó de pleno. El impacto me lanzó por los aires, arrancada del cuerpo de aquel centinela que por fin estaba muerto.

58

Eda

Un zumbido me perforaba los oídos, mientras una presión insoportable se expandía dentro de mi cabeza. Sentía los latidos de mi corazón retumbar en los tímpanos rotos, uno tras otro, como martillazos sordos.

Intenté abrir los ojos.

No pude.

Volví a intentarlo.

Nada.

El pánico se me clavó en el pecho. ¿Y si me había quedado ciega? ¿Y si esa maldita explosión me había arrancado los ojos?

Luché contra la presión que me ahogaba, contra el abismo que tiraba de mí hacia el fondo. La magia… estaba volviendo. Encendía mi interior, se deslizaba por cada nervio, cada hueso, como un incendio que recordaba a quién pertenecía.

Mi fuego.

Otra vez mío. Otra vez dentro.

—¿Por qué no puedo ver? —espeté entre dientes.

—Eh, Zafiro… —Experimenté un leve tirón en mi antebrazo. La voz de Skylar me alcanzó. Apagada y lejana… pero real. Luego, sentí su mano rozar mis párpados, devolviéndome la vista.

Estaba frente a mí arrodillado. La sangre negra le manchaba el rostro, el cuello y el uniforme, que ya no era más que jirones pegados a su cuerpo.

—Solo era sangre seca, ¿vale? —Forzó una sonrisa mientras sus dedos continuaban limpiándome—. Tus ojos azules están perfectos.

Me miró esperando que lo entendiera.

—Solo es sangre —asentí aún aturdida.

Percibí el pico de Kali golpearme el hombro con impaciencia, y entre su empujón y el brazo de Skylar tirando de mí, logré incorporarme.

Las piernas me temblaban, la magia seguía estallando dentro de mí como una tormenta contenida, y el mundo se tambaleaba, pero no iba a dejar que lo notaran. Me mantuve en pie. Aunque cada parte de mi cuerpo gritara por rendirse.

—Esta puta cosa está muerta —murmuré mientras me quitaba los restos del centinela de la cara, de los brazos, de las manos. El olor resultaba nauseabundo. Sangre, piel, órganos. Todo encima de mí.

Mierda.

Empujé a Skylar con torpeza, caí de rodillas y vomité el desayuno, la cena y todo lo que no debía seguir dentro. Él se agachó a mi lado, me recogió el cabello con una mano y con la otra me acarició la espalda en círculos lentos.

—El centinela ha explotado por los aires cuando tú…

—Cuando toqué el Ojo de Nyxar —le corté, escupiendo a un lado la sensación asquerosa que aún tenía en la boca—. El puñetero Ojo estaba dentro de él, en su estómago.

—Todo este tiempo no era el centinela quien nos quitaba la magia —murmuró Skylar aliviado—. Si destruimos el Ojo, acabamos con cualquier amenaza que pueda arrebatárnosla otra vez.

Me pasé la mano por los labios en un intento por limpiarme lo imposible.

—Por la muerte —bufé—. Me quiero morir del asco.

Skylar me rodeó por detrás y me sostuvo con cuidado.

—¿Puedes caminar, mi vida?

Asentí con torpeza.

—Sí, creo que sí.

La consciencia me volvió a trozos. Primero fue un zumbido sordo, un pitido agudo que lo cubría todo. Luego, el sonido se abrió paso: gritos. Voces humanas cargadas de dolor. Soldados que pedían ayuda. Jinetes que llamaban a los suyos. Órdenes lanzadas al aire como últimos intentos de control.

La explosión de poder lo había arrasado todo a su paso. Y, cuando mis ojos por fin empezaron a enfocar, comprendí el precio.

El campo de batalla ya no existía.

El suelo era ahora una extensión de tierra agrietada, salpicada de cráteres y cuerpos…, algunos enteros, otros desgarrados. La brecha se había cerrado, como aquella vez, pero no había dejado paz tras de sí. En su lugar quedó un surco negro y viscoso, una cicatriz abierta sobre la carne del mundo. Y, en el centro de todo, se alzaba el monolito: un fragmento de cristal esmeralda, medio enterrado entre tierra resquebrajada y los órganos del centinela.

Nada se movía cerca de él.

Nadie osaba acercarse.
—La grieta ya no está —dije empezando a hiperventilar.
—Ya no necesitamos entrar, Eda.
Lo miré con los ojos desorbitados.
—Sky..., Valeska y Adriel no han estado solos.
—¿Qué quieres decir?
Tragué saliva.
—Ahí abajo hay jinetes. Junto con sus dragones.
El rostro de Skylar perdió todo color. Retrocedió un paso, incapaz de disimular el impacto de lo que acababa de escuchar.
—¿Durante siete milenios...?
—Sus almas nunca fueron a Bankai, ¿cómo es que no sabías que no estaban muertos? ¿Cuántos hay abajo, Skylar? —empecé a lanzar las preguntas una tras otra, sin poder contenerlas.
Nunca lo había visto tan descompuesto.
—Las almas inmortales requieren un equilibrio distinto... —murmuró Skylar.
—¡Eda! ¡Iron! ¡Necesitamos vuestra ayuda! —La voz de Elandra me alcanzó entre el estruendo. Estaba a unos cien metros, de pie entre cuerpos y humo.
—Los heridos necesitan nuestra sangre —dijo él tomándome la mano—. Hablaremos de los jinetes después. Te contaré todo lo que sé... Los sacaremos de ahí, Eda. Cueste lo que cueste.
Tiró de mí con decisión y yo corrí tras él, con las piernas aún tambaleantes.
—¡Vamos, Kali! ¡Síguenos! —gritó.
Nos dirigimos hacia ellos.
Dalton estaba arrodillado junto a Long. A su lado, Liral, Elandra y Alaric. Respiraba con dificultad, pero no se movía, no apartaba las manos del lomo del dragón.
—¿Podemos hacer algo por Long? ¿Nuestra sangre... puede salvarlo? —Miré a Sky con desesperación mientras corríamos—. Dalton permanece ileso, pero se está desmoronando.
—¡Eda, aquí! —me indicó Adriel desde la izquierda. Estaba en el suelo, con Valeska en brazos inconsciente.
Me volví hacia Skylar.
—Ocúpate de Dalton y del dragón —le pedí—. Haz lo que puedas, lo que se te ocurra, por favor.
Dalton ya había pasado por demasiado. Había perdido a todos los que alguna vez amó, uno tras otro, y el mundo no había hecho más que seguir quitándole cosas. Lo último que necesitaba su corazón era que Long muriera también.

—Yo me encargo de él y de Long. Tú ve con Adriel.

Mis pies querían correr hacia Dalton, hacia sus gritos, hacia el dolor que se le escapaba de la garganta. Pero tuve que cerrar esa puerta. Apagar la empatía, silenciar el instinto de consolar, de sostener. Porque en ese momento no podía ser amiga, ni hermana. Solo podía ser lo que el mundo necesitaba de mí: poder.

Cambié de rumbo. Sin embargo, mi fénix no me siguió. Planeó en otra dirección y se posó junto a Long. El dragón yacía sobre la tierra ennegrecida y su cuerpo titánico se sacudía por espasmos débiles con cada exhalación. Tenía el pecho hecho trizas, pero no se rendía. Aún respiraba.

Kali apoyó su frente contra la de él.

Long me ha salvado la vida. Ahora me toca a mí salvar la suya.

Dejé de correr durante un instante, atrapada por la escena.

¿Qué pretendes...?

Sé cómo puedo ayudarlo. No te dolerá a ti. Yo lo aguantaré.

¿El qué?

Voy a ayudarlo a sanar.

Con la vista inmortal, lo vi todo con una nitidez que dolía: las lágrimas de Kali cayendo sobre el rostro destrozado de Long.

«Si curas el poder de alguien, su dolor pasará a través de ti. No lo sanas arrancándolo, lo absorbes. Lo sientes». Las palabras de la Biblioteca Silente me golpearon.

Las plumas de Kali empezaron a oscurecerse, primero en las puntas, luego en toda su extensión. Sus alas apenas lograban mantenerse abiertas, y esa luz en sus ojos, esa chispa que siempre había ardido con orgullo, ahora parpadeaba como una vela a punto de apagarse.

No me estaba quitando nada. Kali no necesitaba absorber mi poder.

Estaba dándome el suyo.

Todo lo que le quedaba.

Volcaba hasta la última brizna de sí misma para salvar a Long.

Este es mi deber. Puedo soportarlo, me susurró, y su voz fue un leve suspiro en mi mente. *Nadie va a morir hoy.*

«La magia debe equilibrarse, Eda, y el dolor no desaparece, solo cambia de dueño», había dicho la Biblioteca.

Kali...

Te he visto caer, Eda. Te he visto temblar, desvanecerte, romperte por dentro mientras sostenías más poder del que cualquier alma debería cargar. Te he visto cruzar el umbral del dolor una y otra vez, y siempre te has levantado. Déjame ser yo esta vez. Confía en mí como yo he confiado en ti.

Los gritos me sacaron del trance. Las zarkass me llamaban. Skylar estaba a unos metros, quieto, con la mirada fija en mí. Sabía con quién estaba hablando, lo que pasaba. Dio un paso para acercarse, pero levanté una mano.

—Confío en ella.

Y, sin mirar atrás, volví a correr.

Las zarkass estaban a solo unos metros. En el suelo, Adriel sujetaba a Valeska entre sus brazos, el rostro pegado al de ella. La mecía con una delicadeza desesperada, en un intento de mantenerla anclada al mundo a través de sus manos y su calor. Pero más allá del gesto, Adriel había erigido un escudo invisible a su alrededor, una barrera de puro poder que los separaba del resto.

Nadie podía cruzarla.

—No nos deja entrar, portadora —dijo Kalea, que se colocó a mi lado justo cuando frené el paso.

Pasé la mirada por cada rostro, cada forma. El resto de las zarkass estaban ilesas, excepto ella.

Me acerqué al borde de la barrera.

—Adriel. —Golpeé la barrera con las palmas y el impacto me sacudió hasta las costillas—. ¡Tienes que dejarme pasar! ¡Necesito entrar, darle mi sangre! ¡Puedo ayudarla!

Al otro lado, levantó la vista. La sangre —propia y ajena— le cubría el rostro y las lágrimas corrían por sus mejillas mezcladas con la suciedad.

—Eda... ¡Sálvala! Por favor, te lo ruego... ¡Sálvala!

El escudo parpadeó... y luego se deshizo.

Antes de acercarme a Valeska, alcé una mano y me detuve a medio paso. Era una señal para que las zarkass que venían detrás de mí se quedaran donde estaban.

No sabía en qué estado se encontraba Adriel. No sabía si, después de todo lo que había pasado, el más mínimo paso en falso lo haría saltar para defenderla... incluso de sus propias hermanas. Conocía ese tipo de vínculo protector. Lo había visto en Skylar. Lo había sentido en mí. Y ahora... lo tenía delante.

Adriel ya no era solo un jinete, sino un escudo humano. Y aunque sabía que las zarkass jamás le harían daño a Valeska, también era consciente de que él, en aquel estado, ya no podía razonar.

—No deis un paso —les pedí a las hembras—. Quedaos ahí, por favor. Ella estará bien. Ayudad a quienes aún lo necesiten.

Las zarkass se miraron entre sí, con los dientes apretados y el instinto aún palpitando bajo la piel. Pero asintieron. Una a una, empezaron a retroceder, murmurando entre ellas mientras se organizaban. Algunas permanecieron cerca, en guardia, alerta por si se las necesitaba. Las demás se dispersaron por el campo para asistir a los heridos.

Miré hacia mi fénix y el dragón. Long parecía respirar con algo más de calma, y Skylar estaba junto a ella, acariciándole las plumas apagadas.

Estoy bien. Céntrate en ellos, me llegó su voz cansada. *Valeska te necesita.*

Apreté los puños.

Aguanta, pajarraca.

Sálvala, Eda. Ella es importante.

Y tú también, Kali. Tú también.

Me arrodillé junto a la hembra y, sin perder un segundo, deslicé la hoja por la palma de mi mano. La sangre brotó y la acerqué a sus labios.

—Vamos, Valeska, bebe —susurré.

Ella reaccionó al instante. Sus labios se movieron, y al principio bebió con debilidad, apenas un roce. Luego, con más decisión. Sentí su cuerpo estremecerse bajo el de Adriel, y cuando noté que había tomado lo suficiente, aparté la mano con cuidado.

—Eso es, Val... —Adriel acarició su mejilla, retirando la sangre de su rostro—. Joder, eres increíble. Siempre empeñada en salvar el mundo. Siempre haciéndome esto, hembra. Pero no conseguirás que me aleje de ti, ¿me oyes? Voy a estar detrás de ti en cada una de tus malditas locuras. En todas.

Con un gesto delicado, apartó una gota de sangre de sus labios. Pero entonces, un rugido de Norian me arrancó de aquella imagen.

—¡Aléjate de ella, macho! ¡No le pongas las manos encima!

Adriel solo se movió para rodear un poco más a Valeska con el brazo, protegiéndola con el cuerpo.

Kalis se cruzó en su camino y la sujetó por los brazos.

—Norian, basta.

Pero no fueron sus palabras lo que la detuvieron.

Fue Valeska.

Un leve suspiro escapó de sus labios partidos, y sus párpados se alzaron apenas lo suficiente para ver a Adriel.

—¿En todas mis locuras, jinete? —murmuró entre toses—. ¿No te he asustado ya lo suficiente como para que salgas corriendo en dirección contraria?

Adriel soltó una carcajada trémula, medio sollozo, medio alivio.

—Eso es lo que siempre me ha atado a ti, Valeska... Tu maldita valentía y esas ganas absurdas de morir en cada batalla.

La hembra se incorporó con lentitud y mi corazón dio un vuelco al verla. Las lágrimas surcaban su rostro con la misma intensidad que las de él, como si compartieran un mismo dolor, como si sus almas lloraran al unísono. Posó las manos alrededor de su cuello con una ternura que parecía imposible en medio de tanta destrucción, cuidando de no herirlo. Luego bajó la cabeza y apoyó la frente contra la de él.

—Adriel, yo... —Se quedó a apenas unos centímetros de su boca, con la respiración entrecortada—. Yo...

La sonrisa que le iluminaba el rostro se deshizo en un suspiro. Valeska se tambaleó hacia atrás y Adriel reaccionó adelantando los brazos para sostenerla antes de que volviera a desplomarse.

Pero no llegó a tocarla.

Con un movimiento antinatural —demasiado rápido y torcido—, Valeska se incorporó. Y, antes de que Adriel pudiera apartarse, sus garras se hundieron en su abdomen.

La sangre brotó y le subió por la garganta hasta mancharle los labios. Adriel abrió los ojos de par en par... y, un segundo después, se le pusieron en blanco.

Con una voz que no era suya, Valeska susurró:

—Muere, jinete.

59

Eda

Adriel se estaba muriendo.

—Val… —gimió.

Un alarido me desgarró la garganta mientras me lanzaba hacia Valeska, pero no fui la única. Las zarkass ya se habían movido y dos de ellas la sujetaron por los hombros, tratando de inmovilizarla.

—¡¿Qué estás haciendo?! —gritó Norian.

Pero Valeska… ya no era ella. Se retorcía entre los brazos de sus hermanas como una bestia desatada. De pronto, lanzó un rugido gutural y clavó las garras en el pecho de una de ellas. La sangre estalló contra el suelo. La otra zarkass respondió con un bramido furioso, pero no retrocedió.

—¡Sus ojos! —alcancé a decir al ver el brillo verde, enfermizo, que había suplantado al negro en su mirada.

Estaba poseída.

«Mierda. Mierda. Mierda».

—¡Vuelve, maldita sea! —vociferó Adriel con la voz rota por el dolor, mientras la sangre le brotaba por la boca y trataba de hablar como podía, con el estómago perforado—. Valeska, ¡sé que estás ahí!

La hembra intentó liberarse, escapar del agarre de las zarkass que la contenían, con las garras extendidas de nuevo y a punto de lanzarse sobre Adriel otra vez. Pero entonces, las sombras de Skylar cobraron forma.

Él ya estaba a mi lado, su poder extendiéndose.

Las tinieblas se deslizaron como látigos, la envolvieron y la obligaron a caer de rodillas, conteniéndola mientras su cuerpo se agitaba en espasmos violentos.

—Lucha, Valeska, lucha —gritaba Adriel, que se arrastraba por el suelo dejando un reguero de sangre a su paso.

Me lancé a por él para sujetarlo. Tenía que ayudarlo. La herida del abdomen no dejaba de sangrar; las garras de la zarkass habían perforado el músculo y el veneno ya le recorría las venas.

—¡Adriel, para! Estás perdiendo demasiada sangre —le rogué mientras apretaba con las manos desnudas la herida.

—¡Ella está ahí dentro! ¡Yo lo sé! ¡Está peleando! —soltó.

—No nos hagas hacerte esto, por favor —le suplicaba Airi a Valeska.

Skylar levantó una mano y las sombras se deslizaron desde sus dedos. En un instante, se enredaron en el cuerpo de Adriel, sujetándolo con firmeza justo cuando estaba a punto de lanzarse otra vez hacia Valeska.

—No puedes ayudarla si mueres antes de llegar.

Adriel forcejeaba sin dejar de sangrar, deshecho, pero Skylar se abrió la palma de la mano y dejó que la sangre fluyera. Se la tendió a Adriel. Este gruñó, con los dientes apretados, pero no dudó. Tenía que hacerlo. Tenía que beber. Era la única forma de frenar aquella maldita hemorragia antes de que fuera demasiado tarde. Y yo... solo al final, cuando mis ojos buscaron algo a lo que aferrarse, me di cuenta de lo que pasaba a mi alrededor.

—Ella está aquí —sentencié.

Me quedé paralizada.

El mundo seguía moviéndose a mi alrededor —gritos, pasos, sombras, Skylar llamándome—, pero yo... había desconectado de todo ello. Como si mi cuerpo aún estuviera allí, en mitad del campo devastado, pero mi mente hubiese dado un paso fuera del tiempo.

Giré sobre mí misma con los ojos desorbitados, escudriñando cada rincón.

No había rastro de la tercera llama.

Ninguna chispa esmeralda.

Pero ella estaba allí..., la sentía.

Skylar me hablaba, todos lo hacían, pero sus voces eran ecos lejanos, deformados por la niebla que me atrapaba.

—Vuelvo a tener poder... —murmuré apenas para mí misma, justo cuando el fuego azul estalló en mis puños—. Ya no soy vulnerable.

Si nuestra teoría era cierta, entonces mientras yo albergara poder y me mantuviera estable, sana y fuerte, ella también lo estaría. Éramos un reflejo de poder. Si yo me alzaba, ella también lo haría. Pero si caía, la arrastraría conmigo.

—¿Dalton? —escuché a Elandra a mis espaldas—. ¡Dalton, para! ¡¿Qué haces?!

Me giré de golpe.

«No. No. No».

Dalton seguía llorando, pero sus ojos... ya no eran suyos. Brillaban con ese verde enfermo, el mismo que había devorado la mirada de Valeska.

Sostenía la espada en alto con determinación. El filo temblaba levemente en su mano, pero no titubeaba. Apuntaba con él a Long, a su propio dragón.

Una sombra abandonó el lado de Adriel.

Skylar lo cogió por la cintura y lo estampó contra el suelo con una fuerza brutal. La espada salió despedida de sus manos, giró en el aire y se arrastró por la tierra negra.

—Lucha contra ella, joder —bramó Skylar mientras le sujetaba las muñecas—. ¡No le des el puto control, Basilius! ¡Demuestra quién coño eres! El cabrón más pesado del imperio, el imbécil que me lleva sacando de quicio desde que lo conozco.

Dalton se revolvía bajo él como una fiera enloquecida, la boca llena de espuma, los ojos en blanco.

—Maldito gilipollas... —escupió entre dientes—. ¡Suéltame!

—Sí, claro, para que le claves el acero a tu dragón, ¿no? —bufó Skylar, e invocó unas sombras que se enredaron en los tobillos de Dalton—. Ni en tus mejores días te dejaría ganar, mucho menos hoy.

—Te mataría si pudiera.

—Ponte a la puta cola —le soltó Skylar con una sonrisa torcida—. Pero primero lucha contra ella, joder. ¡Contra esa cosa que te está envenenando la cabeza!

Dalton se retorcía como una bestia atrapada, igual que Valeska. El cuerpo convulsionaba, las manos se crispaban contra el suelo. Pero entonces, algo cambió. En medio de aquella tormenta de rabia y oscuridad, su fuego volvió a brotar.

La llama idealis empezó a resurgir.

Era como si una parte enterrada y sofocada por el veneno de la Dama empezara a recordar. A resistirse. Como si su cuerpo, su alma y su fuego supieran que todavía había algo por lo que pelear.

—¡No eres una maldita marioneta, Basilius!

Liral apareció a su lado y extendió sus sombras para ayudar. Ambas fuerzas se entrelazaron intentando retenerlo.

—¡Liral, no! ¡Aléjate! —le advertí.

Dalton gritó. De sus labios no salieron palabras, sino un rugido ahogado de furia y dolor, una grieta abierta en su pecho.

Entonces estalló.

El fuego brotó de su cuerpo como una bestia liberada. Oscuro. Salvaje. Una llamarada brutal que arrasó el suelo, levantó piedras, consumió aire. Una ráfaga de calor tan intensa que la piel dolía solo con estar cerca.

—¡Mierda! —aulló Liral al tiempo que se giraba para correr, pero las llamas la alcanzaron.

—¡Liral! —Elandra se arrodilló junto a su cuerpo y la arrastró a trompicones entre los escombros, cubriéndola con su propio abrigo mientras las brasas aún chispeaban a su alrededor.

—Aguanta, aguanta... Sé que duele, Liral, lo sé. —Trató de apagar unas llamas que ya no estaban, como si sus manos pudieran borrar el fuego con solo tocarlas.

Liral se retorcía.

Elandra se inclinó y rozó sus labios con los de ella, un intento desesperado de calmarla, de anclarla a algo que no fuera el dolor.

—¡Que alguien haga algo! —vociferó Elandra entonces, y miró a su alrededor, a nadie y a todos—. ¡Por favor!

«Que alguien haga algo».

En el campo de batalla Skylar luchaba por retener a Dalton con sus sombras, mientras el fuego lo abrasaba. Mi fénix estaba herida, Long al borde de la muerte, Valeska poseída con Adriel desangrándose a sus pies. Liral ardía entre gritos y Elandra trataba de cubrirla. Y yo me encontraba en medio de todo, sin aire en los pulmones ni respuestas en la cabeza...

«Que alguien haga algo».

Corrí.

No hacia Skylar.

Ni hacia Liral.

Ni hacia Adriel y Valeska.

Corrí en dirección contraria, hacia el centro de todo aquel infierno.

¡No hagas eso, Eda!, gritó Kali en mi mente. *¡Ni se te ocurra!*

Pero ya era tarde, lo había decidido.

Ella no era capaz de volar, estaba demasiado débil. Y nadie más podía detenerme, porque todos —todos— estaban sufriendo.

Tengo que hacerlo, Kali.

Te destruirás...

Si yo me debilito, si yo caigo, ella también lo hará. Nuestro vínculo es su debilidad. Lo que me arranque lo arrancaré de ella también.

Seguí corriendo sin mirar atrás.

Zigzagueé entre cadáveres, escombros y sangre mientras los rugidos de Skylar luchando contra el poder indomable de Dalton atravesaban el campo.

Corría tan rápido que el suelo parecía no tocarme, como si flotara entre latidos. Todo a mi alrededor se volvió un borrón de luces y sombras, como si el mundo no pudiera seguirme el ritmo.

«Nadie va a morir hoy», me dije.

Lo repetí en mi cabeza en forma de promesa.
«Nadie va a morir hoy».
«Nadie va a morir hoy».
El Ojo de Nyxar brillaba frente a mí.
Tenía que anularme, vaciarme.
«Nadie va a morir hoy».
«Nadie va a morir hoy».
«Nadie va a morir hoy».
¡Eda, cuidado!, me advirtió Kali.
Pero ya era tarde.
Un latigazo de fuego esmeralda me alcanzó de lleno y me lanzó al suelo. Tropecé y caí de bruces contra la tierra, a solo unos metros del Ojo de Nyxar. El fuego me lamió la espalda, los brazos, el cuello... y, por primera vez desde que dejé de ser mortal, ardí.
Grité sin poder evitarlo.
La magia me abrasaba la piel.
Entonces lo sentí: un cuchillo de fuego valirio se apoyó contra mi garganta y, un segundo después, unos labios rozaron mi oído.
—Mi querida Kaiserin. Por fin nos volvemos a ver después de tantos milenios.

60

Eda

Tenía a esa zorra a mis espaldas.

—Ese cuchillo no me matará —gruñí sin atreverme a moverme.

Ella soltó una risa baja y con la otra mano me tiró del cabello hacia atrás, obligándome a arquearme. Mi espalda crujió por el gesto forzado.

—Tal vez no —ronroneó como una serpiente satisfecha—. Pero hará que la muerte venga a buscarte.

El filo ardiente rozaba mi garganta.

—Iron Shadow vendrá y el emperador matará a su propio dragón. ¿Y sabes lo que pasa cuando un verdadero jinete pierde a su bestia? —Su voz me heló los huesos—. Muere.

Mi cuerpo se contrajo contra la tierra.

«No. No. No».

Dalton no podía morir... Si Long moría, sería imposible que...

Sentí que la sangre me abandonaba el rostro.

No dejes que Skylar venga, Kali... Por favor...

Las llamas me mordieron el cuello y el dolor fue tan atroz que ni siquiera tuve fuerzas para gritar. Las lágrimas brotaron solas e intenté sobrevivir a algo que no podía resistir.

El tatuaje... Skylar también lo sentía.

El fuego que me consumía también lo alcanzaba a él porque estábamos entrelazados, porque mi dolor no era solo mío..., sino suyo también.

Por el rabillo del ojo vi a Skylar luchar contra Dalton, envuelto en sombras y fuego. De pronto, giró la cabeza hacia mí, y el miedo en su rostro fue tan crudo, tan real, que algo en mi interior se encogió.

—¡No, Sky! —grité con todo lo que me quedaba dentro—. ¡No vengas! ¡Dalton morirá!

La Dama me derribó con todo su peso y, antes de que pudiera reaccionar, me aferró del cabello y me estampó la cabeza contra el suelo. El impacto me arrancó un gruñido ahogado; un zumbido me estalló en los oídos mientras la vista se me llenaba de polvo y tierra.

Aun así, logré alzar la mirada.

Skylar perdía el control.

Sus sombras trataban de retener a Dalton, pero la llama idealis se desbordaba como un huracán indomable.

—Todo ha salido a la perfección, Kaiserin. Sé que tu subconsciente me ayuda en silencio.

Me estampó la frente una vez más. El dolor estalló en mi cráneo y mi fuego rugió, liberándose hacia atrás como una llamarada instintiva. Pero ella hizo lo mismo. Su fuego esmeralda chocó con el mío... y me abrasó.

Vi cómo el poder de Skylar se deslizaba hacia nosotras como una marea viva, un oleaje de sombras que lo envolvía todo, dispuesto a protegerme. Pero entonces, la Dama alzó una mano e invocó el mismísimo corazón de la magia corrupta. Del suelo brotó una muralla de fuego esmeralda que estalló hacia el cielo, desgarrando las nubes, encendiendo el aire. Las sombras de Skylar chocaron contra el muro ardiente y se consumieron al instante.

—¿Creías que las sombras iban a salvarte? No solo soy buena manipulando..., soy mejor destruyendo.

El calor me abrasaba la espalda y las mejillas raspaban contra la tierra. Pero solo podía pensar en una cosa: Skylar no debía acudir a por mí. Si lo hacía, si me elegía, Dalton moriría.

—¡No vengas, Sky! —le repetí con la garganta ardiendo.

La Dama soltó una carcajada y entonces vino el segundo golpe.

Y otro más.

—Tan obediente... —se burló—. Mi dulce Kaiserin, tan fácil de manejar. Has sacado el Ojo de Nyxar fuera de la ciudad, justo como quería. —Me acarició la nuca con la uña, dejando un rastro ardiente—. ¿Ves? Ni siquiera he tenido que esforzarme.

Aguanté el dolor. Apreté los dientes y cerré, una por una, las puertas de mi consciencia. No la dejaría entrar otra vez. Ya se había colado en mi mente una vez... y no habría una segunda.

Reuní cada brizna de energía, cada resto de poder que aún ardía dentro de mí, como brasas ocultas bajo la ceniza, y me impulsé hacia atrás. El codazo fue por puro instinto, un gesto cargado de rabia. Sentí el chasquido del impacto, el crujido del hueso al ceder, y luego la magia estallando entre nosotras.

El cuerpo de la Dama se tambaleó y, por un segundo, solo uno, dejó de parecer invencible.

—¿A dónde crees que vas? —escupió ella.

Sus manos me cogieron por la espalda y me arrastraron hacia atrás; mi uniforme se deshizo, hilo a hilo, sobre la carne quemada.

—No te voy a dar el maldito placer de oírme gritar —gruñí entre dientes.

Me giré y le estampé un puñetazo envuelto en fuego azul directo al rostro. El golpe la hizo retroceder y tambalearse, y durante un instante volvió a vacilar. Aproveché esos segundos de debilidad para lanzarme hacia mi objetivo.

Corrí hacia el Ojo de Nyxar con los músculos gritando y el corazón golpeando como un tambor de guerra. Lo tenía cerca. Tanto que casi podía sentir el eco de su poder llamándome.

Pero entonces ocurrió.

Una muralla de llamas verdes se alzó de la nada con violencia y me cortó el paso cuando estaba a apenas unos metros. El calor que desprendía me obligó a retroceder.

Se me había acabado el tiempo.

La Dama emergió del muro de fuego, fundida con las llamas, modelada por ellas. Su armadura negra se ceñía al cuerpo como una segunda piel, decorada con serpientes enroscadas y filigranas de hueso que recorrían el metal.

Era hermosa. De una belleza imposible, cruel, forjada no para ser admirada..., sino temida. Para destruir.

Se movió. Era rápida. Seguramente llevaba milenios entrenándose para ese momento. Intenté contraatacar, pero leyó mi movimiento antes de que siquiera lo pensara. Lo bloqueó con una facilidad humillante, como si hubiera vivido mil veces esa pelea y siempre hubiera sido ella la que terminaba en pie.

—¿De verdad crees que puedes ganarme? —bufó mientras detenía mi golpe con una sola mano—. He hecho arder imperios solo con una sonrisa, Kaiserin.

Luchamos cuerpo a cuerpo.

Fuego contra fuego.

Me empujó contra el muro de llamas, me golpeó con la rodilla en las costillas y, cuando traté de incorporarme, me hundió el puño en el estómago con tal fuerza que el suelo se abrió bajo mis pies.

Intenté volver a encender mi magia, contraatacar, pero su codo me alcanzó en la mandíbula. Y caí.

Otra vez.

Se abalanzó sobre mí jadeando. Su respiración era áspera, irregular. Me había derribado, tenía el control, y yo estaba atrapada bajo su peso. Pero lo que ella no sabía era que, en realidad, la que estaba ganando era yo.

Escupí a un lado y, aún tumbada, sonreí.

—Tu odio hacia mí te ha cegado tanto que has olvidado cómo funciona esto. Cada golpe que me das, cada vez que intentas derribarme, eres tú la que se debilita.

Vi cómo su rostro se tensaba. Algo en su expresión se fracturó.

—¡Tú no sabes nada! —espetó, y me soltó otro puñetazo.

Mi cabeza giró con el impacto, pero no solté un solo quejido. La adrenalina me protegía.

—Al parecer, sí sé algo —dije con un hilo de voz—. Tu maldito muro está cayendo, igual que tú.

Me golpeó una y otra vez, y yo no hice nada por detenerla. El rostro sanaría en unos días; no moriría por sus malditos puñetazos. Podía soportarlo. Lo único que necesitaba era mantenerla ocupada, distraída, cegada por su propia furia.

La tierra apestaba a polvo seco y podredumbre. Frente a mí, la sangre se mezclaba con vísceras aún calientes, extendidas como un mapa grotesco sobre el suelo. A pocos pasos, los restos del centinela se descomponían al sol, su carne negra y hendida burbujeando bajo el calor.

—¡Pelea, niña! —rugió—. ¡Pelea!

Ya no quedaba magia en sus puños, solo rabia. Y yo me dejé arrastrar por ese vacío. Tenía que provocarla, hacer que perdiera el control, cabrearla más y más...

No esquivé.

No devolví los golpes.

Me dejé acorralar.

—¡Pelea conmigo, cobarde!

Si eso era lo que quería, no movería un solo dedo. Los gritos me llegaban distorsionados. Sabía que las sombras de Skylar golpeaban el muro en busca de cualquier rendija, cualquier grieta que lo acercara a mí. Sabía que estaba desgastando su magia, su fuerza, su alma para atravesar lo imposible.

—No me quieres muerta —escupí—. Me necesitas para algo que aún no sé. Nunca ha sido tu intención acabar conmigo, solo doblegarme. Pero eso no lo vas a tener.

Tosí y la sangre me tiñó los labios.

—Solo me pegas porque no tienes otra puta forma de dominarme, porque sabes que jamás te perteneceré.

Dejó de contestarme, y en ese silencio encontré la verdad.

No le interesaba vencerme a base de fuerza bruta, ni siquiera someterme con su poder. Lo que realmente quería era empujarme al límite, provocarme hasta romper mi autocontrol, hasta hacerme perder el dominio de mi magia..., aunque eso significara apagar la suya por completo. Porque si me desataba, si me volvía inestable, entonces podría señalarme con el dedo y gritar que yo era el peligro, el monstruo.

Eso era lo que buscaba desde el principio: no deseaba destruirme con sus manos, sino empujarme al borde para que fuera yo quien diera el último paso. Convertirme en amenaza, en peligro. Sembrar el miedo en mi interior hasta que lo sintiera en la piel, hasta que los demás lo sintieran también. Hacerme dudar de mi propio poder, de mi juicio, de mi humanidad... y dejar que esa duda hiciera el resto.

—Sé lo que quieres y no voy a dártelo —dije mientras tosía.

Su rostro parecía agotado, la respiración entrecortada, el gesto crispado por el esfuerzo. El mismo poder que la sostenía, que la mantenía aún en pie, también la vaciaba.

—Tú... —me soltó con rabia—. Maldita niña. —Y el puñetazo me alcanzó de lleno en el pómulo.

A pesar de tenerla encima, de sentir cómo me golpeaba, de notar la sangre corriendo por mi piel rajada, mis manos se movieron a tientas por la tierra... hasta que tocaron los cadáveres. Cuerpos secos, huesos rotos, carne descompuesta.

Estaba rodeada de muerte.

Aurik es un cementerio, susurró Kali en mi mente. *Guarda milenios de historia.*

Sentí cómo mis dedos se cerraban con rabia alrededor de los huesos.

«Que alguien haga algo», había gritado Elandra.

Kali no me había dicho eso por casualidad. A veces se me olvidaba de dónde venía mi poder. A veces, incluso yo olvidaba lo que significaba ser la primera llama.

Mi magia no solo nacía de mí, sino del lugar al que estaba ligada.

Bankai.

Un territorio de muerte, el lugar donde mi marido tenía el mayor ejército de muertos. Porque él tenía ese don —ese maldito poder—: convocar a los caídos, arrancarlos del olvido, alzarlos desde la tumba como sombras encadenadas a su voluntad. Sombras que solo respondían a una voz. La suya.

Y tú eres su mitad, me recordó mi fénix. *La mitad de ese mundo, de su poder. Porque juntos... sois Bankai.*

«Si no puedo anular mi poder para detenerla, entonces lo usaré todo».

Cerré los ojos y hundí mi fuego en la tierra. Lo dejé deslizarse entre las grietas, correr como una corriente antigua por los huesos rotos, las raíces enredadas, las tumbas sin nombre. Permití que tocara cada cadáver reciente, cada cuerpo olvidado desde hacía milenios. Que encendiera, uno a uno, a los muertos que aún podían alzarse.

—Levantaos —les susurré—. Levantaos y luchad conmigo.

La tierra vibró.

—Me subestimas demasiado. —Le sonreí con esa expresión que mi marido usaría, esa que no mostraba ni piedad ni ira, solo certeza.

La Dama empezó a retroceder sin dejar de mirar a su alrededor desorientada. Su poder… se estaba apagando. El muro de fuego esmeralda que había alzado con tanto orgullo empezaba a deshacerse, sustituido por el fulgor implacable de mis llamas azules.

Aproveché su desconcierto. Me incorporé con las piernas temblorosas, y la boca llena de tierra y de mi propia sangre.

—Levantaos —murmuré hacia la tierra—. Levantaos y luchad conmigo.

Otra vez.

—Levantaos y luchad conmigo.

La tierra se abrió bajo mis pies con un gemido grave, casi reverente, como si el propio mundo entendiera lo que estaba a punto de desatarse.

Mi ejército.

Mi legado de fuego y huesos.

Las llamas del muro comenzaron a extinguirse con lentitud. Una a una, las lenguas verdes se apagaron, dejando tras de sí un ambiente cargado de poder. Más allá del fuego, no había bestias. No eran wendigos, ni criaturas deformes invocadas desde la oscuridad.

Eran cuerpos.

Humanos.

Emergían del suelo como recuerdos que se niegan a morir. Algunos aún conservaban jirones de piel adheridos al hueso; otros eran poco más que polvo sostenido por el eco de lo que fueron. Y, sin embargo, incluso en su deterioro… había algo sagrado en ellos.

No eran despojos.

No eran desechos.

Habían sido personas. Personas que amaron, que lucharon, que cayeron defendiendo algo o a alguien. Personas con nombres que nadie recordaba y que, pese a ello, estaban allí. Conmigo.

Las cuencas de sus ojos brillaban con un azul imposible, el mismo que ardía en mí.

Mi fuego se deslizaba por sus cuerpos como una corriente viva, uniendo sus huesos con mi alma. No era solo magia: era aguja e hilo. Cosía vértebra por vértebra, remendaba tendones rotos, trenzaba con llama lo que el tiempo había deshilachado.

La Dama giraba sobre sí misma, con la furia escrita a fuego en cada línea de su rostro.

—No eres la única que puede alzar un ejército con solo desearlo —dije—. Aprendo rápido.

Los muertos comenzaron a moverse, primero dieron apenas un paso, luego otro, arrastrando sus huesos recompuestos por la magia. Me rodeaban en silencio, con las cuencas vacías fijas en mí a la espera de una orden.

Sus cuerpos empezaron a girar en torno a nosotras, trazando un círculo cada vez más cerrado hasta que la espiral de huesos se convirtió en una muralla.

Ya no podía ver más allá.

No sabía qué ocurría al otro lado. No podía correr hacia los míos, ni gritar sus nombres, ni atravesar la muralla de huesos que me separaba de ellos. Estaba atrapada en el centro de mi propio ejército, sellada por la magia que yo misma había despertado. Pero no podía permitir que la Dama viera mi impaciencia.

Sentía cómo me debilitaba, poco a poco, con cada segundo que pasaba.

La Dama volvió a mirarme.

—Ya he ganado, Kaiserin. He conseguido lo que más deseaba en este mundo.

No dejé que se notara el temblor en mis manos.

—¿Y qué es eso?

—Arrebatarle la vida a tu querido emperador.

El miedo me recorrió la columna.

«Eso es lo que quiere. No dejes que te manipule».

—No voy a entrar en tu juego.

—Entonces compruébalo tú misma.

No aguanté más.

—¡Atacad! —vociferé.

Uno a uno mis soldados se lanzaron hacia delante.

Me rodearon como una marea desatada, pasaron junto a mi cuerpo sin tocarme, envueltos en un vendaval de gritos inhumanos, huesos crujientes y fuego azul. Se abalanzaron sobre la Dama como una ola de muerte resucitada.

Entonces un destello esmeralda se alzó hacia el cielo y lo cruzó como una estrella fugaz. Y, justo antes de que pudiera reaccionar, su voz resonó en mi consciencia.

Solo he cambiado el destino de la espada del emperador. Del pecho del dragón al corazón de su jinete.

61

Skylar O'Hara

Skylar gritaba de dolor, y su mitad lo hacía con él.

Sabía que, al otro lado de aquel muro que la Dama había levantado con sus llamas, estaba ella. No podía verla, pero la sentía, así como su miedo, su fuerza, su rabia. Notaba también el ardor que le recorría el cuerpo, como tantas veces antes, solo que en esa ocasión no venía de canalizar su poder. Ahora dolía en la carne, en los huesos, como si cada golpe que ella recibía atravesara la barrera invisible que los unía y le cayera también a él.

Partió su poder en dos. Una mitad la lanzó como una avalancha de sombras contra el muro, desesperado por alcanzarla, por frenarla, por salvarla. Fraccionó su esencia sin pensarlo, desgarrándose a sí mismo con tal de abrir un paso entre las llamas de la Dama.

Pero también conservó la otra mitad de su poder con él.

Con el maldito Basilius, a quien sujetaba mientras sentía cómo su cuerpo le quemaba el pecho, cómo la carne se abría bajo el calor.

Skylar sabía que tenía heridas que le llegaban al hueso, que la sangre no dejaba de manar, empapándole los brazos. Y, aun así, aunque odiara a ese cabrón con cada fibra de su ser… no iba a dejarlo morir.

No cuando Eda le había gritado que no fuera a salvarla.

No cuando ella, incluso rota, le había pedido que no la eligiera. Porque era consciente de que si soltaba a Basilius ahora, si Skylar lo dejaba escapar, mataría al dragón.

A pesar del dolor que lo desgarraba por dentro, Skylar no aflojó el agarre. Seguía abrazado a Basilius, que ardía como una antorcha viva.

—Este no era el trato, Basilius —le rugió Skylar, aunque no estaba seguro de que pudiera oírlo—. No era esto lo que acordamos.

El emperador forcejeaba mientras repetía una y otra vez:

—¡Suéltame! ¡Suéltame!

—El trato no era un maldito suicidio, joder.

Skylar volvió a mirar a su alrededor. También él había alzado un muro, uno de sombras tan densas que ni siquiera la luz se atrevía a cruzarlo. Se había encerrado con Basilius tras él, y lo había hecho por una razón: ningún aliado podía arriesgarse a enfrentarse al emperador, quien podría matarlos.

Con un último impulso, Skylar logró derribar a Basilius contra el suelo. La tierra retumbó bajo ellos con el impacto, levantando polvo y fragmentos de roca. Sin vacilar, le hundió el brazo contra la garganta para inmovilizarlo.

—Vas a arruinar el maldito plan, Basilius. —La voz de Skylar se quebró—. ¡Tú eres el que debe vivir, joder! ¡Tú! ¡Por Eda!

Basilius forcejeó bajo él, con los ojos aún ardiendo con ese brillo antinatural, pero, por un segundo, solo uno, titubeó.

—¿Eda...? ¿Quién es Eda?

—Entra en mi cabeza. Entra y míralo tú mismo.

Basilius apretó los dientes, el aire le faltaba. Su cuerpo entero temblaba, no solo por el dolor, sino por la guerra interna que lo rompía por dentro.

Pero entonces dejó de luchar, dejó de resistirse.

Dalton se deslizó dentro de su consciencia, cruzando el umbral entre sus mentes. Skylar lo sintió entrar y no lo detuvo; al contrario, le dejó paso, le abrió cada rincón, cada recuerdo. Si existía una mínima posibilidad de salvarlo, de traerlo de vuelta, tenía que ser así.

—Si queda algo de ti, lo vas a encontrar ahí. —Lo guio entre fragmentos difusos, desordenados por el tiempo y el dolor, lo condujo hasta ese recuerdo—. Vuelve. Aunque sea lo último que hagas por ella.

Una granja, en lo alto de una colina bañada por la luz cálida del atardecer. Y allí, una niña.

Corría descalza entre la hierba alta, con un vestido azul que ondeaba al ritmo del viento, mientras la risa le brotaba del pecho. Perseguía mariposas de fuego, las mismas que Dalton creaba solo para ella, las mismas que Eda trataba de atrapar con aquellas pequeñas manos.

—Eres un pedazo de cabrón —escupió Basilius entre dientes, las lágrimas le corrían por el rostro—. Mírate. Al final no me odias tanto como decías. Resulta que eres tú... tú, maldita sea, el que está salvándome la vida.

Ya no quedaba rastro del verde enfermizo en sus ojos.

Skylar soltó un suspiro largo y se apartó de encima del emperador jadeando.

—Como me eches esta mierda en cara el resto de tu vida, te juro que te mato yo mismo.

Basilius, aún tirado en el suelo, soltó una risa breve, ronca, como si el pecho le doliera al respirar. Skylar le tendió la mano. Él la miró un largo segundo... y luego la aceptó.

—A veces, la guerra no se gana con espadas. A veces se gana con una mano extendida. ¿Lo sabías, Iron Shadow?

Skylar lo empujó hacia arriba para ayudarlo a incorporarse. Durante un segundo, quedaron frente a frente, respirando con fuerza, el silencio pesando entre ellos. Parecía que ninguno iba a moverse... hasta que Basilius dio un paso al frente y lo abrazó, con una palmada seca y torpe en la espalda. Skylar se quedó rígido, sorprendido, pero luego soltó una risa baja —casi incrédula— y respondió con el mismo gesto, como si por fin hubieran cruzado una línea que ninguno pensaba posible.

—Con este abrazo, dejamos todo atrás. Nada de reproches, ni de mierdas pendientes. ¿Entendido? —murmuró Skylar sin soltarlo del todo—. Lo enterramos aquí. Y ahora vamos a hacer lo que mejor sabemos hacer.

Dalton se apartó, la rabia hacía temblar su mandíbula, y escupió con desprecio:

—Matemos a esa maldita zorra.

Había llegado el momento de actuar.

El momento de que él y Basilius terminaran con aquello juntos.

Skylar alzó una mano y, cuando el muro de sombras que había creado se deshizo en un suspiro, notó que el ardor del tatuaje también se había desvanecido. No quedaba ni rastro de dolor y, por un momento, creyó que todo había terminado.

Pero entonces llegó el temblor. No fue un movimiento de tierra común, sino una vibración mágica que le recorrió el cuerpo y lo obligó a retroceder un paso. Y justo entonces, el dolor en el tatuaje regresó.

Eda estaba canalizando su poder.

Frente a él, el muro que había levantado la Dama —ese que sus sombras habían intentado atravesar sin éxito— ahora era de fuego azul.

—¿¡Qué es eso!? —gritó Elandra, quien se había alejado de todo aquello con el cuerpo quemado de Liral entre sus brazos.

Skylar lo supo antes de mirar siquiera. Lo sintió en el aire, en la presión que le apretaba el pecho, en el escalofrío que no venía del frío. La muerte había llegado. Pero esa vez... no era a él a quien habían llamado.

En esa ocasión, la muerte tenía rostro de mujer y ardía con llamas azules.

Desde su posición, vio a su mujer de pie, erguida en medio de un círculo perfecto que se abría a su alrededor como una flor de ceniza y huesos. La tierra vibraba bajo sus pies. Los cadáveres caídos temblaban, se sacudían... y, uno tras otro, muy lentamente, empezaban a levantarse.

Pero no era su poder lo que los impulsaba. Eda no estaba invocando las sombras de Skylar, no tiraba de la oscuridad para alzarlos desde la tumba.

Ella los despertaba con fuego. Con su propia llama, una distinta a cualquier otra que no consumía, sino que otorgaba vida vestida de ceniza, calor que cosía los huesos rotos y que devolvía el aliento a lo inerte. Y lo más asombroso era que no lo hacía con rabia, ni con rencor.

Lo hacía con esa parte de sí misma que él jamás había tocado, esa que no le pertenecía a nadie. Ni siquiera a él, su mitad.

La parte que solo respondía al fuego.

—Ella es la muerte... y la vida —susurró Skylar.

El campo de batalla tenía el color de los ojos de su Zafiro.

Ya no quedaba ni una chispa de esmeralda.

Skylar giró la mirada hacia el flanco derecho. Adriel y Valeska —que había dejado de agitarse entre los brazos de las suyas y ya no estaba poseída— se encontraban demasiado cerca del desastre. Si algo salía mal, si el control se rompía por un segundo, ellos serían los primeros en caer. Así que sus sombras se alzaron de inmediato frente a ellos como alas oscuras hasta formar una semiesfera impenetrable, un escudo tejido con todo el poder que le quedaba.

Volvió la vista hacia los muertos, que permanecían quietos, esperando una orden que no llegaba. La Dama seguía inmóvil, atrapada en su propia impotencia, mientras Eda, justo frente a ella, no dejaba de sonreír.

—¡Atacad! —ordenó su mujer.

Los muertos respondieron lanzándose hacia delante. Esquivaron a Eda, ni uno la rozó. Todos iban directos hacia su objetivo: la Dama. Pero Skylar sabía que no sería tan fácil alcanzarla. Justo al pensarlo, un destello de fuego valirio se elevó hacia el cielo, atravesó las nubes y desapareció en lo alto.

Con la mirada aún fija en aquel punto, Skylar no podía creerlo. ¿De verdad se había rendido tan rápido? ¿Así, sin más? ¿Después de todo, aquella zorra había huido?

Pero cuando bajó la vista de nuevo hacia el campo, hacia ella..., algo se quebró dentro de él. Eda seguía allí, de pie entre los muertos, aún envuelta en su fuego azul, el cabello arremolinado por la magia, el pecho subiendo y bajando con fuerza.

Pero ya no sonreía.

Ahora lo miraba con los ojos muy abiertos, y en su rostro solo había una expresión: miedo.

—¡Apartaos, dejadme pasar! —ordenó Eda mientras corría hacia él como una flecha, y los muertos, obedientes, se abrieron a su paso formando un corredor.

—¡Dalton! —gritó—. ¡Dalton!

Cuando Skylar se giró para seguir la dirección de su mirada, se encontró a Dalton Basilius —el hombre que un minuto antes le había tendido la mano, que le había sonreído con la primera pizca de paz en siglos— de rodillas en el suelo.

Tenía una espada clavada en el centro del pecho, en su corazón.

Eda pasó corriendo junto a Skylar sin detenerse, y se lanzó de rodillas junto al cuerpo.

—Eh..., no —susurró mientras le tocaba el rostro con manos temblorosas—. Dalton, no..., eh..., mírame, ¿vale? Solo... solo aguanta un poco más. Vas a estar bien, ¿me oyes? Vas a estar bien.

El ejército de muertos se desplomó tal y como se había alzado.

Skylar se quedó paralizado.

—¡Sky! —Eda levantó la cabeza—. ¡Sky, ayúdame! ¡Ayúdalo!

Sin esperar respuesta, Eda se cortó la mano por quinta vez ese día. Como había hecho por todos. Como haría una y otra vez si eso significaba salvar a los suyos.

Dalton bajó la mirada hacia su pecho, hacia la espada que seguía clavada con una quietud casi absurda. El metal estaba hundido hasta la empuñadura, y la sangre corría con una calma cruel. Luego alzó los ojos hacia Eda, que estaba inclinada sobre él, con la mano ensangrentada extendida hacia su boca.

—Para —murmuró Dalton débilmente.

—No —dijo ella—. No te atrevas. No me digas que pare.

—Eda..., no servirá. No esta vez.

Pero ella no lo escuchaba.

—Skylar, ayúdame a sacarle la espada. ¡Ayúdame, por favor!

—Mi vida... —Quiso arrancarse el alma al verla luchar por lo que ya no podía salvarse. Verla intentarlo, sabiendo que no bastaría, lo destrozaba.

Dalton sollozó entre lágrimas:

—Mi propio fuego puede matarme... y ya lo ha hecho, Eda. Ya estoy muerto.

—¿Qué? —Negó con la cabeza—. No. No, no lo estás. Estás aquí..., hablándome..., mírame, Dalton. Estás conmigo.

Skylar se arrodilló a un metro de ellos.

Había fallado.

Proteger a Dalton Basilius había sido su única prioridad aquel día. Ese era el trato. Por eso Basilius había intentado mantenerse al margen, lejos del centro del conflicto, de las líneas de sombras.

Ambos sabían que nunca debió haber estado allí.

—Lo siento… —dijo Skylar.

Dalton lo miró.

—Yo también te he fallado, Skylar —susurró llamándolo por su verdadero nombre mientras le leía la mente—. Lo siento —repitió con lo poco que le quedaba de voz.

A Dalton le caía un reguero de sangre por la comisura de los labios. Eda intentó acercarle su mano ensangrentada, pero él la apartó con suavidad.

—Bebe, Dalton…, por favor.

—Ya estoy muerto, querida.

Eda se pasó la mano por el rostro intentando serenarse, y luego la llevó a la empuñadura de la espada. Quiso sacársela, ayudarlo…, pero apenas la rozó se apartó de golpe.

La espada ardía por la llama de Dalton.

—No…, no, no, no. ¡Nadie va a morir hoy! ¡Nadie!

Eda le acercó los dedos mojados de sus lágrimas a la boca.

—Bébelas. Acéptalas. ¡Hazlo, Dalton!

Quería hacer lo mismo que Kali, darle sus lágrimas, ofrecerle su magia, sanarlo de alguna forma. Pero lo que la Dama le había hecho no tenía cura. No había poder, ni amor, ni sacrificio que pudiera revertirlo.

Dalton se tambaleó hacia atrás y las sombras de Skylar se movieron para sostenerlo, evitando que su cuerpo golpeara con fuerza el suelo.

Aun así cayó.

Con los ojos abiertos.

—Dalton, no… —Eda se dejó caer de rodillas junto a él y apoyó el rostro contra su pecho—. Este no es el final. ¡Maldita sea!

A Skylar se le erizó el vello de los brazos.

Ella ya estaba allí… Su hermana había llegado.

La guadaña.

Esa escena ya había ocurrido. Skylar la había vivido antes, pero en esa ocasión su hermana no venía a por Eda, sino a por el alma del emperador.

Como pudo, Dalton alzó una mano y tomó el rostro de Eda entre sus dedos. La acercó con esfuerzo hasta juntar sus labios manchados de sangre contra su frente.

—No es una despedida, maldita sea, Dalton… ¡No lo es! —gimió ella—. Déjame salvarte, ¡te lo debo todo, todo!

—Solo puede sentarse en el trono quien tenga el poder de destruir el mundo... y aun así elija no hacerlo. Ahora el imperio de Pramvera es tuyo, Eda. No porque hayas sido mi esposa, ni porque seas la primera llama, sino porque eres mi mejor amiga. Y hoy... hoy te doy todo lo que soy.

Eda alzó la cabeza y negó con los labios temblorosos.

—No... —Su mano seguía en su pecho, como si así pudiera impedir que la vida se le escapara—. No puedes hacerme esto, Dalton —susurró—. No estoy preparada...

Skylar se odió al oír esas palabras.

Entonces, Dalton lo miró y le dedicó un pensamiento, uno en el que ambos sabían que el trato que habían hecho... ahora se volvía más grande que ellos.

—Cuida del imperio y de Long por mí —fueron las últimas palabras que Dalton le dedicó a Eda.

Savannah se agachó junto a su mujer. Nadie más la veía, ni siquiera Eda, pero allí estaba, como siempre. Silenciosa, paciente, haciendo su trabajo, a la espera del momento exacto para llevarse las almas.

Dalton miró a su hermana por encima del hombro de Eda y asintió con calma mientras extendía una mano hacia delante. Skylar vio cómo la mano espectral de Savannah y la de él se entrelazaban. Y entonces lo sintió: una sacudida sutil, profunda, que solo él percibió.

Algo había cambiado en el instante en que el emperador y la guadaña se tocaron.

Algo que ni ellos mismos habían parecido notar.

—No será la última vez que la veas —le susurró Savannah—. Este no es el final, querido emperador. Nunca hay un final.

Ella alzó la vista y Skylar lo supo al instante: ella lo sabía todo.

—Te quiero, Sky —dijo su hermana con una lágrima deslizándose por el rostro, mientras el alma de Basilius se desprendía del cuerpo en forma de espiral. La mujer a la que amaba sollozaba sobre el cadáver del hombre que lo había dado todo por ella...

—Te quiero, Savannah. Cuida de ella —dijo moviendo apenas los labios para que solo ella pudiera oírlo.

Su hermana desapareció, y Skylar deseó, con todo lo que le quedaba, que no fuera la última vez que la viera.

62

Eda

Pasé una eternidad con el oído pegado a su pecho, esperando un latido que no llegó.

El silencio me lo confirmó todo.

Dalton ya no estaba.

Dalton... había muerto.

La Dama lo había matado. Lo había empujado a hundirse esa espada en el pecho, a morir por su propia llama. Un fuego que lo consumió desde dentro... y al que él no se resistió.

Sentía los brazos de Skylar rodeándome, como un intento desesperado de consuelo, pero yo no podía dejar de gritar. El sonido que brotaba de mi garganta no era humano, sino un lamento roto, animal, nacido del dolor más profundo.

Entre lágrimas, con las manos aún manchadas de sangre, alcé la vista... y los vi. Los soldados, uno tras otro, habían caído de rodillas. El estruendo de la batalla se había extinguido. Incluso el viento había enmudecido. Todo el ejército imperial nos rodeaba en un silencio solemne, con la cabeza inclinada. El imperio entero se había acercado a rendirle homenaje. Incluso el dragón, herido y tambaleante, avanzó hasta nosotros, con Kali a su sombra.

Ambos cruzaron la multitud y, cuando por fin llegaron junto a nosotros, se recostaron a nuestro alrededor.

Long inclinó la cabeza hacia Dalton y lo olfateó con una suavidad casi impensable para una criatura de su tamaño. Desde lo más profundo de su pecho brotó un rugido cargado de dolor.

Aquel dragón no había sido solo su vínculo; había sido su familia, su guardián, el único que lo había acompañado a través de los siglos. Y ahora, al perderlo, rugía por todo lo que compartieron... y por lo que jamás volvería.

—Cuidaré de ti, Long. —Alcé la mano hacia su hocico y mis dedos rozaron sus escamas—. Te lo prometo.

Y entonces, por primera vez, lo oí:

Yo os debo la vida a las dos, Eda. Mi deuda con vosotras es mucho más grande.

Long alzó un ala con lentitud; de entre sus pliegues surgió el fénix. Cuando esta se posó a su lado, el dragón volvió a plegar el ala sobre ella.

Os protegeré a ambas hasta el final de mi larga vida, dijo inclinando la cabeza hacia mí. *Ahora eres la emperatriz… y te serviré como tal.*

Lo miré sin aire, con los ojos desbordados y el pecho hecho pedazos. Seguía sin entender cómo alguien podía irse así… y dejarme un peso tan descomunal sobre los hombros.

Yo no quería. No lo había pedido. ¿Cómo había podido dejarme con un imperio entero y sin él para aconsejarme?

Me giré hacia Skylar, su rostro estaba tan descompuesto como el mío. Sus ojos decían más que cualquier palabra: él ya había vivido aquello demasiadas veces en los últimos días. Sabía lo que era sostener un cuerpo amado, saborear la pérdida. Y ahora me miraba sabiendo exactamente lo que yo sentía, porque él ya me había visto así.

—¿Esto fue lo que sentiste al verme muerta?

Skylar entrelazó su mano con la mía.

—No. Fue peor. Tuve que levantarme, seguir respirando, seguir luchando, aunque tuviera tu cuerpo sin vida entre mis brazos. No podía rendirme. No cuando aún había una posibilidad de salvarte.

Tragó saliva y apretó mi mano.

—Quiero desaparecer, Sky… No quiero levantarme. Solo quiero que esto acabe. Ya nada será igual.

—Lo sé, mi vida… —Me acarició el rostro—. Pero si no te levantas, su muerte no habrá servido de nada.

—Lo buscaré en Bankai. Sé que aún puedo abrazarlo…, hablarle…, pedirle perdón.

Se inclinó un poco más hacia mí.

—Eres la dueña de Bankai, Eda. De un lugar donde la muerte no es un final, sino otra forma de vida.

Sollocé, pero me obligué a incorporarme. Skylar me sostuvo con una mano, como si supiera que levantarme era más difícil que librar cualquier batalla. Sus palabras me habían dado algo que creía perdido: esperanza. Siempre pensé que nunca volvería a ver a mi madre, ni a mi padre. Que el tiempo me los había arrebatado para siempre. Pero ahora… ahora era consciente de que en Bankai ellos seguían existiendo, felices. Porque en ese rincón del mundo, la muerte no era el fin, era solo otra forma de volver a casa.

Miré el cuerpo de Dalton.

—Te buscaré, te lo prometo. Te buscaré... y esta vez seré la amiga que siempre mereciste.

Giré la vista hacia el Ojo de Nyxar y, con la voz cargada de rabia, dolor y tristeza, dije:

—Acabemos con esto.

Los jinetes habían recogido el cuerpo de Dalton Basilius, junto con los de aquellos soldados que habían perdido la vida aquel día.

Skylar y yo nos arrodillamos junto a Adriel y Liral para atender sus heridas, que habían soportado sin una queja, como los guerreros que eran.

Nadie me preguntó cómo estaba. Nadie mencionó el ejército que había alzado. Nadie se atrevió a mirarme demasiado. No hubo condolencias, ni palabras. Solo esa sensación muda en los huesos: la de haber sobrevivido... pero no saber para qué.

—Adriel... —susurró Valeska mientras se acercaba.

Él yacía en el suelo, recostado contra una piedra, con el torso desnudo y cubierto de sangre. La herida en su abdomen seguía abierta, marcada por las garras que lo habían atravesado... Sus garras.

El veneno ya no se extendía. Mi magia lo había limpiado casi por completo, forzándolo a salir de su cuerpo, pero una herida así, sin Skylar y sin mí, lo habría matado.

—Solo... solo dame unas horas, Val. Por favor.

Las zarkass, ya curadas de los rasguños incontrolables que les había dejado su hermana durante el combate, la miraban ahora en silencio. Valeska estaba de pie frente a ellas, pero algo en su figura había cambiado. Ya no irradiaba aquella fuerza implacable, aquella certeza que las había guiado siempre. La seguridad que las había mantenido en pie... se había desvanecido de sus ojos.

—Lo siento... —susurró Valeska.

—No es tu culpa —le respondió Adriel con una sonrisa cansada.

—Pero...

Valeska no terminó la frase. Kalea la tomó del codo con delicadeza y se la llevó para dejarnos a Adriel y a mí a solas.

—Vamos —murmuró—. Déjalos un momento. —Valeska dudó un instante, pero acabó siguiéndola.

Yo, aún agachada al lado de Adriel y con las manos apoyadas en la piedra, murmuré:

—Sé que no estás enfadado. Solo tienes miedo.

—Sí —dijo—. Sé que si hablo con ella, me dirá que no me..., dioses, que no siente lo mismo, ni un mínimo. Que no es correspondido, y sé que va a ser mentira. Me mentirá a la puta cara, solo por el miedo de pensar que puede herirme otra vez, y no estoy preparado para eso. No puedo oírla decir que no me quiere cuando yo daría la vida por ella sin pensarlo.

Elandra llegó con la mano entrelazada con la de Liral, quien ya no tenía ni una sola cicatriz. Era como si el fuego nunca la hubiera tocado.

Elandra se inclinó y rodeó a Adriel, abrazándolo con cuidado. Luego, poco a poco, nos acercamos los demás. Los cuatro nos encontramos en un solo abrazo. No hubo risas, ni alivio, ni tregua. Solo ese instante de dolor compartido, el peso entrelazado de todo lo que habíamos perdido... y lo que aún teníamos por delante.

Cuando por fin nos pusimos en pie, supimos que algo en nosotros había cambiado. No éramos los mismos que habían llegado hasta allí, pero, aun así, estábamos listos.

Haríamos lo que debíamos.

Valeska se acercó a nosotros. Avanzamos hacia el Ojo, hombro con hombro, con la tierra bajo los pies y el cielo oscureciéndose sobre nuestras cabezas.

Sentí su mano, la de Skylar, tirar suavemente de la mía hasta entrelazar nuestros dedos.

—Todo saldrá bien. —Y quise creerle.

Teníamos miedo, sí, pero no había alternativa. Lo que nos esperaba frente a nosotros no era simplemente un objeto de poder. Era el corazón mismo del desastre. El núcleo de todo lo que había ido mal. Aquella cosa había silenciado nuestra magia, quebrado nuestras defensas, sembrado el caos en nuestras filas. Y sabíamos lo que ocurriría si no lográbamos destruirlo: la Dama lo reclamaría, lo haría suyo... y, con él, se quedaría con todo lo demás.

Los seis permanecimos en círculo.

Solo los tres lazos.

Yo repetí la profecía:

—Tres lazos sellan el umbral. Uno, entre una criatura de alas azules y un ser forjado en la oscuridad. Otro, entre el fuego y la sombra. Y el último, entre la vida y la muerte, partidos en un mismo hilo.

Valeska continuó:

—Seis serán llamados. Seis deberán responder. Solo ellos sostendrán el equilibrio cuando la tierra tiemble y el cielo sangre. Solo ellos evitarán que el mundo se hunda en el caos.

Liral prosiguió:

—Dos cerraduras fuera. Una, dentro. Tres llaves. Tres lazos.

—Pensábamos que la cerradura era una puerta —dijo Valeska—.

Pero... Adriel y yo descubrimos que no había ninguna, que las cerraduras no eran lo que creíamos.

Skylar asintió.

—La profecía no quería decir que las cerraduras estuvieran fuera de la ciudad, ni que fueran cerraduras reales.

Parpadeé confundida.

—Entonces ¿qué es una cerradura?

—Una persona —respondió Adriel—. Tres llaves. Tres cerraduras. Seis personas.

Skylar apretó mi mano.

—La profecía vaticinaba el futuro —añadió Adriel—. Sabía que una de las cerraduras estaba dentro de la ciudad, lo que ignoraba era que el Ojo saldría de la ciudad y que las tres cerraduras se encontrarían fuera.

—Pero... ¿qué significa ser una cerradura? —pregunté mirando a Skylar—. ¿Quiénes son las cerraduras?

—Cada pareja es un vínculo, un equilibrio. Como el poder que mantiene esta tierra unida. Uno de cada pareja sostendrá... y el otro activará. —Sky me miró—. El que actúe como cerradura tendrá que soportar más poder, pero Liral y yo...

Elandra frunció el ceño, su voz fue más una acusación que una pregunta:

—Eso es lo que habéis estado haciendo por las noches, ¿verdad? Lo sabíais desde el principio.

Yo di un paso atrás y Liral torció una sonrisa y apretó los labios.

—Si hubieras sabido que yo entrenaba para esto, te habrías puesto muy muy celosa, pelirroja.

Skylar me leyó la duda en la mirada.

—Entrenábamos mientras dormías. No te lo ocultamos. Solo queríamos que descansaras.

Negué con la cabeza y solté un suspiro.

—Lo entiendo..., solo que los que sois cerraduras no deberíais cargar con más dolor si vamos a hacer lo mismo.

Skylar apoyó ambas manos en mis hombros.

—No es nada que no podamos soportar.

—Exacto —intervino Adriel con una sonrisa tranquila—. No nos subestimes.

Una sonrisa se me escapó sin querer. Exhalé e inhalé. De todo lo que había pasado ese día, aquello era lo más fácil. Lo único que no exigía sangre, ni espadas, ni gritos. Y, justo por eso, no podía fallar. No podía echarme atrás, tenía que hacerlo por Dalton. Por todo el imperio. Por cada figura que aún respiraba a mi lado.

Tenía que protegerlos.

Tenía que destruir ese maldito monolito.

—Pero, Adriel, tú no has entrenado. —Valeska se movió nerviosa.

Adriel alzó una ceja, con esa media sonrisa suya que escondía más cansancio del que admitía.

—Llevo semanas salvándote la vida, Val. Creo que puedo con esto. Y luego... —hizo una pausa y buscó su mirada— luego podremos hablar de lo que de verdad importa.

Valeska se acercó y se alzó de puntillas. Sus dedos recorrieron con cuidado la línea de su mandíbula, sus mejillas marcadas por la batalla, y entonces lo besó.

—Prométeme que lo hablaremos —susurró ella contra sus labios.

Adriel asintió.

—Te lo prometo.

Cada uno encontramos nuestro sitio alrededor del monolito. La roca se alzaba verde y agrietada. En su superficie, casi imperceptibles, había símbolos tallados en bajorrelieve. Justo tres. Uno a cada lado. Cada grabado tenía un tono diferente, como si la piedra los hubiera absorbido con siglos de diferencia.

El primero era una espiral envuelta en llamas, tallada con trazos curvos y feroces. El segundo, una línea vertical atravesada por tres marcas irregulares. Y el tercero era un círculo incompleto, imperfecto, con un corte oblicuo que lo atravesaba de lado a lado.

—¿Has buscado información en la biblioteca sobre cómo hacerlo? —le pregunté a Skylar mientras lo veía concentrado en guiar a Liral y a Adriel hasta uno de los símbolos.

Cuando llegó a mi lado, sonrió.

—He pasado la mayor parte del tiempo en que te recuperabas quedándome a tu lado, pero sí, sé cómo hacerlo.

A los lados del monolito, observé a Elandra y a Liral hablar en voz baja, con los rostros serios, compartiendo algo que solo ellas entendían. Más allá, Valeska y Adriel también intercambiaban palabras, sus manos aún entrelazadas.

Y yo me permití centrarme solo en mi marido.

—Estoy nerviosa... —le confesé—. Solo quiero que se destruya de verdad. Que esto termine. Quiero...

Me atrajo hacia él y me besó sin prisa, apretándome contra su pecho. Luego, con los labios aún rozando los míos, apoyó su frente contra la mía. Sus ojos dorados buscaron los míos, y en ese silencio compartido me recordó lo irresistible que era... y lo mucho que lo deseaba.

—Eres la persona más valiente que he visto en mi vida. Cómo has luchado sola, cómo has corrido por el lomo del centinela sin mirar atrás, cómo lo has enfrentado sin magia, solo con tu voluntad. Sé que ahora la adrenalina no te deja procesarlo. Que ni siquiera te das cuenta de lo que acabas de hacer. Pero lo harás. Lo recordarás, lo revivirás… y entonces entenderás que hiciste lo imposible. Que fuiste tú quien arrastró esta guerra hasta el borde de la victoria.

»Tienes un corazón que no se rompe, que no se rinde. Y ese corazón… es el que va a liderar un imperio y cualquier maldito territorio que decidas reclamar.

Puso la mano sobre el monolito, justo por encima de mi cabeza, pero no dejó de hablarme.

—Cada noche contigo ha sido un regalo. Verte caminar hacia el altar con ese vestido, despertarme cada día y escucharte decir que me amas…, todo eso ha sido más de lo que jamás creí merecer.

Mi sonrisa se desvaneció.

—Sky, no.

—Escúchame, preciosa…, solo escúchame. Necesito que lo hagas.

Sentí cómo su cuerpo se apretaba más contra el mío, cómo su frente no se separaba de la mía y, cuando quise moverme, sus sombras no me dejaron.

—Aproveché cada segundo contigo desde que me dijiste que me amabas porque sabía que, por mucho que nuestro amor fuera fuerte, no me salvaría de esto. Esta decisión… esta parte del camino… ya estaba tomada mucho antes de saber que me habías elegido. Ya sabía que este era el final.

—¿Final? —Mis lágrimas se desbordaron sin que pudiera contenerlas. Intenté moverme, pero él era pura fuerza. Me tenía atrapada—. Skylar, no… no tiene que ser así. Podemos buscar otra forma, podemos encontrar otra solución, por favor…

—No quedan más caminos, Eda.

—¡Liral! —escuché gritar a Elandra.

Iba a perderlo. A él. A mi marido.

Esa era su despedida…

Debería haber sabido que cada mirada suya era un intento de grabarme en su memoria. Que cada caricia era una despedida disfrazada. Que cada noche que se iba, no era una huida, sino su forma de prepararse para no volver.

Me agité sin saber dónde guardar el dolor.

—¡No puedes abandonarme!

—Te amo, Zafiro.

—No.

—Te amo —repitió una y otra vez. Y yo, entre sollozos, choqué mis labios con los suyos en un último intento por retenerlo.

No existía dolor más grande que aquel: perder, en cuestión de minutos, a las dos personas que más había amado. Todos se habían ido… y yo me había quedado sola. Con el alma rota, las manos vacías y un hueco tan hondo en el pecho que parecía no tener fin.

—Gracias por enseñarme a amar, Eda. Por mostrarme ese lado de luz que no sabía que tenía. Por hacerme sentir que incluso alguien como yo podía brillar, aunque fuera solo un momento, mientras estaba contigo.

Entonces lo vi.

Un resplandor verde justo encima de mí.

Me agité, grité y supliqué que se detuviera, pero no sirvió de nada. Las voces de Valeska y Elandra estallaban a mi alrededor como ecos rotos, llenas de desesperación.

«No. No. No. No».

En un solo movimiento, rápido y decidido, me colocó su colgante alrededor del cuello. Ahora los dos, el suyo y el mío, colgaban juntos sobre mi pecho, balanceándose con el temblor de mi respiración, como si el adiós ya estuviera escrito en su peso.

—Lamento solo haber podido dar una vida por ti. Porque si tuviera mil más, te las daría todas con tal de que tu corazón nunca volviera a dejar de latir.

—Te perdono —le dije—. Te perdono, te perdono…

Entonces, sus ojos —aquellos iris dorados que no habían dejado de mirarme— se oscurecieron por completo. El brillo que quedaba en ellos se apagó como una vela vencida por el viento.

Se volvieron negros, como una noche sin estrellas, sin luna, sin fin. Un color tan absoluto que parecía devorarlo todo, incluso a mí.

A mis espaldas, escuché el crujido del cristal. Me giré justo a tiempo para ver cómo el Ojo de Nyxar empezaba a agrietarse. Pero antes de que estallara por completo, extendí la mano hacia atrás, casi por instinto, y logré arrancar un pequeño fragmento. Me lo apreté con fuerza en la palma, tanto que sentí el filo cortarme la piel. La sangre empezó a resbalar entre mis dedos, pero no lo solté. Algo en mí —una certeza visceral— me decía que debía conservarlo, aunque solo fuera un trozo.

Un segundo después, el Ojo se deshizo en cenizas.

Lo habían destruido. Pero… ¿a qué precio?

«El de tres vidas».

Skylar se apartó de mí con una suavidad antinatural. No hubo brusquedad, pero el cambio fue inmediato. Algo se desvió en el aire entre nosotros, algo que ya no volvería a su lugar.

Su silueta humana se extinguió en volutas de sombra que giraron en espiral, buscando una forma más grande, más temida. En cuestión de segundos, donde antes estuvo él, emergió el dragón de sombras. Aquella criatura inmensa, de escamas oscuras como la nada, alas que eclipsaban el cielo y una presencia que hacía temblar la tierra.

Aquel dragón... ya no era él.

—Sky...

Alcé la mano temblorosa con torpeza intentando atravesar aquella oscuridad, tocar su rostro, su sombra, a la espera de una chispa, una respuesta, una voz.

Pero no hubo nada.

Nada.

—Sky..., soy yo —murmuré dando un paso hacia él—. Soy tu mujer.

El dragón no parpadeaba. Sus ojos, tan negros como el abismo, seguían fijos en mí, vacíos de todo lo que alguna vez había sido Skylar.

Las sombras que formaban su cuerpo empezaron a endurecerse, a espesarse como humo convertido en piedra, en oscuridad cristalizada, afilada. Una a una, las escamas negras surgieron de la bruma, encajando sobre su piel como una armadura viva. Las alas, hasta entonces solo niebla, se tensaron, siendo ahora membranas reales, sólidas, listas para alzarse.

Skylar —mi Skylar— se había transformado en un verdadero dragón.

—¡Soy tu mujer! —grité alzando la mano con el anillo—. ¡Recuérdame!

El dragón mostró los colmillos. Iba a acabar conmigo.

«Mira el anillo. Mira el anillo».

—¡Recuérdame!

El precio había sido convertirse en una bestia. Un ser sin conciencia, sin memoria, sin sentimientos.

Un animal que no podía reconocerme.

Aquel dragón, que ya no era mi marido, me miró una última vez con sus ojos negros y vacíos, y luego alzó el vuelo.

Ese había sido el precio. Más cruel que la muerte. Porque al menos esta nos habría dejado un final. Pero aquello era condena. Él jamás volvería a pronunciar mi nombre, no sabría lo que habíamos sido. Y yo... yo tendría que cargar con cada recuerdo, sabiendo que, para él, ya no quedaba nada.

—¿Quién eres? —escuché detrás de mí, mientras aún me encontraba atrapada en el trance—. ¡Quítame las putas manos de encima, joder! ¡Te mataré!

Me giré de golpe. Liral empujaba con violencia a Elandra.

—Liral, ¡¿qué estás haciendo?! —pregunté helada.

El rostro de Elandra estaba empapado en lágrimas.

—No... no me recuerda... —susurró Elandra. Luego gritó—: ¡No me recuerda!

—¿Liral? —Me acerqué casi sin voz.

Ella alzó la mirada y no hubo ni un atisbo de reconocimiento en ella.

—¿Quiénes sois? —escupió levantando un cuchillo hacia nosotras—. ¡No os acerquéis!

—Eda —me llamó Adriel—. Ha sido ella... ¡ella me ha cambiado el puesto! Ha sido la cerradura.

Mi amigo tenía a Valeska entre sus brazos, quien se movía desorientada y con la mirada perdida.

—No... no veo... —susurraba Valeska—. ¿Adriel? ¿Dónde estás?

Me levanté como pude mientras me tambaleaba y busqué con la mirada al dragón que me había dejado allí.

Liral... ya no sabía quién era.

Valeska... no podía ver.

Y Skylar... se había convertido en algo que ya no tenía rostro, ni nombre, ni recuerdos.

Caí de rodillas.

Sobre mi cabeza, y mis hombros, envolviéndome entera, se formó una capa de sombras. Me cubrió por completo y me aisló del mundo, apartándome de todo.

Era el dolor convertido en materia, la pena hecha refugio. Una barrera nacida del grito que no había soltado. Del amor que me acababan de arrebatar.

Dalton Basilius me había dejado un imperio.

Pero Skylar...

—Ahora yo soy la muerte.

63

Skylar O'Hara

Siete días atrás

—¿Estás seguro de que es cierto? —preguntó Basilius, de pie junto a la mesa de piedra, sin atreverse a levantar la cabeza—. Podemos seguir buscando. Tiene que haber una entrada a la ciudad enterrada.

Skylar, recostado en la silla de madera frente a Dalton, no respondió de inmediato. Solo bajó la vista, cogió el colgante que pendía de su cuello y lo apretó dentro del puño.

—No es que no haya una entrada. Podríamos crearla si tuviéramos tiempo. Pero ese ya no es el verdadero problema. —Se inclinó hacia delante—. Quizá nos equivocamos con la profecía. Pensábamos que las tres cerraduras eran un mecanismo que abría el acceso a la ciudad enterrada... pero ¿y si no lo son? ¿Y si en realidad son parte del Ojo de Nyxar? Fragmentos del mismo objeto para mantenerlo sellado, para destruirlo.

Basilius levantó la cabeza.

—¿No dijiste que ese colgante servía para destruir el Ojo? —Señaló con la mirada el puño cerrado de Skylar—. ¿Acaso no es esa su función?

Skylar guardó silencio unos segundos. Ese maldito emperador no debía descubrir que los colgantes no habían sido forjados para destruir el Ojo de Nyxar, sino para contener el caos que nacía de dos mitades condenadas a arder juntas. Se habían equivocado al creer que eran la llave de su destrucción, que la Dama los buscaba por eso cuando lo que en realidad quería era su poder. Porque sabía lo que ellos tardaron demasiado en entender: que los colgantes no eran un arma contra el Ojo, sino un escudo. Un lazo que protegía a Eda y a Skylar, que los salvaba incluso de ellos mismos.

—Los motivos por los que lo sé no te incumben.

—Sí que me incumben —atajó desafiante Dalton.

Skylar no se inmutó. Ni un parpadeo. Basilius inspiró hondo, conteniéndose, y se sentó también frente a él.

—La mujer del vestido rosa es tu hermana, ¿no? —preguntó—. Dijo que era la guadaña de Bankai. Usó tu poder para hacerse pasar por Eda y acabó con los noctífagos.

El cuerpo de Skylar se puso rígido al oír que hablaba de Savannah.

—¿A dónde quieres llegar? —replicó intentando parecer indiferente.

—¿Por qué no está aquí? —El emperador parecía visiblemente nervioso—. Si es tan poderosa como tú, podría ser una aliada clave en esta guerra.

—Mi hermana no tiene cabida en este mundo. No pertenece a la tierra de los vivos.

—Pero estuvo aquí —insistió él.

—Fue una excepción. Solo pudo manifestarse porque utilizó mi poder. Aquí no puede usar el suyo, solo el mío.

Skylar apretó los dientes. No quería hablar de Savannah ni explicar por qué no estaba a su lado ni por qué, pese a todo lo que podía ofrecer, no formaría parte de esa batalla. Su poder no tenía lugar allí. No estaba hecha de la misma materia que él. No compartía su origen. La magia que la formaba venía de otro lugar..., uno que él prefería mantener en secreto, sellado bajo llave.

—Entonces es cierto..., los colgantes no sirven para destruir el Ojo, ¿verdad? —Basilius cambió de tema—. Por eso crees que la profecía habla de cómo destruirlo... porque los colgantes no eran el medio.

Asintió.

—¿Qué sentido tendría escribir una profecía sobre las puertas de una ciudad si lo que importa de verdad es lo que hay dentro? —Tamborileó los dedos sobre la mesa—. Podríamos llegar hasta el Ojo de Nyxar... y aun así no saber cómo destruirlo. Entonces ¿cancelamos la búsqueda?

Skylar negó con la cabeza.

—Lo intentaremos una última vez. En Aurik, bajo el lago. Como Eda está descansando, necesitaré tu llama para evaporar el agua... y comprobar si hay algo allí abajo. Si no es así, entonces seguiré con mi plan.

Basilius se removió en la silla. Sabía que le incomodaba no tener el control, pero Skylar no confiaría en nadie para algo así... y mucho menos en un Basilius.

Entendió que no obtendría respuestas.

—Hagas lo que hagas, que sea por el bien de Eda.

Skylar casi se levantó de golpe. Por un segundo, su sombra pareció alargarse. Estuvo a punto de cruzar la mesa y partirle la cara por siquiera insinuar que no actuaría por el bien de la mujer que amaba. Pero se contuvo, inspiró hondo y se pasó una mano por la mandíbula.

—Me las arreglaré para encontrar más información sobre el Ojo. Más de la que ya he estado reuniendo. Solo necesitaba saber a quién preguntar y cómo hacerlo.

Hizo una pausa, y añadió con la misma dureza:

—Si eso te da algo de paz.

—Nada de esto me deja tranquilo, Iron. No después de cómo la he visto..., tan fuera de sí, tan rota. No después de verla morir por culpa de su propio poder. —Se pasó una mano por el rostro, tal vez intentando arrancarse el recuerdo—. Saber que está viva me alivia más que nada en este maldito mundo, pero este nudo en el pecho no va a soltarme.

Skylar no respondió de inmediato. Se limitó a mirar al suelo, con los dedos cerrados en puños sobre la mesa, porque lo entendía. Porque él también se sentía así. Quería salir de allí, correr hasta Eda, quedarse a su lado todo el tiempo que hiciera falta, sostenerle la mano hasta que abriera los ojos. Pero no podía, porque, si de verdad la amaba —y lo hacía—, tenía que resolver aquello, atar los cabos sueltos, encontrar las respuestas que le quitaran a ella las preguntas.

—No sé cuál será el precio por ser una cerradura humana destinada a destruir algo tan poderoso como un monolito que anula toda magia. Pero podría ser muy alto. Inasumible, incluso.

—¿Crees que puede ser la muerte?

Skylar respondió con una media sonrisa cansada:

—No creo que sea algo tan fácil.

Y tenía razón. Lo había pensado muchas veces: la muerte sería lo fácil. Porque, ¿cómo iba a morir él, a desaparecer por completo? No. El precio tenía que ser algo mucho peor. Algo que aún no comprendía, pero que tarde o temprano descubriría.

—Por eso estamos aquí, ¿no? —dijo Basilius—. ¿Qué es lo que está pasando?

—La amas, ¿verdad?

Basilius paseó la mirada por toda la sala antes de fijarla en sus ojos.

—Sí, la amo, y no creo que nunca deje de hacerlo.

Skylar se incorporó, con la espalda rígida y la mirada helada.

—Si destruir el Ojo me exige dar algo de mí, si significa perderla para siempre, quiero que estés ahí. Que la protejas. Que sigas con vida, cueste lo que cueste.

—¿Qué estás diciendo? —preguntó desconcertado.

—Bankai pasará a ser suyo y, cuando ocurra, necesitará a alguien a su lado para recordarle que sigue siendo humana.

—No puedes decirlo en serio… —Basilius soltó el aire con rabia—. ¿Acaso es necesario destruir el Ojo? El imperio te necesita, ella te necesita. Si Eda te pierde, podría ser el fin.

—¿El fin? El fin es esa maldita cosa, Basilius —escupió—. Algo tan antiguo y podrido que ha logrado apagar mi magia…, una que ha resistido intacta durante milenios. Y lo hizo con solo un pequeño cristal colgado del cuello de una dama. Imagínate lo que podría hacer un monolito entero.

—Eda no está preparada. Todavía no.

—Te equivocas —replicó Skylar sin dudar—. Eda está más que preparada. Ha estado presente en cada reunión, en cada estrategia. Su poder ya forma parte de Bankai. Su deber siempre ha sido gobernar a mi lado.

Basilius apretó la mandíbula y, aunque Skylar todavía sentía esa punzada de rabia y resentimiento que siempre lo acompañaba cuando hablaban, algo dentro de él se tensó. No debería haberlo dicho así. Porque el hombre que tenía delante, maldita sea, empezaba a entenderlo.

—¡Pero no sola! Joder, no puede hacerlo sin ti, Iron.

—Por eso tú estarás a su lado. Así que el trato será ese: quédate al maldito margen de la guerra. Evita encontrarte con la Dama. Ella sabe que tu mente es débil, que eres fácil de manipular y no dudará en hacerlo otra vez.

Basilius se levantó y empezó a caminar por la sala sin mirar a Skylar. Dio un par de vueltas en silencio. Skylar no dijo nada. Solo esperó, curioso por ver en qué dirección iría su respuesta.

—Bien, ese será el trato. Si a ti te pasa algo, yo la ayudaré. Pero si soy yo quien cae, entonces serás tú quien la guíe. Quien la ayude a convertirse en la emperatriz que Pramvera necesita.

Skylar se quedó inmóvil, como la muerte que era. Durante unos segundos, el silencio reinó en la sala, absoluto, inquebrantable, como si incluso el tiempo se negara a avanzar.

—Solo puede sentarse en el trono quien tenga el poder de destruir el mundo si así lo desea —continuó Basilius—. Y ella lo tiene. Así que el trono será suyo.

Así era como habían funcionado las cosas en Pramvera durante milenios: solo gobernaba quien podía destruirlo todo y, al parecer, incluso el propio emperador había aceptado, ya que Eda tenía más poder que cualquiera de los dos hombres sentados en esa sala.

Sí, la primera llama era capaz de reducir el mundo a cenizas si así lo quería. Tenía el poder y, durante mucho tiempo, Skylar lo había temido. Ese fuego incontrolable e impredecible lo había acechado desde los albores de su existencia, como una amenaza agazapada en los pliegues del destino.

Hasta que apareció ella, y el miedo se desvaneció.

Vio en su poder desbordante algo más que destrucción. Comprendió que ni siquiera una llama tan inmensa podía eclipsar la fuerza de su corazón. Porque su alma era pura. Incluso cuando el mundo entero intentaba ensuciarla.

—Trato hecho —enunció Skylar levantándose. Ya no tenía nada más que decir. Solo quería alejarse de allí, seguir buscando respuestas donde de verdad importaba.

—¿Y si nos pierde a los dos, Iron?

—Evitemos que eso ocurra, Dalton.

Dar con él no era sencillo. Ni siquiera cuando las preguntas apremiaban y la necesidad de respuestas se volvía insoportable.

Skylar avanzaba en su forma humana, deseando que la magia respondiera a sus plegarias. Cruzaba los valles imposibles de Bankai, donde los territorios se plegaban unos sobre otros, donde el hielo convivía con las dunas y la gravedad era apenas un concepto.

Sus pasos lo guiaban, moviéndose al ritmo de un instinto que no necesitaba palabras, como si el propio mundo le marcara el camino. Las suelas de sus botas dejaron atrás la hierba luminosa y comenzaron a resonar sobre piedra. El suelo se abría en una senda clara, formada por losas gastadas que se hundían suavemente en la tierra. A cada paso, el aire se volvía más pegajoso, hasta que el camino lo condujo a lo que solo podía ser un templo en ruinas. Las enormes columnas yacían desplomadas unas sobre otras, y la luz de la luna llena iluminaba el centro de la estructura.

Nunca había estado en aquel lugar, y no le sorprendía, pues en Bankai las estructuras podían surgir de la nada y desvanecerse al día siguiente. Pero no fue solo el templo lo que llamó su atención. Desde algunos rincones, colgaban cuerpos de machos zarkass, suspendidos bocabajo por cuerdas atadas a los tobillos, exactamente de la misma forma en que se castigaba a las hembras. Algunos no tenían cabeza. Parecían llevar muertos semanas..., tal vez más de un mes.

Skylar desplegó sus sombras y se llevó los cuerpos consigo.

Nos hemos visto demasiadas veces en muy poco tiempo, muerte. ¿A qué se debe esta visita tan sistemática? ¿Vienes a agradecer que haya salvado a tu mitad?

Allí, sentado sobre una piedra, distinguió la silueta del zorro recortada contra la luz plateada. Las nueve colas se extendían a su alrededor, y una niebla fina lo acariciaba, deslizándose entre las rocas.

—Necesito resolver una duda.

Se quedó de pie, a unos metros del zorro, que seguía sin moverse. Ni siquiera se había girado para mirarlo.

¿Solo una? Qué considerado.

—Es sobre la profecía.

Algo se me ha permitido escuchar.

Skylar respiró despacio y metió las manos en los bolsillos para no parecer desesperado. Aunque el haberse desplazado hasta allí ya era una señal clara de que lo estaba.

El zorro siguió hablándole:

Sabes que no me gusta interferir en tus asuntos. Cada uno cumple su papel en Bankai, pero lo último que quiero es dejar mi paz atrás para empezar a acarrear con las consecuencias de todo esto.

Entonces se giró y se movió con la agilidad felina que lo caracterizaba. Sus ojos violetas lo atravesaron y ladeó la cabeza, analizando cada rincón del alma de Skylar.

Así que sí, continuó. *Tu conclusión es acertada, las cerraduras y las llaves no abren ninguna puerta. Son, en sí mismas, la liberación o la destrucción del Ojo de Nyxar.*

Skylar parpadeó sorprendido —y en parte agradecido— de que todo hubiera sido tan claro, tan directo.

—¿Hay consecuencias para las llaves? —preguntó temiendo la respuesta.

Escuchó una risa en su cabeza. No era burlona, pero sí estaba cargada de un conocimiento amargo.

Claro que hay consecuencias. ¿Por qué crees que el Ojo necesita tres lazos? No es por equilibrio, sino por castigo. El poder de las llaves no reside en su fuerza, sino en lo que aman. Y no hay nada más cruel que eso. Porque el precio que pagarán no será físico, no al menos para ellas. El verdadero castigo será mirar de frente el destino de las cerraduras.

Allí estaba, la verdad sobre su propio futuro.

¿Cuál es tu verdadero miedo, O'Hara?, le preguntó Sigurd acercándose. Su pelaje blanquecino parecía absorber la luz de la luna. *Cuéntamelo, y yo te diré cuál será el precio que te tocará pagar.*

Un viento se alzó y removió la niebla del templo.

—Mi mayor miedo es convertirme en un monstruo sin memoria, sin emociones. Algo sin corazón, y que eso me lleve a dejar de amarla, no por elección, sino porque ya no quede en mí nada que recuerde cómo hacerlo.

El silencio de Sigurd dijo más que cualquier respuesta. Hasta que, al fin, habló:

La decisión es tuya. Ella es digna de ocupar tu lugar.

El cuerpo del zorro atrajo toda la niebla a su alrededor y un remolino lo envolvió. Cuando se deshizo, ya no había rastro del zorro de nueve colas. En su lugar, se alzaba un hombre alto y robusto, de barba blanca y corta, con el rostro surcado por arrugas que él mismo había decidido llevar.

—Cedí parte de mi esencia para crearte, Skylar. El equilibrio era necesario, y los dioses me lo exigieron —dijo con los ojos violetas clavados en él—. Cuando los dioses crearon a los mortales, olvidaron algo esencial: la muerte. Sus almas quedaban atrapadas en un limbo, millones de ellas flotando sin propósito. No eran mi responsabilidad, porque no eran inmortales. Así que tomé una decisión, cedí parte de mi oscuridad, esa que durante eones solo había pertenecido a los míos... y de ella naciste tú. No como un heredero, sino como un equilibrio necesario. Fuiste creado para guiar a los mortales al final de su camino, para darles la muerte que los dioses olvidaron.

Hizo una pausa.

—Pero si tu destino ahora es abandonar ese papel, si crees que tu deber es salvar Bankai aunque eso signifique dejar de ser quien eres, entonces hazlo. No es traición, sino evolución.

Skylar no pudo hablar. Solo asintió con lentitud y se dio la vuelta.

—Hijo —lo llamó.

Él se giró con el corazón desbocado. Hacía tanto que no escuchaba esa palabra...

—Sé que ella se encargará de traerte de vuelta a casa.

«A casa».

Skylar tragó saliva, con la esperanza clavada en el pecho como un ancla. Porque, si alguien podía hacerlo, era su Zafiro.

—Espero volver a verte —le dijo aquel hombre.

—Yo también... —respondió él, con la voz convertida en apenas un susurro—. Yo también espero volver a verte, papá.

Epílogo

Eda

El silencio de la oscuridad había sido mi única compañía durante... no sabía cuánto tiempo. Tal vez días. Tal vez semanas. En aquel lugar sin amaneceres, donde el tiempo no avanzaba y el cuerpo no encontraba descanso, todo se había convertido en una pausa infinita en la que no existían voces, ni rostros, ni consuelo.

Solo yo... y aquel vacío. Un pozo sin fondo, sin paredes donde apoyarse, sin una cuerda para salir. Me sentía tan pequeña que apenas concebía ser alguien.

Un wendigo se deslizó por el flanco izquierdo, sus extremidades largas y huesudas crujieron al avanzar. Se agachó ligeramente y abrió la mandíbula, mostrando sus dientes manchados de sangre espesa.

Lo miré con frialdad, de arriba abajo, igual que a las decenas de criaturas idénticas a él apostadas a cada lado de la escalera. Cien a la izquierda. Cien a la derecha.

—Contrólate —le ordené.

Le temblaba todo el cuerpo del esfuerzo, pero obedeció. Los otros veinte que ya se estaban empezando a poner nerviosos también se quedaron quietos.

Me recosté en aquel trono que ya no estaba hecho de oscuridad viva. Las sombras habían desaparecido. Ya no se deslizaban entre las columnas ni respondían a susurros ni deseos.

Nadie podía desvanecerse. Nadie podía transformarse.

No a menos que yo lo permitiera, que me atreviera a invocar el poder de mi marido. A probarlo. A reclamarlo.

Y no pensaba hacerlo a menos que fuera necesario.

Sabía que ahora las sombras ya no estaban fuera acechando, sino dentro de mí. Corrían por mis venas como una segunda sangre, habitándome, respirando conmigo. Las oía murmurar, susurros que intentaba ignorar, palabras que no quería entender. Sentía un murmullo constante en los oídos, un zumbido que solo lograba acallar cuando dormía, aunque incluso eso se había vuelto una condena. Porque en cuanto cerraba los ojos, lo único que veía eran los suyos: dorados al principio, llenos de vida, hasta que poco a poco se apagaban... y se volvían completamente negros.

Apreté el puño y me tragué las lágrimas.

Odiaba lo que era ahora. Odiaba lo que me habían hecho. Odiaba a Dalton por dejarme un imperio. Odiaba al amor de mi vida por convertirme en la muerte.

Una llama azul brotó de mi puño cerrado, ardiente y traicionera. La apagué al instante, como quien aplasta un recuerdo. No quería verla. No quería sentirla. Odiaba ese maldito color, ese fuego, todo lo que significaba tener magia. Y, sobre todo, me odiaba a mí misma.

No había regresado al imperio y nadie había venido a buscarme para coronarme como emperatriz. Nadie se atrevía, y con razón. Porque ese momento no llegaría hasta que yo lo decidiera.

No podía enfrentarme a lo que había hecho el Ojo de Nyxar con mis amigos, ni entender por qué Liral había perdido la memoria, ni por qué Valeska había quedado ciega, ni cómo mi marido había terminado convertido en una bestia. No estaba preparada para pagar el precio de haber destruido algo tan poderoso. No estaba lista para asumir que la Dama podía aprovechar esa grieta, esa debilidad, para volver a atacar.

Sofoqué las lágrimas y metí la mano en el bolsillo interior de la capa. Al sentir el pequeño cristal entre mis dedos, lo saqué despacio. Era lo único que quedaba del Ojo de Nyxar. Pero ya no era esmeralda.

Ahora tenía un tono violeta oscuro, profundo, como si hubiera cambiado al romperse, como si el poder dentro de él se hubiera transformado. Era tan pequeño que cualquiera podría perderlo sin darse cuenta, apenas un fragmento, una figura triangular de bordes pulidos y simetría imposible, como un pequeño tetraedro suspendido entre la realidad y algo más. Y, aunque ya no era verde, seguía siendo lo bastante poderoso como para cambiar el curso de quien supiera cómo usarlo.

—No puedes anularte la magia cada vez que crees estar lista, niña.

Syera subía las escaleras hacia el trono, pero se detuvo unos escalones más abajo, con su moño tirante y esa mirada fría que parecía perforarlo todo.

Apreté la mandíbula y me bajé la capucha hasta cubrir con ella casi todo el rostro; solo la boca quedaba visible bajo las sombras. Luego, canalicé mi magia hacia el cristal, que brilló con un verde cegador, deslumbrante a pesar de su tamaño diminuto.

Sentí cómo mi magia se vaciaba, cómo el fuego que antes hervía en mi sangre comenzaba a extinguirse, helándome desde dentro. Solo quería arrancarme ese calor abrasador del cuerpo. Cuando terminé, el agotamiento me venció: me desplomé sobre el trono jadeando, el cuerpo me temblaba por el esfuerzo, pero no lo suficiente como para quedarme inconsciente.

—Es la única forma de mantenerla agotada —murmuré sin aliento—. Si mi fuego se apaga, el suyo también. Es una maldición, sí, pero es mi ventaja en esta guerra.

Syera chasqueó la lengua.

—¿Y de verdad crees que esa es una ventaja? ¿Vaciarte de tu propio poder hasta no quedar nada? ¿Eso es lo que piensas que solucionará todo?

No contesté y ella continuó:

—Negar tu verdadero poder tiene consecuencias —dijo mientras subía otro peldaño—. Y tú ya estás pagando el precio. Las sombras te susurran cada vez más alto. Se te meten dentro, se enredan en tu pecho, porque ya no queda luz suficiente para guiarte. Porque has apagado toda la que te quedaba.

Quise decirle que no entendía, que no sabía lo que era vivir con el fuego consumiéndote por dentro.

—Te pudres en silencio. Si sigues negándote, llegará un momento en que ni tú misma sepas quién eres.

Guardé el cristal de nuevo en el bolsillo de la capa.

—Hago lo único que puedo hacer.

—Te equivocas, niña.

Al fin la miré.

—Bankai necesita a la muerte, ¿verdad? —Me puse en pie de golpe, tambaleándome por el mareo, pero sin ceder—. Pues aquí estoy.

Syera soltó una carcajada. Tal vez era la primera vez en veinte milenios que su pecho se sacudía por algo parecido a la risa.

—¿Crees que convertirte en sombra significa ser la muerte? Qué ignorante eres todavía, qué arrogancia la tuya, pensar que despojarte de todo lo que eres, de todo lo que te queda, es la solución —escupió—. No se trata de apagar tu fuego, ni de vaciarte, sino de tener la fuerza suficiente en el corazón como para levantar la cabeza cuando todo se desmorona. De quedarte en pie cuando tu alma se arrastra. De cuidar de los miles... no, de los millones de almas que esperan que les sigas dando la vida que siempre han deseado tener.

Se acercó un paso más.

—La muerte no es ser un monstruo, es quien se queda hasta el final. Quien carga con lo que nadie más soporta. Y tú... —inclinó la cabeza sin dulzura— tú estás a punto de convertirte en todo lo contrario. Así que dime, ¿vas a seguir desangrándote mientras finges que es un sacrificio noble? ¿O vas a levantarte y hacer lo que debes? No te conviertas en aquello que juraste destruir, en la bestia en la que se convirtió...

—No lo digas —supliqué—. No digas su nombre, por favor.

La anciana se quedó callada y ladeó el rostro intentando ver bajo mi capucha. Pero allí no había nada que valiera la pena encontrar. Solo las lágrimas de una mujer que ya no se reconocía, una rota que no sabía qué camino tomar, ni con quién dar el siguiente paso.

—Debes decir su nombre, debes hablar de él. —Su voz bajó el tono—. No te permitas olvidarlo. No dejes que la tristeza te robe la memoria, ni los recuerdos.

Sabía que a ella también le dolía, porque había amado a Skylar como a un hijo, y ahora lo había perdido, igual que yo.

Me mordí el labio hasta hacerme sangre, pero no podía caer al suelo y romperme a llorar. No podía dar un solo paso atrás. No podía volver a ser aquella Eda rota y triste. No delante de los demás.

—Mañana volveré a Pramvera para la coronación. Pero aunque esté en el imperio, seguiré ocupándome de lo que él hacía aquí. Su ejército ahora me pertenece. Me obedece y, si es necesario, lo usaré en la guerra.

Syera asintió en silencio mientras yo continuaba enumerando sin pausa:

—Me encargaré de encontrar la forma de ayudar —dije con determinación—. Sacaré a esos jinetes y dragones de la ciudad, sea como sea. Llevaré el recuento de almas, supervisaré el cierre de cada grieta mágica que se abra, y quiero una reunión urgente con los guerreros kailani aquí en Arcadia, me ocuparé de reorganizar toda la vigilancia mágica en torno a la Dama.

Hice una pausa y añadí:

—No dejaré ningún frente desatendido. Si —me detuve un instante y continué—: Skylar fue capaz de alzar estas tierras desde la nada, lo mínimo que puedo hacer ahora es mantenerlas en pie.

—Ahora eres tú la que manda.

—Soy consciente de ello.

—El amo dejó un informe con todo lo que debías saber. Todo lo importante. Cuando estés preparada, deberías leerlo.

Por supuesto que lo había hecho. Había previsto cada detalle, cada posibilidad. Incluso en su ausencia, me había dejado lo necesario para seguir.

—Déjalo sobre la cama, lo miraré más tarde. Gracias, Syera.

La anciana me sostuvo la mirada unos segundos, cargada de algo que no llegó a decir. Luego descendió los escalones con paso pausado, y el eco de sus pisadas se fue apagando hasta dejarme sola.

Sola, tal como viviría los días.

Sola, como pasarían los meses, quizá los años...

Cuando la puerta se cerró tras ella, me arrodillé en el suelo y lloré. Lo hice hasta quedarme sin voz, sin aliento, hasta vaciar todo lo que me dolía. Aproveché ese único momento antes de lo inevitable, para soltarlo todo, porque al día siguiente me tocaría levantarme con el peso del mundo sobre los hombros. Ser quien mandaba, quien decidía.

Al día siguiente ya no sería solo Eda.

Sería el imperio, la guerra, y no volvería a permitirme ser débil.

Sentí a los wendigos agitarse detrás de mí.

—¡Ya basta! —grité al tiempo que me giraba con el brazo extendido. Y entonces sucedió lo que más temía: de mis dedos no brotó el azul ardiente que alguna vez fue mi sello, sino un humo negro..., el mismo que había caracterizado a mi marido.

En cuestión de segundos, envolvió a todos los que tenía delante y los arrastró en su oscuridad. Cuando la bruma se disipó los wendigos ya no estaban. Los había hecho desaparecer.

—No, no, no... —murmuré mirando mi mano izquierda.

Kali se comunicó en ese momento conmigo:

Eda, no hay rastro de Sky. Nadie ha visto un dragón sobrevolar los cielos de Pramvera ni Bankai.

Eso no tiene sentido. Un dragón no desaparece así como así. Apreté los ojos y escondí la mano dentro de la capa. *No puede pasar desapercibido.*

Seguiré buscando.

Respiré hondo y volví a ponerme de pie. Me sequé las lágrimas con la palma antes de bajarme la capucha. La dejé justo por encima de los labios; no quería que nadie más viera lo que quedaba de mí bajo esa capa.

Bajé la vista... y ahí seguía, inamovible.

La alianza.

—Te encontraré, cueste lo que cueste —le prometí al anillo con los labios apretados—. Te traeré de vuelta a casa, aunque ya solo seas una bestia que ha perdido todo recuerdo de quien fue, de lo que fuimos. Aunque no recuerdes mi nombre, yo seguiré llamándote por él. Hasta que vuelvas.

Agradecimientos

Este libro no me pertenece del todo. Es también de todas las personas que han puesto su tiempo, talento y cariño para que hoy puedas tenerlo entre las manos, querido lector.

A mi editora, Clara, que me encontró cuando yo no era nadie y me cambió la vida. A las correctoras, que leen cada palabra al detalle y encuentran esos errores que a mí se me escapan. Al equipo de marketing, sobre todo a Irene, y a las decenas de personas cuyo nombre quizá nunca llegue a saber, pero que hacen un trabajo espectacular. Y, por supuesto, a mi diseñadora, Alinne. Gracias por dar vida a las portadas de la saga Fénix y Dragón, en especial a la primera, esa que hoy está en todas partes y que todos aman tanto como yo.

Imperio en Ruinas también existe gracias a mis padres, y sí, eso te incluye a ti, Toni. Desde pequeña me enseñasteis lo que es la ciencia ficción y fantasía. Estoy orgullosa de tener una familia tan friki, de esas que no solo me entienden, sino que se sumergen conmigo en cada historia. Gracias por leerme todos los libros, por acompañarme en cada página. Espero ser ahora la hija que hace unos años no era: la que no suspendía todo solo porque podía, la que en vez de estudiar se pasaba el día leyendo en clase (creo que eso no lo sabíais, pero lo confieso ahora). La que aprendió a querer aprender, la que entiende que hoy soy así gracias a lo que fui.

A Elena y María, gracias por aceptarme en vuestro grupo como si siempre hubiera formado parte de él. Por sacarme de casa a rastras y recordarme que la vida también está fuera de mis páginas. Sois una parte muy importante de mi vida.

A Bellver, que ha estado presente en todo el proceso de escritura de este libro. Un amigo que llegó a mi vida este año, con quien antes nunca había cruzado palabra, y ahora eres de esos que siempre están. Me acompañas mientras escribo, cuando hago entrevistas, o simplemente te quedas tirado en el suelo escuchando nuestras discusiones de mejores amigas. Gracias por invitarnos mil veces a cenar, por traer comida a casa, por bailar con nosotras con la música a tope y por no dejar de meterte con nosotras... aunque sé que, en el fondo, nos quieres. Sabemos que te hemos salvado... igual que tú también nos has salvado a nosotras.

Y por último, siempre por último, Yani. Te dejo para el final porque este libro entero es para ti; este, y todos los que vengan. Porque cada vez que escribo sobre la amistad, inevitablemente pienso en ti. Pienso en cómo eres mi lugar seguro, en cómo, cuando estoy rodeada de gente y siento que no encajo, lo único que quiero es volver a casa y hablar contigo... de cualquier cosa o de todo a la vez.

Cuando alguien te hace daño, lo siento como si me lo hicieran a mí. Porque lo nuestro no es solo una amistad, es un lazo que nadie más podría comprender, algo que no se explica, solo se vive. Nadie sabrá nunca lo que es tener una amiga como tú. Nadie me entiende como tú, nadie me cuida como tú, nadie sabe consolarme, escucharme y hacerme reír al mismo tiempo como tú. Nadie es como tú... y lo que somos nosotras, no podrá repetirse jamás.

Yani, tú siempre serás mi mano extendida en medio de la tormenta, la que me saque de ella una y otra vez. Te quiero.